Leopoldo Brizuela

Nacht über LISSABON

Roman

Aus dem Spanischen von
Thomas Brovot

Insel Verlag

Die Originalausgabe erschien 2010 unter dem Titel *Lisboa. Un melodrama*
bei Alfaguara, Buenos Aires.

© Leopoldo Brizuela, 2010
Published by arrangement with Guillermo Schavelzon & Assoc.
Literary Agency through UnderCover Literary Agency

Abweichungen der vorliegenden Übersetzung von der Originalausgabe
wurden mit dem Autor abgestimmt.

Erste Auflage 2010
© der deutschen Ausgabe Insel Verlag Berlin 2010
Alle Rechte vorbehalten, insbesondere das des öffentlichen Vortrags
sowie der Übertragung durch Rundfunk und Fernsehen,
auch einzelner Teile.
Kein Teil des Werks darf in irgendeiner Form
(durch Fotografie, Mikrofilm oder andere Verfahren)
ohne schriftliche Genehmigung des Verlages
reproduziert oder unter Verwendung elektronischer Systeme
verarbeitet, vervielfältigt oder verbreitet werden.
Satz: Hümmer GmbH, Waldbüttelbrunn
Druck: CPI – Ebner & Spiegel, Ulm
Printed in Germany
ISBN 978-3-458-17478-3

1 2 3 4 5 – 14 13 12 11 10

Inhalt

Die Personen 8

OUVERTÜRE: DER VERBORGENE 15

ERSTES BUCH: LISSABON BEI NACHT 45
   Erster Akt. Die Ankünfte 47
   Zweiter Akt. Die Begegnungen 117

ZWEITES BUCH: MORGEN IN DER ALFAMA . 195
   Dritter Akt. Die Geständnisse 197
   Zwischenspiel: Höllenschlund 307
   Vierter Akt. Die Bündnisse 361

DRITTES BUCH: KALTE HELLE 505
   Fünfter Akt. Die Übergaben 507
   Sechster Akt. Die Abschiede 639

FINALE: DIE ENTHÜLLUNG 707

Logbuch 723

Für Oliverio,
Diego und
Andrés

und in Erinnerung an
Dom Luís Pedreira,

*Freunde des Gesangs, des Weins
und langer Nächte.*

Wächter, was spricht die Nacht?
Djuna Barnes

Was kann man die Menschen mit Worten fragen? Und was ist die Antwort wert, die sie nicht mit der Wirklichkeit ihres Lebens, sondern mit Wörtern geben?
Sándor Márai

Hingabe, was für ein Wort. Sich hingeben heißt sprechen, seinen Namen sagen, wissen wollen, was geschieht.
Sara Gallardo

Die Personen

In Lissabon, 1942

Diplomatische Vertretung Argentiniens
DR. EDUARDO M. CANTILO, »Außerordentlicher Konsul« in Lissabon
DR. JAVIER ORDÓÑEZ, Konsulatssekretär
SOFÍA ABASCAL OLIVEIRA DE ORDÓÑEZ, seine Frau; Nichte von Maestro de Oliveira
OBERST TADEO SIJARICH, Militärattaché
DIE ZWILLINGE ATUCHA, Handelsattachés

Weitere Argentinier in Lissabon
ENRIQUE SANTOS DISCÉPOLO, Dichter, Tangokomponist, Schauspieler und Dramatiker
TANIA, seine spanische Frau, Tangosängerin
MAESTRO EUGÉNIO DE OLIVEIRA, Musikagent und Gesangslehrer von Carlos Gardel
DARÍO MUÑOZ, sein Privatsekretär
»OLIVERIO« (JOSÉ DA COSTA), ehemaliger Schüler und Schützling des Maestros, Barkeeper im Gondarém

Im Nachtlokal Gondarém
AMÁLIA RODRIGUES, junge Fadosängerin
SALDANHA, Wirt des Lokals
ISIDRO LOPES, Oberkellner
MR COPLEY, Eigentümer einer Tabakmanufaktur
TERESA, Prostituierte

In der argentinischen Residenz
VISCONDE DE MONTEMOR, Nachbar und Eigentümer
des Hauses
DONA NATÉRCIA, Haushälterin
MACÁRIO, Butler
OSWALD DE MAEYER, belgischer Bankier

Beim Geheimtreffen in Cascais
»RICARDO DE SANCTIS«, junger Portugiese, Intimus des
Patriarchen. Seine wahre Identität bleibt unbekannt.
GRÄFIN VON ALTAMONTE, aus dem Gefolge
des Prinzen Umberto von Savoyen
MIRCEA ELIADE, rumänischer Gesandter
VERTRETER ANDERER NEUTRALER NATIONEN

In Buenos Aires
AMADO VILLANUEVA, Patenonkel von Konsul Cantilo,
Politiker und Gutsbesitzer, später Außenminister
»MARYVONNE DE LANG« (ESTHER SCHNERB),
franko-argentinische Schauspielerin und Geliebte
des Vaters von Konsul Cantilo
ESTEBAN SCHNERB, ihr Sohn
ALMA RENÁN, Schauspielerin und Sängerin;
Anstifterin des Kadettenskandals
SEÑOR MANDELBAUM, Inhaber der Getreideexportfirma
Intercontinental

Weitere
DER PATRIARCH VON LISSABON, Kardinal
ANTÓNIO SALAZAR, Alleinherrscher
MR KENDAL, Manager der Plattenfirma Odeón
CARLOS GARDEL, Tangosänger
DER JUNGE MIT DEM ROTEN HALSTUCH

Buenos Aires, 22. Nov. 1952

Es geschah vor genau zehn Jahren, mitten im Zweiten Weltkrieg, in einem von Flüchtlingen überlaufenen Lissabon, wo man verzweifelt darauf hoffte, noch nach Amerika zu entkommen, als am Morgen des 18. November 1942 vor den entsetzten Augen einer Menge von Schaulustigen und hohen portugiesischen Amtsträgern die Barkasse, in welcher der argentinische Konsul von dem Frachter Islas Orcadas an Land zurückkehrte, nahe dem Schiff explodierte, Schlagseite bekam und die kleine Gestalt des Diplomaten in den Tejo warf, in den Armen das Köfferchen mit der Nachricht, auf die alle warteten.

Der Name des Konsuls war Eduardo M. Cantilo, und er hatte die Aufmerksamkeit ganz Europas auf sich gezogen, als er eines Tages überraschend die Ankunft jenes »Hilfsfrachters« ankündigte, der unbemerkt, allen Torpedobooten und internationalen Blockaden zum Trotz, den Atlantik überquert hatte, um »den Hungernden von Lissabon« eine Schiffsladung Weizen zu spenden. Portugals Machthaber António Salazar war dankbar gewesen für diese Geste Argentiniens, »eines der letzten Länder, die wie wir alle Anstrengungen unternehmen, den Frieden zu verteidigen«, wo überall in der Welt nur »dieser Wahnsinn« herrsche, »zu töten oder zu sterben, den Feind zu zerstören oder von ihm vernichtet zu werden«. Und zugleich hatte Salazar immer wieder die Genehmigung für das Entladen der Fracht hinausgezögert; sein Misstrauen hatte erregt, dass die argentinische Regierung, wenngleich sie sich nie zu der Sache äußerte, mit der Spende nichts zu tun zu haben schien und allenfalls die sture Weigerung des Kon-

suls missbilligte, kundzutun, wer genau der Empfänger der Weizenlieferung sein sollte. Salazar zur Eile zu mahnen war gewiss ein riskantes Manöver des Konsuls gewesen, aber nicht weniger, sich ins Visier der unzähligen in Lissabon operierenden Geheimdienste und ihrer gefürchteten Schergen zu begeben.

Am 14. November hatte der Botschafter des Vereinigten Königreichs, bestärkt durch geheime Informationen (die sichere Niederlage der Deutschen in Stalingrad, die Landung der Alliierten in Nordafrika?), Salazar zu einer Unterredung gedrängt, bei der er ihn, wie alle wussten, auffordern würde, die Neutralität seines Landes aufzugeben und den Achsenmächten, mit denen Portugal weiterhin Handel trieb, den Krieg zu erklären. Salazar führte mit Deutschland noch Geheimgespräche, und es gelang ihm lediglich, das Treffen auf den Abend des 17. November zu verschieben. Die Nachrichten jener Tage jedenfalls, in denen die Besetzung des Landes durch die Deutschen und die Bombardierung Lissabons durch die Alliierten unausweichlich schien, mögen erklären, warum die Presse nicht weiter über das gewagte Engagement des Konsuls berichtete, ebenso wenig wie über seinen Tod, verursacht, so die Gerichtsakten, »durch eine selbstgebastelte Bombe«.

Weder der Attentäter noch die Gruppe, der er womöglich angehörte, wurden in dem von Amts wegen eingeleiteten Verfahren ermittelt, das man nun, zehn Jahre später, »mangels konkreter Hinweise« eingestellt hat; und da der Konsul keine Familienangehörigen hatte und von argentinischer Seite offenbar nicht einmal die Möglichkeit geprüft wurde, eine Klage anzustrengen, ist es unwahrscheinlich, dass die Verantwortlichen jemals zur Rechenschaft gezogen werden. Doch auch wenn nicht zu bestreiten ist, dass es sich nur um einen Tod unter Millionen handelt, scheint vieles ihm eine besonde-

re Bedeutung zu verleihen: zum einen die Anwesenheit zweier unserer größten Künstler, Enrique Santos Discépolo und Tania, die aus Spanien nach Lissabon gereist waren, um an Bord des Frachtschiffs nach Buenos Aires zurückzukehren; vor allem aber die Legende, die, in dem Bedürfnis nach einer Erklärung, viele jener Zeugen des Attentats schufen und die heute an den Kais und in den Kneipen von ganz Lissabon umgeht wie der Fado. Als hätten die Matrosen, die ins Wasser sprangen, um den »Wohltäter« zu retten, nicht einen tödlich verletzten Mann aus den Tiefen gezogen, sondern ein Rätsel – die dunkle Wahrheit, die, einmal verschwiegen, alsbald ihr Haupt erhebt: die dunkle Seite der guten Absichten.

(Aus einem Artikel der Tageszeitung *El Mundo*, Buenos Aires)

OUVERTÜRE
DER VERBORGENE

Zum Sterben kam ich in die Heimat
Der Schmuggler nach Gondarém.
Nur den Rock der Räuber,
Den ziehst du mir nicht an.

Fado *Gondarém*

Erwarte mich am Kai

Der Konsul geht allein zum Geheimtreffen.
Eine verhängnisvolle Begegnung. Wer bist du?

1

Bairro Alto, 17. November. Um drei Minuten nach sechs, während die Glocken noch läuteten und der abendliche Lärm der Vögel über die Straßen wehte, während die Bewohner noch zu den Kneipen und Kiosken eilten, um im Radio das Kommuniqué der Regierung zu hören, vernahm Konsul Eduardo M. Cantilo, als er die Aussichtsterrasse von São Pedro de Alcântara betrat, plötzlich das Pfeifen eines Zuges und ging gleich hinüber zur Brüstung hoch über der Stadt. Er kam gerne hierher, und auch wenn es ihm nicht geheuer war, von seinem minutengenau festgelegten Plan abzuweichen, ermunterte ihn der Gedanke, dazustehen wie all die älteren Leute, die sich nach einem dumpfen Tag des Luftalarms, der Warteschlangen vor den Zuteilungsstellen und der hartnäckigen Gerüchte über ein britisches Ultimatum an Portugal im Anblick des Lissabonner Panoramas eine Atempause gönnten. Die letzten Sonnenstrahlen strichen über die Rücken der Hügel, vergoldeten die Festungsmauern des Castelo de São Jorge, die sich aus einem Mosaik verwinkelter Dächer erhoben, und von der Baixa wuchs schon die Nacht herauf, wo nichts als das Satteldach der Abfahrtshalle am Bahnhof Rossio zu erkennen war, eine Arche aus Licht, die unter dem Gebrüll von Lokomotiven, Lautsprechern und Hochrufen vibrierte. Ja, es war der Zug aus Madrid, der endlich eintraf. So viele Stunden hatte der Konsul am Morgen auf ihn gewartet, gegen alle Proteste, bösen Ahnungen und Schwarzsehereien der Angehörigen der argentinischen Gesandtschaft, dass allein der Gedanke, wie sein Sekretär nun die Gäste aus Spanien am Bahnsteig empfing, ihn vor Erleichterung erschauern ließ. Und zugleich erschrak er: Jetzt blieb ihm nur noch ein Auftrag zu erfüllen. Lissabon, Lissabon, dachte er, als flehte er um Hilfe, wenn ich dir in dieser Nacht verlorengehe, sollen deine Geheimnisse dich retten.

Hinter ihm hielt ein Auto. Er drehte sich um und tat, als wollte er im Licht der gerade aufleuchtenden Laterne nach der Uhrzeit sehen. Auf den vorderen Sitzen eines roten Wagens, der an der Ecke des *Diário de Notícias* parkte, saßen zwei Männer und starrten mit einer Durchtriebenheit zu ihm herüber, dass es ihm, zumal zu dieser Stunde, ein deutliches Zeichen von Gefahr zu sein schien. Aber, ermahnte er sich, was wusste er schon von Autos, von Spionen, was wusste er überhaupt? Statt sich weiter für den Wohltäter Portugals zu halten, den *Benfeitor*, als den die Zeitungen ihn ausgerufen hatten, statt sich als die Hauptperson dieses ganzen Rummels zu fühlen, musste er sich damit abfinden, dass er nicht mehr als ein Werkzeug war, ein einfaches Rädchen in einem Getriebe, das er kaum verstand.

Immerhin, sagte sich der Konsul, war es schon neun Minuten nach sechs, und bisher hatte er Schritt für Schritt alles mühelos bewältigt. Seit er zum Entsetzen von Oberst Sijarich am Bahnhof verkündet hatte, er werde den Anweisungen des Patriarchen folgen und allein zu dem Geheimtreffen gehen, hatte er für sich beschlossen, zu seinem Schutz die Nähe der zahlreichen Gendarmen zu suchen, die in Erwartung nächtlicher Unruhen aus ganz Portugal in die Stadt beordert worden waren. So hatte er, als er sein Haus verließ, demonstrativ den Polizisten an der Praça do Príncipe Real gegrüßt, auch wenn der bestimmt nur dort postiert war, um zu kontrollieren, wer bei ihm aus und ein ging. Danach hatte er sich mit dem Gendarmen aus Ribatejo unterhalten, der den Zugang zur Rua da Rosa mit ihren Bordellen bewachte, und während er nun weiterging, versuchte er wieder einen auf sich aufmerksam zu machen, einen kräftigen, misstrauisch äugenden, der sich bemühte, ein Dutzend älterer Herrschaften davon abzuhalten, noch in die überfüllte Standseilbahn zu steigen, die wie eine gelbe Fregatte langsam vom Rossio heraufkam: Welchen Kurs Salazar für Portugal an diesem Abend auch einschlug, sie erfuhren es lieber in den eigenen vier Wänden. Der rote Wagen folgte ihm nicht, woher auch! Bestimmt wartete er bloß auf eine der vielen käuflichen Damen, die in der Umgebung des Zeitungshauses wohnten. Und auch als Paco, der Wirt des kleinen Cafés, das der Konsul nachmittags gern auf ein Gläschen Portwein besuchte, ihm einen besorgten Blick zuwarf und dann empört tat, war dies nicht mehr als ein Angebot aufrichtiger Solidarität. Es schien ihn zu verwundern, dass der Konsul ausgerechnet heute vorbeiging, wo sich die Leute um die Marmortischchen drängten und nicht nur auf die Radionachrichten warteten, sondern auch auf ihn, den Benfeitor, ihren Helden. Konsul Cantilo schenkte dem Wirt ein bemühtes Lächeln und deutete mit einer Handbewegung an, er komme wieder. Und nachdem er um den Bahnwagen mit den alten Leuten herumgegangen war, die so damit beschäftigt waren, das Trittbrett zu erklimmen, dass sie ihn gar nicht sahen, verschwand er in einer dunklen Gasse, von der er schon wusste, dass sie das schlimmste Stück des Wegs war.

Das Schlimmste, sagte er sich und achtete darauf, seinen Stock in die Fugen zwischen den Basaltsteinen des schmalen Bürgersteigs zu setzen, das Schlimmste war aber nicht das rutschige Pflaster der abschüssigen Gasse, die an der blinden Klostermauer entlangführte, auch nicht die lange Zeile der wegen Einsturzgefahr geräumten Gebäude mit ihren finsteren Torwegen gegenüber, wo man ihm ungestört auflauern konnte. Das Schlimmste war dieses Gefühl, ganz allein zu sein mit der Stimme von Esteban, mit seinem Hass und seiner Kraft, ihn zu demütigen. Der Konsul wusste genau, dass niemand ihm je eine solche Verrücktheit zugetraut hätte, aber es war das Einzige, was er in Lissabon tun konnte, und er musste es tun. Durfte er nicht auch einmal ein echter Mann sein?

Als nach kaum dreißig Metern die wenigen Straßenlaternen angingen, sah er weiter unten, auf der Praça de São Roque, eine Ansammlung Bedürftiger, die ungeduldig darauf warteten, dass die wohltätigen Damen ihnen von den Balkons der Casa da Misericórdia endlich die Essensreste zuwarfen, die sie in den Bäckereien und Gasthäusern der Stadt einsammeln ließen. Ein Radio war zu hören, offenbar hatte man es auf einem der Balkons aufgestellt, und verblüfft drehten sich die armen Leute zu ihm um, zu ihm, dem Benfeitor: War ihm Salazars Antwort auf die Drohung des englischen Botschafters denn ganz egal? War es ihm egal, ob Portugal in den Krieg eintrat? Ja, es war ihm egal, dachte der Konsul, obwohl, korrigierte er sich verwirrt, natürlich war es ihm nicht egal, aber er musste sich auf seinen Auftrag konzentrieren. Und selbst wenn Portugal jetzt seinen Eintritt in den Krieg verkündete, wann käme es wohl zur ersten Schlacht, zum Einmarsch der Deutschen oder zum Luftschlag der Alliierten? Nicht vor dem Morgengrauen, wenn er am Kai seinem Schicksal entgegentrat. Und angenommen, eine Gruppe von Flüchtlingen, die in ihm den Wohltäter erkannte, würde jetzt aus irgendeinem Haus stürzen und ihn nach Neuigkeiten ausfragen, er würde ihnen zum ersten Mal und ohne jede Reue sagen, dass er Dringenderes zu tun habe, vielleicht sogar davonrennen. Was für ihn ein Leichtes wäre, sagte er sich, dank des Mittagsschlafs, in den die Erschöpfung ihn hatte sinken lassen, vor allem aber dank der Schale heißer Milch, mit der die arme Marcenda ihn nach dem Aufstehen erwartete. Bei der Erinnerung an sein Dienstmädchen, an das er in seiner Nervosität nicht mehr gedacht hatte, musste er unter einer Laterne stehenbleiben, und er tat so, als läse er ein vom Kleister noch feuchtes Plakat.

EUROPA LIEGT IN TRÜMMERN, stand dort in großen schwarzen Lettern, DOCH IN PORTUGAL HERRSCHT ORDNUNG, DAS LEBEN GEHT WEITER. Und darunter, nur wenig kleiner und in roter Schrift: UND WEM HAST DU DAS ZU VERDANKEN, PORTUGIESE? ANTÓNIO SALAZAR UND SEINER POLITIK DER NEUTRALITÄT!

Natürlich war das nicht der Moment für rührselige Gedanken an ein Dienstmädchen, sagte sich der Konsul, aber man hätte sie sehen müssen, die arme Marcenda, wie sie vor ein paar Stunden in der Küche an der Spüle gestanden hatte, das Geschirrtuch in den zusammengepressten Händen, ganz durcheinander wie einer dieser vom einfallenden Glockengeläut verwirrten Vögel und außerstande, all die Aufregung weiter klaglos zu ertragen. Seit sie vom Land gekommen und in seine Dienste getreten war, hatte ihr die immergleiche, geradezu liturgische Routine ihres etwas undurchsichtigen Patrons das Gefühl gegeben, vor dem unvorhersehbaren Chaos der Stadt geschützt zu sein. Und jetzt das. Da war er von einem Tag auf den anderen berühmter als die Kinoschauspieler und lief tagelang vom Zoll zum Ministerium und vom Ministerium zu irgendwelchen Schifffahrtsgesellschaften, und dann zog er auch noch in aller Herrgottsfrühe los und kam mittags ohne Bewachung, fix und fertig und verzweifelt wie ein Flüchtling zurück und verbot ihr obendrein, ans Telefon zu gehen, das dann den ganzen Nachmittag pausenlos klingelte. Und diese Gleichgültigkeit gegenüber den Meldungen im Radio, die Marcenda natürlich, wie alle in Lissabon, im Wohnzimmer hörte. Und jetzt wieder allein hinaus?«»Ach, meine Liebe«, hatte der Konsul gesagt, wie um seine eigene Angst zu überspielen, »Sie sind doch bestimmt auch besorgt über das Säbelrasseln des englischen Botschafters, oder? Wenn der mir vor die Flinte kommt, dieser Mr Hudson. Er denkt, nur weil sie Konzessionen für die Eisenbahn besitzen, wären Portugal und Argentinien ihre Kolonien.« Marcenda verzog keine Miene, offenbar verstand sie nichts, und so fuhr er fort: »Erinnern Sie sich noch an den Tag, als Sie zum ersten Mal herkamen und ich gleich zum Palácio de São Bento musste, um Salazar unsere Beglaubigungsschreiben zu überreichen?« Bevor das Dienstmädchen auch nur nicken konnte, war der Konsul schon aufgestanden, und Marcenda sprang gleich zu ihm hin, half ihm in den Mantel und reichte ihm Stock und Hut, und während sie einen letzten prüfenden Blick über ihn gleiten ließ, knöpfte er sich sorgfältig die Innentasche zu, in der sein Pass steckte. »Ich weiß nicht, ob es Ihnen schon aufgefallen ist, aber wir Angehörigen der argentinischen Gesandtschaft sind alle ledig und kinderlos.« Marcenda errötete und schlug die Augen nieder, mit dieser Schamhaftigkeit der Frauen vom Lande, wenn es um Männerdinge ging. »Ich selbst habe sie unter meinen Bekannten und mir Anempfohlenen ausgewählt. Welcher Familienvater würde schon in ein Land kommen, in dem Hunger herrscht, mitten im Krieg? In der Welt der Karrierediplomaten, und so einer ist dieser famose Mr Hudson, gibt es ein Schimpfwort dafür, und er hat es sich nicht verkniffen, uns damit zu beleidigen.« Der Konsul glaubte, er hätte sie beruhigt, und war schon auf dem Weg zur Tür, als Marcenda sich plötzlich krümmte und in ein jämmerliches Schluchzen ausbrach, ein Akt der Entblößung, vor der er sich nur beschämt zurückziehen konnte. Und als hätte er ihr Weinen nicht gehört, sagte er von der Tür aus: »Warten Sie heute Abend nicht auf mich, meine Liebe. Vielleicht komme ich über Nacht nicht nach Hause.«

Erst jetzt, da er seinen Weg hinunter zum Platz mit den Bettlern wiederaufnahm, schoss es ihm durch den Kopf, und es war, als triebe die Scham ihn an, als flüchtete er vor einem Vorwurf. Was Marcenda unter der Beschimpfung zu verstehen geglaubt hatte, war nicht, dass sie *castrati* wären, nein, sondern uneheliche Kinder, Bastarde! Wie hatte er nur so dumm sein können? Wie hatte er so lange mit einer Frau unter einem Dach wohnen können, ohne sich auch nur einmal zu fragen, ob nicht auch sie keinen Vater hatte? Plötzlich sah der Konsul, wie eine der Frauen auf dem Platz einen Jungen zu ihm schickte, dahinter zwei weitere, dann ein nur wenig älteres Mädchen, das sie zurückhalten sollte, und ihm fiel nichts Besseres ein, als ein paar Lakritzbonbons, die er am Morgen den Gästen aus Spanien hatte anbieten wollen, hervorzukramen und sie wie Almosen zu verteilen. »Die Kinder...!«, hörte er die Leute rufen und dabei die Vokale betonen, da sie ihn erkannt hatten und wussten, dass er Ausländer war, »wo hat man die Kinder hingebracht?« Erst allmählich verstand der Konsul, dass sie nicht die Kinder meinten, die er heute im Vorbeigehen an den Fenstern der Suppenküche der Israelitischen Gemeinde beobachtet hatte, sondern die anderen, die portugiesischen Waisenkinder, die bis gestern hier im Spital gewohnt hatten. »Ach, es geht ihnen gut, *estão bons*«, stammelte er, womit er der Frage auswich, aber wie er in Lissabon gelernt hatte, bestand darin nun mal die hohe Kunst der Diplomatie. »Man hat sie auf eine alte Fregatte auf dem Tejo gebracht, damit man hier vorübergehend Flüchtlinge unterbringen kann. Sie kommen bald wieder, machen Sie sich keine Sorgen.« Eine der wohltätigen Damen zischte ihn vom Balkon des Spitals aus an und forderte ihn mit schulmeisterlicher Miene auf, still zu sein, Himmel noch eins, in den Nachrichten war von Salazar die Rede! Worauf der Benfeitor eine Entschuldigung andeutete und seinen Weg fortsetzte.

Vom Eingang des Teatro da Trinidade schaute ein Gendarm aufmerksam zu ihm herüber, und als der Konsul ihn sah, erschrak er, als hätte der ihn bei etwas ertappt. *Was wissen Sie schon von Politik, Señor Eduardo? Was wissen Sie überhaupt?*, unterbrach ihn Estebans Stimme, und der Konsul ging rasch weiter: es war nur sein eigener Wahn, der ihn verfolgte. *Da dachten Sie, Sie wären der große Verführer von Lissabon, und auf einmal sind Sie allein und wehrlos und fallen ergebenst auf die Schnauze.* O nein, ganz gewiss nicht, dachte Konsul Cantilo. Es mochte ja sein, dass Salazar die Genehmigung für die Einfahrt des Hilfsfrachters so lange hinausgezögert hatte, weil er verstimmt darüber gewesen war, dass der Konsul erst nach dem Löschen der Ladung bekanntgeben wollte, welcher konkreten Person oder Einrichtung die Spende zugedacht war. Zwar hatte er Sicherheitsbedenken angeführt, aber er konnte ihn verstehen, es musste tatsächlich wie eine Unverschämtheit wirken. Vielleicht stimmte es ja, dass die Behörden das Schiff weit vor der Küste hatten ankern lassen, damit die deutschen Torpedoboote die Drecksarbeit machten, die Salazar sich nicht erlauben konnte. Denn allein durch die Tatsache, dass dieser unbekannte Konsul sich binnen weniger Tage den Ruf eines Heiligen erworben hatte, waren Salazar die Hände gebunden, alles andere hätte bedeutet, Argentinien und seinen amerikanischen Freunden den Krieg zu erklären. Aber dass der Patriarch von Lissabon, der Kardinal persönlich, das Geheimtreffen organisiert hätte, um ihn in eine Falle zu locken? Nein, nie und nimmer, sagte sich der Konsul. Das waren Hirngespinste seiner Angestellten, und er konnte sie ja verstehen. Sechs Stunden hatten sie schon am Bahnsteig auf den Zug aus Madrid gewartet und sich von den vielen Menschen bedrängt gefühlt, die, als sie den Wohltäter erkannten, auch ihre Anwesenheit wahrnahmen und den Blick nicht von ihnen wandten, als erwarteten sie, ja, was? Hatte Konsul Cantilo nicht in Buenos Aires beteuert, ihre Entsendung nach Lissabon sei reine Routine? Außerdem waren sie noch ganz verstört, weil der argentinische Botschafter in Spanien ihnen vorgestern, gleich nach seiner Ankunft in Lissabon, mitgeteilt hatte, dass er und der Außenminister empört seien über diese »absonderliche Idee« einer Getreidespende, welche nicht nur die argentinische Neutralität aufs Spiel setze, sondern auch das Leben der Diplomaten. Nein, nahm der Konsul seinen Gedanken wieder auf, der Patriarch mochte ja wunderliche Ideen haben, bei einem Kardinal sicher verzeihlich, aber er war die Barmherzigkeit in Person. *Ach, Sie und Ihr unterwürfiger Katholizismus, Señor Eduardo*, tadelte ihn die Stimme. O nein, das hätte er mal sehen müssen, mit welcher Milde der Patriarch sich damit abfand, dass der Konsul nicht einmal ihm die mysteriöse Bestimmung der Fracht verriet, und dann hatte Seine Eminenz ihn noch mit einer Erzählung von der Auferstehung des Fleisches belohnt. Konnte es in einer solchen Nacht einen sichereren Ort geben als ein vom höchsten Amtsträger der katholischen Kirche in Portugal organisiertes Treffen? »Ich erwarte Sie also bei Tagesanbruch am Kai, meine Herren«, hatte der Konsul am Bahnsteig verkündet, und die Mitglieder der Gesandtschaft entblödeten sich nicht, beleidigt zu tun und anzuführen, wie beschäftigt sie seien. Schließlich war er einfach losgegangen, und sie machten so erschrockene Gesichter, dass er selbst kaum ein Wort herausbrachte, als er in einer plötzlichen Eingebung an einen Zeitungsjungen herantrat und ihn um diesen Sonderdruck mit dem Text eines Fados bat, *Erwarte mich am Kai*, der eine gewisse Amália Rodrigues fast so berühmt gemacht hatte wie ihn selbst.

Als er an die Praça de Camões kam, hörte er Pfiffe, irgendjemand fluchte, ein Stück weiter wurden Fenster zugeschlagen, Mütter schimpften mit ihren Kindern, weil sie die Unaufmerksamkeit der Erwachsenen für dumme Streiche ausnutzten, und aus dem Hotel Borges traten unter lautem Protest wohlhabende Flüchtlinge und setzten sich an die Tische vor dem Café A Brasileira, um ihre Prognosen auszutauschen, da auch diesmal das Radio nichts Konkretes vermeldet hatte. Vielleicht hatte ja tatsächlich niemand in Lissabon ein so festes, so würdiges Ziel wie der Konsul.

Er war kaum an der ersten Straßenecke, als er hinter sich Motorenlärm hörte und herumfuhr. Natürlich war es nicht der rote Wagen, der ihn verfolgte, so ein Unsinn, es war eine Kolonne von Militärfahrzeugen, die langsam an der Rua Garrett auftauchten, wahrscheinlich kamen sie vom Hauptquartier der Geheimpolizei PVDE, und statt über die Calçada do Combro weiterzufahren, fuhren sie hinunter zum Fluss. Schwer vorstellbar, dass ein solcher Tross kam, um ihn festzunehmen, doch aus Sorge, sie könnten ihn erkennen, lief er weiter und ging dabei in Gedanken die Liste seiner Rechtfertigungen durch: Er müsse gleich in der argentinischen Residenz ein Künstlerpaar empfangen, das heute angekommen sei, drüben am Hafen von Alcântara ... *Aber wenn sie die beiden auch verdächtigen!*, unterbrach ihn Estebans Stimme. Ach, ich bitte dich, beschwor ihn der Konsul ganz verwirrt, während die Wagen schon dröhnend an ihm vorbeizogen. Was war mit diesen Künstlern, dass man ihnen misstrauen könnte? Seit der portugiesische Konsul in Madrid ihm den Besuch von Enrique Santos Discépolo und Tania angekündigt hatte, eine schwer zu begründende Stippvisite, wohl wahr, hatte Oberst Sijarich alles unternommen, um zu gewährleisten, dass ihnen weder etwas zustieß noch von ihnen eine Gefahr ausging. Aber sei's drum, für den Konsul waren die Gäste eine perfekte Ausrede, um die Gesandtschaft aus dem Spiel zu halten.

»Señor Eduardo!«, hörte er von irgendwoher nach ihm rufen, und aus Angst vor einer erneuten Sinnestäuschung drehte er sich gar nicht erst um. »Señor Eduardo, Señor Eduardo«, rief die Stimme weiter, und nicht etwa »Dr. Cantilo« oder »Seine Exzellenz«, wie Marcenda zu ihm sagte, sondern »Señor Eduardo«, genau wie jener Junge in der Vergangenheit und in seinen Albträumen. Schließlich schaute er sich um und glaubte zwischen zwei Lastwagen eine Gestalt zu erkennen, zu der die Stimme gehörte, und diesmal war die Stimme echt, und er wusste, dass er nun seine angekündigte Strafe fand.

2

»Señor Eduardo, Señor Eduardo!«, rief von der anderen Straßenseite her ein noch sehr junger Mann mit breitkrempigem Hut, weitem Mantel und einer Art Talar, »Señor Eduardo, Señor Eduardo!«, geradezu amüsiert über diesen unvermuteten militärischen Konvoi, der sich endlos die Straße hinunterzog: ein Lastwagen voller Soldaten, einer mit Gendarmen und Hunden, drei Polizeitransporter, zwei Motorräder, noch mal zwei Motorräder und am Ende dann, schier apokalyptisch, der imposante Aufzug der Kavallerie.

»Señor Eduardo!«, rief er ihn wie einen guten Bekannten und machte Anstalten, durch die Lücken zwischen Stoßstangen und Mähnen, Scheinwerfern und Beiwagen hindurchzuschlüpfen.

Doch dem Konsul stand ein anderes Bild vor Augen, es war das Büro in Buenos Aires, wo sein Patenonkel die Ländereien verwaltete, damals, als er selbst noch ein junger Mann war und dort arbeitete, und er hörte, wie die zaghafte Stimme eines kleinen Jungen ihn aus seinen Berechnungen riss: *Señor Eduardo*, den Kopf gesenkt und eigens für den Anlass im weißen Sonntagshemd, *Maryvonne braucht Sie*, oder, wenn ein

Kunde da war oder die Frau seines Onkels zu Besuch kam, nur knapp: *Es gibt ein Problem oben*, worauf er seinen Ärger verbiss und sich entschuldigte und dem Jungen durch den Dienstboteneingang ins Treppenhaus folgte, und während sie unter dem Girren und den über das große Oberlicht scharrenden Füßen unzähliger Tauben zur Dachstube hinaufgingen, hörten sie: *Palomó, Palomó, tu ne l'as pas trouvé, c'est ça?*, worauf der Junge rief: *Mais si, maman, on arrive*, und dann probte sie verzweifelt weiter vor dem Spiegel irgendeine unmögliche Zeile eines schwierigen Monologs.

»Señor Eduardo, Señor Eduardo!«, rief der junge Mann wieder und versuchte nun, zwischen den letzten Pferden hindurchzuspringen.

Es war ein Geistlicher, ein junger Priester, der nicht daran zu zweifeln schien, dass der Konsul ihn erkannte. Als er so nah war, dass sie sich besser sehen konnten – welche Eleganz, so ein schöner Junge, gar nicht wie einer dieser bäurischen Portugiesen! –, machte er ein liebevoll verwundertes Gesicht und fragte in bemühtem Spanisch: »Ist Ihnen nicht wohl?«

Woher sollte er auch wissen, an wen er den Konsul erinnerte und was die Erinnerung bei ihm auslöste, die Erinnerung an jene andere Zeit, als Esteban, weil Maryvonne ihn ins Internat gegeben hatte, ganz verbittert gewesen war und er selbst ein kleinmütiger Feigling, der ihm nicht in die Augen sehen konnte. Auch war Esteban schmächtig und ein dunkler Typ, und dieser Priester war großgewachsen und hatte grüne Augen, und während Esteban sich immer wie ein Arbeiter kleidete, zeigte der hier die schlichte Eleganz eines höheren Geistlichen. Außerdem hatte Esteban ihn nie liebevoll behandelt, und dieser junge Mann brachte ihm ganz offensichtlich Sympathie entgegen. So dass Konsul Cantilo, als der Priester schließlich bei ihm war und ihn gegen die Tür eines Postamtes drängte und ein Gendarm weiter unten in seine Pfeife trillerte, um deutlich zu machen, dass er alles sah, wider Erwarten keinerlei Angst verspürte, und statt ihn zu fragen, wer er sei und was ihm einfalle, war ihm absurderweise so, als sollte er ihn fragen: *Wer bin ich?*

»Ich bin Ricardo, wir haben uns gestern Abend beim Patriarchen kennengelernt, Sie erinnern sich doch bestimmt«, sagte der Priester, als hörte er nicht das Trillern des Gendarmen.

Beschämt hätte der Konsul am liebsten verneint, denn tatsächlich hatte er in dem Kurienhaus in Lapa mit Erleichterung zur Kenntnis genommen, dass nirgendwo Soutanen zu sehen gewesen waren, wo er all die Jahre solche Qualen gelitten und nicht ein einziges Mal den Mut aufgebracht hatte, zur Beichte zu gehen. Der junge Mann lächelte milde und versuchte es auf einem anderen Weg.

»Wir waren eben bei Ihnen zu Hause, Señor Eduardo, und haben mit Ihrer Haushälterin gesprochen, eine bezaubernde Person. Zum Glück konnte das Fräulein uns sagen, wie wir Sie erreichen. Der Patriarch war zwar der Ansicht, Sie gingen besser allein zu dem Treffen, nur leider«, und das Gesicht des Priesters leuchtete seltsam bedeutungsvoll, »hat sich die Situation noch verschlimmert, Señor Eduardo«, und indem er sich mit dem Rücken zum Fluss drehte, als sollte der Polizist sie nicht sehen, packte er den Konsul so heftig am Unterarm, dass der vor Schmerz zuckte und seinen Stock fallen ließ.

»He, was ist da los...«, rief der Gendarm, der den Benfeitor offenbar nicht erkannt hatte.

»Sie können sich vorstellen«, säuselte der junge Mann und lächelte gezwungen, »wie dieser Auftrag mich gefreut hat. Den Wohltäter zu begleiten, den Stern, der uns leitet! Aber wenn Sie kein Vertrauen zu mir haben...«

Um den Gendarmen zu verscheuchen und weitergehen zu können, rief der Konsul: »Wir kommen zu spät!«, in einem Portugiesisch, das weder der Polizist noch sonst jemand verstehen mochte, dessen Bedeutung jedoch klar wurde, als er losstürmte und der Priester ihm folgte und ihn stützte.

Dem Konsul fiel ein, dass sein Stock noch auf dem Bürgersteig lag, aber wozu brauchte er ihn noch, wo dieser Junge, Ricardo, an seiner Seite war, was sollte er sich nach ihm bücken?

»Wir kommen zu spät!«, rief er noch einmal.

Wir kommen zu spät!, hatte er auch zu Esteban gesagt, als sie Maryvonne, ein einziges Mal, in dem finsteren Hof der Irrenanstalt besuchten.

Der Gendarm schaute nach wie vor misstrauisch zu ihnen hinüber, ließ sie aber gehen, und gemeinsam liefen sie das letzte Stück der Straße zum Fluss hinunter, und ihm war, als würde der Junge ihn wie die Apostel bei den frühen Taufen mit jedem Schritt ein wenig tiefer in den Strom seines Vertrauens ziehen, einen Strom, der ihn vom Schmutz befreite, vom Aussatz seiner Erinnerung, seines Wahns, seiner Stimmen. Ach, es ist zum Barmen, sagte er sich und dachte nicht nur an diese schreckliche Person, die er sein Leben lang gewesen war, sondern auch daran, wie naiv es gewesen war, zu glauben, er könne seinen Auftrag allein erfüllen. Und während Ricardo ihm auf die Brücke hinaufhalf, von wo aus sie auf den Bahnhof Cais do Sodré blickten, sagte sich der Konsul immer wieder, dass er eine solche Wertschätzung nicht verdiente. Er konnte ihm ja nicht einmal die Wahrheit sagen! Sosehr Ricardo ihn auch an Esteban erinnerte, an die verehrten Maristenbrüder an seiner eigenen Schule, dieser Geistliche blieb ein Fremder, geleitet vom Patriarchen und dem nicht ganz reinen Gewissen der Zeitungen, die in ihm die Verwirklichung einer Hoffnung sahen, die die Welt längst verloren hatte.

Unten am Fluss war schon dunkle Nacht, und rings um das Rondell vor dem Regionalbahnhof machte der Militärkonvoi halt, um einen anderen Konvoi passieren zu lassen, Diplomatenwagen, die vielleicht ebenfalls zu dem Geheimtreffen fuhren und nicht zu übersehen waren mit ihren weißgestrichenen Reifen und dem flatternden Fähnchen an der Hupe, vor allem aber wegen der erstaunten Gesichter, mit denen die Menschen stehenblieben und manche sich gar bekreuzigten. Konnte es ein deutlicheres Zeichen dafür geben, wie finster die Zeiten waren, wenn diese aufgeblasenen Angeber in den Augen des Volkes eine solche Wichtigkeit erlangten?

Plötzlich hörten sie das Pfeifen eines Zuges, seinen Widerhall in der Kuppel des Bahnhofs, und der Konsul blickte sich erschrocken nach Ricardo um. Und wenn sie den letzten Expresszug des Tages verpassten? »Er hat Verspätung«, sagte der junge Mann, »bestimmt haben sie ihn bei jedem Halt auf der Strecke durchsucht, es gibt Bombenalarm überall. Wir haben also Zeit und können uns hier ausruhen, wenn Sie möchten.«

Den Konsul schien das nicht zu beruhigen, und der Priester erklärte, auch hier werde es mindestens eine halbe Stunde dauern, bis alle Reisenden durchsucht seien, sie könnten also gerne noch auf einen Kaffee in ein Lokal gehen. Der Konsul wies den Vorschlag empört zurück, war aber einverstanden, eine Weile am Brückengeländer auszuruhen und die vom Tejo heraufwehende frische Luft zu genießen. Wäre er in Begleitung irgendeines Dienstboten, hätte er sich nicht bemüßigt gefühlt zu sprechen, doch die Stille zwischen ihnen war schon fast unhöflich. Ob er ihm sagen könnte, dass er sich Sorgen um Maestro Eugénio de Oliveira machte? Sicher hatte Ricardo gesehen, wie er neulich bei der Galavorstellung, die Salazar für die ausländischen Diplomaten gab, in Ohnmacht gefallen war. Bis heute Morgen hatte der Maestro noch hier gegenüber gewohnt, im Hotel Majestic, und die ganze Woche hatte er immer wieder im Konsulat angerufen und »für einen meiner Schüler« um eine Passage auf dem Hilfsfrachter nachgesucht, aber nur den Spott dieser Kanaillen in ihren Schreibstuben geerntet. Wahrscheinlich war er es auch gewesen, der heute Vormittag bei ihm zu Hause angerufen hatte, was Marcenda derart beunruhigte – »jemand weint am anderen Ende und sagt kein Wort, Herr Doktor« –, dass er sich genötigt sah, ihr zu verbieten, noch einmal abzuheben. Doch wusste der Himmel, in welche Homogeschichten der Maestro diesmal verstrickt war, und seinen Namen zu nennen hieß vielleicht, sich zu kompromittieren.

»Ihnen ist nicht wohl«, befand Ricardo, als wäre er sein Leibarzt. »Sie werden nicht abstreiten, dass Sie am liebsten in Lissabon bleiben würden. Und jetzt zwinge ich Sie zu fahren, und Sie können sich nicht überwinden, es mir zu sagen.«

»Aber nein, bestimmt nicht«, protestierte der Konsul, der fürchtete, ihn beleidigt zu haben, auch wenn er das vage Gefühl hatte, dass der Junge ihn erpresste. »Ich mache mir nur Sorgen«, stammelte er, »wegen der beiden argentinischen Künstler, die wir heute aus Madrid erwarten und die eben am Bahnhof Rossio angekommen sind.«

Ricardos Gesicht verzerrte sich, und der Konsul schwieg verwirrt. Eine Männerstimme hallte plötzlich von der Straße herauf, und sie beugten sich über das Geländer und sahen, wie mit ihren Mützen, grauen Kittelschürzen und prallen Tornistern in einer langen Reihe Kinder unter ihnen herzogen, mit dieser geordneten, schaurigen Verschwiegenheit eines nächtlichen Schwarms.

»Ach, das Volk Israel!«, murmelte Ricardo wie für sich, wie für niemanden, mit einer Stimme, die nicht mehr die seine zu sein schien, vielleicht weil er eine Stelle aus dem Alten Testament zitierte, zumindest schien es dem Konsul so. »Wie sehr sie uns brauchen, und wie wenig wir für sie tun können!«

Der Konsul schaute ihn an und glaubte nun zu wissen, mit was für einem Menschen er es zu tun hatte. Wieso sollte dieser Priester, selbst wenn der Patriarch und seine »männliche

Elite« einen besonderen Ruf genossen und sich untadelig verhielten, auch anders sein als die Geistlichen, die er bisher kannte? Ebendeshalb hatte er ihn ja von Anfang an so an Esteban erinnert.

»Verzeihen Sie bitte«, sagte der junge Mann, als er merkte, dass der Konsul den Blick nicht von ihm wandte, und wischte sich diskret eine Träne aus dem Auge.

Sie hörten die Pfeife des Stationsvorstehers, vermutlich sollten jetzt die Reisenden durchsucht werden, die mit dem letzten Zug fuhren, und Ricardo nahm den Konsul wieder am Arm und zog ihn, noch zerknirscht, aber fest und ohne Pause, weiter den Hang hinunter. Wie ein Leuchtturm erhob sich nun der Bahnhof vor ihnen, und alles strömte zu ihm hin: die Diplomatenwagen, die sie das Rondell hatten umrunden sehen, der lange Zug der jüdischen Kinder, auch einige der Armeelastwagen, die an ihnen vorbeigefahren waren und aus denen nun ganze Trupps von Gendarmen ausstiegen. Doch der Konsul musste immerzu an die Worte des jungen Mannes denken, »Ach, das Volk Israel, das Volk Israel!«, und er sah ihn durchdringend an. Wieweit konnte er auf ihn zählen?

»Sie machen sich also Sorgen wegen Ihrer Künstler?«, sagte der verärgert zu ihm.

»Na ja«, grummelte der Konsul, um sich nicht weiter in den Strudel der Versuchung reißen zu lassen und ihm alles zu erzählen. »Oberst Sijarich, unser Militärattaché, hat Erkundigungen über das Gondarém eingeholt, das Lokal, das den kleinen Empfang organisiert hat, mit dem wir die beiden Künstler heute hatten ehren wollen. Der Sekretär der Gesandtschaft wird sie später sicher noch dorthin führen, um Fados zu hören.« Ricardo nickte ernst, ohne das beunruhigende Treiben der Gendarmen aus den Augen zu lassen. »Heute Morgen hat er den Chef der PVDE angerufen, aber wie es scheint, verdächtigt der mich«, wagte der Konsul sich vor, wie jemand, der die

Temperatur des Wassers prüft, ehe er eintaucht, »Genaueres wollte er nicht sagen. Jedenfalls meinte er, wir hätten nichts zu befürchten, einer seiner Männer sei abgestellt, den Eingang des Lokals zu bewachen. Nach Ansicht von Sijarich«, fügte der Konsul nervös hinzu, da Ricardo nur auf die Menschenmenge vor ihnen achtete und kein Wort sagte, »hat man das Gondarém nur deshalb noch nicht zugemacht, weil sich dort abends viele hohe Tiere treffen. Ein Paradies für Spione!«

Während sie nun unter dem Wetterdach des Bahnhofs hergingen, machte Ricardo eine so hochmütige und mürrische Miene, dass der Konsul schon dachte, er hätte sich lächerlich gemacht, genau wie dieser Sijarich mit seinen plumpen Obsessionen eines Militärs, der überall nur Spione witterte. Und auch wenn der Konsul, anders als sein Begleiter, niemanden anzuschauen versuchte, spürte er, als das Licht der Halle auf sie fiel, wie sich die Blicke Hunderter von Menschen auf ihn richteten. Einige applaudierten und ließen ihn hochleben, die meisten aber waren verwirrt: Was machte der Benfeitor hier, nur wenige Stunden vor dem Entladen des Getreides, und dann noch mit einem Priester an seiner Seite? Verabschiedete er den Mann bloß, oder verließ er Lissabon?

»Papiere«, bedeutete Ricardo leise, und der Konsul erschrak so sehr, dass er mitten auf der Vortreppe stehenblieb. Sollte das ein Scherz sein? Der junge Mann streckte nur die Hand aus. Konnte es sein, dass er nicht wusste, dass in Lissabon jeden Tag Leute ihr Leben aufs Spiel setzten oder gar selber töteten, um an einen legalen Pass zu kommen? Da der Konsul sich nicht rührte, schaute Ricardo ihn fest an und sagte:

»Tut mir leid, Señor Eduardo, aber es kann sein, dass ich Ihre Identität nachweisen muss, bevor man Sie in unser Abteil lässt.«

»Mein Gott, natürlich«, sagte der Konsul und nestelte mit zitternden Fingern am Knopf der Innentasche seines Jacketts.

Schließlich gab er dem jungen Mann seinen Pass, worauf der ihn mit einer solchen Lässigkeit in die Tasche gleiten ließ, dass es einem Vorwurf gleichkam, und noch ehe er reagieren konnte, war Ricardo schon vorausgegangen und aus seinem Blickfeld verschwunden. So trat er allein in die Bahnhofshalle, wo die Leute in langen Reihen anstanden – die Männer rechts, die Frauen links, wie gedrängt vom stillen Vorrücken der Zeiger einer großen Uhr –, um ihre Personalien an eigens aufgestellten Tischen aufnehmen zu lassen, an denen von Soldaten bewachte Eisenbahnbeamte die Angaben registrierten und die Fahrscheine abzeichneten, ehe sie den Reisenden gestatteten, auf die Abfahrt zu warten. Dem Konsul wurde schwindelig inmitten all dieser Menschen, die er so viele Jahre gemieden hatte, und zaghaft, erst recht ohne seinen Stock, ging er zu einer grünen Bank und setzte sich genau unter die große Uhr. Und er dankte dem Himmel, dass niemand sich ihm nähern zu wollen schien, auch wenn man ihn natürlich überwachte. Wie die geheime Wache jenes Verborgenen, dachte der Konsul, des verschollenen Königs Sebastião, welcher der Legende nach verkleidet nach Lissabon zurückgekehrt war und noch heute unerkannt unter seinen Untertanen lebte. Und im Grunde war es für ihn ein Segen, denn zu wissen, dass er gesehen wurde, erlöste ihn ein weiteres Mal von der Qual der Stimmen.

3

Das Volk Israel, sagte sich der Konsul immer wieder, als fände er in der Erinnerung an die Stimme Ricardos Ruhe und Gelassenheit. Und als wäre nichts anderes von Bedeutung, schaute er sich die Szenen auf den Wandkacheln an, all die Wunderwerke der Baixa: die Praça do Comércio, den Aufzug Santa Justa, die Aussichtsterrasse von São Pedro de Alcântara, von wo aus er, vielleicht zum letzten Mal, die Stadt in ihrer ganzen Pracht gesehen hatte. Das Volk Israel! Konnte sich dieser junge Mann, konnten sich all die jüdischen Flüchtlinge, die da enttäuscht das Wort Benfeitor murmelten, überhaupt vorstellen, aus welch finsterer Welt er kam? Dass er einen Vater gehabt hatte, der so krank war, dass er sich an einem Pogrom beteiligte, noch ehe er überhaupt einem Juden begegnet war? Und er selbst, welchen Juden hatte er schon gekannt vor dem Herrn Mandelbaum, bevor er erfuhr, dass auch Maryvonne und Esteban Juden waren? Nur diesen Dr. Antokoletz, der seinen Patenonkel zum Duell herausgefordert hatte, als der sich, mittlerweile ein hoher Beamter im Außenministerium, seiner Beförderung widersetzte, weil »die argentinischen Interessen nicht einer einzigen Gruppe überlassen bleiben dürfen«. Und wie sein Onkel, kaum dass sie in seinem Arbeitszimmer unter sich waren, immer gewettert hatte gegen die Getreidegesellschaften, die die argentinische Landwirtschaft nach Lust und Laune lenkten, alle in den Händen von Israeliten, genau wie die Firma von Mandelbaum. »Israeliten!«, hatte auch Pater Meinvielle sonntags von der Kanzel der Kathedrale von San Isidro herabgedonnert, und er konnte sich noch daran erinnern, wie er und seine kleine Schwester zu Gott gefleht hatten, eine Plage möge die Juden strafen. *Aber glauben Sie denn, Ihr Schutzengel hier wäre so anders?*, überfiel ihn erneut die Stimme Estebans, und das Gemeine war weniger seine Aufdringlichkeit als die Erbitterung, mit der er den ersten Menschen, zu dem sich der Konsul in all der Zeit hingezogen fühlte, gleich aus dem Weg räumen wollte. Oh, aber natürlich war er das! Dieser Ricardo war vielleicht etwas sprunghaft, aber jemand, der Mitgefühl hatte und aus gutem Hause kam, und einen solchen Menschen brauchte der Konsul einfach an seiner Seite. Eigentlich musste er dem Patriarchen dankbar sein, dass er ihn geschickt hatte. Schon gestern Abend hatte der ihm den Eindruck einer zugewandten Seele gemacht. Warum sonst hatte er wohl ein Bankett für ihn gegeben und ihn gleich heute zu diesem Treffen bestellt, wo sie in Ruhe miteinander sprechen könnten? Warum sonst hatte er die Großzügigkeit besessen, nach dem Essen auf eine zaghafte, bewegte Frage des Konsuls ausführlich zu antworten, auf eine Art, dass aus dieser faden, dem Protokoll verpflichteten Veranstaltung am Ende noch eine unvergessliche Zeremonie wurde? »Ich sehe Sie, Doutor Cantilo«, hatte der Patriarch gesagt, »und weiß: Morgen, im Paradies, werden wir uns erkennen.« *Doch morgen ist heute.*

Das Geräusch von Ketten, die auf dem Marmorfußboden rasselten, und die Rufe der Polizisten, die endlich die Erlaubnis zum Einsteigen gaben, rissen ihn zurück in die Wirklichkeit, und an den argwöhnischen Blicken um ihn herum sah er, dass er wieder mit sich selbst gesprochen hatte. Ängstlich wandte er sich in die Richtung, in die Ricardo gegangen war, doch die Flut der zum Bahnsteig drängenden Menschen verstellte ihm den Blick. Nein, für diese armen Teufel war es keine Beruhigung, Lissabon zu verlassen. Vielleicht hatten sie die letzte Gelegenheit verpasst, eine Passage auf der Boa Esperança zu erhalten, dem letzten Schiff, das noch mit jüdischen Flüchtlingen den Atlantik würde überqueren können, und jetzt wollten sie nur bei ihren nächsten Angehörigen sein und gemeinsam mit ihnen überlegen, wie sie sich verhalten sollten, wenn die Nazis einmarschierten oder die Alliierten sie bombardierten. Schließlich konnte der Konsul die kleinen Schalterfenster ausmachen, aber sie waren geschlossen. Ein handgeschriebenes Schild verkündete: FAHRSCHEINE AN DEN KONTROLLTISCHEN. Um nicht den Mut zu verlieren, versuchte er sich mit dem Gedanken zu beruhigen, dass Ricardo bestimmt in einem der Dienstzimmer noch etwas zu erledigen hatte, auch wenn sämtliche Türen geschlossen waren und kein Licht herausdrang. *Und er hat Ihren Reisepass, Señor Eduardo!* O Gott, flehte der Konsul, jetzt nur nicht denken, dass er ihn verlassen hatte. War es nicht wahrscheinlicher, dass jemand ihn aufgehalten hatte, ein Bahnbeamter, ein Gendarm, einer von der Geheimpolizei? Aber ob sie ihn zwingen würden, das Ziel ihrer Reise zu verraten? Nur der argentinische Botschafter in Spanien, der in Cascais auf sie wartete, wusste genau, wo das Treffen stattfinden sollte. Und außerdem, gab es einen besseren Grund als eine Verabredung mit diesem Karrieristen, der ihm gestern erst vorgeworfen hatte, er sei verrückt, eine Fracht Getreide zu spenden, und ihn dann auch noch einschüchtern wollte, indem er seine Freundschaft mit Generalissimus Franco ansprach?

»Konsul Cantilo!«, rief eine raue, fremdländisch klingende Stimme vom dunklen Eingang des Bahnhofs her, eine so mächtige Stimme, dass sie das Lärmen der rangierenden Lokomotive übertönte, »Konsul Cantilo!«, immer wieder, und während er schon erleichtert dachte, eine solch affektierte Reibeisenstimme könne nur dem Maestro de Oliveira gehören, sah er, wie der berühmte Herr Mizrahi auf ihn zukam, der König des persischen Erdöls, dessen Gesicht er aus der Zeitung kannte und der ihn genauso erkannt haben mochte. Auch wenn er auf einem Bein hinkte, schien es, als könnten ihn seine Leibwächter nur mit Mühe davon abhalten, mit Fäusten auf den Konsul zuzugehen. Nur wenige Zentimeter vor ihm hielt Mizrahi inne, begrub ihn unter seinem langen Schatten und sagte in einem wirren, donnernden Judenspanisch, dass ihn die Nachricht von der Spende gefreut habe, denn seit dem Tag, an dem der Konsul ihn nicht habe empfangen wollen, sei er überzeugt gewesen, dass es in Lissabon keinen einzigen Diplomaten mit Saft in den Eiern gebe.

»Merci, merci«, stammelte der Konsul, und bestürzt sah er das Gesicht von Mizrahis schwachsinniger Tochter wieder, oben auf dem Formular, ein Gesicht, das sich für immer in seinem Gedächtnis eingebrannt hatte, weil er zu dem Zeitpunkt nicht hatte glauben können, dass die Nazis sie aus »rassenhygienischen« Gründen ermorden wollten. Aber er stand nicht auf, er schaute nur in der Halle umher, mit bangem Blick, als wartete er heimlich auf jemanden und wollte seinem Gegenüber zu verstehen geben, dass er sich zurückziehen möge.

Mizrahi wich kein Stück. Er bäumte sich nur auf und schnaubte, bis die Leibwächter, die wieder einen Wutanfall befürchteten wie damals, als er im Büro des Konsulatssekretärs mit einem Stockhieb die Scheibe zertrümmerte, ihn schließlich packten und zum Zug zerrten. »Wir sehen uns bald, nicht wahr?«, sagte der Spharde. »Letzten Endes fahren wir ja doch im selben Zug.«

»Merci, merci«, murmelte der Konsul, aber niemand hörte ihn, denn die Lokomotive hatte ihr Rangiermanöver beendet und pfiff zum Einsteigen.

Ein, zwei Minuten vergingen, und dem Konsul kamen sie vor wie eine Ewigkeit. Ihn befiel eine so große Unruhe, dass er schon Estebans Stimme hörte, wie sie ihn endgültig fertigmachte, wie sie sich lustig darüber machte, dass er einem Unbekannten vertraut hatte, dem das magere Verdienst zukam, ihm, Esteban, zu ähneln. Nein, bestimmt kam Ricardo wieder. Auch wenn es etwas dauerte, Hauptsache, er kam zurück. Was machte es schon, wenn er den Zug verpasste? Er hörte den Mechanismus der Bahnhofsuhr über sich, die Viertel vor sieben schlug, und die Stimme eines Bahnbeamten, »Fahrgäste für den Zug nach Estoril, letzte Aufforderung...«, auf Spanisch, was nur ihm gelten konnte, und im gleichen Moment sah er, wie mit der aufgeregten Beflissenheit eines Liebhabers, gleichsam im Fluge und getragen von den schwingenden Schößen seines Umhangs, Ricardo aus der Herrentoilette kam, auf den Lippen das Lächeln des unvermeidlich Verspäteten.

»Bitte vielmals um Entschuldigung, Señor Eduardo«, flötete er, nahm ihn sachte am Arm und führte ihn zum Drehkreuz, wo der Schaffner sie, als er den Passierschein sah, gleich durchließ und darauf dem Lokführer mit seiner Trillerpfeife ein Zeichen gab.

Seite an Seite gingen sie zum Zug, während die Gendarmen von den Gleisanlagen zurücktraten, die sie mit schwingenden roten Laternen bewachten.

»Sie haben Angst gehabt, weil ich so lange fort war«, bemerkte Ricardo ein wenig theatralisch, und der Konsul schüttelte beschämt den Kopf. »Jetzt hören Sie mir gut zu, und seien Sie nicht dumm: Der Patriarch und ich würden Sie niemals verlassen, verstanden?« Und als könnte trotz der lärmenden Lokomotive jemand sie hören, sagte er ihm ins Ohr: »Unter keinen Umständen!«

Dem Konsul bereitete diese große Wertschätzung Unbehagen, wie sollte er sie auch erwidern, wo er selbst so zugeknöpft war und sich nicht die kleinste Aufrichtigkeit erlauben konnte. Im Dunkeln suchte er nach seinen Augen. Sag mir die Wahrheit, hätte er am liebsten gesagt, weißt du etwas von einer Gefahr, die ich nicht kenne? Und warum hat der Patriarch gesagt, im Paradies werden wir uns erkennen ... *morgen?*

»Der Zug könnte ruhig ohne diesen Angeber von Mizrahi losfahren, der sich auch noch für einen Feingeist hält mit seinen persischen Ölquellen, seinen famosen zwei Prozent und seiner Sammlerattitüde«, sagte Ricardo. Der Lichtkegel einer Laterne schwenkte zu ihnen herüber und wies ihnen den Weg zum Trittbrett des zweiten Waggons. »Aber ohne Sie könnte der Zug nicht fahren, mein lieber Wohltäter, ohne den Stern, der uns leitet!«

Wie gerne, sagte sich der Konsul, als der Junge ihm die steilen Stufen hinaufhalf, wie gerne hätte er ihm jetzt ein paar seiner Sünden erzählt, die ihn so quälten, aber bis zum Morgen hatte er kein Recht, sein Geheimnis zu teilen.

»Wenn Sie wüssten, wie sehr man Sie dort drinnen schätzt!«, sagte Ricardo, und aus Angst, sich eine Blöße zu geben, fragte der Konsul nicht, wen er damit meinte. »Aber die Lage, hat man mir eben bestätigt, und deshalb hat es so lange gedauert, ist noch weit schlimmer als vorhin. Sie ist *sehr, sehr ernst*!«

Sie traten in einen dunklen Wagen, den komfortabelsten, wie es schien, zumindest deuteten die Begrüßung mit Weihrauch und die salbungsvolle Stimme eines Uniformierten darauf hin, der sagte: »Guten Abend, Benfeitor, guten Abend, Ricardo.«

»Offenbar«, sagte ihm Ricardo ins Ohr und schob ihn durch den schummrigen Gang, »hat der englische Botschafter für heute um eine Unterredung gebeten, um auf Portugal Druck auszuüben. Er vermutet, dass eben heute verdächtiger Besuch nach Lissabon gekommen ist. Aber bei den Verspätungen auf allen Wegen!« Der Konsul, der es gelernt hatte, nicht nach dem zu fragen, wonach man auch ihn fragen könnte, verbiss sich die Bemerkung, dass er sich schon vorstellen könne, was er damit sagen wolle. »Vor allem Sie müssen sich also in Sicherheit bringen, verstehen Sie?«

Nein, im Grunde verstand der Konsul nichts. Sie kamen an einem Abteil vorbei, in dem fünf oder sechs Männer saßen. Er konnte sie nicht genau erkennen, aber es waren sicher Geistliche.

»Sie wissen doch«, erklärte ihm Ricardo, und mit den Lippen streifte er jetzt sein Ohr, »die beiden Künstler, die Sie aus Spanien hergeholt haben!«

Sie waren nun beim zweiten und auch schon letzten Abteil, spärlich beleuchtet von einer kleinen, in einem Becher flackernden Kerze, und der Konsul überwand sich und protestierte, jetzt reichte es aber, was wollte er damit sagen – dass die PVDE Discépolo und seiner Frau misstraute?

»Wer weiß das schon«, sagte Ricardo, als amüsierte es ihn, wie ganz Lissabon sich dem Verfolgungswahn hingab, »selbst mir misstrauen sie.« Und so, wie er die Stimme senkte, wurde dem Konsul klar, dass in dem benachbarten Coupé Mizrahi und seine Leibwächter saßen, die sie erkannt haben mussten und sich bestimmt über sie lustig machten in der Annahme, der junge Priester wäre der Geliebte, auf den der Konsul gewartet hatte. Ob Ricardo den Sepharden von der Toilette aus hatte schreien hören? »Aber die Leute aus der Gesandtschaft werden schon auf Ihre Künstler aufpassen, nicht wahr? Bis zum Morgengrauen, Señor Eduardo, werden Sie in Lissabon jedenfalls nicht gebraucht.«

Guter Gott, dachte der Konsul, als er spürte, wie unter dem Rucken des Zuges die Scheiben klirrten und das Holz knarrte, und er versuchte, sich aufrecht zu halten, während Ricardo ihm über einen Beistelltisch hinweghalf, »es sich bequem zu machen«, mit dieser Höflichkeit, mit der ein Mann von Welt im Séparée ein Revuegirl empfängt: »Ihren Stock, s'il vous plaît ... Ach, wie das, Sie haben ihn verloren? Und Ihren Hut, Señor Eduardo ... Wenn ich Ihnen aus dem Mantel helfen darf ...« Sollte das nicht ein Wagen der Kirche sein?

Vor sich hin summend, vielleicht um ihm Zeit zu geben, in Ruhe alles zu begreifen, schenkte Ricardo aus einer kristallenen Karaffe Wasser in zwei große, im Kerzenschein funkelnde Gläser. Wer wohl all den Luxus bezahlt hatte, der selbst noch im Dämmerlicht einen Hedonismus verriet, wie er dem Klerus nicht zustand, die samtbezogenen Lehnstühle, den Brokat an den Wänden, die im Rhythmus des Zuges nun aufblitzenden Lampen, diese ganze Pracht, in der er in seiner Rolle als Wohltäter einfach nur lächerlich wirken musste? Als er durch den Schlitz zwischen den Vorhängen nach draußen schaute, erblickte er unter einer Straßenlaterne ebenjenes rote Auto, das er an der Aussichtsterrasse gesehen hatte. Die beiden Männer auf den Vordersitzen waren dieselben wie vorhin und schienen nach jemandem in diesem Waggon Ausschau zu halten.

Der Konsul zog rasch die Vorhänge zu, nicht dass sie ihn erkannten. Aber was für ein Gedanke, sagte er sich, wieso sollten sie nach ihm suchen? Bestimmt fuhr diese Dirne hier im Zug, um die Nacht mit irgendeinem wohlhabenden Herrn in Estoril zu verbringen, und ihre Aufpasser oder Zuhälter wollten sich vergewissern, dass sie ohne Schwierigkeiten durch die Kontrollen gekommen war. Und als er sich wieder umdrehte und zu Ricardo schaute, machte er im Licht der nun hell brennenden Wandlampen eine Entdeckung, die für ihn wie eine Ohrfeige war.

Denn unter dem Umhang, den der junge Priester inzwischen abgelegt hatte, trug er keine Soutane, sondern einen weltlichen Herrenanzug, mit so weiten Hosenbeinen, dass man sie leicht mit einem Ordensgewand verwechseln konnte, und von einer Eleganz, die derart ... derart extravagant war, dass man sie in Diplomatenkreisen als snobistisch abgelehnt hätte. Ricardo sah ihn an, als freute ihn die Überraschung, und der Konsul konnte unter seinem so zärtlichen wie spöttischen Blick eines Revuemäuschens eine ganze Weile nichts anderes tun, als die goldenen Manschettenknöpfe zu betrachten, das grüne Einstecktuch, die goldene Uhrkette über der Weste und diesen erstaunlichen Haarschnitt à la Louise Brooks, wo eben noch der Hut gesessen und er mangels Backenbart einen rasierten Mönchsschädel vermutet hatte.

»Kommen Sie, Señor Eduardo, nicht verzagen«, sagte Ricardo mit halb spöttischer Beflissenheit, was dem Konsul jetzt, wo der Junge in weltlicher Tracht vor ihm stand, irgendwie pervers vorkam. »Dort drinnen«, und mit dem Kopf deutete er an, dass er die Amtsstuben drüben im Bahnhof meinte, »haben sie mir auch eine außergewöhnliche Neuigkeit mitgeteilt!«

Und während er sich wieder vorbeugte, damit Mizrahi ihn nicht hörte, auch wenn der Zug nun so laut und gleichförmig rumpelte, dass auch der Konsul kaum noch etwas verstand, sagte er: »Alle diese Leute, ganz Lissabon, die ganze Welt fragt sich besorgt, was mit Salazar ist, nicht wahr? Wo er sich mit dem englischen Botschafter trifft, was er entscheiden wird. Und wissen Sie was?« Der Konsul sah ihn lächeln, als wäre seine Mission bloß ein Spiel. »Wir werden die Ersten sein, die es erfahren!«

Der Konsul glaubte zu ahnen, dass dieses »Treffen neutraler Diplomaten«, zu dem der Patriarch heimlich geladen hatte, auf dass Konsul Cantilo ihnen »ein Beispiel gebe«, am Ende dank ihm zu einer politischen Konferenz würde. Und in Sorge, dort nicht das Geheimnis bewahren zu können, das er erst am Morgen enthüllen durfte, befand er, dies sei ein guter Grund, sich zu entschuldigen und zu sagen, er fühle sich tatsächlich nicht wohl und werde in Belém aussteigen, und dann würde er bis zum Morgengrauen durch das dunkle Lissabon streifen. Nur, wenn er es recht bedachte: Ricardo hatte ihm seinen Pass noch nicht zurückgegeben!

Der packte den Konsul fest am Unterarm, und es war wie eine Drohung.

»Sobald Ministerpräsident Salazar mit dem englischen Botschafter fertig ist«, sagte er, »wird er sich uns anschließen. Er wünscht sich so sehr, mit Ihnen zu sprechen. Können Sie sich das vorstellen? António Salazar persönlich kommt zu dem Treffen!«

ERSTES BUCH
LISSABON BEI NACHT

Erster Akt
Die Ankünfte

Das tote Spanien im Rücken,
Das düstre Portugal vor mir,
Dazwischen galoppiert ein Fluss,
Doch hält er nicht an meiner Tür.

Fado *Gondarém*

Das alte Lissabon

*Künstler kommen aus Spanien. Balkons mit Blick
auf den Hafen. Ein heimliches Juwel.*

I

Eine Menschenmenge drängte sich am Bahnhof Rossio, als der Zug Madrid – Lissabon schließlich mit mehr als acht Stunden Verspätung einfuhr, doch aus dem ganzen argentinischen Tross wartete nur noch Dr. Javier Ordóñez, Sekretär des Konsulats, auf Tania und Discépolo, und dieses Alleinsein im Getümmel zerrte an seinen Nerven. Fast vierzig Minuten hatten Hunderte von Reisenden, Händlern, Journalisten die Umrisse der Lokomotive gesehen, die dort hinten, am Ausgang des Tunnels, stehengeblieben war. Neugierige waren in Scharen von den Hängen des Bairro Alto und der Mouraria herabgestiegen und spähten nach ihr durch die riesigen Löcher, die die Bombe vom 14. November gerissen hatte, während drinnen, auf den Gleisen der Fernbahn, ein Trupp aufgelöster Arbeiter geschäftig tat und nach irgendwelchen Sprengkörpern zu suchen schien.

Gegen fünf Uhr hatte das Chaos auf den Bahnsteigen ein solches Ausmaß erreicht, dass der Leiter der Verkehrsbehörde persönlich über Lautsprecher bekanntgab, jeglicher Zugverkehr werde eingestellt, solange man dem Zug aus Madrid nicht die Einfahrt ermögliche, worauf Schaffner und Gendarmen in einer regelrechten Schlacht einen jeden vertrieben, der nicht ein bestimmtes Interesse an der Fracht des Zuges glaubhaft machen konnte. Und befreit von der Gesellschaft all dieser Reisenden, die wie jeden Nachmittag nur in ihre Dörfer und Käffer an der Strecke nach Sintra zurückkehren wollten, all dieser Gruppen von Flüchtlingen, die den Tag über vor Konsulaten, Suppenküchen und Reedereien die üblichen wie vergeblichen Schlangen bildeten, hatte Dr. Javier Ordóñez nun ausreichend Platz, um auf sporadischen Ausflügen seine Nervosität abzustreifen. Gleichwohl stieg, als er sich in den spiegelnden Türen der Dienststuben sah – von mittlerer Größe, aber kläglich von Statur und von der Müdigkeit gezeichnet –, der angstvolle Gedanke in ihm auf, wenn der Zug schließlich einfuhr, könnte das Schlimmste passieren. »Der Moment, wenn sie *den Perron betreten*«, hatte Oberst Sijarich ihm eingeschärft, stolz auf die präzise Wahl seiner Worte, »da musst du deine Autorität ausspielen. Ein Ausländer ist leicht um den Finger gewickelt, und dann klaut man ihm den Pass oder ...« Aber welche Autorität besaß er schon, und wie sollte er sie zur Geltung bringen? Discépolos Gesicht glaubte Dr. Ordóñez auf Anhieb erkennen zu können, so genau hatte er eine Karikatur von ihm in den Zeitungsausschnitten studiert, die man ihm gegeben hatte, aber wer sagte ihm, dass er ihn jetzt, in »Zivil« und nach so vielen Stunden auf Reise, noch erkannte? Zu allem Überfluss schauten ihn die beiden Bediensteten, die bei ihm geblieben waren – ein gewisser Macário, noch in der Livree, die er extra zum Empfang angezogen haben musste, und ein überaus fescher Isidro, mit Hasenscharte –, von einer seitlichen Bank aus mit dem gleichen unergründlichen Sarkasmus an, mit dem sein Dienstmädchen ihn einmal angesehen hatte, als er nach dem Besen griff. Und auch wenn die eigenen Kollegen sich lustig gemacht hatten über seinen Einfall, einen Wimpel mitzunehmen, griff Dr. Ordóñez nun immer wieder in seine linke Hosentasche, und allein die Berührung des Hoheitszeichens, das sonst auf seinem Schreibtisch thronte, half ihm, auf dem Posten zu bleiben und nicht aus dem Bahnhof davonzulaufen.

Die Glocken von São Roque zeigten unermüdlich eine weitere Stunde Verspätung an. Und Sofía allein zu Hause. Seit mindestens vier Uhr wartete seine Frau auf ihn, bestimmt hatte sich kein Mensch aus dem Konsulat auch nur die Mühe gemacht, sie anzurufen und zu beruhigen. Irgendwann hatte ein plötzliches Geschrei die wartende Menge in Bewegung gesetzt. Die Straßenbeleuchtung konnte es nicht sein, sagte er sich, dieser Luxus, den sich in Europa nur noch Portugal leistete, auch nicht das Anfahren des Zuges, doch einige versuchten jetzt, über den Zaun vor den Bombenlöchern zu klettern, als wollten sie die Waggons stürmen, und der Polizeichef der Stadt kam höchstpersönlich aus einer der Dienststuben gelaufen, wo die Einsatzleitung sich versammelt hatte, und rief dem Lokführer zu, er solle endlich losfahren. Mit einem mächtigen Zischen hatte die Lokomotive schließlich eine Dampfsäule ausgespien und war angefahren. Die Lautsprecher mahnten zur Vorsicht. Und ein Beifallssturm, verstärkt noch von den Stimmen der im Marktgeschrei geübten Händler, ließ das Satteldach der Bahnsteighalle hoch oben erzittern. »Es lebe Portugal!« »Es lebe der Neue Staat!« »Es lebe Generalissimus Franco!«

Während der Zug am Bahnsteig für die internationalen Verbindungen einfuhr, fing Dr. Ordóñez' Herz an zu rasen, und gleich in der Tür des ersten Wagon-Lit erschien die Gestalt von Enrique Santos Discépolo, ganz in Grau und mit ängstlicher Miene: Wie konnten die Leute nur einen solchen Radau machen, wo er doch bloß hören wollte, ob eine Bombe explodierte? Mit Genugtuung registrierte Dr. Ordóñez, der aus Freude darüber, den Gast erkannt zu haben, sein argentinisches Fähnchen durch die Luft schwenkte, dass Discépolo beim Anblick der heimatlichen Farben über all den schwarzen Hüten lächelte, und an den Haltegriff geklammert, schien Discépolo nun selbst vor Freude im Wind zu flattern, einer Freude, die die Ängstlichkeit in seinem Gesicht ganz plötzlich in dieses überschwänglich Komödiantische verwandelte, das seine Art sein musste, sich in Gesellschaft zu geben, denn jetzt entsprach er seiner eigenen Karikatur. Wenige Meter bevor der Zug zum Stehen kam, sprang er wie mit einem Tanzschritt ab, schritt weiter und grüßte alle mit einer triumphalen Miene, die viel von einer Sympathiebekundung mit dem leidgeprüften portugiesischen Volk hatte, aber auch von Dankbarkeit am Ende einer Vorstellung; vor allem aber bezeugte es seine völlige Ahnungslosigkeit, was all die Spione betraf, die diese spinnerte Idee, unbedingt nach Portugal kommen zu wollen, aufmerksam verfolgten. In seiner Aufregung beschränkte sich Dr. Ordóñez darauf, ihm die kleine Fahne hinzuhalten, und nichts deutete darauf hin, dass Discépolo sich auch nur vorstellen konnte, mit welch banger Hoffnung so viele Flüchtlinge jeden Tag ihre Augen auf sie richteten, denn er nahm sie, schaute sie an wie ein Geschenk, an dem man sich gerne später erfreut, und steckte sie ein. Erst musste sich seine Frau, die noch stehengeblieben war, um sich vor einem Spiegel neben der Wagentür ein Schleierhütchen zu richten, mit einer Hutschachtel das Trittbrett hinabmühen, ehe Discépolo bewusst wurde, wie unbedeutend, zumindest jetzt, seine eigene Person war. Denn sie sagte, diese kleine und so entschieden gekleidete Frau, mit einer energischen Stimme, die Dr. Ordóñez wegen ihres spanischen Akzents überraschte, dass das, was »die armen Teufel hier« bejubelten, und so habe es ihr ein Polizist eben erzählt, Salazars Entscheidung sei, »einen Waggon Kartoffeln« anzunehmen, gespendet im letzten Moment von einem mysteriösen Hilfsverein für die Flüchtlinge. Und der Grund für das, was sie dort draußen so beunruhigt hatte, fuhr sie fort, mit einer Enerviertheit, die es schwer machte, zu verstehen, zu wem sie sprach, sei, dass bei einer der tausend Durchsuchungen, die sie von Madrid bis hierher immer wieder aufgehalten hätten, eine der Waggontüren wohl nicht richtig geschlossen worden sei, und du liebe Güte!, irgendein Pfiffikus musste es geschafft haben, dass ein Rutsch Kartoffeln wie Manna in den Kohlenstaub des Bahndamms regnete.

»Ich sag's ja, kaum sind wir da, schon bist du die Kartoffelkönigin«, brummte Discépolo, ohne sich darum zu scheren, ob seine Witzelei dem Doktor zu Ohren kam. Das Krachen eines Gewehrschusses und das Geschrei der Hungrigen, die sich dem Zug über das Gleis hinterhergetraut hatten und nun zurückwichen, machte ihm schließlich klar, was seine Frau hatte zu verstehen geben wollen: Wo man aus einer Nachkriegszeit in eine Vorkriegszeit überging, war kein Platz für den Humor, der ihn in Argentinien berühmt gemacht hatte, jenem Paradies, in dem ein Krieg unmöglich schien. Und nur eine Spur errötend, begleitet von Macário und Isidro, die er dank seiner Ausstrahlung eines Maître sofort beherrschte, ging Discépolo diskret zum Gepäckwagen am Ende des Zuges, um die Koffer zu holen.

Nun waren es die Händler, die sich ins Zeug legten und lauthals mit den Beamten der Zollbehörde stritten, nicht dass sie die Fracht einfach so dem Erstbesten überließen. Aber warum hatte die Frau ihn nicht gegrüßt?, dachte Ordóñez. Ein weiterer Schuss schreckte alle auf, und erst in dem Moment hob Tania – jetzt fiel Ordóñez auch ihr Künstlername wieder ein – den Hutschleier, und als er ihre Hakennase wiedererkannte, ihre grünen Augen, ihren feinen und gebieterischen Mund, gab es ihm einen Stich. Denn auch wenn er sich nie für Tango interessiert und die Zeitungsausschnitte, in die er sich im Auftrag von Konsul Cantilo vertiefte, mit wachsendem Befremden zur Kenntnis genommen hatte, glaubte er plötzlich genau zu wissen, wer die Frau war. Wie sie dort an den leeren Wagen entlangging, mit beiden Händen die Hutschachtel umklammernd, zeigte sie, so raffiniert ihre Garderobe es auch überspielte, kaum noch etwas von jener unverkennbaren Silhouette, die unter Tausenden von Porteños auch einen Vetter seiner Frau, Severito »Laucha« Anchorena, so in Wallung gebracht hatte. Mehr noch, dachte Dr. Ordóñez, diese übertriebene Art, sich von den Händen bis zum Hals zu bedecken, selbst die Augen mit ihren grünen Rändern, was ihre Erscheinung umso auffälliger machte, würde ihr in ein paar Jahren ein nur noch gewöhnliches Aussehen verleihen. Aber ohne Zweifel hatte sie sich ihre Charaktereigenschaften bewahrt, diesen Drang, alles um sie herum verstehen zu wollen, die Überzeugung, alles Wichtige auf der Welt hänge auch von ihr ab, und die gleiche Verachtung für Leute, die »das Sagen haben«.

Zusammen mit dem Gepolter über den Bahnsteig rollender Eisenräder tauchte Discépolo aus der Menge wieder auf und tönte dabei vor sich hin, als hätte er es schon geschafft, aus Isidro und Macário vielleicht nicht seine Diener, aber doch sein Privatpublikum zu machen. Dr. Ordóñez fuhr auf und fühlte sich bei seinen Gedanken ertappt. Discépolo lächelte, offenbar hatte er sich schon lange damit abgefunden, dass Tania eine solche Anziehungskraft auf alle in seiner Umgebung ausübte, er schien sogar stolz darauf zu sein.

»In diesen Tagen ist alles erlaubt«, sagte er zweideutig, »nicht wahr, Doktor?«

Ordóñez errötete, und er begriff, dass Discépolos Stolz in nicht geringem Maße auf der Eroberung einer Frau beruhte, die sich auch von einem geborenen Anchorena hätte aushalten lassen können.

Macário, der den größten Teil des Gepäcks trug, verkündete, er gehe zum Hafen, um die Koffer direkt beim Zollamt abzufertigen, wo die Männer der ANCRA – einer staatlichen

Schiffsmaklerei, die Konsul Cantilo angesichts der Langsamkeit der Zollbürokratie beauftragt hatte – sie auf den argentinischen Hilfsfrachter bringen würden, sobald Salazar das Löschen der Getreidefracht genehmigte. Indessen war Isidro, dieser beunruhigende Jüngling mit der Hasenscharte, auf Tanias Rufe mit seinem Karren zu ihr geeilt, da sie sehen wollte, ob auch nichts fehlte. Ordóñez und Discépolo gingen auf den Ausgang zu, und nur um etwas zu sagen, fragte der Doktor: »Und was führt Sie nach Portugal?« Discépolo deutete hinter sich, auf das Gerangel um die Ladung Kartoffeln, und sagte: »Da sehen Sie's, mein Freund: einfach nur ausruhen, gut leben ...!« Und zum ersten Mal zählte Dr. Ordóñez die Stunden, die ihn noch von der Abfahrt des Frachters trennten, Stunden, nach denen er wieder an seinen unbedeutenden Schreibtisch im Konsulat zurückkehren konnte, wo er Formulare ausfüllte, die nur dazu dienten, die Flüchtlinge auszuforschen, nicht, sie zu retten.

2

Eine lange Reihe von Pendeltüren trennte die Bahnsteige von der Halle, wo kein Mensch mehr war außer einem Bettlerpaar, das unter dem Bild Unserer lieben Frau von Fatima kauerte, und den Fahrkartenverkäufern, die durch die vergitterten Schalter spähten wie verschreckte Tiere im Zoo. Schreie von der Straße hallten dröhnend in dem hohen Gewölbe wider, doch Dr. Ordóñez und Enrique Santos Discépolo blieben noch für einen Moment dort, der eine, um aus dem Wasserspeier zu trinken, der andere, um als zweifelhaftes Almosen seine letzten spanischen Münzen zu spenden. Als sie sich dann einen Weg durch die Menschentraube bahnten, die die Seitentür blockierte, blieben sie vor Verwunderung auf der oberen der drei

Marmorstufen stehen: Gegenüber, auf der Treppe des Theaters Dona Maria und in den Gassen hinauf zur Mouraria, selbst dahinter noch, auf dem großen Platz, von dem sie kaum mehr als eine Ecke sehen konnten, schien die Bevölkerung von Lissabon zusammengelaufen zu sein, halb verwirrt, halb wütend, ihre bangen Blicke auf sie gerichtet, als erwarteten sie von ihnen eine Offenbarung. Was, schienen sie zu fragen, hatte dieser Beifall eben zu bedeuten gehabt? Dr. Ordóñez sah sich genötigt, Discépolo zuzumurmeln, was schon die Lautsprecher verkündet hatten: dass die Zufahrtswege nach Lissabon gesperrt seien. »Den wahren Grund kennen wir«, deutete er an. »Ich werde es Ihnen sagen, sobald wir im Auto sitzen. In den Stunden, die wir auf Sie gewartet haben, habe ich unter diesen verzweifelten Menschen die aberwitzigsten Gerüchte gehört: Dass die Luftwaffe schon ihre Dörfer bombardiert hätte, weshalb man sie nicht nach Hause fahren lasse. Oder dass Hitler unglaubliche Summen an Salazar gezahlt hätte, damit er in der Nacht noch alle Staatenlosen ausliefert. Jemand meinte sogar, ein Seebeben wie das von 1755 würde bald die Stadt zerstören...«

Mit rumpelnden Karren und Koffern überwand Isidro schließlich die Reihe der Gendarmen, und Tania, gleich hinter ihm, lächelte ein so zufriedenes Lächeln, dass es selbst unter dem Schleier zu erkennen war. Während der Junge sich beeilte, das Gepäck zum Jaguar des Konsulats zu bringen, warf Dr. Ordóñez sich in Positur, um die Rede zu halten, an der er so lange gefeilt hatte. Und indem er einen Ton anschlug, wie er ihn von Konsul Cantilo gehört hatte, als der auf einem Empfang im Palácio de São Bento auf Salazar geantwortet hatte, sagte Ordóñez den Ankömmlingen, keinesfalls könne er erlauben, dass sie sich auf die Suche nach einem Hotel machten, wo es schwierig sei, überhaupt ein Zimmer zu finden. Selbst die besten Hotels seien überfüllt und litten derart unter der angespannten Versorgungslage, dass sie sich kaum imstande sähen, den Betrieb auch nur einigermaßen aufrechtzuerhalten. Dagegen freue sich Konsul Eduardo Cantilo, der seit den frühen Morgenstunden am Bahnsteig auf sie gewartet habe, sich wegen eines »überraschend anberaumten Termins von internationaler Tragweite« aber habe empfehlen müssen, sie in einem Quartier aufzunehmen, welches das Konsulat im Haus des Visconde de Montemor angemietet habe, gleich gegenüber der Anlegestelle von Alcântara, wo man die berühmten Gäste auf ihrer Durchreise nach Argentinien gerne empfange. Ohne ein Wort stiegen Tania und Discépolo gleich die Treppe hinunter, weniger in Vorfreude auf eine Unterkunft im Hafenviertel als darum bemüht, so bald wie möglich aus diesem Tollhaus herauszukommen, wo der Ausbruch einer Schlägerei in der Luft zu liegen schien. Doch als der Chauffeur des Konsulats ihnen den Wagenschlag zur Straße hin öffnete und sie damit zwang, um das Heck des Wagens herumzugehen, sahen sie den Holzgasgenerator, ein Ungetüm, das wie eine bösartige Geschwulst aus der glänzenden Karosserie herausragte und ihnen zu sagen schien, dass es tatsächlich keine schlechte Idee wäre, die Nacht in der Nähe des Flusses zu verbringen, schließlich waren es kaum noch zwölf Stunden bis zum Auslaufen des Schiffes. »Buenas noites«, sagte der Chauffeur der Gesandtschaft in einer drolligen Mischung aus Spanisch und Portugiesisch und erzählte gleich, dass er seine Kindheit im argentinischen Córdoba verbracht habe, nur hätten seine ausgewanderten Eltern, wie er halb amüsiert hinzufügte, »die verrückte Idee gehabt, mich in dieses Paradies zurückzuschicken«.

Und so, sich darüber wundernd, dass sie hier mehr auffielen als irgendwo sonst auf ihrer Tournee, da es keinen Menschen gab, der nicht zu ihnen herüberstarrte, zogen die Könige des Tangos ein in die Baixa: er, der König, hinter dem Chauffeur sitzend und vor Freude jauchzend, wenn er über die Köpfe der Menschen hinweg etwas erblickte, den Elevador da Glória oder, da oben!, das Castelo de São Jorge, als würde ihn alles zu einem Gedicht inspirieren; und sie, die Königin, endlich befreit von ihrem Schleierhütchen, hinter Ordóñez sitzend und mit der Stirn ans Fenster gelehnt, so dass aller Hochmut in ihren Gesichtszügen sich auflöste in Bitterkeit und Erschöpfung. Ein Ausdruck, sagte sich Dr. Ordóñez, während er sie im Rückspiegel nicht aus den Augen ließ, den sie auf ihrer Albtraumfahrt hierher hatte unterdrücken müssen, der sie stumpf machte gegenüber dem Elend der Menschen dort draußen und ihnen zugleich auf seltsame Weise ähnlich.

»Das ist ein Jaguar, neuestes Modell, Baujahr 38!«, rief der redselige Chauffeur. »Ein französischer Industrieller hat ihn dem Konsul Cantilo geschenkt, zum Dank für ein Visum, und der Konsul war so liebenswürdig und hat ihn der argentinischen Gesandtschaft gespendet. Ein echtes Juwel, nicht wahr? So was muss in Portugal bleiben. Wir nennen ihn unsere Schwalbe!«

Discépolo feierte diesen poetischen Einfall, der seiner portugiesischen Inspiriertheit so entgegenkam, und Dr. Ordóñez, den nichts mehr verstörte als die geteilte Fröhlichkeit von Künstlern und Dienstboten, schob die Erklärung für seine Eile lieber hinaus: die Getreidespende, welche die Zollbehörde nicht in den Hafen lassen wollte, und die Attentate, mit denen jederzeit zu rechnen war. Auch Tania, die sich, wie er im Rückspiegel sah, die Handschuhe ausgezogen und die Hände auf die Hutschachtel gelegt hatte, schien mit ihren Gedanken woanders zu sein, kein Wunder, sie war schließlich eine Frau. Aber warum hatte sie ihn nicht gegrüßt?

»Vor ein paar Jahren haben wir dort gesessen«, rief Discépolo, als sie am Café Nicola vorbeikamen, »genau dort vor dem Café, Doktor! Ich erinnere mich noch gut an einen jungen Mann namens Botto, António Botto, er schrieb Lieder über Lissabons Schönheit. Hervorragender Dichter! Wissen Sie etwas von ihm? Vielleicht könnte er uns heute in ein Fadolokal begleiten, was meinen Sie?«

»Nein, tut mir leid«, stammelte Dr. Ordóñez, der nie auf die Idee gekommen wäre, auch nur einen Blick in die Literaturbeilage des *Jornal de Lisboa* zu werfen. Doch als Tanias Gesicht im Rückspiegel sich zu einer verächtlichen Grimasse verzog, wurde ihm klar, dass sie alles hörte und entweder dachte, dass die Texte dieses Botto nicht der Rede wert seien, oder dass auch der größte aller Dichter den Verfall nicht überschminken könnte, den sie durchs Fenster sah: ein fürchterlich entstellter Bettler am Eingang des Kaufhauses Armazens do Chiado, das Gesicht eine einzige Warze; eine Schlange von Bedürftigen, die vor der Bäckerei Au bonheur des femmes auf die Reste des Tages warteten.

»Als wären wir hier wieder in Buenos Aires«, bemerkte der Chauffeur, als sich die Praça do Comércio vor ihnen auftat und sie jenseits des Platzes wie ein majestätisches, schwarz dahinfließendes Band den Tejo sahen, die Lichter der Laternen entlang einem Ufer, an dem verzweifelte Menschen dahinzogen, die Lichter der Schiffe, die zitterten, als fürchteten sie ihren eigenen Widerschein. Doch Tania schüttelte nur den Kopf. Was redeten die für einen Unsinn! In Buenos Aires vermischte sich früher oder später alles Fremde, so wie sie und ihr Mann, und hier konnte man sofort die Flüchtlinge von den Portugiesen unterscheiden, nicht nur wegen der Gesichter und der Kleidung, sondern wegen dieser hummeligen Geschäftigkeit der Lissabonner und der suchenden Verzweiflung, mit der die Flüchtlinge sich bewegten, ein Schicksal vor Augen, das sie nicht begreifen konnten. Schlingernd und mit heftiger Schlagseite bog der Chauffeur schließlich am Fluss auf die Avenida da Ribeira das Naus ein, umfuhr das Rondell am Bahnhof Cais do Sodré und fädelte sich in die Straße ein, die an der Eisenbahnstrecke entlang geradewegs zum Hafen von Alcântara führte.

Discépolo schaute nun still vor sich hin, entzückt von dem Wasser, das sie jenseits der Gleise und des Schutzzauns zu begleiten schien, während Dr. Ordóñez, den Rückspiegel immer im Blick, verschiedene Hypothesen durchspielte. Zunächst war klar, dass sie nicht gekommen waren, um sich zu erholen, erst recht nicht als »Touristen«. Ebenso klar war, dass sie nichts zu tun hatten mit dieser überraschenden Spende und dem ganzen Ärger, den ihnen Konsul Cantilo eingebrockt hatte. Es musste etwas anderes sein, das sie geheim hielten und von dem sie dachten, dass sie es nur in Portugal lösen könnten. Aber was, wenn hier alles kurz davor schien, in die Luft zu fliegen? Plötzlich fiel Dr. Ordóñez, der selbst keine Kinder hatte und seinen ganzen Ehrgeiz darauf richtete, seiner Frau eines zu schenken, damit sie endlich ihre denkwürdige Nervenschwäche unter Kontrolle bekam, ein rätselhafter Satz ein, den der Patriarch gestern Abend über »ominöse Transaktionen« gesagt hatte, und da er sich die beiden aus irgendeinem Grund unmöglich zusammen im Bett vorstellen konnte, ließ ein weiterer Gedanke ihn erschaudern: Sie waren, und wenn es noch so hanebüchen klang, nach Lissabon gekommen, um hier ein Kind zu kaufen, wenn nicht zu rauben. Wen wunderte es, wenn solche Geschichten über Kinderhandel bis nach Madrid gelangten?

»So ein Blödmann!«, rief der Chauffeur und stieg auf die Bremse. Alles schreckte hoch, der Jaguar schüttelte sich, kam mit dem für holzgasbetriebene Fahrzeuge typischen Ruckeln zum Stehen und versank in der Wolke seines eigenen Qualms. Ein Radfahrer war, allem Anschein nach von der Rua de São Bento herunterkommend, auf die Avenida gesaust und hätte beinahe die Stoßstange gestreift, und jetzt radelte er ihnen voran in Richtung Belém. Der Mann aus Córdoba kurbelte wütend sein Fenster herunter, hielt jedoch inne, als Dr. Ordóñez ihm die Hand auf den Unterarm legte: Auf dem Rücken des Jungen wölbte sich eine Posttasche, und wenn sich darin ein Brief aus dem Palácio de São Bento befand, von Salazar? Wer wollte wissen, ob von dieser Nachricht nicht das Schicksal Portugals, vielleicht Europas abhing? Als er wieder in den Rückspiegel schaute, begegnete er Tanias Augen, und sie sahen ihn mit der ganzen Wut an, die sie während der Zugfahrt unterdrückt haben musste. Und auch wenn Dr. Ordóñez wusste, dass er ihrem Blick, sollte sein Ruf keinen Schaden leiden, hätte standhalten müssen, konnte er nicht anders, als sich abzuwenden. Aber nein, wie sollte Tania erraten haben, welcher Ungeheuerlichkeit er sie für fähig geglaubt hatte, und ganz und gar undenkbar war, dass sie ihn mit Severito Anchorena in Verbindung brachte. Wahrscheinlich wollte sie von ihm nur endlich die Erklärung hören, die er ihnen versprochen hatte.

»Da wären wir, Majestäten!«, rief der Chauffeur, und vor lauter Angst, Tania könnte doch hinter seine Gedanken kommen, sprang Dr. Ordóñez auf die Straße und vergaß dabei, seinen Sitz nach vorn zu neigen, um die Gäste aussteigen zu lassen.

Schließlich half der Chauffeur den beiden aus dem Jaguar, hinaus auf den Largo do Porto, den ein Fado schon für alle Zeiten »Platz der Schwalben« getauft hatte: Discépolo mit dem alerten Schwung des Varietékünstlers, Tania mit dem Handicap ihrer hohen Absätze und dieser verflixten Hutschachtel, die sie nicht eine Sekunde losließ und, wie Ordóñez jetzt sah, mit einem Kettchen am Handgelenk befestigt trug. Für einen Moment, der Ordóñez wie eine Ewigkeit vorkam und den der Mann aus Córdoba nutzte, um irgendwelche Erinnerungen an seine eigene große Fahrt zum Besten zu geben, schienen die beiden zur Ruhe kommen zu wollen, und so standen sie da und schauten hinüber zu einer langen Reihe von Menschen, die gleich dort begann und sich bis an die Ecke der Rua Ulisipo hinzog, bis zu dem Bahnübergang beim Hafen. Unrasierte Männer und Frauen, die ein kleines Feuer schürten, Kinder mit geschorenem Kopf und bangen Augen, mit abgeklärter Neugier auch, als könnte nichts mehr sie schrecken, alte Leute, die auf Kartons saßen oder sich auf Bündeln ausstreckten, und sie alle, von denen keiner, wie Dr. Ordóñez bemerkte, richtiges Reisegepäck dabeihatte, schienen ihnen zuzurufen: Amsterdam, Brüssel, Warschau. Oder genauer: ihre Zerstörung. Es waren die Passagiere der zweiten und dritten Klasse, sagte der Mann aus Córdoba, seit mehr als zwölf Stunden warteten sie darauf, an Bord der Boa Esperança zu gehen, eines unter portugiesischer Flagge fahrenden Ozeandampfers. Aus irgendeinem Grund war die Unruhe, die sie ausstrahlten, eine andere als die der vielen Flüchtlinge, die sie am Ufer des Tejo gesehen hatten, und ebendas schien die Gäste in ihren Bann zu ziehen. So dass Dr. Ordóñez sich entschloss, sie mit einem vielleicht nicht ganz angebrachten »Herrschaften!« um Aufmerksamkeit zu bitten, einem Ausruf, mit dem Konsul Cantilo stets versuchte, Ordnung in die aus dem Ruder laufenden Sitzungen im Konsulat zu bringen, und dem Tania und Discépolo augenblicklich folgten, wie auf die Bühne gerufen vom dritten Klingelzeichen. Und als sie sich umdrehten, standen sie vor einem alten, mehrstöckigen Wohnhaus, dessen einzige Pracht die erhabenen steinernen Sturze über den hohen Fenstern waren, das ergreifende Filigran der Vitrage mit den Gardinen dahinter und weiter oben, in den Fenstern direkt unter der Mansarde, eine so stattliche Beleuchtung, als wäre es das Feuer eines Leuchtturms. Es war die Wohnung, die an der Straßenecke lag und auf den Hafen hinausging und die schon immer die argentinische Residenz geheißen hatte, auch wenn niemand aus der Gesandtschaft dort wohnte, ein Domizil, das sie zu einem angesichts der Umstände ganz und gar unziemlichen Fest einzuladen schien.

Isidro, der mit dem Fahrrad gekommen war und schon seit einer Weile auf der Stange sitzend auf sie wartete, erhob sich und kam herbei, um den Kofferraum der »Schwalbe« zu öffnen und das Gepäck der beiden Gäste auszuladen. Als Dr. Ordóñez zwischen ihm und Tania so etwas wie ein stummes Einverständnis bemerkte, verfiel er wieder in seine Mutmaßungen, und eine absurde Eifersucht packte ihn. Und wie um daran zu erinnern, wem Konsul Cantilo hier die Macht verliehen hatte, tat er mit bedeutungsvoller Stimme kund, dass vor weniger als einem Jahr in ebendiesem Haus Dr. Ruiz Guiñazú logiert habe, auf der Durchreise nach Argentinien, wo man ihn zum Außenminister ernannte, und vor etwa acht Jahren Don Carlos Gardel, zusammen mit seinem Partner, dem Komponisten Alfredo Le Pera, als sie auf Tournee in Lissabon einen ihrer letzten Filme präsentierten. Für einen Moment ließ Tania ihr Gepäck aus den Augen und nahm Haltung an, als bekäme sie gleich einen Orden an die Brust gesteckt. Dann setzten sich alle in Bewegung, passierten eine Pförtnerloge, die etwas von einem Beichtstuhl hatte und wo ein gewisser Senhor Hilário sich ihnen mit zusammengeschlagenen Hacken zur Verfügung stellte, und stiegen die Treppe hinauf, vorbei an Wandfliesen mit Szenen aus den ruhmvollen Tagen des Hauses Montemor zu Zeiten des Sklavenhandels – Galeonen, Sirenen, Urwälder und ein paar kuriose Eingeborene, »genau wie ich«, bemerkte der vom Rauchen kurzatmige Discépolo –, und während sie immer mühsamer die sechs endlosen hölzernen Treppenläufe erklommen, welche die Königin des Tangos auf eine fast kindliche Weise mit ihren Stöckeln traktierte, zuckten hinter den Wohnungstüren die Gardinchen auf, vielleicht kam hier ja die große Neuigkeit, die das Radio angekündigt hatte und von der in ganz Lissabon die Rede war.

Schließlich kamen sie an einen Treppenabsatz mit einer wunderschönen Statue der Psyche, mit Alabasterflamme und eingelassener Glühbirne, und links und rechts davon zwei dunklen Türen, die sich zu zwei gleichermaßen prachtvollen Innenräumen öffneten. In der einen stand, vor düsterem Grund und in Begleitung seines schwachsinnigen Urenkels, der Visconde de Montemor und begrüßte sie knapp auf Französisch, mit dieser Geringschätzung, mit der Adlige zu verstehen geben, dass sie ihre Habe vielleicht überlassen, niemals aber ihren Geist. In der anderen empfing sie eine Dona Natércia, schwarz gekleidet, mit weißer Spitzenschürze um die Leibesfülle und dicken Wollstrümpfen, und führte sie in einen so strahlenden Salon, dass die Gäste ein Zeichen der Überraschung und des Dankes nicht versagen mochten. Als Kenner von Antiquitäten schien sie nichts mehr zu beeindrucken als ein mit Kristallprismen reich behängter und all seinen Glühbirnen leuchtender riesiger Lüster. »Das Ebenbild Portugals«, sagte Discépolo, »denn er sieht aus wie eine Träne, aber eine Träne, die strahlt!« Und während alle noch Atem schöpften, ließen die beiden, als taxierten sie die Leckereien eines formidablen Buffets, ihre Blicke über den herrlichen Bechstein schweifen, die provenzalischen Sessel und den entzückenden Vis-à-vis, über den geradezu maßlosen Buchara auf dem Boden und die dunkle Boiserie und den roten Stoff an den Wänden und zuletzt, am anderen Ende des Salons, über die beiden Tische mit Deckchen aus heimischer Klöppelspitze, wo noch die Kristallgläser für den Empfang glitzerten, den man ihnen am Mittag hatte bereiten wollen.

Dr. Ordóñez lächelte geschmeichelt, als wäre dies seine eigene Wohnung. Zugleich beunruhigte ihn, mit welcher Natürlichkeit die Gäste den Raum in Beschlag nahmen, ohne auch nur auf ein Wort von ihm zu warten, dieses Talent der »Tingeltangelkünstler«, vermutete er, sich neuen Orten anzupassen, bevor sie sie wieder verlassen. Und während Tania, in ihrem Dünkel immer noch unnahbar, mit Isidro zum Schlafzimmer ging, stürzte Discépolo zu einem der Tische, griff nach dem silbernen Hals einer in Eiswürfelresten schwimmenden Flasche Champagner und schenkte großzügig zwei Gläser ein. Und als wäre er der Gastgeber, hielt er Dr. Ordóñez eins hin, der zwar nur selten etwas Alkoholisches trank, aber noch zu echauffiert war, als dass er etwas Flüssiges abgelehnt hätte. »Danke«, sagte er, und Discépolo: »Aber gerne, mein Freund«, und mit der Handbewegung eines Platzanweisers in einem großen Theater, der die Tür zur Loge öffnet, lud er ihn ein, mit ihm auf einen der Balkons hinauszutreten. Ordóñez tat dies, wenn auch ein wenig unbehaglich – wie war es möglich, dass Isidro so lange mit Tania im Schlafzimmer blieb? –, und aufs Geländer gestützt, betrachtete er mit Discépolo das ruhige Treiben im Hafen.

3

Der Tejo war nicht zu sehen, verdeckt von den verwinkelten Hafenanlagen, die die Strömung über die Jahrhunderte dort angeschwemmt zu haben schien, doch zwischen den beiden K der riesigen Hafenkräne reckte die Boa Esperança majestätisch ihren Schornstein in den Himmel und schuf um sich her eine Ruhe, die nicht nur die des Flusses war, sondern von der Weite des Ozeans kündete, von Vorfreude auf Überfahrt und Abenteuer. Der alte Palácio de Montemor war genauso hoch wie das Schiff, und die Balkons lagen auf gleicher Höhe wie die Fenster der Kommandobrücke, hell erleuchtet, aber verwaist.

Aufgelockert durch den Alkohol, auch wenn der in seinem leeren Magen rumorte, und stolz auf diesen Augenblick und seine verlässliche Schönheit, verspürte Dr. Ordóñez den Wunsch, zu erzählen, wie er mit seiner Frau Sofía vor mehr als zwei Jahren auf der Boa Esperança hier angekommen war, als Angehöriger der Delegation, die Konsul Cantilo ausgewählt hatte, und zu einer Zeit, als der Atlantik noch nicht von Torpedobooten verseucht und das Schiff noch nicht von einem britisch-jüdischen Konsortium für eine kleine Summe einem portugiesischen Unternehmer abgekauft worden war, um unter der Fahne der Neutralität jenen die Flucht zu ermöglichen, die vor der Vernichtung in Holland, Belgien und Frankreich flohen. Sein Sinn für Höflichkeit aber, vielleicht auch die Furcht, in eine unerquickliche politische Diskussion verwickelt zu werden, sagte ihm, dass er dann auch daran erinnern müsste, wie gefährdet das Schiff war, so dass es vielleicht unverfänglicher wäre, ihm von jenem berühmten Maestro Eugénio de Oliveira zu erzählen, dem Großonkel seiner Frau und »Gesangslehrer von Carlos Gardel«, der sich jetzt bestimmt schon in einer der Suiten auf dem Upperdeck zur Ruhe legte. Doch dann fiel ihm ein, wie kürzlich bei einer Besprechung in der Gesandtschaft die Kollegen unter Gelächter gewisse Enthüllungen über diese »pädagogische« Beziehung der beiden kommentiert hatten, und er ließ davon ab. Andererseits, dachte er, würde die Erwähnung Gardels ihm erlauben, das Gespräch auf Tania zu lenken, nicht dass ihr etwas passierte, ganz allein im Schlafzimmer mit diesem jungen Mann, und so merkte Dr. Ordóñez schließlich an, dass Gardel und Le Pera genau hier auf dem Balkon, beim Anblick des Hafens, und so stehe es auf einer vom Sänger eigenhändig gewidmeten Postkarte, die im Gondarém neben der Theke hänge, *Golondrinas* komponiert hätten, den Tango von den Schwalben, »ihr bestes Lied«.

Discépolo deutete in die Ferne und scherzte: »Ob dieser Vogelbauer sie inspiriert hat?« Denn beiderseits der Hafenanlagen, in Scheinwerferlicht getaucht wie die nächtlichen Mauern eines Gefängnisses im Film, waren die Enden eines riesigen länglichen Maschendrahtkäfigs zu sehen, in den man den Kai aus Sicherheitsgründen verwandelt hatte. Der Doktor nippte an seinem Champagner und schwieg, immer beunruhigter über den säumigen Jungen mit der Hasenscharte, das würde er melden müssen. Discépolo kippte seinen letzten Schluck hinunter, atmete tief ein und räusperte sich. Dr. Ordóñez dachte schon, er würde wie vorhin im Auto wieder anfangen, »hier waren wir schon, 1935...«. Doch eine große Möwe hatte sich auf den Balkon nebenan gesetzt und schaute ebenfalls hinunter, als erwartete sie von dem armseligen Haufen Emigranten dort irgendeine Beköstigung. »Welch eine Stille, Schwester, hm?«, rief Discépolo ihr zärtlich zu, auch wenn gerade ein Karren um die Straßenecke gepoltert kam und ein Mann nützliche Dinge für die Nacht ausrief: Klappstühle und Matten, Decken, Kekse. Als plötzlich Tanias Lachen aus dem Schlafzimmer erscholl, schien es Dr. Ordóñez eine Ungehörigkeit, weiter so zu tun, als wenn nichts wäre, und er überlegte sich schon eine Ausrede, um zu gehen. Doch Discépolo unterbrach ihn mit einer Frage, die sehr viel trivialer war als alles, was er sich ausgemalt hatte:

»Mal ganz ehrlich, Dr. Ordóñez«, sagte er und wandte den Kopf zum Salon hin, als fürchtete er, die Emigranten könnten es von seinen Lippen ablesen. »Glauben Sie, dass die Boa Esperança heute Nacht ablegen wird, so dass unser Frachter morgen Mittag wie vorgesehen anlegen, ausladen und ablegen kann?«

Allzu besorgt schien Discépolo nicht zu sein, so als liefe bisher alles nach Plan. Doch Dr. Ordóñez, den diese Direktheit einschüchterte, zugleich aber auch freute, da sie ihm erlaubte, nun ein paar Abschiedsworte zu sprechen, hob an und sagte, dass es viele Dinge gebe, die man verschweigen müsse, wenn man eine allgemeine Panik vermeiden wolle, und nein, das glaube er nicht. Allem Anschein nach sei der britische Botschafter durch geheime Informationen über das Kriegsgeschehen in Stalingrad darin bestärkt worden, von Salazar zu verlangen, dass er die Erlaubnis zur Errichtung einer amerikanischen Militärbasis in Lajes auf den Azoren gebe, außerdem machten sich die Deutschen schon bereit, in portugiesisches Territorium einzudringen.»Das alles ist höchst unwahrscheinlich. Jedenfalls haben weder Sie noch Ihre Frau ... Tania Grund, beunruhigt zu sein. Konsul Cantilo hat nach stundenlangen, *überaus schwierigen* Gesprächen das Versprechen erwirkt, dass der seit Tagen vor der Mündung des Tejo liegende Hilfsfrachter, sollte das Auslaufen der Boa Esperança weiterhin verschoben werden, noch heute Nacht den Fluss heraufkommen und am Terreiro do Paço vor Anker gehen kann.« Die Stimme Isidros war zu hören, dann die von Tania, ein Wortwechsel.»Sobald die Firma ANCRA bei Tagesanbruch die Getreidesäcke auslädt, und der Konsul hat das Unternehmen, wie gesagt, eigens damit beauftragt, können die Passagiere an Bord gehen, und der Frachter kann sofort auslaufen. Und selbst wenn hier etwas fehlen sollte, gibt es in Vigo noch die Möglichkeit, sich zu versorgen.« Ein Krachen war zu hören, und Dr. Ordóñez, die Wohnung, das ganze Haus zuckte zusammen: Tanias Tür war zugeknallt. Doch Discépolo schnalzte nur mit der Zunge: »Schade.« Und als wollte er seine Enttäuschung ertränken, schlug er Dr. Ordóñez vor, dass sie sich noch einen Champagner genehmigten.

»Danke, haben Sie vielen Dank«, sagte der nur, entsetzt über das, was er aus dem Zimmer hörte: quietschende Bettfedern, Pumps, die auf den Boden fielen.»Meine Frau erwartet mich, ich bin Stunden zu spät.«

Discépolo eilte gleich mit ihm zur Garderobe, wo Dr. Ordóñez sich den Mantel nahm, und setzte selber den Hut auf, um ebenfalls hinunterzugehen und das Haus zu verlassen.

»Wenn wir nur so wenig Zeit haben«, sagte er, »will ich nicht eine Minute verlieren.«

»Aber, aber ...«, sagte Dr. Ordóñez verdutzt und schaute abwechselnd zu der geschlossenen Tür von Tanias Zimmer und zu Discépolo. »Und Ihre Frau?«

Discépolo stutzte und schien es sich noch einmal zu überlegen. Doch dann hatte er eine Idee: »Ach, wissen Sie«, sagte er und schob ihn sacht auf das Schlafzimmer zu, »zum Arbeiten brauche ich die Einsamkeit, und wenn ich nicht arbeite, laufe ich wie ein Verrückter auf die Straße, zur Bäckerei, zur Straßenbahn, ins Cabaret, egal wohin. Ich brauche Menschen um mich! Tania dagegen«, und er umfasste die Türklinke und drückte sie, »die immer vom Umgang mit Männern gelebt hat, bevorzugt, wenn sie nicht arbeitet, die Einsamkeit, völlige Einsamkeit.« Und mit einer Stimme, die fast wie die einer Kupplerin klang, die Hand noch auf der Klinke, als wären sie Komplizen bei einem Einbruch, erklärte er: »Sie hat sich bestimmt schon ausgezogen und legt sich gleich für ein Stündchen aufs Ohr. Aber wenn Sie sich von ihr verabschieden wollen ... Kommen Sie, kommen Sie, sie wird sich freuen.« Und bevor Dr. Ordóñez ihn noch zurückhalten konnte, hatte Discépolo die Tür schon sperrangelweit geöffnet.

Isidro war nicht im Zimmer. Er musste, nachdem er die Koffer ausgepackt und die Garderobe in die Kleiderschränke geräumt hatte, ohne sich abzumelden, gegangen sein. In einer Ecke stand Tania vor einer wertvollen alten Kommode mit einem kleinen, offenstehenden Tresor darüber, in Gedanken versunken, die Augen niedergeschlagen, kaum bedeckt von einem seidenen Morgenrock, der einen Körper erahnen ließ, welcher, gerade weil das Leben ihn gezeichnet hatte, umso provozierender wirkte. Sie hatte sie nicht hereinkommen hören. Sie stand nur da und schaute verzückt auf diese Hutschachtel, die sie nicht eine Sekunde aus der Hand gelassen hatte und in der, auf einem Polster von weißem Satin, ein Schmuckstück prangte, handtellergroß und vielgliedrig wie ein Tier. Sie hörte nicht einmal, als sie von hinten an sie herantraten, und aus irgendeinem Grund wollte Discépolo sie auch nicht auf sich aufmerksam machen oder ihre spärliche Bekleidung vor Dr. Ordóñez' Augen verbergen. Der stand seinerseits wie angewurzelt da, fasziniert von dem Edelstein in der Mitte des Geschmeides: ein großer Stein von der Farbe des nächtlichen Himmels, umgeben von einem Gewölk schwärzlichen Goldes, in dem, roten Sternen gleich, vier große Topase aufschienen. Ein Juwel, dachte er, das die Mühe eines Künstlerlebens wert war. Auf einem Schildchen in der offenen Klappe der Schachtel las er: *Michel de Gurfein, Lisboa.* Als Discépolo schließlich sagte, »Schatz, ich gehe!«, kam sie schlagartig zu sich und straffte den Morgenrock, und während sie sich zwei Tränen aus den Augenwinkeln wischte, rief sie, noch verblüfft und wie um ihren Hochmut wiederzufinden: »Was heißt das, du gehst?«

Ihre Gereiztheit, begriff Dr. Ordóñez, musste der Grund gewesen sein, weshalb sie vorhin die Tür zugeknallt hatte. Und ebendarum hatte Discépolo ihn auch hierhergebracht, er wollte nicht allein ihren Vorhaltungen ausgesetzt sein. Zum ersten Mal schauten Discépolo und Tania sich nun an: vielleicht waren sie ja deshalb in diese Hölle gekommen, um sich so anzuschauen, allein. »Und, Monsieur? Wo kannst du jetzt noch hin, Enrique?«

»Nach Lissabon«, antwortete er. »Hast du schon gemerkt, dass wir endlich da sind?« Doch Tania lächelte nur müde. »Mach dir keine Sorgen«, sagte er und schob Ordóñez in die Diele und weiter zur Wohnungstür, »eine Möwe und ich haben eben vom Balkon aus etwas Außergewöhnliches gesehen, und ich bin sicher, wenn ich zurückkomme, bringe ich dir ein anderes Juwel mit, von dem du für immer leben kannst. Ruh dich nur aus. Unser Freund hier sagt, in zwei Stunden werden wir abgeholt.«

Erst jetzt schien Tania Ordóñez wahrzunehmen, und wie schon im Auto warf sie ihm einen verächtlichen Blick zu, als wollte sie sagen: Sie rauben mir meinen Mann!

Dr. Ordóñez errötete. »Ja, so ist es, Señora, im Gondarém ist ein Tisch reserviert, in dem Lokal, das das Festessen organisiert hat, das wir heute Mittag für Sie hatten ausrichten wollen. Dort können Sie wie gewünscht auch Fado hören, in allerfeinster Gesellschaft. Meine Frau und ich werden selbstverständlich auch dabei sein.«

»Der Herr Doktor muss sich jetzt genauso ausruhen wie du, Liebes«, ermahnte Discépolo sie sanft vom Eingang aus.

»Nein, nein ...«, stammelte Tania und deutete in ihr Zimmer. »Wo auch ich jetzt ...«

Doch Discépolo eilte schon die Treppe hinunter, so dass Dr. Ordóñez nur eine unentschlossene Verbeugung machte und ihm folgte. Als sie auf die Straße traten, reichte Discépolo ihm schwungvoll die Hand, überquerte die Straße und mischte sich unter die Leute, die ihn verdutzt ansahen. Er floh, keine Frage, und er schämte sich seiner Feigheit, aber genauso klar war, dass er etwas vorhatte. Und Dr. Ordóñez fragte sich, ob dieses »Juwel«, das er Tania eben versprochen hatte, nicht vielleicht eines war, das die Menschen hier für einen Pass oder ein Visum herzugeben bereit waren, eins dieser Kinder womöglich. Und aufgewühlt von den Ereignissen des Tages, bog er um die Ecke in die Rua da Pena und machte sich mit großen Schritten auf den Weg den Hang hinauf zu seinem Haus, einer kleinen Stadtwohnung, überragt von der Basílica da Estrela zur einen und dem Palácio de São Bento zur anderen Seite. Bei dem Gedanken an die Szene, die ihn erwartete, zitterte er. Aber auch die Discépolos waren im Ehekrieg, und mit dem seltsamen Gefühl, dass die Erschöpfung und der Alkohol sein Leben verändert hatten, wünschte Dr. Ordóñez ihnen aufrichtig, sie möchten so bald wie möglich Lissabon verlassen. Denn entweder würde Lissabon für sie, wie für ihn und seine Frau, zu einer Qual; oder die Stadt würde ihre Ehe für immer zerstören.

Als er an den Jardim da Estrela kam, sah er eine andere *entschieden gekleidete* Frau, die beim Tor des Parks spazieren ging – ab einem gewissen Alter, dachte er, konnte eine solche Verhüllung eine Art sein, auf sich aufmerksam zu machen –, und er musste stehenbleiben. Und wie Blitze am Himmel sah Dr. Ordóñez wieder die halbnackte Tania vor sich, sah dieses Schmuckstück, sah Tania vor dem Schmuckstück stehen, und er verstand die geheime Botschaft ihrer merkwürdigen Verabschiedung. »Jetzt...«, hatte sie sagen wollen, als hätte der Stein ihr etwas gestanden, »jetzt habe auch ich ein Geheimnis.«

Gondarém

Im Fadolokal. »Und wenn wir weiterfeiern?« Amália.

I

Kaum sah Dr. Ordóñez sie, gut zwei Stunden später, in das Fadolokal hereinkommen, wo das Publikum in geradezu andächtiger Stille einer blutjungen Amália lauschte, wusste er, dass Tania und Discépolo nun andere Personen waren, die richtigen, wie Fische, die man zurückwirft ins nächtliche Wasser, und mit einem Schlag fasste er wieder Tritt. Sofía, die mit ihren dreißig Jahren noch kinderlos und darüber zu einer fürchterlichen Frömmlerin geworden war, hatte es unangebracht gefunden, mit ihm in ein »Nachtlokal« zu gehen, erst recht nicht, um ein paar Künstler zu ehren, die ihr in Buenos Aires nicht über die Türschwelle gekommen wären. Zumal der Patriarch von Lissabon, dieser großartige Mann, der ihr gestern Abend so zugetan war, als er durch eine Bemerkung von Konsul Cantilo davon erfuhr, dass sie jahrelang beim Erzbischof von Buenos Aires beschäftigt gewesen war, sie vor dem »menschlichen Strandgut« gewarnt hatte, das sich in Lissabon ansammelte und, namentlich in Konzertcafés und den Kneipen des alten maurischen Viertels, mit »ominösen Transaktionen« beschäftigte, womit der makellose Ruf dieses christlichen Landes, wie man es seit dem Spanien der Katholischen Könige in Europa nicht gesehen hatte, aufs Spiel gesetzt werde. Und allein vom Pflichtgefühl an ihren Stuhl gebunden – es war die erste *wirkliche* Aufgabe, mit der Konsul Cantilo ihren Mann betraut hatte, die erste, von der sie ihren Verwandten in Buenos Aires würde erzählen können, um ihre weite Reise zu rechtfertigen –, erbleichte sie gleichwohl, als sie sah, dass dieses »Strandgut« aus Personen bestand, die offensichtlich höheren Standes und reicher und eleganter waren als ihre eigene Familie. Dr. Ordóñez war froh, dass niemand hier seine Frau kannte oder mit besonderer Aufmerksamkeit bedachte. Mehr noch, im ganzen Gondarém hätte wohl keiner vermutet, sie seien etwas anderes als bloße Fremdenführer für jemand unendlich Wichtigeres. Als der Wirt des Lokals, ein beleibter Herr namens Saldanha, an ihren Tisch gekommen war und sie gefragt hatte, wann wohl die beiden »großen argentinischen Stars« kämen, worauf er ihnen im stolzen Flüsterton aufzählte, wer alles heute Abend da sei, »um ihnen die Ehre zu erweisen« – dort drüben, wo die beiden Krücken am Stuhl lehnten, eine Gräfin aus dem Gefolge des Prinzen Umberto von Savoyen, »ein großer Bewunderer des Fados«, dahinter zwei Herren aus der Familie der Montemors, die so freundlich gewesen seien, Konsul Cantilo die Dienste des Gondarém zu empfehlen –, malte Sofía sich aus, wie er nun genauso zu den anderen Tischen ging und sie als eine »de Oliveira« vorstellte, um dann zu erklären, nein, nicht verwandt mit dem Ministerpräsidenten António de Oliveira Salazar, sondern mit Maestro Eugénio de Oliveira, der Gesangslehrer von Carlos Gardel gewesen sei und bis heute in Lissabon geweilt habe. Doch der Wirt war nur zu der kleinen Bühne gegangen, um einen weiteren Auftritt von Amália anzukündigen, und während Lichter erloschen und Stimmen und Besteckgeräusche verklangen, beeilte sich Sofía, leise anzumerken, dass »diese Discépolos« schon eine Stunde auf sich warten ließen, mit Fug und Recht könnten sie also alle beide, oder zumindest sie allein, das Lokal verlassen. Worauf ihr Mann mit der immer selben Leier gekommen war: »O là là là là, tu es fürs Vaterland, je t'en pris.«

»Meine Damen und Herren«, rief der dicke Wirt im selben Moment: »*Fado Menor*!«

Und da waren Tania und Discépolo nun, mit ihrem Strahlen und ihrer Eleganz die Verspätung rechtfertigend, er im Smoking mit satinbesetztem Revers, sie mit blondgelocktem Haar und Ohrringen wie zwei Sternchen, ein mit schwarzem Bernstein besticktes Täschchen vor der Brust umklammernd, als hielte sie alle ihre Gefühle darin zurück. Etwas hatte sie umgänglicher werden lassen in diesen Stunden, sagte sich Dr. Ordóñez, vielleicht jenes Kostbare, das Discépolo ihr versprochen und von den Ufern Lissabons mitgebracht hatte, oder auch etwas anderes, das für sie heißen mochte, in einem Luxus-Cabaret bejubelt zu werden wie im Folies Bergère von Buenos Aires. »Buenas noches, buenas noches«, sahen sie Discépolo sagen, leise und mit übertriebener Mimik, da hier ohnehin, dachte er wohl, niemand Spanisch verstand. Und als wäre die Türschwelle die wahre Bühne, lächelten sie einem jeden zu, der sich zu ihnen umdrehte, mit einer Präsenz, die gleichwohl unerwidert blieb. In anderen Zeiten war diese Aura das Kennzeichen der Königshäuser gewesen, der Gemeinschaft der Heiligen, die sie in der Kindheit beschützten, doch hier, an den letzten Gestaden der bekannten Welt, versagte sie. Als sie schließlich ihren Tisch entdeckten, nah bei dem steinernen Bogen, unter dem Amália dem Höhepunkt ihres Fados zustrebte, nickte Dr. Ordóñez ihnen leicht zu, nicht viel anders, als er auch die übrigen Diplomaten beim Hereinkommen begrüßt hatte, um so seiner Frau ein Beispiel zu geben.

»C'est qui, ça?«, fragte Sofía, als hätte sie erwartet, Discépolo käme als Cowboy verkleidet und Tania mit tailliertem Rock und Halstuch, bereit, sich bei einem »Apachentanz« von ihrem Luden herumwerfen zu lassen. Die Schreie am Ende des

Fados erlaubten Dr. Ordóñez, ihre Frage zu überhören, und erst als der Beifall losbrach und Tania und Discépolo entschlossen auf sie zukamen, flüsterte er seiner Frau zu: »Madame la Comtesse ...«, woraufhin Sofía verwirrt aufstand und Tania die Hand reichte. »Meine Gattin, Sofía Abascal de Oliveira«, stellte Ordóñez sie vor, selbst verwundert über diese ausgestreckte Hand, die Tania mit unvermuteter Glückseligkeit drückte, als wäre sie ein größeres Geschenk als jeder Gruß.

Sofía errötete, wütend über das Getue ihres Mannes und ihre eigene, ihr selbst unbegreifliche Dummheit. Doch Discépolo, der mit seinem musikalischen Ohr und seinem Auge eines Schauspielers auch die Zwischentöne und kleinen Gesten verstand, machte eine tiefe Verbeugung und führte das Spiel fort: »... et Monsieur le Comte des Variétés«, woraufhin er ihr ebenfalls die Hand reichte und die ihre auf eine groteske, wenngleich liebenswürdige Weise küsste, um so das plumpe Kompliment zurückzugeben, das in einem echten Skandal hätte enden können.

Alle lächelten, außer Sofía. Allein das Wort widerte sie an, *variétés*, das »unterste Genre«. Und im Bewusstsein ihrer Demütigung, auch wenn niemand am Tisch sie ermessen konnte, nahm Sofía wieder Platz und blieb auf der Hut, bis Tanias verhaltene Fröhlichkeit und Discépolos Zufriedenheit sich zu einer ungreifbaren Verschwörung gegen sie verbanden, so dass sie beschloss, diese grämliche Miene aufzusetzen, mit der sie so oft den Sticheleien ihrer Schwestern begegnet war, erst über ihre Ehelosigkeit, dann über diesen »Niemand«, den sie sich als Bräutigam zugelegt hatte, und schließlich über ihre ständige schlechte Laune, die alle ihrer Unfruchtbarkeit zuschrieben.

Eine wohlkalkulierte Aufmerksamkeit lenkte alles wieder in die diplomatische Bahn. Konsul Cantilo hatte sie seinem Sekretär angeraten und Oberst Sijarich nach den strengen Regeln des Protokolls in die Wege geleitet. Mangels kundiger Frauen in der Gesandtschaft, die mit Ratschlägen hätten zur Seite stehen können, hatte einer der Atucha-Zwillinge, ein Kenner der *cocottes*, als Präsent für Tania ein Schultertuch gekauft, einen schwarzen *xaile*, wie Amália ihn trug, aber teurer, und Dr. Ordóñez überreichte ihn nun, als wäre es ein Fahnentuch. »Wie aufmerksam!«, sagte Tania, die der Stolz offenbar daran hinderte, sich zu bedanken, auch wenn der Wert des Geschenks ihr nicht verborgen bleiben konnte, und während das Seidenpapier sich mit dem Knistern eines Insekts entfaltete, dem man gewaltsam die Flügel öffnet, und das Tuch geschmeidig herausglitt, sagte sie noch einmal: »Wirklich, wie aufmerksam ...« und setzte sich hin, breitete das Tuch über ihren Schoß und strich über das fließende Gewebe der bestickten, mit Pailletten besetzten Seide, als taxierte sie auf dem Markt eine nicht ganz koschere Ware, bevor sie sich ins Feilschen stürzte.

Mit einer eindrucksvollen Choreographie kamen drei Kellner und reichten ihnen die prachtvoll ausgestatteten Speisekarten. Einer von ihnen, der sie vorhin empfangen und sich darauf an der Theke um ein paar Herren gekümmert hatte, die sich weniger für das Essen als für den Fado oder vielmehr seine wunderschöne Interpretin begeisterten, ging direkt auf Tania zu. Und ohne irgendwen anzuschauen, hielt er ihr eine gelbe Visitenkarte des Lokals und den Stift hin, mit dem er die Bestellungen aufnahm, und bat sie um ein Autogramm. Oliverio, so nannte er sich, war ein junger Mann mit leicht asiatischen Gesichtszügen, vielleicht ein Einwanderer aus Timor oder Goa, jenen fernen portugiesischen Kolonien, die in der Presse als mögliche Beute der Japaner an der pazifischen Front gehandelt wurden. Aus seiner Miene sprach eine Verlegenheit, die schon fast etwas Unanständiges hatte, und Dr.

Ordóñez kamen die Spekulationen um den »verdächtigen Tod« der Kassiererin des Gondarém in den Sinn, wovon der Chef der PVDE heute den Konsul ins Bild gesetzt hatte, aber da es ihn nicht betraf, beendete er für sich das Thema.

»Wussten Sie, dass ... Oliverio Argentinier ist?«, überraschte Tania sie, mit einem spanischen Zungenschlag, den Sofía mit einem spitzen Mündchen quittierte, was nur Ordóñez verstand: Spanierinnen, »Galicierinnen«, waren bei ihr zu Hause die Dienstmädchen gewesen. »Er sagt, er ist Musiker und dass er mich bewundert. Wenn der Ärmste wüsste«, schloss sie, als wollte sie dem zu erwartenden Gestichel ihres Mannes zuvorkommen, »dass ich mit Mühe ein Autogramm hinbekomme!«

»Ach, wenn Künstlerinnen kokettieren«, ließ Discépolo es sich gleichwohl nicht nehmen, und dabei fingerte er in der Innentasche seines Smokings. »Natürlich habe ich meiner Muse beigebracht zu schreiben. Noblesse oblige! Nur dass sie eher jemanden umbringen würde, als sich in der Öffentlichkeit die Brille aufzusetzen.«

Oliverio blickte in die Runde und suchte nach einem Hinweis, wie er sich verhalten sollte. Dr. Ordóñez konnte sich nicht zum kleinsten Lächeln aufraffen, zu deutlich erkannte er in Discépolos zwanghafter Art, sich über seine Frau lustig zu machen, einen der Gründe für diese ständigen, zehrenden Eheplänkeleien, wie er selbst sie so oft erlebte, und wer hielt sich da nicht lieber fern. Andererseits konnte er nicht umhin, Tania und Discépolo zu beneiden, denn sie zeigten, dass in einem Eckchen ihrer Liebe noch Glut war. Dagegen ging es in dem Krieg zwischen Sofía und ihm nicht mehr darum, den anderen zu erobern, sondern sich von ihm zu befreien, was nur zermürbte und zu einem geradezu obsessiven Widerwillen gegen jede körperliche Nähe führte.

»Voilà«, sagte Discépolo, als er schließlich aus seiner Gesäßtasche eine kleine Postkarte mit Tanias Foto hervorzog, eine

Abbildung des Deckblatts der Partitur ihres Tangos *Secreto*, den sie in Madrid veröffentlicht hatten, darauf gedruckt der Namenszug der Künstlerin. Tania nahm die Karte und reichte sie artig Oliverio. Es war ein wundervolles Porträt, doch Oliverio wurde nur noch unruhiger und schaute kurz zu Dr. Ordóñez, als wollte er ihn zu etwas drängen. Für wen hielt er sich? Was ritt diesen Kerl, ihn vor einem Gast von Konsul Cantilo um Hilfe zu bitten? Oliverio zog sich zurück, und alle am Tisch nahmen die Speisekarten, außer Ordóñez, der, als er seinem flehentlichen Blick auswich, überrascht Isidro entdeckte, neben der Tür zu den Toiletten, von wo aus der sie mit schelmischer Miene beobachtete, was ihm noch unverschämter vorkam. Hatte Isidro sich womöglich mit Tania verabredet? Die schneidende Stimme seiner Frau, die zum ersten Mal seit Ankunft der Gäste das Wort ergriff, riss ihn aus seinen Gedanken.

2

»Nein, Señora...«, sagte Sofía zu Tania, die sie offensichtlich nach Oliverio gefragt hatte. »Woher sollten wir den jungen Mann kennen? Vielleicht hatte mein Mann mit ihm zu tun, einer von Hunderten, Tausenden, die durch sein Büro im Konsulat gegangen sind. Nur leider...«

Dr. Ordóñez ahnte, was jetzt kam, und ging dazwischen. Es stimmte ja, gab er zu, sie hatten kaum Zeit gehabt, sich mit Landsleuten zu verbrüdern, »aber wen wir sehr gut kennen«, und die Miene von Sofía erstarrte, sie spürte schon den Hieb, zu dem Ordóñez sich aufschwang, »ist Maestro Eugénio de Oliveira, von dem Sie sicher gehört haben.«

Tania und Discépolo ließen für einen Moment die Speisekarten sinken, und Dr. Ordóñez tat, als bemerkte er weder ihre

Verwunderung noch die anschwellende Entrüstung Sofías, die sich in einem Schnaufen entlud.

»Bei einer Galavorstellung«, fuhr Ordóñez fort, ohne Sofía anzuschauen, nicht dass seine Stimme umschlug, »die Ministerpräsident Salazar vor ein paar Tagen für die ausländischen Diplomaten ausrichten ließ, bat Tito Schipa das Publikum mitten in einer Ovation um Aufmerksamkeit und dann um ›einen weiteren großen Applaus‹ für Maestro de Oliveira, den er soeben im Saal entdeckt hatte, und er dankte ihm für die ›außerordentliche Unterstützung‹, die dieser ihm während seines Aufenthalts in Buenos Aires habe zuteilwerden lassen, wo er ›seine besten Schallplatten‹ für die Nacional Odeón aufgenommen habe. Der Maestro war so gerührt, dass er zusammenbrach, der Ärmste«, sagte er betrübt, »und die Gesandtschaft musste sich darum kümmern, ihn ins Krankenhaus zu bringen. Ein außergewöhnlicher Mann, Onkel Eugenito!«, rief er und verstand selbst nicht, warum er auf einmal Discépolo nachahmte, »ich hätte Ihnen den Guten mit Vergnügen vorgestellt, wenn er nicht bereits an Bord der Boa Esperança wäre, die ihn nach Havanna bringen wird, von wo aus er nach New York zurückkehrt.«

Voll Überschwang merkte Discépolo an, dass sie Maestro de Oliveira selbstverständlich kannten, unter den argentinischen Künstlern sei er der erste und glühendste Bewunderer seiner Frau gewesen. Mit einem Strahlen pflichtete Tania ihm bei: »Ihm habe ich es zu verdanken, dass auch ich angefangen habe, bei der Odeón aufzunehmen. Max Glücksmann schätzte mich nämlich nicht, eine Spanierin! Genau wie dieser famose Scout aus Nordamerika, Mr Kendal.«

Sofía tat, als würde sie aus der unendlichen Liste »landestypischer Gerichte« etwas auswählen, wünschte aber nur, sie fände eine Gelegenheit, sich für die erneute Dreistigkeit ihres Mannes zu rächen. Bloß weil er selbst nicht aus »gutem

Hause« stammte, konnte er sich nicht mit der Vorstellung abfinden, dass der Name des Maestros schlicht tabu war. Tatsächlich war »Onkel Eugenito« der jüngere Stiefbruder ihrer Großmutter, mit dem diese sich, nach dem Tod des Vaters der beiden, des Generals und Helden des Wüstenkriegs und des Feldzugs im Chaco, in einen endlosen Erbstreit verstrickt hatte, welcher schließlich ein schändliches Ende fand. Außerdem war Eugénio das schlimmste schwarze Schaf von Buenos Aires und irgendwann nur noch eine peinliche Erscheinung gewesen mit seiner Schwäche für die Oper und das Musikgeschäft, wo er sich doch tatsächlich mit diesem Juden von der Nacional Odeón zusammengetan hatte, der Künstler wie die beiden hier herausbrachte. Wenn sie nur daran dachte, wie Tante Pancha eines Morgens, als hätte sie endlich den Beweis für die Schande, mit der Theaterseite der *Prensa* kam und sie triumphierend schwenkte, und darauf das Foto von »Onkel Eugénio«, wie er mit seinem Monokel posierte, seinem Zwirbelbart, seinem Toupet und der über dem Bauch spannenden Weste, und neben ihm Carlos Gardel, der ihn, so besagte die Überschrift, bereits seinen Meister nannte!

»In Madrid, wissen Sie?«, sagte Tania, vielleicht um Sofía aus ihrer aggressiven Reglosigkeit zu reißen, »hat Don José María de Cossío für uns ein Abschiedsfest gegeben, und der ist auch ein guter Freund von Gardel gewesen ...«

»Was für ein Talent Carlitos doch hatte, sich Freunde zu machen, nicht wahr?«, bemerkte Discépolo spöttisch und blätterte wie unbeteiligt in der Speisekarte. »Für uns ist es leicht, mit der Hautevolee zu verkehren, aber für diesen armen Jungen vom Markt ...«

Sofía entschied sich für eine schlichte Gemüsesuppe ohne Salz, um in Ruhe darüber nachzudenken, wie sie den weiteren Absturz an diesem Tisch aufhalten konnte, und während Ordóñez wie ein Schwachsinniger den beiden beipflichtete, irritiert von allem, was zu kennen er vorgeben musste, lenkten Tania und Discépolo die Unterhaltung in unfassliche Bahnen: zu den Triumphen, die dieser »König des Tangos« aus Buenos Aires in Europa feierte, zu ihren eigenen Erfolgen, die ihnen »in den Fußstapfen unserer kreolischen Drossel« vergönnt gewesen seien, und schließlich zu ihrer Leidenschaft, ausgerechnet, für die Varietés.

Einer der Kellner kam zurück, und da sich die vier nun genötigt sahen, ein Gericht auszuwählen, bevor Amália wieder die Bühne betrat, beschlossen sie, erst einmal nur die Getränke zu bestellen und das Essen aufzuschieben. »Einen Veuve Clicquot«, sagte Tania. Der Kellner antwortete verdutzt, er werde fragen, »ob noch welcher da ist«. »Dann nehme ich ... das Gleiche«, stammelte Discépolo. »Ein Gläschen Champagner?«, schlug Dr. Ordóñez seiner Frau zaghaft vor. »Ein Glas Wasser!«, raunzte Sofía, und Tania konnte ein verblüfftes Lachen nicht unterdrücken. Doch als sie wieder unter sich waren, schien ein und derselbe Gedanke sie zu beschäftigen: Tania und Discépolo wären gern aufgetreten, hier, auf dieser kleinen Bühne, und so bald wie möglich; aber sie konnten und wollten, sagten sie, nicht gegen das für Ausländer geltende Arbeitsverbot verstoßen.

»Warum gehen wir nicht in die argentinische Residenz, Doktor?«, meinte Discépolo schließlich. »Dort steht noch alles bereit für einen großen Empfang, und es gibt sogar einen echten Bechstein! Niemand wird sagen, ein kleines Hauskonzert sei Arbeit.«

»Bestimmt nicht«, sagte Tania und ließ ihren Blick durch den Raum schweifen. »Und die Freunde hier könnten wir doch einladen.«

Sofía wandte den Blick zur Theke, wo Amália noch einen raschen Schluck trank. Waren die verrückt geworden? Die argentinische Residenz zu benutzen für ein ... Und sie selbst, sollte sie sich unter dieses »Strandgut« mischen, wo sie gestern erst in der unvergesslichen Villa in Lapa mit dem Patriarchen zu Abend gegessen und bei einem Brunnen unter dem Bild der Jungfrau von Fatima seinen Segen empfangen hatte? Saldanha kündigte Amálias letzten Auftritt an, und während Sofía den Kopf reckte, als wollte sie nach der Fadosängerin schauen, stieß sie mit dem Fuß nach der Wade ihres Mannes, ein Tritt, dem er auswich, doch nach so vielen Ehejahren durfte sie darauf vertrauen, dass Ordóñez verstand, dass ein solcher Vorschlag der Gipfel des »Peinlichen« war. Doch der sagte nur, vielleicht um dem Gast nicht zu widersprechen, was unzweifelhaft der größte Fauxpas wäre, den ein Diplomat begehen konnte:

»Wenn Sie nicht zu müde sind ...«

Tania und Discépolo juchzten vergnügt, und Sofía begriff, dass sie jetzt nur noch eine Szene machen konnte, um ihre Würde und die ihres Vaterlandes zu retten. Und diese »Szene« begann sie sorgfältig zu planen.

3

Vor einem Wandbehang mit dem Bild der Severa, der legendären Fadosängerin, saßen die Musiker auf Strohhockern und griffen nach ihren Gitarren, um sie zu stimmen, worauf Amália, vom metallischen Klimpern zur Bühne gerufen, die Theke verließ und im Vorübergehen alle und keinen grüßte, mit einem nur leichten Nicken des Kopfes, was Tania zu begutachten schien wie eine Lehrerin bei einer Anfängerin. Amália, überlegte Dr. Ordóñez, war die typische Künstlerin vom Lande, der jemand beigebracht hatte – ein findiger Unternehmer oder, wahrscheinlicher, ein vermögender Liebhaber –, sich in Gesellschaft »zu benehmen«, genauso wie Sofía es ihm selbst beigebracht hatte. Von ihrem Aufstieg, für eine Gesellschaft wie die portugiesische unverzeihlich, musste dieser um Entschuldigung bittende Ausdruck herrühren, der ihren großen grünen Augen im Gesicht eines einfachen Bauernmädchens ein Leuchten verlieh, aber auch die Angst, ausgerechnet dem wehrlos ausgeliefert zu sein, was sie am meisten ersehnte, eine Angst, der sich Dr. Ordóñez nahe fühlte. Fado hatte Ordóñez bisher nur gehört, wenn er auf der Radioskala nach dem täglichen Kriegsbericht suchte, und er interessierte ihn noch weniger als der Tango. Doch als Amália so nah an ihren Tisch kam, als würde Tanias teures Parfum sie anlocken wie eine Blume im Vulkangestein, drängte ihn eine Grundregel der Diplomatie, den aufgehenden Stern am Himmel Portugals zwei namhaften argentinischen Künstlern vorzustellen, zumal es schon am Nachmittag der ausdrückliche Wunsch von Discépolo gewesen war, »Lissabon durch den Fado kennenzulernen«. Dr. Ordóñez bat ihn also aufzustehen, stellte sich Amália mit liebenswürdiger Miene in den Weg und sagte, »der argentinische Herr«, der ihr nun die Hand küsste, sei der Schöpfer der »wahren Nationalhymne« Argentiniens, unsterblich gemacht durch die Stimme Carlos Gardels ...»und seiner hier anwesenden Frau Gemahlin«, wie er nach einer zögerlichen Pause hinzufügte, auch wenn er nicht sicher war, ob Tania das Lied jemals aufgenommen oder auch nur gesungen hatte. Für Tania war dieses grässliche Portugiesisch noch unverständlicher, wenn es aus dem Mund von Dr. Ordóñez kam, und sie fühlte sich gar nicht erst angesprochen. Von Amália erwartete niemand mehr als ein weiteres freundliches Nicken, doch als sie den Namen Carlos Gardel hörte, schien sie entzückt vor Begeisterung und bat, ihr zu sagen, um welche »Hymne« es sich handele. Kaum hatte Dr. Ordóñez *Gira Gira* gestammelt, stimmte sie schon mit rührendem Akzent die ersten Worte von *Yira Yira* an, worauf Discépolo ihr mit einer tiefen Verbeugung antwortete und Tania sie auf der Stelle einlud, nach dem Abendessen in der argentinischen Residenz Tangos zu hören. Sofía schaute wütend zur Garderobe und verfluchte, dass sie nicht besetzt war. Amália stimmte gleich zu, aber gerne, sehr gerne, auch sie freue sich, weitere Lieder zu lernen, außerdem liege der Palácio de Montemor ganz in der Nähe des Hauses ihrer Familie in Alcântara, und so verließ sie den Tisch, ohne sich verabschieden zu müssen, und als sie auf die Bühne trat und die Gäste klatschten, verwunderte es nicht, dass sie, »die niemals in der Öffentlichkeit sprach«, den letzten Teil ihrer Aufführung »dem argentinischen Herrn Komponisten und seiner großartigen Frau Gemahlin« widmete. Zum Glück nicht dem Ehepaar Ordóñez, dachte Sofía, in dieser zusammengewürfelten Gesellschaft schien zumindest Amália zu wissen, wer zu ihresgleichen gehörte.

»Meine Damen und Herren«, rief vom anderen Ende des Gastraums der dicke Saldanha, um Mr Copley zu beschwichtigen, einen namhaften Fabrikanten, der eben an die Theke gekommen, aber schon betrunken war und Oliverio lauthals irgendwelche Anordnungen gab, »ich bitte um Ruhe für den Fado!«

Feierlich begann die typischste Zeremonie der Nacht von Lissabon. Amália, dachte Dr. Ordóñez, schien ein Mädchen zu sein, das so früh und so tief verletzt worden war, dass sie bei der Einleitung ihres Liedes nur die Augen schließen musste, um in sich eine Kraft zu finden, die weder ihr selbst noch den Menschen um sie herum gehörte, eine Kraft, die ausglich, was der Schmerz ihr genommen hatte. Und während sie züchtig die Schultern des einen oder anderen Begleiters umfasste, als traute sie sich nicht, ohne sie an die Orte zurückzukehren, an die der Fado sie führte, schien sie nach und nach doch ganz allein zu sein, allein mit der Erinnerung an eine alte Misshandlung, welche ihr kaum ein Stirnrunzeln entlockte, in ihrer Kehle aber einen Schrei heranreifen ließ, der für eine Sekunde auf ihren Lippen stand und sanft hervorbrach und plötzlich anschwoll und den ganzen Raum erfüllte. Die Gäste erschraken, denn tatsächlich schien er nicht aus ihr zu kommen, sondern von unter der Erde, wo die Severa und ihre untröstlichen Zeitgenossen lagen, so weit zurück, wie keine Erinnerung eines Lissabonners reichte. Sofía verstand kaum etwas von dem gesungenen Portugiesisch und war musikalisch völlig ungebildet, mehr noch, wenn sie in ihren vier Wänden war und Aninhas, ihr Dienstmädchen, mal wieder das Radio anstellte, um ordinäre Fados zu hören, sagte sie selbst, dass Musik sie rasend machte, diese Schliche der Sünder, um die Starken mit der Schwäche zu konfrontieren, wie der Patriarch gestern Abend sehr richtig gesagt hatte, ein einziger Tiefschlag, eine Niederlage, eine Demütigung, die sie so viele Jahre im Teatro Colón hatte ertragen müssen, dieses »Gejammer« all der Margarita Gauthiers und Madame Butterflys, wie ihre Mutter immer sagte, nur weil ihre Großmutter als einzigen Grundbesitz von ihrer Familie mütterlicherseits eine Proszeniumsloge geerbt hatte, und ausgerechnet dort, im Foyer, hatte ihre Mutter sich diesen unglaublichen Hauptmann Abascal »geangelt«, Militärattaché an der Botschaft von Chile und nach einem Herzanfall gestorben, was *La Nación* außer in zwei schlichten Todesanzeigen zu erwähnen nicht für notwendig befunden hatte. Im Colón war es auch gewesen, wo die Frauen aus ihrem Haus die unglaublichsten Anstrengungen unternahmen, um zu »glänzen«, bevor aus La Plata dieser nicht minder unglaubliche Javier Ordóñez auftauchte, dessen einzige Eigenschaft darin zu bestehen schien, eine weitere Extravaganz von Severito Anchorena zu sein, dem ewigen Verehrer ihrer Schwester Aurora.

Die ersten Töne eines beschwingteren Fados erklangen nun,

eines Fados, hatte Saldanha erläutert, namens *Mouraria*, wie das labyrinthische Viertel, das laut dem Patriarchen das »Epizentrum des Verderbens« war, und Sofía versuchte sich zu schützen, auf keine andere Stimme zu hören als die ihres Gewissens. Dr. Ordóñez seinerseits konnte sich kaum Amálias Gesang widmen, getrieben von dem Gedanken, seiner Aufgabe als Fremdenführer jederzeit gerecht zu werden, während Discépolo hingerissen schien, begierig, noch die letzten Geheimnisse dieser sonderbaren Gesangskunst zu würdigen, die geheimen Winkel der Leidenschaft, die das Dunkel der portugiesischen Sprache verhüllte. Bis die Worte *»mit den anderen Mädchen«* erklangen und Dr. Ordóñez an den Beginn des ersten Auftritts vor fast einer Stunde erinnerten, und er beugte sich zu Discépolo und flüsterte ihm etwas Gewagtes ins Ohr, was dieser mit einem aufmerksamen und dankbaren Lächeln quittierte:

»Als Sie noch nicht da waren«, sagte Dr. Ordóñez, »hat der Herr Saldanha sie den Gästen vorgestellt als eine ›trotz ihrer Jugend alte Bekannte des Hauses‹. Als Kind hat sich Amália nämlich schon hierhergestohlen, um einen stärkenden Kaffee zu trinken, nachdem sie am Kai den Passagieren der Überseedampfer Obst verkauft hatte.«

»Ich war selbst heute in der Markthalle am Ufer«, erwiderte Discépolo, und Dr. Ordóñez verbarg seine Verblüffung: Wer käme auf die Idee, auf dem Markt spazieren zu gehen, wo die Stadt so viele Sehenswürdigkeiten bot? Oder hatte ihn etwas dorthin geführt, was er jetzt hätte erraten sollen? »Schon komisch, nicht? Wo auch Gardel auf dem Gemüsemarkt aufgewachsen ist . . .«

Der Fado *Mouraria* endete mit hingegossenen Gitarrenarpeggios, und der stürmische, für Sofías Geschmack maßlose Applaus fand seine Krönung in zwei Juchzern von Discépolo, die Amália mit dem schamhaften Lächeln eines Dienstmädchens entgegennahm. »Nicht ich singe den Fado«, skandierte sie, um sich über den Beifall hinweg Gehör zu verschaffen, »der Fado singt mich!« Worauf Dr. Ordóñez sich wieder zu Discépolo beugte und ihm ihre Worte übersetzte.

»Und Sie *verstehen*, was sie da singt?«, platzte Tania heraus, mit einem hilfesuchenden Blick zu Sofía, die sich betreten in sich verkroch. Klar, dass Tania das Wort nur an sie gerichtet hatte, weil sie ihr am nächsten saß. Doch etwas sagte ihr, dass Tania ihr genauso gut diese Unempfänglichkeit vorwerfen konnte, auf die sie selbst so stolz war. Nein, auch Tania konnte nicht weinen, aber sie schien sich mit ihrer Frage so entblößt zu haben, dass sie wie in einem Seufzer, in dem auch Freude und der Wunsch nach Versöhnung mitschwang, zu Sofía sagte: »Die Kleine erinnert mich mehr an den Flamenco Andalusiens als an argentinischen Tango. Cante jondo«, sagte sie wie versunken, »so voll Verzweiflung ... so arabisch ...!«

Um den Ausbruch eines Weiberkriegs zu verhindern, mehr noch aber in dem Wunsch, der hochnäsigen Miene seiner Frau etwas entgegenzusetzen, erinnerte Dr. Ordóñez an seine Mission 1941 in Marokko. »Und auch Lissabon war viele Jahrhunderte lang maurisch.«

Sofía füsilierte ihn mit den Augen: Was fiel ihm ein, den Islam zu erwähnen, nachdem der Patriarch sie »Kinder« genannt und versprochen hatte zu beten, dass sie schwanger werde? Doch Ordóñez ließ es sich nicht nehmen und sagte, dass Amálias Gesang ihn an die Mullahs erinnere, wie sie oben auf ihren Minaretten beten.

»Ganz genau, mein Freund«, pflichtete Discépolo bei. »Der Fado ist ein Gesang aus einer Zeit, als man noch an eine Rückkehr Gottes glaubte. Als man beim Singen noch das Gesicht zum Himmel erhob. Aber dieses Mädchen, Sie haben es gesehen, singt mit geschlossenen Augen. Sie spürt, dass die letzte Zuflucht Gottes im Fado selbst liegt. Sie singt, als würde sie es in die Welt rufen, mit jedem Ton gibt sie alles, was sie ist, was sie sein wird und was sie gewesen sein könnte, allein für ein Zeichen, das uns sagt, dass es ihn noch gibt. Der Tango dagegen«, schloss er, »ist Musik aus einer Zeit ohne Hoffnung. Beim Singen schaut man den anderen an, und man tanzt zusammen, kommt sich näher, als wollten wir sagen, bloß weg hier! Etwa nicht, Schatz?«

Doch Tania, die es gewohnt war, auf die Musiker zu achten, sobald sie mit einem Vorspiel begannen, bat um Ruhe, und Saldanha verkündete: »Meine Damen und Herren, von Maestro Federico Valério eigens für Amália komponiert, der große Bühnenerfolg: *Maria da Cruz*!«, und Tania selbst leitete eine neue Woge des Applauses ein, als wollte sie endlich verstehen, wonach sie Sofía vergebens gefragt hatte.

In dem Moment sah Dr. Ordóñez sie vor sich, wie er sie im Rückspiegel gesehen hatte: eine Königin auf dem Weg zum Schafott; und dann, wie sie dieses Schmuckstück betrachtet hatte: eine Königin, die weinend vor einem Schatz steht, von dem sie sich trennen muss. Und gerührt dachte er daran, wie die Vorstellung sie empört hatte, Discépolo würde sie alleinlassen, jetzt, da auch sie ein Geheimnis hatte. Vielleicht war es das, was die Discépolos in Lissabon suchten, einen Ort auf der Welt, wo man, wenn man starb, zumindest das Recht hatte, es zu singen. Aber wie konnte es sein, dass ein Mädchen wie Amália das Geheimnis Künstlern offenbarte, die so viel erfahrener waren als sie selbst? Dieses »eigens für sie komponierte« Lied jedenfalls klang noch banaler als das vorherige und erzählte offenbar die Geschichte einer armen Bäuerin, die von einem Schäfer, der Liebe ihres Lebens, betrogen wird und an die Tore der Mouraria kommt und sich, als wollte sie sich das Leben nehmen, in den Sündenpfuhl wirft. Das Bild eines Lissabonner Zuhälters vor Augen, dachte Dr. Ordóñez, dass der Junge mit der Hasenscharte womöglich noch in der

Nähe war, und verstohlen schaute er sich um, und tatsächlich, er stand immer noch an der Tür, zu ihnen herüberschauend und lächelnd, als wären die ungewöhnlichen Dinge, die hier geschahen, all die Missverständnisse und die fortschreitende Auflösung der protokollarischen Gepflogenheiten, ein Schauspiel, das das Gondarém einzig zu seinem Vergnügen geplant hatte. Und verstört drehte Ordóñez sich um und blickte wieder zur Bühne, wo etwas Bemerkenswertes geschah.

Die Gitarren waren verstummt, und allen schien klar zu sein, dass diese Pause nun der stärkste Moment der Darbietung war, ein paar Sekunden nur, in denen Amália zu weiß der Himmel welchem Gipfel der Stille aufstieg, um sich von dort in die Arabesken ihrer letzten Phrase zu stürzen, und Discépolo blickte so entzückt, so gerührt, so glücklich belehrt, dass ihm zwei Tränen aus den Augenwinkeln rannen, und als er die Serviette vom Schoß nahm und sie abtupfte, blieb auf dem schon fadenscheinigen weißen Stoff ein Abdruck von Wimperntusche zurück. Sofía schaute entrüstet in die Runde und stellte fest, dass es zum Glück, oder leider, niemand gesehen hatte: ein Mann, der sich schminkt und der weint, und das an ihrer Seite! Sie sprang auf und ging in Richtung der Toiletten, ohne etwas darauf zu geben, dass alle ihr nachsahen und jemand sogar »psst!« rief. Einer der Kellner, in der Hand ein schwankendes Tablett mit Gläsern und dem schließlich freigegebenen Champagner, bedeutete ihr von weitem, sie möchte noch ein wenig warten, bis zum Applaus. Doch wie um allen ihre Empörung zu zeigen, ging Sofía immer weiter, die Erinnerung an Discépolo im Nacken wie einen Schwarm Vögel, die nach ihr pickten, eine Botschaft, die sie nicht verstehen sollte, nicht verstehen wollte. Oh, diese beiden Rabenvögel! Da waren sie für immer von Gottes Wegen abgekommen und weinten über ihre Schwäche, ihre sündigen Liebschaften. Schwächlinge, die, statt zur Beichte zu gehen, ihre Schwäche im Alkohol ertränkten, denn nur diese Verbindung von Sünde und Alkohol konnte es sein, die ihnen das Gift des Tangos einträufelte!

Als sie schließlich an der Theke Oliverio entdeckte, war sie so erleichtert darüber, nicht portugiesisch sprechen zu müssen, dass sie sich zu einem ungeheuerlichen Entschluss ermutigt fühlte. Und in verärgertem Ton bat sie um »meinen« Mantel, »meinen« Hut und »meine« Handtasche. Und während sie sich an der Garderobe von Oliverio in den Mantel helfen ließ, als wäre dies der Beginn einer Wiederherstellung der Ordnung, wies sie ihn an, sobald »das Fräulein« fertig sei, möge er ihrem Mann sagen, sie sei nach Hause gegangen, sie fühle sich nicht wohl. Oliverio nickte, und um dem Jungen, den es zu drängen schien, ihr irgendetwas mitzuteilen, erst gar keine Gelegenheit zu geben, stieß Sofía die Pendeltür in den dunklen Vorraum auf und tastete nach der Eingangstür, darauf hoffend, dass der Chauffeur des Konsulats noch draußen wartete, damit sie ihn bitten konnte, sie nach Estrela zu bringen.

Im selben Augenblick brach hinter ihr der Beifall los, eine jener Salven, die erst aufhören, wenn es eine Zugabe gibt. Mein Gott, und jetzt schrien sie auch noch, schamlos wie dieser Discépolo! Gekränkt, eifersüchtig auch, tappte sie wie eine Blinde an dem Schalterhäuschen vorbei, und plötzlich fiel ihr ein, dass der Konsulatsfahrer aus Córdoba versprochen hatte, um elf Uhr herzukommen, und jetzt war es allenfalls halb elf, garantiert war dieser Provinzler noch in irgendeiner Kneipe in der Nähe und betrank sich. Es war gefährlich, alleine zu gehen, das wusste sie. Der Patriarch hatte von den Spionen gesprochen, die ihr auf den Fersen waren, weil sie das Geheimnis von Konsul Cantilo herausfinden wollten. Die Aussicht jedoch, diesen schleimigen Saldanha zu bitten, ihr einen Wagen zu besorgen, was um diese Uhrzeit ohnehin aussichtslos war oder dauern konnte, brachte sie zu dem Entschluss, doch allein die Gasse hinaufzugehen und nach einer Pferdedroschke Ausschau zu halten, an dem Platz dort oben hatte sie welche gesehen, gezogen von alten Kleppern, aber die Fahrt zu ihr nach Haus würden sie bestimmt schaffen. Außerdem würde die frische Luft ihre Wut mildern, so dass nur der sanfte, süße Geschmack der Vergeltung blieb. Sie sah sie schon vor sich, die beiden »Sterne«, wie sie aus Oliverios Mund hörten, dass Sofía sie hatte »sitzenlassen«, wie diese Abfuhr ihnen zu denken gab und ein paar Minuten darauf auch der Weggang ihres Mannes, der sich natürlich gezwungen sah, ihr zu folgen, und das umso rascher, als die Unpässlichkeit, die sie vorgeschützt hatte, ein Anzeichen für die ersehnte Schwangerschaft sein konnte.

Sie trat hinaus und wunderte sich, dass keiner der Türsteher dort stand, und kaum war sie auf der Straße, schienen sich, wie beim Verlassen des Lichtspieltheaters, die eben gesehenen Bilder über die Formen der Welt zu legen. Die Nacht und die Menschen kamen ihr jetzt ganz anders vor, als hätte Amálias Fadogesang ihre Sinne verwirrt und sie empfänglicher gemacht für … ja, für das Leid und die Sünde. Mit einem Mal bekam das Wort »unpässlich«, dieses so gewöhnliche Wort, in ihrem Kopf seine ursprüngliche Bedeutung, sie passte einfach nicht hierher, nicht in diese Welt. Eine düstere Ahnung schüttelte sie, und die Angst, die Scham und die Schuldgefühle, die in ihr aufbrachen, waren so groß – eine dunkle Blume, herangewachsen in den zwei Jahren in Lissabon –, dass sie nur noch beten konnte. Sie war gerade beim ersten Vaterunser, als sie auf dem Bürgersteig gegenüber die groteske Gestalt von Maestro de Oliveira zu erkennen glaubte: auf dem Boden liegend mit seinem Zwirbelbart, seiner Weste und seinem spärlichen, über die Augen fallenden gefärbten Haar, wie er vergeblich versuchte aufzustehen, während die beiden Türsteher des Gondarém ihn beschimpften und zwei andere Männer sich zu fragen schienen, ob sie ihm aufhelfen oder selber zuschlagen sollten. Aber nein, Heilige Jungfrau, das konnte nicht er sein, sagte sich Sofía. Dass sie sein Bild so deutlich vor sich sah, musste mit der Gewissheit zu tun haben, dass sie ihm nie wieder begegnete. Sie machte sich rasch auf den Weg zu dem kleinen Platz hinauf, und wie immer hetzte sie das Gespenst ihrer Familienvergangenheit mit der Angst vor dem Wahnsinn. Männer waren auf der Straße, viele Männer, allein und sehr langsam, doch nicht einmal das Gefühl, ihnen womöglich begehrenswert zu erscheinen, vermochte sie abzulenken, und ihr schlug das Herz, als sie schließlich, als wäre sie auf der Flucht, mit einem solchen Schwung auf das Trittbrett einer Droschke stieg, dass ihr ein Absatz abbrach. »Zur Basílica da Estrela!«, rief sie dem Kutscher zu, und die flüchtige Erinnerung an eine Wallfahrt in Argentinien, zur Basilika von Luján, zusammen mit all den weiblichen »Oliveiras ohne Titel«, erfüllte sie mit Wehmut und Kummer.

Guter Gott, dachte sie und mummelte sich, auch wenn es nicht kalt war, in ihren Fuchskragen. Zum ersten Mal ahnte sie den Albtraum, den die Nacht für sie bereithielt. Sollten die Deutschen doch endlich einmarschieren! Sollten sie herkommen! Denn entweder Lissabon richtete alle zugrunde – »oder mich«.

Schwarzer Segler

Ein abgebrochener Tango. Feuer, Feuer!
»Heute ist die letzte Nacht von Lissabon!«

I

»Liebe Freunde«, sagte Discépolo in dem Salon voller Gäste, unter dem riesigen Lüster in Tränenform, der dort schon immer gehangen zu haben schien, um ihn, den Pianisten und den Bechstein-Flügel in den Theaterglanz seiner Kristallprismen zu tauchen. Und tatsächlich, dachte Dr. Ordóñez, so wie die Leute nun mit freundlich distanzierter, gleichwohl vollkommener Aufmerksamkeit auf diesen Harlekin schauten, schienen seine übertriebenen Gesten, die pompösen Worte und selbst der Tango, den Tania singen würde, sobald sie aus dem Schlafzimmer kam, auf geheimnisvolle Weise zu dieser Nacht von Lissabon zu passen. »Die Geschichte, die Sie hören werden, ist eine wahre Geschichte. Aber bitte denken Sie nicht, es sei meine eigene. Ich habe sie *Secreto* genannt, wohlgemerkt: *Geheimnis*, und wenn ein Dichter sein wahres Geheimnis erzählte, was hätte er dann noch zu sagen? Sagen wir, es ist die Geschichte eines Freundes aus Buenos Aires, dessen Namen, Sie werden es mir verzeihen, ich nicht verrate, dessen Typ Sie aber ohne Zweifel auch unter all den unbedeutenden Menschen in Lissabon erkennen werden. Ein im Grunde jungfräulicher, *reiner* Mann, der plötzlich, an einem Abend, als er am wenigsten damit rechnet – *quelle trouvaille!* –, eine Frau kennenlernt. Jawohl, *eine Frau!*, würde er uns sagen, er, der weder seine Mutter noch seine liebe Gattin je als solche betrachtet hat, *eine Frau!*, als entdeckte er das Wort, als enthüllte ihm das Wort die Küste eines wunderbaren, unbekannten Kontinents. *Eine Frau*, wird er selbst betonen, die schön ist wie nur wenige, *einzigartig*, auch wenn vielleicht weder Sie noch ich auf den ersten Blick etwas Außergewöhnliches an ihr entdecken würden; und selbst auf den zweiten könnten weder Sie noch ich ihr ein größeres Verdienst zusprechen als das, sich befreit zu haben aus jener Sklavenhölle, die man in den Zeitungen ›Milieu‹ nennt, wobei sie sich wie durch ein Wunder diesen Kern bewahrt hat, der einer betrübten Seele mehr gilt als alles Schöne und Moralische auf der Welt: die Freude. Die Freude, meine Lieben, hart und unerwartet wie ein Diamant, der, verborgen unter einer Waggonladung erdiger Kartoffeln, über die Grenze kommt, um Lissabon zu retten!«

Sanft aus ihrer Ruhe gerissen, rutschten die Gäste auf ihren Stühlen. Natürlich wussten alle um die Bedrohung der Stadt, sagte sich Dr. Ordóñez, auch wenn die Regierung noch so bemüht war, sie herunterzuspielen. Doch nur die wenigsten mochten ahnen, dass die kleine Einführung in das Lied *Secreto* etwas mit Discépolo und Tania zu tun haben könnte, erst recht nicht, dass es seine Art war, diese augenscheinlich so elegante und feinsinnige Diva nach und nach mit dem frivolen Charme aus dem Bajo zu umgeben, dem letzten Hafen des Mädchenhandels in Buenos Aires, eine diabolische Aura, wie seine Frau Sofía sie, unter dem Einfluss des Patriarchen und seines Geschwätzes, beim bloßen Vorschlag einer »Tangovorstellung« zu wittern glaubte. Doch die lässige Zustimmung all der vornehmen Herrschaften hier ließ ihr Getue und ihr ungehöriges Verhalten im Gondarém einfach nur lächerlich erscheinen. Und beschwingt vom Alkohol – es war das dritte Glas Champagner, das er an dem Tag trank, und praktisch auf nüchternen Magen –, fühlte er sich wie ein kleiner Welpe, den man auf einer frischen Wiese herumtollen lässt. Und der Freude nicht genug, fühlte er sich hier auch akzeptiert, akzeptiert von Menschen, deren Niveau außer Frage stand. Sessel und Stühle hatte man an die Wände gerückt, und aller Augen glänzten im Widerschein des großen Lüsters, als wären sie ebenso viele weitere Kristalle. Auf einem granatroten Sofa saß Amália, die Fadosängerin, und während sie mit gerunzelter Stirn dem Spanisch zu folgen versuchte, schaute der dicke Wirt des Gondarém, der neben ihr Platz genommen hatte, mit der Miene eines Impresarios durch sein Monokel und musterte das Publikum, wobei er sich immer wieder die Mundwinkel abwischte. Seitlich von ihnen, auf einem prächtigen Vis-à-vis, saßen der Herr de Montemor und sein strammer Sohn. Sie waren auf einen kurzen Besuch beim Großonkel gewesen, dem Visconde, der zusammen mit seinem schwachsinnigen Urenkel Benito hinter der Wand vermutlich ebenfalls zuhörte, und verfolgten das Schauspiel mit dem wissenden Lächeln der Männer, bestärkt wohl durch ein gewisses Vorurteil, wonach jeder Südamerikaner sehr viel mehr vom Begehren verstand als der europäische Mann, denn sie lauschten der Geschichte mit der distanzierten Erregtheit von jemandem, der vor dem Affenkäfig steht und im Sexualverhalten der Tiere seine geheimsten Phantasien wiedererkennt. Am Fenster schließlich, das man einen Spalt geöffnet hatte, damit die Nachtluft sie erfrischte, saß die gelähmte italienische Gräfin, die von zwei Pflegern in einem Sessel die drei Stockwerke heraufgeschafft worden war und den Blick nicht von dem Pianisten des Gondarém wandte. Der hatte sich bereitgefunden mitzukommen und las nun nervös die für ihn völlig neue Partitur. Das hätte Sofía mal sehen sollen, dachte Dr. Ordóñez, dass eine Frau aus dem Gefolge von Umberto von Savoyen, eine Gräfin, die Buenos Aires womöglich besser kannte als sie selbst, keine Schande darin sah, sich einen Tango anzuhören. Und selbst der Himmel über der Nacht von Lissabon, so weit und klar, selbst die Sterne, unter denen die Flüchtlinge sich in Grüppchen um die improvisierten Feuer scharten, selbst diese Stille erinnerte an einen Theatersaal in regloser, gespannter Erwartung. Noch Jahre später würden sie an diese Nacht, die sie *ihm* verdankten, zurückdenken!

»Stellen Sie sich vor«, fuhr Discépolo fort, und dabei trat er an den Pianisten heran und legte ihm mit einer sanften, fast brüderlichen Geste die Hand auf die Schulter: das Zeichen, er möge nun, mit gedämpften Arpeggios, die schrägen Harmonien der Einleitung spielen.

Das Knirschen einer langsam sich drehenden Türklinke war zu hören, wie ein bewusst eingesetztes Spannungselement, und alle fuhren herum. Wer jedoch, ohne die Tür hinter sich zu schließen, aus dem dunklen Schlafzimmer trat, war nicht Tania, sondern der junge Mann mit der Hasenscharte, und als wäre er auf der Flucht vor der Polizei, schlüpfte er rasch durch die Diele und verschwand ins Treppenhaus.

»Stellen Sie sich vor«, bat Discépolo, ein wenig verblüfft, um Aufmerksamkeit, »unserem Freund wäre diese Liebe, die manch einer von Ihnen vielleicht *mehr als Liebe* nennen würde, denn sie ist aus diesen Leidenschaften, die uns mit jedem Abschied ein Stück von uns selbst nehmen, unserem Freund also, können Sie mir folgen?, wäre diese Liebe in einem jener Momente des Lebens erwachsen, in denen die Welt uns, wie aus einer Laune heraus, die heraufziehende Nacht zu *erahnen* erlaubt, und jemand wäre gekommen, ihn vom drohenden Wahn zu befreien: ein Vater, der ihm sagte, er solle sich diesen *coup de foudre* aus dem Kopf schlagen und durch Europa reisen, oder ein Zuhälter, der sein Pferdchen, sobald ein Freier sich verliebt hat, in ein Bordell irgendwo in der Pampa schickt, oder ein falsches Luder, aus dem die Liebe einen erpresserischen Drachen macht. Doch unser Freund, werte Herrschaften, und auch das kommt vor, war ein rechter Spätzünder, denn die Leidenschaft kam ihn an, als er sie nur noch heimlich ausleben konnte. Und eine heimlich gelebte Leidenschaft ist eine Zeitbombe, die im Wahn explodiert.«

Discépolo ließ diskret die Schulter des Pianisten los und tat einen Schritt zur Seite: das Zeichen, nun den Fuß vom Pianopedal zu nehmen und, der Partitur folgend, da capo zu spielen, immer wieder, solange sein Monolog dauerte. Der drängende Rhythmus des Zweivierteltakts schien mit dem Schlagen des Herzens von Dr. Ordóñez übereinzustimmen, und wie die übrigen Anwesenden drehte auch er sich besorgt nach der Schlafzimmertür um, nicht dass Tania etwas passiert war. Doch langsam, wie ein rotes Schimmern, das vom Grund des Flusses aufsteigt und als leuchtender Fisch dahingleitet, trat Tania aus dem Dunkel des Zimmers hervor, immer klarer, immer strahlender, auch wenn sie noch niemandes Aufmerksamkeit erregen wollte, denn sanft im Takt den Kopf wiegend, schien sie nur auf die Worte ihres Mannes zu achten, auf die Person, die sie nun darstellen würde. Ihre Garderobe war, abgesehen von dem schwarzen Schultertuch, das sie über die Arme gehängt trug, ein einziges leuchtendes Rot, und die Brillanten der Ohrringe, betont noch durch eine schlanke Halskette, schienen um sie her zu funkeln wie die unhörbaren Töne eines Liedes, das auch der Lüster mit seinen Kristallen sang. Dr. Ordóñcz hatte noch nie eine Sängerin der leichten Muse auftreten sehen, und er war stolz auf die Eleganz dieser »Nummer«, die selbst Amália an Chic übertraf. Erst als er sah, wie die Montemors sich in die Seite knufften – das Affenweibchen trat, naiv oder zerstreut, in einen Käfig voller brünstiger Männchen –, fürchtete er, seine Frau hätte doch recht gehabt und die argentinische Residenz würde nun zum Cabaret.

»Heim, Familie, Kirche!«, rief Discépolo mit tönender Stimme, wie im Wetteifer mit den Klängen des Klaviers und dem Parfum seiner Frau, das nun den Raum mit einem Hauch von

Bittermandel erfüllte. »Jede Höhle, die der Mensch gebaut hat, um sich von der Angst zu befreien, jeder Leuchtturm, den er errichtet hat, um Rettung zu finden im Sturm, alles verging im Dunkel der Nacht meines Freundes! In der Frühe machte er sich auf den Weg, um vor der Siebenuhrmesse zu beichten, und am Ende stand er beim Folies Bergère und spähte danach, ob sie in Begleitung durch die Tür trat. Er ging seine Kinder von der Schule abholen, und eine Ahnung führte ihn unter ein Fenster, durch das, wie er glaubte, ihr Parfum wehte – eine Straßenbahn musste scharf bremsen und hätte ihn beinahe überfahren. Ich schwöre Ihnen, er verfluchte, dass sie es nicht getan hatte! Bis eines Abends«, und Discépolo senkte die Stimme und zog sich langsam zurück, während Tania, unbeeindruckt von den Blicken der anderen, als hätte Discépolo sie in Gang gesetzt, immer funkelnder voranschritt unter den Lüster des tausendfachen Glanzes, »an einem Abend, der nach seinem festen Willen der letzte sein soll, einem Abend, an dem sie, vielleicht weil sie es wusste, ihn versetzt hat und er stundenlang in Cabarets und Hotels nach ihr sucht, in Bars und Spelunken, die wie Geschwüre das Hafenviertel von Buenos Aires überziehen; bis mein armer Freund schließlich, als er am Morgen nach Hause kommt, seine Ehefrau vorfindet, seine ihm angetraute Ehefrau, wie sie irreredet und inmitten eines Gewirrs von Wäsche und Schnüren seine Unterhemden mit Weihwasser besprengt, weil sie glaubte, ihm sei etwas zugestoßen oder er sei einer ›Zauberei‹ zum Opfer gefallen. Mein Freund ruft nach ihr und will sie in die Arme schließen, aber sie hört nicht auf ihn. ›Lassen Sie mich‹, sagt sie, ›ich kenne Sie nicht!‹ Denn sie ist nicht mehr sie selbst. Und mein Freund, den weniger das Schicksal seiner Angetrauten berührt als ihre kindliche Einfalt, der Mitleid hat mit ihrer armen Seele, er muss daran denken, was man ihm von den Straßenmädchen gesagt hat: dass alle sich auf Hexerei verstehen. Und er begreift, dass diese andere, *diese Frau*, vielleicht nicht nur aus dem Ausland gekommen ist, sondern aus einer anderen Welt, die er kaum erahnt und wo das Schicksal eines jeden Menschen gewoben wird, *o fado*, und ihm ist, als könnte sie, die andere, es sehen. Und sterbend fast vor Angst, denkt er, schreit er, schreibt er, die Augen zum schwarzen Himmel erhoben, ein Gebet:«

»*Wer bist du, dass ich nicht entrinne*«, sang Tania und hüllte sich mit leisem Schwung in ihr schwarzes Tuch wie ins Dunkel der Nacht, »*mein Liebes, verfluchtes, du Strafe des Himmels*«, und in ihrer Stimme lag ein so tiefes Leid, dass alle auffuhren, nicht um es zu goutieren, sondern weil es die freundliche Zustimmung, mit der sie bisher Discépolos Worten zugehört hatten, lächerlich erscheinen ließ, überrascht von ihrem Schmerz, ihrem vollkommenen Schmerz. »*Ein Windstoß, der rast und ein Gestern zerreißt, das Zärtlichkeit kannte, ein Heim, einen Glauben...*« Dr. Ordóñez beugte sich vor. Vielleicht war nur ihm klar, dass Tania sich, wohl unter dem Einfluss von Amálias Auftritt, allmählich von aller Anspannung nach der langen Zugfahrt freimachte. Aber weder das noch die vom Alter aufgeraute Stimme erklärten ihm, wie aus ihr eine Sängerin hatte werden können, die so anders war als jene aufgedrehte Madame Mexican mit ihrer Diskantstimme, die er gehört hatte, als Severito die Schallplatte immer wieder auflegte und dabei entzückt ihren Körper und ihre grünen Augen beschrieb. »*Für dich steht mein Leben nun kopf, das einfach war, heilig wie nur ein Gebet...*« Tania sang jetzt, wie Dr. Ordóñez begriff, nicht mehr für ein Cabaret voller Männer, um sie zum Trinken zu animieren, sie sang nicht einmal für die anderen: sie schaute auf etwas in ihrem Inneren, das ihr zu singen befahl. »*...vor mir ein schrecklicher Berg von Fragen, die Adern verstopft, meine Ehre getrübt...*« Seltsam, dachte Dr. Ordóñez, dass eine so weibliche, fast übertrieben weibliche Künstlerin es vermochte, diesen »Freund« von Discépolo zu verkörpern, noch dazu viel glaubwürdiger als selbst ein Gardel. »*Ich kann nicht schlechter werden, ich kann nicht besser sein, von deinem Zauber überwältigt, vergess ich meine Pflicht...*«

Dr. Ordóñez lehnte sich erschöpft in den Sessel, nahm einen letzten Schluck Champagner und befand, dass die Geschlechter sich im Tango auf merkwürdige Weise vermischten. Wie auch die Wirklichkeit seltsam gemischt auf ihn eindrang, denn während der Pianist das zum zweiten Teil überleitende Solo improvisierte, schien im Hafen etwas passiert zu sein. Doch bedusselt vom Tango und vom Alkohol, brachte Dr. Ordóñez nur ein lächerliches Pscht! heraus. Die Montemors drehten sich um und lächelten milde. Aber etwas war explodiert dort draußen, hinter der Italienerin, die, auf ihre Krücken gestützt, der Musik lauschte und nur kurz den Kopf zum Fenster wandte. Dumpfe Schreie auf der Straße sagten Dr. Ordóñez, dass die Flüchtlinge noch da waren, aber es hörte sich so aufgelöst und diffus an wie ein Windstoß, wie das Krächzen der Vögel, wenn sie sich aufgeschreckt von den Simsen stürzen. Was sollte daran bedeutender sein als dieses Schauspiel hier, Höhepunkt seiner diplomatischen Tätigkeit?

»*Ein Schuss, und der Fluch deines quälenden Schattens, er wäre gelöscht...*«, sang Tania nun, und Dr. Ordóñez gab sich weiter seinen Grübeleien hin. Das also war in den mehr als zehn Jahren, die er verheiratet war, aus dem Tango geworden? Lief am Ende dieses Fröhliche, dieses wilde Treiben, wie der Patriarch doziert und er selbst in einer einzigen Nacht in Buenos Aires erahnt hatte, auf eine Tragödie gleich der jenes Freundes von Discépolo hinaus? »*Ein Eckchen zum Sterben hab ich mir gesucht in der Nacht, doch die Waffe wird weich im Verrat...*«

In den wenigen Pausen, in die sich die Klaviertöne ergossen, bevor Tanias Stimme wieder einfiel, hörte Ordóñez, wie Schreie auf Portugiesisch durch die Stille des Hafens flogen, befehlende Schreie, besorgte Schreie, widersprüchliche Schreie, die helfen oder warnen wollten. Er drehte sich um, weiter aufmerksam dem Lied lauschend, und sah, dass die beiden italienischen Pfleger zur Gräfin geeilt waren und das Fenster aufgerissen hatten, und nun schauten sie hinaus auf das Schiff und die Flüchtlinge, als wollten sie seine schlimmsten Befürchtungen bestätigen. Doch dann wandten sie sich gleich wieder Tania zu, vielleicht weil sie sich schämten, das Schauspiel zu unterbrechen, nichts deutete also auf eine unmittelbare Gefahr.

Doch plötzlich war ein Schrei im Haus selbst zu hören. »Das ist Benito«, sagten die Montemors, Benito, der schwachsinnige Urenkel des Visconde, der durchs Treppenhaus schrie und mit seinem Schrei die Angst zum Ausdruck brachte, die alle unterdrückten. Sie sollten ruhig sein, er wollte hören, was da passierte, und außer dem Pianisten dachte niemand mehr an den Tango. Tania schlug die Augen auf und sah, wie die Italiener hilflos zu Dr. Ordóñez schauten. Es ist ernst, schienen sie zu sagen, tun Sie doch etwas! Dann fing auch der Pförtner im Erdgeschoss an zu schreien, er warf irgendwelche Leute hinaus, vielleicht hatten die Benito so erschreckt, und als er die Tür zuschlug, erzitterte das ganze Gemäuer. Wie eine Schlafwandlerin ging Tania ein paar Schritte auf den Balkon zu, und als der Pianist sah, dass sie die zweite Strophe nicht weitersang, ließ er den letzten Akkord ungespielt, nahm den Fuß vom Pedal und schaute zu den Fenstern. Für einen unangenehmen Moment war die Residenz erfüllt vom Schwingen der verlassenen Klaviersaiten, vom unheilkündenden Klang einer unterbrochenen Harmonie. Und noch ehe Dr. Ordóñez irgendetwas entscheiden konnte, erhob sich vom Kai her, gespenstisch, übermenschlich, ein sanftes Heulen. Es war der

Hafenalarm. »Die Sirene«, »die Sirene«, »die Sirene«, kam es aus aller Munde, als könnten sie nicht glauben, dass sich das Unglück derart zart ankündigte: ferne Trompeten, die zum Jüngsten Gericht riefen. Oder die Luftwaffe.

2

Alles stürzte auf die Balkons, und von diesen Logenplätzen aus bot sich ihnen der Hafen wie eine große Bühne dar, ebenjene Bühne, die Dr. Ordóñez und Discépolo am Nachmittag gemeinsam betrachtet hatten. Abgesehen von der Beleuchtung, denn über dem lanzengekrönten Tor zu den Hafenanlagen, genau zwischen den beiden riesigen K der Kräne, strahlte, eine perfekte Inszenierung, der vordere Deckaufbau der Boa Esperança im hellsten Licht. Hinter den Fenstern der Kommandobrücke war der Umriss eines Matrosen zu erkennen, der immer wieder vorbeihuschte oder herausschaute, vermutlich, dachte Dr. Ordóñez noch benommen vom Tango und vom Alkohol, um denen etwas zuzurufen, die auf dem Deck eine Katastrophe zu verhindern suchten oder über die Gangway flüchteten. Flakscheinwerfer strichen vergeblich über die Weite eines von Fledermäusen getrübten Himmels, und die Sirene schmerzte schon in den Ohren, doch eine fast völlige Stille lähmte den übrigen Bereich des Hafens, wo nur hier und da die Taschenlampen der Flüchtenden aufblitzten. Auf der Straße und diesseits der Gleise standen die Emigranten reglos im Licht der wenigen Straßenlaternen und der zahlreichen kleinen Feuer, alle in derselben bangen Erwartung.

»Ein Unfall, Herr Botschafter?«, rief Amália, darauf bedacht, dass Dr. Ordóñez sie nicht für respektlos oder allzu vertraulich hielt. Auch sie war entsetzt über die Vorstellung, die göttliche Strafe, die der Patriarch Tag für Tag herabflehte, könnte über den Hafen gekommen sein, wo sie geboren war, und wer weiß, vielleicht ihretwegen. Doch der junge Montemor schüttelte den Kopf, und Dr. Ordóñez fragte sich, ob er nun die Katastrophe erlebte, die die Menschen in Lissabon den ganzen Tag über an jeder Ecke angekündigt oder prophezeit, vorhergesehen oder sich ausgemalt hatten. Nachdem die Sirene vier oder fünf Mal unerträglich angeschwollen war, wurde sie schließlich schwächer, ein verwundetes Tier, das ein letzter Pfeil ins Herz trifft, und blieb seltsam stumm; und nur die Schreie der Menschen waren zu hören, die das Schiff zu retten oder von ihm zu entkommen versuchten. Doch als die Sirene wieder aufheulte und so zu verstehen gab, dass die Gefahr keineswegs vorüber war, dachte Dr. Ordóñez, bei der nächsten Stille wäre es an den Flüchtlingen, zu revoltieren. Welch eine Erleichterung, dass sie dann vom argentinischen Konsulat nichts mehr wollten! In all den Monaten, in denen sie vor seinem Schreibtisch gehockt und ein Visum beantragt hatten, hatte ihn nichts mehr gewundert als ihr Schweigen, das Schweigen der Sünder vor dem Beichtstuhl, wie Sofía anmerkte, doch sie fürchteten nur, mit Klagen, Bitten oder Unverschämtheiten das ohnehin an einem seidenen Faden hängende Wohlwollen Argentiniens oder Portugals aufs Spiel zu setzen. So viele Male hatte er sie gesehen, wenn er nach dem täglichen Kaffee im Brasileira nach Hause ging, wie sie um die Straßenlaternen versammelt standen und schwiegen, als fürchteten sie, die Wörter brächten die zurückgelassenen Menschen in Gefahr oder riefen ihre Abwesenheit auf unerträgliche Weise in Erinnerung. Eben erst, als sie so elegant und fidel vom Gondarém gekommen waren, hatten ihn in der Schlange vor der Boa Esperança noch ihre Blicke verwundert, der stille Groll darin, und er konnte ihnen nicht in die Augen sehen, als würden sie gleich in der Residenz die schlimmste aller Sünden begehen. Plötzlich fiel ihm wieder ein, was Discépolo heute dieser Möwe zugerufen hatte, *welch eine Stille, Schwester, welch eine Stille!*, und er sah sich nach ihm um. Auch Discépolo stand reglos da, die dürren Finger um das alte Eisengeländer des Nachbarbalkons geklammert, die Augen aufgerissen vor Angst oder in Ehrfurcht, seine Musikerohren beleidigt vom Jaulen der Sirene, als würde ein Tier abgestochen, und so schaute er auf den Hafeneingang, wie Dante auf das Tor zur Hölle geschaut haben mochte. Für ihn war die Katastrophe die Antwort Gottes oder des Schicksals auf ihre Darbietung gewesen. Und er lauschte.

Schließlich öffnete sich im Tor zum Hafen eine kleine Tür, und nacheinander kamen, von der Explosion in ihren Kojen überrascht, die Passagiere der ersten Klasse heraus, standen da und zitterten, und niemand traute sich, weiterzugehen und die Gleise zu überqueren, als hielte eine Urangst sie von den Schatten des Hafenviertels fern. Maestro de Oliveira war, wie Dr. Ordóñez bemerkte, nicht unter ihnen, und gebannt schauten die Emigranten durch den Zaun zu ihnen hin: War der unvorstellbare Glanz all dieser Seidenpyjamas, dieser Negligés und Schlafröcke etwa nicht das Zeichen für eine Tragödie, die wie der Tod nicht bereit war, Seide von Lumpen zu unterscheiden, den Tag von der Nacht? Ein kleiner Mann von der Reederei, der die Passagiere vor sich hergescheucht hatte, kam als Letzter heraus, bedeutete ihnen zu warten und lief in Richtung der Rua da Pena. Er wollte gerade durch das Drehkreuz am Bahnübergang treten, als ein junger Vater sich aus der Schlange der Flüchtlinge löste und ihn anrief, vielleicht weil seine beiden kleinen Kinder sich die Ohren zuhielten und schrien, mit derselben hellsichtigen Panik wie der tumbe Benito. Die Sirene verstummte, und tausend Stimmen verwoben sich über den Geräuschen des Hafens. Zugleich verharrte alles in entsetzlicher Reglosigkeit, als hätten die Mächte, die die Gezeiten bewegen, die Schiffe und die Völker, sich zusammengetan, um das Große Unheil noch hinauszuzögern. Bis schließlich die Tür eines der Kontrollhäuschen aufflog und ein weiterer Passagier, dieser allerdings in untadeliger Straßenkleidung, herausgestürzt kam und die Gleise überquerte und dabei immer die gleichen Worte rief, die Dr. Ordóñez erst entziffern konnte, als der Mann an der Residenz vorbeikam.

»Die Feuerwehr!«, rief er. »Die Feuerwehr aus Amadora!«

Schreie zogen sich wie an einer Zündschnur durch die Reihen der Flüchtlinge, Feuer!, Feuer!, bis fast hinauf zur Rua Ulisipo. Eine alte Frau, die auf der Treppe einer benachbarten Fabrik hockte, hob ihre von langen Handschuhen umschlossenen Arme zu Gott: Eher als andere hatte sie gesehen, dass sich nun Rauch zwischen den Himmel und den Kai schob, und sie fürchtete nicht um sich, was machte es schon, ob man auf hoher See starb, jenseits des Meeres oder hier, sie fürchtete etwas, an das die Rauchwolke sie erinnerte oder was sich ihr bei diesem Anblick aufdrängte. Ein rhythmisches Stiefelkrachen lenkte Dr. Ordóñez' Blick nach unten, wo ein Trupp Gendarmen herbeigetrabt kam, begleitet von präzisen Befehlen, wenn auch von der Situation sichtlich überfordert. Einer der Uniformierten trat aus der Gruppe und befahl, unverzüglich das Fahrzeug fortzuschaffen, das vor der Residenz parkte. Es war der leuchtend rote Wagen von Amália, die beiden anderen Luxuskarossen, in denen sie gekommen waren, waren schon fort. Der Chauffeur bat um Erlaubnis, kurz auszusteigen, schaute nach oben und gab zu verstehen, dass er nicht zurückkomme. Als er qualmend davonfuhr, hinterließ er bei den Gästen ein merkwürdiges Gefühl von Platzangst. Kurz bevor sie ihn um die Ecke verschwinden sahen, rannte jemand wie verrückt vor den Wagen und zwang ihn zu einer Vollbremsung. Es war der elegant gekleidete letzte Passagier, und als er das Auto erkannte, schaute er hinein und dann zur Seite und schließlich nach oben. Amália trat ein Stück zurück, als wollte sie nicht gesehen werden. »Das ist de Maeyer, Herr Botschafter«, sagte sie, auch wenn Ordóñez keinerlei Erklärung erwartete, »er wollte heute Abend mit der Boa Esperança fahren.«

Die italienische Gräfin rief, dass unter der Rauchwolke Flammen zu erkennen seien, *fuoco!*, *fuoco!*, und die Flüchtlinge, die sie dort unten hörten, riefen zurück, was denn genau zu sehen sei. Dr. Ordóñez achtete nur auf die dichte Rauchschwade, die offenbar von den Matrosen bekämpft wurde, Flammen waren keine zu sehen, und die Schwade wand sich und riss auseinander, barst und verflog, nur um sich noch mächtiger zu erheben. »Rauch!«, rief ihnen einer der Montemors zu, aber die Leute auf der Straße wollten mehr wissen. »Feuer? Brandstiftung? Ein Attentat?« Gewohnt, sich vor den Blicken der Flüchtlinge zu verbergen, sobald dergleichen Fragen aufkamen, kehrte Dr. Ordóñez in den Salon zurück und sagte Dona Natércia, die die Luftalarmübungen gelehrt hatten, sich von Balkons fernzuhalten, sie möge zum Telefon gehen und die Feuerwehr in Amadora rufen. Kaum hatte er es ausgesprochen, wurde ihm bewusst, wie lächerlich das war, als hätte die Sirene nicht genügt, um die Feuerwehr zu alarmieren, und er schlich sich auf den anderen Balkon.

Als er wieder nach unten schaute, war dieser de Maeyer nicht mehr zu sehen. Ein Angestellter der Reederei führte nun die Passagiere der ersten Klasse, die ihm artig über den Bahnübergang folgten, vielleicht zu dem Büro in der Rua da Pena, wo sie ihre Passage gebucht hatten. Die Menschen ringsum fragten sie, was denn geschehen sei, doch die taten, als würden sie die Sprache nicht verstehen, und senkten nur den Kopf, wie um ihre Nachtwäsche vor Schmutz und Kohlenstaub der Gleise zu schützen. Plötzlich erscholl Motorenlärm an der Ecke der Rua Ulisipo, und die Flüchtlinge drehten verschreckt ihre Köpfe. Zwei große schwarze Wagen tauchten auf, brausten heran und hielten mit quietschenden Reifen vor der Residenz. Männer stiegen aus, Pistole in der Hand, und verteilten sich mit geradezu choreographischer Präzision: Sechs riegelten die Straße ab, zwei überquerten die Gleise in Richtung Hafen. Im selben Moment lenkte erneuter Motorenlärm alle Blicke zur Rua Ulisipo – allein die Angst, das Schiff zu verpassen, hinderte sie daran, zu fliehen, dem zu entkommen, was offensichtlich ein Hinterhalt war –, und ein knatternder Mannschaftswagen kam auf sie zugefahren, ein ganzer Trupp Gendarmen, die hin und her geschaukelt wurden auf ihren Sitzen, im Gang oder auf den Trittbrettern. Dr. Ordóñez dachte, dass sie bestimmt über den Seiteneingang ein Stück weiter zum Kai brausen würden, doch sie hielten an und blockierten die Straße, als wollten sie auf diesem Abschnitt noch einmal den rechteckigen »Vogelbauer« nachbilden, den der Zaun aus dem Kai gemacht hatte, und unwillkürlich rückten die Flüchtlinge zusammen. Ein seltsames Gelächter drang herauf. Dr. Ordóñez schaute zur Hausecke an der Rua da Pena: Es war ein elegantes Paar, das einen etwas verwirrten Eindruck machte, vielleicht waren sie gerade aus einem Club wie dem Gondarém gekommen, jedenfalls schien es, als ginge beim Anblick des Schauspiels vor den beiden plötzlich der Vorhang zur Hölle auf. Und wie vom Blitz getroffen, von einem Blitz, wie er dem Sturm vorausgeht, musste Dr. Ordóñez an Tania denken, und ihm wurde bewusst, dass er sie seit der Unterbrechung ihres Tangos nicht mehr gesehen hatte, und er ertappte sich dabei, wie er das Treiben der Discépolos am heutigen Tag Revue passieren ließ. Obwohl, nein, auch wenn er sie für zwei Stunden verlassen hatte, sie konnten nichts zu tun haben mit der Katastrophe dort draußen. Und um dieses Gefühl des Ausgesetztseins loszuwerden, das ihn auf dem Balkon ergriff, aber auch um sich das erbärmliche Schauspiel einer Deportation zu ersparen, das man an seinem Schreibtisch so oft prophezeit hatte, ging Dr. Ordóñez wieder hinein und horchte auf die Stille. Und als er das ferne Flüstern ihrer unverwechselbaren Stimme hörte – wer würde sie nicht erkennen, nachdem er sie hatte singen hören –, ging er auf leisen Sohlen zum Schlafzimmer.

3

Von der Diele aus konnte Ordóñez kaum etwas sehen, aber Tania war in Begleitung, so viel war gewiss. Es war stockdunkel im Schlafzimmer, vielleicht hatten sie etwas Unanständiges im Sinn, vielleicht wollten sie auch, dachte er, während seine Augen allmählich die Dinge von den Schatten unterschieden, nicht die Leute auf sich aufmerksam machen, die hier durch die Seitenstraße kamen. Mühsam erkannte er Tania, die aufrecht an dem großen Fenster stand und auf die Straße hinausschaute, von wo ein Stimmengewirr hereindrang. In ihrem Ausdruck lag Besorgnis, aber auch etwas Triumphales. Neben ihr stand der portugiesische Pianist, und sie redete leise auf ihn ein, in einem verschwörerischen Ton, der aber sehr viel weniger beunruhigend war als diese zweideutige Nähe zwischen ihr und Isidro. Die Fensterflügel waren angelehnt, so dass man sie von draußen nicht sah. Offenbar waren die beiden davon überzeugt, dass die Tragödie »dort draußen« sie stärker betraf als alle anderen Gäste in der Residenz, und sie überlegten, wie sie sich verhalten sollten. Sie schien das Sagen zu haben. Mit einem unbehaglichen Gefühl, als müsste er an dem Tresor vorbei, in dem sie ihr prachtvolles Schmuckstück aufbewahrte, schaute Dr. Ordóñez über Tanias Schulter und sah verwundert, wie über die holprige Gasse, an der nur wenige Meter weiter oben die Fadolokale und Nachtclubs begannen, Frauen in Abendgarderobe und Männer im Smoking herunterkamen, unbekümmerte Studenten und Prostituierte, die mit halb gespielter, halb morbider Neugier dem Ruf der Sirene entgegeneilten, dabei schwatzend und lachend und selbst Witze reißend, als hätte ein Conférencier ihnen das, was sich ihnen am Hafen ankündigte, als krönenden Abschluss eines eben gesehenen Spektakels versprochen. Doch kaum waren sie an der Straßenecke, kaum öffnete sich ihnen in all seiner Weite der Himmel, über den die Flakscheinwerfer strichen, kaum sahen sie die Rauchsäule, da verstummten sie und gingen langsamer, wie versunken im Anblick einer geheimen Offenbarung, als erinnerten sie sich, etwas Ähnliches in einem anderen Leben gesehen zu haben, vielleicht kurz vor dem großen Beben von 1755, vielleicht bei einem Autodafé, bei dem die Kirchenoberen die Ketzer bei lebendigem Leibe verbrannten, und wer konnte heute Ketzer genannt werden, wenn nicht sie, die der Patriarch verdammt hatte? Und für ein einziges Mal verbanden sich dort an der Ecke die beiden Städte, die sich gewöhnlich den Rücken zukehrten, das leidtragende Lissabon der Opfer des Krieges und das fröhliche der Kriegsgewinnler, und sie betrachteten ein und dieselbe mit Rauch geschriebene Botschaft, geschrieben von einem, den sie sich nicht vorzustellen wagten. Es war der erste Buchstabe eines Urteils, das über ihr Schicksal entscheiden würde.

»Meine Verwandten aus Valencia«, flüsterte Tania, und abgesehen von ihrem brasilianischen Akzent sprach sie nun ein fast perfektes Portugiesisch, »haben mir vor ein paar Tagen erzählt, im Krieg hätte man erst die Pfarrer erschossen und dann die Aristokraten und Nutten bei lebendigem Leibe verbrannt und ihre Leichen an den Altar gehängt. ›Schweinefleisch im Angebot...‹«

Ein leises Zittern in ihrer Stimme legte den Gedanken nahe, dass sie sich wieder wie dieses kleine Mädchen fühlte, das in ihrem Elternhaus in Valencia förmlich erstickte und sich danach sehnte, eine Schauspielertruppe käme vorbei und nähme sie mit. Das elegante Paar, das Dr. Ordóñez eben vom Balkon aus gesehen hatte, ging nun wieder zurück und bahnte sich unter Einsatz der Ellbogen einen Weg durch die verblüffte Menge die Rua da Pena hinauf. Kurz darauf erschien auch Saldanha und eilte verärgert in dieselbe Richtung, als fürchtete er, während seiner Abwesenheit könnte jemand sein Geschäft übernehmen. Aber kaum war er an der nächsten Ecke, holte ihn einer dieser Männer von der PVDE ein, zog ihn unter die Arkade einer Seitengasse und fing gleich an, ihn auszufragen. Aber ob Konsul Cantilo im Bilde war? Warum erschien er nicht? Dafür erschien nun, genau hinter den beiden Männern, jemand anderes, ein überaus eleganter, korpulenter älterer Herr, in Reisekleidung und völlig verzweifelt, und für einen Moment blieb er stehen, wie um beim Anblick des Schiffes seine schlimmsten Ahnungen bestätigt zu sehen, worauf er mit unbeholfenen langen Schritten weiterging.

»Maestro!«, flüsterte Tania, »Maes...!«, und sie hielt inne, vielleicht aus Furcht, einen Namen preiszugeben. »Aber kann er es gewesen sein?«, sprach sie mit noch leiserer Stimme, wie zu sich selbst, zu niemandem. Guter Gott, er hatte nicht nur Angst, ein Schiff zu verpassen, sondern auch etwas oder jemanden, an dem er sehr hing. Und als er flüchtig hochschaute und sein Zwirbelbart zu sehen war, stieß Tania einen erstickten Schrei aus. Schließlich rief sie laut nach ihm, »Maestro!«, doch der alte Herr war bereits die Straße hinuntergegangen, dabei die blöde Menge beiseiteschiebend, entschlossen, den Belagerungsring der Gaffer zu durchdringen, über die Gleise zu kommen und wenn nötig auch durchs Hafentor, entschlossen, sich mit jedem anzulegen, um den Gesuchten zu finden.

Als zweifelte sie noch daran, was sie in dem trüben Gewirr gesehen hatte, drehte Tania sich um, vielleicht auf der Suche nach Discépolo, und beegnete den Augen von Dr. Ordóñez, die ihr, nachdem sie sich von dem Schreck erholt hatte, bestätigten, dass dieser Herr tatsächlich »Onkel Eugenio« gewesen war, von dem er erzählt hatte, Maestro Eugénio de Oliveira, von den Zeitschriften auch »Gardels Alma Mater« genannt. Für einen Moment fürchtete Ordóñez, Tania könnte ihn als einzigen anwesenden Vertreter des argentinischen Konsulats nötigen, ihr zu helfen, ihn gar fragen, wen der Maestro in diesem Chaos aus den Augen verloren haben könnte. Doch was der Alarm immer wieder angekündigt hatte, schien nun Wirklichkeit zu werden: Vor der Residenz hallte ein Schuss wider, verzweifelte Schreie erhoben sich aus der Reihe der Flüchtlinge, und während das illustre Völkchen auf der Rua da Pena wieder den Hang hinaufstob, lief Tania in den Salon, und Ordóñez folgte ihr, auch wenn er sich der Gefahr bewusst war, den Pianisten allein zurückzulassen, in einem Zimmer, wo ein solches Juwel lag.

Der Schuss schien nur der erste einer Schlacht zu sein. Vorgewarnt durch die zahlreichen »Scheinbombardierungen«, bei denen die Regierung befahl, an alles zu denken außer an die Nationalität des Angreifers, hatten die Gäste mit ernster Miene, gleichwohl in Alarmstimmung die Balkons bereits verlassen. Und während das Personal Balkontüren und Fenster schloss, drängten sie sich schweigend unter den Tränenlüster und horchten auf den Tumult auf der Straße, von wo, das wussten sie, schon bald die Antwort käme. Dr. Ordóñez kränkte es, dass niemand von ihm eine Klärung der Situation erwartete, und so achtete er lediglich darauf, dass der Pianist »mit leeren Händen« aus dem Schlafzimmer kam und dass Macário, der Butler der Residenz, und Dona Natércia wieder in die Küche verschwanden. Einer der Helfer der italienischen Gräfin meinte, bestimmt wäre das der Kapitän gewesen, der sich angesichts des sicheren Untergangs seines Schiffes die

Kugel gegeben hätte, und Montemor junior erwiderte, ganz im Gegenteil, es seien die Gendarmen gewesen, die den »Attentäter« gefasst hätten, und jetzt würden sie ihn überstellen. Überstellen?, wunderte sich Dr. Ordóñez. Überstellen wohin?

Gleich darauf war die Stimme von Dom Hilário zu hören, dem Pförtner, der durchs Treppenhaus rief: »Ein Arzt! Ein Arzt!«, woraus die italienische Gräfin schloss, dass einer der Emigranten versucht hatte, sich umzubringen, »*come mio zio! Proprio come mio zio, che non riuscì a sopportare l'esilio!*«. Der ältere der Montemors, Doktor der Medizin, erklärte, er halte es für seine Pflicht, sich ins Zentrum des Geschehens hinunterzubegeben, worauf sein Sohn eine Pistole aus der Innentasche seines Jacketts zog und sich bereitfand, ihn zu begleiten, offensichtlich aber weniger, um seinem Vater Rückendeckung zu geben oder anderweitig Hilfe zu leisten, als aus purer Lust, nach Jahren des Wartens aus dieser lähmenden Neutralität auszubrechen. Während die beiden in der Diele Mantel und Hut vom Garderobenhaken nahmen und im Treppenhaus verschwanden, verkündete die Gräfin, sie gedenke keineswegs, inmitten einer Revolution unter Vasallen und Bürgerlichen zurückzubleiben, sie werde ihn ebenfalls begleiten, worauf ihre Gehilfen gleich den Sessel bei den Armlehnen packten, in den sie sich gebieterisch fallen ließ. Auch bei den verbliebenen Gästen und beim Personal machten sich nun, wie Dr. Ordóñez erschrocken feststellte, ähnlich klaustrophobische Gefühle breit.

»Ach, Herr Botschafter«, bat ihn nun auch Amália, die, verlassen zuerst von Saldanha, dann von ihrem Chauffeur und nun auch noch von den übrigen Gästen, ihre Angst nicht verbergen konnte, als Einzige zurückzubleiben. »Könnten Sie mich nicht zum Haus meiner Eltern begleiten, gleich hier in Alcântara, in der Rua do Alvito?«

Doch Dr. Ordóñez war so aufgeregt, dass er sich kaum um

sie kümmern konnte. Die Schreie draußen klangen immer verzweifelter, und hier drinnen standen Tania und Discépolo unter dem strahlenden Lüster und schauten sich an, ihre Augen voller Fragen und widerstreitender Gefühle. Da er selbst so viele Jahre im Kerker seiner Ehe gelebt hatte, fühlte Dr. Ordóñez sich sehr wohl in der Lage, zu erraten, was sie sich sagen mochten. Wortlos sagte Tania zu ihrem Mann: »Jetzt habe auch ich ein Geheimnis«, und Discépolo machte sich diesmal nicht davon, sondern antwortete: »Ich weiß, aber sag es mir lieber am Kai.« »Gehen wir«, schienen sie beide zu sagen, bestimmt genauso wie vor ein paar Tagen in Madrid, und mit dieser gemessenen Nonchalance, die sie in ihren Jahren als Coupletsängerin gelernt haben musste, hüllte sie sich in ihr schwarzes Schultertuch. Als Antwort hob Discépolo den Kopf, nahm sie sanft beim Ellbogen und führte sie zur Tür, wobei er sich mit der anderen Hand im Vorübergehen einen Paletot schnappte. Dr. Ordóñez traute sich nicht, sie aufzuhalten oder darauf aufmerksam zu machen, dass er, sollten sie in den Unruhen steckenbleiben, für ihre Sicherheit nicht garantieren könne. Von den Schwierigkeiten gar nicht zu reden, in die er geriete, wenn Konsul Cantilo davon erfuhr!

Als er mit Amália allein war, konnte Ordóñez ihr schließlich sagen, dass er sie natürlich begleiten werde, aber selbstverständlich, auch wenn er zum Himmel flehte, der Konsul möge im Radio von allem erfahren haben und eben jetzt die Treppe heraufkommen, denn der Lärm draußen war mittlerweile infernalisch.

»Oh, danke, Herr Botschafter«, stammelte das Mädchen, als sie durch die Tür ins grelle Licht der Psyche traten, und fügte hinzu: »Nur an der Seite eines Mannes kann eine Frau sicher sein, dass ihr nichts passiert.«

Ein höhnisches, verschlissenes Lachen erscholl, und beide zuckten herum. Es war der Visconde de Montemor in der offenen Tür seiner Wohnung, die genauso aussah wie die Residenz, abgesehen von der Dunkelheit, dem Gestank und dem schrecklichen Verfall. Wie so viele ältere Menschen in Lissabon hatte die Arthrose ihn in sein Stockwerk verbannt, und er schien nur darauf aus zu sein, sich an all denen zu rächen, die entkommen konnten, und so schleuderte er ihnen jenes schwarze Wissen entgegen, das sein Haus im Laufe der Jahrhunderte gesammelt hatte:

»Mein Benito weint«, sagte er und deutete hinter sich, wo sein wahnsinniger Urenkel in irgendeinem Zimmer eingeschlossen sein musste, schreiend und verzweifelt gegen die Tür schlagend aus Angst, der Alte könnte ihn verlassen, »so wie die Tiere in ihren Käfigen heulten in der Nacht vor dem Erdbeben. Die Dienstmädchen haben es uns erzählt, als ich klein war. Meine Ururgroßeltern waren so in ihre Feste vernarrt, dass sie nichts merkten. Alle sind sie gestorben, alle außer dem Sklaventreiber, der auf das Haus aufpasste. Und den Dienstmädchen, die sich mit Tieren auskannten. Und den Kindern, die sie auf dem Landgut in Setúbal gelassen hatten, damit sie bei ihrer Orgie nicht störten!«

Amália und Ordóñez sahen sich bestürzt an. Was der Visconde da hervorstieß, verstärkte nur ihren Wunsch, sich davonzumachen. Doch etwas in seiner Wut, die so merkwürdig beherrscht war, hielt sie zurück.

»Die Strafe ist über uns gekommen, ein Entkommen gibt es nicht, glauben Sie mir«, sagte der Visconde, während er die Tür schloss. »Heute ist die letzte Nacht von Lissabon!«

Zweiter Akt
Die Begegnungen

Helft mir, rief ich, helft mir.
Statt Freuden fand ich Schmerzen,
Und so weiß ich, dass ich sterbe,
Wo das Verbrechen stolz regiert.

Fado *Gondarém*

Ihr, die ihr im Fluss wascht

Maestro de Oliveira läuft zum Kai.
Krieg! »Retten Sie mich, Maestro!«

1

Zuerst hatte er sie nicht erkannt. Woher auch? Wie sie hatte er in der Menschenmenge nahe dem Hafen nach dem Gesicht des einzigen Menschen gesucht, der ihm etwas bedeutete, hatte in jedem Gesicht geglaubt, ferne Länder zu sehen, aber nichts erinnerte ihn an Buenos Aires, schon gar nicht an jenen Ort, wo sie sich, er und sie, vor mehr als fünfzehn Jahren begegnet waren. Die beiden älteren polnischen Herren, die sich vorhin mit den Türstehern anlegten, nachdem die ihm den Zutritt zum Gondarém verwehrt und ihn zu Boden gestoßen hatten, sie wollten ihn nicht verteidigen, diesen Homo, der bestimmt bloß wieder irgendwelchen Ärger machen wollte, sondern an jemandem in Uniform ihre Wut darüber auslassen, dass sie nicht weiterreisen konnten. Auf dem Weg zum Fluss sah er dann am Sitz der Reederei, oben auf der Rua da Pena, die Ardittis aus Bulgarien, mit denen er sich am Nachmittag an Deck unterhalten hatte, sie traten gerade durch einen Seiteneingang hinein, geführt von dem kahlköpfigen Das Neves, der ihnen die Passage verkauft hatte und nun mit einem unglaublich beflissenen Blick versicherte, alles sei unter Kontrolle, schließlich hätten sie ja für diesen schönen Traum bezahlt. Er hatte weiter nach dem Jungen gesucht, in Kirchen und Bars, und als die Sirenen losheulten, war er in Richtung Uferstraße hinuntergegangen, auf dem letzten Stück ausgerutscht und gleich wieder aufgestanden, und während er weiterlief, sah er einen Franzosen aus der Schlange der Passagiere, wie er zwei Kinder zu beruhigen versuchte, die schrien, als hielten sie das Jaulen der Sirenen für das Dröhnen von Tieffliegern, die vielleicht vor zwei Jahren an einem Wegrand ihre Mutter niedergemäht hatten. Schließlich hatte er sich getraut, einen Matrosen anzusprechen, einen verängstigten Halbwüchsigen, der den Bahnübergang gegenüber dem Hafeneingang bewachte und ihn anhielt, weil es ihm unbegreiflich schien, dass jemand zu einem Schiff wollte, von dem alle flohen: Ob er vielleicht einen jungen Mann gesehen hatte, etwa zwanzig Jahre alt, dunkler Typ, Argentinier? Doch der Matrose hatte Dringlicheres zu tun: ein Schuss, ein Tumult, und mittendrin lag jemand auf der Straße, offenbar hatte er sich umgebracht. Mit der Ungeniertheit der Wohlhabenden überquerte er die Gleise, ohne zur Seite zu schauen, während in der Menge alles schrie, ein Arzt!, ein Arzt!, worauf er durch das angelehnte Türchen in dem großen Eisentor schlüpfte und die Polizisten in Zivil überhörte, die »Halt!« riefen, Waffe in der Hand. Festen Schrittes ging er an dem verwaisten Zollbüro vorbei, wo man ihm vor einer halben Stunde noch die Erlaubnis gegeben hatte, sich auf die Suche nach »einem meiner Mitarbeiter« zu machen, der »schon viel zu lange auf sich warten lässt«. Und so stand er auf dem menschenleeren Kai plötzlich allein vor dem Schiff, begleitet nur von den mächtigen Schatten der Kräne. Kaum noch Rauch wehte herüber, doch es genügte, um die Luft mit dem Geruch einer nahenden Katastrophe zu erfüllen. Er ging zur Gangway der ersten Klasse, vorbei an dem großen, auf den Rumpf des Schiffes aufgemalten Schriftzug PORTUGAL, und als er schon über die Absperrkette steigen und hinaufgehen wollte, kam Kapitän Machado herunter, gefolgt von vier Matrosen, und sagte zu ihm, nein, mein lieber Herr de Oliveira, an Bord sei bestimmt niemand mehr, nur noch sie, die Besatzung, und wenn er ihn noch so sehr bitte, er gestatte ihm nicht, an Bord zu gehen, schließlich sei zu befürchten, dass es eine weitere Bombe gebe. »Es hat Drohungen gegeben!«, rief der Kapitän in gebrochenem Spanisch und stieß ihn, da er nicht reagierte, zur Seite. Darauf ging er verstört, wie ein Schlafwandler in Richtung achtern, ans Ende des Kais, und während er auf das wogende Wasser schaute, das hypnotische Atmen des Wassers, verfluchte er, dass er den Jungen aus seinem ärmlichen Leben in einem Dorf am Río de la Plata gerissen hatte, um ihm das Gift seiner Obsession einzuflößen und ihn hineinzuziehen in ... den Krieg, mein Gott, den verdammten Krieg! Ach, wie die Augen des Jungen in New York vor Begeisterung geglänzt hatten, als er ihm eines Abends, nach der schmachvollen Episode bei der Victor, ankündigte, dass sie nach Lissabon gingen, um dort ihr Glück zu versuchen. Unwillkürlich wandte er den Blick zu der Tür, die auf den Gang mit der Kabine des Jungen führte und wo eine dicke Rauchschwade herausdrang. Ob er wirklich nicht gekommen war? Ob er tatsächlich lieber in Lissabon blieb, diesem Pulverfass, nur um nicht mit ihm zu reisen, wo er ihm doch versprochen hatte, nicht wieder ins ...? Noch gestern Abend hatte er selbst ihm von seinem Tisch im Gondarém aus zugerufen: »Bitte, mein Lieber, verzeih mir!« Was musste es den Jungen geschmerzt haben, dass der Maestro sah, wie er an den Tischen bediente, und mit leiser, vor Wut gepresster Stimme hatte der gesagt: »Niemals!«

»Schon gut, schon gut, wenn du nicht willst, dann nicht, es ist dein gutes Recht. Aber nimm morgen das Schiff, ich bitte dich! Und außerdem bin ich für dich ...«, doch noch bevor er »verantwortlich« sagte, wusste er, dass der Junge dieses Wort schon ahne, er verabscheue es, zu sehr erinnerte es ihn an seine Mutter. Als Antwort zog er bloß die Schiffsfahrkarte aus der vorderen Tasche seiner seltsamen Dienstkleidung und legte sie auf den Tisch. Worauf er selbst, nach einem verwirrten Moment, diskret, aber verzweifelt anfing zu weinen.

»Mein Gott, jetzt erpressen Sie mich doch nicht!«, erwiderte der Junge empört, er schämte sich für den Maestro, auf den er immer so stolz gewesen war, auch wenn er genau wusste, dass er für die Polizei kein unbeschriebenes Blatt war, und aus den Augenwinkeln sah er die missbilligenden Blicke der Gäste an den übrigen Tischen. »Machen Sie sich um mich keine Sorgen«, fügte er hinzu, »ich habe Leute kennengelernt.«

Der Maestro schaute mit erstaunten Augen zu ihm auf. »Leute?« Doch mit seinem unerträglichen Hochmut hatte der Junge ihm nicht erklärt, wen er meinte, sondern nur gesagt: »Und ich habe begriffen, dass mein Platz hier ist.« Und voller Verachtung war er in Richtung Theke verschwunden.

Meine Güte, hatte er sich danach immer wieder gefragt, was habe ich dir denn Schlimmes getan? Ein Vermögen hatte er gezahlt für diesen Tisch, nur um ihn endlich zu fassen zu bekommen, denn auch wenn der Junge schon seit einem Jahr nicht mehr bei ihm wohnte, war er sich sicher, dass er seit einigen Tagen vor ihm floh, seit jenem Konzert im Teatro São Carlos. Schließlich kam der widerliche Oberkellner mit der Hasenscharte und bat ihn, er möge bitte gehen und nicht wiederkommen, andernfalls sähe er sich gezwungen, ihn von den Türstehern hinauswerfen zu lassen.

Am Rand des Kais stehend, fragte der Maestro sich nun immer wieder: Was habe ich denn Schlimmes getan? Nicht weil er sich unschuldig fühlte, sondern weil jede Vorstellung seiner selbst verschwamm und sich aufzulösen schien wie seine schwarze Silhouette im Wogen der öligen Wellen.

Die Farbe des Flusses, die gleiche wie die Farbe der Nacht, die Bewegung des Flusses, alles rief ihn zu sich hin. Und ein seltsames Schwindelgefühl stieg in ihm auf, so wie vor zwei Tagen beim Konzert von Tito Schipa. Plötzlich packte ihn jemand und riss ihn zurück: »Was glauben Sie, wer Sie sind?« Es war der junge Matrose, der ihm schon am Bahnübergang in den Weg getreten war, doch der Zorn hatte ihn verwandelt, er war nicht wiederzuerkennen, und auch er erkannte den Maestro nicht. Es war ihm völlig egal, was aus dem Leben all dieser Penner wurde, die dort draußen Schlange standen, sagte er, aber mit einem Selbstmord hatte er genug. »Das ist jetzt eine Sache für den Richter«, fügte er hinzu, »hört das denn nie auf!«

»De Oliveira«, konnte er nur sagen, irritiert über die Heftigkeit, mit der man ihn an diesem Abend schon zum zweiten Mal behandelte, »ich bin Eugenio de Oliveira.« Und so wie er seinen Namen aussprach, nicht auf die portugiesische Art, sondern argentinisch, klang er ihm selber fremd, unzulänglich, verlogen, ein falscher Name. Der Matrose erwiderte, der Name würde in Argentinien vielleicht etwas bedeuten, aber hier sagte er ihm nichts, und statt ihm den Reisepass und das Schiffsticket zu zeigen, blieb der Maestro wie gelähmt stehen, verwundert über seine eigene Unfähigkeit, nach dem Jungen zu fragen. Bis auf einmal Schritte und mahnende Stimmen zu hören waren und der Matrose sich umdrehte und rief: »Zurück! Zurück, verdammt noch mal«, weil andere Passagiere dem Beispiel des Maestros gefolgt waren und nun ebenfalls in diesen eingezäunten Bereich der Anlegestelle eindrangen. »Wo bleibt sie denn bloß, die Zollpolizei«, murmelte der Matrose, und dann rannte er los: »Zurück, zurück!«

Erneut war er allein mit seiner Verwirrung, seiner Obsession, seiner tiefen Wunde. Wenn der Junge tatsächlich nicht an seinem Arbeitsplatz im Gondarém war, wie die beiden unsäglichen Türsteher ihm gesagt hatten, und wenn er auch nicht hier war, wo war er dann, Heilige Jungfrau von Fatima? Und diese Leute, von denen er gesprochen hatte, waren das vielleicht Kommunisten wie die von der Roten Hilfe? Oder hielt er sich irgendwo versteckt, war festgenommen worden, auf der Flucht vor der Polizei, weil er sich auf irgendwas eingelassen hatte? So lächerlich oder unnütz die Polizei auch sein mochte, sie verfolgte, folterte, tötete ...

Er überlegte schon, wen er im argentinischen Konsulat kannte, den er um Hilfe bitten konnte – den allseits gefeierten Wohltäter wohl nicht, der hatte jetzt bestimmt genug Probleme mit seiner merkwürdigen Getreidespende, aber vielleicht eine dieser Knallchargen, die ihn auf Anweisung des Konsuls vom Theater zum Krankenhaus begleitet hatten –, als plötzlich ein fürchterliches Geschrei losbrach. Statt die Eindringlinge hinauszuwerfen, trieben sie sie zusammen!

Und während die Leute wieder auf das kleine Tor im Zaun zurannten und die Menschen draußen um Hilfe baten, rief hinter ihm eine Stimme nach ihm, halb entschlossen, halb flehend, und sie rief nicht Eugénio de Oliveira, auch nicht Don Eugenio, wie man ihn in Argentinien nannte, sondern »Maestro«, und noch einmal, einfach Maestro, und auch wenn er sich keine Hoffnung machte, es könnte der Junge sein, denn wenn er etwas unterscheiden konnte, dann seine Stimme, kündigte ihm ein erneuter Stich in der Brust eine letzte, entscheidende Begegnung an.

2

»Ja?«, hatte er geantwortet.

Eine Frau trat aus dem Schatten und kam verstohlen auf ihn zu, eine kleine Frau mit einem Tuch um den Kopf, die etwas Raffiniertes an sich hatte, aber nichts anderes zu wollen schien, als Hilfe zu erbitten oder anzubieten. Wegen ihres markanten Parfums, wie man es in Portugal fast nie roch, und dieses wunderschönen schwarzen Tuchs hielt er sie erst für eine der Ardittis, deren Gesichter er, als sie am Nachmittag miteinander sprachen, sich nicht anzuschauen getraut hatte, so sehr hatte das Grauen, von dem sie erzählten, sie verhärtet. Doch bevor er auch nur reagieren konnte, hatte die Frau sich schon an seinen Arm gehängt.

»Maestro«, sagte sie noch einmal mit ängstlicher Stimme, als vom Fluss her ein durchdringendes Tuten erscholl und sie beide herumfuhren; und als hätte er sich doch noch umbringen wollen, drückte sie ihn an sich und stieß einen Schrei aus.

Aber es war nicht wieder ein Alarm, es war die Islas Orcadas, der argentinische Frachter, von dem allenthalben die Rede war und der schon seit einer Woche vor der Mündung des Tejo darauf wartete, anlegen zu können. Vier Schlepper zogen ihn nun weiter flussaufwärts, als wäre es längst ausgemacht, dass die Boa Esperança hier für immer festmachen würde.

»Mit dem Schiff fahre ich morgen, Maestro«, sagte die Unbekannte mit bebender Stimme, als sie die Aufschrift ARGENTINA auf dem Rumpf sah, aber auch staunend über das seltsame Bild, wie das Schiff flussaufwärts ins Land fuhr, zurück in der Zeit und nicht in die Zukunft, seiner Bestimmung entgegen.

Der Maestro registrierte, dass sie mit demselben Akzent Spanisch sprach wie die Concha Piquer aus Valencia, auch genauso selbstgefällig, aber er verstand nicht, was sie meinte, und er hielt es auch nicht für wichtig, und für einen Moment blickte er genauso gebannt zu den argentinischen Seeleuten hinüber, die backbord an der Reling lehnten und sich das ganze Unglück anschauten.

Hinter ihnen, am Eingang des Hafens, heulte wieder eine

Sirene, diesmal von einer Ambulanz oder einem Feuerwehrwagen, und die Frau wollte, dass der Maestro sich umdrehte, doch der schaute nur zur Seite und suchte nach einem Ausgang aus diesem Riesenkäfig, der mittlerweile zugesperrt war. Er fand keinen.

Das Chaos war vollkommen, jetzt war auch die Feuerwehr aus Amadora da. »Endlich!«, rief der Matrose, der die Passagiere mit gezückter Pistole zurückdrängte, doch überall wurde gehupt und geschrien, es würde also noch dauern, bis sie am Kai war. Über die gezackten Dächer der Kontrollhäuschen hinweg war ein Feuerwehrmann zu sehen, der auf dem Dach des Wagens stand und den Flüchtlingen zurief, man solle sie durchlassen, dann waren Gendarmen zu hören, die unter wirren Befehlen und Schüssen in die Luft versuchten, sie zu vertreiben. Gleichzeitig kam Kapitän Machado wieder die Gangway heruntergeeilt und verfluchte sie, denn ohne Zweifel kam die Feuerwehr zu spät.

»Was tun Sie hier? Sind Sie vom Schiff?«, fragte ein Mann in Zivil. In seiner rechten Hand hing locker eine Pistole. Die Unbekannte trat diskret zurück und schaute zum Maestro. »Ich verstehe kein Portugiesisch«, murmelte sie.

»Ja, wir reisen erster Klasse, wir machen uns Sorgen um jemanden, der für uns wie ein Sohn ist«, sagte der Maestro und spielte das ältere Ehepaar. Er wollte schon den Namen des Jungen sagen, als ihm klar wurde, dass er ihn damit womöglich kompromittierte. »Er hatte eine Passage in einer der Kabinen, wo der Rauch herauskommt, und da wir nichts von ihm gehört haben ...«

Mit sichtlicher Erleichterung nahm der Mann ihre Sprache, ihre Kleidung, den Duft des Parfums zur Kenntnis, ein Zeichen von Vertrauenswürdigkeit, und er versicherte ihnen, dass niemand mehr an Bord sei; Opfer habe es keine gegeben, das Feuer sei unter Kontrolle, die Mannschaft selbst habe den für die *Verwüstung* Verantwortlichen festgenommen, und wenn er schließlich doch entwischt sei, könne er mit seiner Verletzung nicht weit kommen. Allerdings, sagte er, befürchte man schlimmere Attentate, und mit der gespielten Strenge eines Polizisten, der einen Reichen ermahnt, deutete er auf das ferne Ende des Käfigs, auf eine offene Tür dort im Zaun, die etwa hundert Meter flussaufwärts auf die Gleise und die Rua Ulisipo hinausführte: »Ich an Ihrer Stelle würde so schnell wie möglich hier verschwinden.« Soviel er wisse, sei die Reederei bereit, die Passagiere der ersten Klasse in ihrem Gebäude in Lapa aufzunehmen. Und vielleicht um weiteren Fragen auszuweichen, ging der Mann davon, und der Maestro folgte der Unbekannten, die ihn gleich fortzog, dieser Frau mit ihrer Angst vor dem großen Knall, der in der Luft hing wie ein Gewitter – alles schrie, die Flüchtlinge, die Polizisten, die Feuerwehrleute, vor Schreck kreischten die Möwen, die Wellen brüllten den Kai an, und die Sirenen von ganz Lissabon heulten –, dieser Frau, die auf ihren Absätzen stolperte und die Schuhe schließlich auszog, dieser so entsetzten wie mutigen Frau.

Die Straße, wo sich nun die wahre Tragödie abspielte, war für sie eine ganze Weile nicht zu sehen, und so blickten der Maestro und seine Begleiterin über die Kontrollhäuschen, die klobigen Lagerhallen und die mit dreifachem Stacheldraht gekrönte Mauer hinweg zu den Dächern am Hügel, zu den unzähligen Dachkammern mit ihren erleuchteten Fenstern – ein funkelnder Fels, sagte sich der Maestro, in der Brandung des unsagbar dunklen Meeres, das Europa im Krieg war –, und in jedem Fenster sahen sie die reglose Silhouette eines zum Hafen schauenden Menschen. Aber hatte nur der Lärm sie ans Fenster gerufen, oder wussten sie aus dem Radio schon mehr? Die Frau hatte ihn über einen schmalen Pfad zwischen aufgebockten Booten, durcheinandergeworfenen Koffern und ausgebreiteten Netzen geführt, er mit dem Brechreiz kämpfend, wenn vor ihnen eine Ratte durch die Dunkelheit huschte, sie fluchend, wenn sie über einen Stein oder ein Schlagloch stolperte. Bald waren sie an dem Abschnitt des Kais, wo nur noch die Zäune sie von den aufgeregten Menschen trennten. Ein eisiger Wind peitschte sie, und da die Frau sich das Tuch ins Gesicht zog und kein Wort sagte, vergaß der Maestro sie fast. Die Wärme ihrer Gesellschaft war ihm schon vertraut, und so dachte er nur daran, dass die Boa Esperança nun endgültig hinter ihm blieb und mit ihr die letzte Möglichkeit, den Jungen noch zu finden. Undenkbar, dass er in den Reihen dieser verängstigten Emigranten war. Oder doch? Hatte er sich mit seinem stolzen Hang zum Märtyrertum vielleicht unter die Passagiere der dritten Klasse gemischt? Die Islas Orcadas und die Schlepper steuerten in der Ferne schon auf die Landungsstelle am Terreiro do Paço zu, hinter sich schäumend weiße Kielspuren, die sich bis an die Ufer des Tejo zogen. Und da nun nichts mehr den Blick auf das dunkle Ufer gegenüber versperrte, wurde er von etwas geschüttelt, das sehr viel stärker war als die Angst, stärker als Erschöpfung und Übelkeit: ein so heftiges Schwindelgefühl, dass etwas in ihm sich verkrampfte. Nein, er wollte nicht weitergehen, wollte nicht. Aber dann: eine Erinnerung, ein Déjà-vu. War es das schwarze Loch, in das ihn neulich, im Teatro São Carlos, sein plötzliches Unwohlsein gestürzt hatte? Nein, fiel ihm da ein, 1910 oder 1911. Das neu eingerichtete Studio in der Casa Colorada, das eindrucksvolle Aufnahmegerät, das Max Glücksmann dank der Verpflichtung des Maestros für das Unternehmen angeschafft hatte, und das Gefühl, dass er zum ersten Mal in seinem Leben nur den Mund hätte auftun müssen, damit die Zukunft ihn hörte – und er nicht wusste, was er ihr hätte sagen sollen. Der Schmerz, als er begriff, dass sie nie wieder, nicht die Zukunft und nicht er selbst, das Kind würden hören können, das der Maestro einmal gewesen war, jenes einzige Mal, als er öffentlich gesungen hatte und die Leute derart verstört waren, dass die Stimme ihn verließ.

Ein metallisches Trappeln war zu hören, und sie drehten sich um.

»Du liebe Güte, was ist denn das?«, sagte die Unbekannte und wollte schon zurückweichen.

Und wie vom nächtlichen Himmel herabgestiegen, kam nervös, aber elegant eine Schwadron der Kavallerie die Rua Ulisipo herunter, mit dieser Aura der Macht, gegen die keine moderne Waffe etwas hätte ausrichten können.

»Es ist Krieg«, antwortete der Maestro, als hätte diese Spanierin, wer immer sie war, hier in Portugal nichts mitbekommen von der Zerrissenheit ihres eigenen Landes. Und kaum hatten die Pferde an der Ecke des Platzes Aufstellung genommen und die Füße gehoben, als wollten sie gleich lospreschen; kaum waren aus der Rua das Janelas Verdes drei Mannschaftswagen aufgetaucht, die sich der Schwadron anschlossen, erscholl es »Razzia, Razzia«, und auf einmal verstand er die Panik der Passagiere. Ein Lautsprecher knatterte los und verstummte wieder, und alles wartete auf den Befehl, aber es waren nur wieder Schreie zu hören. Der Maestro blickte verwirrt umher, als die Frau ihn auf einen Tumult hinwies, der weiter hinten, vor dem anderen Eingang des Hafens, ausgebrochen war:

»Mein Gott, dort drüben habe ich zum letzten Mal meinen Mann gesehen, vor der argentinischen Residenz.«

Er versuchte, den Palácio de Montemor auszumachen, wahrscheinlich fand sich der Benfeitor gerade dort ein, um ein Unglück zu verhindern, doch das Gefühl, dieser Unbekannten in die Falle gegangen zu sein, lähmte ihn.

»Meinen Mann, Maestro, Sie kennen ihn doch«, sagte die Frau, als würde ihr erst jetzt bewusst, dass der Maestro sie nicht erkannt hatte. »Discépolo, Enrique Santos Discépolo!«

Der Maestro brauchte eine Weile, um das Bild einzuordnen, das zu diesem Namen gehörte, »Discépolo«, dazu noch ausgesprochen auf die valencianische Art. »Dishépolo?«, fragte er, um sich zu vergewissern, dass der spanische Akzent ihn nicht getrogen hatte.

»Aber natürlich!«, sagte sie, hob das Kinn mit beleidigtem Stolz und lüftete ein wenig ihr Tuch, so dass nun deutlich ihre grünen Augen zu erkennen waren, ihre nachgezogenen Brauen, ihre schütteren blonden Locken. Und erst jetzt erhellte das matte Licht des Folies Bergère einen Winkel im Gedächtnis des Maestros, eine Proszeniumsloge für »besondere Gäste« und darin: Madame Mexican! »Nur dass ich mich jetzt Tania nenne...«

Die Lautsprecher knisterten erneut los, baten um Aufmerksamkeit und verstummten. Für einen Moment widerte alles an Tania ihn an: die säuselnde Stimme, mit der sie ihn Maestro genannt hatte, die Unterwürfigkeit, mit der sie sich ihm genähert hatte und ihn nun begleitete. Es war diese fast schon laszive Art, zu Ruhm zu gelangen, und zwar sofort, die ihn daran erinnerte, wie der Junge ihm von einem Film erzählte, den er im Village gesehen hatte, einen Film mit »Tania«, und ein Schluchzen wollte aus seiner Brust aufsteigen. Er räusperte sich und nahm sie beim Arm, um weiterzugehen.

Plötzlich hörten sie ein Quietschen hinter sich, so laut, dass sie sich die Ohren zuhielten, und jemand rief, sie sollten Platz machen, sie würden sonst erschossen, worauf ein Rollwagen, von zwei Stauern mit einem riesigen Hebel vorwärtsbewegt, mit einem halben Dutzend jener Flüchtlinge an ihnen vorbeifuhr, die ohne Genehmigung in den Hafen eingedrungen waren. Tania hatte zum Glück nur die Hälfte von dem verstanden, was man ihnen zurief, nämlich Platz zu machen, und als sie den Maestro bat, ihr das andere zu übersetzen, sagte er nur, er habe es auch nicht verstanden, es bestehe jedenfalls keine Gefahr. Denn nun wusste er: Wenn er es geschickt anfing, würde sie ihm helfen können.

3

»An alle Passagiere«, tönte es da aus den Lautsprechern entlang der Straße, unter fürchterlichem Geknatter wie von Gewehrsalven, »wir teilen mit, dass das Einschiffen auf unbestimmte Zeit verschoben ist.«

»Was sagen sie da? Was sagen sie?«, erscholl es aus tausend Mündern und in den unterschiedlichsten Sprachen.

»Die Uferstraßen beiderseits der Gleise sind zu räumen.« Doch niemand rührte sich, und die wenigen, die etwas verstanden hatten, malten sich die schauerlichsten Dinge aus.

»An alle Passagiere«, wiederholten die Lautsprecher, »dies ist ein Notfall. Zurücktreten! Allez! Ou bien ça sera la police...!«

»Die Polizei...«, erklärte jemand, und die Passagiere hatten kaum das Wort gehört, als die bis dahin festgefügten Reihen zu wogen begannen wie die Wellen im Fluss. Niemand schien bereit, seinen Platz zu verlassen, aber auch nicht, an Ort und Stelle zu bleiben. Die Gendarmen, die noch ein wenig verwirrt umherliefen, rannten auf einen Pfiff los, die einen die Straße hinauf, die anderen die Straße hinunter, offenbar, um neue und sehr viel drastischere Befehle entgegenzunehmen. Die übrigen Passagiere, so schien es dem Maestro, waren jeder für sich und allein, abgeschnitten von ihren Familien, die sie vielleicht in Europas dunkler Nacht verloren hatten, abgeschnitten aber auch von allen anderen Menschen ringsum, abgedrängt an diese letzten Gestade der Welt. Einige ließen alles stehen und liegen und rannten davon, andere banden in ihrer Verzweiflung ihr Gepäck oder sich selbst an die Absperrungen seitlich der Gleise.

Unterdessen führte der Maestro Tania weiter durch das Gestrüpp auf der anderen Seite des Zauns, unbeeindruckt selbst von der Bestürzung in den Augen der vielen Kinder, die sie reglos anblickten, und bald dachte er nur noch daran, wie er es anstellen sollte, dass Tania auch ihn in ihre Welt führte. Jetzt erinnerte er sich auch wieder, wie er damals in der Gästeloge des Folies Bergère von Buenos Aires gesessen hatte und welche Genugtuung es ihm bereitete, endlich einer Künstlerin zu begegnen, die er in die Nacional Odeón aufnehmen konnte, während Darío, sein Sekretär, qietschvergnügt den Text ihrer Couplets notierte.

Schließlich stürzten sich ein paar Gendarmen auf das Gepäck der größeren Gruppen, und Männer schrien, Kinder weinten, Hühner flatterten durch die Luft, eine Ziege, die von einem jungen Soldaten nach der einen und zwei deutschen Kindern nach der anderen Seite gezerrt wurde, meckerte erbärmlich, und die Hunde, die sich beim Anblick der Pferde schon heiser gebellt hatten, verbissen sich in die schwarzen Uniformhosen. Gleichzeitig wurde der vorhin festgenommene Emigrant zu einem der Polizeitransporter gebracht, und als die wenigen Menschen in der Nähe sahen, dass man die Tür schließen wollte, fingen sie derart an zu schreien, dass die Fahrer die schon angelassenen Motoren wieder abstellten und grimmig dreinschauten, als sie den Applaus hörten.

Aber was, fragte sich der Maestro, machte diese Sängerin, von der man vor fünfzehn Jahren nicht hätte sagen können, was sie mehr entflammte, die Leidenschaft für die Musik oder das versprochene Geld, was machte diese ob ihres unglaublichen Leichtsinns gefährliche Frau in diesem traurigen Paradies, wenn sie nicht gekommen war, um in Lissabon aufzutreten? Etwas im Leben der Diva musste schieflaufen, wenn sie, statt von ihrem Mann zu sprechen, der vielleicht irgendwo in der Menschenmenge steckte und nicht aus noch ein wusste, plötzlich anfing, die Triumphe ihrer jüngsten Tournee durch Spanien aufzuzählen, eine lange Liste von Aufnahmen in der Madrider Olimpia ...

»Hooh!«, dröhnte eine Stimme hinter ihnen, und die anderen festgenommenen Emigranten mussten nun lostraben und zogen an ihnen vorbei, um das Gelände zu verlassen und ebenfalls in den Transporter zu steigen, der sogleich von einer Menschenkette umringt wurde. Der Maestro fürchtete schon einen neuen Tumult, doch andere Schreie lenkten ihn ab: Die Wolldecke, in der sechs Männer wie auf einer Bahre den Leichnam des Selbstmörders trugen, war in der Mitte gerissen, so dass der blutende Kopf auf den Boden geschlagen war und nun jeden, der sich hinzusehen traute, anschaute, als wollte er etwas Ungeheuerliches offenbaren.

»Na los!«, rief ein Gendarm dem Maestro und Tania zu. »Machen Sie schon, dass Sie hier wegkommen!«

Doch wie, dachte der Maestro nur, konnte er diese Frau zu einer Gefälligkeit bewegen? Was konnte er ihr anbieten, damit sie sich eines der vielen Verdammten annahm, die sie nicht im Geringsten zu rühren schienen? Wie sollte er ihr erklären, was ihn und den Jungen verband? Wusste Tania womöglich etwas von dem Skandal im Hotel Crillon, in den Darío ihn in aller Öffentlichkeit hineingezogen hatte? Wohl kaum, aber die Gerüchte über Gardel waren sicher auch bis zu ihr gedrungen. Sollte er lügen, ihr die Wahrheit verschweigen, sollte er sagen, der Junge ist das größte Talent, das mir das Leben anvertraut hat?

Schließlich waren sie am Durchgang angelangt, und während Tania sich auf eine Art großer Spule setzte und die Schuhe über die verschmutzten Strümpfe zog – »Um Gottes willen«, sagte sie leise, »die wollen die Papiere sehen, ich habe meinen Reisepass in der argentinischen Residenz gelassen« –, legte der Maestro sich noch einmal seine kleine Rede auf Portugiesisch zurecht – »Wir sind Passagiere und machen uns Sorgen um einen Bediensteten, der für uns wie ein Sohn ist« – und fingerte in der Jackentasche nach seinem Pass. Doch die Gendarmen winkten sie durch, und so gingen sie an ihnen vorbei und überquerten die Gleise und die Straße und ließen mit einem Schaudern die nervösen Pferde hinter sich und dann den Transporter, dessen Tür sich hinter den Gefangenen schloss, begleitet von den Rufen der Menschen ringsum: »Nicht den Motor anlassen, Kameraden, nicht anlassen!« Erschöpft stellten sie sich in der Tür eines Kolonialwarengeschäfts unter und schauten gedankenverloren zu dem Schiff hinüber, das jetzt ohne Rauch dalag und seltsamerweise aussah wie immer.

Es gab keinen Grund mehr für sie, weiter bei ihm zu bleiben, sagte sich der Maestro, als er sah, wie Tania zur argentinischen Residenz schaute, als wollte sie gleich dorthin stürzen, auch wenn das Haus von einem Kordon abgeriegelt war. Sie würde jetzt nach ihrem Mann suchen, und selbst wenn sie ihn bat, sie zu begleiten, würde sie in ihrer Unruhe bei der Suche oder in der Freude über das Wiedersehen kaum daran denken, ihm zu helfen.

Doch als Tania sah, dass Discépolo auch hier nirgendwo auftauchte, packte sie ihn am Ellbogen, schaute ihm in die Augen und sagte ohne Umschweife:

»Es ist vielleicht nicht der Moment, Maestro, Sie haben schon genug mit Ihren Sorgen um diesen Jungen ... Aber glauben Sie mir, Sie sind der Einzige, der mich verstehen kann.«

Aber mein Junge gehört nicht mir, sagte sich der Maestro, noch gehört er sich allein, er gehört den Eltern, denen ich ihn weggenommen habe, und er gehört ganz Portugal ...

Als Tania ihn zögern sah, schöpfte sie Mut. »Wir sind in Schwierigkeiten, Discépolo und ich, deshalb sind wir nach Lissabon gekommen. Aber wenn Sie uns helfen, können Sie vielleicht mit uns auf dem Frachter fahren.«

Für den Maestro war damit die Entscheidung gefallen. Und mit einem letzten flüchtigen Blick zurück, auf die Straßen und die umzingelten Emigranten, denen der Anführer des Trupps nun befahl, sich bereitzumachen, sagte er »selbstverständlich« und führte Tania die Rua Ulisipo hinauf. Das Letzte, was sie sahen, waren die Pferde, die auf die Leute zustoben und sie gegen den Zaun an der Bahnlinie nach Estoril trieben, die Gesichter dieser Menschen und ihre Angst, die sich auflöste in einem Aufstand der machtlosen Gebärden, anrührende Vorzeichen einer Revolte, die so lange schon, allzu lange, gereift war.

Nutzloser Engel

Der Konsul kommt zum Geheimtreffen. Nachrichten aus Lissabon. »Fliehen wir von hier!«

I

Es war halb elf, als die Diener der Villa mit einem Servierwagen kamen und den Herrschaften, die sich schon damit abgefunden hatten, bis zum Eintreffen des Patriarchen nichts wirklich Wichtiges zu erfahren, einen Likör anboten. Ricardo, der wusste, dass der Konsul angesichts der ihn bei Tagesanbruch erwartenden Aufgabe lieber nüchtern blieb, war so zuvorkommend und zog extra für ihn das Seidenpapier von einer Kiste Zigarren, welche ein gewisser Mr Copley ihnen auf der Boa Esperança aus Havanna mitgebracht hatte, und der Konsul war überzeugt, dass kein Ort ihm einen solchen Schutz hätte bieten können wie diese Villa. In einer Ecke des Zimmers war ein portugiesischer Bariton ans Klavier getreten und sang Schuberts *Winterreise*. Mochte in der Auswahl des Stückes auch eine Herausforderung liegen – erst vor drei Tagen, beim Konzert für die ausländischen Delegationen, hatte die Wahl eines deutschen Komponisten allenthalben für Aufregung gesorgt –, legte sich die Melancholie der Musik doch sanft über die Unruhe dieser späten Stunde. Und wenn der Konsul auch vor Müdigkeit einnickte und in einen kurzen Albtraum fiel, in dem Esteban die Gestalt eines bedrohlichen Schattens annahm, begegnete er, kaum dass sein Kinn auf die Brust sackte und er aufwachte, gleich wieder dem Gesicht dieses Geistlichen neben ihm, aufmerksam wie ein Krankenpfleger, der bei seinem Patienten die Wirkung eines Medikaments überprüft.

Die Fahrt von Lissabon hatte sich immer wieder verzögert, aus Rücksicht auf die Adligen und andere Persönlichkeiten, ihren jeweiligen Begleittross und die Flüchtlinge, die unterwegs zustiegen oder den Zug verließen. »Ein echtes Ziel auf Rädern«, bemerkte einer von Mizrahis Leibwächtern. Bei jedem Halt gab es Leute, die verzweifelt versuchten, zu ihnen vorzudringen und ihnen etwas mitzuteilen, Menschen, die von den Gendarmen vorsorglich gleich zurückgehalten wurden. Doch nichts von alledem schien den jungen Mann zu beunruhigen, der sich Ricardo nannte und nur beiläufig seinen Nachnamen erwähnt hatte, De Sanctis, als hätte es nichts zu bedeuten, dass er den Namen der Bank der ausländischen Gesandtschaften und der Millionäre auf Durchreise in Lissabon trug. Aus dem Glanz seiner Augen sprach zwar diese typische Zuversicht in das Schicksal des eigenen Geschlechts, doch weder in seinen Worten noch in seinem Benehmen lag etwas Leichtfertiges, und es war mehr diese »Freude der Hingabe«, wie der Patriarch es am Abend zuvor genannt hatte, die ihn immer wieder an Esteban erinnerte. Denn wie Esteban kam auch Ricardo, erzählte er, nicht los von dem Bild seiner Mutter, einer Baronin, die 1938 in weiser Voraussicht aus Paris geflohen war und sich in Rio de Janeiro niedergelassen hatte, wo sie nun versuchte, aus der ältesten der Filialen den Hauptsitz der Bank zu machen; und wie Esteban schien Ricardo darauf zu brennen, einem älteren Mann zu gehorchen: dem Patriarchen von Lissabon, mit dem er eine so enge Verbindung eingegangen war, »dass der Rest der Menschheit sich wundert«, wie er trotzig verkündete. »Dann gehören Sie also nicht demselben Orden an?«, hatte ihn der Konsul gefragt, der sich, seit Ricardo den Umhang abgelegt hatte, immerzu Gedanken machte über den wahren Charakter jener »männlichen Elite«, die der Patriarch laut Sijarich anführte. Ricardo lachte und antwortete, o nein, er sei »lediglich der Privatflüchtling des Patriarchen«. Den Patriarchen, erklärte Ricardo, hatte er auf einer kurzen Reise durch Tibet kennengelernt, auf der er, nach dem Besuch des Erzbistums Goa, seine umstrittene Predigt über die Toleranz aller Religionen schrieb. Er war dem Patriarchen zufällig bei der Einweihung einer anderen Filiale der Bank begegnet, und ein Blick von ihm hatte genügt, ihn zu seinem treuesten Schüler zu machen, gewiss treuer, erlaubte er sich nicht ohne Bitterkeit anzumerken, als alle anderen seiner Adlaten, die katholisch nur aus Trägheit waren. Als die Baronin aus Rio erfuhr, dass Ricardo und der Patriarch nunmehr »zusammen waren«, hatte sie aus ihrer Empörung keinen Hehl gemacht, »aber wer kennt das nicht«, und mit einer Geste deutete Ricardo an, dass man seiner Mutter auch mal Einhalt gebieten müsse, etwas, was er selbst, dachte der Konsul, bei seiner Mutter niemals geschafft hatte und was vielleicht der eigentliche Grund war, weshalb er nun hier war. Die Baronin jedenfalls hatte, als Ricardo sich seine Flausen vom Eintritt ins Kloster aus dem Kopf schlug und in einen Kampf stürzte, den sie nicht missbilligen konnte, weil es allein um die Rettung von Menschenleben ging, dieser »tiefen Freundschaft« schließlich ihren Segen gegeben, und wie sie erst vor kurzem in einem Brief an den Patriarchen gestand, habe sie zum ersten Mal begriffen, dass es eine höhere Aufgabe gebe, als das Ansehen der Familienbank für die Ewigkeit zu bewahren oder zur Beruhigung des Gewissens in den freien Stunden Avantgarde-Maler zu protegieren.

Bei der Einfahrt in den Bahnhof São Pedro do Estoril sagte Ricardo dann, als erfände er weiter seine eigene Geschichte: »Ach, Sie wissen ja nicht, wie ausschweifend ich gelebt habe, schon in meiner Zeit in Eaton und vor allem, seit sie in Brasilien ist. Wegen eines Vaters, der mich nie geliebt hat.« Der Konsul blickte aus dem Fenster und gab vor, den jüdischen Kindern nachzuschauen, die aus dem Zug stiegen und zu ihrem Heim gingen, dabei versuchte er nur, sich seine eigenen Schuldgefühle nicht anmerken zu lassen. So ausschweifend vielleicht, wie Esteban es seinetwegen gewesen war! »Et voilà, ein Wunder«, hatte Ricardo gesagt. »Denn ausgerechnet hier in Portugal, einem Land, wo niemandem in den Sinn zu kommen scheint, dass wir im zwanzigsten Jahrhundert leben, hat der Patriarch von Lissabon mir nahegebracht, was die größte Selbstlosigkeit ist: die Politik. Als dann das Gerücht ging«, fuhr Ricardo fort, »dass früher oder später die Deutschen in Lissabon einmarschieren würden, hat mir meine Mutter natürlich wieder die Hölle heiß gemacht. Aber ich schrieb ihr, ›die Mutter eines Revolutionärs muss auf alles gefasst sein‹, und der Satz beeindruckte sie so sehr, dass sie mich gleich anrief und kaum ein Wort herausbrachte, sie stimmte nur zu und weinte – und entließ mich in den Kampf! Sollte mir etwas zustoßen, habe ich ein Testament zugunsten des Patriarchen gemacht, ihm überlasse ich alles, auch das geliebte Familienanwesen, so dass den Deutschen nichts in die Hände fällt. Und so finde ich jeden Abend, wenn ich nach Hause komme, statt dieser Dunkelheit und Einsamkeit, die mich in Paris nur zu Dummheiten angestiftet haben, einen festen Halt in der Gesellschaft eines Menschen, der mich liebt und gütig ist zu allen wie ein Gott, den man in den unterschiedlichsten Religionen und mit den unterschiedlichsten Riten anbetet.« Der Konsul hatte sich vor Eifersucht wieder abgewandt und auf die fernen Lichter von Estoril geschaut, die hohen Hotels, in denen Diplomaten, Spione und Flüchtlinge jetzt sicher auf ihren Zimmern saßen und ausländische Sender hörten. Er tat, als würde er sich für die Landschaft interessieren, und überlegte: Hatte nicht vielleicht auch Esteban in den letzten Jahren einen Vater gefunden – in diesem Herrn Mandelbaum, der sich den Plan ausgedacht haben musste, bei dem das Leben des Konsuls nun auf dem Spiel stand?

Sie waren schließlich in den Bahnhof von Cascais eingefahren, und hinter Mizrahi und seinem Gefolge verließen auch die Letzten den Zug und traten auf den aus Sicherheitsgründen verdunkelten kleinen Bahnsteig, umringt von Gendarmen und unter den Schreien von irgendwelchen Männern, die die Fahrgäste anhielten, keine Sekunde zu verlieren und sich davonzumachen, zu den Autos, den Hotels, den Villen, zu irgendeiner Zuflucht in irgendeinem Winkel der Nacht. Es war so finster, dass dem Konsul sein Vorhaben, alleine herzukommen, ein Wahnsinn zu sein schien, nicht einmal eine Lampe hatte er dabei, und auch Ricardos Begleitung schien ihm kein ausreichender Schutz. Es war kalt, der argentinische Botschafter in Spanien war nirgends zu sehen. Wie nicht anders zu erwarten, dachte der Konsul, sicher hatte er die Verspätung zum Anlass genommen und war nach Lissabon zurückgekehrt. Ricardo bedeutete dem Konsul zu warten und machte sich auf die Suche. Mein Gott, wie mutig, sagte er sich und versuchte seinem Schatten zu folgen, der sich auf dem Parkplatz verlor. Den Einzigen, den er unter der ersten Laterne in der Ferne erkannte, war Mizrahi, wie er in einen Wagen stieg, und durch die Rückscheibe sah er das Gesicht eines schmächtigen Mädchens. Sie winkte mit einem merkwürdigen Überschwang, der nicht nur die Freude darüber zu sein schien, den Vater wohlbehalten wiederzusehen: »*Da oben ist der Tiro-liro-liro, da unten ist der Tiro-liro-ló*«, rief sie so überdreht, dass ihr Vater sie mit sanfter Strenge ermahnen musste, still zu sein. Allein der Gedanke, dass dieses Mädchen vor ein paar Jahren in Wien hätte umgebracht werden können! Und dass er, Konsul Cantilo, obwohl er wusste, dass die Nazis sie auch von Lissabon aus deportieren konnten, ihr nicht ...

»Etwas ist doch mit Ihnen«, unterbrach Ricardo seine Gedanken. Der Schrecken erlaubte keine barmherzigen Lügen, und der Konsul schaute ihn verzweifelt an.

»Der Herr Botschafter ist wohl schon allein losgefahren«, sagte Ricardo, und indem er ihn anhielt, durch die Dunkelheit voranzugehen, nur keine Angst, er beschütze ihn, erklärte er: »Wenn es Ihnen nichts ausmacht, gehen wir ebenfalls allein, zu Fuß.«

Kaum hatten sie die Gendarmen an der Absperrung passiert, beschleunigte der Konsul seinen Schritt, wie besessen von dem Gedanken, eine Entschuldigung zu finden, mit der er seine plötzliche Unruhe rechtfertigen und Ricardo seine liebenswürdige Art danken konnte. Sie nahmen die Küstenstraße, ließen den Yachthafen mit seinen verschlossenen Booten hinter sich, die gedämpften Geräusche der Strände und der Vögel und der fernen Hotels, tauchten ein in das Tosen der gegen die Felsküste schlagenden Wellen und bogen schließlich auf eine Schotterstraße ab, die am Meer entlangführte, vorbei an ausgedehnten Pinienwäldern, bis sie an den Ort kamen, wo das Geheimtreffen stattfinden würde, wie der Konsul vermutete, diesen Ort, den der Botschafter ihm hätte verraten sollen und nach dessen genauer Lage er, aus einem merkwürdigen Schamgefühl heraus, Ricardo nicht zu fragen wagte.

»Sie haben ja immer noch Angst«, bemerkte der junge Mann, was ihm wohl Mut machen sollte, »Sie vertrauen mir nicht.« »Aber nein«, sagte der Konsul, »mich beschäftigt nur etwas, das ich ... das ich dir hätte sagen sollen und das ich verschwiegen habe.« Erfreut über diesen Vertrauensbeweis, beugte Ricardo sich zu ihm. »In Portugal«, fuhr der Konsul fort, »ist ein gewisser Mandelbaum ... Jude, wie der Name schon sagt. Er ist mit einem falschen Pass eingereist, den ich habe ausstellen lassen, und jetzt frage ich mich, was wohl aus ihm wird, wenn heute Nacht die Deutschen kommen.« »Da wären wir«, antwortete Ricardo nur und deutete auf ein fast unsichtbares Eisentor. Der Konsul sah, wie zwischen den Bäumen jemand eine Taschenlampe anknipste und zu ihnen hinüberleuchtete, nicht um sie zu identifizieren, sondern um Ricardo ein Zeichen zu geben, dass der Weg frei war. Bei dem Gedanken, dass sie jetzt nicht mehr allein waren, musste der Konsul für einen Moment stehenbleiben, und er schaute Ricardo in die Augen. »Aber nicht wegen dieses, wie hieß er, Mandelbaum?, haben Sie gestern Abend den Patriarchen *darauf* angesprochen«, sagte Ricardo. »Nein, nein«, antwortete der Konsul verwirrt, er hätte nie gedacht, dass Ricardo sich daran erinnerte, »es war wegen... einer anderen Person.« Dem Konsul wurde schwindelig, als er merkte, dass er etwas von seinem Geheimnis preisgegeben hatte, und Ricardo, dem dies nicht verborgen geblieben war, fragte nicht weiter nach. Und mit einer fast schon beunruhigenden Geste der Zuneigung umfasste er ihn und half ihm, auf einem Brett über den Straßengraben zu steigen, und da der Konsul zögerte, sagte er diesen Satz des Patriarchen, der ihn auch jetzt noch so verstörte:

»Bedenken Sie, mein Lieber, morgen, im Paradies, werden wir uns erkennen!«

Der Mann, der ihnen Lichtzeichen gegeben hatte, kam zwischen den Bäumen hervor, um ihnen das Tor zu öffnen, und sie traten in einen Park, der, wenn auch gelichtet, zu dem weitläufigen Pinienwald gehörte, für den diese Gegend mit ihren palastartigen Villen bekannt war. Als dann ein Glöckchen klingelte – einmal, zweimal, dreimal, ein Code natürlich, ein ganz bestimmtes Signal: der Wohltäter kam! –, gingen im Park mehrere Laternen an, und unter den Zweigen waren die Wagen der ausländischen Gesandtschaften zu sehen. Sie hatten keine Kennzeichen, aber alle einen Holzgasgenerator, was auf offizielle Protektion schließen ließ, und weiß gestrichene Reifen, damit man sie im Dunkeln erkannte. Nach und nach konnte der Konsul eins dieser gediegenen portugiesischen Herrenhäuser ausmachen, die niemals den überquellenden Luxus des neureichen Bürgertums von Buenos Aires gekannt hatten, dafür aber die unvergleichliche Eleganz eines jahrhundertealten Adels. Das Haus hatte mehrere Stockwerke, und sämtliche Fenster deuteten, auch wenn in ihnen nur eine kleine Lampe brannte, auf eine Sorgfalt hin, die nur einer Heerschar von Dienstboten zu verdanken sein konnte. Schließlich kamen sie auf einen etwas unwegsamen Kiespfad, und noch ehe die Mitglieder dieses vermaledeiten diplomatischen Korps sie bestürmen konnten, zeigte Ricardo ihm ein Zimmer an der Seite des Hauses, im hell erleuchteten ersten Stock. »Das ist Ihr Zimmer. Wenn Sie genug haben von der Versammlung«, sagte er komplizenhaft, und in seinen Worten lag eine gewisse Scham. »Nur eine Bitte, Señor Eduardo: Sagen Sie niemandem, dass Salazar persönlich zu dem Empfang kommt. Aus Sicherheitsgründen, verstehen Sie? Versprochen?« Der Konsul nickte, auch wenn die Eindringlichkeit seiner Worte ihn kränkte, und beinahe feierlich stiegen die beiden die vier Stufen zur Veranda hinauf, Arm in Arm wie Vater und Sohn; oder wie ein königliches Brautpaar, dachte der Konsul errötend, das sich nach der Hochzeit dem Volk zeigt und seinen herzlichen Jubel entgegennimmt. Im selben Moment begann irgendwo im Haus ein Streichorchester zu spielen, und Ricardo, der sich während der ganzen Fahrt wie ein aus der Welt Gefallener gegeben hatte, brauchte nur den Kopf zu heben und das Kreuz durchzudrücken, schon war er der Hausherr, der mit Nonchalance Befehle erteilt, die niemand je missachten würde, weil man wusste, es war eine über Generationen vererbte Gabe.

Ein Diener trat zu ihnen und bat nach einer Verbeugung um Hut und Mantel, und sogleich kam ein älterer Herr, in dem der Konsul einen Diplomaten aus einem östlichen Land zu erkennen glaubte, eilig auf ihn zu, um ihn zu begrüßen. Ricardo bedeutete ihm wortlos, stehenzubleiben, und ein wenig verwirrt, wenn auch mit einem Lächeln, gehorchte der Mann. Darauf schlug Ricardo dem Konsul vor, er könne gerne erst einmal das Bad aufsuchen, was er auch gleich tat, weniger um sich frisch zu machen, als um nachzudenken. Aber mein Gott, sagte er sich in dem etwas abseits gelegenen prachtvollen kleinen Bad und noch überwältigt von all der Ehre, ob dies das Anwesen war, das Ricardo dem Patriarchen vermacht hatte? Wie war es möglich, dass ein junger Mann einem Geistlichen so viel schenkte? Der Konsul blickte in den Spiegel, aber als er sich sah, erkannte er sich nicht wieder, er erkannte nur das Gesicht des Wohltäters, das so viele Zeitungen veröffentlicht hatten, und die Stimme Estebans rief nach ihm: Himmel, was machte er dort, so fern von Lissabon, während seine Untergebenen ihr Leben für ihn aufs Spiel setzten? Nachdem er das Bad verlassen hatte, trat er in eine Art Herrenzimmer, in dem die Musiker spielten und wo unter dem Porträt einer Dame mit Augenklappe – die Baronin, sagte sich der Konsul aufgewühlt, die Baronin aus Rio! – ein Dutzend Männer ihn mit schmieriger Vertraulichkeit begrüßte. In ihrer Straßenkleidung, die anzulegen der Patriarch sie aus Sicherheitsgründen gebeten hatte, erkannte er sie nur mit Mühe.

»*O Benfeitor*, meine Herren«, verkündete Ricardo mit dem Stolz eines Offiziers vor der Truppe.

Alle applaudierten diskret, und der Konsul lächelte verlegen. Es machte ihm zu schaffen, dass er sie über seine wahren Pläne mit dem Frachtschiff im Unklaren ließ, und als einige ihm die Hand geben wollten, hielt Ricardo sie ein weiteres Mal zurück. Der Konsul war zu erschöpft, er musste sich konzentrieren, ja sahen sie das denn nicht?, schien Ricardo zu sagen, und was den Patriarchen betraf, erklärte er nur: »Seine Eminenz kommt später«, in einem Ton, der an seiner Autorität keinen

Zweifel ließ, zugleich aber auch etwas Ungehaltenes hatte. Und so hatte Ricardo sie alle in den Speisesalon geführt, wo bereits der große Tisch gedeckt war, und ihm am Kopfende seinen Platz zugewiesen, zwischen dem Stuhl für den Patriarchen und seinem eigenen. Zum Glück, wie der Konsul feststellte, so blieben ihm leidige Gespräche mit den anderen erspart.

Die hungrigen Herrschaften, die wegen befürchteter Straßensperren schon viel früher gekommen waren, hatten mit einer geradezu unhöflichen Gier Platz genommen, was deutlich zeigte, dass für sie diese angebliche Ehrung des Wohltäters lediglich ein Vorwand war für ein politisches Treffen der neutralen Länder, bei dem sie die jüngsten oder zu erwartenden Neuigkeiten besprechen konnten. Niemand achtete mehr auf ihn oder fragte ihn etwas, und für eine Weile war nur das Klappern des Bestecks zu hören und die eine oder andere unerlässliche Bemerkung über das Essen oder die Musik. Nichts schien sie zu beunruhigen, so dass sich der Konsul schon fragte, ob es ein gutes oder ein schlechtes Zeichen war, dass er nicht einmal, wie Sijarich es mit Akribie betrieben hätte, Vermutungen anzustellen vermochte, wer hier Spion war und auf welcher Seite.

Als sie gegessen hatten, sahen sich die am nächsten sitzenden Herren genötigt, mit Ricardo eine Konversation zu beginnen, und sie stellten Fragen, die der Konsul nicht zu hören vorgab. Es waren die Mitglieder der rumänischen Gesandtschaft, und als die Unterhaltung die schwierige Aufgabe streifte, die den Konsul im Hafen erwartete, lenkte der Wirtschaftsattaché – der Konsul erinnerte sich an ihn, weil er ihn einmal aufgesucht hatte, um für eine Biographie über Salazar, an der er schrieb, seine Meinung einzuholen – das Gespräch lieber auf die Symbolik der Gravuren des Tafelsilbers. Nach kaum einer halben Stunde hatten alle außer Ricardo und dem Konsul den Tisch verlassen und es sich in den Sesseln beim Klavier bequem gemacht, wo der unerwartete Bariton nun die *Winterreise* sang, während die Diener das Wägelchen mit den Likören hereinschoben. Und um Ricardo nicht zu kränken, nahm der Konsul schließlich eine Havanna aus der Kiste, die er ihm anbot, ließ sie in seine Jackentasche gleiten und verspürte ein wohliges Gefühl der Zufriedenheit, denn ja, dies war ganz gewiss der sicherste aller Zufluchtsorte.

Was konnte auch schon passieren? Zuerst würde der Patriarch kommen und ihn ein weiteres Mal vor diesen Wichtigtuern als ein leuchtendes Beispiel hervorheben; dann käme Salazar und würde über eine Zukunft reden, die nicht die des Konsuls war, und er würde zuhören, wie sie über Politik debattierten, ohne auch nur die kleinste Bemerkung zu machen. Wahrscheinlich würde es niemandem auffallen, wenn er sich auf »sein Zimmer« zurückzog, und im Morgengrauen würde er seine Mission erfüllen, mit der sich bis dahin alle abgefunden hatten.

Doch plötzlich, in der kurzen Pause, während der Pianist aus seinen Mappen das zweite Lied hervorholte und der Bariton einen Schluck Wasser trank, ertönte hinter dem Konsul das Glöckchen, das nur er unter all den Diplomaten wiedererkannte. Einmal, zweimal, dreimal. Es war derselbe Code. Jemand ebenso Wichtiges wie er war gekommen. Außer ihm hörte es nur Ricardo, der auffuhr und zur Tür schlüpfte. Darauf stürzte sich, als hätte er nur auf diesen Moment gewartet, der rumänische Wirtschaftsattaché auf den Konsul, und mit geradezu ungehörigem Aplomb erklärte er: »Es heißt, es gibt drei Völker auf der Welt, die etwas von Getreide verstehen: die Ägypter, die Argentinier und wir, die Rumänen«, und dann murmelte er: »Ich kenne die Firmen in Ihrem Land, Dr. Cantilo, ich habe mit allen gearbeitet. Wenn Sie die Güte hätten und mir zumindest sagen könnten, welche davon, Herr Konsul, die Spende expediert hat?« Dem Konsul war klar, dass der Mann dieses Detail nur vom portugiesischen Geheimdienst haben konnte, und auch wenn er seine Felle schon davonschwimmen sah, tat er, als hätte er ihn nicht verstanden, was bei der fürchterlichen Aussprache des Rumänen nicht fernlag, und stand rasch auf, gleichwohl schwankend wie ein Ertrinkender, der es gerade noch aus der Strömung geschafft hat. Die Lichtkegel der Scheinwerfer eines in den Park einfahrenden Wagens strichen über die Fenster und die Gäste im Salon. Alles sprang auf und lief zur Tür, die Rumänen gleich hinter ihm, und die Stimme Estebans im Nacken – *ich wusste, dass das passieren würde, ich habe es dir gesagt* –, hatte der Konsul das Gefühl, dass die schlimmste seiner Ahnungen sich bestätigte.

2

Aber es war nicht der Patriarch, auch nicht Salazar. Über die Schultern all der Diplomaten hinweg, die bei seiner Erschöpfung mühelos an ihm vorbeizogen, sah der Konsul, wie Ricardo, der in der Tür stehengeblieben war, sich über eine Einmischung echauffierte und darauf wartete, dass er zu ihm kam. Konsul Cantilo bahnte sich einen Weg, fort von den Rumänen, und als er bei Ricardo stand, führte der ihn, als wäre er seine Standarte, zum Treppenaufgang am Eingang des Hauses, wo sie statt der Eskorte, die der Konsul Tag für Tag über die Rua da Imprensa Nacional fahren sah, mittendrin der Ministerpräsident mit unbehaglicher Miene, da er, wie er in einer Rede gesagt hatte, Begleitschutz für Verschwendung öffentlicher Gelder hielt, nun zwei kleine, völlig verschmutzte Wagen so hektisch herbeipreschen sahen, dass der hintere Wagen, als er am vorderen vorbeizog, vom Pfad abkam und einen

Oleanderkübel umstieß, bevor er ruckelnd vor der Treppe zum Stehen kam. Die Wachen am Eingang der Villa schienen nicht zu wissen, wie sie sich verhalten sollten. Bestand Gefahr?, schienen sie, Pistole in der Hand, zu fragen, und Ricardo stellte sich auf Zehenspitzen und gab ihnen mit einer Handbewegung zu verstehen, sie sollten warten, er habe nicht die geringste Ahnung. Der Fahrer des zweiten Wagens stieg aus, lief zum ersten und öffnete die hintere Tür. Offenbar brachten sie einen Verwundeten, denn aus dem Wageninneren drangen Schreie heraus, auf Italienisch, Schreie einer Frau, unverständliche, vor Verzweiflung immer wieder abbrechende Klagen. Die Männer des ersten Wagens baten die Gäste freundlich, den Weg freizumachen, als wären sie an einem Krankenhaus vorgefahren und brächten ein Unfallopfer zur Aufnahme. Doch als der Konsul sich umdrehte, um ihnen Platz zu schaffen, und sah, wie die Rumänen sich vergnügt anschauten, während die Bulgaren irgendetwas mit Savoyen, Savoyen sagten, begriff er, dass es mit dem Prinzen Umberto zu tun haben musste. Obwohl, nein, so effeminiert der auch war, das konnte unmöglich er sein, der so schrie. Ricardo schien um Selbstbeherrschung bemüht, auch wenn ihm die Situation längst entglitten war. Schließlich warf er sich in die Pose des Hausherrn und rief zu dem Auto hin, nein, der Prinz sei nicht da, und noch ehe er den Satz beendet hatte, antwortete ihm ein weiterer leidvoller Schrei aus dem Wagen. Der Konsul hatte noch nie recht gewusst, wie er sich angesichts des Schmerzes eines anderen verhalten sollte, und wich ein paar Schritte zurück. Wenige Minuten später, nach einem mühsamen Gezerre, sahen sie auf einem goldenen Stühlchen eine verwachsene Dame heraufkommen, welche die Rumänen sogleich als die Gräfin von Altamonte erkannten. In ihrer Abendgarderobe hatte sie etwas von einer Priesterin, deren Opfer sie zugleich war, so bleich wurde sie jedes Mal, wenn ihre Schreie verstummten. Ricardo ließ von zwei Dienern des Hauses einen Korbsessel herbeischaffen, und die Gräfin schickte ihre Helfer zu den Wagen und rief wie zum Dank:

»Guter Gott! Ich habe Sie bei etwas unterbrochen ...!«

Nein, sagte sich der Konsul, diese Frau wusste nichts von dem Treffen, nichts von den Persönlichkeiten, die dort warteten, und allen war die Erleichterung anzumerken, dass die Gefahr nun vorüber war. Tatsächlich war die Gräfin nur hergekommen, weil der Prinz Umberto nicht nach Hause gekommen war, und wohin hätte er, ohne Bescheid zu sagen, fahren können, wenn nicht hierher? Sie hatte das Schlimmste befürchtet, und der Konsul verstand sie, auch wenn Ricardos unbehagliche, seltsam machtlose Miene auf eine dieser leidigen Nachbarschaftsfehden hindeutete. Ein erneutes fröhliches Brummeln der Rumänen schien ihm recht zu geben.

»Soll das heißen, meine Herren«, fragte die Gräfin, »Sie haben gar nicht das Radio angestellt?« Die Blicke aller verneinten; sich über die Welt auf dem Laufenden zu halten widersprach einem solchen Treffen neutraler Länder. »Sie haben also nichts von der Tragödie gehört?« Erneut verzog sich ihr Gesicht zu einer schmerzvollen Grimasse.

Ricardo schien nur darum bemüht, dass der Abend weiter in geordneten Bahnen verlief, erst mit der Ankunft des Patriarchen, dann mit Salazar, und so wandte er sich ostentativ zum Haus. Der Konsul aber trat zu der Frau, denn jetzt erinnerte er sich: Er hatte sie bei der Kundgebung für den Prinzen Umberto in der Villa der Grafen von Barcelona gesehen, auf Krücken, und er hoffte, sie würde ihn auch wiedererkennen und offen zu ihm sprechen. Doch sogleich drehte er sich schuldbewusst um und schaute zu Ricardo, der offenbar seine Gedanken las und ihn mit Blicken strafte.

»Auf einem Passagierschiff im Hafen von Alcântara ist eine Bombe explodiert!«, verkündete die Italienerin. Und während die Diplomaten gleich mit ihren politischen Spekulationen begannen – sollten sie in ihre Botschaften zurückkehren, hierbleiben? –, hatte der Konsul nur einen einzigen Gedanken: Der Leiter der ANCRA hatte ihm gesagt, der Hilfsfrachter werde gegen zehn Uhr am Terreiro do Paço festmachen – und wenn die Bombe explodiert war, als das Schiff gerade an Alcântara vorbeifuhr? Entsetzt blickte der Konsul wieder zu Ricardo, doch der lehnte nur am Türpfosten und sah ihn weiter scharf an. Mit fester Stimme fragte er, ob die angerichteten Schäden denn wirklich so groß seien, und die Gräfin musste zugeben, dass dies nicht der Fall war, dass die Explosion nur die Boa Esperança beschädigt hatte, lediglich in einer Kabine sei Feuer ausgebrochen, ein Feuer, das man im Übrigen fast sofort gelöscht habe.

»Aber die Passagiere, Signore«, insistierte sie, mit einer Verachtung, wie sie in einer Nachbarschaft reift, in der man alles über den anderen weiß, die Passagiere hätten eine panische Angst gehabt, und als sie die argentinische Residenz verließ, habe sie den Eindruck gehabt, die Leute wären lieber auf dem Schiff geblieben, selbst wenn es sank oder eine weitere Bombe explodierte.

»Die argentinische Residenz?«, erlaubte sich Konsul Cantilo zu fragen.

»Ach, Herr Konsul!«, erwiderte die Gräfin, die erst jetzt begriff, mit wem sie sprach, und beim Anblick des Wohltäters wurden ihre Augen feucht.

Doch nun wurde auch der Konsul ungeduldig, zum Teufel, was sollte das Gejammer, und er fragte:

»Sie waren tatsächlich dort?«

»Aber ja«, sagte die Gräfin, »ich war dort, auf der anderen Straßenseite, bei einem Konzert argentinischer Musiker, und habe auf den Prinzen Umberto gewartet. Er liebt den Tango und hatte versprochen, sich uns anzuschließen.«

Konsul Cantilo verstand nun die große Sorge der Gräfin. War es nicht hier in der Gegend von Cascais gewesen, wo man den Herzog von Windsor hatte entführen wollen, bei dieser Operation Willi? Ricardo entschuldigte sich knapp und zog sich zurück. Mein Gott, erschrak der Konsul, ob der ihm jetzt eine absurde Verdächtigung unterstellte? Auch er selbst wäre am liebsten ins Haus gerannt, aber es war seine Pflicht, die Dame zumindest um ein paar nähere Einzelheiten zu bitten. Wer aus der argentinischen Gesandtschaft war dabei gewesen? War jemand verletzt worden? Die Gräfin bedauerte, ihm nicht weiterhelfen zu können. Sie waren alle auf die Straße hinuntergegangen, aber sie selbst war von den Polizisten fortgeschickt worden, mehr wusste sie nicht. Die Helfer kamen schließlich zurück, mit einer Spritze und einem makellosen Handtuch, auf dem Watte, eine Ampulle und ein Fläschchen Alkohol bereitlagen. Dem Konsul wurde schwindelig, und ausgerechnet jetzt war Ricardo nicht bei ihm, wo er sich an ihn gewöhnt hatte wie an einen Stock, er konnte kaum noch denken. Was sollte er tun, wenn Ricardo ihn verließ, allein unter all den Leuten, fern von Lissabon?

Der rumänische Botschafter sah sich aufgrund der Tatsache, dass diese Bombe nun ihr Treffen mit dem Patriarchen vereitelte, »persönlich geschädigt« und stellte fest, dass es gewiss nicht die Deutschen gewesen seien, die das Schiff mit den jüdischen Passagieren aufhalten wollten, sondern irgendeine jüdische, als Deutsche getarnte Gruppe, um dem Ultimatum des britischen Botschafters Nachdruck zu verleihen. Denn wer wollte den »Wohltätern« dieser Welt jetzt noch sagen, erklärte er, dass diejenigen, die ein neutrales Schiff anzugreifen wagten, nicht dieselben wären, die damals die Lusitania versenkt hatten? Worauf ein portugiesischer Beamter, den niemand zu kennen schien und für den die Gesetze, die die Welt umspannten, kein anderes Ziel haben konnten als die Sicherung oder Zerstörung von Salazars Neuem Staat, die Bemerkung machte, dahinter steckten die Kommunisten, die am 14. November den Anschlag auf den Tunnel am Bahnhof Rossio verübt hätten, und für vorgestern sei ein Anschlag auf einen Eisenbahnknoten an der Strecke nach Porto geplant gewesen, nur dass ein Informant sie verraten habe. »Die wissen genau, wie wichtig der Verkehr ist!« Ein albanischer Diplomat meinte, vielleicht sei etwas oder jemand auf der Boa Esperança gewesen, dessen Ausfuhr oder Abreise man habe verhindern wollen.

»Das glaube ich nicht«, merkte einer der Helfer der italienischen Gräfin an, den niemand beachtet hatte und der etwas hilflos herumstand, seit sie die Gräfin ihrer merkwürdigen »Genesung« überlassen hatten. »An den Kais erzählt man sich, jemand würde versuchen, ein Vermögen nach Lissabon zu schmuggeln.« Niemand schaute zu ihm hin, doch der Konsul fühlte sich wie auf der Anklagebank.

Eine knisternde Stille folgte, und der Beamte fühlte sich berufen, erneut das Wort zu ergreifen. »Das stimmt«, sagte er und konnte seine eigene Überraschung nicht verbergen. Nie hätte er gedacht, dass seine Kenntnisse einmal Menschen aus so vielen Ländern interessieren könnten. »Die Polizei hat die Information schon vor ein paar Tagen von einem Gefangenen erhalten, viel mehr aber auch nicht.« Und in diesem leisen, Mitwisserschaft heischenden Ton unterstrich er: »Wie es scheint, hat der arme Teufel das Verhör nicht überlebt.«

3

Konsul Cantilo wurde ganz schwummrig. Er hatte schon gehört, dass in der Rua António Maria Cardoso Menschen gefoltert wurden, dass man im dritten Stock des Sitzes der PVDE die Fenster, die auf das Gebäude der Braganzas hinausgingen, vergittert hatte, weil Gefangene sich vor Beginn des Verhörs hinuntergestürzt hatten. Aber allein der Gedanke, dass es vielleicht seine Schuld gewesen war, die fixe Idee eines Konsuls! Tatsächlich musste die PVDE Details über eine »geheime Beladung« des argentinischen Schiffes gekannt haben, denn nun erklärte sich alles auf die entmutigendste Weise: die Woche, die das Schiff vor der Einfahrt in den Tejo hatte liegen müssen, wie auf dem Präsentierteller für die deutschen Torpedoboote, auch die Verspätung des Zuges aus Madrid und natürlich die ungewöhnliche öffentliche Aufmerksamkeit, die dem Konsul in diesen Tagen zuteilgeworden war, als hätten die Zeitungen Gefallen daran gefunden, sein Foto den Geheimdiensten und Spionen wer weiß wie vieler Botschaften zu servieren, die so glauben mussten, er wisse genau, was da noch auf dem Schiff kam. Sicher warteten sie nur auf den Moment, wo er allein war, um ihn einem »Verhör« zu unterziehen. Aber stimmte es überhaupt, was der Gefolterte gesagt hatte, wer immer er sein mochte? Oder war es eine dieser Aussagen, die man macht, wenn die Schmerzen unerträglich werden?

Wen konnten sie gefoltert haben? Wen, der vor ein paar Tagen gestorben wäre?

Der Konsul trat in die Villa. Niemand achtete mehr auf ihn. *Typisch! Sich hier zu verstecken, so fern dem Leid, so fern von Lissabon*, tadelte ihn Estebans Stimme. Ach, seufzte der Konsul, er hatte sich der Gesellschaft Ricardos nicht entziehen können, dem Segen dieses unverhofften Engels, dank ihm konnte seine Mission vielleicht noch ein gutes Ende finden. Ein Telefon, flehte er, er brauchte nur ein Telefon. Zwei Kellner, die auf dem Weg zum Speisesalon vorbeikamen, wunderten sich nicht, als er sie danach fragte, und bedauerten nur, ihm »leider nicht weiterhelfen zu können«, da sie nur für einen Abend engagiert seien und sich im Haus nicht auskennten.

Ach, wie gut, dass das Telefon nicht in der Nähe war, so hatte er einen Vorwand, nach Ricardo zu suchen und sich vor der Stimme in Sicherheit zu bringen. *Aber wo er dich doch verlassen hat.* Der Konsul versuchte die Stimme zu überhören, aber Ricardo war tatsächlich nicht im Salon, wo die Bediensteten sich nun beeilten, den Tisch abzuräumen, mit dieser selbstvergessenen Geschwindigkeit, die auf eine gefährliche Situation deutet. Auch im Herrenzimmer war er nicht, wo die Musiker ihre Instrumente einpackten, ob auf besondere Anweisung oder in Sorge um ihre Familien in Lissabon. Schließlich wies die Cellistin, die die Unruhe des Konsuls falsch einschätzte, ihn ans Ende eines Flures: »Dort drüben sind die Toiletten«, sagte sie, und der Konsul machte sich auf den Weg durch den dunklen Gang. Exotische Schnitzereien und Kruzifixe hingen dort wie auf der Lauer; zusammen mit dem Geruch nach frischen Bauarbeiten gaben sie ihm das merkwürdige Gefühl, in Ricardos geistige Welt einzudringen, die Welt eines Konvertiten, und sein Herz klopfte, als wäre er verliebt.

Sollte ihm jemand in den Weg treten oder ihn wegen seines Eindringens rügen, würde er einfach sagen: »Ich sorge mich um das Schicksal meiner Untergebenen und habe ein Recht darauf, zu telefonieren.« Der Konsul glaubte zwar nicht, dass ihnen die Folter drohte, aber er traute Dr. Ordóñez kaum zu, sich mit der Polizei auseinanderzusetzen, erst recht nicht, Tania und Discépolo zu beschützen, falls man sie zu Hauptverdächtigen erklärte. Wenn sie denn unschuldig waren! Und dann die beiden Atuchas. Wer würde den Zwillingen schon abnehmen, dass sie völlig ahnungslos waren und von der verwegenen Mission ihres Chefs nichts wussten? Und was Sijarich betraf: Welches Ungeheuer wäre in solch einer Nacht nicht seiner Phantasie entsprungen, einer Nacht, die er dem Konsul so oft prophezeit hatte, ohne sich dergleichen Hölle wirklich vorstellen zu können?

Heilige Jungfrau, sagte er sich, ich muss zurück nach Lissabon. Heilige Jungfrau, gib mir ein Telefon!

Er war zu einer merkwürdigen Art Küche gelangt. Es war nicht die große Küche, wo man das Bankett bereitet hatte, denn offensichtlich hatte sie seit Monaten niemand benutzt, sondern ein undefinierbarer, umgebauter Raum mit einem frisch installierten Waschbecken, einem kleinen Ofen und einem Feldbett, dessen wichtigste Funktion es zu sein schien, die Tür zum Park zu versperren, so dass Ricardo unmöglich durch sie hätte verschwinden können. Es war eins dieser Zimmer, wie man sie für Kindermädchen oder Altenpfleger herrichtet. Da es dort nicht weiterging, nahm der Konsul auf der Suche nach Spuren von ihm jeden Winkel unter die Lupe, und hier und da entdeckte er unter dem unverwechselbaren Staub der Bauarbeiten Dinge, die Ricardo zu gehören schienen: fast leere Flakons mit französischem Parfum, eine Kunstgeschichte des Mittelalters, ein Foto von Josephine Baker mit ihrem Geparden, Dinge, die zu einem Leben gehörten, das er für immer hinter sich gelassen hatte. Schließlich sah er Fußspuren auf den Stufen einer Wendeltreppe, die so eng war, dass er sich nicht hinauftraute. Doch dann ging ihm ein Licht auf: Hatte Ricardo nicht gesagt, dort oben sei das für ihn bestimmte Zimmer? Er wollte gerade hochgehen, als er auf einem gerahmten Foto an der Wand zwei Gesichter wiederzuerkennen glaubte, und tatsächlich, es waren Edward, der Herzog von Windsor, und Wallis Simpson, aufgenommen vor der Fassade ebendieses Hauses, wie er erst jetzt sah. *Die Villa der Operation Willi!*, sagte die Stimme, und der Konsul brach fast zusammen.

Oben klingelte ein Telefon. Der Konsul wand sich die Spirale hinauf und hoffte, dass niemand abnahm, so dass er selbst antworten und vorbringen konnte, er erwarte einen Anruf. Doch noch bevor er den Kopf in das Zimmer gesteckt hatte, hörte er die Stimme von Ricardo, wie er mit der Telefonistin sprach, ja, er sei es gewesen, der darum gebeten habe, ihn mit Lapa zu verbinden, und ja, dann warte er, es handele sich um eine »offizielle Angelegenheit«, überaus dringlich, »bitte, Fräulein«.

Als der Konsul begriff, dass Ricardo ihn nicht verlassen hatte, dass er nicht allein den Stimmen ausgeliefert war, nahm er mit Leichtigkeit die letzten Windungen der Treppe. Ricardo war nicht überrascht, ihn zu sehen. Mein Gott, durchzuckte es den Konsul, ob er gehört hatte, wie er unten hereingekommen war, wie er in seinen Sachen geschnüffelt hatte, wie er versteinert vor dem Foto stehengeblieben war, als wäre er ein Spion? In seiner Verunsicherung – alles zugeben konnte er nicht, aber auch nicht schweigen – sagte er schließlich zu Ricardo, wenn es ihm lieber sei, werde er selbstverständlich wieder gehen. Der zögerte einen Moment und sagte dann: »Nein, ich bitte Sie«, es sei vollkommen verständlich, dass er herkomme, er möge nur einen Augenblick warten, das Gespräch mit Lapa sei entscheidend.

Glücklich darüber, sich nun in Sicherheit zu wissen, schaute er sich um, und ihm wurde klar, dass dieses prachtvolle Zimmer, das man ihm zugewiesen hatte, mit dem großen Baldachinbett, an dem er seinen Mantel und seinen Hut entdeckte, mit all den alten Heiligenbildern, die im Gegensatz zu denen unten allerdings sehr westlich waren, dazu der herrliche Balkon zum Park hinaus, dass dies das Zimmer sein musste, in dem sonst der Patriarch von Lissabon schlief. Die Luft schien zu vibrieren, als Ricardo plötzlich den Hörer auf die Gabel legte, als hätte er sich überlegt, dass auch jetzt wieder die Angelegenheit des Konsuls dringlicher sei als jedes andere Ungemach.

»Entschuldigen Sie, dass ich Sie einfach habe stehenlassen«, sagte er und versuchte, seine offensichtliche Besorgnis hinter beflissener Herzlichkeit zu verbergen, »aber ich möchte mich aus Quellen informieren, die vertrauenswürdiger sind.« Und mit einer vagen Handbewegung deutete er auf den Park, wo die italienische Gräfin wieder zu ihrem Auto gebracht wurde, nun in dem Korbsessel sitzend und ohne einen Schrei, hin- und herschaukelnd wie im Morphiumdusel. »Ich hätte voraussehen müssen, dass Sie mich brauchen.«

»Aber nein, nein«, log der Konsul, er habe nur in Lissabon anrufen wollen, »ich mache mir Sorgen um meine Landsleute, die Argentinier.« Ricardo warf ihm einen bohrenden Blick zu, natürlich hatte er gemerkt, dass der Konsul etwas vor ihm verbarg, und das hatte er nicht verdient! »Wie du siehst, versuche ich zu helfen. Aber ich bin nur ein lästiger alter Mann, der keine Verantwortung delegieren kann. Wenn du es für besser hältst und es dir keine Unannehmlichkeiten bereitet, kann ich auch gerne hierbleiben. Nur eine Bitte: Wenn es möglich wäre, in der Frühe nach Lissabon zurückzukehren…?«

Erneut klingelte das Telefon, und Ricardo fuhr auf und kehrte ihm den Rücken zu. Aber welche Worte, die der Konsul hören mochte, konnten schon schwerer wiegen als die Mutmaßungen, welche die Enthüllungen der Italienerin bei ihm ausgelöst hatten? Ricardo sprach nun mit jemandem, mit dem er sehr vertraut zu sein schien, denn er senkte die Stimme und nannte ihn bei einem zärtlichen Spitznamen. Das Gespräch war so intim, dass der Konsul beschloss, sich zurückzuziehen, weniger aus Diskretion als aus Scham darüber, dass er vor Eifersucht zitterte. Wieso war er nicht schon früher auf den Gedanken gekommen, dass er Freundinnen oder Geliebte haben konnte, wo er kein Geistlicher war? Nur weil er ihn an Esteban erinnerte? Ricardo sagte kaum etwas, nur auf Französisch: ja, schon recht, er hätte die Leitung nicht unterbrechen dürfen, natürlich macht man sich Sorgen, aber der Benfeitor sei hier, jawohl! Oder sprach er mit dem Kurienhaus in

Lapa, gar mit dem Patriarchen selbst? Schließlich nahm Ricardo Anweisungen entgegen, er sagte ja, ja, ja, aber er konnte doch unmöglich den Patriarchen so liebevoll angeredet haben! Oder hatte seine Mutter ihn aus Rio angerufen? Also bitte, was für ein Unsinn ihm einfiel.

»Señor Eduardo«, sagte Ricardo, nachdem er aufgelegt hatte, und mit einer liebenswürdigen Geste schob er den Konsul zum Bett und half ihm in den Mantel. »Seien Sie bitte unbesorgt. Im Grunde haben wir nichts zu befürchten.« Ricardo lächelte, doch der Konsul blickte ihm voller Unruhe ins Gesicht. »Wie ich eben gehört habe, gibt es eine Drohung, das Haus hier in die Luft zu sprengen. Das ist höchst unwahrscheinlich, trotzdem wäre es ratsam, dass wir uns für eine Weile entfernen. Die Straßen nach Lissabon sind gesperrt, aber es wäre ohnehin zu gefährlich, eine bekannte Route zu nehmen. Wenn Sie also keine anderen Pläne haben ...«

»Nein, gar nicht«, sagte der Konsul, an seiner Seite zu bleiben war das Einzige, was er wollte, und er erstickte den Tumult in seinem Inneren.

Als sie gingen, blieben sie an einem großen Spiegelschrank stehen, und während der Konsul sich darin anschaute und auf einmal ganz klein vorkam, nahm Ricardo einen Talar heraus, den er sich mit der Eleganz eines Toreros überwarf, und dann ein Gewand, das man leicht mit einer Soutane hätte verwechseln können, und legte es dem Konsul über die Schulter. Niedergedrückt von allem, was er eigentlich verstehen sollte, wozu ihm aber jede Kraft fehlte, ließ er sich führen.

»Da ist noch etwas, Señor Eduardo«, sagte Ricardo, und es sah fast aus, als ob er grinste. »Und bitte haben Sie Vertrauen, denn auch wenn es ungeheuerlich klingen mag, was ich Ihnen nun sagen muss, Sie haben nichts zu befürchten. Ihre Wohnung an der Príncipe Real ist geplündert worden. Das bezaubernde Fräulein, das uns heute geöffnet hat, hat angerufen.«

Mein Gott, sagte sich der Konsul, Marcenda. So ungeschliffen, wie sie war, hatte sie es geschafft, ihn ausfindig zu machen.

»Sie können jetzt nicht nach Hause zurück«, fuhr Ricardo fort. »Und da beim Stand der Dinge jeder Ort gefährlich ist, bitte ich Sie, sofern Sie keine Höhenangst oder Angst vor dem Meer haben, mich an einen Ort zu begleiten, an den der Patriarch und ich uns gelegentlich zurückziehen und wo man uns, wenn es sein muss, finden wird.«

»Und wo ist das?«, fragte der Konsul, der sich nicht einen Meter weiter von Lissabon wegbegeben wollte.

»Hier, gleich gegenüber, an der Felsküste, Señor Eduardo. Kennen Sie es? Man nennt es den Höllenschlund.«

Den Dichter fragte ich

Oliverio im Gondarém. »Wo ist der Maestro?«
Discépolo erleidet Schiffbruch.

I

Zur gleichen Zeit stand hinter der Theke des Gondarém, zwischen Flaschen mit glänzenden Etiketten und kopfüber an Holzschienen hängenden Gläsern, unter dem letzten Klimpern der Gitarren von Amálias Musikern und umrahmt von den Fotos der flüchtigen Berühmtheiten, die seit Beginn des Krieges durch dieses Nachtlokal gegangen waren, der argentinische junge Mann, der Tania mit seiner Bitte um ein Autogramm überrascht und gesagt hatte, er heiße Oliverio, und unbeeindruckt von dem ganzen Trubel, war er gleichwohl hin- und hergerissen. Wann immer Mr Copley, morgens sein Chef in der Tabakmanufaktur und um diese Zeit der einzige Thekengast, ihn in ein Gespräch zu verwickeln suchte, setzte Oliverio sein immergleiches, distanziertes Lächeln auf, nicht weil er befürchtete, grob zu erscheinen, sondern weil er keinen Anlass geben wollte für eine Frage, die ihn in Gefahr bringen konnte, sobald dieses Arschloch von Isidro Lopes mit Saldanha aus der argentinischen Residenz zurückkam und ihm, da er genau wusste, wie allein er in Lissabon war, eine weitere Schinderei zumutete.

Ob es ihm gefiel oder nicht, die Nähe des Maestros war für ihn immer ein sicheres Netz gewesen. Seit dem Tod von Júlia, der Kassiererin, die ab Mitternacht immer seinen Platz an der

Theke übernommen hatte, fühlte er sich, als würde sich eine Schlinge um ihn zuziehen, aber selbst noch in diesen Tagen beruhigte es ihn, zu wissen, dass es den Mann gab und dass er ihn zur Not um Hilfe bitten konnte. Doch jetzt, wo die Boa Esperança abgelegt hatte, spürte Oliverio erst recht die Einsamkeit, die er sich als Strafe gewünscht hatte, als Strafe und zugleich Quell von Gefahren, wie er sie sich nicht auszudenken wagte. Jedes Mal, wenn er sich umdrehte, um einen Drink zuzubereiten oder Gläser zu spülen, sah er in dem angefressenen Regalspiegel sein abgezehrtes Gesicht, die tiefen Augenringe, und ihm war, als sähe er sich auf einmal ohne diese unsichtbare Schminke, die die Dummheit der Leute ihm aufgemalt hatte. Es musste etwas in seinem Blut sein, vielleicht eine von der indianischen Großmutter, dem Dienstmädchen, oder seinem Vater, dem Seemann, geerbte Unterwürfigkeit, die in seiner Bedrängnis durchbrach, und er musste an sich halten, um nicht in den Sack zu hauen, nicht einfach zu nehmen, was er in seinem Fach unter der Theke versteckt hatte, und durch eins der schmalen Küchenfenster zu verschwinden.

Die Postkarte mit Tanias Porträt und ihrem Namenszug, in der Schnörkelschrift einer des Schreibens kaum kundigen Diva, hatte er in den Bilderrahmen gesteckt, in dem die Gäste seit Jahren ein anderes Foto gesehen hatten, das von Carlos Gardel: *Für meine Freunde in Lissabon, der Stadt, wo ich mein bestes Lied geschrieben habe, Carlitos, 1934.* Er hatte es auffällig platziert, in der Hoffnung, Tania würde beim Verlassen des Lokals noch einmal vorbeikommen und auf ihn aufmerksam werden, so dass er ihr die ganze Wahrheit erzählen konnte oder zumindest das, was sie am meisten beeindrucken mochte. Denn auch wenn Tania nicht den Anschein einer großzügigen Frau erweckte, auch keiner, die sich gerne Feinde machte, blieb sie doch eine Künstlerin. Und ging es in ihren größten Erfolgen etwa nicht um Menschen wie ihn oder die verstorbene Júlia, um Kneipenschlägereien, weiße Sklavinnen und die unglaublichsten Dienstbarkeiten in der Nacht? Hatte er nicht selbst gesehen, in einem kleinen Kinosaal im Village, wie sie unter den armen Teufeln des Hafens *Im Sturm* sang, als wäre es ein Vorgeschmack auf dieses Leben in Lissabon?

Doch Oliverio hatte nur die Frau des Sekretärs des argentinischen Konsulats gesehen, wie sie wütend an ihm vorbeirauschte, eine ferne Verwandte des Maestros, die so schnell wie möglich hinauszukommen versuchte, als wäre das Gondarém ein so verseuchter Ort, dass allein die Vorstellung, noch länger zu bleiben, sie krank machte. Als der Applaus für Amália nach der dritten Zugabe verebbte – es war bereits die Wiederholung des Fados *Mouraria* –, hatten Tania und Discépolo diesen widerlichen Saldanha an ihren Tisch gerufen, um ihm einen Vorschlag zu machen, worauf der sich mit großer Geste auf die Bühne schwang und das Publikum dazu aufrief, »in der argentinischen Residenz, hier ganz in der Nähe, das wunderbarste Schauspiel zu genießen, das man in diesen schweren Zeiten in Europa erleben kann. Direkt vom Teatro Real in Madrid!« Die Gäste waren gleich herbeigeströmt und hatten Marta, die Köchin, die sich nun um die Garderobe kümmerte, um ihre Handtaschen und Hüte, Mäntel und Überzieher gebeten; und Oliverio, der dieser behinderten italienischen Gräfin helfen musste, während ihr Chauffeur vor dem Lokal vorfuhr, war es nicht einmal vergönnt gewesen, von Tania auch nur einen Blick zu erhaschen, so hingerissen war sie von ihrer genialen Idee und der Begeisterung der anderen, die nur stumm zu ihr hinstarrten und sich zu fragen schienen, welches Glück ihnen wohl eine Spanierin verhieß, die sie vielleicht für eine Adlige gehalten hätten, nicht aber für eine Tangosängerin.

Aber was wäre das für eine Heldentat gewesen: eine Frau um Hilfe zu bitten! Bei dem Gedanken, dass jetzt alle, selbst der skrupellose Isidro Lopes, zu einem Fest gingen, auf das er ein Anrecht hatte, schließlich war er Argentinier und noch dazu ein besserer Sänger als Tania, bei dem Gedanken schnürte sich ihm die Kehle zu, und ihm wurde noch einmal bewusst, dass er auf sich selbst gestellt war, wenn er der drohenden Razzia entgehen wollte. Oliverio schlug vor Wut auf die Theke, was Mr Copley besorgt zur Kenntnis nahm, und wandte sich erneut zum Regal, um sich wieder zu fassen. Es war abzusehen, dass Mr Copley ihn mit dieser Genugtuung der Betrunkenen, die einen anderen untergehen sehen, fragen würde: What's wrong, my friend?, und dann würde er sich etwas einfallen lassen müssen, ihm vielleicht, passend zum Fado-Ambiente, erklären, dass man ihn umbringen wollte. Wovon er jedenfalls nicht reden durfte, war seine Sorge, dass die Polizei ihm auf die Schliche kommen könnte, erst recht nicht, dass er sich schämte. Aber auch nichts von seinem Verdacht, was Júlias Tod betraf, oder von seiner Befürchtung, Isidro könnte ihn jetzt zu noch Schlimmerem zwingen. Nein, nichts davon. Am besten sagte er, es sei die *saudade*, er habe eine solche Sehnsucht nach seinem Heimatdorf Ensenada drüben am Río de la Plata, nach dem kleinen, auf Pfählen errichteten Haus zwischen den Wipfeln der Weiden, wo seine portugiesische Mutter ihm das Singen beigebracht hatte. Obwohl, Sehnsucht nach seiner Mutter hatte er nicht, allenfalls sehnte er sich nach einer Mutter, der sein Scheitern oder sein Erfolg wirklich egal waren oder die ihn, sollte er jetzt nach Argentinien zurückkehren, zumindest nicht nötigte, mit den Erinnerungen an seine schwärzesten Tage zu leben, nicht mit jenem Rohling, der mit seiner puren Anwesenheit alles verdarb. »Sänger werden? Firlefanz!«, hatte sein Vater gesagt, der zu einem fürchterlichen Griesgram geworden war, seit er nicht mehr auf den Schiffen fuhr. »Wer glaubt schon an diesen Quatsch.« Es war eine tiefsitzende Verachtung für die Künstler, die er als Seemann nur von Orten kannte, wo es Prostituierte gab. »Er will vom geraden Weg abkommen, der ist ihm nämlich zu weit ...« Das Bild des alten Mannes, der jetzt wahrscheinlich oben auf dem Treppchen zur Veranda stand und zwischen den Zweigen der Weiden nach dem Horizont über dem Fluss spähte und davon träumte, dass der Anblick eines geläuterten verlorenen Sohnes ihn für alles entschädigen möge, ließ Oliverio zum x-ten Mal den Gedanken verwerfen, wieder nach Argentinien zurückzufahren. Oder war da noch etwas? Etwas in ihm selbst, das sich an die Hoffnung klammerte, hier die Zukunft finden zu können, wie der Maestro ihn hatte glauben machen? An die Hoffnung, zeigen zu können, dass die Träume seiner Mutter nicht vergeblich gewesen waren? Dass doch noch ein Sänger aus ihm werden konnte?

»Are you in love with her?«, fragte Mr Copley ihn, in diesem kumpelhaften Ton, in dem er ihm jeden Morgen, wenn Oliverio ihn zur Tabakmanufaktur brachte, von seiner sonderbaren Liebesbeziehung zur Nutte Teresa erzählte.

Oliverio begriff nur allmählich, dass Copley Tania meinte, deren *élan* auf dem Bild, das er gegen das steife Lächeln Gardels ausgetauscht hatte, auch ihm imponierte. Und er lächelte bitter: Die »Spanierin« wirkte auf alle Männer attraktiv, und so hässlich und arm, wie er war, schien ihm seine Hoffnung, sie für sich zu gewinnen und um Hilfe zu bitten, nicht mehr als ein frommer Wunsch. Nein, hätte er beinahe geantwortet, nie habe ich mehr geliebt, nie jemanden mehr verraten ...

2

Aus dem Vorraum drangen Schreie herein. Irgendwer, ob Mann oder Frau, war schwer zu sagen, verlangte jemanden im Gondarém zu sehen, was die Türsteher verhinderten, bis schließlich einer von ihnen, wohl nach Entgegennahme eines kleinen Handgelds, sich erbarmte und einlenkte, »aber nur für einen Moment«. Oliverio versuchte, sich zu beruhigen. Die übliche Szene, dachte er: irgendein wohlanständiger Vater, der kam, seinen Sohn aus dieser Lasterhöhle zu retten, oder eine betrogene Ehefrau, der jemand hinterbracht hatte, dass ihr Mann mit einer Nutte oder einem Knaben hier sei. Doch als die Pendeltür aufschwang, erschienen die Umrisse von zwei ganz anderen Männern im Dämmerlicht des Gastraums: ein älterer mit langem Mantel und wütender Miene und ein jüngerer mit leuchtenden Augen, rotem Halstuch und zerknautschter Baskenmütze in den Händen, und Oliverio wusste, dass sie nach ihm suchten, dass ein Unglück seinen Lauf nahm. Nach kurzem Zögern steuerten die beiden Männer entschlossen auf die Theke zu, der ältere vorneweg, der jüngere mit fast belustigtem Gehorsam hinterher, als wären die Zumutungen dieses Abends Teil eines einzigen großen Abenteuers. Erst als sie im Schein der Lampe standen, die Oliverios Arbeitsplatz beleuchtete, erkannte er in dem Älteren Darío, den Sekretär des Maestros, und ihm entfuhr ein kurzer Schrei, den er rasch mit einem Gruß zu überspielen versuchte. »Ach, hallo«, sagte er dümmlich, nicht nur, weil er Darío längst auf hoher See vermutete, sondern weil sich dieser Mensch schon vor über einem Jahr für seinen Feind erklärt hatte und nicht mehr mit ihm sprach. Dass Darío ihn jetzt mit einem solch unverhohlenen Hass anschaute, konnte nur heißen, dass es um eine äußerst ernste Angelegenheit ging. Der Maestro, dachte Oliverio, der Maestro hat wieder einen Herzanfall gehabt und ist tot, sie wissen von gestern Abend und schieben jetzt mir die Schuld in die Schuhe!

Mr Copley, der über seinem Bourbon hing, schien sich zu amüsieren über die Dreistigkeit dieses geschniegelten Laffen mit seinem rasierten Schädel, den nachgezogenen Brauen und der Nelke im Knopfloch, irgendwie passte es zu der Affektiertheit seiner Gebärden, in denen sich Wut und Beherrschung die Waage hielten, und er schaute zu Oliverio, als wollte er ihm Mut machen – die Hysterie eines solchen *faggot* durfte man doch nicht ernst nehmen. Doch Oliverio fürchtete, jeden Moment könnte herauskommen, dass es zwischen ihm und Darío mehr als zwei Jahre lang, wenn nicht eine Freundschaft, so doch eine »krankhafte Vertraulichkeit« gegeben hatte.

»Wo ist er?«, murmelte Darío, als verdiente Oliverio nicht den kleinsten Gruß oder als führten sie schon seit einer Weile ein Gespräch aus nichts als übellaunigen Einwürfen.

Um nicht wieder eine Szene wie gestern Abend heraufzubeschwören, fragte Oliverio, wen er meine, aber im Grunde wollte er nur Zeit gewinnen und Kraft schöpfen. Wenn Darío Spanisch gesprochen hatte und jede Andeutung vermied, konnte er nur den Maestro meinen, der in seinem Wahn aus ihnen beiden, so unterschiedlich sie auch waren, eine Art Brüder oder Mitbrüder hatte machen wollen. Der Junge neben ihm, mit seinem roten Tuch um den Hals und dem schlichten Anzug, schien ein Emigrant zu sein, der sich auf die baldige Überfahrt nach Amerika freute. Aber ein Flüchtling, der nicht auf der Boa Esperança fuhr?

»Jetzt tu nicht so, Blödmann«, sagte Darío. »Die beiden Nasen an der Tür sagen, dass er vor einer Weile hier war und zu dir wollte, wegen dir hätten sie ihn rausgeworfen!«

Oliverio schaute entsetzt auf. Wie bitte, der Maestro wieder hier? Dann hatten sie, hatte er also das Schiff verpasst? Und das seinetwegen?

Darío hatte die Augen geschlossen. Ihm musste klargeworden sein, dass Oliverio tatsächlich von nichts wusste, und jetzt versank er wieder in seinem eigenen Kummer. Natürlich hatte er verstanden, dass Oliverio sich von dem Maestro befreien wollte, von diesem erstickenden Leben für ihn. Aber dennoch ... Er verspürte den Drang, Darío zwar nicht den wahren Grund zu gestehen, weshalb er das Gondarém nicht verlassen konnte, weder mit dem Maestro noch mit sonst wem, aber dafür jene andere, sehr viel tiefere Wahrheit, die ihn schon immer quälte. Doch wie sollte er sein Geheimnis jemandem anvertrauen, der es bestimmt schon längst geahnt hatte, der es geschafft hatte, ihn vor der ganzen argentinischen Gesandtschaft bloßzustellen?

»Ich weiß nicht, wo er ist, Darío«, sagte er schließlich, leise und ohne den Blick von den beiden Drinks zu wenden, die er gerade bereitete, damit weder Mr Copley noch der Junge mit dem roten Halstuch sich einen Reim machen konnten auf das, wovon sie sprachen. Und auch wenn er sich in den letzten Tagen geschworen hatte, diesem verlogenen Kerl bei der nächsten Begegnung die Fresse zu polieren, hielt eine ungreifbare Macht ihn zurück. »Nicht ich habe Anweisung gegeben, ihn hinauszuwerfen, ich schwöre. Das muss Isidro Lopes gewesen sein, dieser Schweinehund ...«

Dass Oliverio den Mann beleidigte, mit dem Darío ihn mehr als einmal abends gesehen hatte, hier im Gondarém, empörte Darío offensichtlich sehr. Aber, fragte sich Oliverio, war es denn so schwer, sich vorzustellen, auf welche Weise Isidro ihn rumgekriegt hatte? So unbegreiflich seine Angst vor dem Türsteher, den die PVDE dort hingestellt hatte? Aber Darío sagte kein Wort, sein Körper war angespannt, er musste wissen, dass er überwacht wurde.

»Nicht auszudenken, was der Maestro jetzt durchmacht, und du bist schuld!«, sagte Darío schließlich, seine Stimme überschlug sich, und er schluchzte.

Mr Copley hätte fast losgeprustet, und auch Oliverio konnte kaum an sich halten. Ob sie Darío damals in Buenos Aires, am Tag des Skandals, so aus dem Hotel Crillon geworfen hatten wie den Maestro heute aus dem Gondarém?

»Und zu wem soll ich jetzt gehen nach dieser Katastrophe?« Darío hob nun den Kopf und blickte Oliverio in die Augen. »Wo der Maestro in der Lage ist, ein brennendes Schiff zu besteigen, um eine Ratte wie dich zu retten!«

Einer der Türsteher war wieder ins Lokal getreten und starrte zu Darío hin, womit er ihm zu verstehen gab, dass die Zeit um war. Erneut dachte Oliverio, wenn er seinerseits den Maestro retten wollte, wäre das einzig Richtige, zu gestehen: nicht, was er in einem Fach mit seinem Namen und einem Vorhängeschloss unter der Theke aufbewahrte, sondern, was seine Beziehung zu Isidro tatsächlich verdorben hatte. Doch Darío sagte nur, als nähme er es mit beiden zugleich auf: »Arschloch.« Der Türsteher fand, dass Darío nun mehr als überzog, und trat an die Theke, warf Oliverio einen abfälligen Blick zu, packte Darío am Arm und zerrte ihn hinaus. Mein Gott, dachte Oliverio, und er spürte, wie er zitterte, was konnte der Türsteher Isidro erzählen, wenn er zurückkam? Und verärgert über die zugleich weibische und unerschrockene Art, wie Darío sich wehrte, wischte er die Theke und fragte nur:

»Welche Katastrophe überhaupt?«

Der alte Doutor de Telles, der gerade das Lokal betreten hatte und Mr Copley zustrebte, seinem abendlichen Thekenbruder, glaubte, die Frage sei an ihn gerichtet, den Vorsitzenden der Historischen Akademie, doch bei dem ganzen Trubel konnte er nicht antworten. Darío sagte dem Jungen mit dem roten Halstuch noch, er solle drüben bei den Tischen warten, er komme wieder, sobald er den Maestro gefunden habe. Dann schaute er zu Oliverio und rief ihm auf Spanisch zu:

»Bete, dass ihm nichts passiert ist, du Stück Scheiße!«, worauf der Türsteher ihm den Arm verdrehte und den Mund zuhielt. Doch Darío hörte nicht auf zu schreien: »Wehe, ich erfahre, dass ihm deinetwegen etwas passiert ist! Bete, dass der Maestro heute Nacht zurückkommt!«

Und während Oliverio hinter der Theke hervorkam und den Jungen mit dem roten Halstuch zu einem der wenigen Tische für eine Person führte, schrie Darío aus dem Vorraum immer weiter: »Ja, bring ihm seinen Ginjinha. So viel Ginjinha und Bier, wie er will. Ich zahle! Für all das, was du dem Maestro ange...« Oliverio fühlte sich beschämt und gab sich loyal: Nur die Ruhe, Darío, er war nicht mehr lange hinter der Theke, aber er würde hierbleiben, auf Neuigkeiten warten...

»Welche Katastrophe meinte diese Schwuchtel denn?«, fragte er, als er wieder an seinem Platz war.

»Die Boa Esperança«, dozierte Doutor de Telles nun in pompösem Ton, was bei seiner Leidenschaft für den Wein und den Fado nur drollig wirkte. »Das letzte Schiff ist bombardiert worden.«

3

Oliverio nahm das Tablett und ging wieder zu dem Tisch des Jungen mit dem roten Halstuch, der vor Glück strahlend zur Tür schaute, wo zwei überaus elegante junge Männer mit einer Hure hereinkamen. »Morgen früh fahre ich auf einem Trawler nach Marokko«, sagte er, und in seinem Ton schwang eine Dankbarkeit, der man anmerkte, dass er es nicht gewohnt war, bedient zu werden. Doch Oliverio war noch so erschüttert, dass er kaum auf seine Umgebung achten konnte. Was sollte das heißen, die Boa Esperança war bombardiert worden? Bilder torpedierter Schiffe kamen ihm in den Sinn, wie er sie im Kino gesehen hatte – die unter argentinischer Flagge fahrende Uruguay, gesunken auf dem Weg nach Belgien; die Graf Spee, vor Montevideo am Ende von der eigenen Mannschaft versenkt –, Gerüchte über ein Konzentrationslager, das Salazar in Peniche errichtete. Der Gegensatz zwischen seiner Unruhe und der dummen Glückseligkeit des Jungen warf ihn in die Wirklichkeit zurück, und er nickte nur kurz und ging wieder zur Theke.

»Jetzt laufen bestimmt keine Schiffe mehr aus«, unkte der recht angetrunkene Doutor de Telles. »Jetzt wird Portugal nicht mehr sein, was es war, mein alter Freund...«

Mr Copley, dem der lusitanische Fatalismus herzlich egal war, nickte auf die gelangweilte Art, wie einer, den ohnehin alle für einen Spion halten, und dachte nur daran, Teresa zu grüßen, die sich, mit leuchtender Baskenmütze und Zigarettenspitze, am Ende des Lokals niedergelassen hatte. Oliverio schob de Telles das Glas Wein hin, das der nicht erst zu bestellen brauchte, und Mr Copley rutschte von seinem Hocker herunter und ging auf den fernen Tisch seiner Geliebten zu. Die beiden Jüngelchen, echte Bürgersöhnchen, denen selbst ein solcher Abend recht war, um hinter dem Rücken ihrer Eltern die Unschuld zu verlieren, kamen an die Theke und bestellten Wodka. Oliverio sagte ihnen, es gebe keinen Wodka, und während er im Regal nach dem Ginjinha suchte, schaute er im Spiegel wieder nach dem Jungen mit dem roten Halstuch: Unglaublich, er grüßte die beiden erstaunten Burschen, als wäre er der Hausherr, er schien sich sogar über die »internationale Musik« zu freuen, die Marta nun auf dem Grammophon aufgelegt hatte. War er vielleicht doch von der Polizei? Wozu hatte Darío ihn heute Abend engagiert?

»He, hast du gesehen, wie gut die Alte aussieht?«, schnarrte eine Stimme hinter ihm.

Es war Isidro, der in bester Laune ins Gondarém zurückgekommen war und sich Tanias Foto an der Wand anschaute. Schlagartig spürte Oliverio, wie sich der ganze über Monate angewachsene Hass in seinem Magen zusammenzog, die Angst vor dem, was nur Isidro von ihm wusste und der Polizei erzählen konnte. Und die Angst, er könnte ihn nun des Verrats beschuldigen.

»Sie ist verrückt nach mir, weißt du? Völlig verrückt!« Isidro griff sich geschickt ein Glas aus den Schienen und deutete auf eine Flasche kubanischen Rums, die Mr Copley Saldanha geschenkt hatte und die dieser nur für besondere Gäste zu öffnen erlaubte.

»Sie war kaum aus dem Zug gestiegen«, sagte er und genoss Oliverios offenkundige Eifersucht, »da hatte sie mich schon beiseitegenommen und, ganz vornehme Dame, gefragt, ob ich irgendeine Lokalität kenne, wo sich die bessere Gesellschaft am Abend amüsiert. Ich habe mich geziert, du verstehst, damit sie erst ein bisschen zappelt. Und dann sagte sie zu mir: ›Ach, komm, das kann nicht sein, so ein hübscher Junge...‹«

Oliverio schenkte immer weiter ein, da Isidro nicht aufhörte zu reden, und als das Glas fast randvoll war, schrie der ihn an: »He, das reicht, bist du verrückt oder bloß geil?«

»Danach«, fuhr Isidro fort, der genau wusste, dass Oliverio an die tote Kassiererin denken musste, die Isidro mit solchen Geschichten in den Wahnsinn trieb, »durfte ich ihr das Gepäck drei Stockwerke hoch bis ins Schlafzimmer tragen und ihr aus dem Mantel helfen. Und dabei hat sie mich gebeten, ihr wenigstens die Visitenkarte irgendeines Fadolokals zu geben. Und als ich ihr dann sagte, na ja, dass Dr. Ordóñez sie später zu einem Restaurant bringen würde, zog sie einen Flunsch.«

Oliverio hätte sich am liebsten verkrochen. Wie sollte die Geschichte schon ausgehen? Mit der Schilderung, wie Isidro Tania gefügig gemacht hatte? Wie hatte er bloß in die Fänge eines solchen Arschlochs geraten können!

»Als wir nachher in die argentinische Residenz zurückkamen, hat mich die Dame wieder in ihr Zimmer geführt, diesmal unter dem Vorwand, ihr Mann hätte schon mit der Vorstellung begonnen und sie brauchte jemanden, der ihr das Kleid zuknöpft.«

Oliverio spürte, wie die Geschichte ihn dennoch erregte, und er schaute besorgt auf die Wanduhr: Es war schon Mitternacht, und Túlio, der ihn seit Júlias Tod an der Thekenkasse ablöste, war noch immer nicht da!

»Da ist er ja, der Ärmste«, sagte Isidro und deutete mit dem Kopf zu den Einzeltischen im Gastraum. »Voilà.«

Erst jetzt entdeckte Oliverio verblüfft Discépolo, kaum wiederzuerkennen und so ruhig, wie es ihm seine Trunkenheit erlaubte. Er saß neben dem Jungen mit dem roten Halstuch, der ihn anlächelte wie einen seltsamen Vogel, der zufällig an seinen Tisch geflattert kam. Es war Discépolo, ohne Zweifel, aber er schien derart in seinem Unglück zu versinken, dass es schwer war, ihn mit dieser elektrisierenden Person in Verbindung zu bringen, die Oliverio so oft gehört oder gesehen hatte, in seinen Sendungen auf Radio El Mundo, beim Festival zugunsten der Roten Hilfe im Teatro Roma in Avellaneda oder in dem Film *Vier Herzen*, in dem er den Besitzer eines Cabarets spielte. Mein Gott, sagte sich Oliverio, jetzt musste er nur seine Schüchternheit gegenüber Männern überwinden und ihn ansprechen.

»Der fällt ja vor Müdigkeit gleich um«, sagte Isidro. »Aber er will sich nicht ausruhen, er denkt nur an seine Frau. Sie haben sich in dem Trubel am Hafen aus den Augen verloren, du verstehst? Sie wollte das Drama aus der Nähe sehen, und er hatte keine Lust, ihr hinterherzustiefeln. Und jetzt quält sich dieser Trottel und denkt, es könnte ihr schlechtgehen oder...«, und mit einem Zwinkern deutete Isidro zu den »Kabuffs«, wo die Gäste sich für ein paar Scheinchen eine halbe Stunde in Gesellschaft zurückziehen konnten, »oder besonders gut. Und jetzt«, schloss er und trank einen Schluck, »jetzt kann der Herr nicht in die argentinische Residenz zurück, weil die Polizei die Zufahrtsstraßen zum Hafen gesperrt hat, und auch nicht hier weg, weil er keine Papiere dabeihat.«

Oliverio hörte kaum zu, er wollte nur wissen, wieweit er auf Discépolo zählen konnte. Und um ihm in den Arm zu fallen, rief Isidro:

»He, Maestro!«, und kaum hörbar: »Der beste Rivale ist ein betrunkener Rivale.« Und wie zur Beruhigung rief Isidro noch einmal: »Maestro! Wollen Sie einen Rum?«

Als Discépolo schließlich zu ihnen herüberschaute, spürte Oliverio, wie sich ihm das Herz zusammenzog, so sehr wünschte er sich, ihm selbst das Getränk zu bringen, und er versuchte, sich nichts anmerken zu lassen.

Discépolo brauchte eine Weile, bis er begriff, was ihm die ferne Stimme sagen wollte, und noch ein bisschen länger, um sie einer bestimmten Person zuzuordnen. Dass er seine Frau verloren hatte, schien ihn nicht sonderlich zu berühren, aber vielleicht war er auch nur einer von der Sorte, die ihre *saudades* lieber im Alkohol ertränken. Nun ließ er langsam den Blick von Isidro zu Oliverio schweifen und von Oliverio zu Isidro und versuchte, sich zu erinnern, was die beiden mit ihm zu tun hatten, und erst als er Tanias Foto sah, mühte er sich von seinem Stuhl hoch und wollte zur Theke kommen.

»Maestro, das ist doch nicht nötig!«, rief Isidro und fügte leise hinzu: »Noch zwei Schlucke, und er fällt um.« Und dann, noch leiser: »Der Knabe hier bringt es Ihnen!«

Discépolo schien das Letztere nicht gehört zu haben, und Oliverio war so konzentriert auf das, was er nun vorhatte, dass es ihm ein Leichtes war, nicht beleidigt zu sein. Er stellte die schwere Flasche Rum auf das Tablett, und da er damit nur langsam gehen konnte, nutzte er die Gelegenheit, sich alles Weitere genau zu überlegen. Er kannte das von den Anarchisten: Er brauchte nur eine Weile bei Discépolo stehenzubleiben, und der würde ihn auffordern, sich doch zu ihm zu setzen. Und selbst wenn nicht, würde ein einziger Satz genügen, um ihm zu verstehen zu geben, dass er in ernsthaften Schwierigkeiten war. Aber, so verlockend es auch war, er würde ihm nichts von Maestro de Oliveira erzählen, das wäre zu lächerlich, zu peinlich, nichts von dem ganzen Irrsinn, den er irgendwann geglaubt und den Darío ihm vorgestern hier unter die Nase gerieben hatte. Er würde spanisch sprechen, damit nur Discépolo es verstand, und sagen: Señor Isidro hat mir angeboten, hier zu arbeiten und seinen Dienst zu übernehmen, und ich habe das Angebot angenommen, aber nur, um mich aus den Händen eines Verrückten zu befreien. Der Satz schien ihm gut zu sein, und so würde er weitersprechen: Isidro sagte mir, sie suchten so einen Angestellten wie mich, dem man blind vertrauen kann. In den ersten Tagen lief auch alles wunderbar, aber dann hat er mich gezwungen, Geld zu unterschlagen, er selbst machte es genauso, und das ganze Jahr über habe ich gestohlen, aber gegen meinen Willen, und jetzt ist alles noch dort, verschlossen in einem Fach unter der Theke ... Natürlich würde er verschweigen, dass er sich bloß nicht getraut hatte, die Beute mitzunehmen, weil der Wirt sie am Ausgang kontrollierte, aber dafür würde er sagen: Ich habe auch gehört, dass Isidro weibliche Gäste verführt und dann erpresst, und wahrscheinlich hat er auch Júlia ermordet, die nachts für die Kasse zuständig war, nur weil sie nicht länger gemeinsame Sache mit ihm machen wollte. So wie er heute auch mich umbringen wird, wenn Sie mir nicht helfen, Señor Discépolo.

Genau das würde er sagen, dachte Oliverio, als er an den Tisch kam und merkte, wie die verstörenden Augen des Jungen mit dem roten Halstuch ihn anblickten, während Discépolo ihn fragte:

»Könnte es noch ein Rum sein für unseren lieben Freund hier?«

Mehr brauchte es nicht, sagte sich Oliverio, nur dieser Junge durfte nicht zuhören. Oder sollte er noch weiter gehen? Ihm sagen, dass Tania das nächste Opfer sein könnte? Dann würde Discépolo ihm bestimmt zuhören und helfen. Aber selbst wenn Oliverio es schaffte, ihn für sich einzunehmen, wer sagte ihm, dass Discépolo ihm einen besseren und zuverlässigeren Weg zeigte, um das zu werden, was er als Einziges sein wollte: ein Sänger?

Diese Straße

*Dr. Ordóñez und Amália allein. »Wer sind die?«
Ein ungebetener Gast.*

I

Die PVDE hielt die Straßen in der Nähe des Hafens weiterhin abgeriegelt, und zwischen all den großen, im Dunkeln liegenden Lagerhäusern und hohen Gebäuden, in denen Hunderte von Menschen darauf warten mochten, dass sie an die Reihe kamen und durchsucht wurden, zeigte sich nur die argentinische Residenz in Festbeleuchtung, auf Anordnung von Dr. Ordóñez, der in einer plötzlichen Anwandlung von patriotischem Stolz beschlossen hatte, Furchtlosigkeit zu demonstrieren. Er war mit Amália und dem Dienstpersonal in die Residenz zurückgekehrt, kaum dass die Lautsprecher die Passagiere aufriefen, sich vom Schiff zu entfernen, und die Kavallerie schon Anstalten machte, auf die Menschenmenge loszustürmen. Er hatte noch sehen können, wie Tania in den Hafen schlich und Discépolo von Gendarmen zur Ecke an der Rua Ulisipo gezerrt wurde. In der Residenz hatten sie sich erneut auf dem Balkon postiert und von dort aus zu erfassen versucht, welches Schicksal sie erwartete. Von den argentinischen Gästen war nichts mehr zu sehen gewesen. Die Montemors, die ihren Onkel besucht hatten, schafften es, ein paar Straßen weiter in ihr Auto zu steigen und hinter den beiden Wagen der Italiener herzufahren. Doch dann kamen zu den Pferden der Polizei die Einsatzwagen hinzu, und ganz in der Nähe hatte irgendein Wachmann angefangen, in die Luft zu schießen, um ein paar verzweifelte Passagiere daran zu hindern, in ein Lager einzudringen, worauf sie es für klüger gehalten hatten, sich in die Küche zu flüchten. Während Dr. Ordóñez, beseelt weniger vom Mut als von der patriotischen Pflicht, sich beherzt zu zeigen, noch die Flügel der Balkontür schloss und auf den Lärm lauschte – Befehle und Steinwürfe, Wiehern und Hufgetrappel –, hörten sie einen entsetzlichen Schrei, der ihnen fast den Atem nahm. Es war Benito, der schrie, »meiner Seel, wie ein abgestochenes Schwein«, rief Dona Natércia und bekreuzigte sich. Und auch als sie hörten, wie Dom Hilário die Haustür zuknallte, gab ihnen dies kein Gefühl von Sicherheit. Als Dr. Ordóñez schließlich in die Küche kam, glaubte er dort jemand Unbekanntes zu sehen, und beinahe hätte er ebenfalls geschrien. Aber es war er selbst, Dr. Ordóñez, der sich in einer der verglasten Türen des Geschirrschranks spiegelte, mit einem Ausdruck von Verantwortung und Bedeutung, wie er es nie vermutet hätte, einem Ausdruck, den auch Amália, die zwischen dem Butler und der Haushälterin auf einem Bänkchen saß, wahrzunehmen schien.

»Oh, Herr Botschafter«, sagte sie, fast wie in einem Fado, wenn der Geliebten allmählich schwant, dass der Liebhaber ihr untreu ist, »sollten Sie nicht Ihre Frau anrufen?«

Und Dr. Ordóñez, der seltsamerweise in dieser Situation nicht an Sofía gedacht hatte, gab den Kapitän im Sturm – mein Platz ist auf dem Schiff, nicht bei meiner Familie an Land! – und bot den Bediensteten einen Stuhl an, worauf er sich ebenfalls setzte, um zu warten, und er fühlte sich wie die Verkörperung der argentinischen Neutralität.

Draußen zerstreute die Polizei mit schwingenden Reitgerten die in der Reihe verharrenden Passagiere, die schließlich unter Bitten und Flehen, Flüchen und Beleidigungen auf die Rua Ulisipo zurannten. Dr. Ordóñez, in der Küche, starrte auf eine Stelle an der Decke, die ihm ständig davonglitt. Er fragte sich, ob die anderen ihm die Entscheidung hierzubleiben vorwerfen würden, auch wenn sie selbst nichts anderes taten, als ebenfalls auf den Krach zu hören. Ganz ruhig saßen sie nun da wie Wachposten und lauschten durch die Fenster nach draußen. Sie würden es sein, die ihm sagten, wann sie hinausgehen könnten.

Dr. Ordóñez kannte die Flüchtlinge nur von seinem Schreibtisch in der Gesandtschaft, wie sie, alle unter der gleichen Maske der Zurückhaltung, mit einstudierter Knappheit auf seine Fragen antworteten; doch die Bediensteten pflegten schon seit drei Jahren Umgang mit ihnen, nicht nur im Gondarém und hier im Hafenviertel, sondern auch auf den Märkten und den Promenaden von Lissabon, an den nicht enden wollenden Sonntagen, wenn diesen armen Teufeln nichts anderes für ihr Schicksal zu tun blieb, als den leeren Horizont über dem Fluss oder dem Meer abzusuchen und, ohne Geld auch nur für eine Limonade oder einen Kaffee, müde umherzuschlendern, mit einer Müdigkeit, die noch kläglicher war als ihre Verzweiflung. Das Dienstpersonal würde ihm nun erlauben, in der sich wandelnden Stimmenkulisse draußen die Rückkehr zu einem Frieden zu erkennen, den der Neue Staat als seine große Errungenschaft verkündete.

Noch unter der Einwirkung des Alkohols, fühlte Ordóñez sich immer mehr in Sicherheit. Die gewaltsame Vertreibung mochte skandalös erscheinen, sagte er sich, aber für die Passagiere bliebe sie ohne schlimmere Folgen, denn sie waren ja unbewaffnet, und sollte es jemand verdient haben, dass man ihn festnahm, würde dies diskret über die Bühne gehen. In seiner, Dr. Ordóñez' Verantwortung hatte es allein gelegen, Tania und Discépolo zum Essen ins Gondarém zu bringen, und dieser Auftrag war erfüllt. Sie selbst waren es gewesen, die die Residenz und ihren Schutz hatten verlassen wollen, gegen seinen ausdrücklichen Rat, und da sie erwachsene Menschen waren und obendrein Gäste, denen man gefällig zu sein hatte – wie um alles in der Welt hätte er ihnen da etwas verbieten sollen? Als Nachtschwärmer kannten sie die Gefahren, was sollte ihnen schon passieren.

»Ich glaube, es ist vorbei«, befand Dona Natércia, die so bald wie möglich in ihr Häuschen in der Rua do Alvito zurückkehren wollte, »meine Familie braucht mich.« Und als Dr. Ordóñez zur Haushälterin schaute, kreuzte sich sein Blick mit dem von Amália, die mit bangen Augen auf die kleinste Regung von ihm zu achten schien. Eine plötzliche Schüchternheit überkam ihn, doch dann obsiegte der männliche Stolz, und er schwang sich von seinem Platz auf und nahm Haltung an:

»Meine Freunde«, erklärte er, »ich glaube, wir treten niemandem zu nahe, wenn wir wieder in den Salon gehen.«

Seine Stimme klang natürlich und selbstsicher, niemand konnte auf den Gedanken kommen, ihn rühre das Unglück der Menschen dort draußen nicht, und auch seine alkoholschweren Bewegungen blieben unbemerkt. Doch als Macário versuchte, der Haushälterin zu übersetzen, was er gesagt hatte, erklärte die empört, dass sie sich »verpflichtet« habe, vor Mitternacht nach Hause zu kommen, um diese Uhrzeit stehe nämlich ihre Tochter auf, um in der Fischmehlfabrik auf der anderen Seite des Tejo arbeiten zu gehen, sie könne ihre kleinen Enkelkinder unmöglich allein lassen, worauf Ordóñez ihr bedeutete, dass er sich genau darum, Señora, ja kümmere.

Erhobenen Hauptes trotz seines schwankenden Gangs durchquerte Dr. Ordóñez den Salon, und Amália folgte ihm. Ach, dachte er, »Botschafter«, was kann man auch von einem Mädchen vom Lande, einer Künstlerin anderes erwarten! Und mit demonstrativer Beherztheit riss er die Flügel der mittleren Balkontür auf und trat hinaus, um sich das Panorama anzuschauen, während Amália, hinter ihm, ein ersticktes »Oh …« ausstieß, das mehr Bewunderung als Besorgnis verriet. Tatsächlich schenkte ihnen der Hafen ein Bild, wie er es am frühen Abend zusammen mit Discépolo betrachtet hatte, noch ruhiger sogar, wie in einer Nacht ohne auslaufende Schiffe, ohne Krawall. In der Ferne strahlte die Boa Esperança, wunderschön und rundum beleuchtet. An der Ecke der Rua Ulisipo beruhigten die Reiter ihre noch aufgeregten Pferde, während die Polizeiwagen schon in Kolonne losfuhren, ohne Gefangene. Auf der Straße, zwischen dampfenden Pferdeäpfeln und kalten Aschehäufchen, waren nur noch ein paar vereinzelte Gendarmen unterwegs, die sicherstellten, dass die letzten Flüchtlinge, die vielleicht zu alt und nicht mitgekommen waren, zur Rua Ulisipo gelangten. Wo sie bloß alle hin sind?, dachte Dr. Ordóñez, und er wunderte sich selbst, dass er sich das nicht schon früher gefragt hatte: zu den Pensionen, deren Zimmer längst wieder belegt waren? Hatten sie Schutz gesucht in Privathäusern, in Kirchen, in Bars … oder gar im argentinischen Konsulat, wo nur Oberst Sijarich und die Señorita Ana Pagano geblieben waren? Was für ein Glück, dass Konsul Cantilo nicht an ihn gedacht hatte, als es darum ging, wer in der Gesandtschaft Wache hielt! An der Tür eines Bürogebäudes, nur einen Steinwurf von der Residenz entfernt, wartete eine Gruppe Männer der PVDE, leicht erkennbar an ihrer eleganten Zivilkleidung und den schussbereiten Pistolen, als befände sich eine zweite Gruppe im Haus und suchte nach einem Verdächtigen.

»Los, rein!«, rief eine Stimme im Dunkeln. »Rein, du Blödmann!«

Bevor Dr. Ordóñez sich auch nur fragen konnte, wer gemeint sei, sah er einen von der Portugiesischen Legion herbeieilen, der am Drehkreuz bei den Gleisen patrouilliert hatte und nun derart wüste Beleidigungen zu ihm hinaufschrie, dass er für einen Moment wie gelähmt dastand. Und da er nicht reagierte, hob der Legionär die Mündung seiner Pistole langsam in seine Richtung.

»Rein, Blödmann!«

Noch bevor die Mündung ihn ins Visier genommen hatte, war Ordóñez mit einem panischen Satz wieder in der Residenz und schloss die Türflügel, und er flehte zum Himmel, dass weder Amália noch die Bediensteten dergleichen Demütigung bemerkt hatten. Er bekam kaum Luft, das Herz schlug ihm bis zum Hals. Nein, niemand hatte es gesehen, und offenbar hatte auch Amália nichts gehört. Aber warum diese Beleidigung? Heute Nacht, schien das Bild des Legionärs ihm zu sagen, das ihm noch vor Augen stand, heute Nacht nutzen dir die diplomatische Immunität und die Neutralität Argentiniens gar nichts. Heute Nacht kannst auch du fallen.

2

»Ein wenig Musik?«, schlug Dr. Ordóñez vor und ging, noch zitternd und ohne auf eine Antwort Amálias zu warten, zum Grammophon. Nach einer Weile schaffte er es, die Schallplatte zum Erklingen zu bringen, die Discépolo gleich nach seiner Ankunft der Gesandtschaft als Geschenk überreicht hatte: *Geheimnis* stand auf dem grün-goldenen Etikett, *unter der Leitung von Maestro Teodoro Roitman. Aufgenommen in den Studios Hispania, Madrid, September 1942.* Wie um zu zeigen, dass er die Lage und sich selbst im Griff hatte, blieb Ordóñez eine Minute am Klavier stehen, legte den Läufer aus rotem Samt auf die elfenbeinfarbenen Tasten und klappte vorsichtig den Deckel zu. Und als sähe er sich von außen, bedachte er jeden seiner Schritte, und seine Rolle als Diplomat kam ihm vor wie in einem allzu anspruchsvollen Libretto.

Eine knisternde Stille ging dem ersten Tutti des spanischen Orchesters voran, bevor dieses, den Auftritt der Sängerin noch hinauszögernd, eine lange Einleitung spielte, weniger improvisiert als beim Spiel des Pianisten aus dem Gondarém, aber mit noch weniger Sinn für den Tango. Amália, die sich auf die Sofakante gesetzt hatte, schaute verschüchtert auf den Couchtisch, auf dem ein großformatiger, mit Schönschrift verzierter Band mit dem Stammbaum der Montemors lag. Gerührt sagte Ordóñez zu ihr: »Bitte, Señorita, machen Sie es sich doch bequem«, mit einem romantischen Ton in der Stimme, dass er errötete, doch sie lächelte ihn an und lehnte sich tatsächlich ein paar Zentimeter zurück. »Möchten Sie einen Schluck?«, fragte er, während er von dem kleinen Buffet an der Wand eine Karaffe mit Wasser nahm und zwei Gläser einschenkte. »Bei Gott, ja, bitte etwas Starkes«, antwortete Amália, die sich nur wünschte, mithilfe der Musik diese Hölle, durch die sie gingen, endlich zu vergessen. Dr. Ordóñez öffnete das Buffet, fand aber nichts und bat mit lauter Stimme über die Orchesterklänge hinweg Macário um irgendein »alkoholisches Getränk« aus der Küche. Der Butler schlug einen hausgemachten Likör mit unaussprechlichem Namen vor, den Dona Natércia unter der Spüle aufbewahrte, um sich beim Putzen »ein bisschen in Schwung zu bringen«, und Amália nahm ihn, wenn auch aus ihrer musikalischen Versenkung gerissen, mit geradezu dankbarer Hingabe an. Worauf Ordóñez, der seine Sorgen nicht ganz abstreifen konnte, auf dem Nachbarsessel Platz nahm und bedauerte, nicht eine dieser Copley-Zigarren bei sich zu haben, um damit die plötzliche Ungeduld seiner Hände und seine völlige Unerfahrenheit im Umgang mit fremden Frauen zu überspielen. Amália hatte wieder den Kopf gesenkt. Aber wovor hatte sie solche Angst, fragte sich Dr. Ordóñez, wo sie den Legionär gar nicht gesehen hatte, wo sie nichts zu tun haben konnte mit dem Attentat auf die Boa Esperança und erst recht keine Ahnung hatte, welchen Lauf der Krieg oder die Politik nehmen mochte? Hatte sie die gewiss unsanfte Art, mit der man die Flüchtlinge vertrieb, so verstört? Oder schüchterte es sie ein, dass sie mit ihm fast allein hiergeblieben war? Das Bild seiner Frau, wie sie ihn vor ein paar Stunden gedemütigt hatte, stachelte ihn an, und zum ersten Mal fragte er sich mit einem nervösen Kribbeln, ob ein kleiner Seitensprung sein unerträglich fades Eheleben nicht mit einer Prise Pfeffer würzen würde.

Das Orchester verstummte, und Tanias Stimme erklang nun, nicht mehr herb und rau, sondern fest und klar, und es kam ihm wirklich seltsam vor: eine Valencianerin mit spanischem Orchester, die einen argentinischen Tango sang. Amália lauschte hingerissen dem Text, den sie bei diesem zweiten Mal sehr viel besser verstehen konnte: *Wer bist du, dass ich nicht entrinne?* Auf die Beschwörung dieser ersten Worte schien sich eine noch viel größere Frage über dem Salon zu erheben, über der Küche und dem Schlafzimmer, über der benachbarten Wohnung des Visconde und dem ganzen Gebäude und dem Hafen. Aber ob draußen noch der Legionär stand, der auf ihn gezielt hatte? Und um nicht weiter daran zu denken, gab Ordóñez der Versuchung nach, in die Gedanken des Mädchens einzudringen und selber zu einer Person aus jenem unheimlichen Buenos Aires zu werden, das Amália nun, wie es schien, in ihrem Kopf nach den Worten von Discépolos kleiner Einführungsrede wie ein Bühnenbild baute.

»Möchten Sie es gerne singen?«, fragte Ordóñez mit plötzlicher Galanterie.

»Wer sind die beiden wirklich?«, fragte Amália, wie aus den tiefsten Tiefen der Musik gerissen. Sie hatte Tränen in den Augen.

Eine Frage, die nur Discépolo wirklich beantworten könnte, dachte Ordóñez, und er räusperte sich. »Na ja, Sie haben sie gesehen«, sagte er ausweichend, als müsste er eingestehen, dass die Art, wie er sie im Gondarém vorgestellt hatte, unvollständig gewesen war. Und während er sich im Sessel zurücklehnte und selbst wunderte über die Geschwindigkeit, mit der seine Zunge sich löste, auch wenn sein Portugiesisch immer noch arg lückenhaft war, versuchte er eine Erklärung: »Madame Tania und vor allem der Herr Discépolo sind zwei bedeutende Künstler und in meinem Land so berühmt wie … wie Sie es einmal hier in Portugal sein werden, da bin ich sicher.«

Amália schien das Kompliment zu überhören. Etwas drängte sie, nach einer bestimmten Wahrheit zu suchen, der *nackten* Wahrheit.

»Wie der Gardel?«, fragte sie, und erschrocken korrigierte sie sich: »Don Carlos Gardel?«

Dr. Ordóñez lächelte gönnerhaft. Dass ausgerechnet in Lissabon, wo kaum jemand wusste, wo Buenos Aires überhaupt lag, ein so argloses und talentiertes Mädchen diesen Windhund bewunderte, über den man sich in den letzten Tagen in der Gesandtschaft das Maul zerrissen hatte, es kam ihm vor wie ein komisches Missverständnis, das er auszunutzen nicht versäumen würde.

»Wie können Sie nur …«, rief er aus, und da es Amália zu kränken schien, senkte er ein wenig die Stimme, »wie ist es möglich, dass ein Fräulein wie Sie …«, nun in einem väterlichen Ton, wie er ihn von der »kreolischen Drossel« im Ohr hatte, denn seit er mit seiner Frau nach Lissabon gekommen war, hatten sie öfter das Kino besucht, nicht weil sie Kino mochten, sondern weil neben der Kathedrale das Lichtspielhaus Condes der einzige Ort war, an dem man an bestimmten Tagen und zu einer bestimmten Uhrzeit mit den »feinen Leuten« der Stadt verkehren konnte, und sie hatten sogar zwei- oder dreimal diesen belanglosen französischen Film mit Gardel und Imperio Argentina in den Hauptrollen gesehen, ohne dass es ihnen jedoch gelungen wäre, in den Pausen mit jemandem ins Gespräch zu kommen. »Wie ist es möglich, dass eine große Künstlerin wie Sie sich interessiert für diesen ...«

»O nein, Herr Botschafter«, protestierte Amália, und zum ersten Mal hob sie völlig ungehemmt ihre prachtvollen mandelförmigen, von den Gesichtszügen einer einfachen Frau vom Lande noch betonten Augen, »als ich klein war und hier gegenüber Obst verkauft habe, gab es für mich nichts Schöneres, als ins Kino zu gehen. Sobald wir ein bisschen Geld zusammengespart hatten, zogen wir los, meine Freundin Ercilia und ich. Ach, wie ich für *Die Kameliendame* geschwärmt habe! Wenn ich dann wieder am Kai war, habe ich mich absichtlich in den Wind gestellt und zu Gott gefleht, er möchte mir wenigstens Tuberkulose schenken. Doch als 1936 dann der Film mit Gardel nach Lissabon kam und ich verstand, dass man auch singend sterben kann ... da habe ich, glaube ich, den Fado begriffen, verstehen Sie?«

Nein, Dr. Ordóñez verstand nichts, aber was machte das schon. Und als wäre Amália plötzlich eine Figur aus jenem alten Film, begann er mit geradezu rührender Hingabe zu deklamieren: »Ihre Augen schlossen sich, und die Welt dreht sich weiter ...«

Die Schallplatte war zu Ende, schon seit einer Weile schabte die schwere Nadel durch die letzte Rille, und Dr. Ordóñez rief Macário und wies ihn an, sie erneut aufzulegen: Wollte Amália nicht ein wenig mit Tania im Duett singen? Doch die schüttelte nur verständnislos den Kopf. Am liebsten wäre er selbst zum Grammophon gegangen, ein Dritter zerstörte ohnehin die Nähe zwischen ihnen beiden, doch allein so, indem er sitzen blieb, mit gekreuzten Beinen, konnte er die Erektion verbergen, die wie das Wunder jener Nacht über ihn gekommen war, als Laucha Anchorena Tania imitiert und *Rauchend war-*

te ich gesungen hatte, um ihn zu bewegen, ihr am Ausgang des Folies aufzulauern. Und wie um die Erinnerung zu verjagen, schoss ihm eine andere durch den Kopf, und er musste daran denken, wie die beiden Atuchas am Morgen nach dem Konzert von Tito Schipa im Teatro São Carlos ihm gegenüber gewisse »pikante Enthüllungen« erwähnten, die Darío, der Sekretär von Maestro de Oliveira, über »Carlitos« gemacht habe, den »Bariton vom Gemüsemarkt«.

Macário kam mit einem Tablett aus der Küche, reichte Amália ein Gläschen des hausgemachten Likörs und dem Doktor, der nichts verlangt hatte und mit einer ungeduldigen Handbewegung zunächst widerstand, ein noch großzügigeres Glas. Erst danach zog er das Grammophon auf und verschwand diskret wieder in die Küche. Erneut erfüllten die Orchesterklänge den Raum. »Der Tango ist wie der Fado«, schloss Amália, die die Version, die Tania hier im Salon gesungen hatte, der Schallplattenversion vorzog, »er will keine Orchesterbegleitung, er ist viel intimer, mehr Kneipe oder Strand, mehr dunkle Nacht. Die kleine Begleitung, die der Fado verlangt und, wie ich sehe, auch der Tango, ist nicht das, was die Plattenbosse wollen.«

»Wie auch immer, meine Liebe, Enrique Santos Discépolo jedenfalls ist in meinem Land sehr viel berühmter als Gardel«, sagte Ordóñez, worauf Amália verwirrt ihre Augen hob, als hätte sie selbst die Frage vergessen, die sie eben gestellt hatte. »Ja, Discépolo ist der Dichter gewesen, und Gardel ist sein Gedicht. Verstehen Sie? Denn auch Gardel war, wie Sie, ein Kind vom Gemüsemarkt ...« Amália senkte beschämt den Kopf, denn anders als im Fall von Gardel schien für sie eine Kindheit in einer solchen Umgebung ein Unglück zu sein. »Und Discépolo war es, der die Wörter erfand, damit solche Leute ihren Gefühlen Ausdruck verleihen konnten. Selbst heute, meine liebe Amália, ist er, statt die Schönheiten Lissabons kennenzulernen, lieber über den Markt am Ufer geschlendert. Aber

Vorsicht!«, bemerkte er, und prompt erschien Macário in der Tür, der schon dachte, es sei etwas passiert, »Discepolín, wie das Volk ihn nennt, ist nicht nur ein Dichter der Liebe oder der einfachen Viertel, nein, er ist ein Philosoph!«

Es war ein merkwürdiges, aber auch berauschendes Gefühl, Sätze aus den Zeitungsausschnitten zu wiederholen, die ihm der Botschafter in Spanien geschickt hatte.

»Philosophie!«, seufzte Amália, und es war, als hätte sie einen Namen gefunden für all das, was sie von sich selbst, von der Welt und vom Fado verstehen wollte und nicht verstand.

»Aber dieses Lied, *Geheimnis*«, fuhr Ordóñez fort, »ist nicht, wie soll ich sagen, ein Lied, das aus seiner *wahren* Ader geflossen wäre.« Amália hob mehr als verwundert die Augen, eine taktvoll unterdrückte Empörung. »Bitte, meine Liebe, verstehen Sie mich nicht falsch, es ist ohne Zweifel ein schönes Lied, und mit Ihrem Einfühlungsvermögen einer Künstlerin haben Sie es zu schätzen gewusst. Nur ist es kaum das Lied, das Tania und Discépolo heute ausgesucht haben dürften, um es für ein so feines Publikum zu singen. Es entspricht vielmehr«, und er beugte sich leicht zu Amália vor, »ihrer ganz offensichtlichen Krise, haben Sie es bemerkt?«, worauf Amália erschrocken den Kopf wandte. »Einer persönlichen Krise, einer Ehekrise ...«

Zum ersten Mal schien das Mädchen Dr. Ordóñez' Hintergedanken zu begreifen, und sie warf ihm einen Blick zu, in dem Angst und Flehen zugleich lagen: Ach, dass man sie nur nicht zwang, den Trieben zu gehorchen! Heiliger Himmel, sagte sich Ordóñez, die Gelegenheit, die junge Sängerin in die Arme zu schließen, war so greifbar, dass es schon unanständig wäre, sie zu nutzen. Die Erinnerung an Laucha Anchorena hielt ihm einen schamlosen Vortrag. Aber was würden die Bediensteten denken? Was Dr. Cantilo, wenn er davon erfuhr? Oder diese Polizisten draußen, wenn sie ihn beim Ehebruch überraschten, in einer solchen Nacht, auch wenn er nicht das Geringste mit dem Attentat zu tun hatte ...

»Aber wie gesagt, Enrique Santos Discépolo steht in meinem Land an der Spitze einer ganzen Heerschar genialer Köpfe, die den Menschen von Buenos Aires eine Stimme gegeben und dem Tango einen solch rasanten Aufschwung beschert haben, dass wir schon an unserer eigenen Vergangenheit zweifeln. Mit Madame ... Tania, meine ich, hat Discépolo nicht nur einen Menschen gefunden, der ihm nach dem Tod von Carlitos Gardel hilft, sein Werk fortzuführen, sondern auch jemanden, der sein eigenes Wissen einbringt ...« Auf der Schallplatte sang Tania nun die letzten Worte von *Geheimnis*, und Dr. Ordóñez machte eine Pause, damit Amália sich von dem, was er sagen wollte, selbst überzeugen konnte: *Es stimmt nicht, dass ich mich nicht töte, weil ich an die Kinder denke, nein, ich tue es für dich ...* »Und wenn man bedenkt, dass sie mein ganzes Land zum Träumen gebracht hat, und das mit vielleicht zehn Prozent Ihres Talents und, wenn ich das so sagen darf, einem Prozent Ihrer Jugend und Ihrer Schönheit ...«

Amália schien ihm nun reif zu sein. Doch ein plötzliches Unwohlsein, eine von der Trunkenheit unterspülte Lust, zwang ihn, sich wieder zurückzulehnen, und er überlegte, welchem seiner Impulse er folgen sollte, damit es am wenigsten abrupt wirkte: den Arm ausstrecken und ihr über das sanfte Haar streichen, ihre Hand nehmen wie ein mitfühlender Verwandter am Sarg eines Verstorbenen oder schweigend warten, dass sie ihm zu Füßen fiel.

»Wirklich unglaublich«, sagte Amália, und da es ihm unmöglich schien, dass jemand zum dritten Mal hintereinander denselben Tango hören wollte, kam Dr. Ordóñez zu dem Schluss, dass sie es nun war, die ihn verführte. »Ein richtiger Fado, Herr Botschafter ... Und wie er erst klingen muss, wenn Carlos Gardel ihn singt!«

»Tania und Discépolo haben leider keine Fassung von *Geheimnis* hiergelassen, die Gardel gesungen hätte«, stammelte Dr. Ordóñez, erhob sich und tat, als stöberte er mit dem Blick in der kleinen Plattensammlung unter dem Grammophon, während er überlegte, wie sie zum Haus der Reederei kommen könnten, wo man sicher die Passagiere der Boa Esperança einquartiert hatte, »aber wir könnten einen nahen Verwandten meiner Frau darum bitten, der hat sie bestimmt unter den Dingen aufbewahrt, die ihm am teuersten sind. Maestro Eugénio de Oliveira«, sagte er wie beiläufig, »er war nämlich der Gesangslehrer von Gardel.«

Die Wirkung auf Amália war noch größer, als er erhofft hatte, denn sprachlos starrte sie ihn an wie ein Hirtenjunge, dem die Jungfrau Maria erschienen ist. Dummerweise musste Ordóñez nun in die Küche, wo zwischen dem Butler und der Haushälterin ein Streit entbrannt war. Aus Enttäuschung darüber, dass der Doktor sie vergessen hatte, forderte Dona Natércia lautstark, dass man sie endlich gehen lasse. Lärmendes Dienstpersonal hatte ihn schon immer beunruhigt, genauer gesagt seit jener Hochzeitsnacht im Claridge, als ein Zimmermädchen Sofías Ehering gestohlen hatte, und er musste sich eingestehen, dass er unfähig war, einer solchen Situation so resolut entgegenzutreten wie seine Frau, die sich nie so sehr als Angehörige eines alten Geschlechts fühlte, wie wenn sie befahl. Doch während er darum bat, ihm eine weitere Karaffe Wasser zu bringen, um das Personal auf diese Weise zur Ordnung zu rufen und damit zugleich, auch wenn er den Likör nicht angerührt hatte, den Weg zu seinem Abenteuer vom störenden Beigeschmack der Trunkenheit freizumachen, konnte er nicht umhin, sich selbst für seinen Coup zu bewundern: Gab es etwas Kostbareres für eine angehende Sängerin, als dem Maestro de Oliveira dankbar sein zu dürfen, wo der berühmte Tito Schipa ihn im Teatro São Carlos, vor der Creme des europäischen Adels, höchstpersönlich gerühmt hatte? Und gehörte es etwa nicht zu seinen diplomatischen Pflichten, sich um die zu kümmern, die zum Fest gekommen waren?

»Gesangslehrer«, sagte Amália gedankenverloren, in demselben Ton hoffnungsloser Bescheidenheit, in dem sie vorhin »Philosophie« gesagt hatte, und Dr. Ordóñez blickte sie gerührt an: Dass sich ein solches Talent einer Ausbildung am Konservatorium nicht einmal für würdig hielt! »Wir Fadosängerinnen«, sagte Amália, »singen nur ein einziges Lied, wissen Sie? Ein einziges, kein anderes ...«, und dabei legte sie die Hand auf seinen Arm, und Ordóñez war, als sollte er seine Unruhe jetzt mit einem Kuss ersticken, aber noch traute er sich nicht. »Wer Analphabetin ist wie ich, sagt der Herr Ricardo, fühlt sich zur Niederlage geboren ...«

Dr. Ordóñez hatte nicht die geringste Ahnung, wer dieser Herr Ricardo sein mochte, an dessen Stelle zu treten sie ihm nahezulegen schien. Doch sein Glied war mittlerweile so steif und die Eichel so angeschwollen, dass sie gegen die scharfe Kante der Gürtelschnalle drückte, und er musste unauffällig den Rückzug antreten.

Plötzlich stand Dona Natércia in der Tür, Hut und Tasche in der Hand, fest entschlossen, diesem nichtsnutzigen Ordóñez die Meinung zu sagen, sollte der ihr zu gehen verbieten, nur weil er sie für eine alte Frau hielt, und der Polizei genauso, der sie die gleiche Geringschätzung entgegenbrachte wie Aristokraten ihren Domestiken. Amália erschrak, als hätte man sie bei etwas Verbotenem erwischt, und Dona Natércia fühlte sich bemüßigt, daran zu erinnern, dass sie keine Angestellte des Gondarém sei, sondern des Visconde de Montemor, und die Vereinbarung sei gewesen, dass sie so lange blieb, bis die argentinischen Herrschaften schlafen gegangen wären, und mittlerweile sei ja wohl klar, dass sie nicht hier im Haus schlafen würden. Er hätte sie eigentlich umstimmen müssen, aber in seiner unverhofften Verwegenheit widersprach er nicht, und während er sich unauffällig das Jackett zuknöpfte, achtete er darauf, dass sein Hosenschlitz bedeckt blieb.

»Aber gewiss doch, Señora«, sagte er, stand auf und bemühte sich, seiner Stimme einen jovialen Klang zu verleihen. »Meine einzige Aufgabe ist es jetzt, auf Sie beide achtzugeben. Wenn Sie erlauben, werde ich Sie also persönlich nach Hause begleiten, nachdem ich die Señora Amália zur Reederei gebracht habe, hier ganz in der Nähe, damit sie sich von einem Gesangslehrer verabschieden kann.«

Das Schweigen der beiden Frauen verriet Zustimmung. Dona Natércia schien zwar alles andere als begeistert bei der Vorstellung, dass es noch eine Weile dauerte, aber sie würde es zu schätzen wissen, in Gesellschaft eines Diplomaten durch die erste Kriegsnacht zu gehen. Und Ordóñez, der seine Jackenschöße schön übereinandergeschlagen hielt, ging in die Diele, nicht ohne vorher noch einmal das Grammophon anzukurbeln, worum Amália ihn schüchtern gebeten hatte, vielleicht um nicht mit der alten Haushälterin sprechen zu müssen. Und unter dem Vorwand, die Fenster zu schließen, trat er ins Schlafzimmer, wo er alleine planen wollte, was er nun tun würde.

3

Im Dunkel des Zimmers konnte Ordóñez sich kaum beruhigen und an etwas denken, denn seit jener Nacht zusammen mit Severito hatte er nie wieder eine solche Lust verspürt, jener Nacht im Hotel Biarritz, wo das gleiche Parfum in der Luft hing wie hier. Geleitet vom matten Schein der Straßenlaternen auf der menschenleeren Rua da Pena, bahnte er sich einen Weg durch all die Sachen im Zimmer und konnte kaum das

Gleichgewicht halten. Aber war es nicht töricht, einfach so mit Amália fortzugehen, ohne etwas darauf zu geben, dass Tania und Discépolo in seiner Abwesenheit wiederkommen könnten? Reichte es nicht, dass er zugelassen hatte, dass sie in dem Tumult draußen verschwunden waren? Nein, es war ihm egal, sagte er sich, während er die Fensterflügel schloss. Wo die beiden sich überhaupt nicht für seine Gesellschaft zu interessieren schienen! Um sich in Gefahr zu begeben, waren sie an einem Abend wie diesem nach Lissabon gekommen, und um sich etwas anzutun, hatten sie den Aufruhr auf der Straße gesucht. Seine Kollegen aus der Gesandtschaft würden ihn kaum dafür verantwortlich machen können, wenn sie jetzt mit einem Unglück den Preis für Gott weiß welche Lektion zahlen mussten. *Die Seide deiner Haut, die mich erschauern lässt und, wenn sie pocht, erblüht mit meinem Verderben...*, hörte er Tanias Stimme von der Schallplatte, während er weiter durch das Dunkel ging und plötzlich mit dem Knie gegen die Bettkante schlug und fast aufschrie und sich fragte, ob sie wohl hier miteinander geschlafen hatten, Tania und Discépolo, heute Abend, bevor sie ins Gondarém kamen. Ja, bestimmt hatten sie das, deshalb waren sie auch in einer solch gelösten Stimmung erschienen, wie sie ihm und Sofía niemals vergönnt gewesen war, und alles wegen dieser verdammten Unvereinbarkeit im Bett. Aber welche Folgen konnte es für ihn haben, wenn er sich jetzt für das Leben mit Sofía entschädigte und mit Amália schlief, schließlich war die auch verheiratet? In seiner Verzweiflung dachte Ordóñez kurz daran, sich selbst zu befriedigen, sich ein für alle Mal von diesem Irrsinn zu befreien, gleich hier, am Ort der Sünde. Aber er wusste, dass es in seinem alkoholisierten Zustand bis zum Orgasmus allzu lange dauern würde.

In dem Moment klopfte es an der Tür, und ein plötzlicher Wortwechsel zwischen Dona Natércia und Amália verriet ihm, auch wenn er kaum ein Wort verstand, dass es niemand war, den man erwartet hätte: nicht der Legionär, kein Trupp der PVDE, erst recht nicht Konsul Cantilo. Bei dem Gedanken, es könnte seine Frau sein, tastete er nervös nach dem Schalter am Türrahmen und knipste das Licht an, und als sein Blick unwillkürlich zum Tresor über der Kommode wanderte, überfiel ihn ein Verdacht.

»Ach, Herr Botschafter«, rief Amália bekümmert und bat ihn, er möge ihnen sagen, ob man den Besuch hereinlassen solle, worauf die Haushälterin verkündete, sie werde nicht länger warten, sie gehe jetzt.

Dr. Ordóñez glaubte nun die Eile der alten Frau zu verstehen, den lächerlichen Vorwand, ihre Tochter müsse um Mitternacht in eine Fabrik arbeiten gehen, und er löschte das Licht wieder und stürzte hinaus. Und während er zu Gott flehte, es möge doch Sofía sein, die vor der Tür stand – nur sie würde in einer solchen Situation die Ordnung wiederherstellen können –, hörte er eine schmerzerfüllte Männerstimme, die »Amália« sagte, und er dachte, es wäre sicher ihr Mann, der alle Hindernisse überwunden hatte, um sie aus einer verfänglichen Lage zu retten, und er war sogar dankbar, denn jetzt konnte er sich erst recht keine Dummheiten mehr erlauben. Doch als er aus dem Zimmer trat, sah er einen eher kleinen, dunkelhaarigen und sehr schlanken Mann von zugleich feinem und abgerissenem Äußeren, ein Flüchtling und ein König, jedenfalls nicht der Gitarrist, der sich aus Eifersucht auf Amálias Erfolg geweigert hatte mitzukommen. Als Dona Natércia Ordóñez in die Diele treten sah, beschloss sie zu warten, bis dieser entschied, wie mit dem Eindringling zu verfahren sei.

Doch kein Wort kam Dr. Ordóñez über die Lippen. Er erinnerte sich nur.

Auf der Kommode im Schlafzimmer nämlich, neben den Reisepässen von Tania und Discépolo – die beiden, durchzuckte es Ordóñez, waren ohne Papiere auf der Straße! –, vor dem offenstehenden Tresor hatte er die Hutschachtel gesehen, die Tania keine Sekunde aus der Hand geben wollte und worin er heute ein Schmuckstück betrachtet hatte, das so wertvoll war wie ein Leben. Und jetzt war sie leer gewesen! »Im Gondarém«, hatte Konsul Cantilo ihn gewarnt, »hat es Anzeigen wegen Diebstahl gegeben. Achten Sie auf sich und auf die beiden.«

Doch während er auf den ungebetenen Gast zuging und es ihm den Hals zuschnürte, spürte Dr. Ordóñez, dass etwas sehr viel Wichtigeres verschwunden war. Ich weiß noch nicht, was es ist, dachte er, aber solange es fehlt, erwartet mich eine lange Nacht in Lissabon.

ZWEITES BUCH
MORGEN IN DER ALFAMA

Dritter Akt
Die Geständnisse

Für mich gibt's keine Zuflucht mehr,
Mein lieber Schatz, mein Feind,
Erinnerung hat mir die Nacht gegeben,
Sie soll meine Strafe sein.

Fado *Gondarém*

An der Ecke zum Meer

Der Maestro und Tania in der Cova do Galo.
»Möchten Sie ein Geheimnis hören?« Die Weltgeschichte.

I

Arm in Arm waren sie die Rua Ulisipo hinaufgegangen, feierlich und zugleich verwirrt wie Trauzeugen, denen das Brautpaar im Labyrinth des Hafenviertels abhandengekommen war. Und auch die Cova do Galo empfing sie, als sie in das Lokal traten, wie eine Kirche mit ihrer schwärzlichen Gewölbedecke, den kleinen Lichtern auf den Tischen, der altarähnlichen Theke und den Regalen, in denen die Flaschen wie Heiligenfiguren auf einer Bauernschnitzerei standen, eine Atmosphäre, in der die Wirtin sich ausnahm wie eine Ordensfrau, die schon immer dort gewesen war, um sich der Seeleute und der Flüchtlinge anzunehmen, der Gestrandeten und der Vertriebenen, vertrieben von einem Schiff, das alle PORTUGAL nannten, in Wahrheit aber Boa Esperança hieß. Während der Maestro Tania zwischen den Tischen und den Stapeln von Gepäck hindurch folgte, hörte er ein sprudelndes Gemisch von Stimmen auf Deutsch und Französisch, das immer wieder stockte, als könnten die Leute nicht entscheiden, wovon zu sprechen dringlicher wäre: von den Verhören und den Dingen, die sie in ihrer Not verraten haben mochten, oder von ihrem Schicksal, das sie vielleicht erwartete, einem Schicksal, das so viele Menschen ereilt hatte, die sie an den Biegungen ihres langen Exodus zurückgelassen hatten; und erst jetzt, indem sie es aussprachen, wagten sie, es sich vorzustellen. Tania bewegte sich durch das schummrige Licht, ohne auf irgendwen zu achten, besorgt allein, sie würden keinen freien Platz finden, wo sie über ihr Geheimnis reden konnte. Auf halbem Weg zwischen Eingang und Theke fand sie schließlich eine dunkle Ecke, bei einem schweren Holzpfeiler, der das ganze Haus zu tragen schien, diese Wabe, in deren Zellen im Laufe der Jahrhunderte zahllose Flüchtlinge, versteckt hinter Stößen von Wäsche, ein Nachtquartier gefunden hatten. Und als sie endlich saß und ihr Seidentuch vom Kopf nahm und auf den Rock gleiten ließ, um ihre Beine zu bedecken, denen der kalte Wind vom Fluss zugesetzt hatte; als sie ihr schwarzes Täschchen, das sie den ganzen Weg am Kai entlang eifersüchtig festgehalten hatte, auf dem Schoß knautschte und sich nach einem Kellner umdrehte, da schien sie keinerlei Ekel zu empfinden, auch wenn es unerträglich nach Schweiß und Urin stank, nach saurem Atem und ausgezogenen Schuhen, Gerüche, die ihr vertraut sein mussten aus ihren Tagen in irgendwelchen Häfen und Absteigen, bevor sie zu dieser Madame Mexican geworden war. Der Maestro sackte auf sein Strohstühlchen, und mehr als die Müdigkeit war es die Erinnerung an das erniedrigende Verhalten Oliverios, weshalb er sie erst einmal nicht beachtete und ringsum nach den Gesichtern spähte, die im flackernden Licht der Ölfunzeln kaum voneinander zu unterscheiden waren. Er stellte sich schon vor, wie der Junge aus dem Schatten trat und ihnen half, die Ungewissheit zu ertragen und sich zu organisieren, er mit seiner Erfahrung bei der Roten Hilfe!

Statt des Kellners kam die Wirtin persönlich an den Tisch und fragte mürrisch, ob »wenigstens die Herrschaften« etwas zu sich nähmen. Der Maestro bestellte zwei Ginjinhas, und auch wenn Tania nicht aussah wie eine Frau, die sich mit einem Kirschlikör begnügte, fand sie sich angesichts des beschränkten Angebots wie auch der Unruhe, mit welcher der Maestro unter all den Leuten nach einer Spur des Jungen suchte, mit dem Getränk ab. Wie ein einziger Abwesender wichtiger sein konnte als all die Menschen! An dem größten der Tische saßen sechs oder sieben Frauen, Polinnen vielleicht, Holländerinnen, alle unterschiedlichen Alters, alle mit großen Gesichtern und großen Mützen, und knabberten mit ihren gelblichen Zähnen an Keksen, die eine alte Frau unter unverständlichen Vorwürfen verteilte. An einem anderen Tisch, wo Strümpfe zum Auslüften über einer Stuhllehne hingen, beugten sich zwei alte Männer mühsam über ihre Bäuche und trockneten einander die Füße. Der junge Franzose, den der Maestro schon in der Reihe der Emigranten am Hafen gesehen hatte und der aussah wie sein ehemaliger Partner Max Glücksmann, wenn der sich als »armer Mann« verkleidete, um der Einmischung der Nordamerikaner entgegenzutreten, erhob sich vom Tisch und brachte seine kleine Tochter, da vor der Toilette die Erwachsenen Schlange standen, zum Pinkeln auf die kalte Straße, und das Kind begann jämmerlich zu weinen. Doch in dem kleinen Wandspiegel, den der junge Mann mit seinem Kopf verdeckt hatte, erblickte der Maestro nun Madame Mexican, die ihn ihrerseits anschaute, und so wie er sie sah – in ihrem Wunsch nach Rettung den Flüchtlingen so ähnlich, in ihrem Wissen um die Möglichkeit so anders als diese –, vertraute er zum ersten Mal darauf, dass sie ihm tatsächlich nützlich sein konnte.

Die Wirtin kehrte mit einem bemerkenswert kleinen Tablett zurück, und so wie alle verstummten und den Gläschen nachschauten, begriff der Maestro, dass er von allen der Einzige war, der Geld hatte. Er zahlte, und geplagt von Schuldgefühlen und in Sorge, Oliverio könnte irgendwo hier im Lokal sein und seine Bestellung als Aufschneiderei verstehen, beschloss der Maestro, das Gespräch zu beginnen.

»Wann haben wir uns wohl das letzte Mal gesehen, meine

Liebe?«, fragte er Tania und kam sich lächerlich vor, als könnte er ihr in dieser turbulenten Nacht nicht anders als mit geschliffener Weltläufigkeit begegnen.

Tania bemerkte erfreut, dass die Suche nach dem Jungen für ihn nicht mehr so wichtig zu sein schien, so konnten sie beide an ihre alten Gewohnheiten aus dem Folies Bergère in Buenos Aires anknüpfen. Und mochte es auch anstößig erscheinen, jetzt über etwas anderes zu reden als über Politik, beugte sie sich vor und begann ein Tête-à-Tête, das jeder Betrachter für ein merkwürdiges Liebesgeplänkel gehalten hätte.

»Tja, wann war das noch, im Sommer 1927 oder 1928?«

Und mit einem Lächeln, das Ungefähre ihrer Worte auskostend, als antwortete sie auf die Frage nach ihrem Alter, nippte sie kokett an ihrem Glas und gab vor, sich nur mit Mühe an jenen langen, glücklichen Sommer zu erinnern, die letzten Dezemberabende im Jahr der großen Krise der Odeón, an jenen schwülen Abend vor allem, als der Maestro zum ersten Mal in die Grabeskühle dieses Kellerlokals hinabgestiegen war und unter dem großen Plakat mit dem Konterfei Carlos Gardels und über dem Hinweis »Eintrittskarten im Jockey Club erhältlich« auf einem weiteren Plakat eine Madame Mexican gesehen hatte, mit Einsteckkamm, Manilatuch und langer Zigarettenspitze. »Gestern noch in Rio de Janeiro«, prangte auf einer Banderole in der unteren Ecke, was ihrem verbrauchten *élan* ein wenig exotische Würze verleihen sollte. Der neue amerikanische Manager hatte ihn geschickt, ein gewisser Mr Kendal, und nun sollte er mit den Erfolgen gleichziehen, die Rosita Quiroga der RCA Victor aus dem Chantecler, dem Marabú, dem Tibidabo eingebracht hatte, selbst dieses Dutzend Künstler, die in den Nachtclubs am Paseo de Julio auftraten und, obwohl viel weniger talentiert als »unser Gardel«, der schon vierzig war und immer tiefer in seinem Junggesellenkummer versank, den gefeierten Sänger mit ihren Einnahmen um das

Fünffache übertrafen. Der Maestro, der in seinem Leben kaum anderen gesellschaftlichen Umgang gekannt hatte als mit den Lehrern am Konservatorium und den Angestellten der Plattenfirma oder, viele Jahre früher, den Brüdern an der Wissenschaftlichen Schule Basilio; der glaubte, wahre Kunst gebe es nur im Teatro Colón oder im Teatro Argentino von La Plata, und für den dieser Auftrag nichts Geringeres war als eine Provokation, damit er kündigte, der Maestro musste nur von draußen das große Tango-Orchester hören und die gepolsterte Tür aufstoßen und all die feinen Jüngelchen und Animiermädchen auf der Tanzfläche sehen, die einen genau wie die Champagnerflaschen mit den satinierten weißen Hemdbrüsten ihrer Smokings, die anderen wie Schwestern der Blumen, die neben den leeren Gläsern verwelkten – »Ein Gemälde!«, brach es aus Darío heraus, und seine Augen glänzten vor Wollust, »ein Gemälde von Figari oder Toulouse Lautrec!« –, und er wusste, dass sich ihm die Tore zu einer Welt geöffnet hatten, die ungeahnte Möglichkeiten bot, einer Welt, die sie nur wirklich kennenlernen konnten, wenn sie sich darin verloren. Diese Männergesellschaft, die ihnen immer den Zugang verwehrt hatte! Dieses männliche Begehren, das sie nie hatten aufbrechen sehen! Der Besitzer des Folies, ein gewisser Dufau, hatte sie mit der Beflissenheit eines Luden bis an die Bühne geführt, zu einer Art Loge, die buchstäblich unbezahlbar war und die einzige, zu der die Künstler während ihres Auftritts hinschauen durften. Die Quiroga hatte dort bereits Platz genommen, eine dicke Vorstadtmamsell, *overdressed* und umgeben von einer Garde von Musikern, die ihren freien Tag genossen und ohne sie niemals die Schwelle des Hauses hätten betreten dürfen, und zu dieser Loge hatte auch Madame Mexican an ihrem ersten Abend hingeschaut. Ja, er erinnerte sich gut, schließlich war sie die erste Künstlerin gewesen, die er auf die Bühne kommen sah, zu den ersten Takten von *Rau-*

chend warte ich, und die Tänzer hatten es kaum geschafft, an die Tische zurückzukehren, wie erstarrt in einem pulsierenden Fieber, das sie reizte, ihre Hitze einer Sängerin zu schenken, die mit ihrer Überzeugung begeisterte. »Dieses ›Was kümmert's mich‹ einer Frau, die alles Schickliche hinter sich gelassen hat«, urteilte Darío, der in ihr eine verwandte Seele erkannte. Hatte jemand gesagt, jede Frau, die sich der Sünde des Fleisches hingab, sei am Ende verdammt? Dort jedenfalls stand eine, die keine Zeit mit Gottes Zurückweisung verlor und für sich allein eroberte, was ihr die Welt noch bieten mochte. Nicht dass sie etwas Aufwieglerisches hatte, auch nichts Ordinäres, und gleichwohl sah der Maestro an jenem Abend ein wenig unbehaglich, wie die Sängerin nur sie, die Besucher in der Gästeloge, mit äußerst delikaten, fast schon unzüchtigen Finessen bedachte – ein Pianissimo hier, ein Niederschlagen der Augenlider da, eine besondere Betonung, dieses Raffinement, mit dem sie ihr Tuch genau im richtigen Moment aufschlug und wieder schloss –, und die jungen Männer tobten. Darío wusste nicht, wohin mit seiner Erregung, und schaffte es immerhin, den Text aufzuschreiben, den keine Musikzeitschrift je veröffentlicht hätte, wobei er jedem Mann, dem dieses Luder den Kopf verdrehte, zwischen die Beine schielte. Der Maestro besann sich auf seine beruflichen Pflichten und hielt in seinem Notizbuch fest, dass angesichts ihrer eher leidlichen Schönheit der Erfolg, der Charme wohl kaum eine Saison überdauern werde, weshalb es nicht lohne, mit ihr eine Schallplatte aufzunehmen, zumal sie erst veröffentlicht würde, wenn sich keiner mehr an die Dame erinnerte. Und auch die Quiroga, die ihr Näschen für Talente nicht, wie Mr Kendal zu glauben schien, ihrer volkstümlichen Herkunft verdankte, sondern ihrer Erfahrung mit den neuesten, aus den USA importierten Mikrofonen, befand: »Die Spanierin, *che*, die hat es gelernt«, denn eine solche Stimme, ausgebildet an irgendeiner dieser »Akademien«, um in einem Lokal eine Horde von Männern zu amüsieren und das Klavier zu übertönen, musste in der intimen Atmosphäre eines Studios auf groteske Weise auftrumpfend klingen. Am nächsten Tag waren sie wiedergekommen, um Charlo zu hören, einen jungen Mann, dem sie gleich einen Vertrag anbieten wollten, so hingerissen waren sie von seiner einfühlsamen Phrasierung, und Gardel selbst war es gewesen, der sie an diesem zweiten Abend mit *Madame* zusammengeführt hatte, denn als er mit einer seltsamen Korona Jüngelchen und Ganoven in die Loge gestürzt kam und reichlich angetrunken verkündete, »dank dem Maestro de Oliveira« entdecke er nun, mit über vierzig Jahren, »das tiefe Geheimnis der Musik«, trat auch Madame Mexican zu ihnen und sagte, als gute Spiritistin könne sie keinem Geheimnis widerstehen; und entzückt über die überschwängliche Begrüßung Daríos, der ihr gleich versicherte, auch sie hätten die Wissenschaftliche Schule Basilio besucht, bat sie um Erlaubnis, sich auf einen Scotch zu ihnen zu setzen.

»Aber Madame, die beiden sind doch schwul!«, rief unter Gekicher einer der betuchten Filiusse, und niemand traute sich, ihn zurechtzuweisen, wo die männliche Kumpanei in diesem Schuppen so viel stärker war als die Achtung vor einer Beschäftigten. Doch Madame Mexican überhörte es und unterhielt sich weiter mit Darío, und als sänge sie noch ihre Couplets, lachte sie über die Neureichen vom Ende der Welt, diese »Treuherzchen«, die sich ihrer Harmlosigkeiten nicht einmal bewusst seien, ausgerechnet vor ihr, die vor kurzem noch, wer wollte es bestreiten, an den Stränden von Rio de Janeiro, an der Biskaya und der Côte d'Azur mit echten Aristokraten verkehrt hatte. »Die in Europa aus dem Entkleiden eine Kunst gemacht haben«, sagte sie, »als man hier noch im Adamskostüm herumlief.« Der Maestro fühlte sich gekränkt, wagte aber nicht, ihr zu erklären, dass fast alle diese Schnösel, die das

Folies besuchten, länger in Europa als in Buenos Aires gelebt hatten und dass sie in Europa mit Halbweltdamen Umgang pflegten, die sich dergleichen Sottisen nicht erlaubt hätten. Denn aus ihren Worten sprach zugleich eine Vertrautheit, und es war das erste Mal, dass ihnen jemand, der wusste, dass sie beide homosexuell waren, echte Sympathie entgegenbrachte. Dennoch hieß es vorsichtig sein, ihr nichts erzählen, was sie später für eine Erpressung ausnutzen konnte.

»Oder war es doch an dem anderen Abend gewesen …?«, fragte Tania den Maestro in der Cova do Galo. »An dem Abend, als beim Applaus nach der dritten Zugabe der Besitzer auf die Bühne kam und mir eine Orchideenschachtel brachte und darauf ein Kärtchen mit den Worten ›Komm raus, ich gehöre dir‹? Ich bin gleich hingegangen, die Orchidee an die Brust gedrückt und das ganze Publikum hinterher, und da steht direkt vor der Tür, auf der Diagonal Norte, ein nagelneuer Buick mit angelassenem Motor.«

Der Maestro schaute sie erst gar nicht an, solche Legenden erzählten alle Revuesängerinnen und jede auf ihre Weise, es war entweder gelogen oder eine Version nach den Konventionen des Couplets, schließlich wusste sie genau, dass er damals nicht mehr ins Folies kam.

»Mein himmlischer roter Buick!« Tania nippte an ihrem Glas. Dann beugte sie sich vor, und als befreiten die Jahre sie davon, gewisse Geheimnisse zu bewahren, gestand sie dem Maestro: »Es war ein Geschenk des alten Leloir, Sie wissen, der Arzt, der mit der Puppa getanzt hat, meiner besten Freundin, nur damit die dann mit einem neuen Angebot zu mir in die Garderobe kommt.« Und wie ein verspieltes Mädchen lehnte sie sich zufrieden zurück. »Glauben Sie mir, eine Chance hatte er nie, auch wenn ich ihm immer Hoffnung gemacht habe. Die Liebe war wie ein Tonikum für ihn. Ihm war anzusehen, dass er an einer Leberzirrhose sterben würde, und für mich war es natürlich ein großes Kompliment, vor allem nach der Hölle mit diesem Mexican, den ich hier endlich losgeworden bin, hier in Lissabon.«

Der Maestro blickte ihr fest in die Augen und merkte, dass sie auf diese Reaktion nur gelauert hatte. Immerhin war es ein Zeichen: Tania musste wissen, dass er weder an dem Abend mit der Buick-Geschichte im Folies gewesen war noch von der Existenz eines »Monsieur« Mexican wusste. Aber indem sie auf ein voraussehbares Geständnis zusteuerte und die Konversation in Gang hielt, war sie zuverlässig an einen Punkt gelangt, wo sie von etwas Gewisserem sprechen konnte, so gewiss wie die Unruhe der Flüchtlinge ringsum, die allmählich verklang und in stille Grübelei überging.

»Es stimmt nicht, dass mir nur Männer mit Geld gefallen«, wehrte sich Tania, auch wenn unklar blieb, wogegen oder gegen wen. »Ich mag Männer, die die Prüfung bestehen, welches zu haben. Glauben Sie mir, nichts erregt mich weniger als Verschwendung.« Und fast als bereute sie es, schaute sie den Maestro an, der sich wieder zurückgezogen hatte: Warum erzählte sie ihm das alles? Er war immer wohlhabend gewesen, aber sein ganzes Vermögen hatte er geerbt, und für ihn war es weniger eine Frage des Geschicks als des guten Geschmacks gewesen, dass er es Verwaltern anvertraut hatte. Auch konnte man nicht sagen, dass er mit seinen zahllosen Geschäften reich geworden wäre. Offenbar warf sie ihn in einen Topf mit all den Spießern, die sich über Angebote erregten, wie sie ein Leloir ihr gemacht haben mochte. Es kränkte ihn, aber mehr noch stieß ihn die Vorstellung zurück, eine derart berechnende Frau könnte seinen Plan trüben. »Schon komisch, aber wenn ich an die Zeit im Folies zurückdenke, kommt es mir vor, als wäre ich nie reicher gewesen. Was ich mir alles aussuchen konnte! *Geschenk einer Jugend, die Abschied nimmt ...*«, sang sie leise. »Es war die Hoffnung, einen

Mann zu finden, aber nicht um zu heiraten, das kannte ich schon, sondern um durch ihn, durch das Geschenk eines Edelsteins, zu erfahren, welches mein Element ist. Kennen Sie das?«

Der Maestro wurde ungeduldig, und als er hörte, wie die Wirtin ihren beiden Angestellten wirsche Anweisungen gab, schaute er zu ihr hin, womit er schließlich auch Tania ablenkte, so dass sie seine Nervosität nicht sah, die zu beherrschen ihm schwerfiel. Ob sie wusste, weshalb er nicht nur aufgehört hatte, ins Folies zu gehen, sondern überhaupt abends auszugehen? Warum er seit damals die Öffentlichkeit mied? Und wo er darüber nachdachte: War sie nicht auch an jenem Abend in der Gästeloge des Folies gewesen, als Mr Kendal zu ihnen kam, dieser »Beau«, wie Darío ihn genannt hatte, der mit seiner kreolischen Erscheinung verblüffte, halb Rothaut, halb Ire, und den sogleich der Neid der feinen Jüngelchen wie das auftauende Begehren all der Animiermädchen aureolengleich umgab? Aber meine Güte, warum das Ganze noch einmal in Erinnerung rufen, noch dazu auf Kosten dessen, was später kam? Er versuchte, sich einzureden, dass es nicht allzu gefährlich war, ihr zuzuhören, selbst wenn sie die Geliebte von Mr Kendal gewesen war, selbst wenn sie, vielleicht, die Frau war, wegen der er so gelitten hatte.

Doch Tania ging es allein darum, ihm zu erklären, warum Madame Mexican aus diesem bunten Strauß von Männern den armen Discepolín ausgewählt hatte.

2

»Nun denn«, begann Tania ein wenig später, als an den anderen Tischen kaum noch ein Wort gesprochen wurde, wo die einen schon schliefen und die anderen die Ohren spitzten und sich der unendlichen Stille der Nacht hingaben, weil sie wussten, dass von hier aus ohnehin nichts mehr auszurichten war, dass die Weltgeschichte sie alle in ihrem unbarmherzigen Griff hatte. Der Maestro schien den kleinen Rückzug, den sie mit ihrer Erzählung ermöglicht hatte, gewohnt zu sein, diese Begeisterung einer Kurtisane, die so tut, als wäre eine Liebesgeschichte ein besseres Thema als das Schicksal der Welt. »Da hatte ich mich, Sie erinnern sich, als Spanierin so überlegen geglaubt, hatte geprahlt, dass mir das, was ich in Valencia auf dem Konservatorium gelernt hatte, allemal reichte, um am Ende der Welt zu triumphieren, und fuhr in meinem roten Buick, um zum ersten Mal eine argentinische Künstlerin zu hören. Ich mochte keinen Tango, aber mir war klargeworden, dass man in dieser Stadt zwar das Fremde über alles schätzt, dass aber auch nichts flüchtiger war, und wenn ich den Leuten im Gedächtnis bleiben wollte, musste ich mir etwas anderes einfallen lassen. Alle hatten mir von Azucena Maizani erzählt, der einzigen Frau, die mit Tangos vor einem großen Publikum auftrat und die im Teatro Maipo an der Spitze einer Revue stand, deren Namen ich mein Lebtag nicht vergessen werde: *Eine Leidenschaft aus Buenos Aires*. Na ja, mit der Sprache hatte ich noch meine Schwierigkeiten, ich verstand keinen einzigen Witz dieser Möchtegernkomiker. Die Revuemädchen jedenfalls, einige von ihnen ganz ansehnlich, taten mir leid. Aber kaum trat Azucena auf die Bühne, mit ihrer Korpulenz und so kreolisch, dazu als Mann verkleidet, nun ja, eben ganz anders als ich und jedes der Mädchen, da war ich perplex: Wie weit musste ich gehen, welche Maskerade würde ich mir ausdenken müssen? Am Ende der Vorstellung ging ich zu ihr hin und begrüßte sie, und da es noch keinen Komponistenverband gab, bat ich sie um den Tango, der mir einfach am wenigsten fremd vorkam, ein Lied, in dem ein schon älterer Mann eines frühen Morgens das Mädchen, in das er sich vor zehn Jahren verliebt hat, aus dem Nachtclub kommen sieht, und als er sieht, dass sie krank ist, traurig und allein, stimmt er seine Klage an, *Grausam die Rache der Zeit*... Kennen Sie es? Ich weiß nicht mehr, ob Gardel es auch gesungen hat.«

Der Maestro nickte, ein wenig eingeschnappt: Er selbst hatte die erste Aufnahme von *Heute betrinke ich mich* im Studio der Odeón dirigiert, zusammen mit den beiden Discépolos: einem Enrique, der wie aus dem Häuschen war, und einem unerforschlichen Armando, der, anarchisch und mönchisch, alles missbilligte, den Tango, diese mannsmäßige Diva und den schwulen Maestro, mit dem er sich nur seinem jüngeren Bruder zuliebe abgab und weil er Geld brauchte.

»Wie auch immer, Azucena gab mir den Tango, aber nicht aus Großherzigkeit, sondern weil sie wusste, dass ein Erfolg in irgendeinem Nachtclub nicht ankam gegen die Erfolge einer Revue oder im Radio. Aber sie wunderte sich schon, sogar sehr, dass ich mir ausgerechnet dieses Lied ausgesucht hatte, das sie als Stenz verkleidet sang. ›Du weißt, auf was du dich einlässt, Spanierin?‹, sagte sie mir zum Abschied nur. Am nächsten Tag trat ich mit dem Lied auf, und mein Leben war nicht mehr dasselbe. In meinem Kostüm einer Königin, einer Königin dieser Mädchen, die Glas um Glas verdünnten Schampus tranken, spürte ich plötzlich, wie alle mich auf eine andere Weise ansahen, mit Bewunderung, ja, aber auch mit einer Freude, die etwas von Schadenfreude hatte. Es war ein Lied wie alle meine Lieder, mit einem Hintersinn, aber zum ersten Mal schien ich die Einzige zu sein, die das Hintergründige nicht verstand. Nach all den Jahren war ich nun wieder unschuldig!«

Ein kurzer Schmerz schien Tania zu durchzucken, und der Maestro wartete gefasst, dass sie weitersprach, wie bei einer Aufnahme, wenn der Künstler einmal den Ton nicht trifft.

Vom Grund seiner Erinnerung stieg das Bild Mr Kendals auf – wie er ihn fürchtete, diesen Mann, alles an ihm! –, und er dachte, dass es nicht gut wäre, wenn sie jetzt weitersprach. Doch nach einem kurzen Räuspern hatte sie sich wieder gefasst.

»Nun ja, jedenfalls wollten die Leute, die mich das Lied hatten singen hören, *Heute betrinke ich mich*, es von niemand anderem mehr hören, ich sang es also weiter. Und als ich ein paar Tage später in die Garderobe komme, finde ich unter Blumensträußen und Schmuckschatullen und Fuchspelzen ein paar schlichte Pralinen und einen langen Brief mit nervöser Handschrift, wovon ich, ich bin nämlich ziemlich kurzsichtig, nur vier Wörter verstand: ›Ich bin Ihr Autor‹. Die Puppa, die ich inzwischen diesem Dufau aus den Klauen gerissen und als meine Assistentin engagiert hatte, konnte immerhin noch etwas mehr entziffern, den Titel des Tangos, glaube ich, und die sehenswerte Unterschrift. Wir rannten in die Kulissen, um nach dem ›Autor‹ zu suchen, die Puppa ganz aufgeregt, weil sie glaubte, es wäre irgendein reicher Knilch, den ich mit meinem Erfolg verdient hätte, aber ich ahnte etwas Schreckliches und flehte, es möge bloß einer dieser verheirateten Männer sein, die nach mir lechzten und die meine Spezialität gewesen waren. Aber dann sah ich ihn zum ersten Mal in der Gästeloge, Discépolo, meine ich, ganz jung und wie er sich alles anschaute, irgendwie frivol und ein wenig belustigt, wie soll ich sagen, wie ein Reporter zwischen nackten Negerbrüsten im afrikanischen Busch, und die Puppa musste lachen, denn zusammen mit seinem Freund José Razzano sahen sie aus wie Laurel und Hardy. Nur ich lachte nicht, denn es kränkte mich, dass so ein junger Kerl es verstanden hatte, eine Seite von mir zu zeigen, die nicht einmal ich selbst verstand. Der Satz ›Ich bin Ihr Autor‹ kam mir immer wieder in den Sinn. Glauben Sie noch an Spiritismus?« Der Maestro fürchtete, was dergleichen Bekenntnis auslösen könnte, und sagte nichts. »Ob er der Mentor war, den mir die Maharadscha angekündigt hatte, die Begleiterin, die mich drei Jahre vorher in Rio de Janeiro in die Lehre eingeführt hatte? Ich weiß nicht, es war, als ob die beiden, der dicke, tieftraurige Razzano, der die Stimme und Gardels Partnerschaft verloren hatte und der seinem neuen Kumpan nun dieses Paradies zeigte wie der Teufel die Verlockungen der Welt, und der schmächtige, aber glückliche Discepolín, der spürte, dass in dieser ganzen wunderbaren Welt ich, die unglaubliche Madame Mexican, seine Blume war, als ob dieses Duo, wie soll ich sagen, ein Bild dessen wäre, was in mir selbst doppelt war, verstehen Sie? Nein, ich habe mich nicht verliebt, Maestro, nicht im Traum!«

Der Maestro schwieg, und ihren leeren Blick auf die beiden französischen Kinder gerichtet, die sich neben ihr auf einen Wäschesack gelegt hatten, fuhr sie bedrückt fort:

»Ebendeshalb, weil ich in ihm schon meinen Meister ahnte, habe ich an dem Abend nicht *Heute betrinke ich mich* gesungen, auch wenn die Gäste es lautstark forderten und Dufau persönlich mich darum bat, selbst Razzano, der mir auf einem Kärtchen mit dem Briefkopf der Odeón schrieb, sein Freund Discepolín sei eigens wegen mir hergekommen. Eine Frau, die aus Erfahrung weiß, wozu ein Mann fähig ist, duldet nicht, dass einer sie so gut kennt. Das war es, was Azucena mir hatte sagen wollen, aber es war zu spät. Und für den Augenblick tröstete ich mich mit dem Gedanken, dass niemand, wie die Mädchen und die Musiker sagen, so viel erreicht wie einer, der gut spielt. Noch heute«, sagte sie mit einem gezwungenen Lächeln, wie um ihren offensiven Charme wiederzufinden, »tue ich fast nie jemandem einfach einen Gefallen.«

Als Tanias Stimme verklang, senkte sich eine fast weihnachtliche Stille auf die Cova do Galo: Einander in den Armen liegend oder versunken in den weichen Gepäckhaufen, schliefen die Leute oder versuchten eine Müdigkeit zu überwinden, die mächtiger war als die schlimmste Angst, dabei mit einem Ohr auf ein Signal des Schiffes lauschend, dem einzigen Zeichen der Hoffnung in dieser Nacht. Der Maestro nahm einen Schluck von seinem Likör, um so sein Unbehagen zu überspielen, da er sich Mr Kendal nicht aus dem Kopf schlagen konnte, und dieses Berechnende an Tania erinnerte ihn an all seine Grausamkeiten, seine Machenschaften. Aber warum beunruhigte es ihn, zu sehen, wie viel Berechnung in einer Liebesbeziehung lag? Vielleicht war sein Unbehagen bloß der Beweis für seine kolossale Unreife, schon von Kindesbeinen an, für seine Unfähigkeit, die Erwachsenen zu verstehen. Jedenfalls hatte er begriffen, dass er mit Tania nicht zu streng sein durfte, denn auch sie ähnelte nun, ob sie wollte oder nicht, immer mehr einer Schiffbrüchigen, die im Strom ihrer Erinnerungen ruderte und sich an das erste Stück ihres eigenen Bildes zu klammern versuchte, das vorbeitrieb: Fetzen ihrer Erklärungen für die Presse, für ihre Radiofans, für die Musiker und Plattenbosse, die sie engagieren könnten. Bald würde sie untergehen.

»Am nächsten Abend kam Discépolo wieder ins Folies, aber allein, und wieder sagte ich meinem Pianisten, damals noch Maestro Di Sarli, dass ich *Heute betrinke ich mich* nicht singen würde. Ich wollte auch nicht, dass ›mein Autor‹ mit der Quiroga sprach, denn er verehrte sie, obwohl sie mich die ganze Zeit bloß madigmachte. Eifersüchtig, hieß es, auf meine Figur! Und nur weil er hoffte, diesen Tango, wie man so sagt, in meinem Körper erklingen zu hören, schaute er noch zu mir. Doch als ich dann ein drittes Mal das Lied ausließ, ging Discépolo noch während des letzten Beifalls und der fast schon empörten Aufforderungen des Publikums zwischen den Tischen hindurch und besaß auch noch die Frechheit, auf die

Bühne zu steigen, und ich war so entsetzt, dass ich tat, als wüsste ich nicht, was er wollte. *Wer bist du?*, fragte ich, als ich zum ersten Mal sein hässliches, abgemagertes Gesicht aus der Nähe sah. Und er, völlig verblüfft, ging unter den Pfiffen der Halbstarken des alten Leloir, die irgendeinen Geburtstag feierten, wortlos davon. *Wer bist du?*, sagte ich noch einmal, als ich ihn im Dunkel verschwinden sah, als wäre es für immer. Und mit diesem Bild, seinen skorbutischen Rücken vor Augen, gingen meine letzte Gelegenheit, ihn zu gewinnen, und sein heimliches Wissen über mich dahin. Doch jetzt waren es nicht nur die Bitten von Leloir und Dufau, die mich dazu brachten, den Tango doch zu singen. Ich sang, ohne zur Loge zu schauen, a capella und gar nicht gut, Sie können es sich vorstellen! Dabei kämpfte ich mit einer Angst, wie ich sie nie gekannt hatte, ich schaffte es kaum, auf den Text zu achten, den Ausdruck, die Atmung. Doch an der Stelle, wo es heißt, *Und wenn ich dran denke, wie verrückt ich nach ihr war vor zehn Jahren*, drehe ich mich um«, und Tanias Blick wanderte nun unwillkürlich zur angelehnten Tür der Cova do Galo, als wünschte sie sich, Discépolo käme dort herein, »und da sah ich ihn wieder, am Eingang der Gästeloge, mit einer verwunderten Miene, wie er sie sich selbst vielleicht niemals hätte vorstellen können, reglos, ohne ein Zittern, ohne einen Seufzer, als wäre ich die Frau, die er in seinem Herzen trüge und die er endlich auf der Bühne vor Augen sähe. *Wer bist du?*, fragte ich noch einmal, bevor ich diskret den Blick abwandte, auch wenn ich es eigentlich mich selbst fragte, verstehen Sie? Na los, Spanierin, schien er zu sagen, vergiss all die Trottel hier, tu nicht, als ob du nicht verstehst. Sag *du* mir, wer du bist! Der Tango war zu Ende, und ich hätte auch nicht mehr gekonnt. Immerhin schaffte ich es, diese Blamage mit einem Trick zu überspielen, den wir Soubretten auf Lager haben. Ich tat so, als glaubte ich, das Gelächter und die abfälligen Bemerkungen gälten allein ihm, für den Dufau um einen Applaus gebeten hatte, und trat ab, rannte fort vor dem, was mir die Worte ›vor zehn Jahren‹ in Erinnerung gerufen hatten, eine schreckliche Nacht zehn Jahre vorher, hier in Lissabon. In der Garderobe tröstete mich die Puppa beim Auskleiden, und ich sagte mir, dass Discépolo bestimmt enttäuscht war, und glauben Sie mir, es war ein beruhigendes Gefühl. Aber als ich dann durch den Künstlereingang auf die Straße trat, sah ich ihn wieder, wie er zitternd zu dem eifersüchtigen Leloir ging und auch noch meinte, wirklich, es sei sehr gut gewesen, aber er wolle mir etwas sagen über mich und mein Talent und was weiß ich, ich konnte es nur erraten. Aus Angst, dass Leloirs Jungs ihn verprügelten, bin ich zu ihm hingegangen und habe ihn eingeladen, am Montag darauf mit mir im Buick spazieren zu fahren, das hatte ich noch nie mit einem Mann gemacht, als wollte ich meinen Neffen aus Valencia Buenos Aires zeigen oder mich von einem Angestellten des Theaters begleiten lassen, damit er mich beschützte vor den reichen Draufgängern, damit ich selbst Reichtum und Großzügigkeit zeigen konnte wie die Bella Otero, die ich als kleines Mädchen einmal hatte vorbeifahren sehen.«

Erst jetzt traute sich der Maestro, Tanias Blick zu folgen und ebenfalls zum Eingang der Cova do Galo zu schauen, wo die Wirtin die großen, reichlich lädierten Türflügel zuzog, die über das holprige Pflaster des Bürgersteigs knirschten, und ihre ruppige Art schien zu sagen, dass sie vielleicht nicht den Mut hatte, jemanden hinauszuwerfen, aber freuen würde sie sich schon, wenn die Gäste gingen. Der Maestro sorgte sich, bald keinen Ort mehr zu haben, wo er seinen Handel mit Tania schließen konnte, und als er ihr mit einem Blick zu verstehen geben wollte, dass es ihr gutes Recht sei, hierzubleiben, zumindest solange sie noch nicht ausgetrunken hätten, begannen die Emigranten plötzlich zu applaudieren. Die Wirtin hatte sich in ihr Tuch gehüllt und war auf die Straße getreten. Tania wollte schon weitersprechen, als sie schwere Schritte hörten, die die Treppe im Haus hinaufstiegen. Ob die Wirtin telefonieren gegangen war, vielleicht um bei einem Stammgast, der zur Polizei oder zur Regierung gehörte, ein gutes Wort für die Leute einzulegen? Aber gab es überhaupt ein Telefon in diesem Loch?

»Es war am Tag nach einem ziemlich trubeligen Sonntagabend.« Tania lächelte, und ihre melancholische Ruhe erinnerte den Maestro an die genügsame Gelassenheit, mit der das Vieh sich im Gestank des Stalls einrichtet, weil es genau weiß, dass die Tür am Morgen wieder aufgeht. »Ich stand sehr viel später auf als gewöhnlich, und kaum hatte ich ein Auge aufgeschlagen, sagte ich mir, dass ich nicht zu dem Treffen gehen sollte. Man kann sich auch an Kaviar überessen, oder? Und dann muss man nur an ein Fischei denken, schon wird einem übel. Aber es war Montag, und Montage sind gemacht, damit der Schauspieler begreift, dass für ihn kein Platz ist auf der Welt. Nach nichts sehnt er sich dann mehr als nach einem Bewunderer! Ich holte also meinen Buick aus der Garage des Biarritz und kam fast eine Stunde später als vereinbart zur Avenida de Mayo, wobei ich mir wünschte, er wäre nicht mehr dort und ich könnte zum Trost ein wenig meine spanischen Landsleute ärgern, diese Krämerseelen, die, bevor sie ins Theater oder eine Tangobar gehen, erst in einem Café einen Sherry oder eine Mandelmilch trinken. Doch an der verabredeten Ecke stand Discépolo und wartete, knautschte nervös seinen Panama und blickte die Straße hinunter wie auf eine Bühne, wenn der Vorhang aufgeht, und es schien ihm nichts auszumachen, dass sein Bild eines Schwindsüchtigen das wandelnde Beispiel für eine Jugend war, die Frauen wie ich verdorben hatten. Ich hupte zur Begrüßung, bloß um mich hervorzutun und ihn zu demütigen, und er sprang gleich in den Wagen.

Und dann war er auch noch so dreist und bat mich, ihn zum Fluss zu fahren!«

Ein Schluchzen stieg in ihr auf, und sie musste unterbrechen.

»Sie hätten ihn mal sehen sollen, als wir heute nach Lissabon kamen, wie er mit dem Fahrer redete und redete, weil er meiner überdrüssig war, und wie er plötzlich schwieg, als er durchs Fenster den Tejo sah. Ach! Jedenfalls sagte ich mir, während ich über die großen Avenidas zur Uferstraße fuhr, dass ich für ihn, wie soll ich sagen, nicht mehr als eine Neugier verspürte, eine kleine Zuneigung mit dem Kitzel des Ungehörigen, wie bei einem Büroangestellten, der am Samstagabend in die Revue geht. Können Sie sich das vorstellen?«

Sie lachte, aber es war ein falsches Lachen, wie der verzweifelte Versuch, eine Anwandlung von Wehmut zu ersticken, die sie beschämte, denn wenn sie sich etwas nicht verzieh, dann, sich schwach zu zeigen.

»Mir tat der Körper weh, an welchen Stellen und warum, das hätte er sich nicht ausmalen können, und er hörte nicht auf und sagte mir, ich sei ›eine Blume, die in den Händen der Ausbeuter dieses Schuppens verblüht‹, und dass meine Stimme ›mehr weiß als ich selbst‹, und mein Talent sei ›das Talent des Volkes‹ und könne ›das Volk erobern‹. Er erzählte mir schon von all den Tangos, die er für mich schreiben würde, von den Filmen, die er drehen wollte, mit mir in der Hauptrolle, von der großen gesellschaftlichen Revolution, bei der er der Dichter wäre und ich die Muse! Aber ich glaubte ihm kein Wort. Ich sagte mir, diese Spinnerei war sicher seine Art, mich für eine Gunst zu bezahlen, für die andere mir Autos schenkten. Als es Abend wurde, hielten wir unter einem Baum am Straßenrand, und ich rekelte mich sehr deutlich, und zum ersten Mal warf er mir, schwitzend und aufgewühlt, den Blick eines Mannes zu. Und während in einem solchen Moment jeder meiner anderen Liebhaber über mich hergefallen wäre, schaute dieser Hänfling, dieser aufgeblasene Niemand, mich bloß an und sagte mir, was ihm an mir so imponiert hatte, aber nicht als Erklärung, sondern als Frage: ›Sag mir, Spanierin, hast du übersinnliche Fähigkeiten? Wie hast du bemerkt, dass ich beim Schreiben dieses Tangos nicht an ein Animiermädchen gedacht habe, das vielleicht aus einem Cabaret kommt, sondern an einen schwindsüchtigen Freund, den ich mit meinem Bruder Armando in einem Krankenhaus in Córdoba besucht habe?‹ Ich wäre am liebsten weggerannt, aber ich konnte nur sagen: ›Ich weiß nicht‹, denn ich wäre nie auf die Idee gekommen, dass die Leute, die mich auf der Bühne sahen, an den Tod denken könnten. An einen Tod, wie er sich mir zehn Jahre vorher gezeigt hatte, hier in Lissabon.«

Tania schwieg wieder, und über ihnen, im ersten Stock, war zu hören, wie jemand – um diese Uhrzeit! – Möbel rückte.

»Na ja, es wurde schon dunkel, und da gerade ein Polizist auf uns zukam, nahm ich es als Vorwand, wieder loszufahren, so brauchte ich ihm nicht in die Augen zu sehen. ›Weißt du, warum ich dir neulich nicht gesagt habe, wer ich bin?‹, sagte Enrique. ›Weil ich darüber nachgedacht habe ... und ich weiß es nicht. Du weißt sehr wohl, wer ich bin.‹ Ich hatte Angst, in mein Hotel zurückzukehren und dort allein zu sein mit all den Qualen, an die er mich erinnert hatte, und zugleich fürchtete ich, er würde mir vorschlagen, mit aufs Zimmer zu kommen, und ich könnte es ihm nicht abschlagen, so dass ich schließlich einverstanden war, ihn zu seinen Dichterkollegen im Café Tortoni zu begleiten, wieder auf der Avenida de Mayo. Welch famoser Liebesbeweis von ihm!«

Tania lachte, mit dieser ihr eigenen, herablassenden Art, wenn sie von Discépolos Freunden sprach.

»Wenn nicht Alfonsina Storni gewesen wäre, die wie ein kleines Mädchen über meine plumpen Späße lachte, ich hätte mich zu Tode gelangweilt. Sie haben sie gekannt, ja? Arme Alfonsina. Nur sie verstand Enrique und das, was mich alle diese Eierköpfe spüren ließen, und sie machte uns Mut. Und nur um nicht wieder durch die Hölle zu gehen und kämpfen zu müssen, nicht weil ich Enrique von dieser Heuchlerbande befreien wollte, habe ich Alfonsina und ihn eingeladen, am Montag darauf einen Ausflug zu machen. Alfonsina sagte zu, obwohl sie genau wusste, dass sie nicht kommen würde, wahrscheinlich nahm sie an, und ich übrigens auch, dass bei unserem zweiten Treffen Enrique und ich in meinem Zimmer landen würden. Nicht weil er mir gefallen hätte, bestimmt nicht. Aber wissen Sie, wenn ich so darüber nachdenke, wollte ich mich auch rächen. Das Folies einen Schuppen zu nennen, das beste Nachtlokal, das ich in meinem Leben je betreten hatte!«

Tania trank einen Schluck und atmete tief durch, als müsste sie sich erst einmal orientieren. Wenn sie am Anfang noch einem Libretto zu folgen schien, das sie vielleicht selbst geschrieben und gefeilt und im Erzählen auswendig gelernt hatte, begann sie nun mit Dingen, von denen sie noch nie gesprochen hatte, und der Maestro, der merkte, wie sehr es sie anstrengte, winkte den Kellner herbei, der ihnen, ein paar Scheinchen machten es möglich, zwei Gläser Wein brachte. Für Tania sollte es eine Belohnung sein, und mit einem bitteren Lächeln dankte sie es dem Maestro, während sie schon weitersprach.

»Ich dachte tatsächlich schon, er wäre so hochmütig und glaubte, er könne mich retten wie eine Magdalena. Für wen hielt er sich, für Jesus? An dem Abend brachte ich ihn nach Hause, ich dachte, er wohnt sicher in einem Viertel weit draußen, aber es war im Once, nur ein paar Blocks von meinem Hotel entfernt. Kaum hatte ich vor seinem Haus gehalten, sah ich zum ersten Mal diesen Widerling von Armando. Er stand im Hauseingang, als wäre er der Kaiser von China, und machte nicht die geringsten Anstalten, mich zu begrüßen oder näher zu kommen. Ich hupte, um ihn zu ärgern. Und als wäre Enrique plötzlich ein anderer, als handelte er im Auftrag seines Bruders, hatte er die Stirn, mir zu sagen, ich möge bitte nicht denken, unsere Spazierfahrt verpflichte mich zu irgendetwas, für ihn sei allein wichtig, mich weiterhin sehen zu können. Aber für jeden Anarchisten, sagte er und deutete auf seinen Bruder, und ich ahnte schon, dass Discépolo bis zum bitteren Ende mit ihm kämpfen würde, um den Tango, um mich, um all das, was wir das Leben nennen, für jeden Anarchisten sei der Körper ein Tempel, in dem man frei die Liebe anbeten könne, sie sei unser Gott, und in diesem Tempel könne man alles machen, nur nicht für sie bezahlen oder kassieren. ›Verstehst du, was ich meine, Spanierin?‹, fragte er, als wollte er sich entschuldigen, und natürlich verstand ich. Es kam mir nur so ungeheuerlich vor, dass ich es nicht glauben konnte! Dann gestand er mir, wenn ich nicht gewesen wäre, wäre er niemals in ein Cabaret gegangen, und überhaupt hätte er bisher nie eine Frau gehabt. Das heißt, er erwartete auch noch, dass ich ihn anders behandelte als die anderen Männer. Nein, Maestro, ich habe mich nicht verliebt. Und wenn man mich, als ich dann wieder nach Hause fuhr und die ganze Zeit daran denken musste, was er mir letztlich gesagt hatte – ich soll seinen Tempel nicht beschmutzen! –, wenn man mich da gefragt hätte, ich hätte gesagt, wenn es nach mir ginge, würde ich ihn nicht wiedersehen, aber es würde mir Spaß machen, ihm eine Lektion zu erteilen. Ich weiß nicht, ob das Liebe war, aber wenn es das war, begannen wir sie, als würden wir in den Krieg ziehen.«

3

Über ihnen war ein Poltern zu hören, Staub nieselte von der Decke herab. Den gedämpften Schreien nach zu urteilen, war es die Wirtin, die jemanden abwies, der ihr helfen wollte, und dann kam sie mit schweren Schritten, Stufe um Stufe, langsam die Treppe herunter, so lärmend, dass die Kinder des Franzosen aufwachten und beim Anblick der aufmerksamen Gesichter ringsum nicht wieder einschliefen. Der Maestro wollte die Unterbrechung nutzen und zur Toilette gehen, doch auf halbem Wege bremste ihn ein ungeheuerlicher Gestank, so dass er kehrtmachte, und im selben Moment hörte er heftige Schläge an der Tür und Schreie der Wirtin. Die beiden Kellner eilten zum Eingang, als rechneten sie schon mit einem Überfall und wollten sie schützen. Doch die Wirtin hatte lediglich versucht, die Tür zu öffnen, und gegen sie getreten, und nun kam sie erschöpft herein und zeigte dem ganzen Lokal ein altes Radiogerät, ein solches Trumm, wie es noch keiner gesehen hatte. Der Maestro fragte sich, ob sie es wohl aus Solidarität brachte oder weil sie dachte, irgendwelche Nachrichten würden die Flüchtlinge schon davon überzeugen, dass sie nicht die ganze Nacht bleiben konnten. Tania, noch mitgerissen von ihren Erinnerungen, musste lachen über die Art, wie diese Frau ihre Angestellten als Schwuchteln und Nichtsnutze beschimpfte. Die Leute, die vorhin applaudiert hatten, klatschten erneut. Im Krieg, dachte der Maestro, war das Zentrum der Welt dort, wo es ein Radio gab, und nach dem ganzen Chaos der Nacht hatten sie wieder einen Orbit, in dem sie kreisen konnten.

»Unsere zweite Begegnung war im Café Richmond auf der Florida«, sagte Tania, angeregt von dem Wein. »Aber weder an dem Tag noch am nächsten, bei der Matinee im Luxor, wo wir Valentino sahen, wie er in *Der Scheich* seine Lady Diana knutscht, nicht einmal an dem Montag darauf, als ich schon fast beleidigt war und an der Rezeption meines Hotels Bescheid sagte, man solle ihn gleich in mein Zimmer hinaufschicken, wo ich ihn im Negligé empfing, nicht ein einziges Mal schien Discépolo mich ›besitzen‹ zu wollen. Und natürlich fragte ich mich, ob er vielleicht nur ...« Der Maestro schaute sie an, und Tania beeilte sich, wie zur Entschuldigung zu erklären: »Ja, natürlich, ich war schließlich noch nie einem Mann begegnet, der die Frauen so verteidigt! Und außerdem«, sagte sie, als hätte sie sich damit abgefunden, dass Irrtümer unvermeidlich sind, wenn man ausspricht, was man denkt, dass man aber auch nichts gewinnt, wenn man sich verstellt, »außerdem hatte er an diesem Montag die Puppa und mich ins Theater eingeladen, zur Premiere von *Mustafa*, einem Stück von Armando, bei dem er mitspielte. Ich bin nur mitgegangen, weil ich dachte, es wäre wieder so ein arabischer Schinken à la Valentino. Und da es in der Theaterwelt hieß, Armando sei der ›argentinische Pirandello‹, wollte ich der Puppa den Mund stopfen, die über mich lachte, weil ich bei all meinen Ansprüchen jetzt mit einem Bohemien anbändelte. Und plötzlich, Sie werden es nicht glauben, sehe ich Enrique wie einen Bettler auf die Bühne kommen, mit einem löchrigen Hemdchen, so dass man seine Rippen sieht, wie ein alter Klepper, und mit einem Strick um den Leib zieht er einen Karren und kräht wie auf dem türkischen Basar. Es waren nur geladene Gäste da, dazu Journalisten und Theaterleute, und alle Frauen im Saal, von Alfonsina bis zu Doña Regina Paccini, lachten über ihn, denn er ist ein so großartiger Schauspieler, dass er den Leuten trotz seiner Hässlichkeit gefällt, und sosehr er ihnen gefällt, lachen sie über ihn, und sosehr sie über ihn lachen, haben sie Mitleid. Erst da fragte ich mich, ob ich nicht vielleicht ein bisschen verliebt war, denn mir war, als ob sie sich über *mich* lustig machten, ich war sogar eifersüchtig darauf, dass er allen seine Zerbrechlichkeit zeigte, eine Blöße, die mir versprochen war. Außerdem, Maestro, glauben Sie nicht, dass ich viel verstanden habe. Für mich war das Theater immer ein Ort gewesen, wo man hinging, um dem Künstler ewiges Leben zu wünschen, nicht um sich dem Gedanken hinzugeben, dass er eines Tages sterben würde. Dort wurde mir jedenfalls klar, dass genau das mit mir im Cabaret passierte. Und so hatte ich mir, lange bevor der Vorhang fiel, gesagt, dass Enrique, wenn es für mich schon nicht in Frage kam, ihn zu verlassen, *mein Freund* sein sollte, und sosehr es ihn ärgerte, ich würde die Segel streichen vor dem alten Leloir oder irgendeinem berühmten Fußballspieler, der mir noch den Hof machte. Als ich dann aber in die Garderobe kam, wo alles, was Rang und Namen hatte, ungelogen, ihn beglückwünschte, bat er die Leute, sich zurückzuziehen, und als wollte er mir seinen wahren Erfolg anvertrauen, sagte er, ein ausländischer Freund, der durch Lateinamerika reiste, habe ihm eine Wohnung angeboten, wo es ein Klavier gebe, und ich müsse unbedingt dort hinkommen, er wolle mir einen Vorschlag machen.«

Der Maestro griff unwillkürlich nach seinem Glas und musste an sich halten, denn er glaubte zu erraten, was Tania ihm eröffnen wollte, welch eine Koinzidenz!

»Heiliger Himmel, niemand erreicht so viel wie einer, der gut spielt«, sagte Tania noch einmal, »deshalb hat mich diese Einladung so verrückt gemacht. In der Nacht konnte ich nicht schlafen, und gleich am Morgen steckte ich mir ein Negligé in die Handtasche und erklärte dem Portier des Biarritz, falls ich am Abend nicht zurückkäme, solle er niemanden im Folies benachrichtigen. An den Namen der Straße erinnere ich mich nicht mehr, aber er klang italienisch, deshalb dachte ich erst an ein Viertel wie das Once. Der Taxifahrer wusste auch nicht genau, wo es hinging, er fuhr nach Recoleta und kurvte durch ein Labyrinth prachtvoller Häuser, wie ich sie noch nie gesehen hatte. Mir kamen fast die Tränen, als hätte Discépolo mit dieser langsamen Fahrt das Bild einer Zukunft in Elend und Tod auslöschen wollen, das er mir am Abend zuvor gezeigt hatte. ›Hinter dem Zoo ist es‹, rief der Fahrer schließlich, womit das Rätsel gelöst war, und dann sagte er, während er mich im Rückspiegel anschaute, ich sei nicht mehr dieselbe wie vorhin beim Einsteigen, und das stimmte. Ich sah mein Bild im Fenster und erkannte mich selbst nicht wieder in dieser Frau, die die Sehnsucht verwandelt hatte. Tania bin ich jetzt, sagte ich mir, nicht mehr Madame Mexican: *Tania*.«

Einige der Flüchtlinge schimpften vor lauter Ungeduld mit den Kellnern, und die Wirtin blaffte sie an: Woher sollten sie wissen, wie das Radio funktionierte, sie wussten ja nicht einmal, ob es überhaupt an war und die Röhren sich aufheizten oder ob es vielleicht kaputtgegangen war bei ihrer Wahnsinnsaktion, es ihnen zuliebe herunterzuholen, aber das war ja wohl das Letzte, wie die Flüchtlinge ihr halfen, nicht dass diese klugscheißenden Wandervögel sie für dumm hielten und ihr auch noch sagten, welchen Sender sie einstellen müsste. Tania versuchte den Ärger über die Unterbrechung unter einem Lächeln zu verbergen, aber der Maestro hielt es kaum noch aus. Gott, dass sie jetzt bloß nicht von dieser Wohnung erzählte, die Mr Kendal von einem Sohn der Familie Martínez de Hoz gemietet hatte, einem Studienkollegen von ihm aus Eaton, den er in einem Brief überredet hatte, in die Odeón zu investieren, eine Wohnung, die er mit einer Dreistigkeit, die die Oberschicht nur bei besseren Ausländern duldete, hatte neu einrichten lassen, um »vor der Presse ein modernes Bild des Unternehmens abzugeben«. Diese Wohnung, ach, in der Mr Kendal ihm eines Abends, nach einem Essen zu Ehren von María Isolina Godard, die mit *Zärtlichkeiten* den Tangowettbewerb gewonnen hatte, zum ersten Mal jenen Blick zugeworfen hatte, aus dem ein solches Unglück sprach, dass es ihn noch heute bedrückte. Ach, wenn nur Tania nicht zu seinen Leuten gehörte!

»Es war ein herrschaftliches Stadthaus«, fuhr Tania fort, selbst ein wenig unsicher, weil sie ahnte, dass sie dem Maestro damit Hinweise gab, die an eine schmerzliche Erinnerung rührten, »mit vier Schildern am Eingang, für jede Etage eins, und auf jedem stand der Name eines anderen Martínez de Hoz. Außer für die letzte Etage, klar, dort steckte ein handschriftliches Kärtchen an der Klingel, auf dem stand, dass dort ein Geschäftsführer der Odeón residierte. So wie der Pförtner mich anschaute, durfte ich annehmen, dass Frauen wie ich in einem solchen Haus zwar nicht willkommen waren, dass ich aber auch nicht die erste unerwünschte Person war, die kam. Ich fuhr mit dem Fahrstuhl hoch und musste an einen Tango denken, den ich in Spanien gehört hatte: Fußmatte, Tischlämpchen, Porzellankatze, so etwas in der Art stellte ich mir vor. Enrique erwartete mich auf dem Treppenabsatz, in einem Hausmantel aus weißem Satin, der diesem Freund von ihm gehörte und der ihm stand wie eine Mönchskutte, und dann öffnete er mir die Tür zu einem riesigen, ebenfalls weißen und fast leeren Salon mit großen Fenstertüren, die auf den Park des Zoos hinausgingen, und der einzige Luxus darin war ein Stutzflügel mitten im Raum, auch der blitzweiß, und als ich an ihn herantrat, wie um Schutz zu suchen in dieser Schneewüste, deutete Enrique auf ein noch fast unbeschriebenes Blatt auf dem Notenpult, als erwartete er, wie all die anderen Männer, dass ich nun ein Schmuckkästchen öffnete. Bei meiner Kurzsichtigkeit und seiner verflixten Handschrift erkannte ich kaum den Titel: *Geheimnis*, und dann, als wäre es das kürzeste Gedicht der Geschichte, die ersten Worte, die ich zu ihm gesagt hatte: *Wer bist du?*, und daneben ein Name, *Tania*, das Pseudonym, das wir uns mit den Buchstaben meines

Namens ausgedacht hatten. Ehrlich gesagt, Maestro, ich weiß nicht, warum etwas so Albernes mich derart zur Verzweiflung brachte. Ich versuchte mich zu beruhigen und sagte mir, dass der Vorschlag, den er mir machen wollte, ein Schwindel war, dass Enrique die Miete für die Wohnung allenfalls für einen Tag hätte bezahlen können, ein Schwindel, um das Mitbringsel aus dem Juwelierhaus Escasany wettzumachen, das normalerweise rechtfertigte, dass ich meinen Tempel öffnete. Was ich dann auch tat... ›Aber nein, nein!‹, sagte Enrique, aufgebracht wie ein Priester, der die Geduld mit seinem Lieblingsseminaristen verloren hat. Verstand ich denn gar nichts? Mein Gott, Maestro, zum ersten Mal im Leben fühlte ich mich wie eine Hure, als kämen nun all die fiesen Tricks ans Licht, mit denen man sich die Zuhälter vom Leib hält. Und mit derselben Erregtheit schlug er am Klavier die Molltonart an, in der er seinen Entwurf komponiert hatte. Wie ein Oberlehrer sagte er zu mir, ich solle auf ein und demselben Ton diese Wörter singen, *Wer bist du?*, und während ich in die Nacht über dem zoologischen Garten schaute, begriff ich, wie schon an jenem Abend im Folies, wenn ich mich auf ihn einließ, gab es kein Zurück mehr.«

»Es funktioniert!«, verkündete die Wirtin triumphierend, auch wenn nur ein Knistern zu hören war, und wie zur Strafe wandte sie allen den Rücken zu und verdeckte die Stationsskala. Ob dort, wo sein Junge war, dachte der Maestro, wohl auch ein Radio war?

»*Wer bist du?*, sagte Discépolo immer wieder«, und Tania schaute so konzentriert, dass sie den Maestro aus ihren Gedanken auszuschließen schien. Es war eine dieser Geschichten, die man erzählt, um selber zu verstehen, und bei denen jedes Wort, das über die Lippen kommt, die größte Aufmerksamkeit erfordert. »›Nein, mein Lieber‹, versuchte ich mich herauszuwinden, ›du verstehst nichts von Frauen. Die ganze Zeit d, d, das ist mir zu hoch.‹ Und als wäre es mir letztlich egal, ging ich zum Balkon, wie eine Schlafwandlerin, die im Licht nach der Freiheit sucht und weder die Scheibe noch die Höhe als Hindernis sieht.«

Der Maestro hätte sie am liebsten gebeten zu schweigen, er wusste nur zu gut, wovon sie sprach.

»Aber nichts da, Maestro, wenn ich mir wenigstens einmal das Leben hätte nehmen wollen! Ich wollte ihn auf andere Gedanken bringen. Er sollte es genießen, in dieser Wohnung zu sein, in die Leute wie wir nie wieder einen Fuß setzen würden, sollte mit mir einen Whisky trinken, essen, was weiß ich, einen Foxtrott tanzen, wie alle anderen. Tja, mit solchen Wünschen schützt man sich vor der Angst. Aber einen Augenblick später war Discépolo, ohne dass ich es merkte, von hinten an mich herangetreten und hatte mich bei den Schultern genommen, und mir war, als würde er mich in die Leere stoßen, als wäre zum ersten Mal ich es, die mehr zitterte. ›Schließ die Augen, Tania‹, sagte er, als würde er mich taufen, ganz sanft, aber ohne Zärtlichkeit. Ich ließ mich führen wie bei einer Hypnosenummer im Varieté oder vom Älteren Bruder bei einer spiritistischen Sitzung. Ich schloss also die Augen, und als ich keinen Kuss spürte, tat mir das fast weh, aber ich konnte mich seinen Händen nicht entziehen, die mich wieder in die Mitte des Zimmers schoben. ›Ganz ruhig‹, sagte er, ›stell dir vor, du bist allein ... Auch wenn du weißt, dass ich, dein Autor, bei dir bin und dass du jederzeit die Augen öffnen und auf mich zählen kannst. Aber solange es geht‹, sagte er, und dann ging er zum Klavier und spielte einen Akkord, der für mich nicht mehr zu hoch war, ›bleib allein mit deiner Dunkelheit, deiner Stille, dieser Musik‹. Sie interessieren sich noch für Spiritismus?«, fragte Tania erneut.

Der Maestro nickte, als wollte er ihr helfen oder sich helfen lassen, er wusste es selbst nicht genau: Eben weil der Spiritismus ihn so geprägt hatte, konnte er nicht anders, als in jener Szene einen Widerschein seiner eigenen Tragödie zu sehen.

»›Nur keine Angst, Tania‹, sagte Enrique, und ich spürte, wie die Molltöne meine Seele erfüllten und wie die fürchterliche Leere dieses Hauses oder Tempels eine dunkle Anwesenheit herbeirief und wie der Zoo dort unten und die ganze Welt ringsum auf mich lauschte, ›was immer du tust, du wirst dich nicht verraten, du bleibst deinem Element treu.‹ Dann wiederholte er die ersten Noten, a, a. *Wer bist du?* Doch ich konnte sie nicht singen, auch wenn alles in mir sich erhob, als würde ich zum Leben erweckt. Allein in meiner Nacht hinter den Augenlidern, wiederholte ich *Wer bist du? Wer bist du?*, und je länger ich darüber nachdachte, desto deutlicher merkte ich, wirklich unglaublich, dass ich zu jemandem sprach, den ich zu sehr geliebt und zu sehr gehasst hatte. *Wer bist du?*, sagte ich, und nun spürte ich, dass die Dunkelheit dieses Lissabon war, wo ich zuletzt mit ihm gewesen war, zehn Jahre vorher, und um mich von einem Schmerz zu befreien, der nicht wiederkehren sollte, gehorchte ich und sang: *Wer bist du?*, und ich schlug die Augen auf und dachte, wenn ich Enrique jetzt sehe, wird es mich davor bewahren, in der Vergangenheit verlorenzugehen. Aber ich hatte mich, ohne es zu merken, gedreht und sah nur die Leere und den Zoo dort unten. ›Und, was spürst du jetzt, Spanierin ...?‹, fragte Enrique. Ich verstand gar nichts, mein Kopf und mein Sinn waren leer, aber dafür spürte ich, dass meine Stimme, dass mein Körper verstand, und ich sagte: *Dass ich nicht entrinne.*«

Die Wirtin und ein paar der Emigranten kamen herbei und baten sie, still zu sein: Das Abendkonzert des Auslandssenders des deutschen Reichsfunks ging zu Ende, gerade erklangen die letzten Takte der *Meistersinger*, die Europa gleichzusetzen gelernt hatte mit dem Dröhnen der Stukas. Tania hob verwirrt die Augen zum Maestro, nur noch einen Satz, schien sie ihn anzuflehen, und auch wenn der noch seinen Erinnerungen nachhing, lächelte er sie zum ersten Mal an, und sie fuhr leise fort.

»›Bravo!‹, rief Enrique. ›Wer bist du, dass ich nicht entrinne. Das hat noch kein Tango je gesagt, weißt du?‹ Und obwohl wir erst einen Satz hatten, fühlte ich mich so erschöpft und zerschlagen, als hätte ich einen schrecklichen Unfall überlebt, und er schenkte mir unsere erste Umarmung, wahrscheinlich, damit ich nicht zerschmolz, ich, ein Klumpen frischer Ton, den er soeben modelliert hatte. Dann brachte er mich zum Bett wie ein rührend besorgter Krankenpfleger, und wenn ich ihm schließlich all das zeigte, was eine Frau wie ich im Stillen lernt und beibringt, dürfen Sie nicht denken, Maestro, dass es der Beginn einer Liebesgeschichte war wie in seinen Tangos, von wegen.« Sie machte eine gedankenverlorene Pause. »Nicht alles war nun gut, aber nicht wegen dem, was er dachte. Ich hätte ihm von der dunklen Anwesenheit erzählen sollen, die ich zu erkennen geglaubt hatte, von meinem Element. Ich hätte ihm von Lissabon erzählen sollen. Aber ich verstand es noch nicht.«

Eine volltönende portugiesische Stimme wünschte den in ganz Europa verstreuten »Freunden Deutschlands« einen guten Abend, und die Flüchtlinge reagierten verwundert, alarmiert: Auch wenn niemand es aussprach, schien klar zu sein, dass der Sender bei einer solchen Klangqualität unmöglich aus Berlin übertragen konnte, es musste irgendwo ganz in der Nähe sein – und die Wirtin sagte nichts? Tania hatte die Augen geschlossen, und der Maestro war wieder allein mit seiner ewigen Erinnerung an den Abend in ebenjener weißen Wohnung, an die schöne María Isolina, wie sie mit dem Löwen des Zoos im Duett zu miauen versuchte und plötzlich Blut spuckte und wie Gardel sich – voller Mitgefühl, als wüsste er bereits, dass sie beide nur sieben Jahre später sterben würden, und fast am selben Tag – gleich erboten hatte, sie in seinem Wagen zusammen mit ihren Eltern und Max Glücksmann ins Krankenhaus zu bringen. Mr Kendal und er waren allein zurückgeblieben, nebeneinander auf dem großen weißen Sofa sitzend, mit dem Gesicht zur Balkontür, im unerträglichen Echo des plötzlich verstummten Gelächters. »Ich hatte einen Sohn, musst du wissen, er ist gestorben«, hatte Mr Kendal nach einer halben Stunde gemeinsamen Schweigens gesagt, als der Maestro schon dachte, die Liebe für einen anderen Mann sei vielleicht nur eine sublime Form des Mitleids mit der Vergänglichkeit des Schönen. Aber nein, es war viel mehr: Diese Vertraulichkeit, glaubte der Maestro zu verstehen, und der Gedanke erschreckte ihn, war Mr Kendals Art, sich ihm hinzugeben. »Ein Unfall?«, fragte der Maestro etwas plump, während der andere sich mit spitzem Finger ein ums andere Mal über den Adamsapfel strich, eine kindische Geste, dachte der Maestro, woran erinnerte er sich, worum bat er? »Nein, nein«, antwortete Mr Kendal, »seine Mutter hat ihn getötet und dann sich selbst.« Der Maestro war aufgefahren und hatte für eine Sekunde gedacht, bestimmt hat *er* sie beide umgebracht, und entsetzt über einen solch törichten Gedanken, stürzte er in einen Abgrund des tiefsten Mitleids, als wollte er ihn trösten.

Aber wozu sich jetzt erinnern, wozu, mahnte sich der Maestro und stützte den Kopf in die Hände, und auf eigenartige Weise schien sein Kummer mit dem der Menschen hier unten zu verschmelzen. Wozu sich erinnern, wenn ihm noch die Hoffnung auf diese Frau blieb? »Stalingrad ist noch nicht ganz eingenommen«, flüsterte Tania plötzlich und zerrte ihn am Arm, »aber offenbar rechnet der Führer mit dem baldigen Sieg und ist schon auf dem Weg dorthin.« Aus dem Dunkel rief jemand, ganz genau, und wenn Salazar noch länger zögere, dem britischen Botschafter zu antworten, wenn er nicht bereit sei, die Neutralität aufzugeben, dann weil er sich des Sieges der Deutschen sicher sei.

Die alte Holländerin zischte zu ihnen herüber, und alle lauschten wieder dem Radio, brüderlich vereint wie bei einer Messe. Der Maestro konnte nicht alles hören, was der Sprecher sagte, aber er hörte nun »Attentat im Hafen von Lissabon«, hörte »Boa Esperança«, hörte »Alcântara« und dass der Führer die Alliierten für das Attentat verantwortlich mache, die mit dieser feigen Sabotage das portugiesische Volk in letzter Minute gegen seine natürlichen Freunde aufhetzen wollten.

»Nach Berlin dringen die Nachrichten aber schnell«, sagte ein alter Pole auf Französisch, wie ein Prophet, dem als letzte Waffe die Ironie geblieben ist, »der Führer weiß sofort Bescheid!«

Ein anderer, der sich jedes einzelne Wort zu merken versuchte, um nach Gott weiß welchen Methoden eine Geheimbotschaft zu entschlüsseln, gebot ihnen zu schweigen. Eine ganze Weile war nun die Stimme eines Baritons zu hören, der Schuberts *Winterreise* sang, und niemand in der Cova do Galo schien noch zu atmen, wie berührt vom Hauch des Schnees ihres letzten Winters.

Nein, es war nicht mehr der Gedanke an ein Ultimatum, der sie erstarren ließ, auch nicht der Gedanke an eine Niederlage. Es war die schlichte, unabänderliche Tatsache, dass sie nun Teil der Geschichte waren.

Nicht den Wänden will ich gestehen

*Darío auf der Suche nach dem Maestro. Erinnerungen
an Montevideo. Sofía erpressen?*

I

Er lief und lief – wie lange schon, zwei, drei Stunden? –, lief verzweifelt durch die Umgebung des Hafens und suchte nach Maestro de Oliveira, und vor Erschöpfung sah er nur noch sein eigenes Bild, wie er niedergeschlagen, mit ausgreifenden Schritten die steilen Gassen und dunklen Treppchen hinaufstieg und dann unsicher über das Pflaster der Gehsteige wieder zum Fluss hinabfand, alle paar Meter ausrutschend, Pfützen von Erbrochenem und verstreuten Fischgräten ausweichend, dem unglaublichen Müll, der aus den Fenstern der Bordelle flog, misstrauisch gegenüber allem wie ein Kind, das sich hoffnungslos verirrt hat. In Montevideo, der sanft sich wellenden Hafenstadt, die ihm immer wieder ins Gedächtnis kam, weil dort seine Mutter lebte, die einzige Person, an die er sich nun wenden konnte, aber um welchen Preis, um welch unerhörten Preis!, in Montevideo hatte Darío gelernt, sich mit der nüchternen Selbstverständlichkeit der Wohlhabenden zu bewegen, einer geschmeidigen Zurückhaltung, die ihm zu verbergen half, was die feinen Leute als anstößig missbilligten. Und wie oft hatte diese Diskretion ihn, erst in Buenos Aires, dann in Manhattan, bei Polizeirazzien und in den ärmeren Vierteln gerettet, als wäre sie, wenn schon nicht ein Beweis seiner Unschuld, so doch Unterpfand seiner Straflosigkeit. Doch dieses unwegsame Lissabon, diese schmutzige und rückständige Stadt, in der zu wohnen er sich nur abgefunden hatte, weil der Maestro hier seine Wurzeln hatte, schien ihn nun all den armen Teufeln zuzuschlagen, die er auf seinem Weg sah. Er hatte nicht das Geringste zu tun mit den Flüchtlingen, und er wollte es auch nicht. Konnte man verzweifelter sein als er, der den Maestro verloren hatte und sich, was immer ihm passiert war, schuldig fühlte? Wenn er neulich wenigstens seinen Wunsch nach Rache hätte zügeln können! Er streifte jetzt durch den Chiado, und als er an der Kirche Nossa Senhora da Conçeicão vorbeiging, kam ihm der Name des einzigen Menschen in den Sinn, der dem Maestro ähnelte, und er erschrak. *Jetzt mach kein Drama daraus, bitte, kein Drama*, hörte er seine Mutter in der Erinnerung an jenen *jour fatidique*, diesen verhängnisvollen Tag, und es war tatsächlich schwer vorstellbar, dass der Maestro sich das Leben nahm, bloß weil ein Bediensteter ihn verraten hatte. Schließlich wäre auch er, Darío, nie auf einen Feigenbaum geklettert, um sich zu erhängen, wie Judas es aus weit geringerem Anlass getan hatte.

Wo er nur steckte, der Maestro? Nach so vielen Jahren in seinen Diensten, nachdem er ihn besser kannte als seine eigene Mutter und sogar gelernt hatte, seine Launen vorherzusehen, wie hatte er da im Laufe des Tages nicht das geringste Anzeichen dafür bemerkt, dass er verschwinden würde? Sie waren gemeinsam zur Anlegestelle gegangen und zügig und ohne Probleme durch die Passkontrolle für die Passagiere der ersten Klasse gekommen: der Maestro mit seinem weiten Umhang und dem eleganten Hut, ohne sich seines dandyhaften Auftretens bewusst zu sein, vertieft in den Schmerz, Portugal zu verlassen und in Portugal »seinen Jungen«; und Darío voller Stolz, dass er, weil man glaubte, der Maestro verstehe kein Portugiesisch, in seinem Namen den herzlichen Abschied des Hafenmeisters entgegennehmen durfte und das Privileg genoss, mit als Erster an Bord der Boa Esperança zu gehen, während die Kräne noch eifrig Gepäck und Proviant verluden. Sie beide, der Maestro und er – und das hatte Darío mit seinem erhobenen Haupt auch sagen wollen, als sie dem Offizier auf das Schiff folgten und die stechenden Blicke der Flüchtlinge im Rücken spürten –, sie waren nicht nach Portugal gekommen wie Ratten auf der Flucht, sondern auf Einladung des Ministers António Ferro höchstpersönlich, der nicht nur ein feinsinniger Mensch war, sondern ein Avantgardedichter, und auch jetzt fuhren sie nicht fort, weil sie vor irgendetwas Angst hätten, sondern weil ein »Zeitkreis sich geschlossen hat«, wie der Maestro gestern zugeben musste, als er nach einem Spaziergang allein, den er sich als seinen »privaten Abschied« von Lissabon ausbedungen hatte, ins Hotel zurückkam. Darío hatte ihm geholfen, es sich in einer der beiden prächtigen Suiten auf dem Upperdeck bequem zu machen, und während der Maestro sich »nur für ein Stündchen« aufs Ohr legte, hatte er sein eigenes Gepäck in die Erste-Klasse-Kabine gebracht, die er mit dem abwesenden Schüler hätte teilen sollen. Als er wieder hinaufging, um den Maestro zu wecken und an die Medizin zu erinnern, sah der nicht nur sehr viel besser aus, er unterhielt sich auch mit den Ardittis, jüdischen Juwelieren, die sich endlich vor Europa in Sicherheit glaubten und die es drängte, zu erzählen. Er war eifersüchtig, dass der Maestro mit diesen Leuten sprach, sensibel für die schlimmen Themen offenbar durch die Demütigungen, die ihm »sein Junge« zugefügt hatte. Doch als der Vorsteher der Israelitischen Gemeinde an Bord kam, um die Ardittis zu verabschieden, und, sowie er den Maestro, den man beim Konzert von Tito Schipa so bejubelt hatte, erkannte, schwang er sich ebenfalls zu einer langen Rede über die unleugbare Gefahr auf, in der Lissabon nun schwebte, über Bombardierungen und Massendeportationen, und nachdem Darío den Kapitän um Erlaubnis gebeten hatte, an Land gehen zu dürfen, war er zum Etablissement von Mr Hoffmaster gelaufen. Wer wollte ihm eine kleine Überraschung für den Maestro verwehren, wenn den Passagieren auf dem Upperdeck ganz offensichtlich erlaubt war, Besuch zu empfangen?

Der Junge mit dem roten Halstuch, den Darío durch ein Schlüsselloch aus der dürftigen Reihe von Burschen auswählte, war »nicht ganz verfügbar«, hatte sich der Alte entschuldigt, früh am Morgen werde er an Bord eines marokkanischen Trawlers gehen, der sich anschickte, neben der Boa Esperança zu ankern. Doch Darío versicherte, er würde ihn »nur für ein paar Stunden« mitnehmen, und eine Zahlung, welche den Preis für die ausgefallensten Dienste um ein Mehrfaches überstieg, überzeugte diesen Lümmel, in den Handel einzuschlagen, voller Eifer und zugleich mit einer Unschuld, wie es dem Maestro, da war sich Darío sicher, gefallen würde, denn es war genau das, was ihn anfangs zu seinem verlorenen Schüler hingezogen hatte. Es war gegen zehn Uhr, als sie das Bordell verließen. In der Ferne waren die Sirenen zu hören, und vom Radio alarmiert, traten Menschen auf die Balkons und schrien »Feuer! Feuer!«. Am nächtlichen Himmel mit seinen dahinstiebenden Wolken und Fledermäusen kreisten die Lichter der Flakscheinwerfer, und jemand riet ihnen, nicht weiterzugehen. Darío hatte dem Jungen ein bisschen mehr zahlen müssen, damit er ihn, nun in der Rolle eines Leibwächters, zumindest bis zum Eingang des Hafens begleitete, und strahlend vor Seligkeit war der ihm gefolgt.

Darío versuchte sich einzureden, dass es nur ein Unfall gewesen sein konnte, vielleicht weil er es leid war, an Politik denken zu müssen und doch nur zu begreifen, dass er nichts davon verstand. Aber in der immer gedrängteren Menschenmenge war allenthalben von einer Bombe die Rede, von einem Attentat auf die Kabinen der ersten Klasse, ebendort, wo er seine

Wertsachen aufbewahrte, genau unter der Suite des Maestros. Einer aus der französischen Familie, die er in der Nachbarkabine gesehen hatte, Monsieur de Rosenberg, erklärte unter wildem Gefuchtel, dass sie die Bombe unter sein Handgepäck geworfen hätten, er habe kaum Zeit gehabt hinauszukommen! Als Darío schließlich zu der Reihe der Gendarmen kam, die den Bahnübergang abriegelten, hatte er sich nicht zu einer Frage durchringen können, doch zum Glück erkannte ihn ein Vertreter der Reederei, trat auf ihn zu und flüsterte ihm ins Ohr, er könne selbstverständlich in ihrem Haus in Lapa unterkommen. Dorthin war er dann gegangen, der Junge mit dem roten Halstuch immer zwei Schritte hinter ihm, dem Himmel sei Dank, er wäre verrückt geworden, wenn er allein durch diesen Hexenkessel hätte gehen müssen, wo der Mob nun außer Kontrolle schien. In einem Patio mit Wandkacheln und Bougainvilleen, wo die Angestellten, die eigentlich Feierabend hatten, umherwieselten und wie ein wenig vertrauenswürdiges Gebet ein ums andere Mal betonten, die Schäden am Schiff seien nicht von Bedeutung, sah er wieder die Franzosen, die auf einer vom Gesträuch fast überwucherten Bank saßen und mit den Ardittis lautstark erörterten, ob es nicht besser sei, aus Lissabon zu fliehen und, sobald das Tohuwabohu vorüber war, zurückzukommen und alles Weitere zu regeln. Niemand achtete auf Darío, und er traute sich auch nicht, mit einer Frage auf sich aufmerksam zu machen. Doch als er feststellte, dass der Maestro nicht im Hof war, nicht in einem der Büros, deren Mittelpunkt der Rundfunkempfänger war, und auch in keinem der sonstigen Räume, in denen sich die völlig verängstigten Passagiere drängten; als er den Gesprächsfetzen, die er hörte, entnahm, dass ganz Portugal unausweichlich einer noch viel größeren Gefahr entgegenging, war er wieder hinaus auf die Straße gegangen, hatte dem Jungen mit dem roten Halstuch noch einen Schein in die Hand gedrückt, damit er ihn weiter begleitete, und war ins Gondarém gelaufen. Und er flehte zum Himmel, dass der Maestro nicht irgendeine Dummheit begangen hatte, dass er nicht noch einmal versucht hatte, seinen Schüler zu retten, wie am Abend vorher, bei seinem »privaten Abschied« von Lissabon. Ja, richtig, er sei hier gewesen, sagten ihm die beiden Türsteher, aber sie hätten ihn hinausgeworfen, damit er nicht wieder so einen Ärger machte wie gestern. Für ein kleines Geld ließen sie ihn hinein. Hinter der Theke stand Oliverio, dieses Miststück, aber er schien ehrlich zu sein, als er ihm antwortete, er könne nicht sagen, ob der Maestro durch die Tür gekommen sei, er wisse ja nicht einmal, ob er überhaupt noch in Lissabon sei. Doch seine schüchterne Art hatte in Darío die schlimmste Befürchtung genährt: Und wenn dieser Hornochse dem Maestro gesagt hätte, was er selbst vor zwei Tagen den Mitarbeitern der argentinischen Gesandtschaft über den Maestro verraten hatte? Plötzlich spürte er einen Stich in der Schläfe, wie einen Schuss, und er sah den Ankerplatz von Puerto Piojo vor sich, wo der Maestro eines Abends im Sommer 1930 versucht hatte, sich das Leben zu nehmen, er war gerade noch rechtzeitig gekommen, um ihn zu retten, während die Yacht von Mr Kendal schon in Richtung Uruguay verschwand. *Jetzt mach kein Drama daraus, bitte, kein Drama*, hörte er wieder seine Mutter, doch dann erinnerte er sich, wie der Maestro erst vor zwei Tagen mit einem Herzanfall auf der Tragbahre im Krankenhaus lag, und gleich darauf, zum ersten Mal seit Jahren, an seinen eigenen Vater, blutüberströmt, an jenem *jour fatidique*, und wie seine Mutter alles arrangierte, um nach Montevideo zu fliehen, bevor der Untersuchungsrichter kam und ganz Buenos Aires sich das Maul zerriss. »Hilf mir, *maman*«, murmelte er, während jemand ihn unsanft zur Tür schob und er dem Jungen mit dem roten Halstuch noch rasch einen weiteren Schein zusteckte, diesmal, damit er im Gondarém auf ihn wartete. Er war durch diese Hölle auf den Straßen, inmitten der Passagiere, die jetzt vor der berittenen Polizei flohen, zuerst zur argentinischen Residenz gegangen, wo ein gewisser Dom Hilário ihm versicherte, dass nur der Dr. Ordóñez oben sei, »mit so einer Fadosängerin«, dann zur Pension Londres, wo Oliverio wohnte, seit er sie verlassen hatte, und dann zu dieser Kaschemme, Portas Largas, wo Meister und Schüler oft Fados gehört hatten, während sie ihn zu »Nachforschungen« ins Innere von Portugal schickten. Aber niemand wusste etwas, der Maestro war wie vom Erdboden verschluckt, und falls er doch irgendwo gewesen war, hatte er nicht die geringste Spur hinterlassen. Und so zog er weiter wie ein Schlafwandler, wie eine Made auf ihrem Weg durch diese verdorbene Frucht namens Lissabon, zog weiter, lief und lief.

Irgendwann beschloss Darío, alles auf eine letzte Karte zu setzen und vom Chiado, der ohne Menschen auf den Straßen nicht wiederzuerkennen war, in Richtung Cais do Sodré hinunterzugehen, zum Hotel Majestic, wo sie bis vor wenigen Stunden gewohnt hatten. »Nein«, sagte der Portier, »der Herr Maestro de Oliveira ist nicht wieder hier gewesen, und selbst wenn er gewollt hätte«, bekannte er freimütig und ließ eine Verachtung spüren, die er monatelang zurückgehalten hatte, »seine Suite ist bereits belegt, ein dänischer Baron hat sie schon vor fast einem Jahr reserviert und wartet schon darauf.« Und so stapfte Darío, verärgert die Möwen verscheuchend, über die Stufen bei der Anlegestelle am Cais do Sodré, wo ein Dutzend Fährmänner um ein Feuer stand und von Politik sprach, während ihre Flotte am Kai vertäut lag. Darauf lief er, ohne jede Hoffnung, durch die Halle des Bahnhofs der Linie nach Estoril, und allein die Erinnerung an seinen Vater, an den Tod seines Vaters an jenem *jour fatidique*, hielt ihn davon ab, auch noch die Krankenhäuser abzulaufen. Er ging weiter zum Hafen, und als eine Ahnung in ihm aufstieg, dass er in Wirklichkeit nicht mehr als die Hälfte eines monströsen Wesens war, das er mit dem Maestro gebildet hatte, die Hälfte ohne Kopf, blieb er an der Tür eines Kolonialwarenladens stehen und sackte zusammen, ebendort vielleicht, weil er sich angezogen fühlte vom Treiben bei der Markthalle gegenüber und von den Homosexuellen, die, wie so oft des Nachts, einander im Schutz der Dunkelheit und des Durcheinanders suchten, um ihre kleine Welt zu retten. *Jetzt mach kein Drama daraus, bitte, kein Drama*, hörte er wieder seine Mutter. Aber vielleicht war es schon zu spät. Der Zauber war gebrochen.

2

Unter den Bögen des Säulengangs sah er Fischhändlerinnen, die lachend und schreiend, fluchend und trällernd ihre Karren zogen, heiter und aufgeräumt, weil, wie es schien, dieser marokkanische Trawler ihnen nach Monaten des Mangels wenigstens eine Ladung Stockfisch brachte, ein paar Kisten Sardinen, die Hotels und Restaurants ihnen zu Mondpreisen abnehmen würden. Als in der Ferne Motorenlärm zu hören war, liefen ein paar dicke, aber sehr agile Frauen zur Absperrung auf dem Bürgersteig, doch als sie sahen, dass es nicht der Lastwagen vom Großmarkt war, auf den sie warteten, sondern ein Polizeitransporter, der vom Hafen kam und an der Ecke abbog, hinauf zur Rua António María Cardoso, stürzten sie sich schreiend auf die Wachposten, die schon einen Angriff von Hungernden oder ein Attentat fürchteten und sich bereithielten, den Markt beim geringsten Anzeichen einer Gefahr zu schließen. Montevideo!, kam es Darío in den Sinn, und plötzlich sah er, unter genau solchen Arkaden aus Stahl und Glas, geschmückt von so viel Tauben wie Dreck, das Bild seiner vier jüngeren Schwestern, damals, 1921, als sie ihn verabschieden kamen, nachdem sie zum ersten Mal in fünf Jahren ihr Haus in Pocitos verlassen hatten, wohin sie einen Tag nach jenem *jour fatidique* gezogen waren. Seine vier Schwestern, die so gleich aussahen, zerbrechlich wie Gewächshausblumen, sich ekelnd vor dem glitschigen Boden und dem Fischgeruch der Abflüsse, vor den argwöhnischen Blicken der Markthändler, die ihn von seinen Ausflügen schon kannten, wenn er – und das mit achtzehn Jahren! – vorbeikam und nach Matrosen Ausschau hielt; vier Mädchen, die, erschrocken über die Weite des Himmels und des Meeres hinter dem Schnelldampfer, einander an den schmalen Händen hielten. Und auf einmal sehen sie ihn an der Reling, voll Ehrfurcht und zugleich verblüfft: *Bruderherz!* Er versucht, sich zu beherrschen und den Blick nicht abzuwenden, er schämt sich ihrer altmodischen Hütchen, ihrer kurzen, engen Kleidchen. In diesen Jahren außerhalb von Argentinien sind sie gewachsen, die vier, immer im Bett, außer Panchita, der Jüngsten, die an jenem *jour fatidique* auf dem Land und erst zehn Jahre alt war und nicht viel mitbekommen hatte, Panchita, die bei jedem Besuch von Mme. Lagrange, der Gesangslehrerin, für die alle dem Himmel dankten, weil sie der einzige Beweis war, dass etwas sie noch an die Zukunft band, zumindest ihr gewandartiges Nachthemd verbarg. Neben ihm an der Reling steht der Maestro, zuerst nur mitfühlend, dann geradezu gerührt, als die Mutter erscheint, die erst noch mit dem Kutscher feilschen musste, verhüllt unter Hüten und Schleiern und Gemmen und Kajal, um ihr Alter zu verstecken, die Verwüstungen durch die Schlaflosigkeit und das Morphium, Doña Asunción »Mimí« de Álzaga, die den Maestro mit Tränen in den Augen anblickt und ein Tüchlein schwenkt, wie zum Dank, dass er ihre Familie gerettet hat – ihn, ihren einzigen Sohn, vor dieser Weiberwirtschaft, und sie, die Frauen, vor der grauenhaften Aussicht, ihn zu vergöttern –, indem er die Pustel austrocknet, die sie selbst opernhaft »unsere gloriose Krankheit« nannte. Es stimmte ja, sagte sich Darío nun, so viele Jahre später in Lissabon, und er versuchte, nicht auf den älteren Herrn zu achten, der nun auf ihn zukam und mit der Hand immer wieder seine Hosentasche bauschte, es stimmte ja, dass die Familie Muñoz de Álzaga, deren eintöniges Leben nur in den Phantasien der Mutter Nahrung fand, jeden willkommen geheißen hätte, der ihnen eine Tür öffnete. Aber hatte der Maestro bemerkt, wie viel von ihrer Bewunderung sich wirklich auf ihn richtete, als hätte der Himmel ihn gesandt?

Mit Erleichterung stellte Darío fest, dass es der Franzose war, der sich ihm näherte, der Händler aus Sète, den er vor zwei Wochen verführt hatte, keiner der Flüchtlinge. Er war der örtliche Geschäftsführer einer großen Firma, die mit Meeresfrüchten handelte, vielleicht ja kein schlechter Ersatz für den Maestro, dachte er.

So oft hatte die Mutter ihnen die großartigsten Dinge erzählt von den Konservatorien namens Bischof de Oliveira, an deren Sitz in Montevideo Panchita ihre Prüfungen ablegen würde, als Primadonna! Hatte ihnen erzählt, wie sie sich um die Jahrhundertwende, bei einem Empfang für den großen Dichter Rubén Darío in Buenos Aires, getraut hatte, eine Arie zu trällern, worauf Maestro de Oliveira bewegt zu ihr getreten war und mit seiner unbeschreiblichen Mischung aus Humor und Poesie gesagt hatte: »Sie wären die Lucia di Lammermoor gewesen, die unsere grobe Welt noch nicht ertragen kann.« So viele Jahre hatte sein Vater, dieser Rohling, der eifersüchtig war auf alles, was ihm sein gewöhnliches Wesen vor Augen führte, ihr erwidert, dass »dieser Herr de Oliveira« der schlimmste Irre von ganz Buenos Aires sei, nicht nur wegen seines »Leidens«, betonte er, ohne es weiter zu präzisieren, sondern weil er so unverschämt war, das Andenken des eigenen Vaters zu entehren, des Generals de Oliveira, des Helden und Märtyrers der Feldzüge im Chaco. Als der Junge dann neunzehn Jahre alt ist und eine unerträgliche Affektiertheit an den Tag legt, die kaum jemand nicht als Beleidigung aufzufassen vermag; als er, dessen einziges Steckenpferd es ist, zu jedem musikalischen Abend ins Teatro Solís zu gehen, um seine Sammlung mit Autogrammen von Diven zu vervollständigen und anschließend durch die Altstadt von Montevideo in Richtung Hafen zu verschwinden; als er in seinem Leben schließlich nichts anderes Nützliches mehr tut, als die fixe Idee seiner kleinen Schwester zu unterstützen und sie beim Üben am Klavier zu begleiten, während Panchita ihrerseits schon den Zenit ihres Talents und ihrer Virtuosität zu erreichen scheint – da ruft Mme. Lagrange an und sagt ihnen, dass Maestro de Oliveira persönlich bei der Gesangsprüfung anwesend sein wird. Maestro de Oliveira, den kennenzulernen er schon keine Hoffnung mehr hatte, den sie in der Zeitschrift *Plus Ultra* neben Enrico Caruso gesehen haben! Und da er es nicht glauben kann und seine Begeisterung zu dämpfen versucht, reißt er schließlich die Fenster auf, damit die Nacht bei der letzten Probe ihre Königin erkennt, und als sie zum höchsten F kommt, applaudieren sogar die misstrauischen Nachbarn draußen auf ihrem Rasen, und selbst das Meer mit dem Vollmond darüber scheint sich in eine Bühne für die *Zauberflöte* zu verwandeln. Nie schien die Abwesenheit eines Vaters willkommener zu sein! Doch der Mond sinkt, und es kommt der Morgen, und als der Junge aufsteht, liegt das Haus im Dunkeln, und alles ist schrecklich still, nicht weil Panchita noch schliefe oder voller Unruhe bereits zum Konservatorium aufgebrochen wäre, im Gegenteil, seine Schwester ist da, im Musizierzimmer, mit dem Rücken zum Klavier, starrt in die Sonne, die durch die Rollläden sickert, und knautscht nervös die Tastenabdeckung, ihre goldenen Pailletten und Troddeln. *Ich kann nicht, ich will hierbleiben*, liest der Junge auf einem Zettel, den sie auf das Klavier gelegt hat, *ich bringe nicht ein Wort heraus.* Ihm ist sofort klar, dass das nicht bloß Lampenfieber ist, und die Schwestern und die Mutter verstehen es auch, als sie, von der Stille aufgeweckt, herbeikommen und sie so dastehen sehen, und sie versuchen, sie mit Bitten und Zärtlichkeiten aus ihrer Erstarrung zu reißen, versuchen es mit Bestechung, drohen ihr gar, und schließlich schreien sie und rennen wie verrückt durch die riesigen Zimmer, die unter ihrem Gebrüll widerhallen, wirbeln Staub auf und treten gegen die Waschschüsseln unter den unzähligen undichten Stellen im Haus. Das ist das Geheimnis, denkt die Mutter, denken die Mädchen, denkt auch er, die Strafe, aber niemand sagt es. Er begreift, dass die Lösung allein in seinen Händen liegt, und ohne auf die Schreie der Mutter zu achten – *ne fais pas de bêtises, oh ma fleur, mon soutien, mon semblable!* –, geht er hinaus und läuft über den Boulevard am Strand entlang, und während er die Stufen zum Hotel Hermitage hinaufgeht, wo der Maestro sein Zweitdomizil hat, probt er seine Bitte und sucht nach einer Männerstimme in sich, die er vielleicht nie hatte: »Ich bin der Sohn von Mimí de Álzaga, Sie erinnern sich, Maestro? Ich komme mit einer Bitte, weil meine Schwester, die ihr Talent geerbt hat, unpässlich ist...« Als er an der Rezeption steht und der Concierge seinen Namen hört, lässt der ihn ohne Umschweife zur Suite hinauf; doch als der Maestro ihm öffnet, noch im Morgenrock, da er dachte, es sei der Boy, der ihm das Frühstück bringt, begreift der Junge, dass er nicht nur wegen einer Bitte hergekommen ist. »Sie wünschen, junger Mann?«, fragt der Maestro verdutzt, und fast hätte er ihm die Tür wieder vor der Nase zugeknallt. »Nur eine Bitte, Maestro«, stammelt er, mit einer solch tragischen Miene, dass der Maestro ihn einfach hereinlassen muss, und wie um sich zu schützen, schlingt er sich in den Morgenmantel. »Sie werden die Unordnung entschuldigen, vor einem Monat ist meine Assistentin gestorben.« Und der Junge wird von dem Zimmer aufgenommen wie von seinen eigenen Träumen. Während der Maestro liebenswürdig auf den Klavierhocker deutet – alles andere versinkt unter Kleidungsstücken, Partituren, Toilettensachen –, spürt er, auch wenn er die mahnende Stimme seiner Mutter hört, *Jetzt mach kein Drama daraus, bitte, kein Drama*, in seiner Brust einen Stich, der unendlich schmerzt, eine Sehnsucht nach der Zukunft wie eine süße Wunde. (*»Ich liebe dich«, hatte de Vedia zu ihm gesagt, und da er es weder ertrug, den Jungen an seiner Seite zu haben, noch ihn zu verlieren, antwortete er ihm nur: »Schreib mir.«*) »Nun denn, mein Freund, ich höre«, drängt der Maestro, ein wenig in Sorge, er könnte einem Erpresser in die Fänge geraten sein. Und der Junge zittert, geschüttelt von einer Erinnerung, die zu überhören, die wegzusperren er vor Jahren gelernt hat *(ihr Haus in Buenos Aires, sein Vater, der ihn an seinen Schreibtisch zitiert).* »Eigentlich bin ich gekommen, weil ich Sie bitten möchte, eine Prüfung zu Hause abzunehmen, nur ein einziges Mal«, und der Maestro macht eine empörte Miene, was soll dieser Unsinn, »aber vorher möchte ich Ihnen ein Geheimnis erzählen.« »Ich höre«, antwortet der Maestro ungeduldig, »aber rasch, bitte«, gerade als der Boy mit dem Frühstück an die Tür klopft, und der Maestro öffnet sofort, um jeden Verdacht zu zerstreuen. Während der Diener mit diskreter Eile, die nicht frei ist von Verachtung, auf dem Servierwagen Tassen, Teekanne und Tabletts richtet, fängt der Junge an zu weinen und denkt sich etwas aus, denn wieder wird er abgelenkt, so unvorhersehbar ist die Erinnerung! *(Sein Vater, der zu ihm sagt, »ich habe den Brief gefunden«, und eine Schreibtischschublade aufzieht und seine Pistole herausnimmt.)* »Wie Sie sehen, habe ich nicht viel Zeit«, ermuntert ihn der Maestro mit sonorer Stimme, denn noch sind sie nicht allein, aber etwas rührt sich in ihm, er fürchtet ihn nicht mehr. »Sie müssen mir auch nicht gleich antworten ...« Der Boy geht mit einem »Sie gestatten«, und der Junge weiß nicht mehr, ob es der Wunsch ist, Pancha zu retten, oder weil es ihm unangenehm ist, wie sein Blut nun in Wallung gerät, jedenfalls sagt er, so seltsam es erscheine, aber schon als Kind habe er gespürt, dass der Maestro der einzige Mensch sei, dem er vertrauen könne. Der Maestro verliert die Geduld, Kindergedöns, was sonst, und er legt ihm die Hand auf die Schulter und sagt, »aber mein Gott, ist das denn so schlimm?« Und unwillkürlich die Adelina Patti nachahmend, die er im Teatro Solís die Arie der Lucia hat singen hören, erzählt ihm der Junge schließlich, wie sein verstorbener Vater, Oberst der argentinischen Armee, Polizeichef zur Zeit des Präsidenten Roca, ihn eines Abends an seinen Schreibtisch gerufen und ihm gedroht hat, sich umzubringen, wenn er nicht einen anonymen Brief dementiert (*»ich will es aus deinem Mund hören, du Schwein«, sagt er, und seine Mutter, hinter der Tür: »mach auf, Idiot, mach auf«, und auf einmal begreift er, mit einer ungeheuren Freude, dass das Leben des Tyrannen nur von ihm abhängt*). »Und was stand in dem anonymen Brief?«, fragt ihn der Maestro, und der Junge schaut ihn an, wie er noch nie zuvor oder danach jemanden angeschaut hat: »Dass ich pervers bin«, als könnte er seinem Geständnis mit diesem Wort aus dem Polizeiteil, den er immer verschlang, die Spitze nehmen. »Homosexuell, Maestro, das bin ich«, sagt er, »ein Homo«, immer wieder, um Mitleid zu erwecken, denn ihm ist klar, dass es für den Maestro kein Grund ist, zu ihnen nach Hause zu kommen und dort die Prüfung abzunehmen. »Mein Gott, junger Mann, es ist fast acht Uhr! Geben Sie mir Ihre Adresse, und warten Sie unten auf mich, ich schicke eine Nachricht.« Dann nahm der Maestro ihn bei den Schultern und flüsterte: »Es ist eine seltene Freude, in dieser Welt der Mittelmäßigen und Vernünftigen eine Lucia zu finden.« Während er sich in der Lobby des Hotels seine kryptische Botschaft auf der Zunge zergehen ließ, die alles in allem das Deutlichste war, was er von einem so feinen Mann verlangen konnte, wartete er eine Stunde sehnsüchtig auf die Nachricht, ohne sich die Antwort ausmalen zu wollen, dem Kommen und Gehen der Boten folgend, die ihn nur spöttisch anschauten. Doch es waren keine zwei Stunden vergangen, da war der Maestro bereits bei ihnen zu Hause, zusammen mit Mme. Lagrange und den lächerlichen Leitern dreier Montevideer Filialen des Konservatoriums, stolz auf diese erhabene Gelegenheit und zugleich unangenehm berührt von der staubigen Pracht und der leicht verwirrten Stimme der Königin der Nacht, die nicht besonders gut sang, vor allem nicht auf der Höhe der Ankündigungen der Mutter, die aber vibrierte wie ein Vesuv mit Strömen von Lava und ewigem Feuer. Mutter und Schwestern weinten vor Erleichterung, und nur er war immer noch unruhig, denn letzten Endes hatte der Maestro ihm nichts auf sein Geständnis geantwortet. Während diese Flaschen von der Prüfungskommission die Köpfe zusammensteckten und vorgaben, die Benotung zu diskutieren, die mit ihrem Entgegenkommen, sich herzubegeben, längst feststand und die sie dann in gezierter Frakturschrift aufsetzten, war der Maestro, der sich die ganze Zeit hinter seiner Prüfermiene verschanzt hatte, auf die Mutter zugegangen und hatte vor ihr und den vier Töchtern eine so kühne wie wohlbemessene Rede gehalten über die »ungewöhnlichen musikalischen Kenntnisse dieses jungen Mannes hier, insbesondere was die Oper betrifft«, eine Rede, die so glaubwürdig klang, dass er sie sich zurechtgelegt haben musste, während er so tat, als lauschte er der Arie. Wenn »Madame de Álzaga« es so wünsche, sagte Maestro de Oliveira, würde es ihn freuen, den »jungen Spross« als seinen persönlichen Assistenten anzustellen, und er wäre der erste einer Reihe junger

Künstler, mit denen er, im Gedenken an seine Vorfahren, den Jesuiten und Musiker, eines Tages und mit Gottes Hilfe eine Art Künstlerkolonie aufbauen würde. »*Oh, mon maître*«, hatte Mimí ihn theatralisch unterbrochen, »*jamais je n'oublirai une telle délicatesse!*«, und auf den Knien vor ihm: »*Merci de nous donner, hélas, le mal de vivre!*« Während er seine Koffer packte, misstraute der Junge diesem seltsamen Glück, zumal mit welcher Geschwindigkeit der Maestro ihn aufgenommen hatte, und selbst seine Mutter, sogar seine Schwestern, die glücklicher waren, als sie zuzugeben sich trauten, schienen zu wissen, dass sie mit dem Feuer spielten.

So waren sie zum Hafen gefahren, erinnerte sich Darío nun, viele Jahre später, vor der Markthalle von Lissabon, und als er dann an Deck des Schnelldampfers stand und mit demselben Tuch winkte, mit dem er sich an jenem *jour fatidique* das Blut abgewischt hatte, fragte er sich, ob es nicht etwas voreilig war, sich just nach der blitzartigen Verbindung mit dem Maestro dem Urteil seiner Feindin Buenos Aires zu stellen, die ihn mit den schlimmsten Verdächtigungen beschmutzt hatte. Außerdem fürchtete er, der Maestro könnte ihn erpressen wollen und für diese Freiheit in seinen Diensten Gefälligkeiten von ihm verlangen. Aber er hatte ihm nicht einmal einen Kuss gegeben, selbst abends an Bord nicht, als sie mit tausend Gedanken in ihren Kojen lagen und kein Auge zutun konnten und er hörte, wie der Maestro verkündete: »Du wirst deinen Namen ablegen. Ab heute heißt du Darío, wie der große Dichter, der deine Mutter mit einem abgebrochenen Traum geschwängert hat, denn du bist nie auf die Welt gekommen. Nur Darío, und Muñoz, Darío Muñoz.« Und Darío sagte ja und spürte, wie dieser Name ihn mit unendlicher Milde gegen alle Gefahren wappnete. Und welch unglaubliches Glück, niemand zu sein nach all den Jahren, in denen er verurteilt war, *er* zu sein! Er brauchte nicht mehr mühsam zu vergessen, denn als Darío Muñoz würde er keine Erinnerungen haben. »Spürst du, wie du schon ein anderer bist?«, hatte der Maestro ihn gefragt, ohne sich von der Pritsche zu erheben, und als Darío erneut ja sagte, hörte er sich selbst mit einer neuen Stimme: der Stimme von Panchita. »Das ist der Zauber«, erklärte der Maestro und öffnete seine Seele der Welt des Spiritismus. Er habe geahnt, dass Darío für ihn bestimmt war, und es fehle nur eine Person für die Dreieinigkeit. Er wusste, dass das Gerede, sie beide, der Maestro und er, seien Liebhaber, sie von dem Moment an begleiten würde, da sie in Buenos Aires anlegten, aber es war ihm egal, er war stolz darauf und versuchte es mit jeder Geste zu zeigen. Seine Verbindung mit dem Maestro, ihre tiefe Freundschaft, war gewöhnlichen Sterblichen ohnehin nicht zugänglich. Außerdem, wer wollte ihm das Glück streitig machen, für ein wahres Genie zu sorgen!

Das Geräusch von Schritten schreckte ihn auf und holte ihn in die Gegenwart zurück. Es war wieder der Franzose aus Sète, der seine Ruhe für Zustimmung hielt und ihn jetzt ansprach, um ihn anzusprechen. Nur dass Darío diesmal beleidigt aufstand und loslaufen wollte, doch ein plötzliches Schwindelgefühl hielt ihn zurück: wie bei einem Neugeborenen, dachte er, das von einer resoluten Hebamme an den Füßen hochgehoben wird und schreit. Der Zauber war gebrochen.

3

Jetzt mach kein Drama daraus, bitte, kein Drama, hörte er den Rat seiner Mutter, während er mit nun schon etwas sichereren Schritten die Straße weiterging, behindert allein von den Mantelschößen, die im Wind flatterten, Flügel eines Würgeengels, der sich schuldig fühlt, Sodom in Brand gesteckt zu haben. *Bitte, kein Drama.* Doch Darío spürte, dass der Rat zwecklos war, dass jemand den Vorhang vor seiner Erinnerung aufgezogen hatte, und nur, weil er nicht vergessen konnte, hatte er sich wie die Flüchtlinge, wie all die armen Teufel in das Drama dieser Nacht von Lissabon gestürzt. Der Franzose, der sich seiner *Neigung*, wie er es nannte, schämte, folgte ihm in einiger Entfernung, angespornt gewiss durch die Abwesenheit seiner Frau, die sich aus Angst vor erneutem Luftalarm wohl wieder auf ihr Landgut in Setúbal geflüchtet hatte. Aber was für eine Dummheit, dachte Darío, wenn er eine solche Nacht oben im Lagerhaus des Franzosen verbrachte und ihn unter den gierigen Blicken seines hübschen Nachtwächters mit Gedichten von Verlaine betörte. Zum Vergnügen war er nie mitgegangen. Nur um vor der Einsamkeit zu fliehen, war er so oft losgezogen, wenn der Maestro abends schlief! Und Darío fragte sich, was nach ihrer Abfahrt wohl aus seiner Mutter geworden war, deren Briefe zu beantworten er sich nie getraut hatte, Briefe in einem immer eigenwilligeren Französisch, »ein gestörter Dialekt«, hatte sein Vater immer gesagt. Was aus den Schwestern, die er zu lieben geglaubt hatte, weil sie so an ihm hingen. Und vor allem, was war aus Panchita geworden? Aus den spärlichen Presseartikeln, die in Buenos Aires über das musikalische Geschehen in Montevideo berichteten, hatte er immer wieder versucht, etwas über ihre Fortschritte als Sängerin zu erfahren. Nicht dass er seine Mutter und seine Schwestern vermisste, jetzt schon gar nicht, aber mit ihrem Schicksal hatten sie vielleicht vorweggenommen, was ihn nun erwartete. Ob sie es geschafft hatten, sich aus ihrer Isolation zu befreien, oder hatten sie, so wie er, das Ende nur aufgeschoben? *Jetzt mach kein Drama daraus, bitte, kein Drama.*

Die Uferstraße, dieser unendlich lange, vom Tejo nur durch

die glänzenden Gleise der Bahnlinie nach Estoril getrennte Boulevard, lag ohne jedes Hindernis vor ihm. Alle fünfzig Meter schufen Laternen eine kleine Lichtinsel, und nur hier und da standen ein paar Gendarmen, um die wenigen Flüchtlinge aufzuhalten, die es sich in den Kopf gesetzt hatten, auf die Boa Esperança zurückzukehren, oder den einen oder anderen ahnungslosen Arbeiter, der sich wie jeden Morgen auf den Weg zu den Kais machte oder zum Bahnhof Cais do Sodré. Ein Stück weiter kam ein Polizist auf ihn zu und wollte ihn am Weitergehen hindern, doch Darío musste ihm nur sein Billett erster Klasse vorzeigen, und der Mann salutierte und teilte beflissen mit, dass das Feuer gelöscht sei und es keine Opfer gegeben habe, worüber Darío auch nicht froh sein konnte. Wozu war das Leben gut, diese ungeheuerliche Nacht, wenn er keinen Herrn hatte? Der Beamte sah auch den Franzosen, der ihm folgte, aber offenbar hielt er ihn für einen besorgten Vater oder vielleicht seinen Leibwächter, und das Gefühl, dass man seinen gesellschaftlichen Status anerkannte, gab Darío neue Kraft. Aber auch die Verzweiflung wuchs. Er konnte sich nicht damit abfinden, dass der Maestro verschwunden war und er nichts von ihm wusste.

Je näher er dem Hafen von Alcântara kam – er sah schon den Schornstein der Boa Esperança über den Masten eines kleineren Schiffes –, desto deutlicher wurde ihm, dass dieser scheinbare Friede, diese Stille, diese unglaubliche Untätigkeit lediglich die Ruhe im Auge des Sturms war. Eine Gruppe von Emigranten und ein paar Bewohner, die nur nach Hause wollten, standen vor einer Kette von Gendarmen, die den Zugang zu dem Häuserblock versperrten, wo sich die argentinische Residenz befand, und wogten wie ein einziger dunkler, vom Seewind gepeitschter Strauch, ohne ein Wort, ohne den Zusammenhalt zu verlieren. Hätte er nur ein bisschen von dem Hochmut, dem Wagemut gehabt, den das Vertrauen eines Herrn ihm einflößte, er hätte sich vielleicht getraut, den Fahrer einer Ambulanz, die er ein Stück weiter sah, um Hilfe zu bitten und die Krankenhäuser abzufahren, aber bei der Erinnerung an seinen blutüberströmten Vater krampfte sich sein Magen zusammen. *Jetzt mach kein Drama daraus, bitte*, sagte seine Mutter, *und vergiss nicht, in gewisser Weise war es das, was er wollte.* Nein, nie und nimmer hätte er den Mut, den Leichnam des Maestros de Oliveira zu identifizieren. Ihm fiel nichts Besseres ein, als wieder durch die Straßen zu wandern, und ihm trat der Schweiß auf die Stirn, denn er wusste, dass die Gendarmen in Sekundenschnelle seine Unruhe bemerken würden, sein allzu kultiviertes Aussehen, seine effeminierte Art, die für sie schon ein Verbrechen an sich war. Er war allein in der Nacht, so allein, wie er damals, in jener Nacht, gewesen sein musste.

Jetzt mach kein Drama daraus, bitte, sagte er sich und versuchte sich zu beruhigen. Hatte er nicht eine Passage auf dem Schiff und einen gültigen Pass? Oberst Sijarich, den er in der Ferne erblickte, war wohl nicht der Richtige, um mit einer Bitte an ihn heranzutreten. Aber vielleicht Konsul Cantilo mit seiner distinguierten Art, der auch sein blamables Verhalten neulich, nach dem Konzert mit Tito Schipa, nicht mitbekommen hatte und der keinen Grund hatte, ihn zu verachten. Hatte der *Benfeitor* nicht fraglos eine große Sympathie für den Maestro gezeigt, als der vorher im Theater einen Herzanfall erlitten und er ihm die ganze Gesandtschaft zur Verfügung gestellt hatte? Oder Dr. Ordóñez, der jedes Mal, wenn er Darío begegnete, so tat, als würde er ihn nicht kennen, dem aber an der Nasenspitze anzusehen war, wie erpicht er darauf war, mit reichen Verwandten Umgang zu pflegen, und wenn man solche Leute richtig anpackte, sagte der Maestro immer, konnte man aus einem Armen einen Söldner machen und aus einem Feigling einen Mörder. Aber selbst wenn sie ihn für einen Aufschneider hielten: Müsste er sich nicht einfach nur trauen und von jenem dunklen Tag 1930 erzählen, als der Maestro wegen eines anderen Verrats, des Verrats von Mr Kendal, versucht hatte, sich im Río de la Plata das Leben zu nehmen? Nein, die Gefahr war zu groß, dass er sich zu irgendwelchen verhängnisvollen Indiskretionen hinreißen ließ. Aber, fragte sich Darío, wenn ihm die Abneigung der Argentinier schon gewiss war, könnte er sich dann nicht an eine portugiesische Behörde wenden? Wo er Gelehrte und Historiker aus ganz Portugal mit seinen Nachforschungen zum Bischof de Oliveira monatelang beeindruckt hatte?

Wie abgedrängt ans einstige Ende der Welt, schaute Darío sich nach dem Franzosen um und wollte ihn fragen, ob er ihn nicht, bitte, in sein Lagerhaus mitnehmen könne, aber er sah ihn nicht mehr, und als er ihn schließlich in der Ferne erblickte, fast am Ende der Uferstraße, wurde ihm klar, dass der Mann längst auf dem Rückweg war, vielleicht aus Angst, diese argentinische Schwuchtel könnte ihn denunzieren. Verzweifelt schaute Darío nach hier und nach da, auch wenn er wusste, dass es nicht ungefährlich war, und versuchte dann, unter den Wartenden vor der Absperrung, die sich immer wieder öffnete, um eine Ausnahme hindurchzulassen, irgendeinen anderen Homosexuellen zu finden.

Schließlich fiel Daríos Blick erneut auf Oberst Sijarich, und neben ihm sah er eine Frau, die er vage zu kennen glaubte. Ja, natürlich! Selbst in ihrer wunderlichen Garderobe, mit diesem Herrenmantel, der ihr bis zu den Fesseln reichte, und der Baskenmütze, unter der ihr Garçonschnitt verschwand, blieb sie, in ihrem kriegerischen Auftritt und ihrem Stolz, eine de Oliveira: Sofía Abascal de Oliveira de Ordóñez, die Halb-Großnichte des Maestros, die Einzige, die sich geweigert hatte, für den Memoirenband befragt zu werden und die selbst hier in Lissabon, wo niemand sie kannte, sich wie die letzte

Bastion des enterbten Zweiges benahm und einen Habitus zeigte, der ihre Bedeutungslosigkeit wettmachen sollte.

Eine gedemütigte Frau, sagte sich Darío entzückt, und langsam, als müsste er sich erst daran gewöhnen, aus den giftigen Dämpfen dieser Kloake herauszutreten, die ihm kein Ende zu nehmen schien, ging er vorsichtig auf sie zu, und ein so seltsamer und heftiger Wunsch reifte in ihm, dass es nur die Angst sein konnte, die in unerwartete Hoffnung umschlug. *Jetzt mach kein Drama daraus, bitte, kein Drama*; hörte er seine Mutter in der Erinnerung, doch Darío tadelte sie: Oh, tais-toi, verrücktes Weib. Sofía Abascal de Oliveira! So oft hatte er sie im Chiado an den Schaufenstern vorbeischleichen sehen, während sie auf ihren dummen Mann wartete. Gott im Himmel, bei ihr kann ich es wagen, dachte Darío, denn sie ist eine Frau, sie ist Argentinierin, und sie ist eine Verwandte des Maestros. Vor allem aber wusste er genau, wie eine Möchtegern unter solchen Umständen denkt. Und selbst wenn er es nicht im Guten schaffte, dass sie in dieser Nacht etwas für den Maestro tat, konnte er auf all das zurückgreifen, was er von ihr wusste. Sie eben zwingen, sagte sich Darío und wartete gelassen, dass Sofía, die man nicht zur argentinischen Residenz durchlassen wollte, ihn, den Einzigen in der Menge, der ihre Sprache sprach, erblickte. Besser gesagt: sie erpressen, sagte sich Darío, erpressen, wie nur er es konnte, der Einzige in Lissabon, der wusste, wer sie wirklich war. Der Einzige, dem Sofía zu etwas nützlich sein konnte.

Auf welch verschlungnen Wegen

Der Konsul und Ricardo flüchten durch den Wald.
Diese Scheißneutralität! Das Meer, das Meer.

I

Während er nach der Bombendrohung an der Seite seines Schutzengels aus der hell erleuchteten Villa flüchtete, war Konsul Cantilo zumute, als wäre die ganze Welt aus den Fugen, und er selbst war nicht mehr als ein Splitter in diesem entsetzlichen Spektakel der Auflösung. Man musste nur die Gesichter der Diplomaten sehen, wie sie mit diskreter Eile zu ihren Autos strebten, ohne Abschiedsgruß und lediglich versprechend, man werde »sich in Verbindung setzen«, sobald man Genaueres über die »letzten Ereignisse« wisse oder, aber selbstverständlich, sobald der Patriarch sie wieder zusammenrief; man musste nur die zwei, drei, vier Wagen der PVDE sehen, die nun in den Park hereinfuhren, damit die Männer, von Ricardo telefonisch benachrichtigt, wie er erklärte, nach der angeblichen Bombe suchten und weitere Fremde am Betreten des Hauses hinderten; man musste nur die Bediensteten sehen, wie sie in den hinteren Teil des Hauses liefen – und es war klar, dass der Konsul, seine Spende und sein Schicksal nur in den angespannten Tagen einer Vorkriegszeit jemandes Interesse geweckt haben mochten. Die Bäume des dunklen Waldes ringsum, in dem sich noch weitere Anwesen befanden und wo nun das Aufjaulen von Motoren zu hören war – alles flüchtete wie in einer Stampede –, schüttelten sich unter dem tobenden

Wind vom Meer. Jemand trat ihnen in den Weg. Es war Herr Eliade, der rumänische Attaché, und während er den Konsul beschämt durch seinen Kneifer anschaute – offenbar war es ihm unangenehm, dass einer aus ihrem Kreise zugegeben hatte, dass jemand unter der Folter gestorben war –, lud er ihn mit erstickter Stimme ein, die Nacht bei ihm zu Hause zu verbringen, hier ganz in der Nähe, und dabei schaute er immer wieder zu Ricardo und machte ihm deutlich, dass er aus Gründen, die sich jetzt nicht erklären ließen, seine Gesellschaft missbillige; worauf der Konsul nur den Kopf hob und sagte, pardon, Monsieur, aber er verstehe leider kein Wort, außerdem habe er es eilig, und dann wandte er dem Rumänen den Rücken zu und folgte Ricardo in den hinteren Teil des Parks, wo zwischen zwei Bäumen, flüsterte der ihm zu, ein verborgener Pfad begann, der sich zwischen den Pinien und Dünen hindurchschlängelte und sie zu dem Refugium führte, von dem er ihm erzählt hatte. Sie sahen Dienstboten auf Fahrrädern in dieser Ecke des Parks, sogar ein Bus wartete, in den sich die verängstigten Musiker mit ihren Instrumentenkoffern hineinzwängten. Als die beiden hinter eine Laube schlüpften und den Geräteschuppen des Gärtners passierten, konnte niemand sie mehr sehen. Sie kamen an den Rand eines Waldstücks, in dem Ricardo ganz offensichtlich schon tausendmal mit dem Patriarchen gewesen war, wahrscheinlich auf der Suche nach einem ruhigen Ort, und als der Konsul ihn fragte – weniger aus Angst, sich zu verirren, als ihn zu verlieren und wieder allein zu sein und erneut dem Wahn zu verfallen –, ob es bei der Dunkelheit nicht besser sei, eine Taschenlampe mitzunehmen, drehte Ricardo sich nur um, und der Konsul verstand, dass niemand sehen sollte, wohin sie jetzt gingen. Auch der Wald konnte voller Feinde sein.

Aber was, fragte sich der Konsul, war jetzt mit seinen Leuten aus der Gesandtschaft, mit dem argentinischen Frachtschiff? Hatte es vor dem Terreiro do Paço ankern können? Konnten wenigstens die Boote der ANCRA hinüberfahren und die zehntausend Säcke ausladen? Und wenn der Frachter jetzt, fragte er sich weiter, während Ricardo eine kleine Anhöhe hinaufstieg und ihm die Hand reichte, um ihn hochzuziehen, wenn der Frachter jetzt noch an der Mündung des Tejo lag, was dann? Das Bild der unter portugiesischer Flagge fahrenden Angola kam ihm in den Sinn, versenkt von deutschen Bombern, was Salazar immer geflissentlich verschwiegen hatte, die Schreie der Zuschauer im Parkett des Kinos Condes, als sie in der Wochenschau sahen, wie die brennenden Matrosen ins Wasser sprangen, und bei der Erinnerung entfuhr ihm ein kurzer Schrei, den Ricardo der Anstrengung zuschrieb, ihm hinaufzufolgen. Doch der Konsul fand nicht einmal die Kraft, ihm zu sagen, dass alles in Ordnung war. Und wenn jetzt die argentinischen Seeleute ebenfalls zu Tode kamen, wegen einer scheinbaren Laune des Konsuls, wegen seiner Sturheit, mit der er verschwieg, wem die Getreidespende zugedacht war? Falls der Konsul selbst zu Tode kam und das Löschen der Fracht scheiterte, so viel war klar, würde niemand, niemand auf der Welt die Geste verstehen! Und Marcenda? Ricardo hatte ihm gesagt, dass man seine Wohnung an der Príncipe Real verwüstet habe, aber die Haushälterin sei so klar im Kopf gewesen und hätte angerufen – Marcenda und telefonieren, wo sie eine solche Angst vor dem Apparat hatte! Welch schreckliche Drohungen hatte die Ärmste sich die ganze Woche anhören müssen, dass sie nicht davon reden wollte, welch einschüchternde Erpressungen, dass sie den Mund nicht aufbekam vor ihrem Herrn, der sich so unbarmherzig gab, kaum dass jemand in seiner Nähe sich ängstlich zeigte! Und dann diese Lümmel von der PVDE, die so oft ins argentinische Konsulat gekommen waren und nach der Karteikarte irgendeines Flüchtlings fragten, der ein Visum beantragt hatte, Unterlagen, die Ordóñez, dieser Hasenfuß, eilfertig aushändigte. Er konnte sich vorstellen, wie diese rücksichtslosen Kerle jedes Möbelstück in seiner Wohnung auf den Kopf stellten und nach dem kleinsten Anzeichen suchten, das sie dem Geheimnis des Konsuls auf die Spur brachte, schließlich blieben ihnen keine acht Stunden, um seine Mission zu vereiteln. Und wo er selbst monatelang wie ein Besessener jede Spur verwischt hatte, was blieb ihnen da anderes übrig, als Marcenda zu verhören? »Nein, nein!«, brach es wieder aus ihm heraus, und er schaute sich um, und es kam ihm vor, als gingen sie schon zum x-ten Mal um dieselbe Lichtung herum. Ricardo blieb stehen und bat um Entschuldigung, als hätte er selbst diesen verrückten Weg angelegt.

Nein, bitte, sagte sich der Konsul, nicht dass jetzt Ricardo der Nächste war, der mit seinem Leben für ihn den Preis zahlen musste. Oder hatte Estebans Stimme ihm nicht gesagt, das wahre Kennzeichen der Privilegierten wie Konsul Cantilo sei, dass sie über Leichen gingen, ohne es selber zu merken? Ricardo nahm ihn am Arm und wollte wieder vorausgehen, doch der Konsul gab vor, ihm sei übel, was ihn nicht viel kostete, da er ohnehin das Gefühl hatte, die ganze Zeit um sich selbst zu kreisen, und er wollte schon anheben, ihm zu erzählen.

2

Was nun geschah, hätte der Konsul nie erwartet. Ricardo lehnte sich an einen Baumstamm und fing an zu weinen, diskret, aber voller Verzweiflung. Verdutzt und so entsetzt wie beim Anblick der jammernden Marcenda, schaute der Konsul sich um: Alleine hätte er niemals zur Villa zurückgefunden. »Machst du dir Sorgen um dein Haus?«, fragte er, und ein Gefühl von Zärtlichkeit stieg in ihm auf, das fast so groß war wie sein Schuldgefühl, denn erst jetzt machte er sich bewusst, dass sie selbst vielleicht in Sicherheit waren, aber das Familienanwesen, das Ricardo zu retten geglaubt hatte, indem er es auf den Patriarchen überschrieb, konnte jeden Moment in die Luft fliegen. »Möchtest du lieber zurück?« Es war Zeit, dass er auch einmal Rücksicht nahm, und so wichtig seine Mission für ihn blieb, er konnte gut verstehen, dass es für andere nicht so war. Doch mit gequälter Miene, als sähe er auf einmal die Zerbrechlichkeit in seinem tiefsten Innern ausgestellt, sagte Ricardo: »Nein, Señor Eduardo, was mich betrifft, mache ich mir keine Sorgen, mein Leben ist *hingegeben*«, mit einer Stimme, die etwas fast unmenschlich Unberührtes hatte. »Ich mache mir Sorgen um Portugal. Ich denke die ganze Zeit an das Attentat auf das Schiff, an die Boa Esperança, und mir gehen die vielen Flüchtlinge nicht aus dem Kopf, die endlich die Zusage hatten, ausreisen zu dürfen. Sie wissen ja, was die Leute erwartet, wenn heute Nacht die Deutschen kommen.«

Der Konsul wagte es nicht, ein Wort zu sagen, aber er war erleichtert, dass Ricardo sein Schweigen als Bekräftigung des Angedeuteten zu nehmen schien, denn nun setzte er den Marsch zwischen den Bäumen fort, über einen schmalen Pfad, den nur er sah, während der Konsul sich an ihn drückte, um ihm zu zeigen, dass sie in diesem nächtlichen Sturm ihrer Gedanken beide durch die gleiche Landschaft der Trostlosigkeit wanderten. Bestimmt, sagte er sich, waren heimlich überbrachte Nachrichten in diesen Tagen auch bis zum Patriarchen gelangt, und bei aller Bewachung hatten die Angehörigen der Verschwundenen sicher auch ihm an den unmöglichsten Orten aufgelauert und ihn angesprochen. Aus einem Lager in Frankreich hatte ein gewisser Efron eine kurze schriftliche Nachricht seines Bruders erhalten, dazu, statt einer verräterischen Unterschrift, einen gelben Davidstern mit einem Datum auf der Rückseite, heimlich über die Grenze gebracht von einer französischen Nonne, die das Stück Papier und den Stern in den Saum ihres Ordenskleids eingenäht hatte. Es stand zwar nicht viel auf dem Zettel, aber selbst in der Abschrift, die Efron dem Konsul nach Hause schickte, adressiert auf den Namen von Marcenda, war die Botschaft nicht zu überlesen gewesen: dieselbe, die Mizrahi ihnen schon vor fast zwei Jahren ins Gesicht geschrien hatte: »Wenn sie die Geisteskranken und die Asozialen umgebracht haben, kommen die Juden an die Reihe!« Aber, fragte sich der Konsul, wusste Ricardo denn, was er Mizrahi und all den anderen geantwortet hatte? Gott, was für eine Schande, was für eine unerträgliche Schande! Er musste ihm die Wahrheit sagen, nicht nur über den geheimen Empfänger des Getreides, sondern die ganze Wahrheit. Er musste das Risiko eingehen.

»Ich frage mich die ganze Zeit, was aus Lissabon wird, Señor Eduardo, aus dieser Stadt, die ich so liebe«, sagte Ricardo und wischte sich die Tränen ab. »Aus Menschen wie Ihnen, von denen ich weiß, dass sie für das, was sie am tiefsten empfinden, alles aufs Spiel setzen.« Was auch immer Ricardo mit »am tiefsten empfinden« meinte, der Konsul wünschte nichts sehnlicher, als sich ihm in einer weltlichen Beichte anzuvertrauen – oder hatte er nicht mit seiner ganzen Art gezeigt, dass er ein Geheimnis anhören, es respektieren und schätzen konnte, ohne zu urteilen oder zu verdammen?

»So viele Menschen könnten von Ihnen lernen, Señor Eduardo«, fuhr Ricardo fort. »So viele Möglichkeiten haben wir versäumt, dem Volk Israel zu helfen, und alles wegen dieser Scheißneutralität! Wenn alle«, und mit einer taktvollen Pause schien er sich für die harschen Worte zu entschuldigen, »wenn wenigstens einer der Diplomaten die Größe gehabt hätte, sich wie Sie über die Anweisungen ihrer feigen Regierungen hinwegzusetzen. Das hatte der Patriarch heute allen diesen Idioten zeigen wollen, diesen Nichtsnutzen, diesem Arschloch von Salazar, der vielleicht nur zugesagt hat, weil er schon wusste, dass er nicht kommen würde.«

Der Konsul konnte vor Erregung kaum an sich halten, weniger wegen des groben Schimpfwortes als wegen der Aussage, die dahintersteckte; umso wichtiger schien ihm nun, was er für sich beschlossen hatte. Nein, Ricardo schätzte ihn, den Wohltäter, nicht als »die Neutralität in Person«, wie der Patriarch ihn in einer vielbeachteten Predigt in der Basilika genannt hatte, sondern weil er es gewagt hatte, ebendie zu durchbrechen, und Ricardo setzte darauf, dass am Ende die Empfänger der Spende die jüdischen Flüchtlinge waren.

»Der Patriarch hätte so viel mehr erreichen können, wenn diese Dummköpfe, mit denen wir heute zu Abend gegessen haben und die sich für Heilige halten, bloß weil sie in der Öffentlichkeit nicht Partei ergreifen, wenn auch nur einer von ihnen sich nicht als Rumäne oder Bulgare, Katholik oder Protestant gefühlt hätte, sondern einfach als Mensch!«

Und plötzlich, als hätte er eine Erleuchtung, blieb Ricardo stehen und nahm den Konsul bei den Schultern. Und mit lauter Stimme, wie von Sinnen, schien er dem Himmel zu danken:

»Wir sind auf dem Pfad eines alten portugiesischen Heiligen, Señor Eduardo. Wir wandeln auf heiligen Spuren. Und wen führe ich? Den einzigen Heiligen, den es heutzutage gibt!«

Sie gingen nun hangabwärts aufs Meer zu, nicht mehr zwischen Pinien, sondern zwischen zwei schwankenden Wänden von Schilfrohr, deren Rispen sich unter tiefem Glucksen schüttelten, plappernde Verwandte des Meeres und der Gischt. Der brausende Atlantik, wie sie ihn vor Stunden, vor Jahrhunderten nahe der Küstenstraße von Cascais gesehen hatten, war nun wieder aus der Nähe zu hören, verstärkt noch durch das Echo der Brandung an dieser Steilküste, die so erschreckend hoch und mächtig war, dass sie zu Recht den Namen Höllenschlund trug. Ricardos Worte, wie ungerechtfertigt sie auch sein mochten, trieben dem Konsul fast die Tränen in die Augen, und er wünschte sich nur, dass der Ort, an den er ihn führte, die nötige Ruhe bot, damit er sich ihm anvertrauen und die Wahrheit erzählen konnte.

Nachdem sie über einen Graben gesprungen waren, hatten sie wieder den Küstenweg erreicht, und der Wind, der nun seinen ganzen Körper zu peitschen schien, entfachte in ihm eine Begeisterung, die Ricardo dankbar wahrnahm. Dem Konsul schien es eine hervorragende Idee, jetzt nicht nach Lissabon zurückzukehren, wozu auch? Um die restliche Nacht Sijarich mit seinen wilden Spekulationen und andauernden Vorhaltungen zu ertragen, die Leute vom Zoll, die es ihm nur heimzahlen wollten und die sich bestimmt irgendwelche bürokratischen Schikanen ausdachten, oder die Männer vom Geheimdienst, die er sich, selbst wenn sie seine Wohnung zertrümmert und seine Haushälterin gefoltert hatten, genötigt sähe mit höflicher Gleichgültigkeit zu behandeln? Wenn sie nicht ohnehin schon einen Weg gefunden hatten, die Spende zu vereiteln. Die Aussicht dagegen, die restliche Nacht, nur eine einzige Nacht, und dann konnte er sterben, in Gesellschaft eines ... Sohnes zu verbringen! Es war das erste Mal, dass er den Gedanken zuließ, und es war, als rebellierte er gegen seine Angst. Ja, dachte er und drückte sich, nun ohne jeden Vorwand, wieder an den Körper des jungen Mannes, mein Sohn ...

»Ich muss oft an meine arme Mutter denken«, sagte Ricardo, der ebenfalls in seinen Kummer versunken schien und sich jetzt aufgerufen fühlte, es auszusprechen. Und da der Konsul ihn bei dem Tosen des Meeres kaum hören konnte, wechselte Ricardo die Seite, hakte sich unter und schützte ihn so vor Wind und Kälte. »Der Patriarch hat mir vorhin am Telefon gesagt, dass schon die Nachrichten durch die Welt gehen, Lissabon sei gefallen. Das wird sie sich nicht vorstellen können, die alte Närrin, so allein drüben in Brasilien.«

Das Bild aus seinen Albträumen, wie deutsche Panzer am Hieronymuskloster vorbeifuhren, verflüchtigte sich, als ihm bewusst wurde, was Ricardo da Ungeheuerliches gesagt hatte. Mit dem Patriarchen also hatte er am Telefon gesprochen? Ihn, diesen Geistlichen, und er versuchte, gerade jetzt einen klaren Kopf zu bewahren und sich nicht von der Eifersucht hinreißen zu lassen, ihn hatte Ricardo mit einem zärtlichen Namen angesprochen? Dann war die Sorge der Baronin nur zu verständlich, so abfällig Ricardo auch von ihr sprach. Welche Mutter konnte es gutheißen, dass ein Sohn sich so gehenließ? Ricardo, der Held einer jeden Sache, ein Bollwerk des Anstands, auf einmal der Diener, der Sklave dieses alten Mannes?

»Sie machen sich zu viele Sorgen, Señor Eduardo«, unterbrach Ricardo seine Gedanken. »Vielleicht sind Sie es leid, sich die Klage eines Jungen aus feinem Hause anzuhören, der Ihnen erst helfen wollte und jetzt nur an sich selbst denkt. Der anderen nicht zuhören kann, wie mir der Patriarch immer vorwirft, der in seiner eigenen Vorstellungswelt lebt.«

»Nein, mein Lieber«, sagte der Konsul, und er empfand plötzlich einen so heftigen Abscheu, dass er sich überwinden musste. »Im Gegensatz zu dir habe ich nur niemanden, der sich um mich sorgt, nirgendwo.«

Neben dem Weg öffnete sich so etwas wie eine große, über das Meer hinausragende Terrasse, und für einen Moment fürchtete der Konsul, Ricardo könnte ihm wieder eine Predigt halten: Ach was, Señor Eduardo, Sie haben doch mich, und vor allem haben Sie den Patriarchen, bis ans Ende ...

»Was ich eben dachte«, sagte der Konsul, »als du von deiner Mutter sprachst ... Ich darf doch du sagen, oder? Schließlich könntest du mein Sohn sein«, und allein beim Gedanken an diese Möglichkeit machte er ein so erregtes Gesicht, dass Ricardo, wenn auch etwas zögerlich, nickte. »Ich meine, ich habe mich an meine eigene Mutter erinnert gefühlt. Sie hat mir in meinem Leben nie geholfen, auch nicht, als sie noch bei Verstand war. Vor einem Jahr ist sie gestorben, aber glaub mir, ich habe ihren Tod nicht betrauert.«

Als der Konsul begriff, was er da Ungeheuerliches gesagt hatte, war ihm, als würde schon die Erinnerung an die alte Dame alle Hoffnung zunichtemachen, und er fürchtete, Ricardo könnte seine pietätlose Bemerkung falsch verstehen und ihn verachten. Doch sie waren nun direkt an der Terrasse, und wie verzückt von der Erhabenheit des weiten, wilden Meeres, lief Ricardo über das steinige Plateau, bis er fast am Rand des Abgrunds stand, und drehte sich zum Konsul um.

3

»Der Höllenschlund!«, rief Ricardo, und er schien dem Konsul diesen imposanten Ort nicht wie ein Fremdenführer zeigen zu wollen, es war vielmehr eine Art Anrufung, als sollte sich dort, an der Nahtstelle von Land und Wind, Fels und Himmel, Ozean und Leere, jener andere Gott einfinden, der heimliche Gott der Nacht. »Der Höllenschlund!«

Und tatsächlich, dachte der Konsul, nie hatte der Himmel so sehr einem Gewölbe geglichen, nie hatte ihn etwas so sehr an die unerschütterliche, unerreichbare Decke der Kirche einer fremden Religion erinnert. Das Meer war kaum zu sehen, der Horizont verschmolz mit dem Himmel in einer fast mondlosen Nacht, und während viele Meter weiter unten die Wellen gegen den unsichtbaren Fuß der Felsklippe schlugen, spritzte immer wieder mit einer eisigen Bö die Gischt herauf. Ricardo lachte, als wäre er plötzlich ein anderer, und dem Konsul schnürte sich das Herz zusammen. Mein Gott, ob sie hier überhaupt weiter miteinander sprechen konnten? Wo war der Junge jetzt, der vor ein paar Minuten noch um die Flüchtlinge von Lissabon geweint hatte und darauf zu warten schien, dass der Wohltäter ihm sein Leben erzählte? Um nicht feige zu erscheinen, überquerte der Konsul ebenfalls das Plateau, stolperte immer wieder über die Steine, stürzte und schürfte sich die Hand auf, bis Ricardo, der nun mit ausgebreiteten Armen im Wind stand und ihn einsog wie einen göttlichen Hauch, sich zu ihm umdrehte. Und zum ersten Mal erkannte der Konsul in Ricardos Augen etwas von seiner Persönlichkeit, seine tiefe Verehrung für den Patriarchen, seine Liebe für die großen Dinge, vor allem für die großen Geschichten, und diese Augen hatten etwas Wahnsinniges, Dämonisches. Und als könnte er es nicht lassen, seine Gedanken zu erraten und mit einem schrecklichen Gruß hineinzufahren, rief Ricardo: »Ein Paradies für Selbstmörder!«, und dabei deutete er auf die beiden Felswände, die sich wie die Scheren eines riesigen Krebses links und rechts ins Meer schoben. Das Plateau, auf dem sie standen, war lediglich die stumpfe Spitze eines großen Felsens, gleichsam das Zäpfchen im Höllenschlund, und mit seinem Ruf verlieh Ricardo diesem Maul nun eine Stimme.

»Ein Paradies für Selbstmörder«, sagte Ricardo noch einmal, und mit brüderlich ausgestrecktem Arm kam er auf ihn zu. »Ich komme oft mit dem Patriarchen hierher, fast jeden Abend.«

Er hakte sich unter und bat ihn, keine Angst zu haben, und dann führte er ihn noch weiter an den Rand heran, als wollte er, dass er den Abgrund genoss. Doch als der Konsul vortrat, wunderte er sich, dass die Klippe nicht senkrecht abfiel, sondern als eine Art Steilhang, mit vier oder fünf kleineren, schmalen Terrassen oder Balkons, die erst nach etwa fünfzig Metern in die Leere über dem Meer kippten. »Stunden um Stunden haben wir dort meditiert«, sagte Ricardo und deutete auf eine Stelle, die aussah wie der Eingang zu einer Höhle. »Wir wissen nichts von der Geschichte dieses Ortes, zumindest nicht, bevor die Galicier kamen. Aber der Patriarch sagt, dass man hier wie nirgendwo sonst die Anwesenheit der Toten spürt. Sie spüren es auch, nicht wahr?« Der Konsul nickte, und Ricardo spitzte sein Lächeln. »Als ich ihn das erste Mal hergeführt habe, hat er die Gegenwart eines Heiligen der ersten Christen gespürt, eines Verfolgten, vielleicht war er der erste Flüchtling überhaupt, den Portugal aufnahm. Er hatte sich hier seine Einsiedelei gebaut. Seltsame Menschen, die ersten Portugiesen. Haben Sie nie darüber nachgedacht, Señor Eduardo? Geradezu krankhaft luzide. Kommen ans Ende der Welt und hängen sich übers Meer, um etwas zu verstehen, was niemand duldet!«

Der Konsul war bitter enttäuscht, er fror, und ihm war, als würde er gleich zusammenbrechen. Die Worte »Paradies für Selbstmörder« gingen ihm nicht aus dem Kopf. Und eine Frage: Wie war Ricardo nur auf die Idee gekommen, sie könnten hier die Nacht verbringen?

»Sehen Sie den Felsen da drüben?«, sagte Ricardo. »Florbela Espanca, die großartige Dichterin, soll dort ihren ersten Selbstmordversuch begangen haben, als ein Dienstmädchen entdeckte, dass sie ein Liebesverhältnis mit ihrem Bruder hatte. Wie durch ein Wunder wurde Florbela gerettet, sie blieb mit dem Fuß zwischen den Felsen hängen. Gerettet, ja, aber nicht vor der Schande! Kommen Sie, hier, sehen Sie die Tamariske? Vor zehn Tagen haben der Patriarch und ich von der Höhle aus gesehen, wie sich der Marschall Badorovsky von dem Strauch aus ins Meer gestürzt hat. Man hatte ihm ein Visum für die Vereinigten Staaten verweigert.«

Und plötzlich, ohne jede Vorwarnung, ließ sich Ricardo über einen Vorsprung im Fels, dicht am Abgrund entlang, zu dieser Meditierhöhle hinab.

»Folgen Sie mir bitte, Señor Eduardo«, rief er mit einem

Blick zurück, bevor er hinter einer Biegung verschwand, »hier können Sie mir Ihre Geheimnisse erzählen!«

Doch der Konsul wollte lieber noch einen Moment allein sein und sich der unendlichen Weite hingeben.

Da war ihm gewesen, als wäre Ricardo sein Sohn, und schon hatte er ihn wieder verloren, hilflos den Elementen ausgeliefert, wie sich nur einer fühlen kann, der seinen Sohn verliert. Natürlich wollte er überleben, gleich würde er ihm folgen, würde ihm sein Herz ausschütten und, zum ersten Mal überhaupt, von seiner schrecklichen Mutter erzählen. Aber er wollte tapfer sein und erst das hier ertragen. Denn nur wer die Leere erträgt, lügt beim Sprechen nicht.

Irgendwo bewegte sich etwas. Er drehte sich um und blickte in Richtung Cascais. Über den Küstenweg strichen die Scheinwerfer eines Autos, ganz langsam, vorsichtig, wie auf der Suche nach jemandem. Was ihn selbst betraf, machte er sich keine Sorgen mehr, aber wenn sie nach Ricardo suchten, diesem verrückten, unwiderstehlichen Engel? Hatte er nicht gesagt, dass man sie über jede Neuigkeit von Belang unterrichten würde? Aus Angst, man könnte sie trennen und ihn daran hindern, mit Ricardo allein zu sein, rutschte auch der Konsul über den Vorsprung hinunter, fest entschlossen, ihm nichts von dem Wagen zu sagen. Er zitterte, und ihm wurde so schwindelig, dass er schon dachte, er nähme sich das Leben.

Dem Kummer einen Schluck

Ein Künstler am Ende. »*Lissabon, gib mir eine Geschichte.*« *Oliverios Lied.*

I

»Ach Lissabon, Lissabon!«, sagte Discépolo mit einem leicht verrutschten Lächeln, so sehr bemühte er sich, die Zigarre zwischen den Lippen zu halten, während er mit dürren Fingern sein Dupont betätigte und dabei mit der anderen Hand die Flamme schützte, so dass das goldene Gehäuse aufschien. Nicht die Großspurigkeit der Neureichen, dachte Oliverio, aber die Angeberei der Betrunkenen, die beweisen wollen, dass sie dem heimlichen Gott, der sie fasziniert und verschlingt, noch widerstehen.

Die hageren Wangen immer wieder einziehend, lutschte Discépolo an seiner Copley-Zigarre – ein Geschenk des Hauses –, bis das Ende zu knistern begann, erst dann ließ er das Feuerzeug in die Tasche seines Smokings gleiten. Und weiter lächelnd stieß er den Rauch des ersten tiefen Zuges aus und sah sich an, wen er im Dunkel des Nachtlokals alles vor sich hatte. Das begehrliche Lächeln des Jungen mit dem roten Halstuch antwortete ihm wie ein Applaus. Dann ließ er den Blick schweifen, und es war, als schüfe er um sich herum ein großes Theater.

»Der berühmte Lissabon-Express!«, sagte er, und seine Stimme klang wie hinter einer Maske hervor, angefressen von dem beißenden Nachgeschmack, den er mit einer verächtlichen

Handbewegung der Qualität des Tabaks zuschrieb. »Welch eine Pünktlichkeit! Sieben Stunden Fahren, sieben Stunden Stehen und Ausgefragtwerden. Und beide Hälften in Raten! ›Weshalb fahren die Herrschaften noch mal nach Lissabon?‹, ging uns alle zehn Minuten ein neuer Beamter auf die Nerven, jedes Mal hochnäsiger, jedes Mal weniger uniformiert. Meiner Frau und mir fiel bald nichts mehr ein. Die Inspiration, meine Freunde, ist kein Reisegrund mehr, den man an den Zollstationen Europas vorbringen könnte! Nun denn, ein jeder von ihnen verschwand wieder, der Zug fuhr wieder los, und dann hieß es, die liebe Ehefrau zu ertragen, die dachte, alles sei gewiss nur ein Vorwand, um ihre Juwelen zu beschlagnahmen, wie bei der Lola Membrives! Und kaum sind wir am Bahnhof, fragt uns ein junger Herr von der argentinischen Gesandtschaft: ›Was führt Sie hierher?‹ Ordóñez heißt er, nicht wahr?« Oliverio nickte: dieser Einfaltspinsel, der neulich im Krankenhaus, nach dem Konzert, unbedingt erzählen musste, dass er ein Verwandter von »Onkel Eugenito« war, kurz bevor Darío angefangen hatte, ihn zu demütigen. Was kümmerte es ihn noch! »Aber wissen Sie, ich musste heute nur ein bisschen spazieren gehen, am Hafen entlang, an den Schlangen der Emigranten vorbei, den leeren Marktständen, und da erinnerte ich mich wieder.«

Kaum jemand achtete auf ihn. Doch mit dieser unerträglichen Bedachtsamkeit, mit der ein Magier im Varieté das Publikum in seinen Bann zieht, legte Discépolo in aller Ruhe die Zigarre in den Tonaschenbecher mit dem Schriftzug des Hauses, brachte ihn zu einem Tisch in der Nähe, und erst nachdem er sein Glas genommen hatte, fuhr er fort:

»Der Mann, der hier zu Ihnen spricht, ist, wie Sie sehen, nicht mehr als ein *bon vivant*, fast möchte ich sagen, ein *maquereau*, ein Zuhälter. Der Mann, den Sie vor sich sehen, würde, wenn es nach mir ginge, niemals arbeiten!« Worauf er einen weiteren Schluck trank. »Aber mein anderes Ich, und deshalb bin ich so klapperdürr, mein anderes Ich, das sagt mir immerzu: Ganz Buenos Aires hast du irregemacht, aber jetzt, hier in Lissabon, wo alle schweigen, wirst du lernen zuzuhören. Du wirst zuhören.«

Zuhören, dachte Oliverio, eine Unverschämtheit! Wie hatte er nur glauben können, dieser Mann – und er hatte viele solcher Typen im Gondarém gesehen, nicht eine Sekunde konnten sie schweigen aus Angst, die Stille zu hören –, wie war er nur auf die Idee gekommen, er könnte ihm helfen oder auch nur Aufmerksamkeit schenken? Obwohl er schon die Arbeitsschürze abgelegt und sich hingesetzt hatte, die Hände unter den Schenkeln und den Blick zwischen den Füßen, musste er jetzt zusehen, wie er ihn am besten verlassen und flüchten konnte. Doch die Pflicht, sich um diesen Egomanen zu kümmern, machte ihn so wütend, dass er kaum denken konnte. Zu allem Überfluss schaute Isidro von der Theke aus mit einer fast schon aggressiven Aufmerksamkeit zu ihm herüber, bestimmt ahnte er, was Oliverio vorhatte. Wieso erschien nicht endlich Saldanha? Oder wenigstens Túlio, der Galicier, der ihn seit einer halben Stunde hätte ablösen sollen? Plötzlich wurde ihm bewusst, dass Discépolo schon seit einer Weile nicht mehr redete, und während der ganz langsam, auf eine Art, aus der der Ärger sprach, ein Schlückchen Portwein probierte, fürchtete Oliverio, eine einzige Unachtsamkeit könnte Discépolo veranlassen, sich gegen ihn zu wenden, und er legte einfach los:

»Haben Sie vor, ein Lied über Lissabon zu schreiben, Señor? Über den Lissabon-Express? So wie Gardel hier sein Lied von den Schwalben geschrieben hat?«

»Aber nein, was redest du.« Der Junge mit dem roten Halstuch kicherte, aber Discépolo überhörte ihn, sein einziger Adressat und auch sein Opfer war diese argentinische Schwuchtel. »Mit der Musik ist es für mich vorbei, verstanden?« Aus seinem Tonfall, dachte Oliverio, sprach nicht nur der altbekannte Neid auf Gardel, sondern auch eine Bitterkeit, die neu war und so überzeugend, dass er Mitleid zeigen sollte. »Nein, ich bedaure nichts, verstehst du? Gar nichts. In der Kunst wie in der Liebe, ob du mir glaubst oder auch nicht, hast du gehört? Ich bin der Erste, der es merkt, wenn man in den Schattenkegel tritt.«

Oliverio schaute zur Eingangstür: Ein Wunder, bitte, dass ihn endlich jemand von dieser Witzfigur befreite! Wo er noch dazu auf Streit aus schien. Doch dann zog er notgedrungen eine mitleidige Miene, denn Discépolo lehnte sich zurück und sagte:

»So ist es, mein Junge, und widersprich mir nicht. Kannst du dir mich vorstellen, mit all diesen Tangospielern, diesen Hampelmännern des Tangos, diesen Karikaturen von Gardel?« Oliverio fiel es nicht schwer, Zustimmung zu signalisieren, es stimmte ja auch, und dabei erhob er sich ein Stück, wie um sich zurückzuziehen, als wollte er sagen: Wenn ich nicht würdig bin ... »Jetzt bleib doch, was soll das denn«, sagte Discépolo und legte ihm die Hand auf die Schulter, worauf Oliverio sich wieder setzte. »Das ist doch ganz einfach. Um ein Gedicht zu schreiben, eine Melodie, was brauchst du? Stille. Das ganze Gerumse macht mich einfach krank! Wenn ich wollte, könnte ich tausend Lieder schreiben mit diesem Pampadamtam im Zweivierteltakt! Wie all die armen Teufel, die von den Überresten des Tellers leben, den Gott den Genies serviert. Sie können sich nicht entschließen, den Preis für das Gericht zu zahlen, und der ist das ganze Leben. Aber einfach einem Rhythmus zu folgen, verstehst du?, das ist niemals Kunst. Ins Rad der Zeit ein Stöckchen gesteckt, das ist Kunst! Jeder Sänger, der mit meinen Liedern gelernt hat, und wenn sie noch so einfach sind, ach was, jeder, der auch nur ein einziges meiner besten Lieder ernsthaft gesungen hat, müsste es erfassen. Jeder!«

Es war klar, dachte Oliverio, dass Discépolo mit »jeder« vor allem Tania meinte, die er damit herabsetzen wollte. Aber er wollte sich auch mit ihm verbünden, und die Vorstellung, dass ihm vielleicht nicht entgangen war, wie Isidro ihn unter seiner Fuchtel hatte, machte ihm Hoffnung. Nur, wer sagte ihm, dass er mit seiner Geschichte von Isidro auch der war, dem Discépolo »zuhören« wollte? Doch Discépolo schaute ohnehin ins Nichts, wie tief verbittert, und schluckte schwer.

»Ja, so etwas muss ich von der heutigen Nacht in Lissabon mitnehmen, verstehst du? Etwas, was die Uhr zurückdreht, wovon keiner unserer Tangofreunde je geträumt hat«, und indem er die Arme ausbreitete, als wollte er mit großer Schrift den Titel eines Konzerts auf ein Plakat zeichnen, kippte er versehentlich den Sektkelch um, in den Isidro für Oliverio etwas von dem wässrigen »Champagner« eingeschenkt hatte, den man im Gondarém den Begleitern der Gäste servierte. Wütend auf sich selbst, rief er: »Ja was denn, Junge, du trinkst gar nichts?« Und bevor Oliverio ihm antworten konnte, machte er Isidro schon Zeichen, noch ein Glas zu bringen. »Keine Sorge, ich zahle«, sagte er. »Garçon...!«, und dann deutete er auf sein eigenes Glas, damit er ihm nachschenkte.

Bloß nicht, dachte Oliverio, als er sah, wie Isidro die Sachen aufs Tablett stellte, eine weitere Flasche hieß, dass er hier festsaß, bis Discépolo sie ausgetrunken hatte, wenn nicht noch länger. Seine einzige Hoffnung war, dass Isidro ihn vor Neid an den Tresen zurückschickte und sich selbst zu Discépolo setzte. Dann konnte er das Gestohlene aus dem Fach nehmen und versuchen, sich aus dem Staub zu machen.

»Es gibt ein Stück von meinem Bruder Armando, ganz außerordentlich!, in dem ich selbst mitgespielt habe«, sagte Discépolo. »*Konservatorium ›Harmonie‹*, hast du es gesehen?«

Oliverio nickte. Es war eins der wenigen Stücke, in das seine Mutter ihn, als er noch klein war, mitgenommen hatte, im El

Progreso, wo ein Freund seines Onkels arbeitete, und auf merkwürdige Weise fand er sich in der Hauptfigur widergespiegelt, denn damals hatte er schon Klavierunterricht bei der Señorita de Peláez. Und die *saudade* schnürte ihm die Kehle zu, die Sehnsucht nach La Plata, der Stadt, wo er mit seiner Mutter Varietés besucht und argentinische Filme gesehen hatte, und dann das Damenorchester, für das man ihn schließlich engagiert hatte.

»Es war meine erste Rolle«, sagte Discépolo, »eine Hauptrolle, verflixt schwer. Ich war zwanzig und musste einen alten Mann spielen, die Vorlage war ein Einwanderer aus Neapel, der Kanzonetten komponierte und davon besessen war, eine Oper zu schreiben, aber eine richtige Oper, so eine, wie die armen Leute sie niemals in ganzer Länge zu hören bekommen. Die großen Opern wurden immer im Colón gespielt, und wenn du arm warst, musstest du für den Eintritt dein Bett verkaufen. Ich muss oft daran denken, ich fand es ungeheuerlich von Armando. Warum ließ er mich spüren, welcher Enttäuschung ich entsprungen war? Es sind immer die ersten Träume der Eltern, aus denen die Kinder geboren werden. Niemand lernt so gut wie ein Schauspieler, was ein Stück uns zu sagen hat, und seit damals, glaub mir, ist mein größter Traum einer, der hier in Lissabon endlich in Erfüllung gehen kann.«

2

Isidro kam mit der Flasche eines Portweins, der in diesen Zeiten des Mangels auf Anweisung Saldanhas als zweites Getränk ausgeschenkt wurde. Er wischte den Tisch ab, das Tablett noch in der Hand, und Discépolo schaute ihn kein einziges Mal an, er warf ihm nicht einmal vor, dass er ihn zwinge, etwas zu trinken, was er nicht bestellt hatte. Fast schien es ihm Spaß zu machen, Isidro zu ignorieren, während der die Gläser abstellte und einschenkte, und dabei schwieg Discépolo auf eine Weise, dass jedem Dritten deutlich werden musste, es wäre besser, das Gespräch nicht länger zu unterbrechen. Verwirrt schaute Isidro zu Oliverio und verlangte mit Blicken eine Erklärung, doch der schaute wieder zu Boden, auch wenn das Zucken seiner Beinmuskeln ihn verriet. Denn Discépolo mochte noch so betrunken sein, er hatte sicher verstanden, dass Isidro es darauf anlegte, ihm Tania wegzunehmen. Oliverio wollte sich nicht zum Komplizen machen, und so blieb Isidro nichts anderes übrig, als wieder an die Theke zurückzugehen.

»Junge«, sagte Discépolo schließlich, »weißt du, wer Pirandello ist, Luigi Pirandello, der begnadete Schriftsteller?« Oliverio zuckte mit den Schultern. »Nein? Wirklich nicht?« Discépolo machte eine beleidigte Miene, und erst jetzt schien er die Flasche Portwein vor sich zu sehen und schenkte sich gleich ein, mit einer Geschicklichkeit, auf die er so stolz war, dass sich sein Ärger augenblicks in pädagogische Zuwendung auflöste. »Mensch, wenn du ihn gelesen hättest, würdest du mich jetzt nicht mit diesem Gesicht einer Betschwester ansehen. Der Meister Pirandello zeigt uns Menschen als das, was wir sind! Teile eines Wracks an einem Strand, Teile eines Puzzles, die ein kleiner Junge zufällig auf der Straße findet, und dann schaut er stundenlang darauf und fragt sich, wozu wohl der schwarze Strich dort auf blauem Grund gehört. Zu einem Mast, einer Eisenstange, einem Telegrafenkabel? Zur Brüstung eines Balkons, der zum Hafen hinausgeht und wo sich gleich eine Möwe niedersetzt?« Er lehnte sich zurück und lachte, ein gespieltes Lachen. »Eines Tages, vielleicht vierzig Jahre später, wenn er zufällig in Lissabon einen Ausschnitt des Hafens sieht, versteht er es dann. Du weißt, was ich meine?« Und wie um Oliverio in seinen Gedankengang einzubinden, hielt er ihm ein Glas hin. »Ich habe nur lose Teile eines

Puzzles geschaffen, das niemand versteht. ›Für all die Leute, die Ihnen folgen, sind Sie ein Gott!‹, hat Jaime Yankelevich einmal zu mir gesagt, der Direktor von Radio El Mundo, als wir die erste Sendung von *Geschichte meiner Lieder* aufnahmen. Und weißt du, was Tania da sagte, in meiner Anwesenheit? ›Dann lästern Sie ihn nicht, Don Jaime!‹ Aber wer würde an Gott glauben, wenn er sich, statt sich in sieben Tagen die Welt auszudenken, für alle Zeiten aufs Ohr gehauen hätte, zufrieden mit der Erschaffung des Hundes oder meinetwegen auch des Menschen?« Es wurde wieder still zwischen ihnen, und Oliverio fand keinen Weg mehr, ihn abzulenken. »So ist es, Junge. Ich bin ein lausiger Gott. Die Spanierin hat alles Recht der Welt, sich aufzulehnen gegen den, der einmal ihr Gott war. Tania, alles Recht!«

»Wie in *Vier Herzen*«, unterbrach Oliverio und trank seinen ersten Schluck. Discépolo schaute ihn mit großen Augen an. »Wie in dem Film, wenn Tania *Im Sturm* singt«, beeilte sich Oliverio zu erklären, und da er zum ersten Mal spürte, dass Discépolo ihn verstand, hob er an: »*Heulend zwischen Blitzen, verloren im Sturm meiner unendlichen Nacht, Gott, ich suche deinen Namen…*«

Er hatte sich nicht zu singen getraut, doch selbst der Junge mit dem roten Halstuch drehte sich verblüfft zu ihm um, wie beim Auftritt einer neuen Person im Theater, wenn plötzlich die Lebensfreude auf die Bühne springt und das Schicksal sich wendet. Oliverios Herz schlug schneller, denn so wie er selbst hatte Discépolo, und das war die eigentliche Botschaft des Liedes, den Gott seiner Ahnen gegen einen neuen Gott getauscht, gegen die Anarchie.

»Du sagst es, Junge, wie in dieser Szene«, antwortete Discépolo verwundert. Und mit abgewandtem Blick, wie um ihm zu zeigen, dass er seine Vorwitzigkeit nicht billigte, rief er: »Ein grandioser Reinfall! Was heißt Reinfall: ein Fiasko, ein Millionendesaster! Tania macht mir heute noch Vorwürfe wegen der Brillanten, die ich verpfänden musste, um die Produktion zu bezahlen.« Und nach einem weiteren tiefen Schluck und ein paar nachdenklichen Sekunden räumte er ein: »Aber du hast recht, Junge. Das einzig Gültige an dem Film ist dieser Tango, die von Pirandello geklaute Szene. Chapeau! Tania ist darin diejenige, die nach ihrem Schöpfer ruft. Eine Szene übrigens, zu der mich eine Nacht hier in Lissabon inspiriert hat. Man könnte also durchaus sagen, dass ich nach Lissabon gekommen bin, um für die Szene ein Vorher und ein Nachher zu finden, denn sonst ... Was bliebe mir sonst? Ich weiß, dass es in Lissabon eine Geschichte für Tania gibt, denn beide, sie und die Stadt, schweigen auf dieselbe Weise. Entweder ich suche die ganze Geschichte, in die Tanias Teil sich einfügt ...«

Discépolo machte eine Pause und atmete tief durch. In diesem fortgeschrittenen Stadium seiner Trunkenheit schien der Alkohol nun eine Art heimlicher, beständiger Arbeit von ihm zu verlangen, und Oliverio schaute wieder zu Boden, um seine Enttäuschung zu verbergen. Warum wich der Mann derart stur der Herausforderung aus, von der Welt um ihn herum zu sprechen? Warum wollte er ihm nicht helfen?

»Mehr noch«, schloss Discépolo und sank wie geschlagen in den Stuhl zurück, »ich glaube, als wir bei unserem Auftritt heute Abend durch das Bombenattentat unterbrochen wurden, haben wir beide gespürt, Tania und ich, dass die Stadt selbst uns unterbrach und uns sagte: Nein, so nicht, ihr geht jetzt hinaus, um das wahre Geheimnis herauszufinden. Deshalb bin ich hier, mein Lieber. Weil ich zuhören will. Denn entweder ich schweige und höre dir zu, oder ich sterbe. Oder sie bringt mich um. Das sind die drei Möglichkeiten. Und glaub nicht, ich wüsste nicht, dass mir das Zuhören schwerfällt!« Er lächelte nun und tätschelte ihm die Hand, wie man ein Pferd tätschelt. »Nein, mein Freund, ich weiß nicht, wo Tania sein könnte. Aber du brauchst kein Mitleid mit ihr zu haben, sie hat es gelernt und weiß, wohin und zu wem sie sich flüchten kann. Und wie ihr seht«, und er deutete auf sich selbst und lächelte bemüht, »ist wenig an mir dran, womit ich sie verteidigen könnte. Ich bin es, der hier Hilfe braucht, glaubt ihr nicht? Ich bin es, der das Juwel noch finden muss, das ich ihr versprochen habe. Das Einzige, das sie noch zur Rückkehr bewegen könnte, selbst dann, wenn ich sie schon verlassen habe.«

Plötzlich schwang die Pendeltür auf, und alle Köpfe drehten sich zum Eingang. Aber nein, es war nicht Tania, auch nicht Darío, um den Jungen mit dem roten Halstuch abzuholen, nachdem er den Maestro gefunden hatte. Es war nicht einmal Saldanha, der Wirt. Es war der Pianist des Gondarém, und noch keuchend und mit zittriger Stimme rief er, Männer von der PVDE hätten ihn festgenommen, zusammen mit Saldanha, als sie aus der argentinischen Residenz kamen, ihn selbst hätten sie gleich laufenlassen, aber Saldanha, den hätten sie nach einem kurzen Verhör in die Rua António Maria Cardoso gebracht, in dieses Loch im zweiten Stock, von dem so viele Flüchtlinge sprachen, »als hätten wir etwas mit dem Attentat auf das Schiff zu tun!«.

Aber wenn es so klar war, dass sie nichts damit zu tun hatten, fragte sich Oliverio, warum hatte der Pianist dann solche Angst? Die Folter, gewiss, aber gab es einen Grund, dass die Polizei sie verdächtigte? Hatte es eine weitere Anzeige gegeben? Scheiße, sagte er sich, vielleicht der neue Türsteher, wenn nicht Isidro, der dastand und keine Miene verzog. Wer weiß, vielleicht hatte er ihnen etwas gesteckt, um ihn fertigzumachen. Und Saldanha? Wen der wohl unter der Folter verraten hatte, bloß damit sie aufhörten, ihn zu misshandeln? Den harmlosesten Gauner von allen hier, wen sonst, Oliverio!

»Außerdem«, sagte der Pianist, während er sich mit seinem üblichen Rum in die Ecke verzog, zu seinem alten Wandklavier, an dem er Oliverio in den freien Stunden ein paar Jazzakkorde beibrachte, »hat man den Fährbetrieb eingestellt. Ich glaube nicht, dass Túlio dich ablösen kommt.«

Oliverio schaute hilfesuchend zu Discépolo, doch als er ihn sah – die Augen geschlossen, eingefallen wie ein Ballon, aus dem alle Luft gewichen war, die hohlen Hände vor dem Mund, um eine Übelkeit zu ersticken, und so niedergeschlagen, als zöge ihn allein das Schweigen auf den Grund seiner Albträume –, da schien er ihm nutzloser denn je. Im selben Moment griff der Pianist, um sich abzureagieren, in die Tasten und spielte *O sole mio*, und Discépolo kam, ein Künstlerreflex oder weil er dachte, er müsse auf die Bühne, wieder zu sich, verschwitzt und leichenblass. Um sich zu kräftigen, trank er einen letzten Schluck, und noch bevor der seine Wirkung tat, seufzte er:

»*Che*, was soll der Unsinn, eine *canzonetta* ohne Worte? Aus einem Lied noch weniger zu machen, das gehört sich nicht! Ist denn keiner hier, der singt?«

Und wenn ich singe?, dachte Oliverio und verspürte ein so großes Bedürfnis, dass er es selbst nicht glauben konnte. Obwohl, nein, allein die Erinnerung an jene unglaubliche Peinlichkeit, die der Maestro ihm mit seinem lächerlichen Vorhaben zugemutet hatte, lag ihm wie ein Stein auf der Brust. Er sah Isidro zu den Toiletten gehen, und mit pochendem Herzen sagte er sich, dass es vielleicht die letzte Gelegenheit war, zum Tresen zu gehen und alles, was er gestohlen hatte, aus seinem Fach zu nehmen.

»Dieses Mädchen zum Beispiel«, rief Discépolo, »das heute Abend gesungen hat, als wir hier waren. Wie hieß sie noch gleich? Amália? Amália, genau. Eine außerordentliche Künstlerin, was?« Oliverio nickte. »Jemand sagte, sie wäre wie Gardel auf dem Markt aufgewachsen und sie hätte zu singen angefangen, als sie am Hafen Obst verkaufte. Bemerkenswert, nicht? Unglaublicher Fortschritt! Aber ich bin sicher, wenn eine junge Frau vom Hafen in ihrem Alter nicht nur derart vollkommen, sondern mit einer solchen *Tiefe* singt, dann hat ihr jemand gezeigt, was die Nacht uns lehrt, oder?« Und mit einem Augenzwinkern fragte er Oliverio: »Warst du das?«

Oliverio war verwirrt, beleidigt auch, denn Amália war für ihn, trotz ihres groben Ehemanns und der vielen Gerüchte über ihre Liebschaften mit Prinzen und Bankiers, in Lissabon immer die Einzige gewesen, die seinen ganzen Respekt verdiente.

»Selbstverständlich möchte ich von niemandem verlangen, dass er mir ihre Geschichte erzählt«, ruderte Discépolo gleich zurück, so wie immer, wenn seine angriffslustige Art das Publikum zu vergraulen drohte. »Aber du, Junge, komm schon, leg los ... Erzähl mir was, ich lebe hinterm Mond, außerdem fahre ich in ein paar Stunden ... Na, jetzt weiß ich, warum dir meine Frau gefällt. Ihr schweigt beide auf dieselbe Weise!«

Isidro, der sich Túlios Schürze umgebunden hatte und wieder hinter der Theke stand, gab Oliverio zu verstehen, dass er sitzen bleiben und vor allem aufpassen sollte, was er erzählte. Aber Oliverio spürte, dass er, auch wenn er viel zu erzählen hatte, ohnehin besser nichts sagte. Obwohl, das wäre absurd: Discépolo ein Spitzel der PVDE, der mal eben hergekommen wäre, um herauszufinden, was er zu verbergen hatte? Aber wer konnte ihm garantieren, dass nicht der Junge mit dem roten Halstuch einer war? Und wenn er Discépolo nicht sagen konnte, was ihn bedrückte, was sollte er ihm jetzt Harmloses erzählen? Bloß um diesen Knallkopf so lange zu unterhalten, bis er zusammenbrach? Der hatte jetzt wieder die Augen geschlossen und wiegte merkwürdig den Kopf, als ob er etwas verneinte, vielleicht das Todesurteil, das sein heimlicher Gott ihm verkündete und das für ihn zu früh kam. Oliverio räusperte sich, und Discépolo machte eine vage Handbewegung, womöglich die gleiche, mit der er sonst Tania aufforderte, nun zu singen. Und als hätte er nur darauf gewartet, dass Discépolo ihn rief, spürte er, wie es aus seinem dunklen Herzen hervorbrach.

3

»Alles, was ich Ihnen von Portugal sagen könnte, Señor, weiß ich von meiner Mutter«, sagte Oliverio, und von sich selbst überrascht, musste er erst einmal innehalten. Doch weder der Junge mit dem roten Halstuch, der zu Isidro hinüberschaute, noch Discépolo, der seine Smokingfliege abgenommen hatte und nach irgendeiner Technik tief ein- und ausatmete, schienen es darauf anzulegen, sich über ihn lustig zu machen. »Meine Mutter ist in Nazaré geboren, einem Dorf an der Küste von Sintra, zu Füßen eines hohen Felsens, den die Leute einfach den Berg nennen. Kennen Sie die Gegend?« Discépolo rührte sich nicht. »Oben auf dem Berg steht eine Kapelle, sie dient als Leuchtturm für die Fischerboote, in der Ferne sehen sie aus wie kleine Hörnchen mit einer stumpfen Spitze. Und unten, am Strand, sind schwarz gekleidete Frauen, sie laufen auf und ab und warten auf einen geliebten Menschen, der nicht wiederkehrt. Wenn sie nach Hause kommen, legen sie sich auf eine Matte auf dem Boden. Neben dem Bett des Verschollenen brennt eine Kerze.«

Mein Gott, unterbrach sich Oliverio, was mache ich mir das Leben bitter, statt dass ich versuche, so schnell wie möglich hier rauszukommen und mich in Sicherheit zu bringen? Discépolo schien weiter mit seinem Unwohlsein zu ringen und so wenig interessiert an solchen Banalitäten wie der Junge mit dem roten Halstuch, der nun Anstalten machte, mit Isidro ins Gespräch zu kommen.

»Mein Großvater war der Erste, der aus diesem Leben ausbrechen wollte. Warum, weiß ich nicht, meine Mutter hat sich nie getraut, ihn danach zu fragen, und jetzt erzählt sie alles Mögliche. Sicher weiß ich jedenfalls, dass mein Großvater als Erster nach Amerika gegangen ist, mit seinen beiden Söhnen, die schon älter waren. Und dass Frau und Tochter sechs Monate später nach Buenos Aires nachkommen sollten. Sie hatten eine Passage auf der Regina Gloria und waren schon an Bord, als sie die Nachricht erhielten, sie sollten ›bis auf weiteres warten‹. Das war 1905, verstehen Sie?«

Discépolo schien nicht zu begreifen, worauf Oliverio anspielte, und zeigte nicht die geringste Regung. Oliverio murmelte weiter, in der Hoffnung, ihn mit seinen Worten in den Schlaf zu wiegen.

»So dass meine Großmutter hierbleiben musste, in Lissabon, ohne einen Centavo und mit einer dreijährigen Tochter, denn wer aus einem Dorf weggeht, kann nicht mehr zurück. Die ersten Erinnerungen meiner Mutter sind also von hier, aus der Alfama, und deswegen, glaube ich, mag ich auch den Fado so sehr.«

Oliverio beobachtete Discépolo und dachte schon, er würde nicht mehr aufwachen. Doch nach einer Weile, länger jedenfalls, als man braucht, um eine Gefühlsregung zu verdauen, schlug er die Augen auf, beugte sich vor und sagte:

»Jaja, die Häfen«, und als würde er eine Tür einen Spalt öffnen, um nach draußen zu schauen, schenkte er sich noch einen Schluck Portwein ein, trank ihn in einem Zug und sprach rasch weiter. »Es gibt keine zwei Häfen, die gleich sind, weißt du? Aber alle singen mit einer ähnlichen Stimme ... Mein Vater, er war Musiker, ist aus der Hafenstadt Neapel geflüchtet, warum, werde ich wohl nie erfahren. In meiner letzten Erinnerung an ihn sehe ich uns beide an der Vuelta de Rocha in Buenos Aires, ich hier und er da, so wie du jetzt, aber er schaut nicht mich an, er schaut nur auf die Mündung des Riachuelo, als wollte er am Horizont Italien sehen. Und plötzlich sagt er zu mir: ›Enrique, das darfst du nie vergessen ...‹« Discépolos Stimme zitterte, und Oliverio glaubte daraus schließen zu können, dass Discépolos Vater sich umgebracht hatte. »Der Hafen ist dir mehr ein Vater als ich. Deshalb muss, wer keine Eltern mehr hat, nur zum Hafen zurückkehren, seine Musik hören, seinen Rhythmus spüren, und der Gedanke wird dir vertraut, dass niemand gestorben ist, so als wären wir noch kleine Kinder, verstehst du?« Und plötzlich, wie niedergezwungen von einem letzten Anbranden von Übelkeit, senkte er den Kopf und deutete mit der Hand auf Oliverio: »Sprich weiter, Junge, sprich weiter ... Und danach, danach regle ich alles ... Danach helfe ich dir.«

Oliverio blickte zu dem Jungen mit dem roten Halstuch und sah, dass der sich abgewandt hatte und mit Isidro scherzte. Discépolo schien nicht mehr lange durchzuhalten, und so legte er sich rasch zurecht, was er ihm sagen wollte. Nein, keine dieser aufgebauschten Geschichten seiner Mutter, die würden ihm nicht helfen. Die Wahrheit, sagte er sich, als kämpfte er im Duell mit sich selbst gegen die Lügen, mit denen er aufgewachsen war, nur die Wahrheit, als suchte er noch nach der Stimme, mit der er singen würde, damit die Anstrengung, es zu erzählen, wenigstens einem etwas nützte.

»In diesem Jahr, 1905, war bei einer Galavorstellung im Teatro Colón eine Bombe explodiert, worauf die argentinische Regierung ein Gesetz erließ, um ›unerwünschte Ausländer‹ auszuweisen, erinnern Sie sich?« Discépolo räusperte sich nur und forderte ihn auf weiterzusprechen. »Da mein Großvater in derselben Wohnung gewohnt hatte wie der Anarchist, dem man die Tat zur Last legte, musste er mit seinen beiden Söhnen fliehen, zuerst von Dorf zu Dorf, wo er bei anderen Portugiesen unterkam, und schließlich nach Uruguay.« Oliverio machte eine Pause und wollte nun ebenfalls einen Schluck trinken. Dass niemand sein Schweigen bedauerte, machte ihn traurig, und er fuhr fort: »Noch in Argentinien hatte ihn einer seiner Landsleute dem Besitzer einer kleinen Werft in Uruguay empfohlen, in Colonia, wo Schiffe kalfatert wurden. Und dorthin kamen, fast vier Jahre später, meine Großmutter und meine Mutter. Was sie am meisten beeindruckte, war natürlich der Río de la Plata, das andere Ufer nicht zu sehen ...«

Dass Discépolo nicht einmal bei einem Zitat von sich aufmerkte, war ein schlechtes Zeichen. Oliverio fragte sich, ob er, wenn er weitersprach, Isidro nicht verdächtig vorkommen musste, der ihn keine Sekunde aus den Augen ließ. Was wollte er wirklich mit seiner Erzählung? Mitleid erwecken? Aber es hatte auch etwas Verlockendes, zu sprechen, denn je länger er sprach, desto mehr verstand er, und je einsamer er sich fühlte, desto mehr war er bei sich selbst.

»Mein Großvater war schon recht alt. Die Schwermut plagte ihn, sagte meine Mutter immer, aber ich würde eher sagen, es war die Enttäuschung. Die Frauen himmelten ihn an und gaukelten ihm eine Welt vor, in der er gerne angekommen wäre. Bis sie sechzehn war, ist meine Mutter praktisch nicht aus den Docks herausgekommen, außer für den Klavierunterricht. Colonia war einmal die am weitesten gelegene portugiesische Besitzung, wussten Sie das? Die Portugiesen waren dort jedenfalls verhasst, auf der Straße warfen die Kinder mit Steinen nach ihnen. Meine beiden Onkel waren Anhänger des Anarchismus, und wenn meine Mutter sich vor jedem normalen Menschen fürchtete, dann ihretwegen, nehme ich an.« Oliverio spürte, wie sich sein Magen wieder verkrampfte. Was hasste er diese Geschichten und wie seine Mutter ihre

Brüder vergötterte, die nie da waren, immer im Kampf und ihm so überlegen! »Zum ersten Mal kam sie aus Colonia heraus, als ihr Vater an Krebs erkrankte und man ihn nach Montevideo ins Englische Krankenhaus brachte. Sechs Monate rang er mit dem Tod, ehe er starb. Im Nachbarbett lag ein Mann, der dem Sterbenden nur einen Gefallen tun konnte, nämlich ihn in Ruhe zu lassen. Er war Steuermann auf einem der Sandkähne, die zwischen dem argentinischen und dem uruguayischen Ufer hin- und herfuhren, und erholte sich von einem schlimmen Unfall. Auch er, halb Indio und unehelich geboren, hätte sonst wohl nie jemanden wie sie gefunden, blond und gebildet, eine Frau, die ihm Aufmerksamkeit schenkte und es sich gar zur Aufgabe machte, ihn zu erziehen. Gleich bei der Beerdigung auf dem Friedhof von Montevideo nahm er sie mit, hinüber auf die argentinische Seite, nach Ensenada. Und da stand sie dann vor ihrem kleinen, auf Pfählen errichteten Haus und wartete: auf ihn, der nur alle drei Tage kam, und auf mich, und dabei versuchte sie, in der Ferne das andere Ufer des Río de la Plata zu erkennen, das Bild ihrer Mutter, die sie allein zurückgelassen hatte, allein mit ihren Gedanken an ihre drei Kinder. Ensenada, wissen Sie noch? Sie waren einmal dort.« Discépolo verneinte mit einer verärgerten Handbewegung und versank wieder in seinen Gedanken. »Ich habe einen Fado geschrieben«, fuhr Oliverio fort, »er geht so: *Ich bin die brennende Kerze an seinem Bett ...*«

Oliverios Angst war umgeschlagen in eine tiefe Verachtung gegen sich selbst. Und gegen die, die ihn zu dem gemacht hatten, der er war. Denn er hatte keinen verständnisvollen Vater gehabt, der ihn ans Ufer mitgenommen hätte, sondern einen brutalen Vater, der ihn aus Verzweiflung über die Art, wie diese Portugiesin ihn erzog, und weil er selbst so anders war als der Rest der Gesellschaft, der anzugehören er sich erträumt hatte, mit zum Hafen nahm und seinen Kollegen vorführte:

Hier, seht euch nur das Fräulein an, das seine Mutter aus ihm gemacht hat!

»Als ich zum ersten Mal ein Klavier hörte, hatte ich nichts anderes mehr im Sinn. Wir wollten unseren Vater verabschieden, der mittlerweile auf einem Öltanker fuhr, nach Patagonien, und kamen an dem offenen Fenster einer Hafenkneipe vorbei, wo jemand einen Tango übte. Und da meine Schulkameraden mich sowieso nicht ertrugen, durfte ich nach dem sechsten Schuljahr auf ein Konservatorium in La Plata. Die Leiterin hielt mich für so talentiert, dass sie mich für mein erstes Engagement empfahl: Pianist in einem Damenorchester. Wir sind einmal zusammen mit Ihnen aufgetreten, in Ensenada, erinnern Sie sich? Zugunsten der Roten Hilfe.«

Tisch und Stühle ruckelten, und Discépolo war aufgestanden. Er zeigte ein so bestürztes Gesicht, dass der Junge mit dem roten Halstuch ebenfalls hochfuhr, und am Tresen war Isidro hellwach: Entweder er hatte sich an etwas erinnert, oder er hatte gehört, dass Tania kam, oder es ging mit ihm zu Ende.

»Aber richtig angefangen zu leben, Don Enrique«, und Oliverio glühte nun, als wollte er sagen: Bitte, verlassen Sie mich nicht, nicht jetzt, wo ich Ihnen mein Geheimnis anvertraue, »richtig angefangen habe ich erst, als ich mich in die Politik einmischte. Einer meiner Onkel, der heimlich in einem Boot aus Uruguay gekommen war und bei mir wohnte, hat mir die Augen geöffnet. Er ist bei der Demonstration gegen den Putsch von 1930 umgekommen, António da Costa, erinnern Sie sich? Seinetwegen, damit ihm Gerechtigkeit widerfuhr, bin ich in die Kommunistische Partei eingetreten. Und bei einem Fest der Roten Hilfe, auf dem ich ein kleines Lied aus der Heimat meiner Mutter sang, hat mich der Maestro Eugénio de Oliveira entdeckt.«

Dann ging alles sehr schnell. Als wäre er nicht aufgestanden, sondern auf das Dach eines Hochhauses gestiegen, schwankte Discépolo, murmelte, erschrocken über die schwindelnde Höhe, ein Pardon und stürzte, nachdem er sich über die Richtung Gewissheit verschafft hatte, auf die Toiletten zu, mühsam ein Aufstoßen unterdrückend, um sich nicht zu übergeben, stolpernd, sich vortastend, ein Passagier auf einem torpedierten Schiff. Oliverio reagierte nicht, sicher hatte allein die Erwähnung des Maestros ihm einen solchen Ekel bereitet.

»He, du!«, rief Isidro ihm von der Theke aus zu. »Was machst du mit dem?« Der Junge mit dem roten Halstuch brach in Gelächter aus, als Discépolo gegen den letzten Tisch stieß und die Stühle umwarf, bevor er im Flur verschwand. »Na los, heb deinen schwulen Arsch und kümmer dich ...«

Oliverio wollte schon protestieren: Noch um diese Uhrzeit spannten sie ihn ein, wo er schon längst hätte draußen sein sollen! Aber er folgte der Anweisung, so konnte er sich wenigstens verstecken, und als er bei Discépolo war, trat der gerade durch die Toilettentür, beugte sich über das Loch im Boden und übergab sich mit einem röhrenden Würgen.

»Möge er in Frieden ruhen«, hörte Oliverio die Stimme von Isidro hinter sich, und in dem gleichen verstörend zärtlichen Ton, mit dem er ihn überredet hatte, im Gondarém zu arbeiten, flüsterte er: »Bring ihn in eins der Kabuffs, und pass auf ihn auf.« Im Gastraum rief Mr Copley nach Isidro, und Oliverio hätte gerne geglaubt, dass zumindest dieser Amerikaner ihn von seinem Tisch aus beschützen wollte. »Halt ihn bei Laune«, sagte Isidro noch, als wollte er sagen: während ich mich um seine Frau kümmere ...

Aber war Tania denn überhaupt gekommen?, fragte sich Oliverio. Und wie konnte Isidro eine solche Geistesgegenwart bewahren, wo Saldanha nicht da war, oder kam der Wirt gar nicht wieder? Discépolo versuchte, sich zu erheben, rutschte aus und fiel zu Boden, und seine glänzende Smokinghose versank in einer unbeschreiblichen Brühe. Oliverio drehte sich um und schaute auf den Gang, als hätte er nichts bemerkt, bis Discépolo es schließlich allein aus dem Klo schaffte. In dem Moment kam Marta vorbei, auf dem Weg in den Gastraum, und als Oliverio klar wurde, dass die Köchin die Hose waschen könnte, schlug er Discépolo vor, sie auszuziehen, ihm zu geben und in einem kleinen Zimmer nebenan zu warten. Und erst jetzt, als er dem Dichter wieder in die Augen schaute und sah, wie sie leuchteten – vielleicht weil er das Klackern der Frauenschuhe gehört hatte und dachte, es sei Tania, vielleicht aber auch, weil ihre Blicke jetzt, wo es keine Zeugen gab, einander so ähnlich waren –, wuchs eine neue Hoffnung in ihm und strahlte im hellsten Licht. Natürlich, ja, es war lächerlich gewesen, zu denken, Discépolo hätte sich bloß übergeben müssen, weil er den Namen des Maestros erwähnt hatte. Aber genauso unsinnig war der Gedanke, seinetwegen, wegen Oliverio, wäre ihm übel geworden. In der Hölle von Lissabon hatten sie nur einander als Verbündete. Das war es, was Discépolo ihm hatte sagen wollen. Und wenn sie einen Weg fanden, würde einer den anderen retten.

Verfolgung

*Ein Eindringling, aber kein Unbekannter. Belagerung
durch die Polizei. Die verbrannte Hand.*

I

Dr. Javier Ordóñez hatte es sofort gewusst: Auch die Bediensteten misstrauten dem ungebetenen Gast. Ein Passagier der dritten Klasse konnte er nicht sein, auch kein Flüchtling, denn er war ohne Hut und ohne Handgepäck gekommen und trug den Mantel gefaltet über dem rechten Arm. Er hatte sich geweigert, ihn dem Butler zu geben, und der Haushälterin, die fest entschlossen war, so leid es ihr tat, jetzt endlich zu gehen, hatte ein kurzer Blick genügt, und sie wusste Bescheid: er war ein Neureicher, ein Weichling also, auf der Flucht vor einer belanglosen Bedrohung oder einer nichtigen Gefahr. Sie stand schon auf der Türschwelle, und Macário musste sie erst überreden, aber durch ein Fensterchen auf dem Treppenabsatz hatte er gesehen, dass die Polizei schon vor der Haustür zusammengelaufen war. »Wir müssen hierbleiben«, sagte er, »oder sie werden uns verdächtigen.« So dass Dona Natércia wieder hereinkam, auch wenn ihr schleierhaft war, was er damit meinte. Doch dann sah sie, wie Amália diesen Eindringling wortreich vorstellte, und sie ahnte, sie, die ein Leben lang als Haushälterin bei einer adligen Familie gedient hatte, dass etwas ganz und gar Unsittliches dahintersteckte. Mit einer wütenden Handbewegung, das war ja wohl das Letzte!, ging sie wieder in die Küche, aber nicht, um wem auch immer zu gehorchen, sondern um die Ruhe zu finden, die einer Frau vom Lande allein die häuslichen Verrichtungen vergönnen. Unterdessen hatte sich der neue Gast, der vollauf mit seinem Unwohlsein beschäftigt schien, in einen kleinen Lesesessel nahe dem Eingang fallen lassen, und mit einem Blick gab er zu verstehen, dass man sich seinetwegen keine Umstände zu machen brauche, er würde nur einen Moment dort sitzen bleiben, auch wenn alle sich fragten, wie er in diesem Zustand seinen Weg fortsetzen wollte.

»Der Herr Oswald de Maeyer«, sagte Amália, und mit erschrockenen Augen deutete sie auf ihn, als gälte es, ihn irgendwie aufzuhalten, »ist ein großer Liebhaber des Fados. Der Herr de Maeyer ist genau wie der Herr Ricardo einer der Menschen, die mich am meisten in meiner Karriere unterstützt haben. Sie haben an mich geglaubt, seit sie mich zum ersten Mal in der Parreirinha de Alfama haben singen hören. Jeden Abend haben sie mir die Ehre erwiesen und am Ausgang auf uns gewartet, auf meinen Mann und mich, und haben uns gesagt, wie und wo ich nachholen kann, was ich in meinem Leben nicht habe lernen können.« Und nach einem kurzen Aufschrei, weil de Maeyer ihr wieder einen schmerzverzerrten Blick zuwarf, sagte sie: »Die beiden waren es, die mir den roten Wagen geschenkt haben. Damit konnten mein Mann und ich dann unsere ersten Tourneen machen, nach Póvoa, Ericeira, Figueira da Foz. Ich bin ja so froh, dass er den Wagen vor der Tür gesehen hat und mich begrüßen wollte!«

Dr. Ordóñez traute sich nicht, sie zu fragen, wer denn nun dieser verflixte Herr Ricardo war, den sie schon einmal auf so verdächtige Weise erwähnt hatte, und auch nicht, warum de Maeyer so lange gebraucht hatte, um heraufzukommen, oder was er den beiden Frauen wohl an der Tür über seinen deplorablen Zustand erzählt hatte. Der Gedanke an irgendeine Verbindung zwischen de Maeyer und Amália schlug ihm auf den Magen, und der war ohnehin schon vom Alkohol in Aufruhr. Und dann noch der Diebstahl von Tanias Schmuckstück! Indessen war Macário unter dem Vorwand, für alle ein Gläschen zu holen – eigenmächtig, Ordóñez hatte kein Wort gesagt –, ebenfalls in die Küche gegangen, und während Amália sich im Salon wieder aufs Sofa setzte, flehte er zum Himmel, Konsul Cantilo möge, wo immer er sich aufhielt, aus dem Radio oder von den Leuten des Patriarchen erfahren haben, was passiert war, und endlich herkommen. Außerdem, fragte sich Ordóñez, als er neben Amália Platz nahm: Konnte es nicht sein, dass Macário den Schmuck gestohlen hatte? Oder Dona Natércia, die es so eilig gehabt hatte? Was sollte er jetzt tun? Das Personal zur Rede stellen, so wie Sofía in ihrer Hochzeitsnacht? Ausgerechnet er, der es bis heute nicht schaffte, auch nur mit seinem portugiesischen Dienstmädchen umzugehen, und wo er sowieso kaum einen klaren Gedanken fassen konnte. Macário kam mit einem Tablett aus der Küche, darauf neben der Karaffe und den Wassergläsern auch ein paar Gläschen ebenjenes Likörs, den er vorhin Amália gebracht hatte und auf den de Maeyer schon ungeduldig zu warten schien. »Wenn Sie erlauben«, sagte Macário, stellte das Likörglas auf das Tischchen neben de Maeyers Lesesessel und knipste mit steinerner Miene die kleine Schirmlampe an. Und als das von Fransen und Troddeln gedämpfte, für die Augen des Leidenden gleichwohl grausam helle Licht auf ihn fiel, begriff Dr. Ordóñez, so überrascht wie am Nachmittag, als er Tania wiedererkannte, wer er war.

D'Mäyärh, schoss es ihm durch den Kopf, als müsste man den Namen nur, so wie seine Frau immer, französisch aussprechen, und es wäre das Zauberwort, das um ihn herum diese phantastische Welt schuf, aus der sie sich, seine Frau und er, ständig ausgestoßen fühlten. Als käme man beim Klang des Namens gar nicht umhin, auch an jenen anderen zu denken,

De Sanctis, an das diskrete Bronzeschild mit den Namen beider am Portal der Bank auf der Avenida da Liberdade, wo einige wenige, aber sehr prominente Ausländer auf der Durchreise ihr Geld oder andere Werte in Sicherheit brachten. Jene Bank, De Sanctis & De Maeyer, welche die Mitglieder der argentinischen Gesandtschaft mit kostenlosen Konten und Schließfächern bedachte. »Zum Zeichen dafür«, bemerkte Oberst Sijarich, »dass die Achsenmächte fest mit dem Beitritt Argentiniens rechnen.« »Wieso denn die Achsenmächte?«, hatten die Atuchas gefragt. »Sind die Eigentümer denn nicht beide Juden?« Worauf Oberst Sijarich mit verdrießlicher Miene antwortete, erst vor kurzem, als er aus dem kleinen Gewölbe im Untergeschoss des Bankhauses kam, sei ihm Imperio Argentina begegnet, die gerade aus Berlin eingetroffen war. Und was konnte die Sängerin anderes hergeführt haben, als in Hitlers Auftrag irgendwelche Juwelen zu deponieren, um damit das Wolfram zu bezahlen, mit dem Salazar die deutsche Kriegsindustrie belieferte? Mein Gott, fragte sich Dr. Ordóñez, und ihm schwirrte der Kopf: Sollte das heißen, auch Tania war deshalb hergekommen, mit ihrem Schmuck, der nun verschwunden war? Sofía selbst hatte ihm de Maeyer auf den Zeitungsfotos gezeigt, in den Tagen nach der Operation Willi, dem einzigen Kriegsereignis, für das zu interessieren sie sich herabließ, denn so leidenschaftlich, wie sie die Ablehnung Wallis Simpsons seitens der königlichen Familie verfolgte, fühlte sie sich dennoch persönlich berührt. Aber war de Maeyer nicht auch der Eigentümer jener Villa in Cascais gewesen, wo der Herzog von Windsor damals gewohnt hatte? In allen Tageszeitungen waren de Maeyers Erklärungen erschienen, und im Namen seiner Bank hatte er versichert, »nein, wir sind keine Verräter, und Nazis schon gar nicht, wir versuchen nur, ganz im Sinne Salazars, unseren Kunden gute Gastgeber zu sein, ein internationales Unternehmen, aber ein portugiesisches Haus!«.

Macário hatte sich mit der für ihn typischen, auffällig diskreten Bereitschaft von de Maeyer entfernt, um einer allerdings unpassenden Bitte von Amália zu entsprechen: noch einmal das Grammophon aufzuziehen und die Schallplatte aufzulegen, auf der Tania *Geheimnis* sang. Ordóñez musste an seine eben erst gescheiterten Bemühungen denken, Amália zu verführen, und alles in ihm lehnte sich auf gegen dieses Tangopaar, als wären die beiden daran schuld, und irgendwie schienen sie auch besser zu diesem de Maeyer zu passen. Währenddessen erklärte Amália dem niedergeschlagenen Gast mit unerträglicher Kleinmädchenstimme, was sie alles am heutigen Abend gelernt hatte, und um es vorzuführen, sang sie nun zusammen mit Tanias Stimme auf der Schallplatte. Doch als lenkte ihn dieses Gekrähe von der einzigen Stimme ab, auf die er zu hören versuchte, nämlich die nachdenkende in seinem Kopf, schaute de Maeyer schließlich hoch und stellte fest, dass aller Augen auf ihn gerichtet waren. Derart überrumpelt, raunzte er:

»Nun lassen Sie mich doch, zum Teufel, ich bin nur für einen kurzen Moment hier.« Er sprach dieses zugleich perfekte und von nirgendwoher stammende Spanisch, wie die reichen Leute es an Orten oder aus Gründen lernen, die man sich nur schwer vorstellen kann. Ländereien in den Kolonien, vermutete Dr. Ordóñez, die eine oder andere Saison an der Costa del Sol, eine Schlagersängerin als Geliebte, eine Bankfiliale in Spanien. Amália machte ein Gesicht, als wäre sie noch in die Musik versunken, doch dann errötete sie und schwieg: ein kleines Mädchen, das die Eltern bestrafen, indem sie in einer fremden Sprache sprechen. »Bitte«, sagte de Maeyer wie zur Entschuldigung, und ihm entfuhr ein kurzer Schrei, denn sein Schmerz war ein körperlicher, und er hatte sich unglücklich bewegt, »macht weiter mit euren Sachen.«

2

Mit euren Sachen? Ordóñez fühlte sich beschämt und griff zitternd nach dem Glas Wasser, das Macário ihm eingeschenkt hatte. Was sollte das sein, »eure Sachen«? Nichts jedenfalls, womit man sich vor einem Mann wie ihm hätte brüsten können, nichts, was es wert wäre, vor diesen hochmütigen und tiefgeränderten grünen Augen erzählt zu werden. Zuerst, und Ordóñez rekapitulierte noch einmal die Stunden der Demütigung, die Nummer der beiden Varietévögel; dann, während der Unruhen, der Rückzug in die Residenz aus Angst, jemand könnte ihn zu sehr in die diplomatische Pflicht nehmen; und schließlich sein kläglicher Verführungsversuch, bei dem er geglaubt hatte, er könne eine Fadosängerin herumkriegen, wo sie, dieses Luder, ihn nur hatte machen lassen, um ihre wahren Absichten zu verbergen, und die passten sehr zu einer solch späten Stunde.

»Als der Herr de Maeyer kam«, sagte Amália, und wieder errötete sie, als wüsste sie genau, dass ihr Techtelmechtel mit dem Doktor ans Licht kam, »haben wir uns, der Herr Botschafter und ich, gerade über Musik unterhalten, über einen argentinischen Maestro, der auch auf der Boa Esperança fährt.« Dr. Ordóñez war dem Himmel dankbar für ihre Anregung, nun von etwas zu sprechen, das nichts mit Politik zu tun hatte. »Er ist Gesangslehrer, aber nicht irgendwer, er ist der Lehrer von Carlos Gardel! Wir wollten noch«, und Amália verzweifelte schon, als sie sah, dass de Maeyer der Name nichts sagte, zumindest nichts, was ihn aus seinem Schmerz hätte reißen können, »ich meine, wir wollten gerade hinausgehen und ihn suchen, den Maestro, hier im Viertel, da der Herr Botschafter, ach, entschuldigen Sie, der Herr Doktor ...«

»Ordóñez«, druckste Dr. Ordóñez und bedauerte mehr denn je, dass es ihm unmöglich war, seinem Namen den Nachnamen Sofías anzufügen. »Nennen Sie mich doch einfach Javier...«

»Dr. Ordóñez«, betonte Amália, »hat ihn vorbeikommen sehen, den Maestro de Oliveira, vom Fenster im Schlafzimmer aus, kurz nach der Explosion der Bombe.«

De Maeyer drehte sich mit einem Ruck zu ihr um. Nein, der Name de Oliveira hatte ihm bestimmt nichts gesagt, hier in Portugal bedeutete er gar nichts, auch wenn der Ministerpräsident so hieß und sich nur in Erinnerung an seine Mutter Salazar nannte. Ob de Maeyer vielleicht glaubte, sie wären, Amália und er, zusammen in dem erwähnten Schlafzimmer gewesen? Und war es nicht verdächtig, wenn sie sagte, was sie von der politischen Lage gehört oder verstanden hatte, wo sie davon so wenig Ahnung hatte wie von der Philosophie? Das eine war so beunruhigend wie das andere, und Ordóñez war erneut dankbar, dass er es nicht wusste, während Amália den stummen Rüffel überging. Und als wäre die Musik ein Zufluchtsort, an dem sie nur schwer zu erreichen war, fragte sie wieder, ob man das Singen lernen, ob man es Frauen wie ihr wirklich beibringen könne. »Denn dann«, fügte sie hinzu, »würde ich selber gerne bei ihm Unterricht nehmen.«

Dr. Ordóñez richtete sich auf. Was mochte de Maeyer jetzt die musikalische Ausbildung von Amália interessieren? Immerhin war der Maestro ein guter Vorwand, das Thema zu wechseln, sie hatten ja gesehen, wie unpassend es war, von der Situation draußen zu sprechen.

Die Schallplatte war zu Ende, die Nadel hing in der letzten Rille, und in das Knistern hinein erklang plötzlich die Glocke an der Haustür: Es war die Polizei, die in den Palácio de Montemor hereinkam, und niemand hatte mehr Ohren für anderes. Stimmen hallten durchs Treppenhaus, mindestens ein Dutzend Männer, und nachdem sie den Pförtner angeraunzt hatten, schwärmten sie im ganzen Haus aus. Dom Hilário sprach hastig und laut, aber unsicher, weniger, weil man ihn gleich in die Mangel nahm, als weil er nicht zu entscheiden vermochte, ob er Auskunft geben oder auf den Visconde verweisen sollte, und so sagte er im Grunde nichts. Und während ein Teil des Trupps in den Keller hinunterging, klopften andere an die Tür der ersten Wohnung im Erdgeschoss.

»Senhora de Nobrega«, sagte Dona Natércia wie in Trance, und nachdem sie im Geiste die Liste der Hausbewohner durchgegangen war, zu denen der Visconde sie jeden Monat schickte, um die Miete zu kassieren, kam sie zu dem Schluss, dass sie von allen zweifellos am wenigsten verdächtig war. »Die Mutter des Geigers!«

Ordóñez begriff, dass es nun an ihm wäre, Schweigen zu gebieten, damit alle das Hin und Her der Razzia verfolgen konnten, aber er wollte sich nicht von der einzigen Planke entfernen, die in der Nähe des sinkenden Schiffes vorbeitrieb. Amália schaute beklommen in die Runde und schien eine gewisse Entschlossenheit an ihm zu bemerken, und mit einem zittrigen Lächeln des Dankes erklärte sie ihre Bereitschaft, ihm zu helfen. De Maeyer verharrte reglos wie ein Seemann, auf das kleinste Gluckern lauschend, das anzeigt, dass der Rumpf des Schiffes leckgeschlagen ist.

»Macário, bitte«, sagte Dr. Ordóñez schließlich, mit einer Stimme, die gebieterisch klingen wollte, und deutete auf den hüpfenden Tonarm des Grammophons. Macário tat wie geheißen, seine Macht war also noch nicht ganz dahin. Aber die plötzliche Stille erschreckte ihn. Und wie ein Schauspieler, dem ein auf der Bühne gesprochener Satz das Stichwort gibt, ging er in Gedanken den Text auf dem Umschlag der Memoiren von Maestro de Oliveira durch, die sowohl Sofía als auch er, einer hinter dem Rücken des anderen, verschlungen hatten.

»Dieser Maestro, der Gesangslehrer von Carlos Gardel, das hat mir der Herr Doktor Ordóñez erzählt«, sagte Amália zu de Maeyer, »ist nämlich portugiesischer Abstammung, und er ist nach Lissabon gekommen, weil er ein großer Bewunderer Portugals und des Neuen Staates ist.«

Als den Geräuschen im Treppenhaus und der förmlichen Verabschiedung zu entnehmen war, dass man in der Wohnung der »Mutter des Geigers« nichts Verdächtiges gefunden hatte und nun die Treppe heraufkam, um im ersten Stock weiterzusuchen, schaute de Maeyer zu Ordóñez und forderte ihn auf, doch weiterzusprechen, wohl damit die Stille keinen Verdacht erregte, vielleicht aber auch, um sich von der Aufmerksamkeit der anderen zu befreien.

»Das stimmt«, sagte Dr. Ordóñez, und sogleich fühlte er sich auf sicherem Grund, »Maestro Eugénio de Oliveira e Sá ist eine berühmte Persönlichkeit der argentinischen Kultur. Aber er entstammt, genau wie meine Frau, einer alten portugiesischen Familie. Und wo immer es ihm vergönnt war, hat er sich zu seiner Herkunft und seinen Wurzeln bekannt. Minister António Ferro persönlich hat ihn eingeladen, an der Ausstellung der portugiesischen Welt teilzunehmen, im Pavillon der Missionen!«

Für Amália waren dergleichen schulmeisterliche Worte zu viel, doch als sie den Namen des Ministers hörte, des Schutzherrn der Kultur im Neuen Staat, mit dem sie so gerne in Verbindung getreten wäre, schaute sie zu de Maeyer und hoffte auf eine beifällige Bemerkung. Der jedoch lauschte auf die unteren Stockwerke und machte nur eine Handbewegung, um anzudeuten, dass sie ruhig weitersprechen sollten, sie waren auf einem guten Weg – es ist nie falsch, einen befreundeten Minister zu erwähnen, wenn die Polizei naht! –, so egal ihm das Thema auch war. Dr. Ordóñez hielt es für unangebracht, weiter die Aufmerksamkeit dieses vornehmen Herrn in Anspruch zu nehmen, und beschloss, nicht mehr auf ihn zu achten und den Blick abzuwenden, und er verlor sich in einem Spiegel, in dem eins der Fenster zum Hafen aufschien und darin ein friedliches Eckchen des Himmels von Lissabon, der aus irgendeinem Grund mit seiner Erinnerung in Verbindung zu stehen schien.

»Die Geschichte ist sehr merkwürdig«, fuhr er fort. »Sein Vater, General Gervasio de Oliveira, war einer der Helden der Eroberung des Chacos, der letzten Gegend des Landes, die noch in den Händen der Wilden war. Doch statt sich nach seinem Triumph zurückzuziehen und Ruhm und Vermögen zu genießen, bat er den Präsidenten um die Erlaubnis, weiter in die Wildnis vorzudringen. Er wollte eine Mission finden, die berühmte Misión del Hierro, die ein Vorfahr von ihm, ein Jesuit und Musiker, gegründet hatte, um die Indios vor den Bandeirantes zu schützen, die Jagd auf sie machten. Die Expedition verirrte sich, kaum dass sie in den Busch eindrang, der ebendeshalb auch der Undurchdringliche genannt wird, und kam erst nach so langer Zeit wieder zurück, dass die Töchter des Generals ihn schon für tot erklären lassen wollten. Ob er, wie es heißt, den Verstand verloren hat, hat man nicht feststellen können. Jedenfalls weiß man, dass er sich wie verrückt nach einer Frau umsah, um wieder zu heiraten, und dass er schließlich eine noch halbwüchsige Italienerin fand, die Schwester eines Leutnants von ihm, den die Anarchisten umgebracht hatten. Mit ihr bekam er einen Sohn, und schon bald darauf schoss er sich eine Kugel in den Kopf.«

Amália machte eine protestierende Handbewegung, während Macário und Dona Natércia sich für die Geschichte zu interessieren begannen. Dr. Ordóñez nippte, auch wenn er keinen Durst hatte, an seinem Wasserglas und stellte zufrieden fest, dass alle Anwesenden ihn überrascht anschauten, abgesehen von de Maeyer, der angespannt wie ein Wachposten auf die Stimmen der Nacht lauschte.

»Können Sie sich den Skandal vorstellen? Ein Held des Vaterlands, mit dem Tausende von Zeitungslesern mitgefiebert hatten, der sich Hektar über Hektar unberührtes Land im Chaco verdient hatte, und auf einmal gab es nicht eine Handbreit Boden auf einem argentinischen Gottesacker für ihn. Seine eigenen Töchter nahmen nun Rache und strengten beim Heiligen Stuhl einen kuriosen Prozess an, um die Ehe mit der Italienerin annullieren zu lassen, wegen Demenz!, so dass sie nun die einzigen rechtmäßen Erben wären.«

Dona Natércia, die nicht eine Sekunde glaubte, die Geschichte, die er da so nett der Fadosängerin erzählte, könnte irgendetwas zu bedeuten haben, bat erneut um Aufmerksamkeit und informierte sie, dass die Polizei, wie sie den Geräuschen entnehme, die Wohnung der Frau de Norton verlassen habe und nun an die Tür der gegenüberliegenden Wohnung schlage, wo der Herr de Montemor, den sie heute bei Tanias Konzert gesehen hätten, die eine oder andere Freundin aufnehme, für eine oder allenfalls zwei Nächte, »der jüngere der Montemors«, erklärte sie, »der bei der Polizei ist«.

»Als ich an der juristischen Fakultät studierte, war von dem Prozess noch immer die Rede«, sprach Ordóñez weiter, als verstehe es sich von selbst, dass jemand, der mit der Polizei in Verbindung stand, keine Gefahr bedeutete. »Es war eines der schönsten Beispiele für einen juristischen Sonderfall, was die Rückwirkung betraf. Doch die kirchlichen Gerichte waren nicht so schnell. Für die Christenheit einen Nationalhelden zurückzugewinnen, der so viel dafür getan hatte, einen früheren Bischof ins Recht zu setzen, war ohne Zweifel ein lohnendes Ziel. Außerdem war die jüngere Schwester des Generals, Doña Maria do Carmo de Oliveira, die sich zunächst auf die Seite der Töchter stellte, eine große Wohltäterin der Kirche. Aber wie auch immer, alle Welt hatte sich damit abgefunden, dass der Streit erst in Jahrzehnten entschieden würde, als etwas Unvorhergesehenes geschah. Der Sohn des Generals, mittlerweile dreieinhalb Jahre alt, fiel, während seine Mutter in der Messe war, in einen Bottich mit kochend heißem Wasser, in dem die Dienstmädchen Bettlaken und Tischtücher einweichten. Als jene Tante ›Macá‹, die als Schirmherrin einer Schule gerade in La Plata war, von dem Unglück erfuhr, eilte sie gleich zum Krankenhaus, weil sie dachte, sie könnte dort die Erbangelegenheit mit der Mutter zu irgendeinem Abschluss bringen. Doch wie man sich erzählt, war die Tante, als sie den Kleinen in seinem Bettchen sah, so überrascht, in ihm ›einen echten Oliveira‹ zu erkennen, dass er ihr nicht mehr aus dem Sinn ging. Hals über Kopf kehrte sie nach Buenos Aires zurück und legte in einer geheimen Erklärung einen ebenfalls geheimen Beweis vor, über den noch heute spekuliert wird, der aber offenbar so überzeugend war, dass der Heilige Vater die zweite Ehe nicht nur *nicht* für ungültig erklärte, sondern die erste annullierte, womit die Töchter des Generals aus dieser ersten Ehe gezwungen waren, auf das ›de‹ vor ihrem Nachnamen zu verzichten, und so sind sie seither in ganz Buenos Aires bekannt als ›die Oliveiras ohne Titel‹.«

Vor Nervosität konnte Amália nur mit halbem Ohr zuhören, aber es kränkte Ordóñez nicht, denn so interessant die Geschichte für ihre Protagonisten sein mochte, folgte sie letztlich nur dem Schema, wie man es aus unzähligen Melodramen kannte. Und auch er hatte, zum Glück, wie es schien, den Kopf nicht frei, um sich wie ganz Buenos Aires zu fragen, welches schuldhafte Verhalten wohl den Papst davon überzeugt hatte, die beiden Töchter seien unehelich.

»Mein Vater erzählte mir davon, als ich noch ein Kind war und mir im Traum nicht vorgestellt hätte, dass ich einmal eine ›Oliveira ohne Titel‹ heiraten würde«, sagte Dr. Ordóñez, und er musste beinahe schmunzeln. »Und dass dieses unerträgliche Kind jeden Freitag mit der Droschke von der Schule abgeholt und zu dem großen Landhaus gebracht wurde, das seine Tante

Macá in Villa Elisa besaß, in der Nähe von La Plata, und wenn man mit dem Zug nach Buenos Aires fuhr, konnte man sie sehen, die alte Frau und den kleinen Jungen, wie sie Hand in Hand zwischen den Treibhäusern einhergingen, unter den Augen all der Floristen, die sie aus Portugal hatte kommen lassen, wie eine Königinmutter, die dem Kronprinzen von seinem erhabenen Schicksal erzählt. In seinen Memoiren erinnert sich der Maestro daran, aber sie sprach nicht von der Zukunft, die ihn erwartete, auch nicht von seinem kriegerischen Vater oder seinem Selbstmord, sondern von dem Unrecht, das die Portugiesen seit den Zeiten der Kolonie am Río de la Plata zu erleiden hatten, besonders jener Jesuit und Musiker. Der Junge identifizierte sich schließlich so sehr mit ihm, dass er eine Oper über sein Leben schrieb, die er beim Festakt zum zehnjährigen Bestehen der Schule aufführte, und natürlich übernahm er dabei auch die Hauptrolle.«

Dr. Ordóñez sah, wie Macário gebannt zu ihm hinstarrte. Ob er seine Tat jetzt bereute und den Schmuck selber wieder an seinen Platz zurückbrachte, so dass alles ins Lot kam, ohne Skandal?

»Mein Vater war dabei«, sagte Dr. Ordóñez und verfiel nun in einen feierlichen Ton, wie er ihn von Discépolo gehört hatte. »Der Vorhang geht auf, und der kleine Eugenito erscheint als jener Pater de Oliveira: in der gleichen Tracht wie auf dem Bildnis an der Wand des großen Festsaals. Er sah ihm verblüffend ähnlich, umgeben von einer Schar kleiner Schulkameraden, alle als Indios verkleidet, die Gesichter mit Schuhcreme bemalt, und eine ganze Weile stand er da und schaute reglos einen jeden im Publikum an. Als schließlich vom Harmonium ein anhaltender Akkord zur Bühne heraufklang, sang der kleine Erbe, und es war die seltsamste Stimme, die man je gehört hatte. ›Die Stimme des Verborgenen‹, rief Tante Macá, ›die Stimme des Verborgenen ...‹. Er sang immer wieder ein einziges Wort, *Jojé*, ein Eingeborenenwort, und so heißt heute auch das Dorf, das rings um die Mission gebaut wurde.«

Alle bedeuteten ihm, still zu sein, doch Ordóñez setzte sich darüber hinweg, er musste einfach das Ende erzählen, auch wenn ihm niemand mehr zuhörte.

»Nie wieder hat der Maestro gesungen, aber das Volk behielt ihn für immer im Gedächtnis, als eine Legende, die alles in sich fasste, was man nicht wissen konnte. Und die Leute fragten sich, ob es eine Beschwörung war, um sie zu verzaubern, eine Bedrohung, ein Fluch oder eine Offenbarung ihrer eigenen Vergangenheit.«

3

Im zweiten Stock schien die Polizei auf etwas gestoßen zu sein. Nach einigen Schlägen mit dem Türklopfer und ein paar einschüchternden Rufen war ihnen die Stille so verdächtig vorgekommen, dass sie beschlossen einzudringen. Doch kaum hatten sie die Türklinke gedrückt, antworteten ihnen die angstvollen Schreie eines Mädchens, Schreie, die das ganze Haus lähmten. De Maeyer richtete sich mit einem Schwung auf, als hätte er in der Zeit der Untätigkeit alle Kraft dafür gesammelt. Dr. Ordóñez beobachtete ihn aus den Augenwinkeln, auch wenn er ungerührt tat und weitersprach. Immerhin war de Maeyer in einem fremden Haus, und jede Initiative seinerseits war, wenn nicht eine Gefahr, so doch ungehörig.

»Die Tochter der Pedreiras«, murmelte Dona Natércia auf der Schwelle zur Küche, und auch wenn sie die heftigere Art gewohnt war, so etwas war der Gipfel der Grausamkeit: »Ihr Vater liegt mit Tuberkulose im Krankenhaus, sicher hat ihre Mutter es nicht rechtzeitig nach Hause geschafft, und jetzt ist sie allein und fragt sich, ob sie fremden Leuten aufmachen soll oder nicht!«

De Maeyer änderte unauffällig die Position seiner Hand unter dem Mantel, als wollte er einen Schmerz in den Griff bekommen, den die kleinste Bewegung ihm verursachte. Und Amália, die de Maeyer vielleicht davor bewahren wollte, zum Zeugen von etwas zu werden, was ihn kompromittieren könnte, sagte:

»Was wissen Sie denn noch von dem Maestro, Herr Botschafter?«

»Nicht viel mehr aus dieser Zeit, meine Liebe«, musste Ordóñez zugeben und sprach nun auch in die Richtung von de Maeyer und Macário. »Mein Vater sagt, seit jener unvergesslichen Aufführung habe man ihn nur ab und zu noch in La Plata gesehen, als Besucher bei den großen Aufführungen im Teatro Argentino und immer in Begleitung seines Lehrers Igor Zagorodny, der ihn später beim Aufbau seiner Konservatorien unterstützen sollte. Nie hat man ihn bei gesellschaftlichen Ereignissen gesehen, erst recht nicht bei den Tanzveranstaltungen, wo die Hochzeiten angebahnt werden. Ich glaube, er wusste bereits, dass die Stadt für ihn zu klein war. Die Familie meiner Frau, Sie können es sich vorstellen, hat den Kontakt zu ihm immer gemieden. Aber heimlich hat sie Zeitungsausschnitte aufbewahrt, auf denen man ihn zusammen mit Caruso oder dem Prince of Wales sieht, auch mit Umberto von Savoyen, den er im Landhaus der Tante in Villa Elisa empfing.«

Donnernde Schritte ließen die Treppe erbeben und mit ihr das ganze Haus. De Maeyer erhob sich mühsam von seinem Sessel. Nach der ergebnislosen Durchsuchung der Wohnung des Mädchens, das Dom Hilário mit liebevollen Worten überredet hatte, die Tür zu öffnen und sich in seine Arme zu flüchten, ging ein Trupp nun daran, das Obergeschoss zu durchsuchen, alarmiert durch eine überraschende Entdeckung.

»Was stöbern die jetzt in der Putzkammer?«, fragte Dona Natércia empört, als sie das Geräusch von Eimern und Besen erkannte, schließlich waren die fast ihr Eigentum! Unterdessen gingen andere zu der leeren Wohnung weiter, in welcher der Visconde, der sich an alles klammerte, was in den eigenen vier Wänden aufzubewahren seine wirtschaftliche Situation verbot, unzählige alte Möbel abgestellt hatte.

»Nur eine Sache aus La Plata haben wir von ihm noch erfahren«, fuhr Dr. Ordóñez wie unverdrossen fort. »Um 1905 fanden Pächter in den endlosen Weiten seiner Ländereien im Chaco schließlich die besagte Mission, und von dort holte er etwa hundert wundervolle Kunstwerke nach La Plata. Die Bewohner der Stadt spähten durch die Fenster seines Hauses, als wäre es ein Museum. Es waren ebenjene Stücke, die er viele Jahre später auf Einladung des Ministers António Ferro in Lissabon ausgestellt hat.«

Die Glocke der Nachbarwohnung ertönte, und Benito schrie, noch hemmungsloser als vorhin das Mädchen. Es war ein Mann der PVDE, nur ein einziger, der den Visconde de Montemor um den Schlüssel für die Abstellkammer unten bitten wollte. De Maeyer machte einen schwankenden Schritt, und eilfertig, damit Ordóñez sich nicht in seiner Autorität verletzt fühlte, trat Macário auf ihn zu und bot ihm den Arm an. Der Bankier lehnte die Hilfe ab, doch statt auf den Treppenabsatz hinauszutreten, wie Ordóñez sich gewünscht hätte, bat er den Butler, ihm den Weg zum Bad zu zeigen. Bei den ersten Schritten über den viel zu weichen Teppich, noch dazu behindert von dem Mantel, den er beharrlich über dem Arm trug, so dass die Hand bedeckt blieb, hätte er beinahe das Gleichgewicht verloren. Als er sich in der Diele schließlich an der Wand abstützte, zuckte Dr. Ordóñez hoch und fragte sich, ob es nicht besser wäre, wenn er selbst ihm half. Er stellte sich vor, wie schwierig es für ihn in seinem Zustand sein musste, sich im Bad zu bewegen, doch de Maeyer wollte offenbar allein zurechtkommen, er schien sich nicht einmal daran zu erinnern, dass er auch da war.

»Was ihm aber ohne Zweifel sehr viel mehr Popularität verschafft hat, ist seine Arbeit in der Nacional Odeón gewesen, bei den Wettbewerben, bei denen die besten Tangos ausgezeichnet werden. Und natürlich die Freundschaft mit Gardel. Wie gerne er Sie hören würde, Señora Amália!«

Plötzlich klirrte es im Bad, gefolgt von einem fürchterlichen Jammern. Die Haushälterin und der Butler, die sich über den Zustand des ungebetenen Gastes ohnehin schon Sorgen machten, kamen aus der Küche gerannt. Amália und Dr. Ordóñez standen auf und schauten sich erschrocken an, trauten sich aber nicht, etwas zu unternehmen. Bis ein Schrei von Macário ihn aufrüttelte, und mit dem vagen Gefühl, dass er, wenn er jetzt nicht die Initiative ergriff, in Amálias Achtung sank, eilte er in die Diele. Und als er ins Schlafzimmer trat und nach einem unwillkürlichen Blick auf den Tresor, der immer noch offen stand, leer, über die Schulter des Butlers ins Badezimmer blickte, war er derart schockiert, dass er gegen den Brechreiz ankämpfen musste.

Das Fenster war offen und gab den Blick frei auf die Dächer der Nachbarhäuser. Rauschend drang der eisige Wind vom Fluss herein, nicht mehr gehemmt von dem Leinenvorhang, der wie eine riesige Fahne auf dem Fleckchen Boden lag und noch an der Holzstange hing, die er mitgerissen hatte. Ordóñez verstand sofort, dass nur de Maeyer das gewesen sein konnte: Um irgendwie aus dem Haus herauszukommen, wenn nicht sich umzubringen, hatte er einen Fuß auf den Rand der Badewanne gesetzt und sich zum Fenster hochgezogen, war ausgerutscht und hingestürzt. Dort lag er nun, zwischen der

Wanne und dem WC, verrenkt wie eine abgelegte Marionette, und versuchte vergeblich, auf die Füße zu kommen. Und er weinte, weinte vor Wut, weniger über seine misslungene Aktion als über die Demütigung, sich in einem solchen Zustand zu zeigen. Trotzig weigerte er sich, Macários Hilfe anzunehmen, kam endlich hoch und fiel erneut in dieses Meer von Flakons, Seifen, Puderdosen und anderen, undefinierbaren Gegenständen, die Tania benutzt haben musste, um sich auf ihre Vorstellung vorzubereiten, und die er bei seinem Sturz ebenfalls mitgerissen hatte. Aber er schaffte es nicht. Seine rechte Hand, die er bisher unter dem Mantel verborgen gehalten hatte und in der Ordóñez sich nichts anderes hatte vorstellen können als eine gespannte Pistole, war eine einzige Wunde. Verbrannt, wie er angewidert feststellte. Eine scheußliche Brandwunde.

Um ihm die Tortur seiner Anwesenheit zu ersparen und selbst wieder zu Kräften zu kommen, wandte Dr. Ordóñez sich um. Erst jetzt fiel sein Blick auf das Bett. Ein Ärmel des Mantels, den de Maeyer beim Hereinkommen dort abgelegt hatte, war ebenfalls versengt.

Im selben Moment kam Amália ins Schlafzimmer und blickte Dr. Ordóñez mit bangen, fragenden Augen an. Da er nicht wusste, was er sagen sollte, und schwieg, ging sie weiter und schaute ihrerseits durch die Badezimmertür. De Maeyer blaffte sie gleich an, und sie stieß einen solchen Schrei aus, dass Dr. Ordóñez aus seiner Benommenheit erwachte. Mein Gott, dachte er, dass nur die Polizei nichts gehört hatte!

Zugleich wurde Dr. Ordóñez bewusst, dass nur eine klare Anweisung von ihm dieses fürchterliche Bild in Bewegung setzen konnte, und so ging er wieder ins Bad und sagte Macário, er solle ihm helfen und mit anpacken, trotz der Weigerung de Maeyers, der sein Gejammer nur unterbrach, um weiterzuschimpfen, auf Amália, auf die, die ihm helfen wollten, wahrscheinlich auch auf die Polizei, die bestimmt gleich hereinkam und ihn mitnahm, auf die ganze Welt und die Geschichte der Menschheit. Als de Maeyer sich endlich am Waschbecken abstützen konnte, ging Ordóñez wieder in den Salon und wies Macário an, man möge den Gast im Bad allein lassen, sollte er doch selbst über sein Schicksal entscheiden. Und wenn er sich aus dem Fenster stürzte.

Amália hatte unter Tränen auf dem Vis-à-vis Platz genommen und schaute verstört auf den Boden. Doch als sie Ordóñez kommen hörte, blickte sie mit angstvollen Augen zu ihm auf.

Ordóñez wich ihrem Blick aus und setzte sich. Der Vorhang war gefallen, jetzt galt es, sich auf den letzten Akt vorzubereiten. Aus Amálias Mund würde sich ihm das Geheimnis dieser Nacht erschließen, und auch wenn er es am liebsten verhindert oder aufgeschoben hätte, bis die Polizei da war, spürte er eine seltsame Lähmung. Es war nicht mehr die Scham allein. Es war das Unerbittliche eines Räderwerks in einer Nacht, die er kaum verstand, ein Räderwerk, das ohne ihn nicht funktionierte.

Jetzt, schien Amália zu sagen, als wollte sie ein für alle Mal ihren schlimmsten Irrtum korrigieren, jetzt werde ich Ihnen sagen, wer er wirklich ist, dieser Herr de Maeyer, denn Mitleid hatte sie keines mehr.

Ein Bankier, sagte sich Ordóñez, und sehr wahrscheinlich Jude. Aber Amália würde etwas anderes verraten, etwas sehr viel Schwerwiegenderes.

Zwischenspiel
Höllenschlund

Ich spüre noch die alten Steine,
Kommt, das Schweigen zu durchbrechen,
Kommt und sagt mir, was ich weiß,
Sollt auf Portugiesisch sprechen,
Sollt in eurer Nacktheit rein sein
Und so hart wie das Gesetz.

Fado Wurzeln

Welch seltsames Leben

Der Konsul und Ricardo in der Höhle. »*Nacht, dies ist mein Leben.*« *Das Geheimnis des Gebens.*

I

Jenseits des Eingangs der Höhle waren nur das Meer und die Nacht. Brausender Wind, tosende Wellen, maunzende Möwen, klatschende Gischt. Und drinnen: tiefe, feuchte Dunkelheit. Als Ricardo ein Streichholz anriss, sah der Konsul, dass es ein wohnlicher Ort war, eine ferne Dependance der Villa, auch wenn es unfassbar schien, dass dieses Loch in dem steil abfallenden Felsen jemandem gehörte. Mit liturgischer Langsamkeit trug Ricardo das Flämmchen und entzündete einen kleinen Kocher, in dessen Schein der Konsul nun zwei große Steine hinter ihnen sah, die als Sitzgelegenheiten dienten, und mit einer unheimlichen, vom Echo verstärkten Stimme sagte Ricardo, er möge dort Platz nehmen. Dem Konsul war unbehaglich bei der Vorstellung, den Sitz des Patriarchen einzunehmen, um eine *Beichte* abzulegen, doch er gehorchte, und so, fast in der Hocke, versuchte er die Kälte zu vertreiben, die ihm auf dem Weg in die Knochen gedrungen war. Ununterbrochen schaute er hinaus in die Ferne, wo die Bucht begann, die sie Höllenschlund nannten, wo der Ozean kabbelig wurde und über eine vorgelagerte Klippe hinwegrollte, auf deren landzugewandter Seite zahllose weiße Vögel hockten. Ach, welche Gelassenheit, wie gerne hätte er sie jetzt gehabt, um mit Anstand seine Geschichte zu erzählen, auf dass dieser vom Himmel gesandte junge Mann sie nie vergaß!

»Sie dürfen nie wieder sagen, dass Sie niemanden haben, mein lieber Señor Eduardo«, sagte Ricardo, als er zu ihm trat und sich auf den Stein neben ihm setzte. »Sie haben natürlich mich. Aber vor allem haben Sie den Patriarchen von Lissabon, und sie können sich nicht vorstellen, wie sehr er Sie schätzt, wie sehr ... Er hat dem Herrn versprochen, bei Ihnen zu bleiben, bis ...«

Der Konsul griff nach seinem Unterarm: Bitte, jetzt nicht weitersprechen, er hatte nicht den Mut, hier, in diesem »Paradies für Selbstmörder«, auch nur die kleinste Anspielung auf seinen Tod zu hören.

»Mein Lieber, ich habe dir eben gesagt, dass ich dich um deine Mutter beneide«, sagte der Konsul, »aber eigentlich habe ich kein Recht, so zu sprechen. Die Sorge einer Mutter geringzuschätzen in dieser Nacht, in diesem Lissabon der Waisenkinder! Du selbst hättest dich wohler gefühlt an ihrer Seite als mit mir.« Ricardo warf einen prüfenden Blick auf die Flamme und schnalzte mit der Zunge, nein, damit war er nicht einverstanden. Aber er blickte freundlich, vergnüglich, wie in freudiger Erwartung einer Vorstellung unter freiem Himmel, für die man gerne bei Wind und Kälte ausharrt, zog die Knie an die Brust und legte die Arme darum. »Doch, mit meiner Mutter jedenfalls hättest du dich bestimmt verstanden, wahrscheinlich viel besser als mit mir, ganz sicher, denn sie ist in deinem Milieu aufgewachsen, in deiner Kultur.«

Er stockte und ließ den Blick über die Wolkenmassen schweifen, die sich an den Horizont zurückzogen und einen beängstigend schwarzen Himmel freigaben. »Ihr Vater war in diesem argentinischen Bürgertum aufgewachsen, das sich am Ende des vergangenen Jahrhunderts geradezu unanständig bereichert hatte, und auch er hatte sich der väterlichen Befehlsgewalt entzogen und war nach Paris gegangen, um im Atelier der Berthe Morisot zu lernen und sich mit all den kulturellen Schätzen vertraut zu machen, die in Argentinien unbekannt waren oder als sündig galten. Seine junge Frau, die älteste Tochter einer weniger reichen, aber sehr viel bekannteren katholischen Familie, starb bei der Geburt ihrer Tochter in einem Pariser Krankenhaus. Die frühesten Erinnerungen hatte meine Mutter also, genau wie du, an Paris, an das Mansardenzimmer mit dem Atelier ihres Vaters, wo sie ihn zusammen mit dem Kindermädchen aus der Normandie besuchte, das sie auf Französisch erzog und ihr die französische Literatur nahebrachte; und an das Hotel in Biarritz, wo sie den Sommer verbrachten und ihr Vater sie ab und zu besuchen kam, immer wie aus heiterem Himmel.

Viele Jahre später habe ich aus Familiendokumenten erfahren, dass er der Spielsucht verfallen war, eine alles verschlingende Leidenschaft, die ihn um 1895 dazu brachte, auf der Rennbahn von Deauville das Familienvermögen zu verwetten, woraufhin seine *beiden* Familien einen Prozess wegen ›Verschwendung‹ gegen ihn anstrengten: die Familie seines bürgerlich liberalen Vaters und die seiner katholischen Schwiegereltern, unter tätiger Mithilfe des argentinischen Botschafters in Paris natürlich, ein Streit, der in der Oberschicht in aller Munde war und in dessen Folge man ihn aufforderte, in die Heimat zurückzukehren und – ohne Zugriff auf sein Eigentum und der Entscheidung eines Richters unterworfen – in einem *petit palais* auf der Calle Libertad zu wohnen. Das Bild eines der Verrücktheit des Vaters zum Opfer gefallenen Mädchens war der Gesellschaft von Buenos Aires Rechtfertigung genug für dieses häusliche Gefängnis, wo er nicht einmal malen durfte, was laut meiner Mutter der Grund war, weshalb er sich schließlich erschoss. Für meine Mutter, die schon das Kindermädchen und das Paradies Frankreich verloren hatte, war ein solch schrecklicher Verlust der Gipfel der Ungerechtigkeit, und sie verschloss sich in einem Panzer, woran sich vielleicht schon das Ungeheuer des Wahns zeigte, denn es war leichter, sich eine Zukunft voller Rache auszumalen, als eine Gegenwart der Niederlage zu akzeptieren.

Ihr Großvater, jener Großbürger, der seinen Sohn verstoßen hatte, starb ebenfalls in dieser Zeit, von Gewissensbissen aufgezehrt, wie sie erzählt, und hinterließ ihr ein Vermögen, über das ihr Onkel mütterlicherseits verfügte, dessen Mündel sie war. Die Verschlossenheit der Kleinen machte der ganzen Familie große Sorge; schon wegen ihrer ›französischen Herkunft‹ war man immer misstrauisch gewesen, und ihr Geld verwalteten sie auch nicht sauber, zumindest meine Mutter war fest davon überzeugt. Ob der Grund für ihre Weigerung, als Jugendliche am gesellschaftlichen Leben teilzunehmen, allein der gewesen war, die Familie ihres Vormunds daran zu hindern, mit hervorragenden Partien in Verbindung zu treten, mit jungen Männern, die nur ihretwegen gekommen wären, um so die eine oder andere ›eheliche Verbindung‹ zu arrangieren – ich weiß es nicht. So viel ist jedenfalls gewiss: Schon früh bereitete meine Mutter einen sehr viel härteren und überraschenderen Schlag vor, und kaum war sie volljährig, stiftete sie ihre gesamte Erbschaft einem Pariser Künstlerheim, das noch heute den Namen meines Großvaters trägt, in einem Haus zu Füßen von Sacré-Cœur. Als Einkommen blieb ihr nur das Geld aus der Vermietung des Erdgeschosses in dem kleinen Haus auf der Calle Libertad, und so zog sie sich in die Dachkammer zurück, wo sie alleine lebte, verschanzt in einer geradezu provozierenden Jungfräulichkeit. Wenn ich mir die wenigen Bilder anschaue, die es aus der Zeit von ihr gibt, fällt mir auf, wie sie den Suffragetten ähnelt, mit diesem

Ausdruck einer Kriegerin in Erwartung einer Sache, die ihrer würdig wäre. Etwas, was ihr, als alle sie schon für die Welt verloren gaben oder für verrückt hielten, mein Vater schließlich bot, der damals schon vierzig war und bekannt für sein Junggesellendasein, sein ›Herzflimmern‹, seine Pariser Vergnügungen in Gesellschaft seines Mentors Dr. Amado Villanueva und seine Bemühungen, im Senat für eine Lebensweise zu streiten, die mit der Einführung des allgemeinen Wahlrechts für immer unterzugehen drohte.«

Das Wasser im Kessel begann zögernd und dann immer rascher zu brodeln, wie eine Katze, die man aus dem Schlaf heraus zum Schnurren bringt, und nachdem Ricardo ihm mit einem Klaps aufs Bein bedeutet hatte, er möge warten, stand der Junge auf und hantierte, überraschend flink, in der Dunkelheit mit dem Geschirr. Im Klingklang von Tassen und Löffeln erkannte der Konsul erfreut die routinierte Zubereitung von Tee, ein Ritual, das ihm wie ein Refugium war angesichts der wilden Landschaft und der eigenen Erinnerung. Und wie um ihn davon abzuhalten, in seinen Gedanken zu versinken, erzählte Ricardo nun wieder von seiner eigenen Familie in Paris und wie ein Onkel von ihm, Goldschmidt, im Ersten Weltkrieg anfing, im großen Stil mit Kunst der Avantgarde zu handeln, nachdem die französische Regierung den Galeristen, fast alle Deutsche, die Arbeitserlaubnis entzogen hatte. Und Deauville! Ach, Deauville! Der Ort in der Normandie, wo seine Familie so oft den späten Frühling verbracht hatte, bevor es den langen Sommer über an die Biskaya ging. »Es wäre also nicht verwunderlich, wenn wir beide verwandt wären, meinen Sie nicht? Mir kommt es tatsächlich so vor ...« Aber kaum war Ricardo mit dem Teekessel zurück, den er auf dem Boden abstellte, drängte er den Konsul mit einem erneuten Klaps aufs Bein, weiterzusprechen, und der Konsul sprach, auch wenn er nicht glaubte, dass der junge

Mann sich noch lange als ein Verwandter von ihm fühlen wollte.

»Anfang 1903 haben meine Eltern geheiratet. In weniger als anderthalb Jahren – und heute denke ich, es war vielleicht die einzige Zeit, in der sie ein wirkliches Eheleben führten – bekamen sie ihre beiden Kinder, meine kleine Schwester Dorotea und mich. So weit meine Erinnerung zurückreicht, haben uns die Leute dort, wo wir wohnten, am Rand von San Isidro, wohin sich die Oberschicht während der Gelbfieberepidemie in Buenos Aires zurückgezogen hatte, immer einen verächtlichen und zugleich mitleidigen Blick zugeworfen. Und dennoch weiß ich genau, dass ich es als eine leidenschaftliche, hinreißende, manchmal übertriebene Liebe meiner Mutter zu meinem Vater erlebt habe.

Wir wohnten in einem alten Landhaus an der Küste, wo mein Vater geboren war und wohin er nur am Wochenende kam, unter der Woche hielten ihn die Debatten im Senat auf Trab. Wir Kinder konnten uns nicht vorstellen, dass ihm irgendwer etwas anhaben könnte, aber die ständige Sorge unserer Mutter beunruhigte uns, sie fand schon keinen vernünftigen Grund mehr für die Verspätung des Tages oder die Abwesenheit am Tag darauf und verlor sich in den schlimmsten Vermutungen. Vielleicht ahnten wir, dass eine andere, heimliche Angst sie quälte, etwa wenn sie uns stundenlang am Bahnsteig strammstehen ließ, und tatsächlich, eines Tages passierte ihr dort etwas, was mein Vater später einmal den ›ersten Anfall‹ nannte. Und das kam so«, sagte der Konsul, und er musste sich erst einmal räuspern.

»Meine Mutter misstraute allen Geistlichen, aus Tradition und aus Erfahrung, wie sie sagte, doch eines Tages, als wir wieder auf den Zug warteten, freute sie sich, als sie in der Ferne den Monsignore Gallardo sah. Und kaum erkannte der dicke Bischof in ihr das kleine Mädchen wieder, das einmal auf seinem Schoß gesessen hatte, kaum sprach er zwei Worte zu ihr, da wich meine Mutter zurück und drückte uns an ihren Rock. Ich frage mich heute noch, was er genau gesagt hat, aber es war so knapp und verhängnisvoll, als hätte er mitgeteilt, dass mein Vater ermordet worden sei. Dafür erinnere ich mich sehr gut, wie meine Mutter ihm Sekunden später bereits erklärte, dass mein Vater ein *Clubman* sei, *Monseigneur*, und dass er im Plaza Hotel wohne, wohin er sich die Bilder der Berthe Morisot habe kommen lassen, es helfe ihm, uns nicht so zu vermissen. Ich sehe noch den geringschätzigen Blick des Bischofs, bevor er sich nach dem einfahrenden Zug umdrehte, ohne sich auch nur zu verabschieden. Als wir schließlich wieder nach Hause kamen und meine Mutter ins Bett fiel, glaubten meine kleine Schwester und ich, der Monsignore hätte sie in die Hölle geschickt. In ihrer ständigen Sorge vor den Nachbarn weigerte sich meine Mutter, einen Arzt zu rufen, und ich glaube, während meine Schwester und ich an ihrem Bett wachten, verfluchte ich zum ersten Mal die Abwesenheit meines Vaters, des Einzigen, der in dieses Labyrinth der Ängste hätte eindringen können, aus dem meine Mutter nie wieder herausfand. Doch wie sollten wir unseren Vater, den so vielbeschäftigten Dr. Cantilo, zu Hilfe rufen? Es gab ein unausgesprochenes Verbot, es auch nur zu versuchen. An dem Tag kam mein Vater erst spät zurück, und wie wir es schon immer geahnt hatten, auch wenn wir es nicht glauben wollten, brach in unserer Mitte der Krieg aus.«

Plötzlich spürte der Konsul etwas wie einen glühenden Splitter an der Hand, und er schreckte zurück, schrie auf und hielt sich den Finger. Doch als er die umständlichen Entschuldigungen hörte und ihm der warme Dunst des Tees entgegenschlug, wurde ihm klar, dass es nur eine Ungeschicklichkeit Ricardos gewesen war, der ihn nicht unterbrechen wollte und ihm die heiße Tasse durch die Dunkelheit gereicht hatte. »Bitte, entschuldigen Sie«, sagte Ricardo und verfluchte, dass er nicht mehr Licht hatte, worauf der Konsul rasch abwiegelte, er habe sich doch nur erschreckt. Er nahm die Tasse mit beiden Händen und spürte, wie seine Handflächen fast schmolzen an diesem Kelch der Barmherzigkeit, den Ricardo ihm anbot, und dann schaute er wieder aufs Meer.

»Schon seltsam, aber erst Jahre später kam mir der Gedanke, dass mein Vater, als er nach einer Frau Ausschau hielt, vielleicht gar nicht auf ihre exotischen Tugenden geachtet hatte, für die meine Mutter sich erwählt glaubte, sondern dass es ihm nur darum ging, von ihr zu bekommen, was uns Männer um die vierzig so betrübt, wenn wir es nicht haben: Kinder. Ich bin sicher, dass das auch der Grund war, weshalb mein Vater bei der ersten lauten Beschwerde von ihr – es ging um einen italienischen Gärtner, der Ärmste war seit Jahrzehnten in Diensten der Familie – so völlig verblüfft reagierte, er musste denken, ein solcher Wutausbruch könne nur eine Folge des mysteriösen ›Anfalls‹ sein, und darum weigerte er sich auch, ihn hinauszuwerfen, solange meine Mutter nicht ›mehr Beweise‹ liefere. Doch statt sich geschlagen zu geben, machte meine Mutter sich nun auf die Suche nach Beweisen und ließ uns nächtelang Wache stehen. Völlig verbittert starb Goffredo, bevor wir auch nur zu irgendeinem Schluss gekommen wären, und so wurde er zum ersten Opfer unserer Mutter. Aber da die ›Diebstahlversuche‹, wie sie sagte, weitergingen, richteten wir uns in einer Art häuslichem Belagerungszustand ein, und die Unterrichtsstunden, die meine Mutter uns gab, wurden ersetzt durch unaufhörliche Bestandsaufnahmen des Inventars und die Überwachung der Tätigkeit des jeweils einzigen Bediensteten, der Zutritt zum Haus hatte, bis sie schließlich von meinem Vater ›eine Geste‹ verlangte, eine Geste, zu der er nicht imstande und die letztlich auch unnötig war. Unter den verständnisvollen Blicken der Nachbarn, die meine

Mutter sämtlich für unverschämte Verschwörer hielt, verließen uns nach und nach alle Bediensteten. Aber nicht dass wir unseren Vater in dieser Zeit weniger verehrten, im Gegenteil: Eben weil wir uns als Teil des Ehekrieges fühlten, warteten wir Samstag für Samstag mit banger Sorge auf ihn, in ständiger Angst, wir könnten jeden Reiz für ihn verlieren, da sein Zuhause nicht länger ein Ort zum Ausruhen war.«

Nachdem der behagliche Dampf über der Teetasse sein Gesicht aufgeweicht hatte, war der Moment für den ersten Schluck gekommen, und mit einer fast theatralischen Geste hob der Konsul die Tasse an den Mund und war froh, dass das Zittern seiner Lippen einem wohligen Kitzeln wich. »Das Haus verwahrloste immer mehr, und ich erinnere mich noch an den fürchterlichen Streit, als mein Vater mit der größten Selbstverständlichkeit bekanntgab, der Patenonkel sei so liebenswürdig gewesen und habe mich in die Liste der Schüler aufgenommen, die man den Maristenbrüdern für ihr neues Internat in Luján empfahl. Doch meine Mutter brach in ein wütendes Heulen aus, eine Wut, die vielleicht nur wir wirklich verstanden: Mich den Pfaffen auszuliefern, Pfaffen, wie dieser Monsignore Gallardo einer war! Mich unter die Kinder dieser heuchlerischen Gesellschaft von Buenos Aires zu werfen, die ihren Vater in den Selbstmord getrieben hatte! Doch unserem Vater gegenüber erlaubte sie sich nur, darauf aufmerksam zu machen, um wie viel die monatliche Internatsgebühr das magere Haushaltsgeld schmälere, mit dem sie wirtschaften müsse, und zum ersten Mal beleidigte mein Vater sie mit einem Wort, das ich nie vergessen habe: ›Geizkragen!‹ Und mit dem schlichten Argument, die Liebenswürdigkeit meines Patenonkels schließe *selbstverständlich* ein, dass meine Erziehung in Luján kostenlos sei, war mein Vater diesmal der Gewinner. Vom ersten Tag an, kaum war ich in Luján, verehrte ich die Ordensbrüder, überhaupt alle Geistlichen, in deren Gebräuchen ich, ohne dass es mir bewusst war, die Schönheit der Vogelschwärme erkannte, die ich schon immer, seit meinen ersten Spaziergängen am Ufer von San Isidro, so bewundert habe.«

Der Konsul schaute Ricardo an, aber der fühlte sich nicht angesprochen, als wollte er zu verstehen geben, dass seine Beziehung zum Patriarchen keineswegs auf Dingen beruhte, die mit Religion zu tun hatten. Mit einem Lächeln fuhr der Konsul fort: »Ich freue mich einfach, zu sehen, dass es Menschen gab, die es geschafft hatten, der Hölle der Familie zu entkommen, und denen ein Schicksal vergönnt war, das keine Veränderungen kannte. Wann immer ich nach Hause fuhr, begriff ich, dass meine Mutter es war, die, wie soll ich sagen, bei ihrer geheimen Wette verlor. Vom Zug aus konnte ich jeden Freitag aufs Neue sehen, wie rasch die Villa verfiel, und dieses beleidigende Wort meines Vaters hallte in meinem Kopf wider wie eine Offenbarung, als wäre der Geiz tatsächlich nur der Ausdruck einer viel tiefer sitzenden seelischen Enge, einer regelrechten Besessenheit. Ich musste mich nur am Bahnhof ein wenig verspäten oder an der Schwelle der Haustür kurz warten, schon kam sie in den Garten und wiederholte vor den Nachbarn die immergleiche Szene meiner Demütigung, indem sie mir vorwarf, ich würde ihre Zeit stehlen. Schon komisch, aber irgendwie war es leichter, diesen Tiefschlag hinzunehmen, als ihr ins Gesicht zu sagen, dass ich genau wie meine Schwester zu dem Schluss gekommen war, dass sie unter einem Wahn litt. Vielleicht, sagte mir die arme Dorotea, hatte mein Auszug sie zu einem solchen Ungeheuer gemacht, sie schaffte es sogar, ihre Entscheidung, eine Woche lang bei Wasser und Brot zu leben, als plötzliche Anwandlung von Religiosität auszugeben und Doroteas Bitte um ein neues Kleid für die täglichen Einkäufe in San Isidro als ›unzüchtig‹ zu verdammen. Mein Vater, der wie nie zuvor im Mittelpunkt der öffentlichen Aufmerksamkeit stand – es waren die entscheidenden Tage des Kampfes gegen die Radikale Partei –, kam kaum noch nach Hause, und ich glaube, für meine Mutter waren wir die Geiseln, die es ihr erlaubten, ihren zweifelhaften Status als Ehefrau aufrechtzuerhalten, die einzige Rückversicherung gegen das endgültige Vergessen. Aber wie auch immer, zu all den Tragödien, die ich nie verstehen werde, gehört auch der Tod von Dorotea am Abend des 23. Mai 1921. Meinem Vater kam es zu, mich zu empfangen, ein paar Stunden später, als ich im Taxi aus Luján eintraf, nachdem mich die Geistlichen unter wirren Beileidsbekundungen nach Hause geschickt hatten, und er sagte mir nur: ›Alles ist meine Schuld! Wenn ich nicht so weit weg gewesen wäre, hätte ich ihr Geld für ein Taxi geben können.‹ Ich begriff, dass sie zu Fuß gegangen sein musste, allein, im Dunkeln, trotz des Verbots meiner Mutter, und dass ihr etwas auf dem Weg passiert war. ›Gleich morgen nehme ich dich aus dem Internat und besorge dir einen Posten, damit du nicht dieser ... dieser ...‹, und als ich schon dachte, er würde sie wieder als geizig beschimpfen, sagte er ›dieser Gorgo ausgeliefert bist‹, mit einer Heftigkeit, dass ich mich gar nicht zu fragen traute, was er damit hatte sagen wollen, einer Gorgo, von der keine Veränderung zu erwarten sei, und wie zum Beweis führte er mich zum Salon im Erdgeschoss, wo die Gebete der Klageweiber zu hören waren, die man bestellt hatte, damit es nicht so auffiel, dass es Freunde oder Angehörige nicht gab. Mein Gott«, sagte der Konsul, und er ertränkte seine Schwäche in einem langen Schluck Tee, »wie kann man nur mit den Erinnerungen leben?

Bei der Totenwache am geschlossenen Sarg empfing mich meine Mutter mit einem dieser Gemeinplätze, die ihr sonst so zuwider waren: ›Jetzt bist du meine einzige Stütze.‹ Ich hasste sie nicht dafür, denn auch wenn sie keinen Schmerz zeigte und keine Träne vergoss, gab sie mit der Wahl ihrer Worte zu, dass sie verloren hatte. Es war ihre Hilflosigkeit, die mich bezwang, auch wenn sie uns umbrachte. Ich weiß noch, wie ich ihr nach der Beerdigung sagte, ich hätte, eben um meine Funktion als ›Stütze‹ zu erfüllen, daran gedacht, das Angebot meines Vaters anzunehmen, worauf meine Mutter, die immer noch wie hypnotisiert war von der Stille, die sie hinter allen Geräuschen hörte, mich nicht anschrie, wie ich vermutet hatte, sondern mir mit feuchten Augen dankte und, unglaublich, meine Hände küsste. Dabei ging mir durch den Kopf, dass irgendein Junge wahrscheinlich gerne genau so die Hände meiner Schwester geküsst hätte, bei diesem Treffen, zu dem sie nicht kam. Merkwürdig, aber jetzt habe ich das Gefühl, statt von einer Totenwache habe ich dir von einer Hochzeit erzählt.«

2

Für eine ganze Weile war es still. Ricardo schaute aufs Meer hinaus, wie gebannt von der Macht der Natur, doch es war offenkundig, dass er seiner Erzählung zugehört hatte. Aber nicht dass Ricardo seinetwegen vergessen hätte, wie gefährdet die Villa war, denn immer noch mussten sie damit rechnen, das Krachen einer Bombe zu hören.

»Erst Ende Juni 1921 verließ ich das Haus und begann meine Laufbahn, die mich so viele Jahre später hierherbringen sollte, nach Lissabon. Es mag dir seltsam erscheinen, dass eine einfache Büroarbeit in der Verwaltung des Grundbesitzes meines Patenonkels für mich wie ein Balkon war, von dem aus ich die ganze Weite des Lebens zu überblicken lernte. Außer mir gab es nur zwei Angestellte, eine Sekretärin namens Enriqueta Dahranpé, ledig und sehr gewissenhaft, und einen Bevollmächtigten, der ständig zwischen dem Büro und den Ländereien, den Grundstücken der anderen Miteigentümer und der Getreideexportfirma unterwegs war. Zwischen uns dreien gab es ein fast schon mystisches Einverständnis, wie es sich dem Umgang mit einem so großartigen Menschen verdankt, den alle anderen nur aus der Zeitung oder von öffentlichen Veranstaltungen kennen. Und da das Büro nur wenige Meter von dem Ort entfernt lag, wo heute in Buenos Aires der Obelisk steht – kennst du ihn eigentlich?«, fragte der Konsul wie beiläufig, und Ricardo antwortete: natürlich!, als wunderte es ihn, dass es den Konsul überraschte, und der fragte sich, woher er so viel von Argentinien wusste; ob er einmal dort gewesen war? »Da der Obelisk, wollte ich sagen, auf halbem Weg zwischen dem Plaza Hotel und dem Senat liegt, begann mein Vater – und dabei hatte ich gedacht, er widme sich den ganzen Tag der Politik –, uns fast jeden Nachmittag zu besuchen, kurz bevor ich zu einem Privatlehrer ging, der mir für meine letzten Abiturprüfungen half und wo ich so lange wie möglich blieb, um erst mit dem letzten Zug nach San Isidro zu fahren. Nun war ich es, den meine Mutter erwartete, verrückt vor Einsamkeit. Du wirst es nicht glauben, aber bis zu diesen Besuchen war ich mit meinem Vater nie allein zusammen gewesen. Und auch wenn es bei unseren Unterhaltungen nie so etwas wie Vertrautheit oder Zärtlichkeit gab, auch wenn wir uns nicht einmal jetzt in die Augen sahen, fanden wir in der gemeinsamen Aufgabe, eine kleine Wohnung auf mich zu überschreiben, den idealen Grund für gegenseitige Anerkennung und eine Verbundenheit, die ich mir nicht inniger hätte wünschen können. Ich konnte mir einfach nicht vorstellen, dass dabei mein Leben auf dem Spiel stand. Und außerdem, mein Lieber, hörte ich vom ersten Arbeitstag an durch ein offenes Fensterchen in der Toilette immer wieder eine Frauenstimme, den ganzen Tag über, einen seltsamen Singsang, in dem ich erst die Stimme meiner Mutter wiederzuerkennen glaubte und dann den unverwechselbaren Rhythmus der französischen Alexandriner, die Melodie der Tragödien, mit denen meine Mutter uns, meine kleine Schwester und mich, in den Bann geschlagen hatte, wenn wir abends auf meinen Vater warteten und es ihr einziger Trost war, die persönliche Tragödie ihres Vaters im erhabenen Olymp der Phaedras und Iphigenien gespiegelt zu sehen.

An der Calle Corrientes reihten sich Revuetheater und Nachtclubs aneinander, wo Sängerinnen und Tänzerinnen die Nummern des Abends probten, und Kinos, in denen die Filme ›live‹ begleitet wurden, alle mit großen Neonschildern, die, wenn ich sie aufleuchten sah, in mir den Wunsch weckten, einmal hineinzugehen. Doch selbst die Klänge eines Tangos oder einer Nacktrevue hätten mich nicht so erregt wie diese Stimme, denn der Stoff, aus dem das Begehren ist, wurde in der Kindheit gewebt. Aus Scham erzählte ich niemandem von meinem heimlichen Vergnügen, und es schien auch niemandem aufzufallen, dass ich länger als gewöhnlich auf der Toilette blieb. Als dann aber die ersten heißen Tage kamen und man das Fenster im Mittelzimmer unmöglich geschlossen halten konnte, wäre es verdächtig gewesen, wenn ich nicht wenigstens eine kleine Bemerkung über diesen Singsang gemacht hätte, der in den Räumen, die auf den Lichthof hinausgingen, so störte, weshalb ich mir eines Nachmittags erlaubte, Señorita Dahranpé darauf hinzuweisen. Schroff fiel sie mir ins Wort: ›Racine!‹ Und ich begriff, dass es sich um eine Schauspielerin handelte, dass sie die Geliebte meines Patenonkels war und auch der Grund für die ständige Unruhe der Sekretärin. Mademoiselle Maryvonne de Lang, wie Señorita Dahranpé hochmütig erklärte, war eine ›richtige Schauspielerin‹ und probte die Monologe aus *Bajazet*, einer Tragödie, die der große Louis Jouvet von der Comédie Française schon vor einem Jahr im Theater der Alliance aufgeführt hätte, wenn nicht seiner Meinung nach kein Einziger aus dem festen Ensemble die Aussprache wirklich beherrscht hätte. Für Mademoiselle de Lang musste es ein gewagter Sprung gewesen sein, sagte ich mir, von den kleinen Varietétheatern, aus denen mein Onkel sie bestimmt geholt hatte, direkt auf die große Bühne, aber ein Sprung, dem man sich nicht verweigern konnte, daher das ergreifende Pathos ihrer Stimme. Ich verstand die Botschaft der Sekretärin und gab vor, nicht mehr auf die Stimme zu hören. Doch in diesen ersten drei Monaten lernte ich, ohne mich in meiner Arbeit über den Zahlen ablenken zu lassen oder auch nur das Gefühl zu haben, etwas Verbotenes zu tun, eine Frau in ihrer Intimität kennen, denn es gab, wie soll ich sagen, eine unglaubliche Übereinstimmung zwischen ihrer Stimme und dem, was in mir schwieg und vor mir selbst verborgen lag. Verstehst du, was ich meine? Vielleicht wäre alles so weitergegangen, eine stille Bewunderung, wenn nicht ein Zufall mein Schicksal besiegelt hätte.«

Der Konsul trank seine zweite Tasse Tee in langsamen Schlucken, eine Pause, die Ricardo bedeuten sollte, dass nun etwas Gewichtiges folgte. »Anfang März 1922 bat der damalige Präsident meinen Onkel, in der unruhigen Provinz Tucumán als Vermittler zu fungieren – so wie mein Onkel selbst, heute Außenminister, mir viele Jahre später antrug, ›außerordentlicher Konsul‹ in Lissabon zu werden. Seine Frau hatte ich kaum kennengelernt, weil sie der Ansicht war, die Freundschaft zwischen meinem Patenonkel und meinem Vater gefährde ihre Familie, jedenfalls kam sie nun unter jedem erdenklichen Vorwand zu uns ins Büro, darauf aus, ihren Mann in flagranti beim Ehebruch zu erwischen oder zumindest in einer Situation, die ihr bewies, dass er nicht nur nach Tucumán ging, um die aufständische Provinzregierung zu beschwichtigen.«

Ricardo musste lachen, als hätte er seinen Spaß an einer Verwicklungskomödie, doch der Konsul fuhr wie unbeeindruckt fort: »An einem jener Nachmittage, als Señorita de Lang den Schluss von Racines *Bajazet* probte, hörten wir plötzlich die Ehefrau meines Patenonkels im Erdgeschoss schreien, weil der Aufzug in einem der oberen Stockwerke steckengeblieben war. Señorita Dahranpé erschrak und sagte mir, ich solle rasch hinaufgehen und ›sie‹ irgendwie zum Schweigen bringen, und erst da begriff ich, dass Mademoiselle de Lang im selben Gebäude wohnte, ganz oben, wo die Dachterrasse war! Mein Herz flatterte, als ich durch den Dienstboteneingang ins Treppenhaus ging, noch nie hatte ich mit einer richtigen Frau gesprochen, erst recht nicht in einer so heiklen Angelegenheit. Doch je näher ich der Stimme kam, je deutlicher ich inmitten des Gurrens der Tauben die französischen Verse hörte, die ich in langen Nächten zu Hause heimlich gelernt hatte, desto mehr umfing mich die Welt Racines. Die Tür zu ihrer Wohnung stand offen. Ich malte mir aus, dass mein Kommen genauso vorgezeichnet war wie jede andere Handlung des Stücks, und so schlüpfte ich durchs Dunkel der Dachstube. Ich war völlig aufgewühlt, als träte ich auf eine dieser Bühnen, die ich noch nie von nahem gesehen hatte, die Bühne des Theaters oder die Bühne des Lebens. Und es war die Stimme von Atalide, dem osmanischen Mädchen bei Racine, die mich zurechtwies: ›*Venez tous contre moi conjurés, tourmenter à la fois une amante éperdue.*‹ Sie sah mich nicht, denn sie probte vor dem Spiegel, doch als sie, nachdem sie sich ›umgebracht‹ hatte, sagte: ›*Et prenez la vengeance en fin qui vous est due*‹, rief ich: ›*Ah! Madame! Elle expire. O ciel! En ce malheur que ne puis-je avec elle expirer de douleur!*‹, und es überraschte mich nicht, dass genau in dem Moment, als die Frau meines Patenonkels schließlich unten ins Büro kam und die Señorita Dahranpé anschrie, Atalide in meine Arme sank, als stürbe sie den Bühnentod und wartete darauf, dass der Vorhang fiel. Es war mir egal, dass sie mich für einen anderen hielt, denn auch ich war nicht der, der sie nun zum Bett führte. Und glaub mir, ich will mich nicht drücken, wenn ich dir sage, dass der Sklave Zaïre und Atalide es waren, nicht die ausgehaltene Geliebte und der junge Schreiber, denen da vielleicht ein Sohn geboren wurde.«

Ricardo lachte wieder, und auch wenn seine Fröhlichkeit Solidarität verriet, musste der Konsul schlucken. Jetzt habe ich es ausgesprochen, dachte er, und er spürte, wie der ganze Schrecken seines Lebens in seiner Kehle zusammenströmte. Er hatte jenes Wort gesagt, das er sich kaum getraut hatte auch nur zu denken, jenes Wort, das der Grund dafür war, dass er seit damals das Sakrament der Beichte gemieden hatte. Aber nichts brach zusammen, und auch Ricardo schien nicht von diesem Wohlwollen eines Mannes abzulassen, der die ›Affaire‹ eines anderen mit Verständnis begleitet.

»Ich weiß nicht mehr, ob ich von allein aufgewacht bin oder ob es die Seele des Sklaven war, die mich verließ. Ich weiß nur, dass Maryvonne unter ihrem zerzausten Negligé wie tot im Bett lag und ich aus der Wohnung floh, als müsste ich ein Feuer zwischen meinen Beinen löschen. Ich ging am Büro meines Onkels vorbei, ohne mich von Señorita Dahranpé zu verabschieden. Aber ich fuhr nicht nach Hause, ich streifte die ganze Nacht durch die Stadt, mit dem quälenden Gedanken, dass ich in eine Falle gegangen war. Ich hatte zu Hause angerufen und meine Mutter gebeten, mir meine Koffer mit dem Taxi zu schicken, ich wäre nicht in der Lage gewesen, ihr in die Augen zu sehen. Natürlich vermutete sie trotzdem das Schlimmste: Ein Taxi? Wie kam ich dazu, so viel Geld auszugeben? Am Morgen stand ich dann wie leblos an der Plaza Lavalle, inmitten all der jungen Männer, die betrunken aus dem Folies Bergère stolpern und dort stranden, ehe sie von ihren Fahrern abgeholt werden.

Als Nächstes sehe ich mich wie einen begossenen Pudel in

der Abfahrtshalle des Bahnhofs Retiro, inmitten einer aufgekratzten Truppe, die zusammen mit meinem Onkel für ein Foto der Zeitung *La Nación* posierte. Und ich erinnere mich noch an die unendliche Ebene, die der ›Polarstern‹ hinter sich ließ, während alle immer wieder zum Speisewagen rannten, den mein Onkel zu seinem Hauptquartier auserkoren hatte. Kaum jemand achtete auf mich oder schenkte mir mehr als ein zweifelhaftes Mitleid: Sieh an, das Patenkind des großen Dr. Villanueva! Ich betete um die Kraft, die Schuld zu ertragen, dass ich diesen großartigen Menschen hintergangen hatte, der meine Ausbildung bezahlt und mir Arbeit gegeben hatte und der nun auf mich zählte, als sein Privatsekretär, gewiss, aber mehr noch, damit ich seine Sehnsucht nach meinem Vater stillte, der wegen eines Herzinfarkts in Buenos Aires hatte bleiben müssen.

Als wir am Vormittag in brütender Hitze San Miguel de Tucumán erreichten, empfing uns die Stadt mit verschlossenen Türen und Fenstern. Mein Onkel versuchte uns aufzuheitern und bemerkte mit seiner typischen Offenherzigkeit, die Häuser zuzusperren sei nun mal eine Art, sie von früh bis spät kühl zu halten; doch ich wurde das Gefühl nicht los, dass die Tucumaner sich des angeblichen ›Ungleichgewichts der Kräfte‹ nicht so sicher waren und dass der Herrgott ihren sturen Katholizismus, der unserem Positivismus entgegenstand, mit einer Enthüllung belohnt hatte, und das war die Achillesferse meines Onkels: ich und der Verrat, den ich ihm angetan hatte. Mittags marschierten wir, ich werde es nie vergessen, in ein völlig verwaistes Regierungsgebäude ein. Und während ich den Schreibtisch des abwesenden Sekretärs in Besitz nahm und versuchte, mich an die ersten Arbeiten zu machen, dachte ich die ganze Zeit nur an Maryvonne. Als ich schließlich in meinem Hotelzimmer allein war und mich aufs Bett legte, klopfte es an der Tür. Es war mein Onkel. Jetzt bestraft er mich, dachte ich, während ich mir den Morgenmantel überzog, was konnte er sonst um die Uhrzeit von mir wollen? Ich öffnete, und auch wenn sich in seinem von kämpferischer Begeisterung glühenden Gesicht für eine Sekunde eine größere Unruhe abzeichnete, glaubte er mich sofort zu verstehen – ach, das Muttersöhnchen, zum ersten Mal allein in einem Zimmer, und gleich so eine Angst! –, und er lächelte und redete gutmütig auf mich ein, was stand ich da herum, *che*, worauf wartete ich noch, na los, den Smoking angezogen, Freundchen, in einer halben Stunde ging der Tross zum Jockey Club, und vorher musste ich ihm noch bei seiner kleinen Rede helfen.

Mein Onkel strahlte eine solche Freude aus, dass ich schon dachte, alle Schwierigkeiten wären überwunden und die verschlossenen Fenster und Türen und das verwaiste Regierungsgebäude bedeuteten nur, dass man sich zurückgezogen hatte, um frisch und ausgeruht dem abendlichen Empfang beizuwohnen. Welch trügerische Hoffnung! Kaum waren wir im Jockey Club – ein imposanteres Gebäude als jedes öffentliche, irrsinnig groß und luxuriös, erbaut mit dem Vermögen der Zuckerbarone für die Geselligkeit seiner Mitglieder und zunächst ebenfalls verschlossen, bis unsere Leute es mit Hilfe der Polizei öffneten –, fand ich mich auf einer Art Kristallfest wieder, derart glitzerten all die Kronleuchter, umgeben von Frauen, die allzu dunkelhäutig, fröhlich und munter waren, um wirkliche Damen zu sein. Und tatsächlich, erklärte mir mein Onkel lachend, sie alle waren Prostituierte, und es musste den Staat ein Vermögen kosten, aber man hatte sie engagiert, damit in *La Nación* ein Foto des ›glanzvollen Balls‹ erscheinen konnte, mit dem der Adel von Tucumán die Intervention aus der Hauptstadt empfing. Das Erste, was ich befremdet bei all den jungen Frauen bemerkte, war diese Bereitschaft zur körperlichen Nähe, mit der auch Maryvonne mich in ihrer Dachstube empfangen hatte. Und gleichwohl wurde mir an jenem

Abend klar, dass keine Frau einem Mann wie meinem Onkel allzu viel bedeutete, vermutlich hätte er mir seine ›Mademoiselle‹ mit Vergnügen für mein sexuelles *début* angeboten. Am Ende der Veranstaltung war ich sogar überzeugt, dass überhaupt keine Frau, ob Ehefrau oder Tochter, den Männern meines Standes viel bedeutet, zumindest nicht so viel wie die männliche Kameraderie und dieser uralte Pakt, auf dem sie gründet und den man mit Ritualen immer wieder ins Gedächtnis ruft und erneuert, Ritualen, die ich mir kaum vorstellen konnte. Letztlich musste das auch der Grund gewesen sein, warum mich die Männer immer verachtet hatten, eine Ahnungslosigkeit, die mich ein ums andere Mal dazu brachte, unbewusst Regeln zu missachten und die Folgen auf mich zu nehmen.«

Plötzlich war das Hupen eines Autos zu hören, und Ricardo zuckte auf. Sicher hatte er einen Code erkannt, schließlich hatte er gesagt, man würde sie dort abholen, falls es Schwierigkeiten gäbe.

»In Tucumán vergingen die Tage, die Wochen, die Monate mit Verwaltungskram und unaufhörlichem politischen Geschachere, in erbärmlicher Hitze und unter dem feinen, aber hartnäckigen Widerstand gegen die Intervention aus der Hauptstadt. Gegen Ende des Sommers, als in Buenos Aires die Theatersaison begann, machte mich ein kleiner Artikel in *Caras y Caretas* tagelang verrückt: *Bajazet* hatte bald Premiere, und aus dem Ensemble sollte es eine gewisse Iris Marga sein, die die Rolle der Atalide spielte. Bei jeder Gelegenheit blätterte ich die Zeitungen durch, um mehr zu erfahren. Was mochte passiert sein? Hatte man Maryvonne doch für ungeeignet gehalten, die Rolle zu spielen, oder war es der unübersehbare Bauch, der nicht zu der Rolle passte?

Ein Jahr später kehrte ich nach Buenos Aires zurück. Als ich wieder ins Büro ging, fiel mir als Erstes die völlige Stille hinter den Fenstern auf, und da Señorita Dahranpé einen zutiefst verbitterten Eindruck machte und sich weigerte, mit mir zu sprechen, fragte ich lieber nicht nach. Meine Mutter hatte nach einem Jahr geistigen Gefängnisses jeden Halt verloren und war dem Alltag nicht mehr gewachsen. Sie war noch keine fünfzig, aber aus Sorge, man könnte sie für senil halten und ihre Schwäche ausnutzen, verbot ich ihr, auf die Straße zu gehen. Sie hat mir keine Vorwürfe gemacht.«

Ricardo sprang auf und ging am Eingang der Höhle in Stellung, angespannt, keuchend, auf der Lauer: Etwas ging dort oben vor sich, etwas, von dem der Wind nur Fetzen herüberwehte. Stimmen waren zu hören, zuschlagende Autotüren, ein Motor wurde angelassen, und dann entfernte sich der Wagen stotternd zum Weg hin und brauste schließlich mit voller Geschwindigkeit davon. Ricardo rührte sich nicht. Der Konsul erhob sich nun ebenfalls und machte einen Schritt auf ihn zu, und als wollte er ihm sagen, dass er nun bereit sei, zum Ende zu kommen, hob er an, ihm wie eine Beschwörung die schlimmste Erinnerung seines Lebens zu erzählen:

»Wenige Tage später, ich saß gerade mit meiner Mutter beim Essen, klingelte das Telefon, das mein Vater im Haus installiert hatte, um sich noch weniger blicken zu lassen. Wir wussten sofort, dass es mit ihm zu tun haben musste. Ich hörte eine Frau, die sagte, sie rufe aus dem Argerich-Krankenhaus an, ich solle sofort zum Büro meines Onkels fahren, ein Notfall, ›Ihr Vater braucht Sie‹, der übliche Euphemismus, mit dem man in der Gesellschaft das Unglück eines Todes zwar nicht annehmbarer macht, ihn aber zumindest nicht leugnet. Ich sagte meiner Mutter nichts von meiner Befürchtung und gab vor, ein kranker Nachbar brauche meine Hilfe. Dann rannte ich zum Bahnhof von San Isidro und nahm ein Taxi. Doch als ich an die Ecke der Calle Corrientes kam, sah ich vor dem Eingang des Hauses nicht die Ambulanz, sondern Dr. Cosme Elgorriaga, seit Jahr und Tag unser Hausarzt, und ohne ein Wort der Erklärung führte er mich die Treppe hinauf und bedeutete mir, es handele sich um eine zu delikate Angelegenheit, als dass er jetzt darüber sprechen wolle. Wir kamen in den dritten Stock, aber er führte mich am Büro vorbei zur Dienstbotentreppe, und allein bei dem Gedanken an diesen Weg zum Dach hinauf schwanden mir alle Kräfte, worauf er mich am Arm packte und zwang, unter dem unheimlichen Gurren der Tauben weiterzugehen. Ich dachte schon, es sei eine Falle, um mich für den Verrat an meinem Onkel zu bestrafen, aber dann waren wir am oberen Treppenabsatz, und ich sah ihn dort liegen, meinen Vater, tot, dem Herztod erlegen, als er gerade aus der Wohnung der Französin kam. Ich sehe sie noch vor mir, Maryvonne, wie sie auf der Schwelle stand, auf grausame Weise ins Licht gezerrt. Der Arzt deutete auf sie und flüsterte mir zu: ›Ich nehme an, es ist Ihnen lieber, wenn wir Ihren Vater ins Büro hinunterbringen, bevor wir das Bestattungsinstitut rufen.‹ Ich glaube, ich habe nichts verstanden, in meinem Kopf war einfach kein Platz mehr, denn während er das sagte und die in Tränen aufgelöste Maryvonne in vertraulichem Ton verabschiedete, ›auf Wiedersehen, Señorita Schnerb!‹, hörte ich hinter ihr ein Baby schreien! Ein Kind, verstehst du? Ein Kind, das ich bis heute nicht meinen Sohn habe nennen können.«

Ricardo stand weiter abwartend am Eingang der Höhle, und unwillkürlich trat der Konsul auf ihn zu und hielt sich an ihm fest, denn draußen tobte nun der Wind, doch mit einer brüsken Bewegung wies Ricardo ihn ab. Wie zur Entschuldigung wich er zurück und setzte sich wieder, auf dass die trüben Wasser dieser Geschichte in seinem Inneren zur Ruhe kamen. Bis eine Bemerkung Ricardos ihm verriet, dass er auf ein Zeichen von oben wartete, dort, wo sie Stimmen gehört hatten, ein Zeichen, das nicht kam. Und er setzte sich wieder neben ihn und lauschte weiter.

»Wie soll man mit den Erinnerungen leben?«, fragte der Konsul. »Kann man mit einem solchen Geheimnis überhaupt weiterleben? Da hilft es dir gar nichts, wenn dir bewusst wird, dass dein Vater dir damals, als er sich mit der vermeintlich selbstlosen Überschreibung von Maryvonnes Wohnung zum ersten Mal deiner annahm, in Wahrheit einen Mühlstein um den Hals gehängt hat. Aller Hass, den du aufbringst, reicht da nicht aus, es bedarf eines Bundes von Männern, der dir hilft, das Geheimnis zu bewahren, ein Bündnis, das dir jedes Mal beispringt, wenn du im Glauben schwach wirst und in Gefahr gerätst, wissen und sprechen zu wollen. Und auch wenn ich mich weiß Gott nicht aus der Verantwortung stehlen und nach einer Entschuldigung suchen will: Was hätte ich damals, ein Junge von achtzehn Jahren, anderes tun können?

Mir wurde klar, wenn ich Maryvonne – oder die Señora Schnerb, wie ich sie nun nannte – zwar nicht loswerden, aber doch jedes Risiko ausschließen wollte, dann musste ich sie genauso behandeln wie mein Vater: wie ein beflissener Gefängniswärter. Zuerst fürchtete ich, sie würde einen Teil der Erbschaft einfordern, doch nachdem ich nächtelang Ängste ausgestanden hatte, sie könnte mich an meiner Stimme erkennen, beschloss ich, mich einfach vorzustellen als der, der ich war: der Eigentumsverwalter der Erben des Senators Cantilo, und ihr mitzuteilen, dass laut einer vom Verstorbenen selbst verfügten Klausel die Miete zwanzig Jahre lang unverändert bleibe, eine Klausel, die die Dachstube einmal zur billigsten Wohnung der Welt machen würde und ihr darüber hinaus die Möglichkeit gab, ihren Sohn auf eine Schule im Stadtzentrum zu schicken.«

Als der Konsul hörte, wie Ricardo mit der Zunge schnalzte, glaubte er zu verstehen, wie der diese »Vorzugsbehandlung« von Maryvonne einschätzte, denn nicht umsonst war er selbst einmal ein Lebemann gewesen. »Natürlich wussten wir beide,

Maryvonne und ich, dass ihr das alles nicht einen fürchterlichen Niedergang ersparen würde, und als Ausweg blieb ihr nur, sich mit einem Mann zu verbinden, der sich vor einer ledigen Frau mit einem Kind nicht scheute, irgendein Halunke würde es wohl sein, der sie meinen Vater vergessen ließ und vom Büro fernhielt. Jahrelang beschränkte sich unser Kontakt auf eine einzige, immer wiederkehrende Szene: wie dieses vaterlose Kind, auf rührende Weise für den Besuch herausgeputzt, aus dem Nichts im Büro erschien und mir ›Señor Eduardo, Señor Eduardo‹ zuflüsterte; und beschämt über ihren Mut, mich an den Ort zu rufen, wo mein Vater tot umgefallen war, an den Ort meiner Albträume, folgte ich dem Kleinen die Treppe hinauf, jedes Mal fest entschlossen, das alles zu beenden. Und noch bevor ich ihre vorhersehbare Bitte hörte, ihr die Mietschulden zu erlassen, machte ich ihr Vorwürfe, drohte ihr irgendwann sogar, stieß sie zurück, wenn sie sich vor mir auf die Knie warf und mir anbot, sie könne mich auf andere Weise bezahlen, sobald ihr Sohn, der sich zu ›verflüchtigen‹ gelernt hatte, kaum dass seine Mutter Herrenbesuch empfing, zu den Tauben aufs Dach ging, seinen ewigen Spielkameraden, die ihm den Spitznamen eingetragen hatten, bei dem ich ihn nie zu nennen wagte: Palomó. Und was die Frage betrifft, an die du jetzt bestimmt denkst«, sagte der Konsul, und an einer bestimmten Stelle in seiner Brust spürte er einen heftigen Stich, »all die Fragen, die der Junge nicht stellte und an die zu denken mich diese Geschichte nun zwingt – mein Gott, wer war der Vater des Kindes, und warum war mein eigener Vater gestorben? –, all das, ich schwöre es dir, habe ich beiseitegeschoben. Ich dachte einfach nicht daran! Nicht an etwas zu denken ist viel einfacher, als man glaubt, vor allem, wenn man im Alltag jede Sekunde darauf verwendet, dass nicht jemand davon erfährt. Und genau das geschah, als der Junge sieben oder acht Jahre alt war, als niemand mehr damit rechnete.«

Ricardo verschränkte die Arme um die Knie und schaute wieder aufs Meer hinaus, und der Konsul spürte, dass er zu weit ging, nicht nur in dem, was er erzählte, sondern in dem Vertrauen, das er Ricardo abverlangte – hatte der nicht selbst gesagt, dass sein Vater ihn verlassen hatte?

»Eines Abends im Dezember, um dieselbe Uhrzeit wie damals, als mein Vater gestorben war, klingelte bei uns in San Isidro das Telefon, und sowohl meine entrückte Mutter als auch ich dachten für einen Moment, es könne nur er sein, der wiederkam. Aber es war eine Revuekollegin von Maryvonne, eine ›internationale Sängerin‹, deren Künstlernamen du dir bitte merkst: Alma Renán, denn sie spielt noch eine sehr unschöne Rolle in dieser Geschichte. Sie bat mich, unverzüglich ins Teatro El Nacional zu kommen, und entschuldigte sich, dass sie die Gründe nicht nannte, nicht dass sie sie am Telefon nicht sagen wollte, aber die Zeit drängte. In meiner ständigen Sorge, meine Mutter vor der Wirklichkeit zu schützen, log ich und sagte, die Señorita Dahranpé, die tatsächlich sehr krank war, liege im Sterben. Als ich zum Theater kam, war die zweite Vorstellung der Revue gerade zu Ende. Alma erwartete mich draußen, ganz nervös, weil sie zum Schlussapplaus wieder auf die Bühne musste, sonst würde man ihr den Tag nicht bezahlen, sagte sie, und ich dürfe nicht eine Minute Zeit verlieren. ›Worum geht's denn, Señora‹, fragte ich und tat gleichgültig, denn ich brauchte ihr nur in die Augen zu sehen, und mir wurde klar, dass sie mehr von mir wusste, als mir lieb sein konnte. Mitten in einer komödiantischen Einlage, sagte Alma, bei der Max Zuckermann, der berühmte Direktor des jüdischen Theaters, Maryvonne durch den Kakao zog, hatte sich eine Kinderstimme aus dem Parkett erhoben und genau mit ihr zusammen ›Wort für Wort‹ den Text aufgesagt, ›wie eine zweite Stimme, verstehst du?‹, und sie schloss: ›Der Junge ist verrückt geworden!‹ Der Direktor jedenfalls, und so wie Alma seinen Namen nannte, war klar, dass er der Halunke sein musste, den sich die arme Maryvonne geangelt hatte, der Direktor hatte einem Platzanweiser befohlen, ›diesen Bengel‹ hinauszuwerfen, ohne dabei aus seiner Rolle zu schlüpfen, so dass die Leute in Gelächter ausbrachen, weil sie glaubten, er sei Teil des Spiels, und das ausgerechnet in einer Szene, in der Maryvonne dem Publikum nicht ein einziges Lächeln entlockt hatte! Der Junge war so verängstigt gewesen, dass er nicht auf seine Mutter wartete, sondern gleich auf die Corrientes hinausstürzte. Und jetzt war er verschwunden. Wo es in diesem Viertel, sagte Alma, um diese Uhrzeit so gefährlich war! Ich machte eine beleidigte Miene: Und, was sollte ich jetzt tun? Wie war sie überhaupt auf die Idee gekommen, mich anzurufen? Maryvonne, erzählte Alma, hatte ihre Nummer noch zu Ende gespielt und war dann in die Garderobe gegangen, aber dort war sie in eine Trance gefallen, wie von einem Geist besessen, worauf Zuckermann ihr Ohrfeigen gab, damit sie ›wieder zu sich kam‹. Nur an den Jungen hatte niemand gedacht. ›Und jetzt ist es höchste Zeit, dass Sie sich mal kümmern‹, sagte sie zu mir, bevor sie wieder hineinging. ›Höchste Zeit, verdammt noch mal!‹

Ich weiß nicht, ob es der Glanz in ihren Augen war, weshalb ich voller Entsetzen begriff, was Maryvonne ihr womöglich erzählt hatte, jedenfalls machte ich mich verzweifelt auf die Suche nach dem Jungen. Nein, Esteban war nicht verruckt, das wusste ich aus eigener Erfahrung, ich verstand ihn gut, und dieses Verständnis für seine Situation trieb mich an. Bald hatte ich ihn gefunden, gar nicht weit entfernt, am Ende einer Seitengasse. Er stand dort ganz allein zwischen ein paar Tauben, die mir dieselben zu sein schienen, die ihn Tag für Tag auf seinem Dach umringten, und fütterte sie mit Brotkrumen. Dabei sprach er einen Monolog aus irgendeinem französischen Stück in Alexandrinern, und aus Angst, er würde sich erschrecken, wenn er mich erkannte, unterbrach ich ihn mit den Worten: ›*O ciel! En ce malheur que ne puis-je avec elle expirer de douleur!*‹ Ich schaffte es sogar, seinem Blick standzuhalten, und für ein paar Stunden glaubte ich tatsächlich, dass ich ihn liebte. Aber das war nur Einbildung«, sagte der Konsul, um sich die Schande zu ersparen, Mitleid mit sich selbst zu haben, »denn ich liebte in ihm nur mich selbst, liebte nur das, was an ihm mir ähnlich war. Und retten wollte ich ihn schon gar nicht. Mein Geheimnis wollte ich bewahren, nur das.«

Ricardo schaute stur hinaus, als gönnte er ihm nicht den kleinsten Trost eines Blickes, und lachte nur kurz auf, ein Lachen, aus dem die Verachtung klang, und der Konsul wusste, dass er, auch wenn es bitter war, alles richtig machte.

Plötzlich sagte Ricardo: »Sehen Sie die Lichter dort, Señor Eduardo? Über dem Stein.« Der Konsul gehorchte und schaute hin, aber er sah nichts. »Nein, nichts mehr zu sehen. Sie geben mir von oben Zeichen, verstehen Sie? Sie sind dort oben. Wenn weitere Zeichen kommen, sind wir in Schwierigkeiten.« Der Konsul glaubte, es sei bloß ein Vorwand, um ihn loszuwerden, beeilte sich aber trotzdem fortzufahren, denn Ricardo sollte für Esteban die gleiche Sympathie empfinden, die er dem ›Wohltäter‹ entgegengebracht hatte, erst vor vier oder fünf Stunden, als er ihn auf der anderen Seite der Militärkolonne entdeckt hatte.

»Ich weiß nicht, was Alma mit ›sich kümmern‹ meinte, aber in meiner Verzweiflung ging ich mit Esteban nicht anders um, als ich es von meinem Vater kannte. Der Direktor des Theaters hatte, als er sah, dass Maryvonne auf seine ›Behandlung‹ nicht reagierte, im Krankenhaus angerufen, und der Leiter, ein alter Freund meines Patenonkels, empfahl mir schließlich, für den Jungen ein Internat zu suchen, denn die Mutter würde ›nicht mehr die sein, die sie gewesen war‹. Als wir nach Luján kamen, erkannten mich die Maristenbrüder erst nicht wieder, und noch viel weniger schienen sie begeistert über diesen stummen Jungen, den so viel plötzliche Hilfe verschreckte. Aber da sie vermuteten, er sei ein nichteheliches Kind meines Onkels, nahmen sie ihn schließlich auf und übernahmen auch bis zu seiner Volljährigkeit die Vormundschaft, wie der Richter später empfahl, unter der Bedingung, dass ich mich um gewisse ›alltägliche Dinge‹ kümmerte, was heißen sollte: alles, was mit seiner Mutter zu tun hatte. Nur einmal, ein paar Monate danach, fand ich mich bereit, ihn ins Besuchszimmer des Open Door zu begleiten, eins dieser Hospize, wo die Leute landen, die die Armut um den Verstand gebracht hat, ich hatte ihm gesagt, ich müsse mit Maryvonne ein paar Dinge regeln, die mit ihrer Wohnung zu tun hätten. In Wahrheit wollte ich mich nur vergewissern, dass ihr Geisteszustand sie nicht angestiftet hatte, irgendetwas zu verraten. Ja, ich weiß noch genau, wie ich, nachdem ich mit ihr alles ›geregelt‹ hatte, an der Tür auf Esteban wartete und so tat, als hörte ich nichts, als verstünde ich nicht das Französisch, in dem sie ihn bat, ihn, einen Jungen von acht Jahren!, er möge alles unternehmen, damit man sie dort herausholte. Esteban wollte eine solche Situation nicht noch einmal erleben und ließ mich nicht ein weiteres Mal kommen. Irgendwann rief mich ein Ordensbruder in sein Büro und sagte mir, Maryvonne sei unseligerweise ums Leben gekommen, als ein Krankenpfleger sie daran hindern wollte, sich etwas anzutun. Es war das erste Mal, dass ich schwankte, dass ich wünschte, ich wäre ein richtiger Mann.

Der Gedanke an ihren fürchterlichen Tod, mehr noch aber die Vorstellung, dass sie es geschafft hatte, selbst an diesem Ort einen Henker für sich zu finden, brachte mich in Versuchung, dem Jungen einen Beileidsbesuch zu machen. Aber aus Angst, der Junge würde mir vor seinen Kameraden oder gar vor dem Kaplan eine Szene machen, zögerte ich es immer wieder hinaus. Und während ich den Jungen als die lebhafteste

Erinnerung an meinen Vater zu hassen begann, wurde es mir eine bequeme Vorstellung, dass er mich genauso hasste.

Viele Jahre habe ich ihn kein einziges Mal gesehen, auch wenn ich immer die monatliche Gebühr für das Internat und auch den Zuschlag für die Beherbergung in den Ferien zahlte, aber auch die Ordensbrüder haben es nicht von mir verlangt, und wenn die Erinnerung ein Gefühl ist, kann ich sogar behaupten, dass ich ihn auf meine Weise vergaß. Außer vielleicht in diesem Hinterzimmer in meinem Kopf, in das die leere Dachstube sich verwandelt hatte.«

Der Konsul hätte jetzt gern einen Schluck Tee getrunken, um seine vor Kummer ausgetrocknete Kehle zu befeuchten, und im Halbdunkel suchte er nach der Tasse, aber sie war leer. Ricardo machte keinerlei Anstalten, ihm zu helfen. »Seit dem Tod der Señorita Dahranpé war ich für die gesamte Verwaltung zuständig und stürzte mich in die Arbeit, und ich kann wohl sagen, dass mein Patenonkel ein außergewöhnliches Vertrauen in mich setzte, denn er war schon alt und hatte mir erklärt, wie sehr er meine Effizienz schätze.

Als Esteban die Schule abgeschlossen hatte und sein Besuch auf mich zukam, um ein paar Dinge zu klären, sagte ich mir, dass ich ihn nicht mehr fürchtete, dass ich nun reif genug war, bei der kleinsten Unverschämtheit meine Fäuste sprechen zu lassen. Doch als er dann ins Büro kam – drei Monate später als vorgesehen, weil er seine ersten Ferien auf dem Landgut eines Freundes verbracht hatte, eines gewissen Alfredo Ballvé –, ließ ich ihn, damit er wusste, wer hier das Sagen hatte, erst einmal ein paar Stunden warten. Esteban war genau so, wie er als Kind gewesen war, herausgeputzt und nicht auf den Mund gefallen, wenn es darum ging, etwas Überzogenes zu erbitten, ohne sich dabei im mindesten zu beklagen oder Forderungen zu stellen. Er sagte kein Wort zu der Wohnung, die ich ihm – wovon er nichts wusste – notariell im Fall meines Todes überschrieben hatte, er bat mich nicht einmal um die Möbel, die ich eingelagert hatte, sondern nur um ein Empfehlungsschreiben, und zwar für Señor Mandelbaum von der Getreideexportfirma Intercontinental, wo gerade, wie er von einem Schulfreund erfahren hatte, die Stelle eines Sekretärs frei geworden war. Natürlich schrieb ich ihm die Empfehlung, und mir war, als setzte ich ein Testament auf.«

Der Konsul hatte den Eindruck, dass Ricardo sich bei der Erwähnung Mandelbaums irgendwie angesprochen fühlte und sich zurückhalten musste, ihn nicht zu unterbrechen. Aber wie zur Entschuldigung sagte er nur: »Da hatten Sie Ihre Mission bestimmt schon im Blick, nehme ich an ...«

»In Europa hatte der Krieg begonnen, es war die Zeit des *drôle de guerre*, und als mein Onkel eines Sonntags persönlich nach San Isidro kam, um mir den Posten eines ›außerordentlichen Konsuls‹ in Lissabon anzutragen, war es nicht mein üblicher Drang, ihm zu gefallen, weshalb ich das Angebot annahm, auch nicht die Ehre, die eine solche Ernennung bedeutete, und schon gar nicht mein Vertrauen in die eigenen Fähigkeiten. Ich schämte mich einfach, dass er meine Mutter und mich dabei angetroffen hatte, wie wir in dem verwahrlosten Haus saßen und stritten. Und nachdem er, der niemals eine Meinung über unser absonderliches Leben geäußert hatte, angesichts ihrer Bemerkung, ich würde es nicht wagen, sie allein zu lassen, seinem Widerwillen Luft gemacht hatte, übernahm er selbst alles Notwendige, um sie in einem Seniorenheim für Begüterte in Recoleta unterzubringen. Ohne große Begeisterung, aber erleichtert, dass sich mein Leben nun endlich erfüllte, begann ich, mir meine Leute auszuwählen, zumeist Junggesellen und alle kinderlos, meine *castrati*, die sich wegen der Extrabesoldung etwas davon versprechen mochten, in ein Europa zu kommen, wo deutsche Flugzeuge in einer einzigen Nacht ganze Städte zerstörten, und dann wartete ich auf die

Abreise. Bitte, komm ruhig näher«, sagte der Konsul, und zum ersten Mal erlaubte er sich, Ricardo zu etwas aufzufordern, doch der warf ihm nur einen verärgerten Blick zu. »Setz dich«, bat der Konsul, er musste jetzt wissen, ob er ihm zuhörte.

Ricardo gehorchte und setzte sich: Freut mich, dass wir endlich zur Sache kommen, schien er zu sagen. Der Konsul senkte die Stimme, um so eine Atmosphäre von Kameradschaft und Miteinander zu schaffen, und fuhr langsam, unsicher fort:

»Es war am Tag der Abreise. In den Wochen zuvor hatte ich versucht, wenigstens ein bisschen zu lernen, nicht nur über Portugal, ein Land, von dem ich kaum mehr als den Namen kannte, sondern über die internationale Politik, den Krieg, und da ich die Verwaltung meines Grundbesitzes und seinen Verkauf in die Hände des Notars gelegt hatte, der mich im Büro vertrat, hatte ich nicht weiter daran gedacht. Ich stand schon zwischen den gepackten Koffern, als ich noch rasch die Unterlagen durchblätterte, die er mir geschickt hatte, und dabei fiel mir auf, dass sich in der Mappe nichts befand, was mit Maryvonnes Dachstube zu tun hatte, kannst du dir das vorstellen?«

Ricardo sagte weder ja noch nein, vielleicht interessierte ihn das alles nicht. »Ich rief den Notar gleich an und bat um Aufklärung. Er erklärte mir, da er Anweisung gehabt habe, mich nicht wegen jeder Kleinigkeit zu behelligen, habe er sich mit Esteban Schnerb, dem Beschenkten, direkt in Verbindung gesetzt und ihm nahegelegt, die Schenkung und das Geld anzunehmen. Aber wenn Esteban in den Dokumenten die Geschichte meines Familiengeheimnisses gelesen hatte? Wenn er die Unterschrift meines Vaters gesehen hatte und daneben meine eigene? Welche Schlussfolgerungen hätte er aus alldem gezogen?

Gegen alle Logik und Vernunft, denn in drei Stunden sollte

mich ein Wagen des Außenministeriums abholen und zum Hafen bringen, nahm ich in San Isidro ein Taxi und fuhr zur Firma Intercontinental an der Plaza San Martín, gleich beim Außenministerium, immerhin. Es war Mittag, als ich ankam, zur Zeit des größten Betriebs, und ich sagte der Sekretärin von Señor Mandelbaum, dass ich mich gerne vorstellen wollte, da uns während meines Dienstes in Lissabon sicherlich manche Geschäfte verbinden würden. Mandelbaum war nicht da, wie mir die Sekretärin sagte, ›um die Uhrzeit ist er bei den Banken‹, aber ich könne gerne warten. Nachdem sie mich durch einen Raum geführt hatte, in dem sich die Schreiber drängten – mein Gott, sagte ich mir, es waren haargenau die Gesichtszüge, die antisemitische Gruppierungen in diesen Tagen wie auf Phantombildern zeigten –, wies sie mir einen Sessel neben einer verglasten Tür mit der Aufschrift ›Geschäftsführer‹ und entschuldigte sich, sie müsse mich jetzt allein lassen. Ich hielt die Eingangstür immer im Blick, und plötzlich erschien Esteban, aber er hatte sich so sehr verändert, dass ich ihn fast nicht erkannte. Kaum hatte ich gesehen, wie er dastand, wie er die Leute anschaute und mit ihnen sprach, da war mir klar, dass er erfahren haben musste, wer er war. Er hatte nichts Schüchternes mehr, und an seiner zuvorkommenden Art, wie er mit den Angestellten auf Französisch sprach und ihnen bei ihrer Arbeit half, die sie nicht immer zu verstehen schienen, vor allem aber an seiner Überraschung, als er mich erblickte, und gleich darauf seiner Verärgerung merkte ich, dass er im Gegensatz zu mir ganz genau wusste, wofür er lebte.«

»Die Lichter, Señor Eduardo«, unterbrach ihn Ricardo und deutete auf den Eingang der Höhle, und der Konsul sah, dass es die Lichtkegel von Taschenlampen waren, genau wie vorhin auf dem Weg zur Villa: ein Signal! Ricardo stand auf und sagte: »Sie warnen uns. Wir sind in Gefahr.«

»Warte«, sagte der Konsul, und er musste an sich halten, als so ungerecht empfand er es. »Ich erhob mich von meinem Sessel, warf einen Blick auf die Armbanduhr und ging an Esteban vorbei, als hätte ich ihn nicht gesehen, und dann weiter zum Büro der Sekretärin, um ihr zu sagen, dass ich mich bemühen würde, Señor Mandelbaum vom Hafen aus anzurufen. Doch Esteban blieb mir stumm auf den Fersen, und schließlich standen wir beide auf dem Treppenabsatz. Der Aufzug war nicht auf der Etage. Nachdem ich den Knopf gedrückt hatte, drehte ich mich um und sah sein Gesicht direkt vor mir, spürte seinen Atem, Gott, es war derselbe Atem wie bei meinem Vater, und als ich die Augen abwandte, sah ich hinter ihm ein Porträt des berühmten Barons Hirsch.«

Der Konsul bemerkte die Verstimmung Ricardos und dachte schon, er könne nicht weitersprechen. Doch der drehte sich nur um und sagte mit abfälligem Unterton, aber selbstverständlich, natürlich wisse er, wer dieser Baron sei, der mit seinem Vermögen die Gründung jüdischer Kolonien in Argentinien ermöglicht habe, nach dem tragischen Tod seines Sohnes.

»In dem Moment kam der Aufzug mit jemandem aus dem Erdgeschoss, und Esteban wich einen Schritt zurück. Ich trat vor, traute mich aber nicht, etwas zu sagen. Sekundenlang, vielleicht waren es auch Stunden, sprach Esteban kein Wort zu mir. Mein Gott, so viele Vorwürfe hätte er mir machen können, und es gab nur so wenige Wörter dafür! Darauf packte er mich am Arm, und es lag ein seltsamer Spott darin, tieftraurig und wütend, und während er auf das Porträt des Barons zeigte, sagte er mir etwas, was ich nicht sofort verstand und was dich wahrscheinlich am meisten interessiert.

›Man hat Sie also zum außerordentlichen Konsul in Lissabon ernannt, Señor Eduardo?‹, fragte Esteban mich. ›Und warum? Ist man der Ansicht, der Konsul vor Ort taugt nichts?‹ Ich zuckte mit den Schultern und versuchte, mich aus seinem Griff zu befreien, aber er ließ nicht los. ›Was für ein Zufall,

Señor Eduardo. Alle diese Leute, die Sie hier im Büro gesehen haben, waren als Flüchtlinge in Lissabon. Sie sind vor den Bomben auf Brüssel geflohen, haben im Kugelhagel der Maschinengewehre ganz Frankreich durchquert und es unter Lebensgefahr über die spanische Grenze geschafft, und keinem von ihnen, keinem einzigen, hat das argentinische Konsulat in Portugal ein Visum ausgestellt! Sie hätten auf den Frachtschiffen unserer Firma herkommen können.‹ Mit einem Knall hielt der Aufzug hinter mir, die Person darin konnte ich durch das Gitter nicht erkennen. ›Gibt's ein Problem, *chéri*?‹, fragte eine Männerstimme in perfektem Französisch. Esteban schien ihn nicht gehört zu haben, so aufgebracht war er, und auch ich war empört über das, was er da sagte. ›Die Mitarbeiter der Intercontinental mussten alle illegal einwandern. Alle, verstehen Sie? Bloß wegen des argentinischen Konsulats!‹ Dann ging die Tür des Aufzugs auf, und ich drehte mich um und wollte schon hineinstürzen, doch vor mir stand Señor Mandelbaum und versperrte mir den Weg. ›Und Sie, Sie wollen auch nichts unternehmen?‹, sagte Esteban. Ich war so aufgewühlt und nervös, dass ich vorgab, den Mann nicht zu kennen, und mit einem gequälten Lächeln ließ ich ihn vorbei. Doch als Mandelbaum mich sah und wie sehr ich Esteban ähnelte, musste er ihn nicht mehr fragen, wer ich war, und ich wusste, dass sie viel von mir gesprochen hatten, verstehst du? Als ich endlich wieder auf der Straße stand, fiel mir auf, dass er *chéri* gesagt hatte, und mir wurde übel. Ich hatte allen Grund, nach Lissabon zu gehen, und Hitlers Sieg wünschte ich mir auch.«

3

»Sind Sie fertig?«, fragte Ricardo, und ohne auf eine Antwort zu warten, verschwand er den Hang hinauf, hinter sich ein

Rinnsal herabfliegender Steinchen. Der Konsul wollte ihm nach, doch plötzlich hörte er, wie er Fragen stellte und Anweisungen gab, mit dem gleichen Hochmut, den er schon in der Villa gezeigt hatte, aber voller Ungeduld jetzt und offenbar auch verwirrt: Etwas musste schiefgelaufen sein. Und wenn er nicht wiederkam?

Erneut prasselten Steine herab, und darauf kam, ohne die Sicherheit, mit der er ihn auf den Pfaden durch den Wald geführt hatte, vielmehr nervös und schwankend, Ricardo zurück in die Höhle und stürzte mit einer solchen Entschlossenheit auf ihn zu, dass der Konsul die Hände vors Gesicht hielt. Er hockte sich vor ihn, legte ihm die Hände auf die Knie und hob zu einer Erklärung an, als etwas, vielleicht seine zitternden Beine, ihn aus der Fassung brachte. »Was ist denn jetzt schon wieder?«, rief er. »Sie haben Angst gehabt, weil ich fortgegangen bin!« Der Konsul erschrak, denn etwas in seiner Stimme verriet ihn: Ricardo hatte ihn absichtlich in der Höhle allein zurückgelassen, damit er sich wie all die anderen das Leben nahm. Doch Ricardo sagte nur, mit einer Aggressivität, die er gar nicht erst zu verbergen suchte: »Jetzt beruhigen Sie sich. Die Leute, die mit dem Auto gekommen sind, gehören zum persönlichen Schutz des Patriarchen. Er hat sie geschickt.« Und als wollte er ihm eine Nachricht mitteilen, die der Konsul erst nach einer Weile würde akzeptieren können, setzte er sich wieder auf den Stein neben ihn. »In Portugal nimmt die Tragödie ihren Lauf, Dr. Cantilo. Salazar hat eine Entscheidung getroffen, in einer Stunde wird er sie dem Volk verkünden. Wie es aussieht, kennt der Patriarch sie bereits, wir warten auf weitere Anweisungen. Am besten sagen Sie mir jetzt«, schloss er, und die Niedergeschlagenheit des Konsuls schien ihn nicht im mindesten zu beeindrucken, »was Sie zu der Schiffsfracht und den Empfängern als Rechtfertigung vorbringen können, verstehen Sie?« Der Konsul wagte es nicht, nein zu sagen. »Sie müssen mir alles erklären, in allen Einzelheiten. Denn jetzt haben Sie auch mich in Gefahr gebracht, und wenn die Deutschen kommen ...«

»O Gott«, sagte der Konsul, und er wusste genau, dass diese erneute Erpressung wieder auf einer Lüge beruhen konnte, aber wie sollte er sich verweigern? »Von Politik habe ich noch nie etwas verstanden. Aber ich habe mich ernst und streng gegeben, ganz so, wie es die Mission verlangte, mit der man mich betraut hatte, auch wenn niemand recht wusste, welcher Art die Mission war. Und diese Haltung, die meine *castrati* mit Stolz erfüllte und die all die Spione, die mit uns auf dem Schiff reisten, wie Sijarich sagte, zu größter Aufmerksamkeit anspornte, sie hatte nichts mit meiner Einschätzung des Kriegsverlaufs zu tun, daran konnte ich gar nicht denken. In der Erinnerung sah ich immerzu den anklagenden Blick von Esteban, wie er mich aufforderte, ihm endlich die eine Frage zu beantworten: ›Wer bin ich?‹, und dabei stocherte ich in Regionen meines Gedächtnisses, die niemals aufzusuchen ich mir geschworen hatte. Und dann dieser Jude neben ihm, Mandelbaum, der ihn beschützte! Bei einem mehr oder weniger vertraulichen Gespräch an Bord bekundete ich einmal, mit der Emphase einer persönlichen Leidenschaft, die sich in die Politik ziehen lässt, meine Sympathie für den Führer, auch wenn mich an ihm nur eine Fähigkeit faszinierte, die laut Sijarich auch Oberst Perón rühmte, der ihn im Berliner Sportpalast erlebt hatte: Hitler stieg aufs Podium, und alles wurde still! Doch als Kapitän Machado uns dann zu nächtlicher Stunde an Deck rief, um uns endlich die Hügel von Lissabon zu zeigen, die ungewöhnliche Beleuchtung der Straßen, wie ein wogender Teppich aus Licht, und zu Füßen der Hügel, ebenfalls geradezu obszön erleuchtet, die Ausstellung der portugiesischen Welt, da begriff ich, dass hierher alles flüchtete, was sich nicht verändern wollte, nicht durch die Geschichte und nicht durch den Krieg, denn die Stadt gewährte den Menschen dieses Recht, eine Art Altenheim, in dem ich bis ans Ende meiner Tage würde leben können, eine Zeit der Gnade. Ich spürte die Steine des Kais unter meinen Füßen, betrat mein Büro auf der Avenida da Liberdade, und eine ganze Weile glaubte ich, es gäbe keinen besseren Zufluchtsort. Nach und nach begriff ich auch, dass weder Esteban noch Mandelbaum es wagen würden, sich mir entgegenzustellen, schließlich wussten sie, dass ich Verwandten oder Schützlingen von ihnen das Visum verweigern konnte. Außerdem schützte mich ein geheimer Erlass des Präsidenten, von dem mein Patenonkel mich schon bei meiner Ernennung in Kenntnis gesetzt hatte und den ich, hör mir gut zu, zum ersten Mal jemandem verraten werde, der nicht zu unserer diplomatischen Vertretung gehört.«

»Besser so ...«, seufzte Ricardo, vielleicht nur, um etwas zu sagen, aber den Konsul schauderte: Es war die Erleichterung des Polizisten über ein plötzliches Geständnis, das ihm die Unannehmlichkeit der Folter erspart. »Sprechen Sie.«

»Salazar«, wich der Konsul zunächst aus, denn noch traute er sich nicht, »hatte unsere Akkreditierungsschreiben bei einer Feier im Palácio de São Bento entgegengenommen, um so öffentlich zu zeigen, dass Portugal und Argentinien in tiefer Freundschaft verbunden waren, nicht zu vergleichen mit den übrigen neutralen Ländern, die nur darauf warteten, in den Krieg einzutreten. Es war das einzige Mal, dass ein Bild von mir in den Zeitungen erschien, aber es genügte, und in den Augen der Flüchtlinge standen wir von nun an da, als wären wir die Konsuln des Paradieses, welches das Unglück ihnen vorenthielt. Alle diese Leute brauchen eine Hoffnung, und ich könnte ihnen unmöglich sagen, was ich dir jetzt zum ersten Mal offenbaren werde. Die argentinische Gesandtschaft jedenfalls, hörst du?, die taugt buchstäblich zu nichts.«

Der Konsul hoffte, Ricardo würde protestieren, aber der

sagte nur: »Aha«, mit einer merkwürdigen Selbstzufriedenheit. »Der geheime Runderlass, von dem ich sprach, verbietet es uns, Staatenlosen und ›zersetzenden Elementen‹ ein Visum auszustellen, was in der Praxis heißt: Juden und praktisch allen, die aus Ländern unter der Naziherrschaft geflohen sind. Die ganze fiebrige Aktivität, die Dr. Ordóñez entfaltet, unser Sekretär, der täglich fast hundert Anträge erhält, während ich in meinem Büro sitze und mit feierlicher Miene auf Lissabon schaue, ist nur ein Vorwand, um uns ein Einkommen zu sichern, mit dem wir für unser Alter vorsorgen, vor allem aber, damit unser Militärattaché, Oberst Sijarich, sich seinen Spionagekünsten widmen kann, die er in der Botschaft von Chile von Oberst Perón gelernt hat, der heute im Kriegsministerium großen Einfluss hat. Die Tatsache, dass Sijarich über jeden Vorgang auf der Welt einen ganzen Katalog von Schlussfolgerungen ausarbeitet, mag seiner Betriebsblindheit zuzuschreiben sein, aber es ist sicher auch der Grund dafür, dass weder ich noch die anderen meiner Leute allzu viel Zeit auf seine Entdeckungen verwenden. Er gehört nach wie vor zum Kreis um Perón, und soviel ich verstehe, geht es ihm darum, zu erfahren, auf welche Unterstützung sie hier in Europa zählen können, um in Argentinien eine Regierung wie die von Mussolini zu installieren. Und da der Handel so gut wie lahmgelegt ist, seit die unter argentinischer Flagge fahrende Uruguay vor Belgien von den Deutschen versenkt wurde, haben nicht einmal die Handelsattachés noch etwas zu tun, und so ziehen die beiden Zwillinge fröhlich durch die Bordelle; derweil ich selbst mich mit meinen knapp vierzig Jahren an das Leben eines alten Mannes gewöhnte, bestärkt noch durch mein Vertrauen auf einen deutschen Sieg. Wenn ich dann nachmittags keine Lust hatte, mich nach Hause zurückzuziehen, fand ich Gefallen daran, zur Aussichtsterrasse von São Pedro de Alcântara zu gehen und mir die Vögel anzuschauen, in die ich schon immer vernarrt war.

Und als ich sah, wie das andauernde Glockengeläut, die heulenden Sirenen und die verspäteten Züge und Schiffe ihr Leben durcheinanderwirbelten, verstand ich erst recht, dass wir derselben Spezies angehören: Lebewesen, die einfach da sind, für alle sichtbar, aber unbeachtet. Im Dezember letzten Jahres ist meine Mutter gestorben, in so weiter Ferne und nach einem so langsamen Verfall, dass ich keinen Unterschied bemerkte. Was ich von ihr geerbt habe, ließ ich verkaufen, denn ich wollte mich hier für den Rest meines Lebens einrichten. Und nicht nur vor den Flüchtlingen, auch vor meinen eigenen Angestellten ließ ich kaum einen Zweifel daran, dass von mir nichts zu erwarten war, und wahrscheinlich hat das bis zu dem Tag, von dem ich dir gleich erzähle, selbst die PVDE geglaubt.

Eines Tages, es mag vor vier Monaten gewesen sein, kam Oberst Sijarich völlig aufgelöst in mein Büro gestürzt: Ein Einwanderer aus Argentinien, und schon das schien ihm über den Verstand zu gehen, der Erste seit Jahren, der aus Amerika kam!, hatte bei der Einreise, um nicht wieder ausgewiesen zu werden, als letztes Mittel meinen Namen genannt, und die PVDE verlangte nun von mir, mich unverzüglich dort einzufinden, um den Sachverhalt zu klären. Sein Name, sagte er mir, war so etwas wie Edelman oder Epelbaum, und ich malte mir schon aus, was dieser Mann, der ja nur Mandelbaum sein konnte, alles über mich sagte, falls man ihn am Ende folterte. Ich bin gleich hinausgerannt, und kaum war ich am Zoll, ließ man mich zu ihm hinein, allein, in einem winzigen Raum, ohne Fenster oder Zeugen, und als die Tür hinter mir zufiel, wusste ich, dass ich selbst gefangen war; und selbst wenn sie mich am selben Abend noch gehen ließen, würde die PVDE mir von Stund an auf Schritt und Tritt folgen. Es war ein junger Mann, und er hatte noch nicht den Kopf gehoben, da erkannte ich schon die Haltung des Überläufers, wie Ordóñez sie mir alle paar Tage durchs Fenster meines Büros zeigt, bezwungen in einem letzten Aufbäumen, die falsche Identität aufrechtzuerhalten. Tatsächlich hatte man mir beim Hereinkommen bestätigt, dass er Mandelbaum heiße, aber dann musste der Getreideunternehmer ihm seinen Pass gegeben haben. Wer bin ich?, hätte ich ihn, völlig absurd, beinahe gefragt. Ich wollte ihn nicht bei einem Namen nennen, der nicht der seine war, ihn aber auch nicht zwingen zu lügen, und so bat ich ihn, mir zu vertrauen und die Wahrheit zu sagen. Er war noch sehr jung und sagte, er sei aus Buenos Aires geflohen, weil er in den ›Kadettenskandal‹ verwickelt sei, der das Land seit Monaten erschüttere. ›Haben Sie davon gehört?‹ Ich sagte nein, obwohl ich am selben Morgen mitbekommen hatte, wie die beiden Atuchas sich mit derben Worten darüber ausgelassen hatten, genau wie über Maestro Eugénio de Oliveira, der sich wegen eines ähnlichen Skandals im Hotel Crillon nach New York abgesetzt hätte, bevor er nach Lissabon kam. Der Junge sagte, da er einer der wenigen in den Skandal Verwickelten sei, die weder der Oberschicht angehörten noch Kadett waren, sondern ein einfacher Literaturstudent, habe er sich, als sein Name in den Zeitungen erschien, auf das Landgut eines anderen Beteiligten geflüchtet, eines gewissen Ballvé – und mein Herz wusste Bescheid: Es war derselbe, bei dem Esteban in dem Sommer, als er die Schule der Maristen verließ, gewohnt hatte! Erst als die Verhaftungen begannen, sagte er weiter, habe Ballvé ihm Mandelbaum genannt, den Inhaber der Exportfirma, der ihm seinerseits von mir erzählt und mich empfohlen habe als den einzigen Argentinier im Ausland, auf den einer wie er zählen könne, um Asyl zu erhalten. ›Ja, genau so war es‹, fuhr der falsche Mandelbaum fort, als flehte er mich an. Natürlich wusste er, dass es keine Rechtfertigung für eine illegale Einreise in Europa war und dass er mich damit kompromittierte, wusste, dass Portugal bald in den Krieg eintreten würde, aber ich sollte ihm glauben, bitte, Señor, in Argentinien zu bleiben bedeutete für ihn den sicheren Tod. Die Kadetten würden, obwohl der Prozess noch gar nicht begonnen hatte, auf der Straße mit Steinen beworfen, ob sie an den Orgien teilgenommen hatten oder nicht, oder – und an der Art, wie er kurz den Blick abwandte, erkannte ich, dass dies sein As im Ärmel war, das Mandelbaum ihm zugesteckt hatte, der Stoß ins Herz, mit dem er mich nun erpresste – man trieb sie in den Selbstmord. Nein!, sagte ich, und ich fasste mir an den Kopf. Ich versuchte, mir nichts weiter anmerken zu lassen, und fragte ihn, wer sich denn umgebracht habe. Und ganz vorsichtig sagte er, er könne mir den Namen des Einzigen, von dem er wisse, nicht nennen, sie würden sich nur beim Spitznamen kennen, jemand hätte ihm die Nachricht verschlüsselt zukommen lassen, und in den ersten Tagen nach dem Skandal hätte er nicht den Mut gehabt, in der Zeitung Polizeimeldungen oder Todesanzeigen zu lesen. ›Welchen Spitznamen hatte er denn?‹, fragte ich. ›Einen sehr seltsamen‹, sagte er und lächelte, ›Palomo, genauer gesagt Palomó, französisch ausgesprochen.‹ Ich konnte nicht mehr, ich packte ihn und schleifte ihn mit hinaus, als wäre das alles eine schreckliche Verwechslung, und dem Chef bei der Einwanderung sagte ich, er sei tatsächlich der Geschäftsführer der Exportfirma Intercontinental, aus Tausenden von Zollpapieren gehe das schließlich hervor, und er sei in Geschäften nach Portugal gekommen und wolle die allseits bekannten Hindernisse gleich vor Ort aus dem Weg räumen. Sie glaubten mir kein Wort, da bin ich sicher, und ließen ihn nur ins Land, um uns weiter auskundschaften zu können. Ich nahm ihn mit zu mir nach Hause, und kaum war ich am nächsten Tag gegangen, war er auch schon verschwunden, wahrscheinlich in die Gegend, wo mein Dienstmädchen herkam, er hatte sich am Abend noch länger mit ihr unterhalten, an den Namen des Ortes erinnere ich

mich nicht mehr, so etwas wie Feijoão, Fundão oder Bra ...«
»Breixão«, korrigierte Ricardo ihn, und der Konsul freute sich, dass er ihm zuhörte. »Wie auch immer, ich hatte gleich beschlossen, nach Argentinien zurückzukehren, auf demselben Frachtschiff, auf dem dieser ›Mandelbaum‹ gekommen war, auch wenn Sijarich wieder den Teufel an die Wand malte. Aber ein Sohn von mir hat sich umgebracht, ein Sohn von mir, und es ist meine Schuld!, hätte ich ihm am liebsten ins Gesicht geschrien, damit er wenigstens einmal zur Kenntnis nahm, dass es wichtigere Dinge gab als seine dunklen Militärspielchen. Aber ich wusste ja nicht einmal, ob Esteban wirklich mein Sohn gewesen war, und selbst wenn, für Sijarich zählte ein solches Argument nicht, wie alle Männer dachte er bestimmt: Kinder, die man heimlich hat, gehen nur die Frauen etwas an.«

Der finstere Umriss Ricardos im Eingang der Höhle erinnerte ihn an die gestrenge Haltung von Señor Mandelbaum. »Was meinen Sie, Señor Eduardo«, sagte Ricardo auf einmal und lächelte, »was soll ich den Deutschen sagen, wenn sie mich fragen, warum auch ich in den letzten Monaten in Buenos Aires gewesen bin?«

»Ich kam im August nach Buenos Aires«, sagte der Konsul rasch, als hätte er ihn gehört, aber nicht verstanden, »und kaum hatte ich einen Fuß auf den Kai gesetzt, fühlte ich mich als Fremder in meiner eigenen Stadt. Sijarich hatte meinen Onkel davon benachrichtigt, dass ich meinen Posten für eine Weile verlassen hatte, aber zum Glück war er auf der Konferenz der Amerikanischen Staaten und warb für die Aufrechterhaltung der Neutralität, die die übrigen Länder aus Solidarität mit Washington aufgeben wollten. Bis er zurück war, wollte ich jeden Kontakt mit Leuten aus der Regierung meiden, und was Mandelbaum betraf, an den ich immerzu denken musste, sagte ich mir, dass ich ihn erst treffen konnte, wenn ich wieder ein wenig zu Kräften gekommen war – aber wie? Indem ich mich erst einmal versteckte, so viel war klar. Meine Eltern, Maryvonne, Esteban, sie alle waren tot, das Haus meiner Kindheit gab es nicht mehr, selbst das Gebäude, in dem mein Onkel sein Büro hatte, war abgerissen worden, und so kam es mir vor, als hätte die Stadt mich schlicht vertrieben. Damit sie mir in meiner heimlichen Verwandlung nicht dazwischenkamen, nahm ich ein Zimmer in einem Hotel an der Avenida de Mayo, gleich bei der Calle Florida, von wo es nur ein Katzensprung bis zum Außenministerium und zu Mandelbaums Firma war. Um die Spione zu beschwichtigen, die mir, wie mir schien, schon prompter auf den Fersen waren und mir näher kamen als meine Gewissensbisse, bemühte ich mich um einen geordneten Tagesablauf und ging jeden Morgen zum Notariat, wo ich mit dem etwas empfindlichen Herrn, der die Geschäfte am liebsten ohne mich gemacht hätte, das weitere Schicksal meines Vermögens besprach: Der Nachlass meiner Mutter war der einzige plausible Grund, den ich als Ausrede für die weite Reise gefunden hatte. Danach aß ich im Café Tortoni zu Mittag, und später, nach einem Spaziergang kreuz und quer über die Plaza de Mayo, um meine Unruhe zu überspielen und einen gewissen Señor de Sa in die Irre zu führen, der ein Zimmer ausgerechnet gegenüber dem meinen genommen hatte, tat ich etwas, wofür ich mich heute noch schäme: Ich vergrub mich in den Archiven von *La Nación* und *La Prensa* und stöberte in den Zeitungen vom Anfang des Jahres. Niemanden konnte es verwundern, dass ich mich für Nachrichten aus der Welt interessierte, die in Portugal zensiert wurden, um ›den inneren Frieden nicht zu gefährden‹, oder auch für die regionalen Meldungen, die erst gar nicht bis Portugal drangen; doch vorsorglich unterhielt ich mich mit den Bibliothekaren ganz offen über diese Themen, so konnten sie den Spionen später von meinen Interessen berichten.

In Wahrheit ging es mir nur darum, alles über den ›Kadettenskandal‹ zu erfahren, der, was mich überraschte und der Aristokratie von Buenos Aires sicher arg zu schaffen machte, denn die meisten der Beteiligten kamen aus ihrem Kreis, auch noch sechs Monate nach den Ereignissen die Meldungen auf den ersten Seiten bestimmte. Mein Gott! Seit zwei Jahren lebte ich in Lissabon, wo aus jedem Wort, wenn man sich nicht taub stellte, eine Tragödie sprach, und erst jetzt, als ich die Zeitungen überflog und mir nichts sehnlicher wünschte, als Esteban wiederzubegegnen, erst jetzt spürte ich dieses rauschhafte Verlangen nach Gerechtigkeit, auf das du dich heute berufen hast. Und täusch dich nicht«, sagte er fast herausfordernd, um seinen Worten den unwürdigen Ton der Unterwürfigkeit zu nehmen, »Sodomie hat mich immer zutiefst angewidert, so wie jede Abweichung der natürlichen Sinne. Aber diese Verlogenheit! Wenn ich an all die jungen Burschen von der Kadettenanstalt denke, die eine ›internationale Sängerin‹ auf der Straße für ›schwarze Feste‹ rekrutiert hatte – jaja, die fürchterliche Alma Renán, die mich noch in meinen Albträumen heimsucht –, Orgien, bei denen sie selber Fotos schoss! Und dann die anonymen Erpresserbriefe, die sie und ihr Komplize den Familien zuspielten – genau, Zuckermann, der versucht hatte, Maryvonne wieder wachzuprügeln –, und vor allem diesen sechsjährigen Zeitungsjungen, der von der Straßenbahn überfahren wurde, als er vor den Steinen floh, die ehrbare Passanten vor dem Justizpalast auf die Kadetten warfen, Passanten, von denen man später erfuhr, dass irgendeine Gruppierung der Streitkräfte sie dort hingeschickt hatte, um die Armee in Misskredit zu bringen! Aber nichts von alldem interessierte mich so sehr, wie einen kleinen Hinweis auf Palomó zu finden. Doch in keinem Polizeibericht über den Skandal tauchte er auf, in keiner Meldung über einen Selbstmord, nicht einmal unter den Todesanzeigen. Er selbst war mir eigentlich egal«, sagte der Konsul und stützte den Kopf wieder in die Hände. »Es war wie eine Obsession: Ich wollte wissen, auf welche Weise er sich umgebracht, welches Mittel er gewählt hatte. Rechtfertigen könnte ich es jetzt nicht mehr, aber ich glaubte, die Todesart war eine Botschaft, eine Botschaft für mich. Mein Gott, warum beschämt mich das so?«

Ricardo lachte, und als läse er seine Gedanken, sagte er: »Er hat sich erschossen. Was beweist, dass Esteban der Urenkel Ihres Großvaters mütterlicherseits war, Señor Eduardo, und demnach Ihr Sohn.«

»Du denkst vielleicht, es war nur eine krankhafte Neugier, so wie bei den Tausenden von Lesern, die im ganzen Land den Fall verfolgten. Ich weiß es nicht. Sehr genau weiß ich allerdings, dass ich die Demütigung nicht ertragen habe, nichts von einem Menschen zu wissen, der seit seiner Geburt für mich immer gegenwärtig gewesen war.«

»Soso«, sagte Ricardo mit der Miene eines Richters, der das Urteil bereits im Kopf formuliert hat, während der Angeklagte noch aussagt.

»Aber wer hat mich da überwacht?«, sagte der Konsul, und erst jetzt fragte er sich erschrocken, was Ricardo eigentlich in Argentinien gemacht hatte. »Ein Auto vor dem Hotel, auf das der Portier mich herumdrucksend hinwies, Anrufe, bei denen nur das Schweigen von jemandem zu hören war, Menschen auf der Straße, die mich nach der Uhrzeit fragten, nur damit ich den Blick vom Boden hob, mir der Überwachung bewusst wurde und es mit der Angst bekam. Aber diese Besuche meiner Gespenster waren es nicht, weshalb ich glaubte, ich näherte mich meinem Ende. Es war, wie soll ich sagen, ein hörbares Schweigen, das hinter all den Geräuschen zu mir sprach, ein Schweigen, das mich dazu antrieb, mich umzudrehen, wenn niemand hinter mir war, oder mitten in der Nacht im Zimmer das Licht anzuknipsen. Irgendwann kam der Tag, als ich beim Notar nichts mehr zu erledigen hatte und es auch keine Zeitungen mehr gab, in denen ich noch nach einem Hinweis auf Estebans Schicksal hätte suchen können; der Tag, an dem ich zur Nationalbank ging, um das Dokument für den Verkauf meines letzten Eigentums zu unterzeichnen und auf meinem Konto einen Betrag einzuzahlen, der mich, wie mir der neidische Notar versicherte, zu dem Menschen mit dem meisten verfügbaren Geld in Buenos Aires machte. Meine ganze Erbschaft hatte ich nun in Händen, und ich ging, bedroht von einem Schmerz, dem ich immer ausgewichen war, wie ein Verrückter oder wie ein Schlafwandler durch das Gedränge auf der Calle Florida und spürte, dass dieses Schweigen, diese Stille mir etwas sagen wollte. Ich nahm ein Taxi und fuhr bis zur ersten Station der Bahn nach Chacarita, zum Friedhof der armen Leute, der von jeher der Schauplatz meiner Albträume war. Du musst wissen, dass meine Mutter mir, als ich noch klein war, immer erzählte, dass man die Bahnlinie gebaut hatte, um die Hunderte von Toten fortzuschaffen, die Tag für Tag in Buenos Aires dem Gelbfieber zum Opfer fielen. Doch in der Bahn, inmitten der Trauernden, die noch in ihrem Schmerz lärmten, schien mir meine Einsamkeit umso unerträglicher, denn ihnen war anzusehen, dass sie bei allem Schmerz, bei aller Abgestumpftheit genau wussten, wohin sie fuhren, dass sie spürten, es war ihr gutes Recht, zu weinen oder Blumen aufs Grab zu legen. Und ich? Ich wusste nicht einmal, wo Maryvonne oder ihr Sohn begraben lagen! Und ich sagte mir, dass ich es nicht verdient hatte, am Grab von Esteban zu sein. In dem Moment wurde mir alles klar. Ich traf die Entscheidung, verstehst du? Die Entscheidung, die mich hierhergebracht hat.«

Ricardo stand auf, als wollte er gehen. Doch dann drehte er sich um und schaute ihn an wie ein Herrchen seinen Hund, der ungehorsam war und noch einen Fußtritt verdient hat. Den Konsul drängte es, ebenfalls aufzustehen, doch seine Beine versagten ihm, wie einbalsamiert von der langen Reglosigkeit.

»Was hat Sie hierhergebracht, Señor Eduardo?«, fragte Ricardo wie ein kaltes Echo.

»Eine Station vor dem Friedhof«, erklärte der Konsul, »stieg ich aus, um den schon einfahrenden Zug in die Gegenrichtung zu nehmen, zurück ins Zentrum. Ich kam zur Hauptpost, und nur eine Stunde nachdem ich das Notariat verlassen hatte – eine Stunde nur, in der ich mein ganzes Leben an mir vorbeiziehen sah –, betrat ich zum zweiten Mal die Firma des Señor Mandelbaum. Aus irgendeinem Grund erschrak die Sekretärin bei meinem Anblick, und sie teilte mir mit, dass Mandelbaum zwar in seinem Büro sei, dass sie mir aber nicht sagen könne, ob er mich empfange.« Ricardo lachte abfällig. »Nein, bitte, ich glaube nicht, dass Mandelbaum in den Kadettenskandal verwickelt war, aber es war deutlich, dass meine Anwesenheit ihn kompromittierte. Ich setzte mich wieder in den Sessel neben der Tür mit der Aufschrift ›Geschäftsführer‹ und wartete, und während ich das Gewimmel der jüngst aus Europa eingetroffenen Angestellten betrachtete, erkannte ich wieder die Gesichter, die Tag für Tag zum Konsulat kamen. Und wenn jede Sekunde für mich wie ein Jahrhundert war, dann nicht aus Angst vor dem, was Mandelbaum mir sagen könnte, sondern im Gegenteil, weil ich fürchtete, er würde mich nicht empfangen, er würde mich allein lassen mit meinem Schmerz darüber, dass ich ihn verstanden hatte, aber nichts unternahm. Erst nach zwei Stunden ließ er mich herein, und auch wenn kein lautes Wort über seine Lippen kam, war klar, dass er wütend war. Er bot mir erst gar nicht an, Platz zu nehmen, und blieb ebenfalls stehen, als wollte er mir sagen, dass er weder Zeit noch Geduld habe, sich mit mir zu beschäftigen. Doch so wie er dastand und durchs Fenster auf die Plaza San Martín hinunterschaute, erkannte er gleichwohl an, dass ich ihm noch nützlich sein konnte.

›Ich höre‹, sagte er. Eine unmögliche, unerträgliche Frage steckte mir wie ein Kloß im Hals: Wie hat Palomó sich umgebracht? Aber ich spürte, das war das Letzte, das er mir beantwortet hätte. Welche Anhaltspunkte hatte ich überhaupt, dass Esteban Schnerb tot war? Und wenn dieser falsche Mandelbaum mich angelogen hatte, nur damit ich ihm zur Einreise nach Portugal verhalf? ›Señor‹, sagte ich, als wäre ich ein Kundschafter, den er nach Lissabon geschickt hätte und der nun Bericht erstattete, ›in Lissabon habe ich ... einen Schmerz empfunden ..., einen Schmerz, den ich nicht mehr ertragen konnte.‹ Ich weiß nicht, ob Mandelbaum begriff, dass ich von Esteban sprach, jedenfalls zeigte er es nicht, er riss nur das Fenster auf und ließ den Lärm der Straßen und des Hafens herein, als wollte er die Stadt zum Zeugen nehmen. Ich war verzweifelt. ›Die Flüchtlinge‹, log ich. ›Darum habe ich mich entschlossen, zu handeln ...‹ Mandelbaum sagte nichts. ›Ich will dem Beispiel des Barons Hirsch folgen‹, log ich weiter. ›Ich werde mein ganzes Vermögen geben, eine Fracht Getreide kaufen und sie einer jüdischen Einrichtung in Lissabon spenden. Damit haben die Flüchtlinge für einige Monate zu essen.‹ Mandelbaum hatte den Kopf zum Fenster hinausgestreckt, die Ellbogen aufgestützt, das Gesicht wie vor Wut verzerrt. Ich hatte es in der Hand, seine Leute zu retten, und das war meine Macht. ›Selbstverständlich soll niemand verpflichtet sein, die Fracht für diesen Zweck zu verwenden. Die Einrichtung, die die Spende für die Flüchtlinge erhält, könnte sie ebenso gut verkaufen und mit dem Erlös Hunderte von Passagen bezahlen oder Diplomaten bestechen.‹ Mandelbaum drehte sich um und schaute mich grimmig an, als wollte er sagen: So ein Unsinn! Ich war gekränkt und dachte, er würde mich jetzt fragen, warum ich dann nicht das Geld direkt spendete, und beschämt musste ich mir eingestehen, dass es das leuchtende Bild eines Schiffes voller Weizen war, das ich vor dem hungernden Europa aufbieten wollte, einem ganzen Kontinent wollte ich diese himmlische Erscheinung ins Gedächtnis einprägen, die für mich das anschaulichste Beispiel des alten Argentinien war. Aber Mandelbaum sagte kein Wort. ›Bitte, glauben Sie mir, ich kann die Regierung um Unterstützung bitten‹, fuhr ich fort, ›man wird die Ausfuhr und den Empfänger geheim halten, bis ich die Entscheidung bekanntgebe, ganz sicher...‹ Mandelbaum schwieg weiter. ›Wir werden sagen, dass das Schiff nach Vigo fährt, verstehen Sie? Eine Spende von mir oder wem auch immer für das in Trümmern liegende Spanien, und im letzten Moment lenken wir es nach Lissabon um, und erst wenn das Getreide am Kai ausgeladen ist, verkünde ich, wem die Spende zugedacht ist.‹ Mandelbaum hatte den Blick zu Boden gesenkt, und ich nutzte die Gelegenheit, unter den vielen Porträts auf einem Wandbord nach einem Foto von Esteban zu suchen. Nein, ich wollte jetzt nichts mehr von ihm hören, ich wollte ihm erzählen, dass ich als Lohn für meine Spende eine Gedenktafel verlangte, ein Denkmal, eine Erinnerung zu Ehren von Esteban Schnerb, um seinen Traum zu verewigen. Als ich schließlich glaubte, sein Gesicht auf einem Gruppenfoto zu erkennen, alles junge Männer, rief Mandelbaum: ›Ich verstehe wirklich nicht den Grund für Ihren Besuch, Dr. Cantilo. Gehen Sie doch einfach hin. Am Freitag beginnt die Getreideversteigerung, und Sie wissen genau: Wenn Sie bereit sind, auch nur einen Centavo mehr zu bezahlen als die anderen Bieter, gehört die Fracht Ihnen, und Sie können damit machen, was Sie wollen! Ich darf Sie also bitten, mich in Ruhe zu lassen, ja? So etwas gefährdet uns alle.‹ Noch nie hatte jemand derart anmaßend zu mir gesprochen, aber ich war so überwältigt, dass ich an mich halten musste, um nicht auf die Knie zu gehen, ihm nicht die Hand zu küssen, ihn nicht zu umarmen und um Entschuldigung zu bitten. Denn sosehr Mandelbaum mich auch hasste, es war diese Antwort von ihm, die mich bis heute aufrecht gehalten hat.«

Jetzt, da der Konsul das Geheimnis enthüllt hatte, das ganz Lissabon umtrieb, schaute Ricardo wieder zum Meer hinaus, mit einer Ruhe, die neu an ihm war und die ihre Zeit zu brauchen schien. »Aber die Spende haben Sie dann im Namen der argentinischen Regierung angekündigt«, sagte er, und der Konsul antwortete wie entrückt:

»Es war schon fast vier Uhr, es musste schnell gehen. Ich bin gleich hinausgerannt, quer über die Plaza San Martín zum neuen Büro meines Patenonkels, der extra eine Sitzung unterbrach, um sich meiner anzunehmen. Ich sagte ihm, was ich vorhatte, und in aller Ruhe und voller Mitgefühl fragte er mich, ob ich wisse, worauf ich mich einließ. Ich war sogar so frech, zu scherzen: ›Sijarich, dieser Verrückte, hat es mir bis ins kleinste Detail vorausgesagt.‹ Mein Onkel war gar nicht erfreut. ›Sehen Sie, mein Junge‹, hielt er mir vor, ›ich bin nicht bereit, etwas Ungesetzliches zu tun, ich wäre Ihnen also sehr dankbar, wenn Sie es mir nicht vorschlagen. Aber Pate zu sein heißt, sich um das Kind eines anderen zu kümmern, nicht wahr?‹, und mir war klar, dass er von allem wusste, von der Geschichte mit Esteban und Mandelbaum und selbst von dem Kadettenskandal. ›Stellen Sie sich Ihrer Verantwortung. Aber ohne jemanden zu beschmutzen‹, sagte er.«

In dem Moment nahm Ricardo ihn am Arm und zog ihn hoch, und als der Konsul das Gleichgewicht wiedergefunden hatte, ließ er ihn los und wandte sich zum Eingang der Höhle, ohne ihm zu bedeuten, er möge folgen. Als der Konsul einen Schritt auf ihn zu machte, stieß er gegen den Teekessel, und ihm fiel nichts Besseres ein, als auf dem Boden danach zu tasten und ihn wieder an seinen Platz zu stellen.

»Was machen Sie denn?«, sagte Ricardo. »Sind Sie verrückt geworden? Ich habe Leute, die sich darum kümmern.« Und als bereute er es und besänne sich auf seine geschmeidige Liebenswürdigkeit von vorhin, fragte er: »Möchten Sie zurück nach Lissabon?«

Der Konsul mochte gar nicht daran denken, was das bedeutete: dass Ricardo, der nicht weniger versprochen hatte, als sich um ihn zu kümmern bis zum Tod, ihn nun verließ. Dass er wieder mit sich selbst allein wäre, nachdem er ihm sein Geheimnis anvertraut hatte. Und er wusste nicht einmal, was Ricardo damit anfangen würde.

»Aber jetzt verstehe ich es!«, sagte er, als flehte er ihn an, ihm weiter zuzuhören. »Estebans Erinnerung hat mir geholfen. Als ich nach Lissabon zurückkehrte, war alles noch viel schlimmer als zuvor. In den zwei Monaten meiner Abwesenheit hatten uns Nachrichten von Konzentrationslagern erreicht, von denen ich dachte, nur Erbkranke wie die Tochter von Mizrahi würden dort vernichtet. Und dennoch kann ich nicht leugnen, dass meine Gedanken um nichts anderes kreisten, als Palomó ein Weiterleben zu ermöglichen, als fortzuführen, was durch mein Unvermögen abgerissen war. Immer spürte ich seinen Blick auf mir, immer hörte ich seine Stimme, die zu mir sprach, achtete darauf, nicht der zu sein, der ich gewesen war. Die ganze Zeit habe ich mir vorzustellen versucht, was er zu allem gesagt hätte, ob es um mich ging oder die Politik. Und ich habe gelernt, sehr viel gelernt. Er hat mich zu dem gemacht, der ich heute bin: ein ›Wohltäter‹. Denn wenn einer für die Spende verantwortlich ist, dann er. Es kümmert mich nicht weiter, dass ich gelogen habe, als ich sagte, die Regierung habe das Getreide gespendet, selbst wenn dadurch die Gefahr wächst, dass Argentinien in den Krieg eintritt. Denn als ich mich heute auf den Weg zur Suppenküche der Israelitischen Gemeinde gemacht habe ...«

Voller Ungeduld sagte Ricardo: »Señor Eduardo, Sie wollen es nicht verstehen. Der Junge ist tot. Und Sie müssen jetzt mitkommen. Sofort.«

Ricardo ging nun aus der Höhle. Und den ganzen Himmel vor sich, war der Konsul so verblüfft, dass er sich nicht rühren konnte. Was hatte dieser Himmel nur, diese anziehende Leere, bevor in einer Sekunde, das wusste er, die ganze Welt der Reue und des Schreckens auf ihn niederstürzte?

Es war die Farbe der Leere, die Farbe der Nacht über Lissabon.

Vierter Akt
Die Bündnisse

Weil ich den Vira tanzen wollte,
Wurde ich verraten, doch schließlich,
Weiß ich heute, war's die Lüge,
Die damals nach mir rief.

Fado *Gondarém*

Das alles ist Fado

Verzweiflung und Fado auf aristokratisch.
Tania erzählt. Die »Nacht von Lissabon«.

I

Sie hatten die Radionachrichten gehört, hatten sich empört, hatten den einen oder anderen Aktionsplan diskutiert, um nicht weiter tatenlos abzuwarten wie Vieh in einem verschlossenen Waggon irgendwo auf der Strecke, und schließlich die alte Holländerin ausgewählt – eine Lehrerin oder Krankenschwester, so zupackend und entschlossen, wie sie sich zeigte –, damit sie in Begleitung einer Gruppe junger Männer zu der Polizeiabsperrung vor der Anlegestelle von Alcântara ging oder zum Sitz der Schifffahrtsgesellschaft, aus dem die vornehmeren Passagiere, hieß es, bereits geflohen waren; je nachdem sollten sie auch versuchen, diesen »fahrenden Sender« ausfindig zu machen, der die schreckliche Nachricht verbreitet hatte, welche dem Maestro, versunken in seinen Erinnerungen, entgangen war. Als er wieder zu Tania schaute, um zu sehen, ob sie etwas mitbekommen hatte, stellte er fest, dass sie ihn allein gelassen hatte und nun nach hinten zu den Toiletten durchging, ihr schwarzes Täschchen mit beiden Händen umklammernd, darauf achtend, keinen Blicken zu begegnen, als wäre selbst in einer solchen Nacht das einzig Gefährliche für sie, in anderer Leute Gefühle einzudringen. Sie wollte hier weg, keine Frage, und als sie zwischen zwei verschüchterten älteren Herren hindurchschlüpfte, sagte sich der Maestro, dass sie bestimmt nach einem geheimen Ausgang suchte, durch den sie entwischen konnte.

Eins der Mädchen aus der holländischen Gruppe kam an seinem Tisch vorbei, mit einer Miene, als hätte sie Wichtiges zu erledigen, und der Maestro zögerte nicht und griff nach ihrem Arm. Das Mädchen schrie auf, löste sich dann aber in aller Ruhe und fing sogleich an, ihm mit einer etwas aufgesetzten Eloquenz zu berichten: Die Regierung, sagte sie auf Französisch, habe den Kabinettssaal im Palácio de São Bento verlassen, wo man sich zum Zeitpunkt des Attentats mit dem britischen Botschafter versammelt habe, und »aus Sicherheitsgründen« habe man sich »an irgendeinen Ort in Portugal« begeben, wo man »in ständiger Sitzung« berate. Von dort aus werde Salazar »in genau einer Stunde zum Volk sprechen und die Nachricht verkünden«. Welche Nachricht, wollte der Maestro fragen, aber ein älterer Herr kam ihm zuvor: »So ist es«, sagte er, ebenfalls auf Französisch und in grimmigem Ton, »man hat uns zerstreut, denn zusammen hätte man uns unmöglich alle mitnehmen können. Und jetzt machen sie Jagd auf jeden Einzelnen von uns, in jedem Mauseloch.« Immer wieder war zu hören, wie jemand an die Tür klopfte, jemand, der hereinwollte, als würde er verfolgt, und dann weiterging. Das Mädchen lächelte und zog sich, um Haltung bemüht, zurück. Nein, sagte sich der Maestro, sein eigenes Schicksal kümmerte ihn wenig. Was konnte einem de Oliveira schon passieren? Was hatte ein Mann von über sechzig Jahren zu verlieren? Aber sein Junge! Und die Verantwortung, die Enttäuschung, die Ungerechtigkeit, *ihn* zu verlieren, ihn ins Verderben zu stürzen ...

Eine Italienerin, die sich ihr schwarzes Tuch unterm Kinn festknotete, sagte, sie gehe jetzt, die Abordnung sei ihr egal, sie habe nicht das geringste Vertrauen zu den Leuten; während der ältere Herr, der eben die Warnung ausgesprochen hatte, eine Art Prophezeiung ausstieß, dann aber innehielt, als er merkte, dass niemand ihn verstand, weil er in der Sprache seiner Kindheit sprach, der Sprache, dachte der Maestro, in der die Albträume sprechen. Als einer der Emigranten sein Schiffsticket hervorholte und es zerreißen wollte, glaubte auch der Maestro, dass nun alles verloren war und dass das »Rettungskommando« nur losgezogen war, damit die Leute hier nicht völlig durchdrehten. Die Frau des Mannes hielt ihn entsetzt zurück, und dem Maestro fiel ein, dass im Gegensatz zur Boa Esperança der argentinische Frachter ja nicht bedroht war – aber wenn nur Tania zurückkäme!

Durch das Gewimmel all der Schatten, der Hüte und zerzausten Frisuren blickte der Maestro wieder zum hinteren Gang, konnte aber nur die Wirtin ausmachen, die, besorgt über diese Unruhe, erneut alle aufforderte, auf ihre Plätze zurückzukehren. Er überlegte schon, aufzustehen und nach Tania zu suchen, zurückgehalten allein von der Angst, dass jemand seinen Tisch in Beschlag nehmen könnte, als er sie hinter den beiden furchtsamen älteren Herren wiederauftauchen sah: zuerst ihre zurechtgemachte blonde Frisur, dann die mit Wimperntusche unterstrichenen, aber darum nicht weniger tragischen Augen und schließlich das schwarze Satin ihres Tuches, das sie sich wieder um die Schultern gelegt hatte und dessen Enden sie, ihr mit schwarzem Bernstein besticktes Täschchen fest umklammernd, gegen die Brust drückte. Natürlich, sie war nur zur Toilette gegangen, um herauszufinden, was passiert war! Und jetzt kam sie zurück und würde es ihm erzählen.

»Madame ...!«, rief der Maestro, und er verbiss sich ihren Namen, um sie nicht bloßzustellen, doch mit seiner aufgeregten Stimme schaffte er es nicht, den Lärm zu übertönen – die Italienerin heulte, weil ihr Schicksal weiterhin in den Händen anderer lag, und der alte Prophet schrie: »Du calme, du calme!« –, und Tania stand wie verloren in der Menge, ehe sie sich durch all die Menschen kämpfte, die größer waren als sie, ein Vogel, der aus Versehen in eine Kirche geflogen kam. Der Maestro musste an die Worte von Discépolo denken, »du bist unschuldig, Spanierin«, und es war wie eine Hoffnung und zugleich eine Offenbarung. Ja, sie würde ihr Leben geben, wenn sie nur erreichte, was sie wollte; die Sorge, sie könnte ihn verlassen, war absurd gewesen. »Tania«, rief er nun, »hier!«

Vielleicht aus Angst vor allem, was wie ihr Name russisch klang, blickten die Menschen ringsum wieder zu ihm, und Tania blieb erschrocken stehen und schaute ebenfalls zu ihm hin. Sie beruhigte sich zwar, als sie sah, dass es der Maestro war, der sie gerufen hatte, und zeigte sogar ein Lächeln, aber kaum kam sie herbei und sah ihn aus der Nähe, verdüsterte sich ihre Miene, und sie griff nach ihrem Stuhl, als suchte sie eine Zuflucht. Der Maestro verstand erst nicht, aber dann schaute Tania ihn erneut an und wandte beschämt den Blick wieder ab. O Gott, ich habe geweint, sagte sich der Maestro, nicht dass ihre Hoffnung zerstoben war, er könnte ihr nützlich sein.

»Die argentinische Residenz ist immer noch abgeriegelt«, sagte Tania schließlich, in der Annahme, das sei es, was auch ihn besorgte. »Der Terrorist, der die Bombe gelegt hat, scheint sich irgendwo dort aufzuhalten. Wenn nur Enrique es geschafft hat, dort wegzukommen!«

Auf der Straße waren wieder Schreie zu hören, Menschen, die flüchteten oder Flüchtende verfolgten. Ein Junge mit Schal und Mütze lugte durch einen Schlitz in der Tür und bedeutete, dass keine Gefahr bestand. Vielleicht waren es ja nur rivalisierende Gruppen aus den ärmeren Vierteln, die sich eine Schlägerei lieferten, *fuorileggi*, dachte der Maestro, die so außerhalb jeder Ordnung standen, dass sie nicht einmal heute Nacht die Polizei fürchteten. Doch die Wirtin kam mit ihrem Schlüsselbund und hängte erneut das Schloss an die Kette. Wer wollte jetzt schon hinaus? Niemand beklagte sich.

»Aber wie auch immer«, sagte Tania und lächelte leise, »so haben wir Zeit für unsere Vereinbarung, Maestro, Sie und ich.« Und mit einer Miene, als wollte sie sich für die Schwäche des Maestros an ihm schadlos halten, grinste sie: »Bestellen Sie mir noch einen Schluck?«

2

»Wir sind nicht noch einmal in diese Wohnung gegangen, die Wohnung gegenüber dem Zoo von Buenos Aires, wo wir die erste Nacht miteinander verbracht hatten, Discépolo und ich«, sagte Tania Minuten später, als in der Cova do Galo nur noch das Flüstern ihrer Stimme zu hören war und die einzige Tätigkeit darin zu bestehen schien, abzuwarten, dass die Stunde bis zu Salazars Ansprache vorüberging oder die Abordnung zurückkehrte. »Ich habe mir eine Dreizimmerwohnung im obersten Stock eines Hauses an der Ecke Cangallo und Rodríguez Peña gemietet, die Enrique bald lieber mochte als das Haus seines Bruders Armando; ein Freund von ihm, aus dem Viertel Boedo, nannte sie in einem Gedicht einmal den ›Spieß‹, auf dem das Herz der Hure und des Dichters bluten …‹. Der Anwalt der Odeón konnte nicht nachweisen, dass er damit uns meinte, und selbst wenn, erklärte er mir, eine Anzeige hätte ihn nur zu weiteren Gedichten inspiriert, und die hätten uns für alle Zeiten geschadet.«

Der Maestro sagte sich, dass dieses Gefühl, von der Welt umzingelt zu sein, auch den Flüchtlingen anzusehen war, vielleicht hatten sie sie damit angesteckt, oder sie war immer schon eine Heimatlose gewesen. »Ich habe weiter im Folies gearbeitet, aber ehrlich gesagt, Maestro, und egal, was die Leute erzählen, es hätte Jahre gedauert, bis ich von den Tantiemen hätte leben können, und schon gar nicht wollte ich Enrique von all den armen Schluckern fernhalten, die ihm, wie er sagte, die Geschichten erzählten, die der Stoff für seine Tangos waren. Wenn ich mich abends hinlegte, um auszuruhen, kamen sie schon an, aus weiß der Himmel welchen Vorstadtvierteln. Und wie dreist sie mich anschauten, wenn ich dann loszog, ich, die Königin eines Luxuscabarets, in das man sie niemals hereingelassen hätte! Sie können sich vorstellen, wie es aussah, wenn ich in der Frühe zurückkam. Ein dampfender Spieß mit Wurstresten auf dem Ofen im Wohnzimmer, Rotweinflecken an den Wänden, auf dem Parkett Kippen und Brandflecken, die Grammophonnadel seit Stunden in derselben Rille einer Platte von Rosita oder Ada Falcón … Klar, dass das mir galt, und mit voller Absicht! Und er immer betrunkener, wo er genau wusste, dass irgendein Leloir oder Anchorena mir wieder ein Auto oder einen Brillanten versprochen hatte, wenn ich mit ihm ins Bett ging, und wo diese Armleuchter ihm einredeten, wenn er nicht bald reich wäre, würde ich irgendwann nicht mehr wiederkommen und ihn verlassen! Na ja, Enrique hat mich weiter verehrt, stimmt schon, aber wenn ich ihn ins Bett brachte, war er jedes Mal aufgewühlter, er sehnte sich nach Armando und fürchtete, dass die Prophezeiungen dieser Kerle sich erfüllten.«

Auf einmal gab sie nach in ihrem Kampf gegen die Gespenster ihrer Feinde und trank einen Schluck, und wie angesteckt von der gespannten Ruhe der anderen, fuhr sie fort. »Um vier Uhr nachmittags, pünktlich wie ein Anwärter auf den Posten eines Orchesterleiters, stand Maestro Di Sarli vor der Tür, und ich kam nur mit Mühe auf die Beine und probte dann bei dem Wandklavier, das ich dank dem Verkauf meines Buicks angeschafft hatte, die Tangos, die nach und nach die Couplets in meinem Repertoire ersetzten. Nicht sehr erfolgreich, um die Wahrheit zu sagen. Ich musste nur eine einzige Strophe singen, eine einfache Phrase, schon sprang Enrique aus dem Bett, triefäugig und im Schlafanzug, und protestierte. Mit dem Text hatte ich immer meine Probleme, ich verstand manche Wörter nicht, es war schwer, mich in seine Welt einzufühlen, aber vor allem hatte ich es mit dem Tempo. Und fast jedes Mal, wenn ich wieder mit einer meiner Verzögerungen Di Sarli zur Verzweiflung gebracht hatte, bestürmte Discépolo mich mit Fragen: Warum hatte ich vor oder nach diesem oder jenem Wort eine Pause gemacht? ›Wenn du singst: *Mit mir allein will ich sterben, ohne Beichte und ohne Gott*‹, sagte er mir zum Beispiel, ›warum machst du da eine Pause bei dem *und* …?‹ Meine Güte, was hätte ich alles weder Gott noch sonst wem nicht gebeichtet! Solche Sachen, das schwöre ich Ihnen. Ich schämte mich natürlich, aber gar nicht mal, weil er mich in Anwesenheit von Di Sarli derart vorführte, sondern weil ich die Beherrschung verloren hatte. Und alles in mir zitterte, das können Sie mir glauben, denn ich wusste, wenn wir weiter zusammen komponierten, würde ich ihm irgendwann von Lissabon erzählen müssen.«

Mit einer vagen Handbewegung deutete Tania auf ihre Umgebung, und der Maestro dachte, dass sie eigentlich viel weniger ein Flüchtling als vielmehr eine Bewohnerin dieser Stadt war, und wenn sie kaum auf die anderen achtete, dann weil sie sie schon kannte, weil sie sich im Laufe der Jahre an die Wanderschaft gewöhnt hatte.

»Maestro Di Sarli war das Ganze unangenehm, und er protestierte: ›Beim Kompositionsunterricht mögen Sie das Sagen haben, aber hier bin ich der Lehrer. Ein Fehler ist ein Fehler, er wird korrigiert und fertig, ja?‹ Und Enrique darauf: ›Jetzt seien Sie bitte nicht unhöflich, die Dame ist nicht dumm, sie ist Ausländerin‹, und dann machte er weiter mit seinem Verhör, bis Di Sarli die Nase voll hatte oder sich schämte für das, was er dabei zu hören bekam, und sich empfahl. Dann waren wir wieder allein und stritten, bis seine Freunde kamen und ich ins Bett ging, und ich fühlte mich seiner Macht immer mehr ausgeliefert, meinem Geheimnis immer näher. Aber am nächsten Tag kam Discépolo gleich an und meinte, meine ›Verzögerung von gestern‹ oder etwas in der Art habe ihn zum Nachdenken gebracht, und schon saß er am Klavier. ›Ich habe mir vorgestellt‹, sagte er einmal, ›du könntest die Geschichte einer Frau singen, die mir ein Freund erzählt hat, du könntest diese Frau sein, verstehst du? Die sich gegen Gott auflehnt. Vielleicht wird es mein Meisterwerk!‹ Darauf begannen wir mit *Im Sturm*, für mich ist es sein größtes gesellschaftskritisches Lied, viel mehr als *Cambalache*. Und Sie glauben immer noch, es wären die anderen gewesen, die ihm seine Tangos diktierten? Nein, Maestro«, sagte Tania, und aus ihrer Stimme klang die Kränkung des vergeblichen Stolzes. »Mir ist es erst später klargeworden, aber Enrique hatte das nur gesagt, damit er mir nicht danken musste, denn Dankbarkeit macht einen zum Sklaven. Sie, die anderen, waren arme Leute, die die altbekannten Geschichten erzählten, als wären sie neu, und dabei kamen sie sich vor wie Heilige, diese Neunmalklugen mit ihren Vorurteilen. Machte das was, dass ich noch nie einen Fuß in ihre Viertel gesetzt hatte? Ich war von einem Rand der Welt zurückgekehrt, zu dem sie wohl gerne aufgebrochen wären, aber sie hatten Angst!«

Erneut klopfte es an der Tür, diesmal aber so heftig, dass die Leute, die sich an sie gelehnt hatten, zur Seite traten, und Tania musste sich zwingen innezuhalten. Die Abordnung konnte es nicht sein, dann wäre es das abgesprochene Klopfzeichen gewesen. Und während sich die Kinder an die Beine ihrer Eltern klammerten und die Italienerin wieder nach hinten zu flüchten versuchte und von ihren Verwandten zurückgehalten wurde, bis sie in Tränen ausbrach und der alte Prophet sein *du calme!* rief, kam die Wirtin nach vorne gelaufen, »Wer ist da?«, mit einer so selbstsicheren Stimme, dass die wenigen, die vor Müdigkeit eingenickt waren, aufwachten und auch Tania nun noch leiser sprach.

»*Sie* waren es, die anfingen, unsere Tangos mitzunehmen«, grummelte Tania. »Wenn jemand in ihren Vierteln sie fragte, woher sie die Lieder hätten, sagten sie wahrscheinlich ›von dem Spieß, auf dem das Herz der Hure und des Dichters bluten‹ ...«

»Geschlossen!«, rief die Wirtin und pflanzte sich direkt vor der Tür auf. Doch von der Straße war keine Stimme zu hören, nur erneutes Klopfen, wie eine Aufforderung, dass jemand herauskomme und sich verantwortlich zeige. Bis nach einer Minute, als die Flüchtlinge sich beratschlagt und dazu durchgerungen hatten, die Wirtin um das Öffnen der Tür zu bitten, eine Frauenstimme erklang: »Teresa!«, stolz, ganz kurz, noch im Zweifel, ob es zweckmäßig wäre, den eigenen Namen zu verraten, worauf die Wirtin, die der Maestro bisher mit niemandem hatte Mitleid haben sehen, fast auf die Knie niederfiel, das Vorhängeschloss öffnete und die Kette abzog: »Bitte, Senhora, bitte warten Sie einen kleinen Augenblick«, als käme diese Teresa, um sie zu retten. »Ja, gewiss doch, für Sie ist natürlich geöffnet ...«

»Die Besitzerin«, schloss Tania und überspielte ihre Unruhe mit bitterer Ironie, wie um zu sagen, dass die Nacht für sie keine Geheimnisse mehr bereithielt. Doch kaum hatte die Wirtin einen Türflügel aufgerissen, kamen zwei, drei, vier Männer ins Lokal, akkurat gekleidet wie Bauern auf der Kindstaufe, in den Armen die in Hüllen steckenden, aber unverkennbaren portugiesischen Gitarren. »Fadospieler«, bemerkte der Maestro, und als diese im stillen Dämmerlicht all die Menschen erblickten, die sie ihrerseits verblüfft anschauten, nahmen sie ihre Mützen und Hüte ab und blieben reglos stehen, unschlüssig, als hätten sie sich vom Weltgeschehen in einen Hinterhalt locken lassen.

»Boa noite«, sagten sie wohl, die Bewegung ihrer Lippen legte diesen Gruß nahe, doch an das Ohr des Maestros drang kein Wort.

Hinter ihnen kam schließlich eine blonde Frau herein, die sie anzutreiben schien, stolz und höchst elegant mit Pelzmantel und Hut, eine Garderobe, die selbst Tanias luxuriöses Kleid überstrahlte, begleitet von einem jungen Mann im Smoking, den die Wirtin mit »der Herr Graf!« begrüßte, auch wenn der, vermutete der Maestro, womöglich bloß ein Leibwächter war. Die Wirtin entschuldigte sich, dass sie nicht eher geöffnet habe, und deutete wie zur Erklärung auf die vielen Menschen, die mit den Schatten verschmolzen. »Eine schreckliche Nacht, wohl wahr«, pflichtete die Senhora Teresa bei, sichtlich verärgert, dass nicht einmal hier die Dinge waren, wie es sich gehörte. »Man hat uns aus dem Adega Mesquita gescheucht, es gab eine Bombendrohung«, erklärte der angebliche Graf, »und jetzt suchen wir seit Stunden nach einem Ort, wo wir unseren Freunden zuhören können.« »Aber bitte sehr, das können Sie doch hier!«, bot die Wirtin eilfertig an, »wir wünschen uns nichts lieber«, und darauf lud sie die beiden an die Theke ein, auf einen Whisky, von dem sie niemandem gesagt hatte, dass es welchen gebe. Die Frau und der Graf folgten der Einladung ohne ein Wort des Dankes und ließen die Musiker verdutzt im Gastraum stehen; bis einer von ihnen die Wirtin fragte, ob sie nichts dagegen hätte, wenn sie ihre Instrumente auspackten, worauf sie in herrischem Ton antwortete: natürlich nicht!, oder hatten sie nicht gehört? Und während der Kellner wieder das Schloss vor die Eingangstür hängte, sagte sich Tania, dass dies alles sie nichts anging, außerdem würde sowieso vorerst niemand singen, und so strich sie dem Maestro über die Hand und fuhr fort:

»Es erstaunt mich nicht, dass Sie nichts davon wussten. Dass wir zusammen sind, meine ich, Discépolo und ich.« Der Maestro sah sie verwundert an, denn aus irgendeinem Grund hatte diese Teresa ihn alles vergessen lassen, selbst seine eigene Tragödie. Wer war die Frau bloß? »Eine Zeitlang haben wir uns nicht getraut, uns zusammen blicken zu lassen, wissen Sie? Wir haben es uns nicht eingestanden, aber ich weiß, dass es so war. Er schämte sich für mich und ich mich für ihn. Bis eines Abends – Gardel war da schon seit mehreren Jahren aus dem Spiel, und die Produzenten hatten kapiert, dass solche Gewinne nur mit Künstlern zu erzielen waren, die die ›kreolische Drossel‹ nicht nachahmten –, bis eines Abends Don Jaime Yanquelevich zu uns stieß, bei einem Abendessen zu Ehren von Gómez de la Serna im Tropezón, als wir uns gerade darüber stritten, welches Lied von Enrique am besten zu diesem Anlass passen würde. Am nächsten Tag rief er uns heimlich an und schlug vor, im Radio Belgrano eine Sendung zu machen, ›wie es sie im argentinischen Radio noch nicht gegeben hat‹. O ja, ein echter Löwe, Don Jaime!«, sagte Tania, und der Maestro dachte, dass diese Teresa wahrscheinlich ebenfalls eine Art Regisseur oder Musikagent war, deshalb war sie, obwohl eine Frau, als Letzte ins Lokal gekommen. »Und nicht weil Don Jaime Jude gewesen wäre, ja? Aber wer alle Lieder einer Stadt gehört hat, der kennt ihre Geheimnisse ... Enrique, erklärte uns Don Jaime, würde diesen hilflosen, zerknitterten Discepolín spielen, der er gewesen war, als er mich kennenlernte, ›und den die Leute lieben, weil sie spüren, dass einer wie er, der sich an Verbotenes herantraut, am Ende leidet, verstehen Sie?‹. Nein, zur Abwechslung verstand ich gar nichts, und er ging zum Praktischen über: Enrique sollte mit der Unbekümmertheit eines Jungspunds, der Eloquenz eines Schauspielers und der Tiefe eines Dichters die Geschichten ›dieser Freunde von Ihnen‹ präsentieren; ich würde dann die Lieder singen, die in Wirklichkeit unserer eigenen Geschichte entsprungen waren.«

Die Fadospieler begannen ihre Instrumente zu stimmen, erleichtert darüber, so den Blicken der Flüchtlinge ausweichen zu können, die sie um etwas zu bitten schienen; und kaum hatten sie ein erstes Arpeggio gespielt, kam eins der Kinder herbeigerannt und rief seine kleine Schwester hinzu, worauf auch Tania unwillkürlich den Kopf wandte und zuhörte.

»Sie haben mich seit damals nicht mehr gehört, nicht wahr?«, fuhr sie fort, und der Maestro schüttelte den Kopf: Nein, Tango erinnerte ihn zu sehr an damals und an Mr Kendal, als dass er es hätte ertragen können, selbst jetzt schnürte ihm die Erinnerung noch die Kehle zu. »Na ja, um ehrlich zu sein, ich bin heute viel besser, zumindest sagt man das. Mit dem Tango waren meine tiefen Töne viel voller geworden, ohne dass ich bei den hohen Tönen diese Ungezwungenheit eingebüßt hätte, die man an meinen Couplets immer gelobt hat. Und klar, ich war auch nicht mehr so dumm. Und wie bei den Liedern, die die Mütter den Kindern zum Einschlafen singen und mit denen sie ihnen eine Traurigkeit einflößen, die sie ihnen niemals erklären würden, gab ich – und mein Talent für alles Doppeldeutige half mir dabei – den Leuten ein Ahnung davon, dass die *wahre* Geschichte eine *andere* war. Aber unser Erfolg, wissen Sie?, der lag in diesem Geheimnis, wie das eine auf das andere folgte, lag in dem, was Don Jaime an jenem Abend im Tropezón erkannt hatte. Es war die Stille zwischen dem, was Enrique von sich selbst hatte erzählen können, und dem, was meine Stimme von ihm erzählte; und vor allem waren es die unerwarteten Pausen, mit denen ich das Orchester zum Verstummen brachte, eine Todesstille, die, wie es schien, den ganzen Planeten erstarren ließ; die den Spalt auf eine andere Welt öffnete, von der eine fürchterliche Kälte hereindrang. Und alle erkannten sich darin, verstehen Sie? Denn es war noch nicht lange her, dass ihr Leid ein Ende hatte. Und das heimliche Herz von Buenos Aires, das niemand verstand, aufgespießt von der Hure und dem Dichter, es blutete!«

Tania blickte auf einmal so interessiert zu den Musikern, als wollte sie selbst gleich singen, vielleicht um ein für alle Mal und in Sekundenschnelle zu zeigen, was zu erzählen sie so viel Überwindung kostete.

»Wie auch immer, wir hatten kaum zwei oder drei Sendungen gemacht, da boten die wichtigsten Sponsoren des Landes schon Unsummen, um in unserem Programm zu werben, und die Odeón bot uns an, alle unsere Stücke aufzunehmen. Außerdem bekamen wir noch aus den letzten Käffern in Argentinien Angebote zu Auftritten. Don Jaime hatte uns von Anfang an klargemacht, wir sollten uns vor den Blicken des Publikums verbergen, vor allem ich – damals fing ich an, den Schleier zu tragen und zu Hause zu bleiben, nicht einmal im Cabaret trat ich irgendwann noch auf; wirklich unglaublich, aber in diesen Tagen, als das Land glaubte, in mir das verruchte Tangoweib zu sehen, ging ich kaum noch auf die Straße, tat keinen Schritt aus dem Schatten meines Mannes heraus –, und jetzt verbot er uns rundweg, überhaupt noch einen Auftritt anzunehmen, zumindest so lange, wie unser ›Mysterium‹ nicht unerträglich würde. Aber egal, damals jedenfalls begrub Tania Madame Mexican, die es nur noch in meiner Erinnerung gab, in einer Erinnerung, die an jenes Geheimnis von Lissabon gebunden war.«

»Willst du anfangen, Maria?«, hatte einer der Gitarristen einen Mitspieler gefragt, der sich, mit kurzgeschnittenem Haar, Jackett und Hose, als Frau herausstellte; doch Maria drehte sich um und schaute zur Theke, wo »die Grafen«, über ihren Whisky gebeugt, nichts anderes im Sinn zu haben schienen, als sich von ihrer Odyssee auszuruhen, und sie zuckte nur mit den Schultern.

»Vielleicht tatsächlich nur die Besitzer«, sagte Tania, die in dem Interesse des Maestros für die beiden etwas registrierte, was ihr vielleicht nützlich sein konnte. »Egal, sie ist bestimmt seine Geliebte, daher die Zurückhaltung.«

Der Maestro meinte, nein, die Besitzer könnten es nicht sein, die Unterwürfigkeit der Wirtin spreche dagegen, so empfange eine Frau vom Lande einen Adligen bei sich zu Hause, und auch wenn er dachte, dass es bestimmt irgendwelche Mäzene waren, traute er sich nicht, es zu sagen, aus Angst, Tania könnte sie für nützlicher halten und ihn verlassen. Ja, Tania war so eine.

»Ach Lissabon, Lissabon«, fuhr sie nachdenklich fort, und der Maestro begriff, dass sie nicht nur die Menschen hier in der Cova meinte, sondern auch dieses Geheimnis der Madame Mexican, das sie sich nie getraut hatte Discépolo zu gestehen. »Ich hatte eine solche Angst, Enrique von Lissabon zu erzählen! Als wir dann eine zweite Serie für das Radio aufnahmen, hatte er mir schon lange nicht mehr vorgeschlagen, uns an einen neuen Tango zu machen, als wäre das, was ich ihm mit meinem Schweigen immer wieder zu verstehen gab, viel zu viel, um es ertragen zu können. Und im Grunde spürten wir schon, dass es der Anfang vom Ende war. Bis eines Tages Maurice Chevalier uns im Studio von Radio El Mundo sagte, wir wären doch dumm, wenn wir nicht auf den Spuren wandelten, die Gardel jenseits des großen Teiches hinterlassen hatte, und wir ließen uns mitreißen von diesem Traum wie vom schönsten aller Lieder, denn die Hauptdarsteller, die wären diesmal wir selbst! Enrique traute sich nicht, Don Jaime davon zu erzählen, immerhin hatte der mehr in uns investiert, als wir ihm bisher eingebracht hatten, aber als großer Freund von Geduldspielen besorgte er schließlich ein riesiges Puzzle mit einer Landkarte von Europa, schüttete die Teile auf unser großes Doppelbett – sonst hatten wir nirgendwo so viel Platz,

Wochen und Monate musste ich auf dem Sofa schlafen und er in der Badewanne, aber das war uns egal –, und zwischen den einzelnen Sendungen und den Aufnahmen der Schallplatten, die sich zu Hunderttausenden verkauften, zupfte er Teilchen für Teilchen aus dem Haufen und rief: Paris! Málaga! Neapel! Porto! Und nachdem er sie eingefügt hatte, notierte ich in einem Heft, auf das wir *Europa* geschrieben hatten, den jeweiligen Namen der Stadt und erzählte ihm dazu die eine oder andere alte Geschichte, fast alle von Tourneen mit armen Schauspielern, halbseidenen Sängerinnen und abgerissenen Musikern, Geschichten, für die ich mich jetzt rächen würde. Und statt sich einen Tango auszudenken, telegrafierte er gleich am nächsten Tag einem Agenten in Paris wegen eines Auftritts in diesen Städten. Stellen Sie sich vor, überall sagte man uns zu! Es muss ziemlich am Schluss gewesen sein«, sagte Tania, und jetzt klang sie wieder sehr traurig, »als Enrique ›Lissabon!‹ rief, und mir wurde ganz anders.«

Der Maestro schaute sie an und dachte, dass sie auch damals, als sie das Puzzle sah, ein solch trauriges Gesicht gemacht haben musste.

»Aber wer will noch daran denken, wie er gestorben ist, wenn er am Tor des Paradieses steht? Ich sagte nichts von meinem Geheimnis, ich erzählte ihm nur vom Himmel, vom Himmel über Lissabon und von dieser Legende, die ich so gut kannte wie jedes Mädchen der Nacht. Und eines Nachmittags, als wir gerade wieder über dem Puzzle sitzen, kommt Don Jaime hereingeschneit und sagt uns, wenn wir die Möglichkeit hätten und er es nicht bezahlen müsste, dann sollten wir doch so bald wie möglich auf Reisen gehen, nur so könnten wir unsere Bekanntheit noch steigern – wo Europa für einen Argentinier alles bedeutete, Europa! Er hatte recht. Europa war für mich der Ort der wahren Aristokratie, der vornehmen Herrschaften, deren Bewunderung, und das sage ich ganz deutlich, mir nur dieser Mexican mit seinem Mittelmaß und seiner Eifersucht verwehrt hatte. Für Enrique aber war Europa der Ort aller Mysterien: das Ufer, von dem sein Vater die Traurigkeit mitgebracht hatte und ich jenes letzte Mysterium, das herauszufinden er sich nicht traute und das ich ihm nicht erzählen konnte. Auf dem Foto von der Abreise, das die *Revista Multicolor* auf dem Titel brachte, winken wir beide vom Deck der Excambion – es war dasselbe Schiff, auf dem ich Jahre zuvor in einem stickigen Schlafsaal der dritten Klasse nach Argentinien gekommen war –, so als spielten unsere Körper bereits die Komödie, die wir uns in unserem Heft schon ausgemalt hatten und deren Ende, das schwöre ich Ihnen, wir niemals vorausgesehen hätten.«

Unwillkürlich, und es hatte etwas unschuldig Egoistisches, schaute Tania zu der maskulinen Sängerin, die angesichts der Gleichgültigkeit der Senhora Teresa einen Ton ausprobierte, in dem sie mit den Männern zu zweit oder zu dritt singen konnte. Du singst falsch, Mädchen, schien Tania ihr zu bedeuten, doch dann sagte sie, mit säuerlicher Miene: »Wissen Sie, dass es heißt, die Erfolge von Gardel in Paris seien gar nicht so berauschend gewesen, wie man immer sagt?« Der Maestro nickte: Er selbst war einer derjenigen gewesen, die diesen Erfolg am meisten aufgebauscht hatten, einen Erfolg, der aus der kleinen Ecke der von Argentiniern besuchten Lokale nicht herausgekommen war, einem sehr viel einfacheren Ambiente als die großen Theater. »Aber um gegen Enrique zu bestehen, musste Josephine Baker schon einen Leoparden auf die Bühne bringen... Und da der Verband der französischen Varietétheater ausländische Künstler nicht mehr zwang, landestypische Kleidung zu tragen, trat Enrique jetzt nicht mehr als Gaucho auf und auch nicht als Stenz, sondern im Smoking, und er sprach, wie Gardel es sicher gerne getan hätte, nämlich wie ein echter Conférencier, das hatte er von mir, und auf Spanisch, denn er ist ein so wunderbarer Schauspieler, dass der Dolmetscher von der Botschaft völlig überflüssig war! Und dann kam ich, in diesem Modell von Madeleine Vionnet hier, das wir extra bestellt hatten, und ich sang mit einer Hingabe, einem Feingefühl und einem Wissen, dass ein Europäer gleich an Südamerika denken musste. Enrique, der wirklich eine unglaubliche Intuition haben kann, hatte mir gesagt, ich solle nicht so tun, als wäre ich die Hauptperson des jeweiligen Tangos, sondern eine ›Madame‹, die von den Geschichten im Bordell gehört hat und sie jetzt dem französischen Publikum erzählt, wobei sie alle ein wenig verachtet. Sie können es sich nicht vorstellen, Maestro, aber in diesen kleinen Momenten der Stille lag etwas in der Luft, das niemand anzunehmen schien, ohne auf der Stelle aus Europa flüchten zu wollen. *Allons à Buenos Aires!* war die Schlagzeile einer Besprechung von Lucienne Boyer in einer Bühnenzeitschrift – ich nehme an, für sie war ich, was die Maizani für mich gewesen war. ›Nichts wie weg hier‹, übersetzte mir Enrique. Glaubten diese Einfaltspinsel wirklich, in Buenos Aires wären alle so wie wir? Und dass man in Amerika immer noch genießen konnte, was man aus Europa hinauswarf?«

Ein kurzes Klatschen des Grafen beendete die Probe der Musiker. Die Gräfin trank ihren Whisky aus, nahm ein Notizbüchlein aus ihrer Handtasche, setzte die Brille auf und rief mit gezücktem Stift: »Am besten diktieren Sie mir erst einmal Ihre Namen. Und bitte keine Umstände, Sie können sie mir zurufen, und dann singen Sie.« Worauf die vier riefen: »De Almeida, Mauricio«, »Pereirinha, Hélia« . . . , als würden sie sich ausziehen oder einer etwas pflichtvergessenen Polizistin intime Dinge erzählen. Mein Gott, sagte sich der Maestro, was sollte das?

»Nach Italien sind wir nur in Urlaub gefahren, zwei Jahre später als vorgesehen«, fuhr Tania fort, ein wenig erhitzt von dem Wein, »ohne dass wir aus Paris groß herausgekommen wären und ohne einen einzigen Auftritt in einem der Theater aus unserer ›Lotterie‹. Sie können sich vorstellen, wie Enrique mir in Neapel damit auf die Nerven ging, dass der Tango auch von der *canzonetta* kam und dass er, schließlich stammte er selbst von einem Neapolitaner ab, vielleicht auch mal in einem anderen Genre komponieren sollte, ›denn ich weiß nicht, ob du es gemerkt hast, aber seit ich von den Jungs so weit weg bin, fällt mir kein Tango mehr für dich ein‹. Viel wichtiger aber ist etwas anderes, Maestro: In Neapel sprachen wir zum ersten Mal davon, ein Schmuckstück zu kaufen«, worauf Tania die Stimme senkte, als könnten all die Leute ringsum sie hören, und indem sie das kleine schwarze Täschchen auf den Tisch legte, beugte sie sich zum Maestro vor, »ein Schmuckstück, um mein Geld anzulegen, in einem einzigen Juwel. Den Banken habe ich noch nie vertraut, und da man schon von Krieg sprach, dachten wir, es wäre besser, all das, was wir in diesen Jahren verdient hatten, fröhlich um den Hals zu tragen. ›Aber‹, sagte ich zu ihm, ich war mir nämlich erst unschlüssig, Sie wissen ja, für Frauen wie mich ist es nicht einfach, sich für ein einzelnes Schmuckstück zu entscheiden, ›da sollte ich mich vielleicht lieber in Rom umsehen oder in Madrid.‹ Darauf er: ›Was hältst du dann von einem Stein in derselben Farbe wie die Ampulle mit dem Blut des San Gennaro?‹ In der Kirche hatten wir dieses Blutwunder gesehen, selbst so viele Jahre nach dem Tod hatte sich das Blut noch verflüssigt. Aber wie auch immer, in Neapel gab es tatsächlich keinen renommierten Juwelier, und Don Jaime mahnte uns schon, so bald wie möglich nach Buenos Aires zurückzukehren, weil die Menschen uns sonst vergaßen. Unser Pariser Agent besorgte uns eine Passage auf einem Schiff, das von Lissabon auslief, kurz nach einem letzten Auftritt in Madrid, und allein der Gedanke, nach Lissabon zurückzukehren, machte mich unendlich traurig. Aber nach Spanien zu fahren in diesen Jahren, 1934, 1935, nach Spanien!«

Die Musiker hatten wieder ihre Gitarren genommen und warteten nur auf einen Hinweis von Teresa, die mit dem lächelnden Herrn Grafen irgendwelche Pläne besprach. Tania sah, dass ihr Glas leer war, und schaute zur Wirtin, doch die stand nur mit geschwellter Brust da und freute sich sichtlich, nicht nur, dass all das in ihrem Lokal geschah, sondern dass die Sänger *ihre* Leute waren, Stammgäste der Cova do Galo, ihr selbst so ähnlich und so anders als die Ausländer. Nicht ein einziges Mal blickte sie zum Tisch hinüber, und Tania mochte nicht länger warten.

»Auf dem Empfang des argentinischen Konsuls in Barcelona treffe ich auf einmal meine Schwester, die mich gedrängt hatte, mir ein Pseudonym zuzulegen, es könnte sonst ihrer Karriere als Opernsängerin schaden, und auch Raquel Meller war dort, die hatte mich 1915 bei einem Vorsingen abgelehnt, wo ich *Ven y ven* gesungen hatte, mit Mexican an der Gitarre. Aber jetzt brauchte sie mich nur *Secreto* singen zu hören, und ihr kamen die Tränen! Als wir nach Valencia kamen, hat mir meine Mutter schließlich verziehen und uns nach der Vorstellung zum Essen eingeladen. Ich war einverstanden und freute mich schon auf eine kleine Revanche, doch Enrique stürzte sich auf die Familie wie ein Waisenkind, das er im Grunde ja auch war, und dann wollten sie uns sogar auf der Tournee begleiten. Ich erinnere mich noch an meinen kleinen Neffen Luis, bei dem Festessen, das García Lorca nach einer Vorstellung von *Das Leben ist Traum* mit seinem Theater La Barraca für uns gab, und da stand er dann, inmitten der noch kostümierten Schauspieler, und lächelte selig, als hätten diese Verwandten aus Amerika ihn eingeladen, durch ein Märchenbuch zu reisen! Wir sind dann weiter nach Marokko gefahren, und während ein Scheich mir die Ehre erwies, ihn dabei beobachten zu dürfen, wie er von seinen sieben Frauen bedient wurde, ging Enrique mit meiner Mutter durch den Souk von Tanger spazieren, und da hört er auf einmal aus einer kleinen Drehorgel die Melodie von *Yira yira*! ›Ist das nicht unglaublich?‹, sagte er verblüfft zu mir, als ich ins Hotel zurückkam, mit einer Sehnsucht nach eigenen vier Wänden, als käme ich von einer Beerdigung. ›Wir sind Teil der Welt! Womit wir das wohl einmal werden bezahlen müssen ... Apropos: Hast du an deinen Schmuck gedacht?‹ Allein bei dem Gedanken verging mir der Appetit. Wir überquerten wieder die Meerenge, und während wir im Zug nach Madrid saßen und er in die triste Landschaft schaute, die an uns vorüberglitt, fragte er: ›Woher wohl der Fado kommt?‹, denn in Gibraltar hatte er sich in Maria verguckt, eine Fadosängerin aus Faro. ›Aus diesem Himmel, von dem die Legende spricht, die du mir erzählt hast?‹« Tanias Augen wurden glasig, ausgerechnet, wo sie sich noch gebrüstet hatte, niemals zu weinen, und sie konnte kaum weitersprechen. »In Madrid hat mir die ganze Regierung vom Parkett aus applaudiert. Und wo ich jetzt darüber nachdenke, schon seltsam, aber als der Regierungschef Casares mit seiner kleinen Tochter auf die Bühne kam, um mich zu beglückwünschen, da wusste ich schon, alle wussten es, dass man mir applaudierte, weil ich die Einzige auf dem Fest war, die heil davonkommen würde. ›Deshalb ist unsere Kleine auch im Herzen Monarchistin geblieben‹, sagte Miguel de Molina zu mir, den ich aus meiner Zeit in Granada kannte, heute ein berühmter Tänzer und Sänger. ›Du wirst noch mal die Königin der Republik!‹« Und dann fragte sie plötzlich: »Glauben Sie an die Wiedergeburt?«

Der Maestro nickte, wenn auch ein wenig vorsichtig, wie immer, wenn es um Spiritismus ging. Tania seufzte erleichtert.

»Aber was ich sagen wollte«, fuhr sie fort und verzog das

Gesicht, weil die Musiker nun lauthals darüber stritten, was sie singen sollten und in welcher Tonart,»kaum hatte Miguel die Garderobe verlassen, ging das Licht aus. Oder vielleicht sollte ich besser sagen, plötzlich war es dunkel, verstehen Sie? Ich glaubte nicht an einen Dieb oder etwas Übernatürliches, aber auch nicht an etwas so Banales wie einen Stromausfall. Ich saß nur stumm da und konnte mich nicht bewegen. Denn in der Dunkelheit erkannte ich seine Anwesenheit. ›Wer bist du?‹, fragte ich, auch wenn ich es gar nicht wollte, aber dann erscholl ein Lachen, mein neuer argentinischer Akzent schien ihn zu amüsieren, und ich erkannte nicht nur ihn, sondern vor meinen Augen erstand wieder die Szene, die ich undeutlich gesehen hatte, als wir *Secreto* komponierten, die Szene, die jedes Mal, wenn wir mit einem neuen Lied begannen, näher auf mich zuzukommen schien.«

Mit einem weiteren Schluck versuchte Tania die Verwirrung hinunterzuspülen, in welche die Erinnerung sie noch heute stürzte, eine so heftige Verstörung, dass sie kurz davor schien, ihre Erzählung abzubrechen. »Ich schwöre Ihnen, als das Licht wieder anging, musste ich mich sehr zusammenreißen, um aus der Situation herauszukommen, fast so wie damals, hier in Lissabon. Als ich am Künstlereingang dann Enrique wiedertraf, war ihm anzusehen, dass er gemerkt hatte, dass mir etwas Fürchterliches passiert war, auch wenn er kein Wort sagte. Ich sagte auch nichts, aber er wusste, da bin ich sicher, dass ich in gewisser Weise wieder zu der geworden war, die er nie kennengelernt hatte. Ich wollte Spanien so schnell wie möglich verlassen – diesem Mann war es verboten, außer Landes zu gehen, jede Wette, auch wenn mir niemand garantieren konnte, dass er sich nicht genau wie ich eine neue Identität zugelegt hatte, einen neuen Pass –, und um Enrique davon zu überzeugen, versuchte ich, durch die Vermittlung von Imperio Argentina, die ich in Österreich kennengelernt hatte und die sich hier in Cascais, ganz in der Nähe des Höllenschlunds, niedergelassen hatte, den Kauf eines Schmuckstücks in die Wege zu leiten. Sie schickte mir einen Katalog, per Boten mit dem Zug aus Lissabon, und ich wählte einen Collier-Anhänger mit Rubinen. ›Heiligenblut an meinem Hals!‹, sagte ich zu Enrique, und ich dachte, er wäre begeistert. Aber er wollte nichts davon wissen, er war bereits in einer Traurigkeit versunken, die ihn bis heute nicht loslässt. Und während wir die Koffer packten, brachte uns der Portier auch noch die Nachricht, dass Carlitos Gardel gestorben war. Discépolo war immer sehr eifersüchtig auf ihn gewesen, doch wie ein Todeskandidat schien er jetzt in allen Dingen auf der Welt nur ein Zeichen von etwas zu sehen, das er nicht verstand. ›Das ist, als wenn die Eltern sterben‹, stammelte er, während ich mich ans Steuer des Wagens setzte und im Rückspiegel darauf achtete, dass außer den Leuten aus unserer Begleitung niemand folgte. ›Jetzt sind wir die Nächsten.‹ Dann fuhren wir los in Richtung Grenze, und was ein Triumphzug hätte sein sollen, wurde zu einem Trauerzug.«

3

»Dann also: *a desgarrada*!«, hatte die Gräfin gerufen und dabei ihr Notizbüchlein zugeschlagen. Die Fadospieler formierten sich sogleich, und auch wenn der Vorschlag bedeutete, dass jetzt um die Wette gesungen wurde und es einen Gewinner geben musste, fügten sie sich und folgten dem Ritual. Und während die Gitarren durch eine Art wilder Fuge rasten, sah der Maestro, wie sich die vier Musiker anblickten, als zögen sie sich gegenseitig hinein in diese Stimmung von vorzeiten, eine Atmosphäre des Streits, in der die Musik zum Leben erwachte.

»Desgarrada?«, fragte Tania leicht verdrossen, sie dachte jetzt nur an ihre Geschichte und schien eifersüchtig darauf zu sein, dass der Maestro sich ablenken ließ. »Das ist so eine Art Payada«, erklärte der Maestro, »wie bei den Gauchos.« Plötzlich warf die Frau in Männerkleidung den Kopf zurück, um den Schrei tief aus ihrer Kehle erklingen zu lassen, und rief aus: »*Das Schicksal ist eine gerade Linie, mit dem ersten Strich gezogen, so wie man zur Welt kommt als Dichter, so wird man zum Fado geboren ...*« Die Flüchtlinge trauten sich nicht zu applaudieren, und ernst, aber zufrieden, entbot die Sängerin einen Gruß, wobei sie ihr Gesicht vor Senhora Teresa verbarg, vor der sie sich offenbar fürchtete. Nach einer kurzen Überleitung, die wie die Verdichtung einer einzigen Phrase war, antwortete ihr ein alter Seemann, zumindest deuteten die Schirmmütze und das sonnengegerbte Gesicht darauf hin: »*Der Fado ist ein sechster Sinn, den nur die Portugiesen kennen, wer ihn einmal hat gesungen, der hat ihn schon gelernt ...*« Diesmal forderte der Graf persönlich zum Applaus auf, und eingeschüchtert durch die große Aufmerksamkeit und die unerschütterliche Haltung Teresas, sang ein dritter Fadospieler, ein junger Mann von etwa zwanzig Jahren: »*Armsein ist kein Unglück, kein Unglück, verrückt zu sein, nur wer den Fado im Herzen ...*«, doch dann verließen ihn die Nerven, und er musste husten. Die Musiker schauten sich verwirrt an, selbst Teresa sagte »schon gut«, sie habe »schon eine Vorstellung«, und mit einem Blick in ihr Notizbuch verkündete sie: »Sie können das Radio wieder anstellen, Senhora.«

»Wir sind bei Badajoz über die Grenze gefahren«, nahm Tania den Faden wieder auf, und auch wenn die Musik sie nicht hatte ablenken können, hatte sie doch ihre ursprüngliche Traurigkeit noch verstärkt. »Es war Vormittag, als wir in Lissabon ankamen, und der Himmel hatte längst nicht mehr die Farbe aus der Legende, die ich Enrique erzählt hatte. Aber glauben Sie mir, nichts mehr konnte mich auf andere Gedanken bringen, nicht das Hotel in Estoril, wo der damalige Konsul uns eine Suite mit Blick aufs Meer reserviert hatte, nicht das Bankett, zu dem er uns dort im Restaurant einlud, nicht die endlosen Verse, die ein gewisser António Botto zum Besten gab, ein schwuler Dichter, den Enrique auf Empfehlung eines gewissen Borges kennengelernt hatte, Redakteur bei der *Crítica*, und der auch in Lissabon lebte, kennen Sie ihn?«, fragte Tania, nur um für einen Moment ihrer eigenen Geschichte zu entfliehen. Der Maestro nickte verärgert: Natürlich kannte er Botto, eine Lissabonner Schwuchtel, die Darío verführt hatte. »Enrique dachte die ganze Zeit nur an mein Geheimnis, da bin ich sicher, an das, was mir in der Garderobe des Teatro Real passiert war, aber er konnte mich nicht danach fragen und gab vor, er interessiere sich nur für den nächtlichen Himmel. Ich selbst musste auch immer wieder an dieses Ungeheuer denken, dem ich in dem Madrider Theater nur um ein Haar entkommen war, so wie Jahre zuvor schon hier in Lissabon.«

Tania stand auf, als würde der Mann noch immer um sie herumschleichen. »Eine halbe Stunde später – der Konsul dachte sicher, wir schliefen schon, aber wir lagen nur still nebeneinander im Bett und hörten auf das wütende Rauschen des Windes, als würde er uns bedrohen –, eine halbe Stunde später klopfte ein Page an die Zimmertür und sagte, vor dem Hotel warte ein Auto auf uns. Es war ein unauffälliger kleiner Wagen, den Monsieur de Gurfein uns schickte und der uns heimlich zu seiner Villa in Cascais bringen sollte. Ach, ich sehe noch, wie Enrique zwischen den dahinrasenden Wolkenbergen nach der Farbe des Himmels spähte! Sehe den Pinienwald vor mir, durch den der Wagen kreuzte wie durch ein Labyrinth, um mögliche Diebe in die Irre zu führen; sehe den majestätischen Eingang, durch den wir in den Park fuhren, um uns herum das Brausen des Windes vom Meer, der alles noch unheimlicher machte; und dann dieses Männlein mit Glatze und Monokel oben auf der Marmortreppe, wie er uns in dem Dunkel zwischen den Bäumen auszumachen versuchte, wie die Leibwächter uns die Autotüren aufhielten und der Mann uns in einen kleinen Raum bat, eine Art Herrenzimmer, wo wir Platz nehmen sollten, bewacht von zwei hübschen Männern, die, nachdem er sich zurückgezogen hatte, links und rechts der Tür reglos stehenblieben. Enrique dankte charmant und aufrichtig für alles, es war Teil der Komödie, die wir an solchen Orten spielten: der Parodie einer Krönung, wie Enrique später sagte. Doch auch wenn ich mich tatsächlich ein wenig als Königin fühlte, konnte ich in allem nur das Vorspiel zu einer Enthauptung sehen, denn der Schmuck, den ich ausgesucht hatte, mein Gott, nein, er war nicht mein Element!«

»*Regardez*«, rief der alte Prophet, und der Maestro und Tania sahen, wie auch die anderen Flüchtlinge sich empört mit den Ellbogen anstießen. Die Wirtin war, während die Musiker noch auf das Urteil der Senhora Teresa warteten, mit einem Korb voll Schnitzelbrötchen zu ihnen gekommen, »eine Aufmerksamkeit des Hauses«, die sie den Emigranten, wie hungrig sie auch waren, nicht für Geld angeboten hätte. Doch niemand fand mehr die Kraft zu protestieren, und die Fadospieler nahmen die Brötchen und aßen sie mit der langsamen Gier von Schafen.

»›Ich habe mir Ihren Auftrag zu Herzen genommen‹, sagte Monsieur de Gurfein. ›Dieser Collier-Anhänger, und jetzt kann ich es Ihnen ja sagen, gehörte der Patti. Welch schöne Vorstellung, sich seinen Schmuck nach dem Bild des Wunders auszuwählen, an das man glaubt! Aber da wir, Sie werden verstehen, in unserem Katalog nicht alle unsere Stücke präsentieren können, möchte ich Ihnen, bevor wir den Handel schließen, gerne noch einen überraschenden Fund zeigen, ein Stück, das ganz Portugal heimlich um den Schlaf bringt und das gewiss niemand so zu schätzen wüsste wie Sie ...‹ Nicht für eine Sekunde wäre mir in den Sinn gekommen, an seinem Kompliment zu zweifeln, dafür verstehen sich Juweliere und Sängerinnen viel zu gut. Er verließ das Zimmer und kam mit einem dieser Rollwägelchen wieder herein, auf denen man in den Patisserien den teetrinkenden Damen ein Stück Torte anbietet. Und oben auf dem Wägelchen, wie auf einer kleinen Bühne, sah ich etwas, das mir zunächst eine Tortenschachtel zu sein schien und dann eine Hutschachtel, und als er mir bedeutete, sie zu öffnen, kam es mir vor wie das seltsamste und exotischste Behältnis, das ich je gesehen hatte: eine Art flacher Zylinder, bespannt mit einem Gobelinstoff, auf dem, wenn auch schon verblasst, das dichte Laubwerk eines Urwalds zu erkennen war. Sie musste unglaublich alt sein, die Schachtel! Und während ich mit meinen manikürten Fingernägeln mit der verrosteten Schnalle kämpfte und schließlich den Deckel anhob und ein unsagbarer Duft herausströmte, der mich schon betörte, ja, wie vom Grund eines Flusses, sagte er nur: ›*Die Nacht von Lissabon.*‹ Und als wäre es dieser Name, der beides geschaffen hätte, den Edelstein und die Nacht, sah ich dort, vor meinen Augen, nicht den bedeutendsten Stein der Welt, nicht einmal den schönsten, sondern den meinen, verstehen Sie? Mein Element! ›Das ist sie, die Farbe des Himmels!‹, flüsterte Enrique wie benommen. ›Die Farbe des Fados!‹ Monsieur de Gurfein lächelte zufrieden. ›Dieses barocke Kleinod‹, erklärte er, ›wird als Brosche dazu gedient haben, den Kragen des Mantels eines Geistlichen zu schließen, vielleicht das Geschenk eines Missionars, der es aus dem Urwald in den Kolonien für seine Vorgesetzten in Europa mitgebracht hat.‹ Das Bemerkenswerteste aber ist der überaus seltene Stein in der Mitte, der dem ganzen Geschmeide den Namen gegeben hat und der ganz bestimmt nicht aus der Umgebung von Lissabon stammt, überhaupt aus keiner portugiesischen Mine.«

Der Maestro blickte Tania fest in die Augen, ihm war plötzlich ein Verdacht gekommen, nur hatte er keine Lust, ihr einen Vorwurf zu machen oder ihr zu verzeihen. Aber konnte es sein, dass sie es tatsächlich nicht wusste: wie viel dieser Stein mit ihm selbst zu tun hatte? Oder hatte Tania doch recht, und er sollte sich damit abfinden, dass es der Stein war, der sie letztlich zusammengebracht hatte, der sie hierhergebracht hatte, nach Lissabon und in diese Nacht?

»Für sich genommen«, fuhr Tania fort, »hatte die *Nacht von Lissabon* auf dem Markt kaum einen Preis, sehr viel weniger jedenfalls, erklärte Monsieur de Gurfein, als die Randverzierung aus Brillanten, die herabrinnende Träne oder das matte Silberfiligran, in das alles eingefasst ist und das eine Art wildes Dickicht darstellt. Aber im Reich der Mineralien ist es ein einzigartiger Stein, denn wenn man ihn fest ansieht, sieht man ihn nicht mehr, so als ob er sich auflösen würde. ›Wie der Himmel der Nacht über Lissabon, können Sie sich das vorstellen? Die Farbe vom Ende der Welt, eine Farbe, die wir zu sehen beginnen, wenn die letzte Nacht gekommen ist.‹ Ich zitterte, Maestro, und nicht nur vor Begierde: Ich spürte Enriques Blick auf mir und war bestürzt, denn was Gurfein da über den Stein und die *Nacht von Lissabon* sagte, hatte er über mich gesagt. Wie konnte dieser Unbekannte davon wissen? Aber es gab noch eine weitere Übereinstimmung, eine noch beunruhigendere«, und Tania machte nun eine dramatische und zugleich gewiefte Miene, als wollte sie den Juwelier nachahmen. »Monsieur de Gurfein sagte mir, das Juwel koste eine Summe, die ich unmöglich aufbringen könne, aber er habe bei jemandem, der ihm den Schmuck ›in Kommission‹ gegeben habe – und so wie er es sagte, ahnte ich, dass es ein Dieb sein musste oder ein Millionär, der irgendetwas am Finanzamt vorbeischmuggeln wollte –, einen großen Nachlass erwirkt. Und schon hatte er einen Preis genannt, der genau der Summe entsprach, die ich in meinem ganzen Leben als Künstlerin hatte zusammensparen können, verstehen Sie? Es war exakt der Betrag, den ich mir nach einem Blick auf den Goldkurs in der Zeitung im Hotelzimmer ausgerechnet hatte, auf den Heller genau! Das war auch der Grund, weshalb ich entgegen meiner Gewohnheit nicht gefeilscht habe. Und mit einer hingebungsvollen Geste, die alle erschreckte, angefangen bei Enrique, der vor lauter Verwirrung zitterte, wie eine Königin, die ihr Haupt vor dem Scharfrichter neigt, öffnete ich mein schwarzes Bernsteintäschchen und legte die Goldmünzen auf den Tisch, die ich im Laufe der Jahre in den Bankhäusern der verschiedensten Länder gekauft hatte. Dass diese Übereinstimmung auch etwas Diabolisches hatte, blieb Gurfein nicht verborgen, er kam kaum über den Schreck hinweg, und auch seinen beiden Gehilfen nicht, die entsetzt die Zahlung entgegennahmen und mit abgespreizter Hand die Papiere unterzeichneten, als wäre ich der Leibhaftige. Allzu leicht hatten wir uns geeinigt, und jetzt schienen wir uneins zu sein. Gurfein riet mir, den Schmuck mit einem Sicherheitstransport zur Cap Arcona fahren zu lassen, die uns nach Buenos Aires zurückbringen sollte, und im Tresor des Schiffes zu deponieren, aber ich wollte nicht. Ich nahm ihn selbst mit, in derselben Schachtel, in der ich ihn auch heute nach Lissabon gebracht habe, mit einem Kettchen an meinem Handgelenk. Und da wir seinem Fahrer misstrauten, ließen wir uns vom Hotel in Estoril einen Wagen schicken. Dann gingen wir hinaus und warteten auf ihn, und unter der ewig sprühenden Gischt der Wellen, die sich an der Steilküste brachen, blickten wir zum ersten Mal hinaus auf den Höllenschlund.«

An der Theke war nun die Wirtin zu hören, wie sie mit

schmeichelnden Worten Senhora Teresa um einen Gefallen bat, den der Graf zwar guthieß, der von ihr aber, die immer noch in ihr Büchlein vertieft war, abgelehnt wurde. »Ach bitte, seien Sie doch nicht so ...« Doch die Frau ließ sich nicht aus ihren Gedanken reißen, fern von allem um sie herum, bis sich schließlich auch die Musiker trauten, ebenso unterwürfig nachzufragen.

»Stellen Sie sich vor«, sprach Tania mit großen Augen weiter, und der Maestro war sich sicher, dass jenes Bild des Höllenschlunds in irgendeinem Winkel ihres Gedächtnisses seit damals noch flimmerte, »dort standen wir also, am Rande des Nichts, ganz klein wir beide, und schauten in den Himmel der Nacht über Lissabon, ohne uns auch nur einmal abzuwenden, denn je mehr man ihn anschaut, desto weniger sieht man ihn, genau wie den Stein. Und ich mit meiner ganzen Vergangenheit, dem Wert meiner Vergangenheit in dieser Schachtel. Aber die Nacht setzte uns zu, toste und peitschte, drang uns in die Knochen und zog sich immer fester um uns zusammen, als wollte sie mich anklagen ... mit ihrem Schweigen. Ein Wagen hupte, es war der Chauffeur des Hotels, aber nicht das holte mich wieder zurück, sondern eine Offenbarung: Die Nacht gewährte keinen Nachlass. Ich musste den ganzen Preis zahlen, verstehen Sie? Ich musste Enrique das Geheimnis von Lissabon an die Hand geben, mein Geheimnis, damit er es der Welt enthüllte. Denn sonst wäre ich nicht würdig ... Und so begann unsere Tragödie.«

Tania schaute den Maestro an, als wollte sie ihm sagen: Verstehen Sie jetzt, was ich meinte, als ich von meinen Schwierigkeiten sprach? Der Maestro nickte, und Tania sprach langsam, eine Ankündigung, dass sie bald eine weitere Pause benötigte.

»Es gibt einen Film von Enrique, *Vier Herzen*«, sagte sie. »Haben Sie ihn gesehen?«

»Nein, nicht«, sagte der Maestro. »Aber der junge Mann,

von dem ich Ihnen erzählen will, der hat ihn gesehen. Der Junge, den Sie retten müssen. Er hat ihn nie vergessen können ...«

»Seltsam«, sagte Tania verwirrt, sie hatte ganz vergessen, dass auch der Maestro sie um etwas bitten wollte. »Eine Hafenszene, oder besser gesagt die Kulisse eines Hafens auf der Bühne in einem Luxuscabaret, wie in den deutschen Filmen, die er so schätzt. Aber egal, jedenfalls weiß ich, dass er die Szene in jener Nacht am Höllenschlund entworfen hat, und darin singe ich *Im Sturm*, den Tango, von dem ich Ihnen heute erzählt habe: *Heulend zwischen Blitzen, verloren im Sturm meiner unendlichen Nacht, Gott, ich suche deinen Namen* ... Wir haben nie davon gesprochen, Enrique und ich, aus Angst, uns wehzutun. Der Film war ein fürchterlicher Reinfall, aber in einem Interview sagte er einmal, wenn er nur für diese Szene ein Vorher und ein Nachher hätte finden können, wenn er mit Worten hätte fassen können, was ich ihm in jener Nacht auf dem Zimmer unseres Hotels schließlich offenbarte, er hätte etwas geschrieben, das meiner würdig wäre. Vielleicht sucht er jetzt gerade danach, umzingelt von Polizisten oder verloren in den Straßen von Lissabon ...«

Senhora Teresa, die fast beiläufig in die Mitte der Cova getreten war, dabei die Blicke aller anderen mitschleifend wie eine Barke den Seetang, rief ›e-Moll‹, und ihr Gesicht erstarrte zu einer strengen Maske. »*Verstoßene Rose!*«, bat die Wirtin, und als der Maestro den Titel hörte, fragte er sich, mein Gott, ob Teresa etwa die Sängerin war, die das Fadoprogramm des staatlichen Rundfunks leitete? Die aristokratische Beauftragte des Ministers António Ferro, die die Welt des Fados nach den Interessen des Neuen Staates lenken sollte und die Oliverio nur hörte, um sie zu verfluchen? Und als er sah, wie sie den Musikern gegenüber Distanz wahrte, wie ihre Hände ein Tüchlein knüllten, statt sich, wie Amália es tat, auf die Schultern der Gitarristen zu stützen, fühlte er sich in seiner Ahnung bestätigt. Dazu noch dieses erhabene Getue und die unverwechselbaren Arpeggios des Vorspiels, ja, es war die Erkennungsmelodie ihres Programms, das die Musiker genau so nachzuspielen versuchten, wie sie es von den Meistergitarristen des Senders kannten. Aber Teresa machte nicht den Eindruck, als wollte sie zu dem Wettgesang ihren Beitrag leisten, erst recht nicht irgendeiner Bitte entsprechen, sie schien es nur für ihre Pflicht zu halten, allen beizubringen, wie man singt. Und als das Vorspiel aufhörte, als Teresa sich einen Ruck gab und nach vorne schaute und ihr Scheitel sich zur Decke hob, sagte sich der Maestro, dass sie, so mühelos sie heute auch durch die Nacht ging, das Singen bestimmt nicht im Hafen oder in den Kneipen gelernt hatte, und wenn sie sich überhaupt hinausgetraut hatte, dann unter dem Vorwand ihres Radioprogramms; und selbst jetzt noch schien um sie herum der Mädchenchor einer Nonnenschule für höhere Töchter zu erklingen, wo man ihr beigebracht hatte, mit dieser verkopften Kopfstimme zu singen, die sie nun zum Besten gab, eine Pose noch dazu, die ihren Stand verriet und an der sie aus Prinzip festhielt, jetzt, wo sie von Amália, der Plebejerin, entthront worden war. *Verstoßene Rose, schlicht und duftend, am Ende betrogen, wer bist du ...? Verstoßene Rose, eine Frau, die das Leid gekannt ...* Aber was wusste sie schon von dem Kummer der Leute, die ihr zuhörten? Wusste sie wenigstens, was der Krieg bedeutete? Welchen Pakt der Ignoranz besiegelte hier der Fado, dass sie dort standen, ob arm oder adelig, als läge der Sturm der Welt in weiter Ferne, der Schmerz, der an den Tischen mit Händen zu greifen war?

»Und Sie?«, fragte Tania, mittlerweile so neidisch auf die Aufmerksamkeit, die ihr diese Frau geraubt hatte, dass sie es wagte, die Schwäche des Maestros auszunutzen und den Finger in die Wunde zu legen. »Was ist mit Ihnen?«

Der Maestro versuchte zu lächeln und nahm den Beifall zum Anlass, den Blick abzuwenden, einen Beifall, den Teresa, die gleich an ihren Platz zurückkehrte, keines Dankes für würdig befand. Mit einem Zittern spürte er, dass ihr Auftritt gleichsam eine Erlaubnis, wenn nicht eine Aufforderung gewesen war, nun sein Herz auszuschütten und die Geschichte von Mr Kendal zu erzählen. Sie Tania zu erzählen, so wie man vielleicht nur zu einem Reisegefährten spricht, von dem man nicht glaubt, ihm je wieder zu begegnen, und ihr zu sagen, dass Mr Kendal ihn nur ins Folies geschickt hatte, damit er ihm in die Falle ging.

»Ach, meine liebe Tania, wie alt sind Sie eigentlich?«, sagte er, als käme er von weit her zurück.

»Wie eine Freundin schon sagte...«, lachte Tania, die sich vielleicht fragte, ob es nicht ein Irrtum gewesen war, ihn zum Vertrauten zu erwählen, und erst jetzt merkte der Maestro, dass er soeben eine Frau beleidigt hatte. »Ich zahle meine monatlichen Abgaben nicht mehr in Naturalien...«

»Dann«, fuhr er mit ernster Miene fort, auch wenn er sich von dieser Anspielung auf den weiblichen Körper entwaffnet fühlte, »werden Sie mich besser verstehen als jeder andere. So habe ich mich die ganze Zeit gefühlt. Seit wir uns begegnet sind, meine ich. Ich war immer wie die Ältesten...«

An der Theke hatte Teresa auf einer langen Liste das letzte Kreuzchen gemacht und rief nun die Musiker zu sich, und auch die Flüchtlinge blickten in gespannter Erwartung zu ihr hin, während die Wirtin, als fürchtete sie, jemand wollte jetzt noch singen und den Auftritt der großen Teresa Nieto überschatten, mit großer Geste das Radio anstellte. Und niemand dachte mehr daran, auf etwas anderes zu hören.

»Ich bitte Sie, Maestro«, sagte Tania, und ihr übellauniger

Unterton mochte der Gewöhnung an die endlosen Streitereien mit Discépolo geschuldet sein. »Sie sind ja genau wie er, als ich ihn kennenlernte. Wie Enrique immer sagte: das Modell Ihres eigenen Denkmals!«

»Ganz genau, meine Liebe«, entschuldigte sich der Maestro. »Ich habe keine Geschichte zu erzählen. Ich meine, lange bevor ich mir überhaupt ein Ziel im Leben ausmalen konnte, bekam ich ein Libretto vorgelegt.«

Seine hochtrabende Rede und dass er sich dann auch noch beklagte, war dem Maestro selbst so unangenehm, dass ihm der Schweiß auf die Stirn trat; vielleicht würde er ja doch kein Wort herausbringen, würde Tania nicht davon überzeugen können, Oliverio zu retten. Und mit vorsichtigem Interesse, als vermutete sie eine Falle, schaute Tania ihn an wie irgendeinen Gast im Cabaret, der sich weigert, den wahren Grund für seine Traurigkeit zu gestehen. Ja, für sie bestand die Herausforderung darin, ihn zum Reden zu bringen.

»Vor ein paar Jahren«, fuhr der Maestro rasch fort, »habe ich meinen Sekretär gebeten, meine Erinnerungen aufzuschreiben. Er hätte sich nie getraut, es mir zu sagen, aber ich weiß, dass er nichts gefunden hat, was er von mir hätte erzählen können, verstehen Sie? Nichts, was wirklich *ich* bin.«

»Kommen Sie, Maestro«, sagte Tania ungeduldig, worauf sie ihn fest ansah und nach seinen Händen griff, aber es war kein Zeichen von Zuneigung, sondern eine Aufforderung, endlich offen zu sprechen. »Man hat Sie schlecht behandelt, nicht wahr?«

Jetzt war er es, der beleidigt war, und unwillkürlich riss er seine Hände zurück. Hatte sie dem Gerede etwa Glauben geschenkt?

»Natürlich hat man sich verliebt, so wie alle. Nur dass in dem Milieu, in dem ich aufgewachsen bin«, sagte er und verwahrte sich damit gegen die gesellschaftliche Nähe, die Tania vorauszusetzen schien, »dass in diesem Milieu das, was Sie Liebe nennen und was für Sie oder Discépolo eine Offenbarung war, jemanden wie mich zu einem Ungeheuer macht.«

Tania glaubte ihm nicht. So viele Menschen aus seinem gesellschaftlichen Umfeld hatte sie kennengelernt, dass es dumm gewesen wäre, den Maestro anders einzuschätzen.

»Ich bin immer eine Illusion der anderen gewesen, verstehen Sie? Ein Abbild«, sagte er. »Bis zu dem Tag«, und mit aller gebotenen Vorsicht drang der Maestro nun in das einzige Thema vor, an dem ihm lag und das Tania verstehen sollte, »als ich diesem Jungen begegnete, den mein Sekretär meinen Schüler nennt. Diesem Jungen«, sagte er, aber Tania war schon so abgelenkt von dem Lärm ringsum, dass sie sein Liebesgeständnis nicht mehr aufnahm, »den ich retten muss und den ich vielleicht, mit Ihrer Hilfe, retten kann ...«

Ein kurzer Tumult brach los. Teresa hatte verkündet, dass leider keiner der Musiker ausgewählt worden sei, an der morgigen Rundfunksendung teilzunehmen, sie werde sich »mit den anderen Fadosängern begnügen«, die sie im Adega Mesquita gehört habe. Und noch bevor einer ein Widerwort geben konnte, trat der Graf mit freundlichen Worten auf sie zu und bot ihnen als Trostpreis ein weiteres Schnitzelbrötchen an.

»Tja, Gerechtigkeit!«, sagte Tania, die ebenfalls empört war, als sie sah, wie die Wirtin die Tür aufsperrte und der Frau im Männerkostüm bedeutete, sie solle jetzt gehen. »Enrique sagt immer: ›Du bist ungerecht, Spanierin.‹ Aber wissen Sie, Maestro, als ich noch jung war, in dem Etablissement in Antequera, wo ich Miguel de Molina kennengelernt habe, der dort als Mädchen für alles arbeitete, da sagte er immer zu mir: ›Gott schuf den Mann und die Frau aus ökonomischen Gründen, so wie man investiert: Leg zwei in die Kiste, und nach kurzer Zeit hast du drei oder vier. Die Schwulen dagegen, weißt du, warum er uns geschaffen hat? Aus Großzügigkeit! Wie das Gras, das zwischen zwei Dachziegeln wächst‹«, und Tania ahmte jetzt seinen andalusischen Akzent nach, wobei sie durch den offenen Spalt in der Tür auf eine friedliche Straße blickte. »›Warum hat Gott es geschaffen? Um uns Freude zu machen. Um die Welt daran zu erinnern, dass er der Schöpfer von allem ist. Und wenn man uns ließe, wäre jeder Schwule ein Künstler, nicht?‹«

Der Maestro verstand nicht alles, aber er fühlte sich Tania nun wieder näher.

»In all den Jahren«, fuhr sie fort, »haben mir seine Kumpane immer dasselbe vorgeworfen: ›Sie sind ungerecht. Discépolo gibt und gibt und gibt, und Sie, was geben Sie ihm zurück?‹ Aber Enrique gibt, wie man in Aktien investiert, damit man ihm etwas schuldet. Was er mir gegeben hat, habe ich nur genommen, weil es am Abgrund mein einziger Halt war. Ich habe genommen, ja, aber einen Vertrag habe ich nie akzeptiert! Und ich war noch nie großzügig, das stimmt. Aber vielleicht nur, weil ich den Menschen gefunden hatte, der brauchte, was ich wirklich bin. Oder weil ich noch nichts zu geben hatte ... Was sollte ich auch geben, wenn nicht einmal meine Nacht mir genügte?«

»Aber wollten Sie mir nicht das Geheimnis erzählen?«

Und es war, als hätte er gesagt: An welchem Scheideweg du auch stehst, ich werde dir die Gelegenheit geben, großzügig zu sein. Und Tania schickte sich an, ihre Erzählung zu beenden. Denn jetzt, wo die Musik aufgehört hatte, jetzt, wo wieder das Radio zu hören war, nahm auch die Geschichte wieder ihren Lauf.

Ach, Mouraria

*Sofía allein gegen Lissabon. Schlechte Nachrichten.
Tückische Blicke und eine Verrückte.*

I

Wie groß musste die Wut gewesen sein, die sie weit nach Mitternacht aus dem Bett und aus dem Haus gescheucht hatte, sie, die um diese Uhrzeit noch nie allein vor die Tür gegangen war, fest entschlossen, ihren Mann zu finden, diesen Dummkopf, ohne dass sie selber wusste, wozu; wie groß ihr Zorn, dass sie Aninhas anblaffte, ihr Dienstmädchen, als die sie bat, sie nicht zu zwingen, ich flehe Sie an, Senhora Sofía, sie »in den Krawall« zu begleiten, »mitten durch die Hölle«, in die sich Lissabon, wie es im Radio hieß, verwandelt hatte; wie groß ihr Hass, dass er sie nicht losließ, als sie schon den Hügel hinunterging und sich auch von den argwöhnischen Blicken des Wächters nicht beeindrucken ließ, der zwischen den mächtigen Flaggen der deutschen Botschaft Posten stand – stolz vielmehr auf den Männermantel und die flachen Schuhe, die sie sich von Ordóñez geschnappt hatte, um die subtile Belagerung zu überlisten, welche die Mode überall auf der Welt den Frauen des Nachts aufzwang –, ein Hass, der sich, je näher sie dem Hafen kam, auch auf all die Menschen ausweitete, denen sie nun begegnete, auf die Flüchtlinge und die Gendarmen und auf die, die ihnen befahlen, selbst auf Salazar ... Ja, auch auf ihn! Was sollte das feige Getue, zu sagen, nichts würde Portugals Frieden beeinträchtigen? Dem Teufel Krieg! Und nicht dass sie vergessen hätte, was sich ihr Mann da wieder geleistet hatte. Sie allein zu lassen und mit Tania und Discépolo zu gehen, ohne dass es ihm etwas ausmachte, dass die beiden sie gedemütigt hatten und dass sie ja tatsächlich unpässlich gewesen sein konnte, und das auch noch, um mit einem Spektakel die argentinische Residenz zu entehren! Ihr war nicht entgangen, dass dieser Zorn viel mit der »Nervenschwäche« zu tun hatte, der alle ihre Unfähigkeit zuschrieben, schwanger zu werden. Aber wie konnte ihre Wut eine Sünde sein, fragte sie sich, während sie auf die Flüchtlinge und die Anwohner zuging, die Pferde und die Polizisten, wenn diese Wut, soweit sie es überblicken konnte, nicht von dem kleinsten Schatten einer Schuld getrübt wurde und so außergewöhnlich war wie die Nacht? Ach, diese Freiheit, diese Maßlosigkeit, die die Feiglinge nicht kennen! Und wer wollte sie schon kritisieren? Waren nicht, sagte sie sich mit dem gleichen Abscheu, mit dem sie auf die Schlangen der Emigranten vor dem argentinischen Konsulat geblickt hatte, auch andere Frauen in der Menge, die auf Nachrichten von jemandem warteten, der in dem Tumult verlorengegangen war oder in einem der Häuser hinter der Absperrung festsaß?

Niemand von denen, die sie herbeikommen sahen, schien sich über sie zu wundern, und über all die Hüte und verschlissenen Kopftücher, die ausgefransten Kragen und stinkenden Rücken hinweg fiel Sofías Blick schließlich auf die argentinische Residenz, hell wie ein Leuchtturm, und durch die angelehnten Fenster – im geradezu obszönen Licht des berühmten Lüsters in Tränenform – auf einen Schatten, den sie wiederzuerkennen glaubte. Verflucht seist du, dachte sie und bekreuzigte sich. Wer außer ihrem Mann konnte so herumschleichen, als wäre die Residenz eine Räuberhöhle oder ein Wachhäuschen? Zeig dich, du Waschlappen!, hätte sie am liebsten gerufen. Sie spürte einen Stich, und ein paar Tränen liefen ihr über die Wangen, Tränen über diese Kränkung und zugleich Tränen der Erleichterung, doch im selben Moment riss ihre Wut sie wieder mit: Es war ihr völlig egal, was »Dr. Ordóñez« passiert sein mochte, und überhaupt, was sollte ihm jetzt noch passieren; außerdem war es ein Glück, denn dass sie jetzt hier war, war dasselbe, als hätte sie ihn – wie nannten ihre Freundinnen es noch gleich, wenn sie von einem Ehebruch sprachen? In flagranti …! Hinderte sie etwas daran, sich jetzt von ihm zu trennen? Obwohl, nein. Nach Buenos Aires zurückzukehren war undenkbar, sie würde es nicht ertragen, ihrer Familie unter die Augen zu treten. Aber konnte sie nicht in irgendein abgeschiedenes Kloster eintreten, um die Welt zu vergessen? Gab es in Portugal nicht eine Ordensgesellschaft, die sich darauf einließ, statt der erforderlichen größeren Mitgift eine Empfehlung anzunehmen, die der Patriarch von Lissabon ihr, zumal nach dem gestrigen Abendessen, sicher mit Freuden ausstellte?

Um sich nicht weiter in ihre Gedanken hineinzusteigern, folgte Sofía dem Gespräch zwischen einem Gendarmen und einer verzweifelten Anwohnerin: »Nein«, raunzte der Uniformierte sie an, »ich erlaube Ihnen nicht, nach Hause zu gehen«, und mit einem genervten Blick gab er ihr zu verstehen, dass er sie, wenn sie weiter darauf bestehe, als Verdächtige festnehmen werde. »Mindestens zwei Stunden«, stellte der Gendarm klar, »noch mindestens zwei Stunden.« Sofía hätte es unmöglich geschafft, so lange mit der Bestrafung ihres Mannes zu warten, und so verlegte sie sich darauf, ihn im Geiste zu verfluchen, in diesem Kasernenton, vor dem er, der als junger Mann vom Militärdienst Befreite, am Ende immer kapitulierte; und sie musste schmunzeln, als sie ein verschrecktes kleines Mädchen sah, das in einer alten Frauenjacke steckte und sich an den Rock ihrer Großmutter drückte, ohne den Blick von ihr zu wenden. »Hast du gesehen?«, fragte sie die Kleine, mit Augen, die sich ihres stechenden Grüns bewusst waren, »ich bin auch Soldat. Eine Soldatin!«

Ein Wortwechsel auf Französisch weckte ihre Aufmerksamkeit, und hinter dem Gendarmen, der mit steifer Miene den »Auftritt« für beendet erklärte, sah Sofía den strengen, aber auch tückischen Blick von Oberst Sijarich, der mit militärischem Gruß einen Chauffeur in einer litzenbesetzten Jacke verabschiedete, und Sofía freute sich, aber es war ihr auch unangenehm. Sicher würde keiner so wie Sijarich ihre Angriffslust als das erkennen, was sie war: das unbestreitbare Erbe des Generals de Oliveira; doch zugleich würde auch keiner so wie er begreifen, wie sehr Sofía, als sie das Gondarém verließ, ihre Pflicht als Ehefrau verletzt hatte. Der Oberst, der sich für Frauen nur als mögliche Spioninnen interessierte, achtete zunächst nicht auf ihr Gesicht und erkannte sie nicht wieder. Doch mit seinem geschulten Auge, wenn es um Tarnung jeglicher Art ging, fiel sein Blick auf ihre Kleidung, und als er sie schließlich von seiner langen Liste der Verdächtigen ausgeschlossen hatte, trat er zu ihr und begrüßte sie wie einen Waffenbruder, salutierend und mit zusammengeschlagenen Hacken. Sofía versuchte, ihre Wut unter einer zerknirschten Miene zu verbergen, und wollte schon eine Ausrede für ihre Anwesenheit vorbringen, als der Oberst, der alles zu wissen schien, ihr zuvorkam und sagte, dass er auch nicht bei Dr. Ordóñez gewesen sei, nein, so leid es ihm tue, er könne nicht genauer angeben, wo er sich jetzt befinde.

»Erfahren habe ich immerhin von dem Herrn, der eben weggefahren ist, dem Chauffeur der Gräfin von Altamonte«, sagte Sijarich, und Sofía wich verdutzt zurück, »dass Ihr Mann, als die Sirenen losheulten, zusammen mit den anderen hinausgegangen ist. Wenn Dr. Ordóñez nicht nach Hause zurückgekehrt ist, wird er noch versuchen, einen sicheren Ort für unsere beiden Ehrengäste zu finden.« Ehrengäste?, dachte Sofía,

Galgenvögel! »Vielleicht«, fügte Sijarich hinzu, »ist Ordóñez, Dr. Ordóñez, aber auch an der Anlegestelle am Terreiro do Paço, wo der Leiter des Zolls die argentinische Gesandtschaft einbestellt hat. Konsul Cantilo«, sagte er leise, und seine Besorgnis klang nun sehr viel glaubwürdiger, »lässt auch schon viel zu lange auf sich warten. Ich werde mich also, Señora«, und Sijarichs Aufmerksamkeit galt nun schon verdächtigeren Dingen, »sobald ich mich überzeugt habe, dass die Polizei die argentinische Residenz durchsucht hat und ich sie zuschließen kann«, wobei er sich an die Hosentasche fasste, in der ein Schlüsselbund klingelte, »persönlich zum Terreiro do Paço begeben. In der Nähe des Kais gibt es ein kleines Telegrafenamt, ich werde Sie von dort aus anrufen, Señora, seien Sie versichert. Und jetzt gehen Sie besser nach Hause.«

Sofía drehte sich brüsk um, und es war wie eine Beleidigung. Niemals!, dachte sie, und mit einer frischen Wut, die schon für sie zu denken schien, sagte sie, nein, Herr Oberst, in diesem Fall folge sie lieber ebenfalls ihrem Mann. »Es muss leider sein«, und während sie noch überlegte, was sie sagen sollte, merkte sie, wie sie damit den richtigen Ton traf, »ich muss ihm etwas mitteilen.«

Der Oberst wollte schon zu einer längeren Rede anheben, als er zu verstehen glaubte, was sie meinte, und er machte eine hilflose Geste: Er lernte es nie, er konnte sich einfach nicht damit abfinden, dass die Natur sich nicht in die militärische Hierarchie einfügte.

»Genau«, beeilte sich Sofía zu erklären, und sie gab sich auf eine Weise schamhaft, wie es ihr immer fremd gewesen war, »ich habe eine *Nachricht* für ihn, verstehen Sie?«

Worauf Sijarich ihr mit einer Gutmütigkeit, die in ihrer Vagheit etwas Falsches hatte, bedeutete, dann sei das natürlich etwas anderes, aber sie möge es sich noch einmal überlegen; den einzigen Wagen des Konsulats benötige er selber, sobald

Konsul Cantilo komme, und die Viertel, durch die er fahren müsse, seien ebenjene, die der Patriarch gestern Abend als gefährlich bezeichnet habe. Und erst als Sofía auf die lange Küstenstraße schaute, die zum Terreiro führte, bemerkte sie einen Mann, der zu ihr herüberstarrte und den sie zu erkennen glaubte. Plötzlich lächelte der Mann sie an, und sie begriff, dass er ebenfalls Argentinier sein musste, dass er in ihr eine de Oliveira erkannt hatte und wollte, dass sie sich für ihn verwandte: bei Sijarich, bei Ordóñez, beim Konsul oder beim Patriarchen persönlich. Und stolz hob sie den Kopf.

»Keine Sorge, Herr Oberst, der Herr dort drüben begleitet mich«, sagte sie, und ihre Verwegenheit machte sie schwindeln, während sie dem Mann bedeutete, näher zu kommen. Aber, dachte sie, der Teufel soll mich holen, wenn ich einen Diener nicht auf der Stelle erkenne! Und als der Mann zu ihr trat, flüsterte er ihr tatsächlich, mit kaum hörbarer Stimme, zu: »Sie sind Sofía Abascal de Oliveira, nicht wahr?« Sijarich achtete nicht mehr auf sie, aber aus irgendeinem Grund schien der Mann sich vor ihm zu verstecken, sicherlich, befand Sofía nach einem abfällig prüfenden Blick, weil sein Aussehen einem Militär missfallen musste: eingefallene, staubige Wangen, tiefe Ringe um die großen Augen, vor Müdigkeit oder Ungewissheit, und eine Glatze wie ein Kinderpopo.

»Sie wissen, wie man von hier zum Terreiro do Paço kommt?«, sagte Sofía, um einer Frage von ihm zuvorzukommen.

Der Mann deutete eine Verbeugung an, und als sie sagte, »dann gehen wir«, spürte sie in ihrem Rücken den Blick des Obersts. Und wenn dieser Argentinier keiner der Passagiere war, sondern ein Stammgast hier im Hafenviertel von Lissabon, ein Lüstling, dem sie sich jetzt ausgeliefert hatte? Doch dann gab Sofía ihm zu verstehen, er solle ihr in die Richtung folgen, in die er selbst gewiesen hatte, und stürmte los, ohne sich auch nur von Sijarich zu verabschieden, erneut allein auf ihren Zorn vertrauend, denn so wie die menschliche Schwäche eine Sünde war, war ihr Zorn der Zorn Gottes.

2

»Haben Sie Ihre Papiere dabei, Señora?«, flüsterte der seltsame Kerl ihr ins Ohr, und als sie antwortete, nein, habe sie nicht, sagte er, dass es in dem Fall besser wäre, nicht über die Küstenstraße zu gehen, wo ihn vor einer halben Stunde die Gendarmen angehalten und nach dem Ausweis gefragt hätten, und er zeigte die Rua Ulisipo hinauf, zu einer Straßenecke, wo sich ein Lokal namens Cova do Galo befinde; und auch wenn ihr bewusst war, welche Gefahren in diesem Labyrinth auf sie lauerten, »die Gefahren des Schattens und der krummen Dinge«, wie der Patriarch es genannt hatte, stieg Sofía martialischen Schrittes den Hang hinauf und rief sich zu, wer Gott in seinem Herzen trage, der habe nichts zu fürchten. Sie kamen an einem Polizeitransporter vorbei, hinter dessen vergittertem Fensterchen ein Festgenommener darauf zu warten schien, dass jemand ihn befreite, und als Sofía in einer der glänzenden schwarzen Türen des Wagens ihr Spiegelbild sah und neben sich diesen Mann, gingen ihr zwei ermutigende Gedanken durch den Kopf: Mit ihren langen, röhrenförmigen Mänteln, ihren entschlossenen Bewegungen und ihren strengen, gleichwohl von Zuversicht erleuchteten Mienen schienen sie zwei Kreuzfahrer desselben Heeres zu sein; und zugleich hatte ihr Begleiter nun eindeutig die Rolle des Lakaien angenommen, immer drei oder vier Schritte hinter ihr und im selben Rhythmus wie sie. Und als sie schließlich an die Ecke der Rua das Janelas Verdes kam – die Grenze des Reviers, das die Männer einer Dame wie ihr mit Gönnermiene vorschrieben: Estrela, São Bento, Lapa – und sah, wie hinter zwei Gruppen erschöpfter Flüchtlinge die Straße hinabführte, bis sie verschwand, hatte sie ihren Wächter schon fast vergessen und nur noch Sinn für ihre eigene Begeisterung und Verwegenheit: Ach, das Herz der Nacht von Lissabon, und mittendrin Ordóñez!

»Hier lang, hier!«, rief sie, ohne zurückzuschauen, und die furchtsamen Köpfe der Emigranten drehten sich nach ihnen um; doch die Antwort, die der Mann ihr gab, war nicht sehr eindeutig:

»Ich kenne den Weg, Señora, ja, ich kenne ihn.«

Und Sofía schritt weiter, durch die Gruppen der Flüchtlinge hindurch, die dort in der Hocke oder auf ihren Bündeln saßen, arme Teufel, die die Barmherzigkeit einiger Anwohner mit Brennholz und Feuer und dem einen oder anderen verbeulten Kochtopf versorgt hatte, als in der Nähe eine Kirchenglocke die halbe Stunde schlug – halb drei, halb vier? Jenseits der letzten leuchtenden Straßenlaterne lag die Rua das Janelas Verdes im Dunkeln, aber Sofía blieb nicht stehen, und nach und nach erkannte sie in der unförmigen Masse der Häuser den Schein von Kerzen und Feuerstellen, die rote Risse ins Dunkel schlugen, sah durch Türspalte Männergesichter, die hinausspähten, und in den oberen Fenstern Frauen, die ihr nachschauten, in ihren Augen der bittere Argwohn von Menschen, die selbst in Nächten wie diesen weiterarbeiten müssen. Hier schlief niemand, das war klar, und die Dunkelheit, in die Sofía eindrang, war eine aktive, wie die einer Kloake oder eines Darms, dachte sie, und ihr wurde schlecht. Sie musste an ihre blinde Tante Morocha denken und betete: Herr, erlöse mich von dem Lärm und dem Gestank, verschließ die Pforten, durch die der Teufel in mich eindringt ... Plötzlich kam eine alte Frau auf sie zu und besah sie von nahem, taxierte sie wie eine mögliche Kundin – natürlich, sie trug Männerkleidung, wie sollte man sie nicht verwechseln! Das gefärbte Haar und die Wimperntusche der Alten erinnerten sie an die beiden Galgenvögel, an die unfassliche Dreistigkeit von Tania, und erneut packte sie die Wut derart, dass sie wieder klar denken konnte. Hatte dieses Würstchen von Ordóñez, dieser Niemand, tatsächlich die Stirn gehabt und diese Gelähmte aus dem Gefolge des Umberto von Savoyen in eine Gästewohnung des argentinischen Staates mitgenommen, um Tangos zu hören? Undenkbar, dass Ordóñez darauf verzichtet hätte, vor allen den Nachnamen seiner Frau zu verkünden, auch wenn sie ihn von Anfang an ermahnt hatte, nicht das »de« zu benutzen, um die Leute nicht an die vom Papst verfügte Capitis diminutio zu erinnern. Und wenn die Gräfin schon von der Geschichte wusste, die sich schließlich in Rom entschieden hatte?

Sie kam an einen kleinen Platz, auf dem sich, wie auf einer Aussichtsterrasse, eine weitere Gruppe von Seereisenden rings um ein Feuer postiert hatte und den Hafen beobachtete, als es ihr wie eine Offenbarung durch den Kopf schoss und sie stehenblieb. Und wie um nach einem Zeugen für ihre unglaubliche Entdeckung zu suchen, schaute sie sich nach ihrem Wächter um, und tatsächlich, er war ihr weiter gefolgt, mit bangem Blick, als wäre sie es, die ihn beschützte.

»Schon richtig, Señora, dort entlang«, sagte er und lächelte zaghaft, und Sofía wandte ihm enttäuscht den Rücken zu. Dummkopf! Zu glauben, sie hätte sich verlaufen, wo sie ihr Schicksal erschaut hatte!

Ein Kind schrie etwas, und sie wandte sich wieder dem Platz zu. Es war ein kleiner Junge, den man beauftragt hatte, mit einem Fernglas die Decks der Boa Esperança im Blick zu behalten, und der glaubte, gesehen zu haben, wie Männer die Gangways herunterkamen, doch die Erwachsenen wussten nicht, was sie davon halten sollten. Sofía, die diese Meldung verstörte, machte ein Kreuzzeichen, ging weiter und versuchte, sie zu verstehen.

Ja, natürlich, dachte Sofía, während sie nun über die Calçada do Marquês do Abrantes auf den Hügel des Bairro Alto zuging, von wo schon der Kneipenlärm herunterwehte. Da war etwas, was ihren Mann, Maestro de Oliveira und den Prinzen Umberto verband, und dieses Etwas war, wie der Patriarch es genannt hatte, ihre *Schwäche*! Und wenn Ordóñez sich, statt Discépolo zu begleiten oder Konsul Cantilo beim Zoll zu helfen, wie Sijarich naiverweise angenommen hatte, nur irgendwo in Lissabon herumtrieb, um ihr zu entkommen, besser gesagt, um der Strafe zu entkommen, die der Herrgott ihm durch die Hand seiner Ehefrau auferlegen würde, ebenjene Hand, die sich nun, beim Gedanken an die versprochene Ohrfeige, in der Tasche um den Rosenkranz krampfte? Als sie am Rundbogen des Eingangs zur Standseilbahn vorbeikamen, wurden sie gleich von einer Gruppe Männer und Frauen umringt, die betrunken aus irgendeinem Nachtclub kamen und schwatzten und lauthals lachten. »Na, wer ist denn hier das Mädchen und wer der Junge?«, fragte ein älterer Mann mit gefärbtem Haar und hauchte ihr seine stinkende Weinfahne ins Gesicht, während die anderen ihren Wächter mit feuchtem Konfetti überschütteten und vor seiner Nase mit Klappern schnarrten. Und mit der Kraft ihrer Wut, mit der sie Ordóñez davonjagen würde, falls der nach dieser Nacht noch einmal versuchte, sie zu berühren, stieß sie den Alten beiseite und lief weiter, ohne sich um das Schicksal dieser Schwuchtel an ihrer Seite zu kümmern. Doch sie war noch keine zehn Meter gekommen, da hörte sie schon seine hastigen Schritte, in Sorge, Sofía wäre beleidigt, weil er ihr nicht zu Hilfe gekommen war. »Filha da puta!«, rief ein Freund des Alten ihr nach und wollte ihr schon folgen. Aber er war so betrunken, dass er sich kaum auf den Beinen halten konnte, und Sofía, außer sich vor Stolz, dass sie den Krieg begonnen hatte, schaute auf alles nur noch mit tiefer Verachtung und zischte leise: »Schwäche! Schwäche!« Denn war das nicht der wahre Verrat von Ordóñez, dass er versprochen hatte, ihr ein Ehemann zu sein, und dann war er nur ein Dienstbote?

Eine mörderische Freude trieb sie an, über die Rua de São Paulo weiterzugehen, unter der Brücke an der Rua do Alecrim hindurch und dann in Straßen, wo Ladenbesitzer die Bürgersteige schrubbten, das glänzende Pflaster, das bald Arbeiter und Lieferanten wieder strapazieren würden, und Sofía konnte fast hören, wie ihr Wächter kaum hinterherkam und ein paarmal stolperte oder ausglitt, worauf diese Schnösel vor ihren Läden pfiffen oder lauthals lachten. Ach, Lissabon des Schmutzes, Lissabon der Scheiße, sagte sie sich, vielen Dank, denn niemand besteigt mich mehr! Ich bin meine eigene Tochter! Besessen von Seinem Zorn, bin ich ewig! Doch plötzlich riss ein Hupsignal, einmal, zweimal, dreimal, sie aus ihren Gedanken, und sie blieb stehen.

»Señora de Ordóñez, Señora de Ordóñez!«, hörte sie jemanden nach ihr rufen, mit argentinischem Akzent, und da sie dachte, es sei ihr Wächter, wollte sie sich schon umdrehen und gegen dergleichen Beleidigung verwahren. Doch vom Rücksitz des Jaguars des Konsulats winkte Oberst Sijarich sie herbei und stieg selber aus, und bei seinem Anblick entbrannte sie in kriegerischer Lust.

»Hier!«, rief Sofía und streckte den rechten Arm vor, wie sie es im Kino tat, wenn in der Wochenschau der Duce oder Salazar erschienen. Doch der Oberst begriff den Scherz nicht und trat mit finsterem Ernst auf sie zu.

Der Wächter, der gleich stehengeblieben war und sich an eine Wand gelehnt hatte, um nicht aufzufallen, kam nun ebenfalls herbei, ganz langsam, von hinten, als ahnte er eine entscheidende Nachricht. Sofía dagegen, die wusste, dass der

Oberst ihr, eben weil er Soldat war, nichts antun würde, nahm Haltung an und streckte die Brust heraus. Der Oberst blieb einen Meter vor ihr stehen und fragte sie mit den Augen, ob der Mann dort nicht ein unnötiger Zeuge sei, und da sie vor Verwunderung kein Wort herausbrachte, zog er ein Tüchlein aus der Brusttasche, wischte sich die Stirn und hob zu einer Rede an, als wollte er ihr sein Beileid aussprechen:

»Señora, machen Sie sich nicht die Mühe, zu Hause anzurufen ...« Und nach einer kurzen Pause: »Nein, Dr. Ordóñez ist nicht zurückgekehrt.«

Sofía musste sich zusammenreißen: Was hatte er da gesagt? Natürlich! Gleich würde sie erfahren, dass er sich irgendwo in Lissabon herumtrieb und sie betrog. Vor verletztem Stolz kräuselte sich ihr Kinn, doch dann hob sie den Kopf: Nein, die Sünde der anderen, und wenn es die Sünde ihres Mannes war, konnte sie niemals niederzwingen. Und gleichwohl spürte sie ihr Herz und dann einen Stich wie von einem Pflock, die Beine hielten sie nicht länger, die Stille donnerte in ihren Schläfen.

»Der Besitzer des Gondarém, der in der argentinischen Residenz war, als die Bombe explodierte«, fuhr Sijarich vorsichtig fort, »hat uns angerufen und gesagt, dass Dr. Ordóñez noch in der Residenz ist.«

Der Oberst schien nicht die Worte zu finden, um ihr zu erklären, was das wirklich bedeutete, und Sofía verspürte eine unbezähmbare Lust, diese Männer, die nicht in der Lage waren, zu einer Frau so aufrichtig zu sein wie gegenüber einem anderen Mann, zu ohrfeigen. In der argentinischen Residenz, klar, sagte sie sich, einer der Orte, die die Polizei bestimmt durchsuchen würde. Und das alles womöglich wegen dieser beiden Galgenvögel!

»Was den Herrn Discépolo betrifft«, fuhr der Oberst fort, und in Sorge, dass sie, die bisher so tapfer war, dergleichen

Nachricht nicht überstehen würde, bot er ihr seinen Arm an, den sie jedoch zurückwies, »so hat man ihn im Gondarém aufgenommen, wohingegen wir seine Frau Gemahlin, die keine Papiere bei sich hat, als vermisst haben melden müssen.«

Sofía war speiübel, doch die Nachricht, dass Tania verschollen war, bereitete ihr einen letzten Hochgenuss: Die Eifersucht, die diese Krähe in ihr geweckt hatte und die sie erst jetzt begriff, würde ja vielleicht vom Herrgott vergolten. Und ihr kamen so viele Fragen in den Sinn, dass sie schwankte: Wenn die Discépolos nicht das Attentat auf dem Gewissen hatten, wer in der argentinischen Residenz konnte dann als verdächtig gelten, wenn nicht Ordóñez? Wer, wenn nicht dieser Jammerlappen, sobald es ans Verhör ging? Mein Gott, das würde er nicht durchhalten … Sijarich und der Wächter schauten sie besorgt an, und eine unerträgliche Leere tat sich um Sofía auf. Ja, natürlich, ihre Übelkeit konnte für die beiden nur auf eine Schwangerschaft hindeuten, deshalb gaben alle so auf sie acht. Dabei konnte sie nicht einmal sicher sein, dass es nicht stimmte. Und als ihr nichts anderes übrigblieb, als nach dem Arm des Wächters zu greifen, und Oberst Sijarich ihr schließlich erneut riet, nach Hause zu gehen und auf ihren Mann zu warten, wurde ihr schwindelig wie am Rand eines Abgrunds. Sobald die argentinische Residenz geräumt sei, versprach der Oberst, werde er persönlich dafür sorgen, dass Ordóñez sie anrief, »ich gebe Ihnen mein Wort, ich werde nichts weiter sagen, damit Sie ihm die ›Nachricht‹ mitteilen können«.

»Nein, Herr Oberst, ich warte draußen auf ihn«, sagte Sofía, und in ihrer Stimme schwang wieder ihre alte Aufsässigkeit mit. »Mein Mann ist ein verantwortungsvoller Mensch, Herr Oberst. Ich bin sicher, sobald er wieder frei ist, wird er am Terreiro do Paço seiner Pflicht nachkommen. Ich warte dort auf ihn.«

Worauf der Oberst ihnen sagte, in diesem Falle könnten sie in einem Café direkt gegenüber der Landungsstelle auf ihn warten, ein Holzengel hänge dort über der Tür, und auch die übrigen Angehörigen der argentinischen Gesandtschaft wollten sich dort treffen, wo man selbst nachts einen guten Milchkaffee bekomme. »Es ist nicht gerade luxuriös dort«, musste der Oberst zugeben, »aber es ist ein anständiges Lokal, darauf kommt es an.« Sofía, die ihm nur mit halbem Ohr zuhörte, wich ein paar Schritte zurück, wandte sich um und ging los, ohne ein Wort, wie eine Schlafwandlerin. Ihr Wächter folgte ihr, und sie rang allein darum, dass ihre Wut, von der nur ein Schwindelgefühl geblieben war, sie nicht ins Leere stürzte.

3

Wie von allein, weniger aus Trägheit dem eingeschlagenen Weg folgend als angetrieben von ihrem Widerwillen gegen das, was man sie hatte spüren lassen, lief Sofía ein paar Straßen weiter zur Praça do Comércio und trat in das Dunkel der Arkaden mit ihren hohen, zum Schutz vor Bombardierungen von Sandsäcken verschlossenen Rundbögen. Sie dachte nicht, verbat es sich, zu denken: All ihre Gedanken wollte sie aufheben für den Moment, wenn sie wieder allein war, wollte sie schützen wie einen im Sturm verletzten Vogel, den man behutsam nach Hause trägt; und dennoch war ihr, als flüchtete sie vor einer Verschwörung. Der Mann, den sie ihren Wächter nannte, folgte ihr in gemessenem Abstand. Sie kamen an der Kirche vorbei, die als Einzige das Erdbeben überstanden hatte, und sahen im Portal einen vom Kreuz abgehängten Christus, das Fleisch von der schrecklichen Folter verhöhnt, und im Innern die gurrenden Schatten von ein paar Flüchtlingen. Schließlich kamen sie zur Anlegestelle, die sehr viel spärlicher beleuchtet war, als Sofía erwartet hatte, aber auch sehr viel ruhiger. Hinter einer unwirklichen Versammlung von Bäumen und brav auf den Bänken wartenden Passagieren erblickte Sofía eine weitere Polizeiabsperrung, die einem neuen Attentat vorbeugen sollte und das kleine Gebäude abschirmte, durch das man hindurchmusste, wenn man an Bord wollte. An normalen Tagen wären bereits seit mindestens einer halben Stunde die Fähren gekommen, vollbesetzt mit Arbeitern, richtigen Lasteseln, erinnerte sich Sofía, die ihr sonst auf dem Markt am Ufer begegneten und von denen viele Verwandte von Aninhas waren, ihrem Dienstmädchen. Sofía ging langsam zwischen den Schatten voran, bis sie an das Mäuerchen am Fluss kam und das andere Ufer erkennen konnte, wo die Arbeiter am Kai warteten, und erst jetzt entdeckte sie den mächtigen Umriss des Frachtschiffs Islas Orcadas mit seiner riesigen, fast schon ungehörig breiten Aufschrift ARGENTINA, die seinen schwarzen Rumpf vor Torpedobooten schützte. Der Frachter ankerte gut zweihundert Meter vom Ufer entfernt, umringt von sechs oder sieben Barkassen, auf deren Schornsteinen die Buchstaben ANCRA zu lesen waren. Während ein paar Dutzend Stauer die von Konsul Cantilo gespendete Getreidefracht über steile Fallreepe aus den Laderäumen trugen, jubelten zahllose Matrosen, allesamt Landsleute, einer Schaluppe voller Frauen zu, die sich zum Loslegen bereitmachte. Und das Echo dieser fernen Stimmen – die argentinischen Seeleute, die sich unter Gelächter an einem obszönen Portugiesisch versuchten, und die Frauen, die ihnen die Komplimente mit einer Freude zurückgaben, die umso unziemlicher war, als dies offenbar unter den wohlwollenden Augen der Behörden geschah –, es erinnerte Sofía daran, dass sie sich im Herzen der Sünde befand, im Viertel Mouraria. Es half nichts, dass sie auf einem anderen Boot die Silhouette der beiden Atuchas entdeckte, ferngehalten von aller Schamlosigkeit für eine einzige Nacht, denn nun wurde ihr bewusst, dass ebendieses Treiben, dass dieses Geschrei und dieses Kauderwelsch auf den Wohlstand ihres Vaterlandes verwiesen, und was ihr selbst hier Schreckliches widerfahren war, verbannte sie zumindest vorübergehend aus jeder menschlichen Gemeinschaft.

Mein Gott, was wollen die von mir, fragte sie sich, und ihre ganze Wut versammelte sich in ihrer Kehle, sie musste an sich halten, um nicht in eine laute Klage auszubrechen: Warum gibt es für mich keine Zuflucht? Beschämt senkte sie den Kopf und bohrte ihren Blick in die Wellen des Flusses – nur nicht umdrehen nach den Hügeln der Mouraria und der Alfama –, und zu ihren Füßen tat sich der Schacht ihrer Tragödie auf. Nein, Ordóñez war ihr egal. Aber diese Blicke, die ihr Wächter und Sijarich gewechselt hatten, diese Kumpanei, welche die Männer sie schon immer hatten spüren lassen! Dieses dreiste Wissen, das herauszufinden eine Frau sich unterstehen sollte und das ihr den Boden unter den Füßen wegzuziehen schien. Und warum? Vielleicht, ja, weil es, wenn schon nicht Ordóñez' Sünde, so doch ihre eigene Schwäche erklärte, die Frage, warum sie ihn als Ehemann akzeptiert hatte, warum sie es selbst nicht geschafft hatte, nicht zu sündigen ... Und von Schuldgefühlen bedrängt, erinnerte sich Sofía an das kleine Telegrafenamt, von dem Sijarich gesprochen hatte, und sie überlegte, ihren Beichtvater anzurufen, einen peruanischen Priester, der zwar nicht imstande wäre, eine Dame aus Buenos Aires wirklich zu verstehen, der sie aber zumindest nicht nötigte, Portugiesisch zu sprechen. Aber nein, wie kam sie nur auf die Idee, dass er um diese Zeit in der Sakristei der Basilika war, wo so viele Menschen Hilfe brauchten? Ihr Egoismus beschämte sie, und so schaute sie sich nach ihrem Begleiter um und fürchtete schon, er wäre gegangen, wäre es leid geworden, dass sie nicht ein einziges Mal daran gedacht hatte, dass auch er Hilfe brauchte. Aber dort stand er, im selben taktvollen Abstand, den er die ganze Zeit gewahrt hatte, im Schutz eines der Bäume auf dem Platz. Nur dass er nicht zu ihr sah: Mit unendlich überraschten Augen schaute er auf den Fluss.

»Da, sehen Sie, Señora, sehen Sie«, sagte er, als sie schließlich auf ihn zuging, und in seiner Stimme lag ein seltsames, vielleicht gespieltes Entzücken. »Das Schiff der Waisenkinder!«

Sofía blickte, zunächst verdutzt, dann immer staunender, auf die schwarze Oberfläche des Wassers, die unzähligen kleinen Lichtschlangen, die über sie hinwegh uschten und, sich verfolgend, sich einholend, sich auflösend und wieder hervortauchend, die Erscheinung flink umkreisten.

»Das Schiff der Waisenkinder«, murmelte sie.

Denn hinter dem argentinischen Frachter zog nun, angeführt von zwei Schleppern, eine alte Fregatte dahin, auf der sich zahllose Kinder drängten, stumm, die Köpfe kahlgeschoren, in den Gängen und an Deck, achtern und auf dem Vorschiff, selbst durch die Bullaugen schauten sie heraus – spindeldürre Kinder in grauen Staubmänteln, die entsetzten Augen starr auf die sich entfernenden Hügel gerichtet. Die Fregatte wurde auf die andere Seite des Flusses gezogen, an das Ufer von Cacilhas und Almada, als wollte man für eine Nacht die Kindheit vor dem Sündenpfuhl auf dieser Seite bewahren. Aber es war klar, dass die Fregatte schon lange nicht mehr als Transportmittel diente, dass man sie angesichts des Platzmangels in Lissabon zu einer öffentlichen Unterkunft gemacht haben musste, und in den Blicken der Kinder lag die Angst, unterzugehen.

»Das sind die Waisenkinder von Lissabon«, bemerkte der Mann. »Salazar hat sie auf die Fregatte gesperrt, damit man in der Casa da Misericórdia Flüchtlinge unterbringen kann. Und jetzt blicken sie auf dieses Viertel, als suchten sie zwischen den Dächern und den Wäscheleinen nach den Gesichtern ihrer Mütter, nach einer Erklärung, warum man sie verlassen hat.«

Es war nicht Mitleid, sondern ein merkwürdiges Unbehagen über seine rührseligen Sätze, weshalb Sofía nun dem Fluss den Rücken zukehrte und dem Mann entgegentrat, als wäre er zu weit gegangen, als versuchte er, ihre Verzweiflung auszunutzen, um ihren Widerstand zu brechen. Wer bist du?, fragte Sofía ihn mit den Augen.

»Mein Name ist Darío Muñoz de Álzaga. Sie sind im Bilde?« Sofía wich einen Schritt zurück. Ein Álzaga? Darío Muñoz de ...? Aber natürlich! Tausendmal hatte sie den Namen gelesen, auf dem Umschlag eines Buches, auf dem Buch von Maestro de Oliveira! Aber was machte er hier? »Ich bin der persönliche Sekretär Ihres Onkels Eugénio, Señora. Ich bitte Sie, um alles in der Welt«, stammelte er, »Sie müssen mir helfen.«

Sofía sagte weder ja noch nein. Sie sah nur ihre Großmutter und ihre Tanten, wie sie sich bei der Nachricht vom Erscheinen des Buches bekreuzigten, wie sie fürchteten, er könnte ihr schreckliches Geheimnis verraten. Und dann erinnerte sie sich, wie sie insgeheim gekränkt waren, weil sie in dem Buch nicht einmal erwähnt wurden.

»Ich weiß, Sie werden in diesen Tagen vom Maestro gehört haben. Und ich weiß, dass es für jeden anständigen Menschen Grund genug ist, um ihn ... um ihn ...«, und ein Kloß im Hals hinderte ihn daran, weiterzusprechen.

Sofía hatte nicht die geringste Ahnung, um welche Gerüchte es hier ging, und in seiner Verzweiflung über ihre unerschütterliche Miene verzog Darío sein Gesicht zu einer Grimasse, die etwas Feminines hatte, mehr noch aber etwas völlig Kindisches.

»Ich schwöre Ihnen, ich würde alles tun, um ihn zu retten«,

sagte er, mit einer Gespreiztheit, die Beherrschung verriet und zugleich ungehörig war. »Alles ...«

Doch Sofía, die sich nur noch einsamer fühlte in dieser unendlichen Weite der Nacht von Lissabon, sagte sich immer wieder: Dafür also, Herr, hast Du mir den Zorn gegeben, der mich aus meinem Bett und meinem Haus getrieben hat? Und wahrscheinlich wäre sie nicht wieder zu sich gekommen, wenn nicht eine seltsame Frau mit einem Tuch um den Kopf und einem Kind in den Armen zwischen den Bäumen hervorgetreten wäre und sich ihnen verstohlen genähert hatte, noch unschlüssig, an wen von beiden sie sich wenden sollte.

»Boa noite«, sagte sie mit einer merkwürdigen Aussprache, unbeeindruckt davon, dass Sofía und Darío sich zurückzogen. Ihre Entschlossenheit hatte etwas Unerbittliches, als wollte sie abschätzen, wer von beiden ihr am nützlichsten wäre, und als die Frau, wie es schien, zu dem Schluss kam, dass Sofía zumindest größere geistige Präsenz zeigte, versuchte sie es noch einmal mit einem »Bon soir«, mit der Dringlichkeit der Menschen, die in dieser Nacht in Lebensgefahr waren. Sofía überlegte schon, sich unter dem Vorwand, sie müsse sich um die Bettlerin kümmern, von Darío abzuwenden, aber etwas hielt sie zurück: Er kannte ihr Geheimnis!

Auf einmal sah Sofía, über die Schultern der Frau hinweg, die Figur eines hölzernen Engels mit einer Tafel in Händen: das von Oberst Sijarich empfohlene Café. Und in leisem Spanisch, nicht dass sie ihnen folgte, bat sie Darío, sie zu begleiten, denn dort, in Gesellschaft der anderen Angehörigen der argentinischen Gesandtschaft, hätte auch er nicht die Macht, sie mit in den Abgrund zu reißen.

Die Frau versuchte sie zurückzuhalten, sie brauche nur eine Minute, »rien qu'une minute de votre attention«, und als Sofía vorgab, nicht zu verstehen, und schon gehen wollte, packte die Frau sie derart unverschämt am Arm, dass sie beinahe einen Schrei ausstieß. »Appellez-moi personne, Madame«, flüsterte sie, »mon nom n'a pas d'importance«, und dabei verzog sich ihr Gesicht in dem Bemühen, zugleich kryptisch und klar zu sein, das Gesicht einer Ukrainerin oder Russin, in dem sich ein Auge ständig zum anderen hinbewegte, was ihm einen geheimnisvoll verschwörerischen Ausdruck verlieh.

»Je ne suis pas une clocharde, Madame«, erklärte die Frau. »Au contraire, j'ai quelque chose à vous offrir«, und in dem leiernden, wie unbeteiligten Tonfall ihrer Stimme erkannte Sofía die Stimme des Wahnsinns. Darío sagte nichts, wie betäubt vom Warten, und Sofía schaute, auf der Suche nach einem Verbündeten, hinab zu dem kleinen Wesen in den Armen der Frau. Aber es war kein Säugling, wie sie erschrocken feststellte, sondern ein Kind von mindestens einem oder anderthalb Jahren, ein kleiner Junge, fast wie die Waisen auf dem Schiff, mit geschorenem Kopf, und schlief.

»Na dann«, sagte Sofía zu Darío, und eilig flüchteten die beiden zu dem Café, als schwebte dort über der Tür ein Engel oder die Galionsfigur des einzigen Schiffes, das sie retten konnte.

Nur dass es kein Engel war, wie Sofía bemerkte, als Darío ihr die Tür aufhielt und sie die beiden Frauenbrüste sah, denen zwei Flügel entsprangen, die Löwenpranken, den tückischen Blick und den geschlossenen Mund. Nein, es war kein Engel, es war eine Sphinx.

Fado, ich weiß nicht, wer du bist

Der Konsul und Ricardo kehren nach Lissabon zurück.
Wer ist Ricardo? »Retten Sie Oswald, Señor Eduardo.«

I

Am Anfang, und so sollte der Konsul sich Stunden später erinnern, als er allein seinem Schicksal gegenüberstand, hatte er keine Angst gehabt, als er sah, wie die beiden Männer, deren Gesichter er in der Dunkelheit kaum erkannte, in die Höhle traten und ihn abholten, auf Anweisung von Ricardo, der oben geblieben war, am Rand der Steilküste, als würde er eine Rettungsaktion befehligen. Er gehorchte ihnen verdutzt, wie ein Rekrut, der das Manöver eines Bataillons behindert hat und die Konsequenzen seines Fehlers nicht zu erfassen vermag. Beide hatten eine Taschenlampe in der Hand, und da das Brausen des Meeres ohnehin jedes Wort übertönte, deuteten sie nur auf den kleinen steilen Pfad, der zwischen den Felsen hinaufführte. Der Konsul ging, so schnell er konnte, stolperte über Steine, die in die Brandung hinabfielen, mit steifen Gliedern, weil er sich so lange nicht bewegt hatte, weil der Wind ihn peitschte und, mehr noch, weil es ihm selbst so ungeheuerlich vorkam, dass er sich von seinem Geheimnis befreit hatte, und so spürte er nun die tiefe Leere in seinem Rücken, die Weite des Meeres und die unglaubliche Höhe des Himmels, als hätte er sich von den Elementen gelöst. Aber warum hatte Ricardo ihn so plötzlich allein gelassen, ohne auch nur mit einem Wort anzudeuten, was er dachte? Oder war sein Weggehen bereits eine Meinung, eine Strafe? Und warum kam ausgerechnet hier am Höllenschlund nicht Estebans Stimme, um ihn anzutreiben, ihn zu quälen, ihn in gewisser Weise auch, wie in all den Monaten, zu führen? Dem Krachen einer Welle folgte das Kreischen von Vögeln, einer Unzahl von Seevögeln, die sich, aufgescheucht von ihrem Felsen, rasch zu einem Geschwader zusammenfanden, über seinem Kopf hinwegflogen und in der Ferne verschwanden wie Raben, die das Aas verschmähen. Es waren jene Vögel, die ihm in dieser Vorhölle von Lissabon irgendwann wie seine eigene Art vorgekommen waren. Und plötzlich verstand der Konsul, dass sein Geheimnis für ihn wie ein Bindeglied gewesen war, ein imaginäres Band mit den Toten, das ihn hielt, wo keine Familie und keine Religion war. Denn ein Geheimnis zu bewahren hieß, dafür zu sorgen, dass etwas überdauert, das Einzige, was auf dieser Welt von einem verlangt wird. Aber nicht einmal das hatte der Konsul geschafft. Es sei denn, das Frachtschiff ... Es sei denn, Ricardo ... Doch mittlerweile erschien ihm seine Mission nur noch lächerlich, unglaublich lächerlich. Dieses schreckliche Unrecht, das Esteban Leid und Tod gebracht hatte, mein Gott, was konnte da eine Spende in seinem Namen schon wiedergutmachen?

Sie kamen auf das merkwürdige Plateau oben, und beide Männer, sowohl der ihm vorausgehende, der sich immer wieder nach ihm umschaute, ob er nicht gestürzt war, wie auch der andere, der ihm so nah folgte, dass er ihm fast in die Fersen trat, schienen weniger um seine Person besorgt zu sein als darum, ihre Pflicht zu erfüllen und ihn unversehrt Ricardo zu übergeben, den der Konsul wie einen einsamen Vogel weiter hinten stehen sah, wo er in seinem grauen Anzug, den der Mond versilberte, an einem Wagen lehnte, ebenjenem roten Wagen!, und ernst zum Horizont schaute, als hätte der Konsul ihn betrogen, als müsste er sich jetzt einen neuen Plan ausdenken. Und als sie so nahe waren, dass einer der Männer so etwas sagen konnte wie »Auftrag erfüllt«, es klang jedenfalls deutsch, und Ricardo von seinen besorgten Grübeleien abließ und sich erhob, um sich auf die Abfahrt zu konzentrieren, stellte der Konsul fest, dass er wieder diese Kommandopose angenommen hatte, mit der er in der Villa seinen Dienstboten gegenübergetreten war, und er hatte sich so verändert, dass der Konsul sich schon fragte, ob er ihn vergessen hatte. Ohne ihm auch nur einen Blick zu schenken, wies Ricardo die Männer an, rasch loszufahren, *depressa!*, und um nichts in der Welt anzuhalten, es sei denn, die Polizei oder die Armee stoppten sie, in dem Fall sollten sie durch die Windschutzscheibe ein Papier vorzeigen, das er aus der Tasche gezogen hatte und das der Konsul vergeblich zu erkennen versuchte, er hatte nicht einmal die Kraft, ihn zu fragen, was es besagte. Und als die Männer schließlich vorne einstiegen, suchte der Konsul in Ricardos Gesicht nach einer Erklärung, aber der ging bereits um den Wagen herum, stieg wortlos hinten ein und öffnete ihm die andere Tür von innen.

»Nach Lissabon!«, sagte er zum Konsul, der noch steif dastand, wie erstarrt vor Angst, sie könnten ihn allein zurücklassen. Doch dann entschuldigte er sich, ließ sich in den Sitz fallen und kämpfte mit den Tränen. Gott, für all das, was er ihm gebeichtet hatte, für das Leben, das er, der »Señor Eduardo«, Esteban zugemutet hatte, für all das verachtete Ricardo ihn nun!

»Señor Eduardo«, sagte Ricardo schließlich. »Ich kann Ihnen versichern, dass Sie in Schwierigkeiten sind ...«

Der Konsul hatte Mühe, die Autotür zuzuziehen, denn der Fahrer hatte nicht auf ihn gewartet und fuhr schon ruckelnd an, und kaum waren sie auf den Weg eingebogen, preschte der Wagen über Steine und Schlaglöcher, fürchterlich schlingernd, so dass sie hin- und hergeschüttelt wurden, und der

Konsul kam sich vor wie ein Gefangener, zumal eine vergitterte Scheibe sie von den beiden Männern trennte. Ricardo sprach kein Wort mehr, bis der Wagen die Landstraße erreicht hatte und den Höllenschlund hinter sich ließ, all diese Vögel, wie die gefiederten Seelen der Selbstmörder, die so viel mutiger waren als er.

»Das Fenster, bitte«, murmelte der Konsul, noch außer Atem von der ganzen Aktion und sich sehnend nach ein wenig von dem Seewind, der wie mit Eimern die Gischt gegen die Scheiben schlug.

Ricardo hatte sich wieder dem Himmel zugewandt und erwiderte sichtlich verärgert: »Nur zu!«

Seine Stimme klang so fremd, so menschenfern, dass der Konsul ihn nur verdutzt anschaute, worauf Ricardo sich über ihn schwang und wie ein Berserker an der Kurbel drehte, bis die Scheibe ein Stück herunterfuhr; dann rutschte er mürrisch wieder auf seinen Platz und starrte erneut in diesen Himmel am Ende der Welt.

»Danke«, druckste der Konsul, und da Ricardo nichts sagte, begriff er, dass es besser war, ihn nicht weiter zu belästigen.

Sie kamen an der Villa des Patriarchen vorbei, die nun hell erleuchtet war, und zum ersten Mal sah der Konsul sie, wie er sie auf Zeitungsfotos gesehen hatte oder im Kino, in jener Reportage über den Aufenthalt des Herzogs von Windsor in Cascais, und er erinnerte sich an die fürchterlich kitschige Aufnahme des Herzogs mit Wallis Simpson, wie sie sich der Liebe ihrer drei portugiesischen Pudel kaum erwehren konnten, und dann an den Sprecher, der berichtete, wie eines Nachts ebendort ein Nazikommando versucht hätte, die beiden zu entführen. Wieso war er nicht schon früher darauf gekommen, dass die drei Männer hier im Wagen ihn vielleicht entführen wollten, dass er niemanden hatte, der ihn beschützte? Doch, natürlich hatte er daran gedacht, er konnte nur nicht glauben, dass alles so vorhersehbar war. Und erst jetzt, als hätte er seine Gedanken gelesen und antwortete gekränkt auf dergleichen Unterstellung, schnaubte Ricardo, wie angewidert von diesem Menschen, der ihm erst solch abscheuliche Dinge gestand und dann auch noch so vermessen war, schlecht von anderen zu denken.

»Salazar hat bestätigt, dass er nicht in die Villa kommt«, ließ Ricardo sich schließlich mit unbeteiligter Stimme zu einer Erklärung herab. »Die Unterredung mit dem englischen Botschafter ist schon seit einer Weile beendet. Aber jetzt verdächtigt er uns, den ganzen Ärger mit der Bombe auf der Boa Esperança verursacht zu haben. Immerhin«, gab er mit einigem Zögern zu, »wurde damit erreicht, was wir wollten.«

Und als bereute er sogleich das »wir«, schlug er mit der Faust gegen die Trennscheibe, wie um dem Fahrer zu sagen, er solle schneller fahren, und der Konsul presste sich in seinen Sitz, erschrocken über diese Heftigkeit, vor allem aber bei dem Gedanken, dass sie womöglich vor jemandem flohen. Hatte er nicht auch »wir« gesagt, als er ihm heute Nachmittag in der Rua do Alecrim begegnet war: »Wir haben mit Ihrem Dienstmädchen gesprochen«?

»Die Leute von der Sprengstoffabteilung sagen, sie brauchen die ganze Nacht, um auszuschließen, dass auch in unserer Villa eine Bombe versteckt wurde. Aber ich glaube, das ist eher ein Vorwand, um die Sachen des Patriarchen zu durchsuchen.«

Der Konsul hatte kaum Zeit, über den seltsamen Satz nachzudenken, »die Sachen des Patriarchen«, als sie schon in eine Seitenstraße eingebogen waren, die in den Wald hineinführte, und bald sah der Konsul den prunkvollen Glanz der Villa Italia vorüberziehen und davor, unter einer Laterne geparkt, die beiden Wagen, mit denen die Gräfin von Altamonte heute hereingeplatzt war, sowie das Auto, in dem Prinz Umberto ihn »auf eine Spazierfahrt« eingeladen hatte, vor kaum einer Woche, als die Getreidespende öffentlich geworden war – ein Vorwand bloß, um ihn zu bitten, ihm ein Visum auszustellen, wovon Sijarich ihm schließlich abriet. Beinahe hätte der Konsul Ricardo gefragt, ob er nichts von Oberst Sijarich gehört habe, denn auch wenn die Telefonleitungen unterbrochen waren, hätte der, vom argentinischen Botschafter in Spanien über seinen Aufenthaltsort ins Bild gesetzt, vielleicht einen Weg gefunden, ihm eine Nachricht zu schicken. Aber alles Persönliche schien umso kleiner zu werden, je weiter sie ins immer dichtere Dunkel eindrangen, und der Konsul schwieg, gehorsam wie ein Kind bei der ersten Beichte in Erwartung der unvorhersehbaren Buße. Bis Ricardo schließlich, als sie am Ende dieses Tunnels aus Bäumen die Lichter von Estoril sahen, weitersprach:

»Wie der Patriarch immer sagt«, und diesmal lächelte er beinahe: »Schuld an allem sind die Neutralen.«

Er zeigte auf die Hotels in der Ferne, wo trotz der späten Stunde in allen Fenstern Licht brannte. Bestimmt waren auch all die Leute, die heute in die Villa gekommen waren, um ihn zu ehren, noch nicht im Bett, sondern warteten, so wie jeder normale Mensch, auf das Kommuniqué von Salazar. Wenn sie es nicht gar voraussahen und bereits ein Komplott schmiedeten, um den Krieg zu überleben.

»Wenn ich an all die Flüchtlinge denke, die nicht wissen, ob sie hier wegkommen. Wenn ich an all die Schweinehunde denke, die mit der Hoffnung der Flüchtlinge spielen, obwohl sie genau von den Lagern wissen.« Und auch wenn er beide Sätze im selben unbestimmten Ton sprach, als ob er sie selbst nicht glaubte, schaute er ihn plötzlich mit einem neuen, fordernden Blick an. »Sie wissen von den Lagern, ja? Sie haben mir selbst gesagt, dass es Vernichtungslager gibt!«

Der Konsul glaubte schon, Ricardo würde jetzt den Stab

über ihn brechen – es war der gleiche Blick wie der von Esteban an jenem letzten Nachmittag im Büro von Mandelbaum –, als sie erneut auf die offene Landstraße einbogen. Der Wagen beschleunigte, und da die Männer auf den Vordersitzen bei dem Lärm nichts hören konnten, nutzte Ricardo die Gelegenheit und ergriff die Hand des Konsuls, so dass er wieder derselbe zu sein schien wie zu Beginn.

»Sie haben es ja gesehen, Señor Eduardo. Niemand wird abstreiten können, dass wir, die Schüler des Patriarchen, am meisten dafür gekämpft haben, dass Portugal aus dieser Gleichgültigkeit ausschert, die die Welt gegenüber der Verfolgung des Volkes Israel an den Tag legt. In Ihnen haben wir einen Verbündeten erkannt, und deshalb wollten wir Ihnen heute Abend die Ehre erweisen. Aber ich muss Ihnen jetzt etwas sagen, das Sie erschrecken wird, Señor Eduardo«, sprach er sehr ernst. »Wir waren es, die auf der Boa Esperança die Bombe gelegt haben.« Der Konsul konnte ein Schnauben nicht unterdrücken. »Bis jetzt ist die Aktion ein Erfolg gewesen: Salazar wird sich kaum noch weigern können, sich auf die Seite der Alliierten zu schlagen, und er wird den Amerikanern die Militärbasis auf den Azoren überlassen. In einer Stunde wird er es über den mobilen staatlichen Sender verkünden. Aber etwas ist schiefgelaufen, und jetzt ist jemand in Gefahr«, worauf er fest seine Hand drückte. Der Konsul schaute ihn an, als wollte er sagen, bitte, nicht noch einen weiteren Toten. »Na ja, richtig schiefgelaufen nicht«, beruhigte Ricardo ihn, »zumindest hatten wir damit gerechnet, deshalb wollten wir ihn heute Nacht auch in Ihrer Nähe wissen.« Der Konsul richtete sich auf, er ahnte, dass es jetzt sein gutes Recht war, sich veralbert zu fühlen. Und warum hatte er dann gesagt, er sei in Schwierigkeiten? »Ich bitte Sie, hören Sie mir zu«, sagte Ricardo und lächelte, aber es war ein scharfes Lächeln. »Tun Sie es für mich. Wie für einen Sohn.«

2

Mit einem Ruck wandte Ricardo sich ab und schaute wieder durchs Fenster in die bewegte Dunkelheit, die sie auf ihrer Fahrt hinter sich ließen. Der Konsul wusste jetzt, dass sie nicht geplant hatten, ihm etwas anzutun, mehr noch, sie waren auf ihn angewiesen. Doch aus den Worten, die Ricardo zuletzt gesagt hatte, sprach eine so unfassbare Geringschätzung gegenüber dem, was er ihm gestanden hatte, dass er sich mit jeder einzelnen Person, von der er ihm in der Höhle erzählt hatte, gedemütigt fühlte. Er war es leid, Geduld mit ihm zu haben, war wütend auf sich selbst, weil er ihn für jemanden gehalten hatte, der so rein war wie Esteban. Wenn Ricardo ihn, wie es nun den Anschein hatte, nur benutzen wollte – seit wann war das so gewesen? Erst seit dem Moment, als er die Spende öffentlich verkündete? Nein, wenn er es recht bedachte, wenn er sich daran erinnerte, wie Ricardo ihm in der Höhle zugehört hatte, ohne wirklich überrascht zu sein, dann schien alles darauf hinzudeuten, dass er von einigen wichtigen Dingen bereits vorher gewusst hatte: von der Ankunft des falschen Mandelbaum, von seiner plötzlichen Reise nach Argentinien, selbst vom Kadettenskandal. Er hatte ihn nur reden lassen, damit er sich in diesen Zustand der Überempfindlichkeit und äußersten Labilität hineinsteigerte, der die einsamen Seelen am Höllenschlund in den Selbstmord trieb, einen Zustand, in dem er nicht mehr in der Lage war, sich gegen eine Erpressung zu wehren. Aber wie hatte Ricardo das alles in Erfahrung bringen können? Und plötzlich, aufgeschreckt durch ein paar Wörter – »... wie Ihre Mutter, Señor Eduardo ...« –, merkte der Konsul, dass Ricardo bereits seit einer Weile sprach und annehmen musste, dass er die entscheidenden Worte hörte; und als er die leuchtende Verzückung in seinem Gesicht sah, fragte er sich, ob nicht auch Ricardo einfach nur verrückt war.

»... von meiner Mutter«, sagte Ricardo gerade, »dem weißen Raben in unserer Bankiersfamilie, habe ich eine starke spirituelle Ader geerbt, und die hat mich in der Phase meiner Ausschweifungen gerettet. Einer meiner Kumpel in Paris war Spiritist, und als er im Café de Flore ermordet wurde und man mir die Schuld in die Schuhe schob, beschloss ich, so wie er es erträumt hatte, nach Tibet zu gehen, wo ich den Herrn Eliade kennenlernte, den Attaché der rumänischen Gesandtschaft, der uns heute vor der Villa verabschieden kam, erinnern Sie sich? Nun ja, er wird mich nicht sehr mögen, aber er interessiert sich sehr für die Religionen und ist ein guter Freund des Patriarchen.«

Der Konsul wollte ihm schon sagen, dass er Mircea Eliade kenne, dass er davon Abstand genommen habe, dem Herrn seine Meinung zu Salazar zu sagen, auf Anraten von Oberst Sijarich, der ihn für einen Spion halte, aber er schwieg, denn er ahnte, wenn er Ricardo reden ließ, wäre dies eine Möglichkeit, seinen Unwahrheiten und Widersprüchen auf den Grund zu kommen.

»Es war bei einem Empfang, den die französische Botschaft in Burma für den Patriarchen organisierte, nach seiner Rückkehr aus Goa, wo er, auf einer seiner ersten ›Kolonialtourneen‹, Kopf und Kragen riskiert hatte, als er sich für die ›Toleranz der Religionen‹ aussprach. Ich war vom Kloster heruntergekommen, um meine Sehnsucht nach ein wenig vornehmer Welt zu stillen, und ebendort, in einem prachtvollen Salon, stand er plötzlich vor mir, und ich erkannte ihn, wie auch er mich erkannte, auch wenn wir uns vielleicht noch nie gesehen hatten: Er wisse, sagte er, dass ich seine Predigt am besten von allen verstanden hätte, weil ich ein ›in meiner Judenheit verlorener Jude‹ sei, und plötzlich spürte ich, dass sein Blick mich aufweichte wie Wasser den ungebrannten Tonkrug und dass seine Umarmung mich für immer neu modellierte. Damals hat der Patriarch mir auch einen neuen Namen gegeben.«

Ricardo hielt weitere Erklärungen für überflüssig, und der Konsul brauchte ihn auch nicht darum zu bitten, denn ein alter Roman stieg aus seiner Erinnerung herauf und erhellte ihm dergleichen Wahnsinn: Aljoscha, der jüngste der Brüder Karamasow, der seinen Willen einem furchtbaren schwarzen Mönch unterwarf. War es nicht vielleicht der Patriarch gewesen, der sich dieses vaterlosen und ungetrösteten, grenzgängerischen jüdischen Jungen im Schatten des drohenden Krieges bedient und von ihm die Schenkung seiner Villa und wahrscheinlich all seiner Habe verlangt hatte, als würde er in ein Kloster eintreten? Doch selbst wenn, hatte der Konsul das Recht, über ihn zu richten? Hatte sich nicht auch Esteban seinetwegen, wegen seiner Abwesenheit und seiner Schäbigkeit, mit Kerlen zusammengetan, die weit schlimmer waren?

»Ich weiß, dass nichts mich auszeichnet, was die Tatsache rechtfertigen könnte, dass er mich bevorzugt, nicht vor den Diplomaten, die uns an jenem Abend gemeinsam aus der französischen Botschaft hinausgehen sahen, noch vor dem Klerus, der heute über mich wacht, oder dem einfachen Volk, das mich beneidet«, sagte Ricardo, und er schien nun ganz in seinen Phantasien aufzugehen. »Soll ich noch mehr sagen? Nachdem der Patriarch mich gebeten hatte, niemals von seiner Seite zu weichen, weil sich ihm in einer Offenbarung gezeigt habe, dass ich es sein sollte, der ihm auf dem Sterbebett die Hand hielt, schlug er mir einen ›Pakt der Vertraulichkeit‹ vor. Er würde immer bei mir sein, vorausgesetzt, ich hielt die Art unserer Verbindung geheim, was so weit ging, dass ich, wenn ich ihn begleitete, alles tun musste, um mich wie ein Priester zu geben. Sie werden vielleicht sagen, dass der Patriarch mich verstecken wollte, dass ich nicht hätte zulassen dürfen, dass er mich als seine Schande betrachtete. Aber bitte, es war die

Welt, die unsere Verbindung nicht ertrug! Und warum hätte ich auf den Gedanken kommen sollen, dass er mich nicht liebte? Heißt es nicht auch im Fado, dass man die Liebe nicht erklären kann? Und selbst wenn der Patriarch mich nur des Geldes wegen auserwählt hätte, na und? Hätte mein Geld, das Geld einer leichtfertigen Verrückten, eine bessere Verwendung finden können denn als Treibstoff für den Motor der heimlichen Bewegung, die wir bildeten? Preist nicht selbst der Papst Großzügigkeit und Hingabe als die einzige Möglichkeit, dem Tod etwas entgegenzusetzen?«

Als er merkte, dass die Ironie die Absicht seiner Worte zunichtemachte, hielt er inne und versuchte, sich zu beruhigen, was ihm erstaunlich prompt gelang: Nichts schien bei ihm von Dauer zu sein, alles veränderte sich je nach dem Ort, an dem er sich befand, oder der Person, die ihm gerade zuhörte, wenn die Erinnerung ihn bestürmte.

»So kam es, dass der Patriarch, kaum zwei Monate nachdem wir uns zum ersten Mal begegnet waren, sein Lager in Cascais aufschlug, in der Villa, die sie heute kennengelernt haben und die ich auf seinen Namen überschrieb, falls mir etwas passierte, verstehen Sie?« Der Konsul sagte nichts: Nein, er hatte nicht verstanden. »Monatelang habe ich das Haus umgebaut, zum Wohlgefallen meines geliebten Meisters, vor allem aber, um es zu einem idealen Versammlungsort für seine Schüler zu machen, einem passenderen Ort jedenfalls als die Kreuzgänge eines Klosters, wo sie sich versammelt hatten wie die ersten Christen, immer in der Furcht, dass man sie entdeckte. Denn es waren keine Geistlichen, oh nein, es waren Männer, die der vornehmsten Gesellschaft Portugals entstammten und die der Patriarch auswählte. Einer von ihnen tat sich bald unter allen anderen hervor, einer, der die Seele des Patriarchen in Liebe entflammt hatte so wie ich und von dem mir der Patriarch, sobald eine Versammlung beendet war und ich aus meinem Versteck unter seinem Schlafzimmer herauskam, mit einer Leidenschaft erzählte, die ich nicht an ihm kannte. Es war die Leidenschaft des Künstlers, der ein Material gefunden hat, mit dem er etwas *anderes* schaffen kann. ›Glaub mir‹, sagte er an einem jener endlosen Abende in der Höhle am Höllenschlund, ›er wird eines Tages unser Held sein.‹ Denn nicht nur wegen seiner Geschichte – er war mit einer ersten Welle von Exilanten aus Belgien gekommen – hatte er eine Verpflichtung, welche die Schüler von hier nur im Munde führten, und wenn er von dem Schrecken sprach, wusste er genau, worum es ging. Ja, er hatte das Zeug zum Märtyrer! Und ich verspürte eine unerträgliche, geradezu körperliche Sehnsucht danach, das Gesicht des Auserwählten zu betrachten. Sie werden jetzt sagen, das sei bloß Eifersucht gewesen, und ich will es gar nicht leugnen, denn als der Patriarch eines Abends verkündete, Oswald, so sein Name, werde in der Villa bleiben, weil er sich das Recht erworben habe, dieses Paradies der Freundschaft kennenzulernen, in das er um Aufnahme gebeten hatte in der Hoffnung, für seine in Brüssel verlorene Familie einen Ersatz zu finden, und als ich mir schon vorstellte, wie er unsere himmlische Symbiose verletzte, da malte ich mir auch gleich aus, auf welche Weise der Patriarch seine Vorliebe für den neuen Auserwählten zeigen würde, und ich musste an meine sieben Selbstmordversuche denken. Aber kaum sah ich Oswald, sein Bild in einem Spiegel, und ich verstand, dass er all das war, was ich nie hatte sein können. Noch am selben Abend, als der Junge sich gerade ins Bad zurückgezogen hatte – mich überkam eine Versuchung, wie ich sie seit meinen Tagen in Tibet nicht wieder gespürt hatte –, hielt der Patriarch mich an, ihn durch ein verborgenes Oberlicht zu betrachten, damit ich sah, wie gleich wir in der Nacktheit waren. Denn ich bin leer, und er war tief; ich will nur jemand sein, und er war schon einer. ›Begehre ihn‹, flüsterte der Patriarch mir zu. ›Nimm das Begehren als schönen Ersatz für den Neid. Der einzige Weg, der dich zur Heiligkeit führt, ist die Erniedrigung‹, und ich brannte vor Verlangen, dass Oswald sich meiner bediente und mich erniedrigte. ›Und wenn er es dir erlaubt‹, sagte er, ›erfreue dich an ihm, denn ich weiß, dass euch das größte Glück beschieden ist: euch zu ergänzen, weil ihr verschieden seid. In diesem Feuer brennen wir alle drei. Einer und dreieinig.‹«

Der Konsul sah draußen nun vertrautere Bilder und Schatten vorbeifliegen, und er hatte das Gefühl, dass er selbst in unendlich tieferen Schatten versank, nicht in denen der sexuellen Inversion, in dieser Stimmung lebte er schon seit Estebans Tod, sondern in den Schatten dieser Hölle des Herrschens über andere, die sich auftat, wenn das Begehren sich als Religiosität verkleidete, ob unter Rechtgläubigen oder Ketzern.

»Nach dem Abendessen«, fuhr Ricardo fort, und er war so in seine Erinnerung vertieft, dass es schien, als spräche er mit sich selbst, »hatte ich zum ersten Mal seit Monaten vergessen, dass es den Patriarchen überhaupt gab. Da waren nur er, der Auserwählte, und ich in einer Kapsel, die der Patriarch für uns geschaffen hatte. Am nächsten Tag ging der Patriarch auf Reise, es war seine zweite ›Tournee‹ durch die Kolonien. Mein Verlangen nach Oswald war schon so groß, dass ich in meiner Sorge den Patriarchen bat, er möge mich auf die Reise mitnehmen. Doch der Patriarch, der alles versteht, war nicht einmal eifersüchtig. Nachdem er mich am Höllenschlund umarmt und geküsst hatte, sagte er mir, Jesus wolle, dass wir, seine Kinder, uns aneinander erfreuten und uns unseren Reichtum schenkten, und dass er mir nur zwei Bedingungen stelle: ich solle weiterhin das Geheimnis unserer Verbindung geheim halten; und ihn brieflich über alles informieren, was mit dem ›innigen Freund‹ passierte, den er für mich ausgewählt habe. Ich blieb allein in Cascais, und auch wenn ich es eine Weile schaffte, mich mit den Alltagsbeschäftigungen im Haus abzulenken, erinnerte mich eine magnetische Kraft immer wieder an Oswalds Körper, wie ich ihn im Badezimmer gesehen hatte. Doch am Samstag darauf, als die meisten Bediensteten frei hatten, war die Stille des Hauses zu viel für mich, und ich hatte Angst, wieder zu dem Lebemann zu werden, der sich in Paris schon für einen anderen gehalten hatte. Ich konnte nichts dagegen tun: Ich rief Oswald unter irgendeinem Vorwand zu Hilfe, und er kam, unter irgendeinem Vorwand, aus Estoril. Als wir dann am Höllenschlund allein waren, umarmten wir uns wie getrennte Waisenkinder, die sich unter einem gnädigen Himmel wiedergefunden haben. Und auch wenn Oswald nicht wissen konnte, dass ich jedes Wort, jede Tat, jedes Zeichen seiner Liebe in schwarzen Notizbüchern festhielt, die ich mit einem speziellen Botendienst der PVDE expedierte, was für mich, nun ja, auch einen gewissen Kitzel bedeutete, spürte ich bald, dass der vergnügte Blick des Patriarchen, unter den wir uns auf diese Weise stellten, uns noch mehr verband, dass er uns Kraft gab. Der Patriarch war Gott am achten Tage, und er sah, dass auch dies die Natur war und dass es gut war. Und auch wenn die Versammlungen bis zur Rückkehr des Patriarchen ausgesetzt wurden, glaubte ich, dass ich unserer Sache diente wie nie zuvor. Denn niemals verloren wir bei unseren Begegnungen die Politik aus den Augen. Selbst während der Bombardierung Brüssels, bei der die halbe Familie de Maeyer ums Leben kam, als der Patriarch noch versuchte, die portugiesische Gemeinde in Angola in ihrer Sympathie für die Nazis zu mäßigen, schlug er mir vor, unser beider Vermögen für ein gemeinsames Unternehmen zusammenzutun, was der Patriarch guthieß und meine Mutter, auch wenn sie ihm misstraute, ebenfalls gutheißen musste, denn das Kapital der De Maeyer-Bank, Señor Eduardo, und das darf ich Ihnen versichern, ist wirklich un-glaublich!«

Ricardo sagte es auf eine frivole Weise, mit einer Liebe zum Geld, dass der Konsul innerlich den Kopf schüttelte: Wie hatte er ihn nur für einen Esteban halten können? Esteban, der niemals eine Villa betreten hatte wie die dieser Perversen! Esteban, der die Pfaffen verachtete und der den »Señor Eduardo« noch mehr verachtet hätte, wenn er gewusst hätte, dass er sich mit ihnen einließ!

»Dank Oswalds vorzüglicher Beziehungen konnten wir der Welt unsere Bank mit Erfolg präsentieren, einem Erfolg, der, so verdächtig er manchen erscheinen mochte, darum nicht weniger fulminant war. Der Herzog von Windsor – als Kronprinz war Edward ein Klassenkamerad von Oswalds Vater in Eton gewesen – nahm mit Vergnügen unsere Einladung an, eine Zeit in der Villa zu verbringen, zusammen mit seiner großen Liebe Wallis Simpson, wegen der er abgedankt hatte; und da das Ansehen der de Maeyers in der Welt nach wie vor sehr groß war, war Oswald selbst es, erinnern Sie sich?, der den Gerüchten entgegentreten musste: Nein, natürlich waren wir keine Sachwalter der Nazis, wir hatten keinerlei politische Sympathie, wir waren, wie Salazar es wünschte, gute Gastgeber, der Neutralität verpflichtet, ein ›portugiesisches Haus‹. Und dennoch, jenseits allen öffentlichen Erfolgs und der heimlichen Idylle zwischen uns dreien, zwischen dem Auserwählten, dem Patriarchen in der Ferne und mir, nahm eine Tragödie ihren Lauf, die dem Unglück, von dem Sie mir erzählt haben, sehr ähnlich ist.«

3

Gott, nein, dachte Konsul Cantilo, während er in die Nacht von Lissabon schaute, den breiten Strom von Schatten und flüchtigen Bildern, es waren Fetzen der alltäglichen Welt, die

Ricardo in die Luft gejagt hatte: das Galeonen-Restaurant in Paço de Arcos, wo sie den Minister Ruiz Guiñazú geehrt hatten, das Hieronymuskloster, dieser Vogel, der wie ein Geschoss gegen die Windschutzscheibe prallte und ins Nichts wegrutschte, ohne auch nur eine Spur von Schmutz oder Blut zu hinterlassen. Wohin bringst du mich? Und er meinte nicht das endgültige Ziel ihrer Fahrt – wenn sie ihn hätten umbringen wollen, hätten sie es längst getan –, sondern all das, was Ricardo ihn zu empfinden zwang. Wohin? Er fragte ihn mit Blicken, flehte ihn an, bitte, er möge ihm die Vorstellung eines Selbstmords ersparen, denn er brauchte noch Kraft, um am Zoll zu erledigen, was zu erledigen war.

»Ach, Señor Eduardo, Señor Eduardo«, tadelte Ricardo ihn liebevoll, rückte an ihn heran und senkte nur ein wenig die Stimme. »Nach dem, was Sie mir erzählt haben, glaube ich, dass keiner besser als Sie versteht, wie glücklich wir in diesen Monaten waren, der Auserwählte des Patriarchen und ich, wir planten schon ein ganzes Leben gemeinsam, planten nicht nur, wie wir die Flüchtlinge retten konnten, sondern uns selbst vor der Schäbigkeit der Welt. Und keiner könnte besser als Sie verstehen, mein lieber Señor Eduardo«, sagte Ricardo seufzend, und der Konsul roch seinen sauren Atem, »nicht mein Oswaldinho und nicht der Patriarch, welches Damoklesschwert über mir schwebte. In meinem Herzen war Platz für die Liebe zu beiden, und beide waren bis zu einem gewissen Punkt bereit, ihre Liebe zu mir zu teilen. Aber sosehr Oswald den Patriarchen von Anfang an bewundert hatte, machte er doch mit der Zeit den Fehler, ihn geringzuschätzen für das, was an mir auf meinen Meister zu verweisen schien, was der Patriarch in seinen Augen aus mir gemacht hatte. Und alles nur, weil ich ihm nicht die wahre Natur meines Paktes mit dem Patriarchen offenbaren konnte, weil ich nicht sagen konnte, wie ich gewesen war, bevor ich ihn kennenlernte. Und nicht aus Eifersucht erklärte Oswald, dass er die Vorstellung nicht länger ertrage, mit diesem Mann nach seiner Rückkehr von der Reise unter einem Dach zu leben, sondern weil sein höchstes Ideal die Gerechtigkeit sei, und wie konnte er da meine Knechtschaft, wie er es nannte, dulden? ›Wirst du ihm wieder die Strümpfe waschen? Wirst du seine Gemächer so umbauen lassen, dass sie in schicklicher Entfernung von deiner Dienstbotenkammer liegen und niemand es wagt, dich deiner tiefen Zuneigung zu verdächtigen?‹«

Der Konsul fragte sich, ob Ricardo wirklich aufrichtig war oder ob er nur aussprach, was er in den Gedanken des Konsuls gelesen hatte, denn natürlich widerte ihn das alles an. »In meinen Briefen nach Angola schilderte ich dem Patriarchen weiterhin in allen Einzelheiten die verschlungenen Wege, die mein geistiges und körperliches Glück nahm, doch etwas in meinen Zeilen, das ich mir selbst nicht genauer erklären kann, ein Wechsel im Tonfall vielleicht, nährte seinen Verdacht, dass ich ihn verriet, und er stellte mir eine Falle … Um mir unter die Nase zu reiben, wirklich unglaublich, dass ich ohne ihn nichts kann und niemals etwas können werde, weil unser Pakt stärker ist als ein Pakt mit dem Teufel!«

Mit ernster Miene rutschte Ricardo wieder auf seinen Platz, und der Konsul, dem ein seltsamer Widerspruch aufgefallen war, drückte sich erschrocken gegen die Tür. Eigentlich musste die Operation Willi vor dem Bombenangriff auf Brüssel stattgefunden haben, nur damals hatte er sich kaum für Politik interessiert, und so war er sich auch nicht sicher. Aber wie konnte es sein, dass Ricardo sein ganzes Vermögen in die Hände des Patriarchen gelegt hatte, wenn er danach die Bank De Sanctis & De Maeyer gegründet hatte?

»Was meinen Sie, wer kennt das Herz der Menschen wohl am besten?«, fragte Ricardo, und der Konsul fürchtete schon, die Antwort zu ahnen. »Der Beichtvater natürlich! Sie haben es gestern Abend selbst gesehen. Nachdem er Tausenden und Abertausenden von Sündern die Beichte abgenommen hat, ist der Patriarch ein Meister in der Kunst, Geheimnisse zu erraten. Und sie auszunutzen.«

Dem Konsul schwirrte der Kopf: Demnach hätte der Patriarch das, was er während des Empfangs glaubte, geheim zu halten, erraten können, und ihm wurde klar, dass Ricardo selbst sein Beichtvater gewesen war und dass er jetzt womöglich von der Macht sprach, die er seit dem Höllenschlund über ihn ausübte. »In einem scharfen Brief, den er mir aus Luanda schickte, teilte der Patriarch mir mit, dass António Ferro ihm geschrieben habe und sage, jemand von der PVDE hätte uns gesehen, Oswald und mich, wie wir uns küssten, was Ferro, immerhin ein Dichter der Avantgarde, an sich nicht bekümmere, aber er fürchte den großen Schaden, den eine solche Unbedachtheit für uns Schüler und für die Kirche bedeuten könne. Und als hätte ich damit unseren Pakt gebrochen, gebot er mir, den folgenden Schritt zu tun. Der Plan geht so, hören Sie.«

Der Konsul sah sich genötigt, zu ihm hinzuschauen, und vielleicht weil nun die Lichter der Lissabonner Innenstadt auf sein Gesicht fielen, erkannte er ihn kaum wieder.

»Wie es scheint, hat António Ferro selbst dem Patriarchen von einer jungen Fadosängerin erzählt, aus ärmsten Verhältnissen, aber überaus talentiert, auf die er ein Auge geworfen hatte. Der Patriarch schrieb mir nun, ich solle unbedingt mit Oswald in die Parreirinha de Alfama gehen, um Amália kennenzulernen und ihn davon zu überzeugen, dass es Teil unserer Sache sei, ihre Musik zu unterstützen. Es war überhaupt nicht schwer, denn nichts, glauben Sie mir, war so sehr ein Ausdruck unserer selbst wie die Stimme dieses Mädchens! Was mich betrifft, weil sie die Liebe sang, wie ich sie fühle, eine Strafe, die nie wieder über mich gekommen wäre, wenn es nicht mein

Schicksal gewesen wäre, mein eigener Fado; und Oswald, weil er die Liebe noch wie eine Herausforderung spürte, der man kämpferisch begegnen muss, auch wenn man sie verloren weiß. Sie sang einen Fado, den ich nie vergessen werde.« Ricardo räusperte sich, ehe er leise sang: »*Keine Hoffnung auf den Himmel wird mir die Gewissheit nehmen, dass unsre Liebe dir gehört und mir, nur auf Erden wollen wir sie leben* ... Danach warteten wir an der Tür des Lokals auf Amália, und natürlich freute ich mich über ihre Bereitschaft, zu tun, was immer wir für richtig hielten – immerhin waren wir Abgesandte des Patriarchen und sie ein Mädchen vom Hafen, dessen Glaube vom Aberglauben nicht weit entfernt war –, aber noch froher war ich, als ich erfuhr, dass sie mit einem jungen Mann verheiratet war, mit ihrem Gitarristen, der so einfältig war, zu glauben, wir wollten sie ihm wegnehmen, und der zu gegebener Zeit auch den passenden Skandal machte.«

Der Konsul entdeckte in Ricardo nun einen abscheulichen Don Juan, einen zynischen Verführer, der auch ihn selbst mit diesem chamäleonartigen, aber letztlich simplen Trick herumgekriegt hatte, sich in das zu verwandeln, was der andere am meisten wünschte.

»Der Patriarch, der mich als Mann von Welt kannte, hatte mir geraten, mit Amália sachte vorzugehen. Wir sollten uns ›ihr zu Füßen zu legen‹, Oswald und ich, aber nur Dinge anbieten, die sie für notwendig hielt: eine erste Schallplattenaufnahme natürlich und einen Kredit bei unserer Bank, ohne Bürgschaft und mit langer Laufzeit, der es ihr erlaubte, ihre Familie abzusichern – womit sie auf Dauer von mir abhängig blieb. Als António Ferro ihre erste Tournee organisierte, schenkten wir ihr ein Auto, das ich selbst ausgewählt habe, ein rotes, genau wie das hier, in dem wir gerade sitzen, und das selbst in diesem Land voller ausländischer Wagen noch so unverwechselbar war, dass alle sie für meine oder Oswalds

Geliebte hielten. Zu dem Zeitpunkt hätte ich es gar nicht verhindern können, dass das Mädchen sich in mich verliebte und eine noch bessere Sängerin wurde, denn nichts hilft einem Fadosänger mehr, als eine heftige Liebe einzutauschen gegen eine unmögliche, eine Liebe, die der Fado zugleich als Segen und als Strafe kennt. Die Eifersucht ihres Mannes kümmerte mich nicht, früher oder später würde Amália ihn ohnehin verlassen, ich gab auch nichts auf ihre verzweifelten Bitten, sie zu nehmen, ›ich sterbe sonst‹, und wenn ich ehrlich sein soll, machte es mir auch nicht allzu viel aus, als ich schließlich auf ihre Bitte einging, so konnte sie sehen, dass ich mit einer Frau im Bett tatsächlich nicht viel hermachte, vor allem aber konnten so ein paar von mir informierte Freunde uns ›erwischen‹: Es war *die* Gelegenheit, den besagten Bericht an die PVDE zu widerlegen, Sie verstehen? Und meinem Ruf als Playboy alle Ehre zu machen ... Genau das hatte der Patriarch gewollt! Doch Oswald war irgendwann nicht mehr zu bändigen, er hatte einen Brief gefunden, in dem ich dem Patriarchen schrieb, dass ich mit der Kleinen geschlafen hätte, und er fühlte sich bemüßigt, mir mitzuteilen, dass wir uns, sobald der Patriarch wieder nach Lissabon kam, nicht mehr sehen würden. Er sagte, er zwinge mich nicht, mich für den einen oder den anderen zu entscheiden, er wolle nur seinen Verstand bewahren. Diesmal telegrafierte ich dem Patriarchen gleich von der PVDE aus, und in seinem nächsten Brief riet er mir, Oswald daran zu erinnern, dass er, und wenn er noch so viele Millionen besaß, ein Jude in Lissabon sei, wo früher oder später die Nazis einmarschieren würden, und wenn er die Gunst des Patriarchen ausschlage, könne das für ihn unangenehme Folgen haben.« Der Konsul erschrak. »Aber ja«, sagte Ricardo, als wäre er geradezu stolz darauf, »wenn Sie so wollen, habe ich ihm gedroht. Aber der Patriarch hatte mir auch gesagt, wenn meine Schule der Heiligkeit die Erniedrigung sei, dann sollte es für

Oswald, den Helden, der Kampf sein. Als der Patriarch schließlich zurückkehrte, hatte er einen Plan gefasst, einen Plan, der Oswald in Lebensgefahr gebracht hat, und jetzt können nur Sie ihn noch retten, Señor Eduardo. Sie, denn auf Ihre Weise sind auch Sie unser Auserwählter.«

Die Glocken der Kapelle von São João zeigten an, dass sie nun auf die Avenida da Liberdade fuhren, wo die Gestalten nervöser Gendarmen und die undeutlichen Schemen von hohen Absperrböcken mit aufgesetzten Pechfeuern an jeder Ecke die Straße abriegelten, und Ricardo verstummte jedes Mal, kaum dass der Wagen abbremste und die Männer auf den Vordersitzen sich beeilten, das unfehlbare Dokument vorzuzeigen. Als sie nur noch wenige Straßen vom argentinischen Konsulat entfernt waren, wurde der Wagen von vier Polizisten umstellt, und Ricardo packte den Konsul fest am Arm, wie um ihm zu bedeuten, dass jetzt jedes Wort sie in größte Gefahr brachte. Aber wäre es nicht besser, wenn man hörte, wie sie Spanisch sprachen? Doch Ricardo sagte irgendeinen Unsinn über Enten und Hasen, was nur ein Code sein konnte, worauf man sie höflichst durchließ, und mit einem beklemmenden Gefühl, das nicht frei war von Fatalismus, nahm der Konsul zur Kenntnis, dass sie in einen belagerten Bereich eindrangen. Nein, zu seiner Arbeit wollte er jetzt nicht zurück, er wollte nur endlich raus aus diesem Gefängnis mit all den Verrückten, wollte zurück in sein Leben, sein Schicksal vollenden.

»Kaum hatte ich den Patriarchen am Kai von Alcântara empfangen, in diesem unmöglichen Gewand, in dem ich mich als Geistlicher ausgebe, da sagte er mir, nachdem er mir den kalten Dolch seiner Gleichgültigkeit ins Herz gestoßen hatte, der Kapitän des Schiffes sei der Ansicht, Portugal könne es nicht dulden, dass auch nur ein einziges seiner Schiffe versenkt werde, und wenn es voller Juden wäre. Ich solle, sagte er, mit ihm direkt nach Cascais fahren, auch wenn er genau wusste, dass die ganze Kurie ihn in seiner Residenz in Lapa erwartete und dass dies die Gerüchteküche nur noch anheizte. ›Wir haben keine Zeit zu verlieren‹, sagte er nur. Und bei der geheimen Versammlung, die auf seine Anweisung hin noch am selben Abend stattfand, teilte er allen Schülern seinen ›großen Kummer‹ mit – Oswald, der unter ihnen saß, hörte mit gesenktem Kopf zu. Der Patriarch sagte, glaubwürdigen Berichten zufolge wollten die Alliierten Salazar drängen, ihnen die Genehmigung für eine Militärbasis auf den Azoren zu erteilen, was den Vereinigten Staaten erlauben würde, nach Afrika überzusetzen und den Anfang vom Ende der Achsenmächte einzuleiten; dies sei der vom Herrn bestimmte Moment für uns, zu handeln, und er wisse auch genau, wie. Großbritannien, dessen Botschafter schon um eine Audienz bei Salazar ersucht habe, hätte, auch wenn es wie ein Ultimatum aussehe, im Grunde nichts in der Hand, um wirklich Druck auf Portugal auszuüben; aber es würde genügen, wenn wir einen kleinen Sprengkörper auf dem Flüchtlingsschiff platzierten, dessen Auslaufen sich verzögerte, wohl weil Salazar die Passagiere Hitler ausliefern oder das Einlaufen des argentinischen Frachters noch für eine Weile verhindern wollte, und die öffentliche Meinung würde Deutschland des Attentats bezichtigen, so dass unser Ministerpräsident sich gezwungen sähe, den Krieg zu erklären. Sein Plan sei es gewesen, sagte der Patriarch, dass er selbst die Bombe legte, und auch seine Abneigung gegen jede Form von Gewalt hindere ihn nicht daran, denn niemand würde zu Schaden kommen; gehindert sehe er sich allerdings durch die Tatsache, dass ›jemand‹ mit einer *Indiskretion* sein Bild getrübt und die PVDE auf seine Spur gelockt habe … In dem Moment, das war klar, biss Oswald an, und er erbot sich, den Auftrag anzunehmen. Er sei der Einzige, sagte er, der genug Geld habe, um eine Passage erster Klasse zu kaufen, und niemand würde sich wundern, wenn er, ein Jude im Exil, Portugal verließ. Der Patriarch riet ihm ab, es sei viel zu riskant, außerdem bedeute es, dass er nicht wieder nach Portugal zurückkehren könne; wohingegen ich ihm, als er unter dem Vorwand, er müsse auf die Toilette, zu mir in mein Versteck kam, deutlich zuriet und ihm versprach, wenn die Boa Esperança dann schließlich auslief, würde ich mich ihm in Havanna anschließen. Worauf Oswald, der ein schlaues Kerlchen ist, zumindest solange die Eifersucht ihn nicht blendet, sich mit einem Polizeioberen in Verbindung setzte, einem Freund des Patriarchen, der ihm die Bombe beschaffte. Er war es, Oswald, der heute Abend versucht hat, sie auf dem Schiff zu verstecken, in der Kabine einer Familie, die irgendwo an Deck war. Leider ist etwas Unerwartetes passiert. Ich habe es am Telefon erfahren. Der Patriarch selbst hat es mir gesagt, er hat mich angerufen, bevor wir die Villa verlassen haben, erinnern Sie sich? Ich habe es Ihnen nicht vorher gesagt, weil ich nicht sicher war, dass Sie unser Drama verstehen können. Aber jetzt, wo ich weiß, dass diese Sache mit Ihrem Sohn ... oder dem Sohn Ihres Vaters ...«

Ricardo schien für eine Sekunde zu bereuen, was er gesagt hatte, und der Konsul, der es mehr als bereute, ihm alles erzählt zu haben, wandte sich niedergeschlagen ab.

»Genau so war es. Und obwohl wir beschlossen hatten, das Attentat mit unzähligen Bombendrohungen zu begleiten, konnte Oswald problemlos den Zoll passieren. Nur hat er es nicht verstanden, den Sprengsatz richtig zu bedienen.«

Ricardo sagte es mit einer seltsamen Leichtigkeit, doch der Konsul verstand die Botschaft: Der Patriarch, mein Gott, hatte den Auserwählten loswerden wollen, er hatte gewusst, dass ihm die Bombe unter den Händen explodieren würde!

»Aber er hat überlebt, Oswald. Gott sei Dank hat er überlebt! Er ist zwar verletzt und wurde für kurze Zeit festgehalten, aber dann ist es ihm gelungen, vom Schiff und aus den

Hafenanlagen zu fliehen, auch wenn er noch nicht bei dem Treffpunkt erschienen ist, den wir für einen solchen Fall verabredet hatten und wo der Patriarch jetzt auf ihn wartet. Das Hafenviertel ist ringsum abgesperrt, und die Hoffnung ist nicht allzu groß, dass er in seinem Zustand der Polizei entkommen kann, den Verhören. Aber da noch die Möglichkeit besteht, dass er jemanden trifft, der ihm hilft, und es bis zum Kurienhaus schafft, wohin auch ich mich jetzt begebe«, sagte er, »nachdem ich Sie bei Ihrer Gesandtschaft abgesetzt habe, ist es meine Pflicht, mich zu vergewissern, dass Sie ihm helfen können.«

Der Konsul setzte schon zu einem Protest an: Aber er wollte doch zum Terreiro do Paço, nicht in diesem Gebäude hocken, wo man ihn ja doch bald aufsuchen würde. Was sollte er dort!

Wie zur Antwort zog Ricardo einen jener unverkennbaren Pässe hervor, auf deren Vorderseite in goldenen Lettern das Wort Portugal stand. Kein Zweifel: Ricardo wollte, dass de Maeyer mit dem argentinischen Frachtschiff fuhr.

»Hören Sie mir gut zu, Señor Eduardo. Wenn Oswald entkommen ist und es zu uns nach Lapa schafft, werde ich ihm, wie vom Patriarchen erwünscht, die Wahrheit sagen: dass er nicht in Portugal bleiben kann. Denn selbst wenn man ihn nicht festgenommen hat, selbst wenn Lissabon nicht in die Hände der Nazis fällt, weiß man, wer er ist. Und wenn man ihn foltert und er unsere Gruppe verrät, wird der Patriarch ihn aus nachvollziehbaren Gründen verleugnen und auch mich zwingen, ihn zu verleugnen. Allerdings werde ich ihm auch sagen, dass ich heute mein Leben aufs Spiel gesetzt habe, um mich mit Ihnen zu treffen; dass Sie ihm ein Visum ausgestellt haben und dass er so schnell wie möglich nach Rio oder Buenos Aires fahren soll, wo wir durch Mandelbaum Kontakt zu ihm aufnehmen werden. Und natürlich werde ich ihm sagen, dass ich mich ihm dann anschließe.«

Auf einmal bog der Wagen ab, und der Konsul erkannte an der Ecke das argentinische Konsulat. Und als er die vielen anderen Diplomatenwagen sah, hätte er am liebsten geschrien, hätte gesagt, dass es in Lissabon keinen Ort gebe, wo er seinen Feinden so ausgeliefert sei, dass er keinen anderen Ausweg sehe, als den Pass zu stempeln und davonzulaufen ... Gleich würde er sich von Ricardo verabschieden, aber er bedauerte es nicht mehr.

»Jedenfalls sollen Sie wissen«, verkündete Ricardo, während der Wagen mit dem Parkmanöver begann und die Aufmerksamkeit einiger Gestalten im Schatten auf sich zog, »dass ich Portugal nicht verlassen kann. Ich kann die Sache nicht im Stich lassen, und vor allem kann ich nicht anders, als beim Patriarchen zu bleiben. Denn man kann zwar jemanden ziehen lassen, den man liebt – so viele Ehefrauen und Mütter winken in diesen Tagen den Soldaten nach! –, aber ich kann nicht ein anderer sein als der, der ich bin: ein Mensch, der nur existiert, wenn er einen Gebieter hat.«

Plötzlich wurde der Wagenschlag auf der Seite des Konsuls aufgerissen, und der stieß vor Schreck einen Schrei aus. Aber es war nur die Señorita Ana Pagano, die Konsulatssekretärin, die eine solche Angst ausgestanden hatte, nachdem sie als Einzige im Büro geblieben war, dass sie jetzt froh war, hier draußen zu sein und zu sehen, dass Dr. Cantilo noch lebte. Doch der Konsul raunzte sie nur an, sie solle sich nicht einmischen, sie solle bitte warten, und zitternd wandte er sich zu Ricardo und schaute ihm in die Augen, die ihm plötzlich die eines Unbekannten zu sein schienen, eines Fremden, eines Geisteskranken.

»Danke, von ganzem Herzen«, sagte Ricardo. Und der Konsul, der nur noch Hass verspürte, wusste nun, dass Ricardo dem Patriarchen nichts von Estebans Geschichte erzählen würde; dass er sie aber mitnehmen würde wie eine Waffe, die er jederzeit gegen ihn wenden konnte, und der Konsul musste sich beeilen, wenn er ihm zuvorkommen wollte. »Ich wusste von Anfang an, dass Sie auf unserer Seite sind und dass Sie mir helfen würden, ein Leben zu retten. Ich wusste immer, dass Sie wie ein Vater sein würden, zumindest für mich.«

Darauf schubste Ricardo ihn fast hinaus, und der Konsul stieg aus, empört über diese Unverschämtheit, und während der rote Wagen in Richtung Lapa davonbrauste, umklammerte er in seiner Hosentasche den Pass, in den er das Visum stempeln sollte – das Einzige, was ihm bezeugte, dass dies alles kein Traum gewesen war. Señorita Pagano versuchte, irgendeine Anweisung von ihm zu erhalten, doch er bedeutete ihr nur, sie möge gehen, bitte, irgendwohin, wo niemand sie finde, zumindest bis zum Vormittag, wenn seine Mission beendet war. Trotz des raunenden Tons schien sie sichtlich erleichtert, und sie drehte sich um und verschwand die Straße hinauf. Und bitte kein Wort zu Sijarich, falls sie ihm begegnete, rief der Konsul ihr nach. Nein, sagte sie, der Oberst selbst habe, bevor er nach Alcântara gegangen sei, gesagt, er werde anrufen.

Dann trenne ich die Telefonleitung, sagte sich der Konsul, ohne dass er recht wusste, warum. Und betört von der taufrischen Luft nach der klaustrophobischen Fahrt, kam er zu dem Schluss, dass dies alles, auch wenn es nur ein böser Traum war, letztlich nichts bedeutete: Das einzig Wichtige war sein Esteban, den er zwar noch nicht als Sohn bezeichnen konnte, sehr wohl aber jetzt als den Seinen. Und er ging allein in das leere Konsulat hinauf, um endlich, das wusste er, seinem Schicksal entgegenzutreten.

Ich wollte dir einen Fado singen

Discépolo und Oliverio allein. »Verse eines...«
Das Schiff ruft.

I

Unterdessen hatte Isidro auf der kleinen Bühne, auf der Amália gesungen hatte, einen Radioapparat aufgestellt, eine höchst beunruhigende Neuheit, dachte Oliverio, denn es war das oberste Gesetz im Gondarém, das Lokal, dieses »letzte Glück Europas«, aus der Politik und dem Krieg herauszuhalten, und jetzt saß er in einem der Kabuffs, »Nachtwächterstübchen« genannt, im Schummerlicht und überlegte sich verzweifelt, wie er entkommen könnte. Vor ihm, auf einer klapprigen Pritsche, lag im schwächlichen Schein eines Lämpchens, das unbedingt hatte anbleiben sollen, Enrique Santos Discépolo mit geschlossenen Augen und rang darum, mit seiner Übelkeit fertigzuwerden, ohne ganz einzuschlafen. Seine Smokinghose war zum Reinigen und Trocknen in der Küche, und eins der wenigen Zeichen, denen Oliverio entnahm, dass er noch lebte, war die Beharrlichkeit, mit der er immer wieder versuchte, sich eine nicht vorhandene Decke über die dürren Beine zu ziehen. Oliverio fragte sich, was ihm anderes übrigblieb, als Discépolo seinem Schicksal zu überlassen, ihn allein zu lassen, bis Tania ins Lokal käme. Wie konnte ihm dieser Betrunkene, der noch wehrloser war als die meisten Flüchtlinge, schon helfen? Und wie sollte er sicher sein, dass er ihn, wenn er wieder zu sich kam, nicht zum Teufel jagte? Musste er nicht vom Ruf des Maestros de Oliveira wissen, von den Skandalen im Hotel Crillon, von seiner Freundschaft mit Gardel und was man sich davon erzählte?

Das Geräusch aufschwingender Türen und dann eine japsende Dickenstimme, »das hat uns gerade noch gefehlt«, zeigte ihm an, dass Saldanha endlich zurückgekehrt war. Die Angehörigen von Túlio, dem Kellner, der Oliverio ablösen sollte, hätten ihn als vermisst gemeldet, sagte er, und der Chef der PVDE, dieser Hornochse, sei nicht davon abzubringen, dass ihn dasselbe Schicksal ereilt habe wie Júlia und dass *sie* in die Sache verwickelt wären! Zu allem Überfluss, fuhr Saldanha fort, sei Macário noch in der argentinischen Residenz, und er könne jeden Moment von der PVDE verhört werden, die ersten Etagen des Gebäudes, habe er auf der Dienststelle erfahren, seien bereits durchsucht worden. Und da mit einer Razzia zu rechnen sei, ordnete Saldanha an, jegliche Betätigung einzustellen, die nicht dazu diente, »das Gondarém in Ordnung zu bringen« – was wie immer bedeutete, alles aus dem Lokal zu entfernen, von dem nicht zu beweisen war, dass es hierhergehörte –, und Oliverio stockte das Herz, denn wie sollte er jetzt seine Beute aus dem Fach unter der Theke nehmen? Aus dem Radio erklang mittlerweile das patriotische Lied, das Salazars Reden voranging, und als Isidro in die Hände schlug, damit alle zuhörten, ein Klatschen wie im Theater, wenn der Inspizient den nächsten Auftritt ankündigt, wurde Discépolo wach. Doch kaum versuchte er sich aufzurichten, ließ ein unbestimmter, aber heftiger Schmerz ihn erstarren.

»Nur keine Sorge, Don Enrique«, sagte Oliverio, um ihn zu beruhigen. Doch Discépolo erschrak, als er merkte, dass er nicht allein war; er schloss die Augen zu einem Schlitz und suchte unter den Schatten nach dem Menschen, der zu der Stimme gehörte.

»Wer bist du?«, fragte er, die Hand schützend über die Augen haltend, und richtete den kleinen runden Metallschirm der Lampe auf Oliverio. Der tat so, als würde sie ihn blenden, wandte sich ab, um ihm nicht in die Augen sehen zu müssen, und gab ihm zu verstehen, er solle warten, weil draußen etwas Entscheidendes geschehe, entscheidend nicht nur für die Welt, sondern auch für ihn. Und unangenehm wie ein dissonanter Ton erfüllte nun die schrille Stimme von Salazar das ganze Gondarém.

»Ach, du bist es, Junge«, sagte Discépolo enttäuscht, mit einem Verdruss, der mit seinem körperlichen Unwohlsein verschmolz, und Oliverio fürchtete schon, er finge wieder an, eine Rede zu schwingen. »Gibt es etwas Neues von meiner Frau?«

Salazar rief nun, in streng aufsteigender Linie, die verschiedenen Schichten der hierarchischen Pyramide des portugiesischen Imperiums an, und Oliverio bedeutete Discépolo, nein, nichts Neues, aber er wolle jetzt zuhören, bitte, es sei wichtig. Doch der machte nur eine abfällige Handbewegung – fürchterliche Interferenzen beeinträchtigten den Empfang, feindliche Funker bestimmt, fluchte jemand –, wahrscheinlich glaubte er, Oliverio höre bloß auf den Streit irgendwelcher Betrunkenen.

»Salazar sagt«, flüsterte Oliverio, der mit komplizenhafter Miene nun die Aufgabe des Dolmetschers übernahm, »dass Portugal eine äußerst schwierige Situation durchlebt.«

»Na, das sind ja Neuigkeiten«, lachte Mr Copley, und Dr. de Telles und die Nutte, die die beiden begleitete, riefen, er solle still sein, vielleicht um den Streit hinauszuzögern, den sie schon für unvermeidlich hielten. Ja, dachte Oliverio, gut möglich, dass der alte Yankee doch nicht so wenig mit Politik und dem Krieg am Hut hatte, wie er immer tat; dass die Saufereien und unglücklichen Liebesbeziehungen nur seine Art waren, eine andere Sehnsucht zu betäuben, eine aus früheren Zeiten, die jetzt wieder in den Vordergrund drängte und sich gegen das drohende Ende auflehnte.

»Das feige Attentat auf ein Schiff der ruhmreichen portugiesischen Seeflotte, die Boa Esperança«, war Salazars Stimme nun deutlich zu hören, »ist nicht der einzige Anschlag gewesen, den man in den zurückliegenden Stunden auf den Neuen Staat verübt hat. Mit Hunderten von anonymen Drohungen wurde und wird weiterhin versucht, die neuralgischen Punkte des Neuen Staates zu treffen und damit diejenigen, denen das ehrenvolle Amt zukommt, ihn zu lenken. Plumpe und vergebliche Versuche sie alle, unseren Friedenswillen zu brechen, die Politik der Neutralität, die aufrechtzuerhalten uns so viele Menschenleben gekostet hat. Um auf diese Weise eine Reihe von fruchtbaren Gesprächen zu hintertreiben, welche die Regierung mit den Vertretern befreundeter Nationen führt!«

»Läuft das Schiff jetzt aus oder was?«, plauzte Mr Copley dazwischen, bestimmt mit gekräuselten Lippen, damit ihm seine Zigarre nicht aus dem Mund fiel.

Ja, dachte Oliverio, das Schicksal des Schiffes war dem Amerikaner nicht ganz egal, schließlich hatte er auf der Boa Esperança den Tabak importiert, der nun in seiner Manufaktur verarbeitet wurde. Diesmal war es Saldanha, der Mr Copley aufrief, still zu sein: »Wenn die Deutschen in Lissabon einmarschieren, gehören Sie zu den ersten Verdächtigen, mein Herr.« Doch der Yankee sagte nur: »Oh stop it«, und der Streit schien immer näher zu rücken.

»Portugiesen!«, fuhr Salazar fort, und Oliverio übersetzte einem Discépolo, der, in sein eigenes Unglück vertieft, nur die Stirn runzelte und ab und zu hickste. »Das Einzige, was für uns jetzt zählt, ist, und Gott sei Lob und Dank, dass keine dieser feigen Drohungen in die Tat umgesetzt wurde und auch nicht in die Tat umgesetzt wird. Zum gegenwärtigen Zeitpunkt können wir mit Sicherheit sagen, dass die Staatspolizei den Verantwortlichen für den Anschlag ausfindig gemacht hat.«

»Die argentinischen Residenz!«, entfuhr es Saldanha, als hätte er bis jetzt nicht glauben können, was der Chef der PVDE ihm bereits gesagt hatte. »Die verfluchte argentinische Residenz, die diese Knallköpfe von der PVDE schon als eine Art Außenstelle des Gondarém ansehen!«

»Doch sie sollen wissen, die teuflischen Kriegstreiber, dass Portugal kein kleines Land ist, sondern zur Größe bestimmt, und dass es dem Druck nicht weichen wird! Wenn diese Nacht, in der Gott uns auf die Probe stellt, zu Ende geht, wird ein neuer, ruhmreicher Tag für den Neuen Staat anbrechen, zum Ruhme unserer Nation!«

Matter Applaus war zu hören, wie nicht ernst gemeint, offensichtlich kam er von Mr Copley, den Teresa und Dr. de Telles aufforderten, es gut sein zu lassen und zu gehen. Da hatten sie den ganzen Tag gewartet, und dann diese Nachricht, die eigentlich keine war. »Und wer sind jetzt die anderen Personen, die bedroht werden?«, fragte Teresa, vielleicht nur um zu zeigen, dass sie da war und es, sollte es so weit kommen, nicht verdient hätte, dass man sie allein ließ. »Präsident Carmona? Der Patriarch?« Keiner antwortete ihr: Wenn es um Politik ging, interessierte die Meinung einer Frau nicht, auch wenn Teresa als Nutte hier mit vielen Ausländern verkehrte.

»Sag mal, Junge«, sagte Discépolo, während noch die letzten Akkorde des vaterländischen Liedes erklangen, und Oliverio, der ihn schon ganz vergessen hatte, sprang auf, »ist dieser Isidro eigentlich da?«

Ob Discépolo ein verdeckter Agent war? Nein, er fragte nur indirekt nach Tania, und Oliverio antwortete ja, Isidro sei es gewesen, der das Radio aufgestellt habe, und als ihm übel geworden sei, habe er auch dafür gesorgt, dass man ihm die Hose auszog und sie zum Waschen und Trocknen brachte.

Discépolo schaute ihn misstrauisch an, wie schmutzig die ganze Sache mit Isidro war, und so beeilte er sich, ihm zu sagen, dass der Oberkellner jedenfalls nicht zur Verfügung stehe, wie alle anderen vom Personal sei Isidro damit beschäftigt, aufzuräumen. Und da er den Geräuschen draußen entnahm, dass man nun dabei war, das Lokal buchstäblich auf den Kopf zu stellen, suchte er nach einem Vorwand, um hinauszugehen. Nur wenn er beim Aufräumen half, konnte er verhindern, dass Saldanha fand, was er gestohlen hatte.

»Sag mal, Junge, bist du schwul?«, fragte Discépolo wie beiläufig, während er noch mit zitternder Hand nach dem Glas Wasser neben der Lampe griff und angeekelt ein Pulverhäufchen auf dem Grund entdeckte, das wie ein Medikament aussah.

»Ich bitte Sie«, murmelte Oliverio, der daran denken musste, wie Isidro ihn beleidigt hatte.

»Aber meine Frau hat dir gefallen«, insistierte Discépolo und suchte nach seinen Augen, während Oliverio langsam auf die Tür zuging. »Du hast ein Foto von Tania neben der Theke.«

»Aber Don Enrique«, sagte Oliverio, »Tania ist eine große Künstlerin. Maestro de Oliveira selbst hat mir beigebracht, sie zu schätzen...«

Discépolo gab sich vorerst geschlagen und trank in einem Zug dieses Gift, und mit einem angewiderten Seufzer bat er, er möge ihm, »um es herunterzuspülen«, bitte »in demselben Glas« – als wollte er sagen: Wenn ich schon kein Geld dabeihabe – »ein Schlückchen Cognac« bringen.

Oliverio zögerte nicht. Er riss die Tür auf und rannte durch den dunklen Gang, und für einen Moment überlegte er, sich durch eins der kleinen Fenster in der Decke endlich aus dem Gondarém davonzumachen. Erst einmal draußen aus diesem Gefängnis, würde er schon sehen, wie es weiterging.

Aber vielleicht könnte er ja auch dem Türsteher von der PVDE erzählen, dass er nur für Discépolo eine Droschke besorgen wollte. Ihm vielleicht sogar sagen, wenn er ihn hinauslasse, wäre er bereit, in die Rua António Maria Cardoso zu gehen und dem Kommissar alles, was er wusste, zu gestehen. Doch als Oliverio zur Theke schaute, sah er, dass niemand dort war, und voller Hoffnung warf er einen Blick in den Gastraum. Isidro saß am Tisch des Jungen mit dem roten Halstuch, der bestimmt wieder von seiner Fahrt nach Marokko schwadronierte, ohne sich bewusst zu sein, wie gefährlich es war, sich diesem skrupellosen Kerl anzuvertrauen. Ein Stück weiter bemühte sich Dr. de Telles um die Aufmerksamkeit von Mr Copley und seiner vor Unruhe auf dem Sofa hin- und herrutschenden Begleiterin, denen er zu erklären versuchte, wie nach seiner Einschätzung die Nazis bereits die Grenze zu Galicien überquert haben müssten.

Weder Saldanha noch Marta waren zu sehen, vielleicht waren sie in den hinteren Räumen, wo sie irgendwelche kompromittierenden Beweisstücke vernichteten.

So dass Oliverio, den alle schon vergessen zu haben schienen, hinter die Theke schlüpfte und Discépolos Glas abstellte, worauf er in ein anderes Cognac einschenkte. Und nachdem er sein Fach geöffnet hatte, nahm er die Zigarrenkiste heraus, in der sein ganzes Vermögen steckte, und ließ sie in seine große Schürzentasche gleiten.

2

Während er zu dem Kabuff zurückging, dachte Oliverio, dass Discépolo garantiert wieder eingeschlafen war, so dass er jetzt in dem schummrigen Licht nur einen Ort finden musste, wo er die Kiste verstecken konnte, die wertvoller war als alles, was er jemals in Händen gehabt hatte. Doch kaum stieß er die Tür auf, sah er, dass Discépolo nicht nur wach war und, ans Kopfende gelehnt, schon den Arm nach dem Cognac ausstreckte, um den Nachgeschmack des Natrons loszuwerden, sondern dass er offenbar anhob, an seine endlosen Monologe von vorhin anzuknüpfen.

»Aber Maestro, ich bitte Sie«, sagte Oliverio. »Wollen Sie sich nicht ausruhen? Sie sehen etwas mitgenommen aus ...«

»Krank, wolltest du sagen«, korrigierte Discépolo ihn und nahm den Cognacschwenker so behutsam wie ein Messdiener den Kelch, nachdem der Pfarrer daraus getrunken hat. Andächtig stellte er ihn neben die Lampe. »Krank vor lauter Zweiviertaltakt! Und apropos, während ich hier lag, habe ich über einen Titel nachgedacht, der zu dem Melodram passen könnte, das ich schreiben will: *Tangokrank*. Nicht schlecht, was? *Fadokrank* ... Was meinst du?«

Oliverio nickte etwas hilflos, aufgewühlt von seinem eigenen Schicksal: Jenseits der Wand gab Saldanha dem Türsteher Anweisung, Túlios Fach aufzubrechen und es auszuräumen. Was, wenn sie danach sein eigenes öffneten und es verdächtig leer vorfanden?

»Mensch, Junge, du bist doch nicht beleidigt, oder?«, sagte Discépolo, den die Verstocktheit Oliverios ungeduldig machte, doch der wusste gar nicht mehr, worum es ging, und Discépolo klärte ihn bereitwillig auf: »Ich habe dich gefragt, ob du schwul bist, weil meine Frau dauernd so etwas sagt.«

Oliverio senkte den Kopf. Himmel, warum merkte er nicht, dass er mit diesem Blödsinn aufhören sollte, dass er in Gefahr war? Zu allem Überfluss war jetzt im Gastraum alles still, als hätte man etwas Unerwartetes gefunden. Aber schließlich nickte er und errötete.

»›Es gibt nur drei Sorten Menschen, die mich um ein Autogramm bitten‹«, sagte Discépolo und ahmte dabei den valencianischen Akzent seiner Frau nach: »›Schürzenjäger, Geldverleiher und Schwule.‹ Und da du ihr so gefallen hast und außerdem sagst, dass du bei Maestro de Oliveira gelernt hast ...« Discépolo sprach den Namen auf eine so affektierte Weise aus, dass Oliverio ihn anblitzte. Doch kaum war er sich seiner Aufmerksamkeit sicher, schaute Discépolo in irgendeine Ferne, räusperte sich und verfiel wieder in den Ton eines Radiosprechers: »Das heißt, du singst auch?«

»Nein, bitte nicht«, sagte Oliverio aufgebracht, denn draußen zerstreuten sich jetzt alle, wahrscheinlich nachdem sie weiß der Himmel welche Beweise aus Túlios Fach herausgeholt hatten, und wer sagte ihm, dass sie jetzt nicht hierherkamen! »Ich spiele nur ein bisschen Klavier ... Ich habe die Schüler des Maestros begleitet, und dabei hat er mir beigebracht, mir und seinen Schülern, Tania zu bewundern.«

»Dann also erst recht!«, erklärte Discépolo, und dabei schlug er seine tief geränderten Augen weit auf und breitete seine schwächlichen Vogelscheuchenarme aus. »Ach, Junge, was wäre uns erspart geblieben, wenn wir ein Publikum wie dich gehabt hätten ... Du glaubst ja nicht, wie du mir jetzt helfen kannst, in dieser Nacht von Lissabon ...«

Wie aus dem Nichts kam Marta an der Tür vorbeigerauscht und beklagte sich laut, dass niemand da sei, der ihr bei der Arbeit half, und wieso man nicht endlich jemanden einstellte, wahrscheinlich sei es schwer, solche Dummköpfe wie sie oder Oliverio zu finden! Oliverio wollte ihr schon nachrufen, sie solle die Smokinghose nicht vergessen, die in der Küche zum Trocknen hing, vielleicht schickte sie ihn ja in die Küche, wo er die Kiste irgendwo verstecken konnte. Doch in dem Moment spürte er, wie sich eine Hand in seinen rechten Unterarm krallte: Discépolo versuchte, ihm etwas ins Ohr zu flüstern, und ganz leise, als wollte er etwas beichten, sagte er:

»Ich sage dir die Wahrheit, Junge. Ich muss mir ein Melodram ausdenken, das sie überzeugt. Es soll in Lissabon spielen, denn nichts auf der Welt ähnelt uns so wie dieser Ort, an dem wir uns entschlossen haben, ein Geheimnis zu erzählen. Genau hier hat sie, an einem Abend vor fast sieben Jahren ...«

Doch Discépolo war so erregt, dass er innehalten musste, und als Oliverio sah, wie der Alte wieder auf die Pritsche sank, erschrak er, denn im selben Moment fiel ihm ein, dass er nur dort, unter dem Kopfkissen, seine Sachen hätte verstecken können, und jetzt lag Discépolo darauf.

»Komm schon, Junge, sag, hast du eine Freundin?«, fuhr Discépolo im selben jovialen Ton fort. »Weißt du, was echte Leidenschaft ist?« Oliverio schwieg. »Ach, ich sehe schon, dafür bist du noch zu grün hinter den Ohren. Obwohl, auch wenn du es nicht glaubst, aber schon als Kind, seit den Zeiten, als mein Vater mich ins Politeama mitgenommen hat, um Operndiven zu erleben, habe ich gemerkt, dass ich einmal der Sklave einer Frau sein würde, die immer frei sein will, *sempre libera*! Hast du gesehen, wie die Kleine heute gesungen hat, Amália, mit geschlossenen Augen?«

Oliverio hob den Kopf und sah ihn halb gekränkt, halb herausfordernd an: Seit er sie zum ersten Mal im Esfinge gehört hatte, einem Café am Terreiro do Paço, hatte er gespürt, dass Amália der einzige Mensch auf der Welt war, der wusste, wer er wirklich war, hatte gespürt, dass das, was sie wusste und was sie sang, mehr war, als er selber sich jemals trauen würde auszusprechen.

»Na ja, mit Tania war es so ähnlich. Als ich die Spanierin kennenlernte, habe ich die Nacht kennengelernt. Und du, sei mir nicht böse, aber du musst ziemlich ...«

Als erinnerte er sich plötzlich seines Durstes, hob Discépolo das Cognacglas an die Lippen. Und befreit von seinem

Blick, hätte Oliverio jetzt am liebsten geweint, er fühlte sich so allein wie noch nie, selbst seine Ausbeuter hatten ihn im Stich gelassen. Und wenn sie nicht mehr in den hinteren Räumen waren, um dort Ordnung zu schaffen, sondern längst an der Tür des Gondarém und der Polizei berichteten? Und er mit dem Verrückten hier, der nicht die Bohne kapierte. Und dann auch noch mit seiner Kiste!

»Kannst du dir mich vorstellen?«, fragte Discépolo. »Ich, ein armes Waisenkind, unter der Fuchtel der reichen Verwandten, die es lustlos adoptieren; wie ich schon mit zehn Jahren abgehauen bin, um bei den Stücken mitzumachen, die mein Bruder Armando inszenierte, nur um zu spüren, dass mein Leben einen Sinn hatte; wie ich als junger Mann nie weiter kam als bis zu dem kleinen Café der Anarchisten, wo sich Gelehrte und Selbstmörder die Klinke in die Hand gaben – und plötzlich, zack!, sehe ich, wie dort die Nacht singt, die ich von klein auf in mir trug und die niemand mir erhellen konnte, die Nacht, die ich in mir trug wie ein verlorenes Teilchen, das sich in kein Puzzle fügte, verstehst du? Und weißt du, warum? Weil Tania unschuldig war!« Oliverio schaute ihn nur an, um sich zu vergewissern, dass er sich nicht über ihn lustig machte. »Jaja, Junge, unschuldig, wie es nur die Animiermädchen sein können, du wirst es noch verstehen. Und ich, ich wollte nur in diesem Paradies leben, es für mich entdecken...«

Oliverio, den die Stille, die sich im ganzen Gondarém ausbreitete, kaum zu beruhigen vermochte, glitt langsam in eine andere Traurigkeit hinein...

»Und wie meine Freunde mich immer aufgezogen haben. Was sie mir nicht alles gesagt haben und wie sie mir Angst machten... ›Tania ist die böse Frau aus den Tangos!‹, sagten sie zu mir. ›Aber sie hat mir geschworen, dass sie sich erlösen lassen will!‹, antwortete ich ihnen. ›Hau einfach ab‹, sagte selbst mein Bruder, ›geh, stirb und komm zurück ...‹ Pah, Dummköpfe!« Discépolo stellte das Glas neben sich ab. »Im Grunde war es mir völlig egal. In meiner Verliebtheit war mir klar, dass keiner sie verstand, so wie auch mich keiner verstanden hatte, verstehst du? Nicht umsonst hatte ich noch nie jemanden so geliebt wie sie. Außerdem, du kannst dir nicht vorstellen, wie sie sich immer über die Leute lustig gemacht hat, die Spanierin.«

Nein, sagte sich Oliverio, so hatte er noch nie jemanden geliebt. Obwohl, überlegte er, vielleicht seinen Onkel António, der eines Nachts heimlich in einem kleinen Boot aus Uruguay gekommen war und an die Tür ihres Hauses am Ufer geklopft hatte, wo er unter den Streitereien seiner Eltern schon erstickte. Onkel António, der alle Träume seiner Mutter zu verkörpern schien, der in Oliverio offenbar nicht eins von diesen Schwulchen sah und der ihn mitnahm, wenn er auf seine nächtlichen Spaziergänge ging. Ach, das Klavier in der Bar Las Maravillas, dem sie beide lauschten, in ihrem Versteck unter der Brücke ... Damals hätte sich Oliverio nicht vorstellen können, dass es so etwas gab, eine Liebe zwischen Männern. Doch was, wenn nicht die Erinnerung an ihre letzte Umarmung, zwei Tage bevor die Polizei António niederschoss, hatte ihn in die Politik katapultiert?

»Aber ich war dumm«, sagte Discépolo. »Etwas von dem Gift, das alle Männer haben, floss auch durch meine Adern. Sonst hätte ich es vorher begriffen, meinst du nicht?« Seine Miene verriet, dass er seine Frau verstand, dass er sie sogar rechtfertigte: War es nicht logisch, dass sie in einer Nacht wie heute lieber ihrer eigenen Wege ging? »Sonst hätte ich nicht die Tangos für sie komponiert, die uns berühmt gemacht haben, mich als den großen Hahnrei und sie als die große Verruchte. Sie hätten uns retten sollen, meine Tangos, statt uns beide noch schutzloser zu machen. Und als alle dann glaubten, wir lebten unsere schönsten Momente, kamen wir nach Lissabon, 1935 war das ... Und kaum waren wir hier, sagte ich mir, dass diese Stadt die Bühne war, die ich zu meiner eigenen machen musste. Denn die Lissabonner singen zwar ganz anders als Tania, das will ich nicht leugnen. Aber sie schweigen beide auf dieselbe Weise! Wie auch immer. Nur keine Angst, Junge. Ich dachte, wo du mir schon keine Geschichte zu erzählen hast, kann ich mir eine für Lissabon ausdenken, die ich dir erzähle...«

Oliverio senkte resigniert den Kopf. Aus den anderen Räumen des Gondarém drang kein Laut. Er würde nichts verpassen, wenn er ihm zuhörte, irgendwann würde er sowieso unterbrochen. Natürlich schmerzte ihn dieses »wo du mir schon keine Geschichte zu erzählen hast«. Die Geschichte seiner Familie hatte Discépolo als wertlos abgetan, und was er hier mitmachte, konnte er ihm jetzt auch nicht mehr erzählen. Andererseits hatte er den Eindruck, dass Discépolo vielleicht doch nicht so verrückt war und dass er einigen Grund hatte, mit ihm sprechen zu wollen, dass er nicht nur der Welt durch die Kunst entfliehen wollte...

»Die Geschichte, die ich in meinem Melodram erzählen will, geht folgendermaßen. Du sagst mir dann, ob sie dir gefällt oder nicht, Junge, und keine Scheu!«

Discépolo nahm einen kräftigen Schluck, fest entschlossen, endlich diese wehrlose Puppe, als die er sich fühlte, aus sich herauszulocken und sie in den plaudernden Discepolín zu verwandeln, den Oliverio so oft auf Radio el Mundo gehört hatte, wenn er die »Geschichte meiner Lieder« erzählte. Und mit der Sehnsucht nach seiner Mutter und den Abenden vor dem Radio, in ihrem Haus am Ufer, wenn sie schon schlief und Discépolos Stimme die Kraft zu sein schien, die den Fluss und die Sterne bewegte, kam Oliverio allmählich zur Ruhe: Das Beste aus seiner Vergangenheit war ihm zu Hilfe geeilt.

»Vorhang auf«, sagte Discépolo. »Dies ist die Geschichte eines jungen Mannes, fast noch ein Kind, ohne Vater und ohne Mutter, den wohlhabende Verwandte, Onkel und Tante, aus seiner Einsamkeit und Schwermut reißen wollen und Ärzte, Heilkundige und selbst den Bischof zu Hilfe rufen. Aber nichts zu machen! Denn was unseren Freund vom Leben zurückhält, ist weder eine unmögliche Liebe noch das Drangeben einer Liebe oder die Lieblosigkeit der Welt: Ihn ängstigt die Gewissheit, die schlichte, durch nichts zu erschütternde Gewissheit, dass die einzige und wahre Tragödie seines Lebens darin bestehen wird, dass er sich verliebt. Die Kindheit und die Dichtung künden von derlei Dingen! Eines Nachmittags, in einem Antiquariat auf der Avenida de Mayo, nahe dem Café, wo wir, die besten Dichter jener Zeit, uns versammelten, stieß dieser Verrückte auf ein Bändchen von Clara Beter, der dichtenden Prostituierten, deren wahre Identität ein Rätsel war und ganz Buenos Aires umtrieb. *Verse einer* ... Du weißt, von wem ich spreche, oder?«

Oliverio nickte bewegt. So oft hatte er geglaubt, dank Clara Beter die verstorbene Júlia zu verstehen, so oft hatte er sich ihre Gedichte vergegenwärtigt, wenn er manche Frauen durchs Gondarém gehen sah, dass er jetzt, wo er daran dachte, das Gefühl hatte, er hätte sie durch Clara kennengelernt.

»Es war die schmerzerfüllte Stimme einer weißen Sklavin, waren ihre einfachen, ergreifenden Verse, die den jungen Mann, nachdem er Jahr um Jahr an niemanden das Wort gerichtet hatte außer an seine Katze, dazu brachten, einen Brief zu schreiben, den arglosesten, dümmsten, wohl wahr, aber auch aufrichtigsten und anrührendsten Brief, den man auf der Welt nur schreiben kann. Einen Liebesbrief, verstehst du? Aber nicht von der Liebe eines Mannes. Von der Liebe eines wahnsinnigen Bruders!«

Der feuchte Glanz in Discépolos Augen, das Vibrato seiner

Stimme sagten Oliverio, dass er entweder den Brief gelesen oder aber ihn geschrieben hatte. Und es lag auf der Hand, dass er die Geschichte Dutzende, Hunderte Male erzählt hatte.

»Der Brief des Verrückten gelangte nun in die Druckerei der Gebrüder Porter, die das Buch veröffentlicht hatten, und diese schickten ihn, wie du dir denken kannst, an ihren Cousin, den Dichter César Tiempo, der hinter dem Namen Clara Beter steckte. Und genauso kannst du dir denken, wie sie anfingen, über den armen César herzuziehen, als sie den Namen des Absenders lasen, einen so berühmten Nachnamen, dass jede echte Nutte alles getan hätte, um ihn der Liste ihrer Freier hinzuzufügen. Selbst César sagt, dass seine Cousins aus der Druckerei ihn überreden wollten, nach Art dieser Clara einen weiteren Gedichtband zu schreiben, *Verse eines* ...«

Oliverio war es leid, noch irgendeine Anspielung auf Homosexuelle zu hören, sein ganzes Leben hatte er sie ertragen müssen, sie waren so unnötig, so unwürdig eines Dichters, dass er den Blick abwandte, und Discépolo insistierte nicht weiter.

»César, der sehr gut mit mir befreundet war, ein überaus feiner Geist, merkte sofort, dass der Verrückte nicht bloß einer der vielen Leser war, und er versank in tiefe Grübeleien. Tja, und schließlich antwortete er ihm, und zwar im selben Ton dieser Verse, und er erzählte ihm die Wahrheit, nämlich dass er der Verfasser der Gedichte sei, ein Mann, der dem Leben nichts anderes vorzuwerfen habe als das Unglück, das er mit so vielen Menschen teile, denen er helfen wolle. Zum Schluss sagte er, er möge bitte niemandem das Geheimnis verraten, denn dank dem Erfolg der vermeintlichen Clara Beter könne er die Kosten für die Behandlung seiner krebskranken Mutter bezahlen. ›Und weil, wie Sie selbst beweisen, mein lieber Freund‹, schrieb er, ›das Buch bereits allenthalben ein *Bewusstsein* schafft!‹« Discépolo seufzte spöttisch, ein bitterer Seufzer auch, als wollte er einen Irrtum eingestehen. »Bewusstsein, mein Gott! Niemand führt das Wort so oft im Munde wie die, denen es an jedem Bewusstsein mangelt!«

Discépolo nippte an seinem Glas und zeigte ein spitzes Lächeln, das Oliverio gar nicht amüsant fand. Warum hielt Discépolo ihn jedes Mal, wenn er sich ihm nahe fühlte, auf Abstand?

»Tagelang hörte man nichts mehr von dem Verrückten, die Druckerei lief weiter auf Hochtouren. Aber eines Tages, weißt du, wer da bei der Zeitung *Crítica* hereingestürzt kam und mit César sprechen wollte? Nein, nicht der Verrückte, sondern seine millionenschweren Verwandten, die auf Anraten der Ärzte seine Korrespondenz konfisziert hatten, um ihn vor schlechten Einflüssen zu bewahren! ›Wir machen Ihnen nicht den geringsten Vorwurf, Señor Tiempo‹, sagten sie, so leise, dass keiner sie hörte, trotz all des Lärms in der Redaktion. ›Auf keinen Fall wollen wir Ihr Geheimnis preisgeben, das Sie die Größe hatten, unserem Neffen anzuvertrauen, wir verstehen selbstverständlich, wie notwendig es ist.‹ Sie seien, sagten sie, nur gekommen, um ihm einen Vorschlag zu machen: Er, César, möge dem Jungen weiter unter dem Namen Clara schreiben. ›Was sagen Sie da?‹, fragte César empört. ›Clara‹, erklärte ihm die Tante, ›ist der einzige Mensch, der unserem Neffen seit Jahren etwas bedeutet hat. Um ehrlich zu sein‹, erklärte sie weiter, ›auch die einzige Frau, die ihn im Leben überhaupt interessiert hat, seit seine Mutter gestorben ist, meine Schwester, die Ärmste, da war er vier Jahre alt.‹ César sagte sich, dass er auf ihren Vorschlag niemals würde eingehen können, denn wer, wenn nicht ein Dichter, vermag zu erfassen, welcher Wahn zugleich dem Familienstamm entspringt und der Same für einen weiteren ist? Doch während sie noch Césars Brief, den sie abgefangen hatten, vor seinen Augen zerrissen, boten die beiden, Onkel und Tante, ihm an, für jeden neuen Brief sehr viel mehr Geld zu bezahlen, als er mit einer Auflage von dreitausend Exemplaren seiner ›Lebenshilfelyrik‹ verdiente. César brauchte Geld, ich sagte es bereits, für seine Mutter, die in einem Krankenhaus von Buenos Aires lag. Aber nicht aus Not, und erst recht nicht, weil er etwas auf die Ärzte des Verrückten gegeben hätte, wechselte er nun Briefe mit ihm, was zur Folge hatte, dass er in ihm den besten Leser fand, den ein Dichter sich wünschen kann: einen Leser, der nicht nur seine Gedichte verstand, sondern sein Schweigen, seine Nacht; es war vielmehr aus Angst, der Junge könnte anfangen, diese Clara in der wirklichen Hölle der jüdischen Zuhälter zu suchen, von der er nicht ahnen konnte, wie gefährlich sie war. Und der Junge entdeckte eine Clara, die Brief um Brief ins Unermessliche zu wachsen schien, denn auf die Fragen und Überlegungen des Verrückten sah César sich genötigt, eine sehr viel komplexere und tiefere Person zu ersinnen, eine Clara, die uneindeutiger und interessanter war und, ehrlich gesagt, auch menschlicher als die in seinen *Versen*. So fand der Verrückte zwar weder Freundin noch Geliebte, was Onkel und Tante sich erhofft hatten, aber dafür gewann er die Freundin, die *er* sich erträumt hatte, die beste, die ein junger Mann wie er haben konnte. Abgesehen von den Schwuchteln, Junge, abgesehen von den Schwuchteln!«

Oliverio konnte sich auch diesmal nicht für den Scherz begeistern, er saß nur da, den Blick auf die Schürzentasche mit der Zigarrenkiste gerichtet, und ihm war zum Heulen zumute – als hätte er das Ersehnte erst erlangt, wo es zu nichts mehr zu gebrauchen war. Ja, vielleicht war er selbst auch so ein Verrückter, der hier im Gondarém unter Mördern lebte, weil ihm die Freiheit einfach Angst machte.

»Allerdings hielten Claras Briefe den Verrückten nicht davon ab, sich der Hoffnung hinzugeben, er könnte sie retten. Als César einmal nach Villa Clara fuhr, die jüdische Kolonie in Entre Ríos, wo seine Mutter sich schließlich zum Sterben zurückgezogen hatte, und eine Woche lang nicht dazu kam, seiner Aufgabe als dichtender Lebenshelfer gerecht zu werden, entwischte auch der Verrückte aus dem Haus von Onkel und Tante und reiste nach Villaguay, denn dorthin, an eine Postfachadresse, hatte Clara Beter ihn gebeten, ihr weiter zu schreiben. Er hatte sich in den Kopf gesetzt, dass man Clara seinetwegen verbannt habe, in irgendein verrufenes Bordell auf dem Lande. Und als der Verrückte aus dem Bahnhof trat, postierte er sich gleich bei den Postfächern, ohne sich vorstellen zu können, dass er zweimal am Tag César begegnete, wenn der auf dem Weg zu seiner Mutter im ärmlichen Krankenhaus von Villaguay an ihm vorbeikam. Tag für Tag, Stunde um Stunde, unter den verwunderten Blicken der Anwohner, saß der Verrückte dort auf der Lauer. Und eines Morgens, als er sah, wie César seinen Brief aus dem Fach nahm, glaubte er, dieser Mann sei der Lude, für den Clara leiden musste, und er zog das Gewehr unter seiner Jacke hervor, das er in der Schreibstube seines Onkels so oft von der Wand genommen hatte, um sich zu erschießen. Doch zwei, drei beherzte Passanten konnten das Verbrechen verhindern, worauf man ihn auf der Stelle in den Kerker werfen wollte. Aber dem guten César gelang es, die Leute zu beruhigen und den Verrückten an einen Tisch in der Marktschenke zu führen, wo er ihm bei einem Grappa die ganze Wahrheit erzählte. Und die wird er ihm, da bin ich sicher, mit großem Feingefühl nahegebracht haben, denn sie wurden beide so gute Freunde, wie es unter Männern damals kaum möglich war. Aber nicht falsch verstehen, ja?«, scherzte er, und noch betäubt von der Traurigkeit, fragte sich Oliverio, ob es nicht viel leichter wäre, Discépolos Solidarität zu gewinnen, wenn er ihm einfach sagte, er sei schwul. »Ich will nicht sagen, dass etwas zwischen ihnen gewesen wäre. Ich will sagen: Nie zuvor waren zwei Männer so in dem Wunsch vereint, die Frauen zu befreien.«

Plötzlich war Isidros Stimme auf dem Gang zu hören, und die beiden sprangen auf. Oliverio zitterte, denn er dachte, Isidro käme mit der Polizei, und auch Discépolo war verstört. Doch mit unbekümmertem Lachen ging dieser Hurensohn vorbei, als hätte er mit Saldanhas bösen Ahnungen nichts am Hut, begleitet von jemandem, der fast nichts sagte, der sich zu hüten schien, etwas zu sagen, und den Isidro mit einer zweideutigen, irgendwie belustigten Herzlichkeit führte: jemanden offenbar, sagte sich Oliverio, der zum ersten Mal ins Gondarém kam. Discépolo rührte sich nicht und schaute Oliverio nur streng an, bestimmt dachte er, es sei Tania, die zurückgekommen wäre. Schließlich öffnete Discépolo die Tür vorsichtig einen Spalt, nicht dass sie knarrte, und warf einen Blick in den dunklen Flur. Aber es war zu spät, Isidro und seine Begleitung waren schon in dem Kabuff nebenan verschwunden, und hinter der Wand war jetzt nur noch Lachen zu hören. Und mit tödlichem Ernst, wie überwältigt vom Schmerz, setzte sich Discépolo wieder auf die Pritsche.

»ZWEITER AKT!«, rief er, vielleicht um mit seiner Stimme eine Mauer zu durchdringen, die seine eigene Feigheit war. »Onkel und Tante des Verrückten, die sich, während er in Entre Ríos unterwegs war, an Gott und die heilige Jungfrau gewandt haben – an die Gebrüder Porter und die arme Alfonsina Storni, von der alle, weil sie eine ledige Mutter war, vermuteten, sie sei die echte Clara –, die vom Polizeichef zum Staatspräsidenten gelaufen sind, sie sehen eines schönen Morgens den Ärmsten mir nichts, dir nichts nach Hause kommen, seelenruhig, was soll der ganze Rummel, er sei doch nur, sagt er, zu dem berühmten Journalisten César Tiempo gefahren, in dem er den Meister seines Lebens gefunden habe. Die beiden waren natürlich verärgert über Césars Wortbruch, hielten sich aber eine Weile zurück. ›Kann es nicht sein‹, meinte der Onkel, ›dass der kleine Enrique am Ende aus seinem Turm herausgekommen ist?‹ ›Wer weiß‹, sagte die Tante voller Hoffnung, ›vielleicht schreibt er ja bald schon für die Zeitung, für *El Mundo* oder *La Nación*.‹ Zum ersten Mal seit Jahren konnte auch César aufatmen, der sich übrigens nie wieder mit dem Verrückten getroffen hat. Mit dem Argument, er wolle nur das Geheimnis um Clara bewahren, mied er ihn, und der Junge war so stolz auf seine Komplizenschaft, dass er ihn seinerseits mied. Doch da, eines Tages«, sagte Discépolo, und etwas in seinem Tonfall deutete darauf hin, dass erst jetzt die eigentliche Erzählung begann, »als die Verlegerkonkurrenz die wahre Identität der Clara Beter herausfindet, werden Onkel und Tante des Verrückten wieder in der Druckerei der Porters vorstellig und sagen, DRITTER AKT!, sie wüssten nicht, wie sie den Jungen von einer neuen Obsession befreien sollen, einer Obsession für César! ›Oi oi, meine Tzure!‹, sagt die Tante, denn der Verrückte hat sein Zimmer mit Bildern von César tapeziert, er kauft jede neue Ausgabe seiner Bücher, benutzt dasselbe Brillenmodell, auch wenn er gar keine Sehschwäche hat, schneidet sich den Schnurrbart wie er und ahmt sogar seine Art zu sprechen nach, seinen leicht russischen Akzent. Eine Manie, die sie nicht der sexuellen Inversion zuschreiben möchten, es handle sich vielmehr, so sagten es die Ärzte, um eine krankhafte Bewunderung, wie gewisse unfertige Persönlichkeiten sie für jemanden entwickeln, der zugleich mehrere Personen sein kann, oder besser gesagt für jemanden, der die anderen versteht, eben weil er in der Phantasie jemand anderes sein kann. ›Und was um Himmels willen soll ich jetzt Ihrer Meinung nach tun?‹, fragt César. Die beiden wissen nicht, wie sie es ihm sagen sollen, und erst nach vielen Ausflüchten rücken sie heraus und sagen, dass die Gedichte von Clara Beter, und Alfonsina Storni selbst habe damit nicht hinter dem Berg gehalten, dass dieses Bändchen literarisch gesehen, nun ja, eben nicht die Göttliche Komödie sei, und so wären sie auf die Idee gekommen, er solle seinen schärfsten und tüchtigsten Kritiker suchen, jemanden, der mit unendlichem Feingefühl den Verrückten für sich gewinnen und ihm seine Leidenschaft nehmen könnte, seine Leidenschaft für Clara als Figur und dann für César als Gott. César, der sich diese aufdringlichen Menschen nur vom Hals schaffen will, verweist sie ebendort in der Redaktion von *Crítica* auf Jorge Luis Borges, der Claras Gedichtband in der Zeitschrift *Martín Fierro* niedergemacht hat, aber es ist egal, ob er akzeptiert hat oder nicht, denn ... ab hier ist alles reine Phantasie, VIERTER AKT!«, rief Discépolo, und Oliverio konnte sich vor Unruhe kaum noch halten: In Isidros Zimmer war lautes Gelächter zu hören, sie amüsierten sich! »Jetzt hör gut zu, Junge: César, der uns von der Calle Corrientes kennt, kommt zu mir, und statt irgendeiner Dichterin oder eines anderen Journalisten engagiert er Tania, damit sie dem Verrückten den Kopf verdreht und wie nebenbei die *Verse einer* ... zerpflückt – genau so, wie sie es damals versucht hatte, als wir die ersten Tage zusammen verbrachten und ich, weil ich glaubte, sie sei bloß nicht in der Lage, die Gedichte zu verstehen, ihre Worte mit Küssen erstickte. ›Enrique, ich bitte dich! Ich kenne nur die Texte, die man mir zum Singen vorlegt, aber die Frau ist eine Nutte, wie sie sich nur so ein lackiertes Herzchen ausdenken kann. Dieses Mitleid ist zum Kotzen! Keine Frau, die gerettet werden will, bittet einen Mann zweimal.‹ Womit Tania die Hauptdarstellerin des nächsten Aktes wäre, FÜNFTER AKT!, in dem eine Frau, welche dem Verrückten ihre eigene Nacht enthüllt ... Wie findest du das? Ich habe schon ein paar Zeilen, die diese Anti-Clara singen könnte, wie die Fados, die Amália heute gesungen hat, und die zum Schluss, da kannst du Gift drauf nehmen, einen wahren Beifallssturm entfesseln. Mich selbst kann ich mir gut als César auf der Bühne vorstellen, und auch dich kann ich mir vorstellen, Junge, und wie! In der Rolle des Verrückten. Hättest du Lust? Was meinst du? Na los, komm, sing etwas ...«

3

Es klopfte an der Tür. Oliverio sprang auf und stand da, als hinge er in einem Spinnennetz fest, und hörte nur noch sein rasendes Herz. Wovor hatte er eine solche Angst? Nur dass man die Zigarrenkiste entdeckte? Dann spürte er, wie sich eine Hand in seinen Unterarm drückte, auch Discépolo war fürchterlich erschrocken. Aber nicht Tania hatte da geklopft, das hätte er gleich erkannt. Ob jemand Discépolo eine Nachricht von ihr brachte? Ein Schlurfen, das sich über den Gang entfernte, sagte ihm, dass dies nur die diskrete Marta sein konnte, offenbar war Discépolos Hose trocken, Oliverio sollte sie in der Küche abholen. Er stürzte gleich hinaus, ohne sich darum zu scheren, was Discépolo denken mochte, und hoffte nur, dass der Wirt ihm nicht über den Weg lief. Doch als er an dem Zimmer nebenan vorbeikam und durch den Türspalt ins Schummerlicht der roten Lampe blickte, traf ihn das Bild, das er dort sah, wie ein Blitz, ein Bild, als hätte er es schon einmal gesehen: Isidro und der Junge mit dem roten Halstuch, die sich, abgeschieden von der Welt, als könnte nichts ihnen etwas anhaben, frei von jeder Scham und ohne Bewusstsein für die Gefahr, einer Freude hingaben, die auch ihn selbst, nachdem er jahrelang an der Seite des Maestros die Erregung gekannt hatte, vor Isidro hatte auf die Knie gehen lassen, ohne die Folgen zu bedenken ... Und Oliverio schlich weiter zur Küche, in der Gewissheit, dass man seine Entlassung längst beschlossen hatte, eine weitere Maßnahme im Zuge der Aufräumarbeiten im Gondarém.

Mitten in der eiskalten Küche stand Marta und wartete

auf ihn, den Blick starr zur Decke gerichtet, vor dem Bauch Discépolos Hose und den Mantel, den er an der Garderobe gelassen hatte.

»Die Sirene ...«, sagte sie leise, verzückt wie jede Frau aus dem Hafenviertel über diese Sprache, die vom Himmel herabzukommen schien. »Die Schiffssirene ...«

Und Oliverio, der sich nicht in etwas hineinziehen lassen oder mit etwas abgeben wollte, was nicht seiner Rettung diente, tippte ihr lediglich auf die Schulter und deutete auf die Kleidung über ihren Armen. Doch Marta sagte nur, als entzifferte sie die Töne auf einem imaginären Notenblatt:

»Einmal, zweimal, dreimal! Die Mannschaft kann wieder an Bord. Vielleicht läuft dein Schiff aus, Junge!«

Erst in dem Moment begriff Oliverio, dass Martas Freude nur vorgeschoben sein konnte. Mein Gott, dachte er, wenn sie mich jetzt umbringen, so wie Júlia, wie Túlio, sie könnten sagen, ich wäre mit der Boa Esperança gefahren ... Und während er mit ausgestreckten Armen lächerlich dastand, als würde er sich ergeben oder zeigen, dass er keine Waffen trug, und Marta ihm die Kleidungsstücke über die Arme legte, dachte er nur daran, so schnell wie möglich zu Discépolo zurückzulaufen.

Auf dem Flur lauerten die Schatten wie Mörder. Die Verwandten von Túlio hatten richtig gehandelt, als sie ihn bei der PVDE gleich als vermisst meldeten. Aber wenn Discépolo das Zimmer schon verlassen hatte? Er hatte keine Hose an, aber war das nicht egal? Was würde der Mann nicht alles tun, um nicht allein zu sein!

Aber nein. Betrunkener und verzweifelter denn je, stand Discépolo in dem Kabuff und wartete auf ihn, sicher auf die Geräusche aus dem Nebenzimmer lauschend, die ihm zeigten, wie sehr Tania es mit anderen genießen konnte. Und so wie der Schmerz seine aufgerissenen Augen verschattete, sah er aus wie eine Gestalt aus seinen eigenen Liedern.

»Warum bist du weggegangen, Junge?«, protestierte er matt, und seine Stimme klang wie eine Maschine kurz vor dem Ausgehen.

Ja, die Hose, die Oliverio ihm hinhielt, musste Discépolo wie ein bloßer Vorwand erscheinen und der Mantel wie ein deutliches Zeichen, dass man ihn hinauswerfen wollte, damit er Tania nicht begegnete. Oliverio fiel nichts Besseres ein, als wie Marta an die Decke zu schauen und ihn auf die Schiffssirene hinzuweisen, die nun, wenn auch in weiter Ferne, erneut zu hören war: einmal, zweimal, dreimal; einmal, zweimal, dreimal. Doch statt die Hose zu nehmen und sich anzuziehen, warf Discépolo nur einen ratlos prüfenden Blick auf sie, und erst als Oliverio ihm die Hose über den Arm legte und ihm den Rücken zuwandte, eine vermeintlich schamhafte Geste, mit der er ihn drängen wollte, sich endlich anzuziehen, wagte Discépolo, ihn zu fragen:

»Mensch, Junge, du hast mir immer noch nicht gesagt, was du von der Geschichte von Clara Beter hältst.«

»Nein, Maestro, ich glaube, die taugt nicht viel«, sagte Oliverio, der langsam die Geduld verlor, und Discépolo verstand den Wink, gehorchte und stieg umständlich in die Hose.

»Es ist eine gute Geschichte, aber ... Na schön, du hast mich ertappt«, sagte Discépolo und lachte, ein klägliches Lachen, während er mit den tausend Knöpfen an seinem Hosenschlitz kämpfte. »Die Geschichte von dem Verrückten und Clara Beter, wie ich sie dir erzählt habe, ist bloß der Anfang. So wie ich sie erzählt habe, könnte Tania nur – wie viele Lieder singen? Eins, zwei? So wie immer. Und was ich ihr beibringen muss ... Apropos, weißt du was?«, unterbrach er sich mit kindlicher Stimme. »Wenn du mir zuhörst, kann ich dir die Geschichte einer noch größeren Enttäuschung erzählen, und diesmal eine wahre ...«

Auf dem Gang erscholl die donnernde Stimme von Saldanha, der fragte, wieso zum Teufel Marta so lange in der Küche bleibe, und dann klopfte er an jede einzelne Tür: Waren denn alle taub? Die Polizei war schon auf dem Weg!

»Und wohin sollen wir jetzt gehen?«, murmelte Discépolo, während er schwankend an die Türschwelle trat, er hatte Angst, klar, Tania zu begegnen, wenn er hinausging.

Doch Oliverio dachte nur daran, dass er noch die Zigarrenkiste bei sich trug und sie irgendwo in Sicherheit bringen musste. Er überlegte kurz, ob er nicht doch das Kopfkissen aufknöpfen, alles einfach unter die Matratze... Aber das wäre zu plump. Bis ihm plötzlich, als Discépolo fragte, ob es draußen wohl kalt sei, eine vielleicht seltsame, aber außergewöhnliche Idee kam, und er war wie verzückt.

»Ich bin nämlich eine ziemliche Frostbeule«, sagte Discépolo und schüttelte sich, und dann schaute er zur Tür hinaus, als bräche mit einem Schwall der Winter über ihn herein.

Mit der Fingerfertigkeit, die er seiner vormittäglichen Arbeit in der Manufaktur von Mr Copley verdankte, hatte Oliverio im Nu die Kiste aus der Schürze gezogen, sie geöffnet und die präparierten Zigarren in die verschiedenen Taschen des italienischen Mantels gleiten lassen. Und als er Discépolo half, ihn überzuziehen, ohne dass dieser ihn, als wäre er sein Gehilfe in der Künstlergarderobe, auch nur eines Blickes würdigte, murmelte er: »Danke, Señor...«, und registrierte mit leisem Erstaunen, wie Discépolo sich wieder in einen so eleganten, unverdächtigen Menschen verwandelte, dass Saldanha es bestimmt nicht wagen würde, ihn zu durchsuchen. Darauf nahm er ihn am Arm und schob ihn sanft auf den Flur, und Discépolo sprach jetzt nicht mehr zu sich und nicht zu Oliverio, sondern in diese Dunkelheit hinein, in der man die Anwesenheit des Publikums spürt.

»Der andere Freund von mir«, sagte Discépolo, während sie durch den dunklen Gang und dann durch den Gastraum gingen, wo die Stühle nun kopfüber auf den Tischen standen, »ist auch ein Dichter. Und durchdrungen vom Gift der Wirklichkeit, wendet er sich vom Anarchismus ab und tritt in die Kommunistische Partei ein. In der Partei lernt er eine Frau kennen, die sehr intelligent ist, aber vom Parteichef sehr schlecht behandelt wird, ihrem heimlichen Liebhaber, wie es aussieht. So weit, so gut. Da mein Freund vor allem den Parteichef liebt und alles zu seinem Ideal erhebt, wonach der strebt, bleibt ihm nichts anderes übrig, als sich auch in sie zu verlieben. Und da die Frau alles liebt, was der Chef nicht verstehen kann, bleibt ihr nichts anderes übrig, als sich in meinen Freund zu verlieben. Mein Freund spürt, was der Chef ihr antut, und so sammelt sich in ihm dieser heimliche Groll, der irgendwann zu einer Zeitbombe wird. Aber er tröstet sich mit dem Gedanken, dass der Chef, so wie er ihn und seine Geliebte behandelt, letztlich sein eigenes Herz mit Füßen tritt, und für lange Zeit können sich weder sie in ihrer Verzweiflung noch er in seiner Treue zum Parteiführer entschließen, den ersten Schritt zu tun ... Bis eines Tages der Führer festgenommen wird und mein Freund nach einer dieser kopflosen Versammlungen, bei der eine Zelle sich zu entscheiden versucht, ob man überleben oder sich opfern soll, bis er also zu der Frau tritt, die die ganze Zeit nur geweint hat, und ihr sagt, dass er ihren Schmerz teilt. Und völlig aufgelöst gesteht sie ihm, dass der Grund für ihre Tränen nicht das ist, was sie alle glauben, sondern weil sie schwanger geworden ist und abtreiben musste. Genau so sagt sie es zu ihm: ›Ich musste abtreiben.‹ Und mein Freund, der mehr noch als seinen Parteiführer die Opfer dieser Welt liebt, erklärt sich ihr nun und sagt, schon merkwürdig, ja, aber er sagt, dass er sie *retten* wird. Ach, Junge, wir verwechseln die Liebe mit dem Wunsch, zu retten, und wir glauben, wenn wir jemanden retten, machten wir ihn uns gleich.«

Oliverio konnte ihm kaum zuhören, denn der Vorraum, auf den sie jetzt zugingen, lag völlig im Dunkeln. Ob die Tür schon verriegelt war und sie durchsucht würden? Von wem?

»Mein Freund«, sagte Discépolo, während sie an dem Sofa vorbeikamen, auf dem Mr Copley, Dr. de Telles und die Nutte saßen und totengleich schliefen, zum Kummer von Oliverio, der lieber Zeugen gehabt hätte, »mein Freund, der eigentlich nur zur Partei gestoßen war, weil er sich nirgendwo sonst hätte hinflüchten können, fühlt sich plötzlich auf eine Weise inspiriert, wie es nur die Leidenschaft oder die Schuld hervorbringen können. ›Nein‹, sagt er, und im Grunde hat er bloß Angst, der Chef würde aus dem Gefängnis entlassen und ihm seinen Verrat heimzahlen, ›keine Frau, die etwas auf sich hält, darf in einer Partei bleiben, wo die Männer sie so behandeln.‹ Und er überredet sie, die Stadt zu verlassen, und bringt sie weit weg, ich weiß nicht genau, wohin, vielleicht nach Ensenada, wo du geboren bist, oder irgendwo in der Pampa, warum nicht? Wie auch immer, die Frau ist jedenfalls nicht imstande, der Zärtlichkeit eines Mannes zu widerstehen, verstehst du? Und da er weiß, dass die Nachricht von ihrer Flucht dem Parteichef im Kerker zu Ohren gedrungen ist, baut mein Freund für sie ein kleines Haus, und auch wenn er sie nicht dazu bringen kann, mit ihm Kinder zu bekommen, schafft er es, dass sie sich mit ihm – erneut – der anarchistischen Sache verschreibt und innerhalb dieser Richtung, mit Alfonsina Storni an der Spitze, die Trommel des Feminismus schlägt. So vergehen ein paar Jahre in einem angespannten Trott, den man wohlwollend für einen politischen Kampf halten könnte. Bis eines Tages, als auf der Plaza del Congreso die Kommunisten von der Polizei massakriert werden ...«

Discépolo unterbrach sich und schaute Oliverio nachdenklich an – hatte er ihm vorhin also doch zugehört? Wusste er, dass man dort seinen Onkel getötet hatte?

»Jedenfalls setzt sie sich durch und sagt, dass sie zur Beerdigung geht, es sei ihre *politische Pflicht*. Mein Freund weiß, dass der Chef, den man mittlerweile aus dem Gefängnis entlassen hat, zum Begräbnis kommen wird, und er versucht, sie davon abzuhalten, spricht von der Gefahr für alle Teilnehmer an der Feier und davon, was die Kommunistische Partei in der Sowjetunion und in Spanien den Anarchisten angetan hat; bis sie, die es leid ist, von Dingen zu sprechen, die nicht der Rede wert sind, ihm gesteht, dass es ihre *moralische* Pflicht sei, zur Beerdigung zu gehen, denn einer der Gefallenen sei der Sohn einer reichen Familie, ein Dummkopf vielleicht, aber der Einzige, der ihr geholfen habe, als es darum ging, in einer illegalen Praxis das Kind loszuwerden, und nie zuvor hätte sie sich den armen Frauen so nahe gefühlt, den Huren, den Vergewaltigten. Mein Freund schaut sie an, als würde er sie nicht wiedererkennen. ›Bei der Abtreibung‹, sagt sie, und mit ihrer Miene errichtet sie vor meinem Freund eine Barrikade, was den so traurig macht wie mich ein Stück, das nicht funktioniert, ›habe ich wirklich erfahren, was Klassenunterschiede sind!‹ ›Soll das heißen‹, fragt mein Freund verzweifelt, ›dass es deine eigene Entscheidung war?‹ ›So ist es!‹, verkündet sie, ›nach fast drei Monaten einsamen Ringens, die für mich waren, als würde ich mich selbst gebären, mein Gewissen!‹ Und dieser Satz, dieser kleine Satz genügt, und mein Freund ist monatelang wie bewusstlos, denn als Mann der Avantgarde schreckt er davor zurück, eine Frau zu verurteilen, die abtreibt, und zugleich ist da etwas an dieser Abtreibung, das ihn um den Verstand bringt, wenn er nur daran denkt ... Bis eines Tages ...«

Wenn die Geschichte noch weiterging, würde Discépolo sie nicht mehr zu Ende erzählen können, denn Oliverio hatte nun die gepolsterte Tür zum Vorraum aufgestoßen, wo Saldanha seit den Diebstahlanzeigen das Personal durchsuchte, bevor es das Gondarém verließ. Aber der kleine Bereich war leer und düster, ein Zeichen vielleicht, dass erst um Erlaubnis zu bitten war, bevor man ging. Und da sie nun schon mal allein waren, nutzte Oliverio die Gelegenheit und packte Discépolo bei der Schulter, lenkte ihn zur Tür und schob ihn auf den Eingang zu. Jetzt musste Discépolo erst recht denken, dass man ihn hinauswarf, dass man ihn von Tania fernhalten wollte, die sich mit Isidro in einem der Kabuffs vergnügte ...

»Und wenn ich dir ein Geheimnis erzähle, Junge?«, fragte er, als wollte er Oliverio dafür, dass er bei ihm blieb und ihn zur Residenz begleitete, ein Geständnis anbieten, wie es aufrichtiger nicht sein könnte. »Wenn ich dir sage, dass es bei mir zu Hause hieß, ich sei nicht der Sohn meines Vaters, sondern die Frucht eines Abenteuers meiner Mutter, und deshalb wäre er gestorben, mein alter Herr, vor Traurigkeit, und deshalb hätte sich mein älterer Bruder auch um mich gekümmert, mit einem Mitleid, das er selber hasst? Wenn ich dir sage, Junge, dass ich deshalb Angst habe?« Vergeblich suchte er in dem schummrigen Licht nach Oliverios Augen, doch der wollte nur sehen, ob der Türsteher der PVDE irgendwo dort draußen war – nein, war er nicht –, und Oliverio begriff, dass es seine letzte Chance war. »Meinst du, du würdest es schaffen, dir damit eine Geschichte auszudenken, eine Geschichte aus Lissabon, für mich ...?«

»Don Enrique«, unterbrach ihn Oliverio, und er fuhr zusammen, als er die Stimme des Wirtes hörte, der durchs Lokal kam und sich mit Isidro stritt. »Na los jetzt, raus, es wird sonst zu spät.«

»Aber ich habe Angst vor der Nacht, kannst du das nicht verstehen?«, protestierte Discépolo. »Ich habe Angst, allein durch die Nacht da draußen zu gehen, wirklich. Ich habe Angst, zu schweigen und wie im Traum die Stimme des Schwindsüchtigen zu hören!« Und als auch er die sich nähernden Schritte hörte, Tania, wer sonst!, stieß er die Eingangstür weit auf. »Nein, ich gehe besser doch allein, denn die Hauptperson der Nacht ist Tania. Die Spanierin hat es verdient...«

»Bitte, Don Enrique, das fehlte gerade noch, natürlich begleite ich Sie«, sagte Oliverio rasch, und auf einmal begriff er, dass der Klang der Sirene sich verändert hatte. »Haben Sie gehört? Die Leute können zurück aufs Schiff! Und Sie können bestimmt zurück in die argentinische Residenz. Wenn Ihre Frau herkommt, hat man mir gesagt, wird man ihr sagen, dass Sie auf sie warten.«

»Danke, danke«, sagte Discépolo niedergeschlagen. »Dann gibt es also zwei Statisten in Tanias Geschichte. Aber mach dich bereit«, und es war, als forderte er ihn zum Duell, »ich will dich singen hören!«

Singen, dachte Oliverio, ja, vielleicht sollte er tatsächlich singen und ihn beeindrucken. Oder ihn überreden, denn wie könnte er sich jetzt noch weigern, ihm eine kleine Rolle in seinem Stück zu geben?

Doch in dem Moment – Discépolo war bereits auf der Straße, die Taschen voller Zigarren und längst fort von allen, Teil einer fernen Welt, in der es Schiffssirenen gab, Vögel, einen erwachenden Himmel – schwang die Tür des Gastraums auf, und Saldanha hatte ihn – »Komm schon, etwa auch du...?« – bei der Schulter gepackt.

Fado Amália

Die argentinische Residenz im Belagerungszustand.
Amália klagt an. De Maeyers Version.

I

Die Bediensteten hatten de Maeyer zu einem der Sessel im Salon gebracht, hatten gesehen, wie er sich von allem abwandte, als wollte er allein mit seinem Schmerz und seiner Scham fertigwerden, und auch wenn sie bisher so getan hatten, als wunderten sie sich über gar nichts – nicht, als dieser Eindringling hereingekommen war und Amália gegrüßt hatte, nicht, als sie ihn hatten stürzen hören und herbeigelaufen waren und seine schrecklich verbrannte Hand sahen –, schauten sie nun mit einer Beharrlichkeit zu Dr. Ordóñez, dass es einer Aufforderung gleichkam, endlich eine Entscheidung zu treffen. Aber was sollte das, sagte sich Ordóñez, auch er ahnte schließlich, was da in Wahrheit passiert sein mochte. Auch er hörte in dem Stockwerk unter ihnen, wie die Polizisten durch die letzten Zimmer liefen, ohne etwas Verdächtiges zu finden, und genauso wusste er, dass er einen Aktionsplan zur Hand haben oder sich zumindest eine Ausrede einfallen lassen musste, damit man sie, wenn die PVDE kam, nicht beschuldigte, dem Mann Asyl gewährt oder ihn versteckt zu haben. Wobei ihm sehr wohl bewusst war, dass de Maeyer sich fast umgebracht hatte bei dem Versuch, vor der Razzia zu fliehen. Aber, fragte er sich wütend, wussten sie denn nicht, dass er dem diplomatischen Korps angehörte, dass er *neutral* war, dass einem Beamten wie ihm allenfalls die Aufgabe zukam, Konflikte zu entschärfen, die *andere* zu lösen hatten? Und die Bediensteten, waren sie nicht selber Angestellte eines Luxuslokals, wo, wie der Patriarch gesagt hatte, »ominöse Transaktionen« stattfanden, bei denen sie beide Augen zudrückten? Oder versuchten sie nur, die Aufmerksamkeit von einem eigenen Vergehen abzulenken, dem Raub von Tanias Schmuckstück zum Beispiel? Dummes Pack! Nicht dass sie glaubten, sie könnten sich hier alles erlauben, bloß weil weder der dicke Saldanha noch der verdammte Konsul Cantilo da waren! Und auch wenn sein Ärger ihm Mut machte, weil seine Entscheidungsschwäche dahinter verschwinden konnte, lähmten ihn plötzlich Schuldgefühle: Der Konsul war der Einzige gewesen, der an ihn geglaubt und ihm diesen Posten gegeben hatte, da durfte er für ihn nur die allergrößte Dankbarkeit empfinden.

Amália, die in einer Ecke sitzen geblieben war, als könnte sie immer noch nicht begreifen, was de Maeyer ihnen offenbart hatte, fing an zu schluchzen, worauf alle sich zu ihr umdrehten; und als sie die Hand vor den Mund hielt, wie um eine Übelkeit zu ersticken, und immer wieder sagte, »ich kann nicht mehr, ich kann nicht mehr«, war dies für Ordóñez das Signal, und mit der besorgten Miene eines Stationsarztes bat er Macário, in die Küche zu gehen und »etwas Starkes« zu holen, dazu »eine ordentliche Kanne Wasser« für ihn und Herrn de Maeyer. Dona Natércia wies er an, auf der Stelle zur Wohnung des Visconde hinüberzugehen und von dem Polizisten, der dort auf Benito aufpasste, während der Alte den Trupp der PVDE durchs Haus führte, in Erfahrung zu bringen, wie lange es wohl noch dauere, bis die Polizei zu ihnen käme, wobei sie sagen solle, sie hätten einen Kranken hier, den man rasch fortbringen müsse, um ihn medizinisch versorgen zu lassen. Beide Bediensteten gehorchten prompt, und als de Maeyer es geschafft hatte, seine lärmende Atmung unter Kontrolle zu bringen; als er, nachdem er eine Weile auf das Telefon in der Diele gestarrt hatte, sich schließlich einen Ruck gab und dorthin schleppen wollte, um irgendwen anzurufen, seinen Leibarzt oder den ärztlichen Notdienst, da wandte Ordóñez sich wieder der Fadosängerin zu, die fest die Augenlider zusammenpresste und unter Schluchzern den Tränen Einhalt zu gebieten versuchte. Es war schwer, die richtigen Worte zu finden, aber vielleicht, dachte Ordóñez, gab es ja gar keine andere Möglichkeit, ihr zu helfen, als ihre Hand zu nehmen und abzuwarten, bis der ekelhafte Anblick von de Maeyers Wunde nicht länger ihr Bewusstsein bestimmte. Nur, sagte er sich, und er schämte sich der blamablen Vorstellung, die er bisher in dieser langen Nacht geboten hatte, jetzt konnte er sich keinen einzigen Fauxpas mehr leisten. Und erst als Macário mit den Getränken kam, überwand sich Ordóñez und sprach:

»Eine außergewöhnliche Nacht, nicht wahr, meine Liebe?«

Macário stellte eine Tasse Kaffee vor Amália ab und schenkte aus der Karaffe Wasser in die beiden Gläser auf dem Tablett, worauf er eins davon geschwind zu de Maeyer brachte und sich schon zurückziehen wollte. Doch der belgische Bankier würdigte das Glas keines Blickes und bat ihn nur, ihm zu helfen, an das Telefon heranzukommen. Der Butler schaute zu Dr. Ordóñez, und mit einer ungehaltenen Handbewegung bedeutete der ihm, er solle tun, was de Maeyer wünsche, und ihn nicht stören, für ihn sei jetzt, ja sah er das denn nicht!, nur Amália wichtig. Macário stellte das Tablett auf dem Couchtisch ab, nahm den Arm, den de Maeyer ihm hinhielt, und legte ihn sich um die Schulter; und nachdem er den Bankier hochgezogen hatte wie eine Marionette, führte er ihn, ein wenig beschämt über die Art, wie er jammerte und sich damit selbst erniedrigte, zum Telefon. Dann wartete er, bis de Maeyer sich an der Wand abgestützt hatte und mit seiner heilen Hand den Hörer nahm, und erst als er mit der Telefonistin sprach und damit zeigte, dass er allein zurechtkam, ging Macário wieder in die Küche. In der Nachbarwohnung war nun die wütende Stimme von Dona Natércia zu hören, die nicht wusste, dass man sie nebenan verstehen konnte, und von dem Polizisten verlangte, sie endlich aus dem Haus gehen zu lassen. Dr. Ordóñez verfluchte sie leise, aber da die PVDE es ihr ohnehin nicht erlauben würde, widmete er sich wieder Amália und fragte:

»Amália, meine Liebe, brauchen Sie etwas?«

Die Frage war albern, aber Amália war nicht überrascht, und als hätte sie nur darauf gewartet, erhob sie sich von ihrem Platz, trocknete sich die Tränen und stierte wieder in diesen unsichtbaren Abgrund zu ihren Füßen, während sie mit matter Stimme sagte:

»O nein, danke, es geht schon. Ich kann nur einfach nicht mehr, ich kann nicht mehr! Alles ist so schrecklich gewesen, Herr Botschafter.«

Zum Teufel, dachte Dr. Ordóñez, warum hielt sie ihn die ganze Zeit für den Botschafter? Sekretär, mehr nicht! Und selbst das war schon zu viel.

»Bitte, meine Liebe, beruhigen Sie sich, alles wird gut«, sagte er, und mit einer absurden Erinnerung an seine Mutter, wie sie ihn bat, Geduld zu haben, bis der Asthmaanfall vorbei wäre, schaute er wieder zu de Maeyer, der die Telefonistin mit gebrochener, seltsam forcierter Stimme bat, ihn nicht mit dem Krankenhaus zu verbinden, nein, mit einer privaten Nummer in Lapa! »Alles wird gut...«

Und schon wurde er wieder abgelenkt, doch diesmal von Amália selbst: Eine schwache Hand griff nach seinem Unterarm und schmiegte sich um ihn, und entsetzt, als wickelte sich eine Schlange um sein Handgelenk, drehte Ordóñez sich nach den anderen um. Nein, es war ihm mittlerweile egal, ob es jemand gesehen hatte, er wollte nur, dass man ihn rettete, denn Amália war entschlossen, ihn in etwas hineinzuziehen, in etwas, und dessen war er sich sicher, was für ihn zu groß war.

»Nein, ich meine nicht diese Nacht«, sagte Amália, und in ihrer Stimme lag ein Flehen. »Ich meine etwas viel Schlimmeres, ich hätte es Ihnen vielleicht schon vorher erzählen sollen. Etwas, das ich jetzt anzeigen muss ...«

Scheiße, dachte Dr. Ordóñez. Anzeigen? Wer war er, um »Anzeigen« entgegenzunehmen? Und vorher? Bevor was? Erschrocken stellte Ordóñez fest, dass auch de Maeyer Amália anblitzte. Ja, klar, das Mädchen war nicht nur eine Gefangene ihres Schicksals, ihres *Fados*, wie sie sagte, sie war auch in den Fängen eines anderen, dieses Herrn de Maeyer wahrscheinlich, und jetzt glaubte sie, in ihm, Ordóñez, einen Menschen gefunden zu haben, der sie, weil er Ausländer und neutral war, befreien konnte.

Die Tür der Nachbarwohnung schlug zu, die Kristallprismen des großen Lüsters in Tränenform klirrten, und schwere Schritte kündigten die Rückkehr von Dona Natércia an. Mit hochrotem Kopf grummelte die alte Frau, man habe weder Mitleid mit ihren kleinen Enkeln noch mit ihrer armen Tochter, die jetzt allein sei in der Rua do Alvito. Doch als sie sah, wie Amália Dr. Ordóñez am Arm hielt, gab sie sich wieder unerschütterlich wie eine Mutter Oberin, räusperte sich und zwang die beiden, sich voneinander zu lösen:

»Der Herr Visconde de Montemor ist noch nicht wieder zurück. Dafür ist bei dem Herrn Benito ein ungehobelter Kerl, der nicht in der Lage ist ...«, berichtete sie, und dann schluchzte sie. »Er hat mir gesagt, dass er nichts für uns tun kann, aber sobald sie fertig sind, das hat er versprochen, wird man uns extra Bescheid sagen.«

Amália und de Maeyer sahen sie bestürzt an. Sobald sie fertig sind? Extra? Was wollte sie damit sagen, fragte sich Dr. Ordóñez, und Amálias Satz hallte in seinem Kopf wider wie ein verzögertes Echo: Bevor es zu spät ist ...

»Höchstens zehn oder fünfzehn Minuten«, erklärte Dona Natércia.

»Dann können Sie mir vielleicht einen Augenblick zuhören, Herr Botschafter?«, fragte Amália, während ihr Blick noch zwischen den beiden hin und her wanderte.

Dr. Ordóñez nickte, auch wenn ihm unbehaglich dabei war, doch sogleich hörte er die Stimme de Maeyers, der nun am Telefon sprach. Macário und Dona Natércia schlichen sich in die Küche: Sie wollten am liebsten nichts wissen von dem Herrn, dessen Wichtigkeit ins Unermessliche zu wachsen schien, als er jetzt auch noch in einer anderen Sprache sprach.

Und tatsächlich, es war eine Sprache, die niemand erwartet hätte. Deutsch, dachte Ordóñez erschrocken, und er glaubte bereits, das abgekartete Spiel zu erraten, das ihn und Amália antrieb. »Flämisch«, murmelte Amália, »wenn er nicht will, dass ich ihn verstehe, spricht er immer Flämisch.« Aber dein komisches Portugiesisch, dachte Ordóñez, kann mir auch nützlich sein, so kann ich der Polizei gegenüber behaupten, ich hätte dich nicht verstanden, und dann steht dein Wort, das Wort einer Obstverkäuferin vom Hafen, gegen das Wort von zwei Männern wie wir.

2

»Es war nicht heute, nein, wirklich nicht, es hat nichts zu tun mit dem, was heute passiert ist. Es war vor zwei Tagen, besser gesagt vor zwei Abenden, schon weit nach Mitternacht.« De Maeyer ermahnte sie, Amália, bitte, als könnte er wegen ihr nicht hören; doch wie um zu zeigen, dass sie stärker war als ihre Angst, wandte sie den Blick ab und fuhr fort: »Ich hatte wie jeden Dienstag in der Parreirinha gesungen, das ist die Kneipe, wo ich angefangen habe, mit dem alten Armandinho an der Gitarre und Luís, meinem Mann, an der Bassgitarre. Es war ein guter Abend gewesen, so wie in der ersten Zeit unserer Liebe, vor dem Krieg.« Dr. Ordóñez schaute verblüfft zu de Maeyer, als wollte er ihn fragen, ob es sein könne, dass dieses Mädchen derart aus der Rolle fiel und jetzt Eheprobleme zum Besten gab. Doch der Bankier reagierte nicht und machte Anstalten, sein Telefongespräch zu beenden. »Und ich, wenn ich das so sagen darf, hatte sehr gut gesungen, so wie immer, wenn sie mich aus der Mouraria rufen und ich ein Publikum antreffe, egal, ob arm oder reich, von dem ich weiß, dass es echte Liebhaber des Fados sind, die schwören, mir überallhin zu folgen, auch wenn sie nachher so betrunken sind, dass sie es kaum noch durch die Tür schaffen. Und ich brauche die Leute, wirklich, denn ihr Blick sagt mir: Vielleicht bist du ein Dreck, *minha filha*, aber deine Stimme ist es nicht.«

Amália trank einen Schluck Wasser und atmete tief durch, um sich den Druck von der Brust zu nehmen. De Maeyer hängte ein und schaute wieder zu ihr; er schien erschrocken zu sein, doch Ordóñez konnte nicht erkennen, was der Grund dafür war: das, was sie gerade erzählte, was er am Telefon gehört oder auf Flämisch gesagt hatte, oder einfach die körperliche Anstrengung, sich auf den Beinen zu halten.

»Nun ja, ein Abend eben«, fuhr Amália fort, »der dazu angetan war, dass Luís und ich uns einmal nicht stritten. Und während ich das Lied sang, mit dem ich ihm vor sieben Jahren meine Liebe gestanden hatte, träumte ich davon, dass er mir all das verzeiht, wovon er denkt, dass ich es getan habe, und dass wir friedlich nach Hause gehen und bis zum Morgen weitersingen; so wie damals, als wir uns gegen meine Familie gestellt haben, weil die nicht wollte, dass ich auch nur einen Fuß in eine Kneipe setze, und er mir sagte, dann würde er mich eben entführen, und als mir die Zehn Gebote so egal waren wie das Gerede der Menschen. Ich hatte kaum den *Fado Corrido* angestimmt, da merkte ich, dass Luís betrunken war, er kam nämlich mit den Akkorden aus dem Takt, und bei dem Lied *Verfolgung* fing er dann an und sagte leise zu mir: ›Ist der das, der dir die Briefe schickt, die du immer gleich zerreißt? Der da hinten, der weint, weil er genau weiß, dass du für ihn singst?‹ Sie müssen wissen, seit der Herr Ricardo mir das Auto geschenkt hat, das für ganz Lissabon der Beweis meiner Sünde ist, ist das Herz von Luís außer Rand und Band. ›Glaubst du, der dumme Glatzkopf ist ein echterer Mann als ich?‹, fragte er mich beim Applaus. Und da blicke ich zu den letzten Tischen und sehe – jeder hätte ihn erkannt – den Prinzen Umberto von Italien, wie er in Tränen aufgelöst zu mir schaut. ›Diese Schwuchtel?‹, sagte mein Mann und lachte laut, und ich fürchtete, es könnte Ärger geben und meine Karriere ruinieren. ›Hör endlich auf‹, sagte ich, und da wurde er wütend und ging einfach weg, während ich weitersang, *No me quieras tanto*, so gefühlvoll wie nie, und ich stellte mir vor, wenn ich nach Hause kam, würde er mir nicht aufmachen und ich müsste vor der Tür sitzen bleiben, bis alle Nachbarn herausgekommen wären, und dann würde er mich vor aller Augen fertigmachen. So wie immer. Brava! Bravissima!, hörte ich da die flötende Stimme dieses ›verborgenen Prinzen‹, und ich sagte mir, vielleicht war er ja tatsächlich ein Homosexueller, wie alle sagen, denn niemand schien so wie er das Geheimnis meiner Unruhe zu verstehen.«

Amália machte eine merkwürdig männliche Handbewegung, als wollte sie das zarte Pflänzchen der Emotion mit einem Ruck ausreißen, und de Maeyer stöhnte auf, und es klang wie eine Drohung.

»Aber ich weiß, dass mein Mann nur so tut, als wäre er sauer auf mich, er trinkt nämlich, und wenn er mich im Ärger verlässt, ist das nur ein Vorwand, um sich in irgendeiner Spelunke im Bairro Alto zu amüsieren, in den Armen anderer Frauen, die ihm dann sagen, dass es meine Schuld ist, wenn er jedes Mal schlechter spielt ... Ich dachte, am besten sollte ich so lange durch die Nacht ziehen, bis er in seinem Suff im Bordell umkippt und irgendeine barmherzige Seele ihn nach Hause bringt und die Haustür unverschlossen lässt. Und dann«, sagte Amália und schaute plötzlich herausfordernd zu de Maeyer, »dann würde ich hineinschlüpfen und frühstücken, und da nichts auf der Welt ihn aufwecken kann, würde ich mich neben ihn ins Bett legen. So mache ich es immer. Denn wenn er nachmittags aufsteht, schämt er sich viel zu sehr und kann sich nur noch über seine Gitarre hängen und üben, und zwischendurch hält er mir eine Predigt. ›Ach, eine Strafe ist das, uns in diesen Kriegszeiten unter die Reichen zu mischen!‹, sagt er dann.«

De Maeyer rief nach Macário, und Amália hob die Stimme, als fürchtete sie, der Bankier könnte ihr entwischen.

»›Die benutzen dich doch nur, um ihre unanständigen Sachen zu vertuschen‹, sagt er, ›oder damit du ihnen erzählst, wer ins Gondarém kommt. Und irgendwann wollen sie dann von dir, dass du eine Bombe legst ...‹«

Dr. Ordóñez war es unangenehm, in einen Ehestreit hineingezogen zu werden, und als hätte er nicht zugehört, griff er nach dem Glas Wasser.

»Es stimmt ja, dass ich nie wieder Hunger leiden will so wie damals, als ich am Fluss die Wäsche wusch!«

Auf de Maeyers Ruf kam Macário herbei, und Ordóñez ahnte, dass er ihn bat, ihn wieder ins Schlafzimmer zu bringen.

»Als die Vorstellung zu Ende war, grüßte ich den Prinzen Umberto nur ganz kurz, ging völlig fertig auf die Straße und lief mit dem alten Armandinho an meiner Seite zum Ufer hinunter. Armandinho, müssen Sie wissen, Herr Botschafter, ist wirklich eine Seele von Mensch«, sagte Amália mit Schmelz in der Stimme, aber lauter, damit der Bankier sie hörte. »Er fragt mich nie etwas, und niemals käme er auf die Idee, mich um diese Uhrzeit am Tejo allein zu lassen; und wenn er bei mir ist, schließlich könnte er mein Vater sein, würde niemand sich trauen, mir etwas anzutun. Da es nicht kalt war und der Mond schien, schlug ich ihm vor, zum Terreiro do Paço zu gehen und an der Anlegestelle zu spielen, eine schöne Angewohnheit, die von ihm stammt, er war nämlich selber ein Findelkind. ›Wenn der Fado doch ein Gott ist‹, sagt Armandinho immer. Nichts mag er lieber, als dort aufzutreten, vor diesen Kindern, die ärmer sind als die drei Hirtenkinder von Fátima und die auch nicht wissen, wozu sie auf die Welt gekommen sind, und da singt man dann für sie und erinnert sich an das kleine Mädchen, das man selbst einmal war und das am Kai Obst verkauft hat, und sie fühlen sich verstanden in ihrem Schicksal, gewiegt vom Schaukeln des Schiffes und von meiner Stimme, und beides, das wird niemand bestreiten, ist ihre wahre Mutter ...«

Ordóñez sah, wie Macário de Maeyer zum Schlafzimmer bugsierte, und konnte sich immer noch nicht vorstellen, welche »Anzeige« Amálias Vorrede nun folgen sollte.

»Sie wissen, wovon ich spreche, ja?«, sagte Amália, wie um ihm zu bedeuten, dass jede weitere Ablenkung jetzt wirklich schlimm wäre. »Sie haben dieses Schiff zwischen den anderen Schiffen sicher gesehen. Wie gesagt, die kleinen Waisenkinder mögen mich sehr. Ich brauche nur wie nebenbei zu singen: *Ach, Laurindinha, komm ans Fenster*, und schon tauchen ihre großen Augen hinter den Bullaugen auf. In dieser Nacht hatte ich ihnen schon drei Sachen vorgesungen: *Ach, Laurindinha, Tiro-liro-liro* und das Lied von der Glatze, ein Revuelied, über das sie immer so lachen müssen, weil sie alle geschorene Köpfe haben. Und kaum hatte ich zu Ende gesungen, drehte ich mich um, um mich auch bei den anderen Zuhörern zu bedanken, völlig ahnungslos, ohne im Traum daran zu denken, dass etwas passieren könnte. Und da«, verkündete sie, »sah ich sie zum ersten Mal.«

Dr. Ordóñez schaute zu de Maeyer, der an der Schwelle des Zimmers stehengeblieben war und sich zu ihnen umdrehte, doch Amália ließ sich nicht ablenken.

»Sie stand in einer Gruppe von fünf oder sechs Flüchtlingen und hielt ihr Kind in den Armen, aber sie hatte einen Blick, ich weiß nicht, so einen hatte ich noch nie bei jemandem gesehen, einen Blick, den ich nur von der Seite sah und der sich, als ich mich verbeugte, um mich für den Beifall zu bedanken, schon in meinen Kopf eingebrannt hatte. Als ich mich wieder nach dem Schiff umdrehte, spürte ich ihn immer noch im Nacken, als wäre diese Frau, ich weiß nicht, eine Wahnsinnige, die mich von hinten niederstechen wollte. Sie war zwischen fünfundzwanzig und dreißig Jahre alt, etwas größer als ich, aber recht stämmig, und trug ein weißes Tuch um den Kopf, im Nacken zusammengeknotet, und zwischen den schmutzigen Locken, die ihr in die Stirn hingen, war ein schrecklich starrer Blick. Außerdem hing eine Lippe schief, was ihr etwas Trotziges gab, na ja, jedenfalls Entschlossenes. Nein, sie blickte mich nicht an, weil ihr meine Fados gefielen, sagte ich mir, sie wartete nicht auf mich, um mir wie die anderen Komplimente zu machen oder mich zu fragen, wo ich normalerweise singe und wo man hingehen kann, um mich zu hören. Aber sie *wartete auf mich*, verstehen Sie, Herr Botschafter? Ich habe dann das Lied von der alten Schenke gesungen, das ist sehr kurz, und so getan, als würde ich frieren, und da es noch nicht zu spät war, habe ich Armandinho gebeten, nicht in seine Dachstube zurückzukehren, sondern mich auf einen Milchkaffe ins Esfinge zu begleiten, wo die Arbeiter um diese Zeit auf die erste Fähre nach Almada warten, man konnte schon hören, wie sie vom Alentejo herüberkam. Eigentlich wollte ich nur in das Café, weil ich dachte, kein Flüchtling hätte genügend Geld, dass man ihn dort hereinließ. Wir setzten uns also und bestellten jeder einen Kaffee und ein Puddingtörtchen, und eine Weile schaute ich nur auf die Uhr neben der Tür und sagte mir, dass es noch ein paar Stunden dauern würde, bis mein Mann nach Hause kam und ins Bett fiel, so dass ich freien Zugang hatte zu meinem Paradies, wie ich meine Küche nenne, dort habe ich nämlich, müssen Sie wissen, den ersten Kühlschrank in unserem Viertel, ein Geschenk des Herrn Ricardo, und ein gutes Bauernbrot und Schmalz, auch das schickt mir der Herr von seinen Landgütern in Setúbal.«

Indem sie es erwähnte, dachte Ordóñez, legte sie besonderen Wert darauf, ihre Verbindung mit diesem Herrn Ricardo hervorzuheben, was de Maeyer ohne Zweifel missbilligte, von dem wieder ein Klagelaut drüben im Zimmer zu hören war. Ja, sie musste aufpassen, dass sie sich mit ihrer »Anzeige« jetzt nicht vergaloppierte.

»Nun denn«, fuhr sie fort, »während wir noch auf den Kaffee warten, gehe ich zur Toilette, um mir den Rest Schminke abzuwischen, nicht dass man mich für eine Frau der Nacht hält. Und stellen Sie sich vor, als ich zurückkomme, sitzt sie dort, die Frau, am Nebentisch, direkt neben Armandinho, und starrt meinen lieben Freund an, als würde sie überlegen, wie sie am besten ein Gespräch anfängt! Denn sie wollte uns etwas sagen, das war klar. Zwischen den Tischen hatte sie zwei Stühle zusammengerückt und dort das Kind abgelegt, zugedeckt mit ihrem langen weißen Tuch, aber es schlief nicht, nein, es schaute nur zur Decke, die schwarzen Augen wie zwei kleine Schatten. Der Kellner hielt sie wohl für eine Bettlerin oder ekelte sich vor dem Gestank, der von ihr oder dem Kleinen ausging, jedenfalls kam er und raunzte sie an, was sie dort verloren hätte, aber die Frau knallte nur eine Handvoll Kleingeld auf die Marmorplatte des Tisches. ›Tee!‹, rief sie mit einem irren Stolz, und der Kellner traute sich nicht, sie hinauszuwerfen, vor allem wegen des Kindes, das von einer anderen Welt zu sein schien, wie diese Kinder kurz vor dem Hungertod. Dann brachte der Kellner unsere Bestellungen, und da die Frau nicht mehr auf uns zu achten schien, sagte Armandinho zu mir, sie hätte sich, kaum dass ich auf Toilette ging, ihm vorgestellt, zuerst auf Französisch und dann in einem erbärmlichen Portugiesisch, aber in einem durch, ohne zu stocken, und gesagt, sie hätte eine Bitte an uns. Und als der Kellner dann gegangen war, fing sie an und sprach zu mir von Tisch zu Tisch, bohrte diesen kleinen Dolch in mich, den ich unter dem Tuch über dem Kind erahnte, und verriet mir, was ich jetzt anzeigen will, was mich so quält.«

Draußen im Treppenhaus krachten die Stufen unter den schweren Schritten der Männer, die wieder zurückkehrten, behindert vom langsam vorausgehenden Visconde und stumm die Vorwürfe des Alten ertragend, der es nicht fassen konnte, dass er wegen ihnen nun vor seinen Nachbarn als Informant dastand. Eine Weile würden sie noch brauchen, bis sie hier waren, schätzte Dr. Ordóñez, doch als Benito hörte, dass sein Urgroßvater in der Nähe war, begann er herzzerreißend zu schreien.

»Wer war die Frau, Amália?«, fragte Dr. Ordóñez, nur um etwas zu sagen.

»*Wer bist du, mein Liebes, verfluchtes?*«, versuchte sie zu scherzen und wischte sich die Tränen ab, die das Geschrei des armen Benito ihr in die Augen getrieben hatte. »Ihren Vornamen hat sie mir gesagt, es war so etwas wie Eugénia, ich weiß nicht, wie man es richtig ausspricht. Auch ihren Nachnamen hat sie genannt, aber den könnte ich noch weniger aussprechen, Herr Botschafter, und ich bezweifle auch, dass es ihr richtiger Name war. Also, wenn Sie oder vielleicht die Polizei sie finden wollen, dann achten Sie am besten darauf, wie sie spricht, auf ihre schreckliche Stimme, sehr schrill und irgendwie abgenutzt, eine Stimme, die bei jeder Silbe am selben hohen Ton klebt. Mein Gott! Ich überlegte mir schon eine Ausrede, um dort wieder herauszukommen, und sagte Armandinho, der Kaffee sei widerlich, aber sofort bat sie mich, den Kaffee ihr zu geben, für ihren Sohn. Ich konnte es ihr nicht abschlagen, und Armandinho, der ein echter Kavalier ist, hatte kaum die Tasse zu ihr hingeschoben, da saß sie schon bei uns, an unserem Tisch, und trank selber den Kaffee, ohne sich auch nur mit einem Wort zu entschuldigen. Dann nahm sie mein Törtchen, das ich noch nicht einmal angerührt hatte, und teilte es genau in zwei Hälften. ›So machen es die Ameisen!‹, meinte sie, und wirklich absurd, aber ich habe mir vorgestellt, sie wäre wie die Ameisen oder wie die Toten aus einem Loch in der Erde herausgekommen. Stank nicht auch deshalb der kleine Junge so? Der Junge, der dort hinter ihr lag und vielleicht fürchterlichen Hunger und Durst litt! Eugénia sagte erst nichts weiter zu mir und schlang nur alles hinunter, aber etwas an ihr, ihr ganzer Körper oder ihre Dreistigkeit, war eine Botschaft, die ich mich nicht zu erraten traute, wie diese Inspiration, die einen überkommt, kurz bevor man sich in einen Fado stürzt.«

Amália hielt kurz inne und schenkte sich Wasser nach, als wollte sie ihre Nervosität, die das schlimmste Stück auf dem Weg zu ihrer Anzeige zu untergraben drohte, darin ertränken. Dr. Ordóñez schaute zur Diele: Jetzt, wo Macário wieder in der Küche war, war von de Maeyer nichts mehr zu hören, kein Schritt, keine seiner schwerfälligen Bewegungen. Vielleicht stand er ja hinter der Tür, vor dem leeren Tresor, und lauschte auf Amálias Worte.

»Dann fragte mich Eugénia, ob ich für sie noch ein Törtchen bestellen könnte«, fuhr Amália fort. »Ich sagte ja, natürlich, weil ich hoffte, sie würde dann wenigstens still sein, denn wenn sie sprach, lief ihr auch noch die Spucke aus dem schiefen Mundwinkel. Doch als Armandinho, der nicht wollte, dass die Verrückte mich weiter bedrängte, sich die Mütze aufsetzte, das Zeichen zum Aufbruch, fragte Eugénia mich ohne Umschweife, ob ich Kinder hätte. Ich sagte nein, und mit einer Ruhe, als hätte sie schon gesiegt, fragte sie mich, worauf ich noch warte, um welche zu bekommen. Aber man spricht doch nicht vor Männern über solche Dinge! ›Ach, die jungen Künstlerinnen‹, sagte Eugénia, und auf ihre Weise schaute sie in mein Innerstes, wie es noch nie jemand getan hatte, außer vielleicht dem Herrn Ricardo. Ich muss mich irgendwie verraten haben, denn sie erklärte mir: ›Es tut gut, Sie singen zu hören, wenn man nach einer Möglichkeit sucht, nach Amerika zu entkommen.‹ Armandinho schaltete sich ein und meinte, am Terreiro do Paço würden die Überseedampfer bestimmt nicht festmachen, und dann stand er auf, was sie gesagt hatte, machte ja klar, wie verrückt die Frau war, es war absurd, ihr weiter zuzuhören. Aber Eugénia gab nichts auf ihn, Armandinho verstand einfach nicht, warum sie zum Terreiro kommen musste, nicht zum Hafen von Alcântara. ›So oft habe ich gehört, wie Sie hier nachts Fados singen, wie Sie schreien!‹, sagte sie, ›und wir werden Sie nie vergessen, weder ich noch der Junge.‹ Nichts davon stimmte, sagte ich mir. Und der Junge, der da auf den Stühlen neben dem Tisch lag, schaute die ganze Zeit nur an die schummrige Decke des Esfinge, wie man in einen Nachthimmel schaut, an dem keine Wolken und keine Sterne den Blick festhalten. Schließlich brachte der Kellner ein weiteres Törtchen, und ich sah besorgt, wie sie sich gleich ihre Hälfte in den Mund stopfte und kauend weitersprach. Sie sagte, sie sei in Sarajevo geboren, ihre Eltern seien während der Revolution aus Russland geflohen. Juden, ja, Juden, sagte sie. Und sie sei im Hinterzimmer eines Ladengeschäfts aufgewachsen, mit einem Igel als einzigem Gefährten. ›Mit einem was?‹, fragte Armandinho belustigt, und jetzt verfiel er selber schon ihrem seltsamen Zauber, er ist nämlich ganz vernarrt in Hunde und verflucht dauernd, dass es in dieser Stadt keinen Platz für Haustiere gibt. ›Mit einem Igel‹, erklärte sie. ›In Sarajevo spielen die Mädchen nicht mit Puppen, sie spielen mit Igeln. Nachts spucken sie genau wie die Säuglinge alles wieder aus. Und wenn du kein Geschwisterchen hast‹, sagte sie, ›ist ein kleiner Igel ein genauso guter Gefährte.‹ Darauf deutete sie mit ihrer klebrigen Hand auf den Jungen, der wie tot oder wie in Trance dalag, und ich musste mich abwenden, es tat mir in den Augen weh. Als ich mich wieder gefasst hatte, fragte Armandinho sie, ob ihre Eltern auch in Lissabon seien. ›Wer weiß‹, sagte sie und zuckte mit den Schultern. ›Ich glaube, sie sind beide in einem Arbeitslager in Österreich, die Deutschen haben gesagt, sie würden uns alle dorthin schicken, aber ich bin vorher geflüchtet.‹ Dabei zeigte sie nicht die geringste Gefühlsregung. Aber ich glaube, es war nicht gelogen, ihre Eltern waren ihr einfach egal. ›Und warum hast du dich von ihnen getrennt?‹, fragte Armandinho, ›arbeitest du nicht gern?‹ ›Arbeiten?‹, lachte die Verrückte, und die Krümel flogen ihr aus dem Mund. ›Die Russen schnappen dich und lassen dich arbeiten. Bei den Deutschen stirbst du *grelhado*!‹«

Grelhado?, fragte sich Ordóñez, und dann hörte er Tanias Stimme, wie sie langsam aus seinem Hinterkopf hervordrang und ihm übersetzte: *auf dem Rost gebraten*. Er selbst hatte ihr, über die Speisekarte des Gondarém gebeugt, das Wort heute erst übersetzt. Amália schaute zur Diele, und als sie sah, dass de Maeyer nicht zurückkam, ließ sie sich von ihrer eigenen Erinnerung wieder einfangen.

»›Und wie bist du geflüchtet?‹, wollte Armandinho von Eugénia wissen, worauf sie auf den Jungen deutete und erklärte: ›Auf einem Schiff von Griechen.‹ Aber was wollte sie damit sagen? Ob das Kind Grieche war? Hatte sie es Griechen geraubt? Ich wusste selbst nicht, warum, aber für einen Augenblick stellte ich mir nicht nur das Schmugglerboot vor, mit dem sie zu dem Schiff gekommen war, sondern auch den Matrosen, von dem sie vielleicht das Kind hatte. ›Aber wie bist du nach Lissabon gekommen?‹, hakte ich noch einmal nach, und darauf verkündete sie, mit einer Stimme, die es schon gewohnt war, sich gegen die Anschuldigungen der Polizei zu wehren: ›Mit meinem Pass!‹, und um es zu beweisen, zog sie den Pass aus ihrem Ausschnitt, schlug ihn auf und legte ihn auf den Tisch. ›Komm, Amália, wir gehen jetzt, ja?‹, sagte Armandinho zu mir, was sollte das alles, das hatte doch keinen Sinn. Aber Eugénia flößte mir eine so unbegreifliche Angst ein, dass es mir lieber war, mich gut mit ihr zu stellen, und um mir weiteren Ärger zu ersparen, nahm ich selber das Gespräch in die Hand. ›Eugénia‹, sagte ich zu ihr, ›das ist doch dein Name, oder?‹, und dann öffnete ich wie beiläufig, als wollte ich nur das Verzehrte bezahlen, mein Portemonnaie. Sie verstand den Wink und lächelte mich fast unanständig an. ›Am Kai hast du gesagt, du wolltest etwas von uns. Ich glaube nicht, dass du nur das meintest: einen Kaffee und ein Törtchen.‹ Sie lachte herausfordernd und sagte, als hätte sie nur darauf gewartet: ›Ich glaube, über so etwas spricht man nur unter Frauen ...‹ Und bevor ich ihn noch zurückhalten konnte, hatte Armandinho mich schon mit der Verrückten allein gelassen ... und mit meinem Schicksal. Wie eine fliegende Händlerin, die das Tuch über ihrem Brotkorb aufschlägt, schlug Eugénia jetzt das weiße Schultertuch auf, das sie über den Jungen gebreitet hatte, und zwang mich hinzuschauen. Der Kleine fror und zitterte, aber er gab keinen Laut von sich, als könnte er nicht sprechen, als hätte er keine Zunge. Für einen Moment begegneten die Augen des Kindes den meinen, aber dann glitten sie gleich wieder weg, sie konnten nichts im Blick behalten.« Plötzlich griff Amália nach der Hand von Dr. Ordóñez und sagte leise: »Es sind diese Augen, die sich in meine Erinnerung gebohrt haben, Herr Botschafter! Dieser Blick!«

»Amália!«, rief de Maeyer vom Schlafzimmer aus, ohne Zweifel folgte er ihrer Geschichte, aber seine Stimme war so angegriffen, dass sie niemanden einschüchtern konnte.

»Na ja, aber was die Frau Ihnen da von sich erzählt hat, das war gelogen, oder?«, stammelte Ordóñez, und er schämte sich für seine Unfähigkeit, ihr auch nur den kleinsten Schutz zu bieten. Und da nichts darauf hindeutete, dass Dr. Cantilo noch herkam, dachte er, dass es eigentlich das Beste wäre, wenn die Polizei jetzt endlich die argentinische Residenz beträt und Amália daran hinderte, ihre »Anzeige« fortzusetzen.

»›Einen Kaffee oder auch zwei können Sie bezahlen, ein Törtchen oder auch zwei‹, sagte Eugénia und sah mich mit einem Ausdruck an, wie ich ihn von meinen Nachbarn kenne: Woher die nur so viel Geld hat! Und dann: ›Aber es gibt Dinge, die haben keinen Preis ...‹ Ich stellte mich dumm und hielt nach Armandinho Ausschau, der irgendwo draußen war, auf der Straße, an den Kais, aber ich sah nur den Nebel und im Nebel ein paar Laternen, die Traurigkeit des Fados. ›Ich will auf der Boa Esperança fahren, es könnte der letzte Ozeandampfer sein‹, sagte sie schließlich. ›Aber ich glaube nicht, dass es für das Kind das Beste wäre.‹ In gewisser Weise verstand ich sie. Welche Mutter hätte schon die Ruhe, ihr Kind mit übers Meer zu nehmen, wenn überall Torpedoboote lauern? Ich meine, ich verstand, was sie sagen wollte, aber ich glaubte ihr nicht: Sie liebte ihren Sohn nicht. ›Wir sind aus der Ukraine nach Bosnien geflohen‹, sagte sie, ›und dann sind sie nach Bosnien gekommen. Ich bin von Bosnien nach Lissabon geflohen, und jetzt werden sie in Lissabon einmarschieren. Darum fliehe ich nach Havanna, und früher oder später kommen sie nach Havanna. Aber bitte, es ist ja nur mein Schicksal!‹ Ich dachte, dass sie jetzt von dem Jungen sprechen würde, aber aus Höflichkeit, hatte ich den Eindruck, wechselte sie das Thema. ›Wirklich schade, dass Sie keine Kinder haben wollen.‹ Ich sah sie verblüfft an. ›Jaja, Sie brauchen es nicht abzustreiten, ich weiß, dass Sie keine haben wollen, meine Liebe, Sie sind nämlich genau wie ich. Sie in Ihrem roten Auto, ich auf meinem schwarzen Schiff, wir beide fliehen, nicht wahr? Fliehen, wohin wir können. Und ohne Ballast!‹ Mir reichte es jetzt, ich schaute mich um und stand auf. ›Ich dachte nur‹, sagte sie, ›da Sie jede Nacht hier für die Waisenkinder singen ... Aber ich merke schon, Sie sind nicht auf der Suche nach Kindern, Sie wollen Geschwisterchen haben. Na gut‹, und sie lachte, wohl über ihre eigene Dreistigkeit, ›jetzt haben Sie ja mich: Sie haben mich erobert! Aber sagen Sie, meine Liebe‹, und sie packte mich am Arm, weil ich mich schon herumgedreht hatte und den Kellner um Hilfe bitten wollte, ›kennen Sie nicht wenigstens jemanden, der ihn nehmen will? Ich weiß, Adoptiveltern haben immer Angst. Sie glauben, die Mutter könnte es bereuen und das Kind zurückverlangen. Aber bitte, noblesse oblige! Wenn ich genug Geld beschaffe, so dass ich auf der Boa Esperança fliehen kann, gehe ich sehr viel weiter als jede andere Frau. So weit, wie niemand gehen kann! Und wenn nicht, werden schon die Nazis dafür sorgen, dass ich nicht zurückkomme ...‹ ›Mein Gott, gute Frau‹, sagte ich und riss mich von ihr los, auch wenn ich nur andeuten wollte, dass ich das Angebot, das sie mir da machte, nicht verstanden hätte, ›warum nehmen Sie das Kind nicht mit nach Havanna?‹ Sie verlor jetzt die Geduld und äffte mich nach: ›Mein Gott, junge Frau, sehen Sie doch mal da raus, kommen Sie, schauen Sie hin! Nur hier kann jemand ein Niemand sein. Haben Sie es nicht bemerkt? Ein Niemand! Tausende von ihnen sind dort draußen. Sichtbar und ohne Namen, genau wie die Vögel.‹ Und der kleine Junge, den niemand wollte, ist auch immer noch ein Niemand ...«

»Doutor Ordóñez!«, rief nun de Maeyer, und da weder er noch Amália Anstalten machten, sich um ihn zu kümmern, rief der Bankier nach Macário, der auf dem Weg von der Küche zum Schlafzimmer flüchtig hereinschaute, so dass Amália sich in ihrer Aufgeregtheit ein wenig zurücknahm. Als Macário bald darauf zurückkehrte, gab er Dr. Ordóñez mit einem Blick zu verstehen, dass de Maeyer ihn brauche, wirklich, es sei dringend, doch Ordóñez ging nicht auf ihn ein, denn Amália schien nun zum Ende zu kommen, und bestimmt war es genau das, was de Maeyer verhindern wollte.

»›Aber nun denn, meine Liebe, dann ist es so‹, sagte Eugénia und konnte ihren Ärger kaum unterdrücken. ›Sie sind nun mal, wie es heißt, eine Heilige. Aber wenn Sie heute Nacht oder morgen einen reichen Freund finden, so einen, der ganz bestimmt kein Heiliger ist, in einem dieser Lokale, wo arme Schlucker nur Zutritt haben, wenn sie singen, dann sagen Sie ihm, dass ich alles geplant habe. Alles bedacht, damit das Kind so ist, wie man es sich wünscht ...‹ Armandinho kam schließlich wieder zur Tür herein, er hatte eine Droschke besorgt, die an der Ecke auf mich wartete, und als er mich dort stehen sah, verzweifelt und völlig aufgelöst, sagte er, ich solle jetzt endlich mitkommen. Aber ich konnte sie doch nicht so zurücklassen, konnte sie doch nicht, wie soll ich sagen, jetzt bestrafen! Also bat ich Armandinho, uns allein zu lassen, ich käme dann schon. ›Der Junge hat keinen Namen‹, erklärte Eugénia verschämt, ohne mich anzuschauen. ›Niemand weiß, wer er ist, nicht einmal ich selbst weiß es genau. Als ich nach Portugal kam, hat man mich nach Mafra geschickt, wo er auf die Welt gekommen ist wie Jesus, in einer Krippe, mit zwei Eseln, zehn Hühnern und einer Kuh als einzigen Zeugen. Aber auch an mich hat der Junge keine Erinnerung, ich lasse nicht zu, dass er eine Erinnerung hat. Ich nehme ihn auf den Arm, wenn es sein muss, aber ich habe noch nie mit ihm gesprochen, noch nie! Tagsüber lege ich ihn beim Chafariz d'El Rei in einer Mauernische hinter dem Brunnen schlafen, und nachts trage ich ihn von hier nach da, überall laufe ich herum. Und dabei passe ich auf, dass das Bild von keinem, der ihn anschaut, länger als eine Sekunde in seine Augen fällt. Ich habe es geschafft, dass er alle vergisst, alle ... außer einer einzigen Person‹, sagte sie, wie um sich zu rächen, ich hatte mir nämlich schon den Hut aufgesetzt und wollte gerade zur Tür gehen, und ihr war klar, dass sie verloren hatte. ›Aber das ist nicht meine Schuld, ja? Sie haben das Kind gezwungen, Sie kennenzulernen! Ich konnte es nicht verhindern, und jetzt machen Sie sich einfach davon!‹ Als der Kellner sie so gereizt sah, packte er sie am Arm, und der kleine Junge fing an zu heulen, als spürte er eine Gefahr. ›Aber was kümmert's mich‹, schloss Eugénia und riss sich von dem Kellner wieder los. ›Wie heißen Sie, meine Liebe?‹, rief sie mir hinterher, als ich schon die Eingangstür aufstieß, worauf das ganze Café sich nach mir umdrehte. Ich war wie gelähmt und konnte ihr nicht die Wahrheit sagen. Beinahe hätte ich ihr schon meinen Mädchennamen genannt, aber sie war so verrückt, dass sie weder zuhören noch warten konnte. ›Egal, sagen Sie mir Ihren Namen nicht! Er weiß auch nicht, wie Sie heißen, aber er wird Sie von allein erkennen, wenn er Sie singen hört. Und er wird zu Ihnen kommen, auch wenn Sie nicht mehr zum Schiff der Waisenkinder zurückkehren. Er wird nach Ihnen suchen, am Eingang eines Theaters oder eines Cafés, und seine Liebe wird Sie verfolgen, eine sehr viel mächtigere und dauerhaftere Liebe als mein Hass. *Sie wissen mehr von mir als ich selbst!*, wird er ihnen sagen.‹ ›Aber Eugénia, bitte, hören Sie auf‹, sagte ich, und mir kamen die Tränen. Mein Selbstmitleid schien sie noch mehr zu kränken: ›Und dann auch noch das!‹ Aber ich konnte nur noch schreien und trat beschämt auf die Straße. Ich stieg schon in die Droschke, als Eugénia mir von der Tür aus nachrief: ›Dann werden Sie es also tun, meine Liebe? Sie werden jemandem sagen, dass er mich hier findet, am Terreiro do Paço?‹ Ich weiß nicht, sagte ich mir, ich weiß nicht, immer wieder, wie eine Wahnsinnige. Und den ganzen Tag lang und die ganze Nacht, und auch heute den ganzen Tag über war ich hin- und hergerissen, in Gedanken immer bei ihr, die noch dort sein muss, am Kai, solange die Boa Esperança nicht ausläuft. Und sehe, wie sie nach einer anderen Frau Ausschau hält, die feiger oder mutiger ist als ich ...«

3

»Dr. Ordóñez!«, rief de Maeyer erneut aus dem Schlafzimmer, und es war nicht das Dringliche in seiner Stimme, waren nicht die Stimmen der Polizisten, die jetzt aus der Wohnung des Visconde herüberzukommen schienen, was Ordóñez dazu brachte, aufzuspringen und zu flüchten, ohne Amália auch nur um Entschuldigung zu bitten: Es war das Erschrecken über eine unsagbare Versuchung. Es stimmte also, *das* waren die »ominösen Transaktionen«, von denen der Patriarch und Sijarich gestern Abend gesprochen hatten! Aber was hatte das alles mit de Maeyer und seiner verbrannten Hand zu tun? Was wollte Amália wirklich von ihm? Ordóñez taumelte in die Diele und griff zum Telefon, in der verzweifelten Hoffnung, vielleicht doch Konsul Cantilo zu erreichen und ihm mitzuteilen, dass es hier ein Problem gebe, das seine Kompetenz bei weitem überstieg. Aber kaum hatte er den Hörer abgenommen, merkte er, dass man die Leitung unterbrochen hatte. »Seit zwei Stunden funktioniert das Telefon schon nicht mehr«, beklagte sich Dona Natércia. Ordóñez schaute nur zu Amália, ein flehentlicher Blick, sie möge ihn, wenn schon nicht entschuldigen, so doch wenigstens verstehen, aber sie verlangte eine Antwort, und da der Doktor ihr keine geben konnte, verschwand er durch die Diele. Er dachte, de Maeyer hätte sich bestimmt im Schlafzimmer aufs Bett gelegt, um die PVDE in einem mitleiderregenden Zustand zu empfangen, dachte, er würde sich jetzt irgendeine Ausrede überlegen, die seine Anwesenheit dort rechtfertigte; doch als er ins Zimmer trat, sah er, wie der Bankier dort stand, zwischen dem Bett und dem großen Spiegelschrank, mit dem Rücken an die Wand gelehnt, bebend vor Schmerz und zugleich vor Angst, ja, Angst vor der eigenen Courage.

»Dr. Ordóñez«, sagte er, nun mit fester Stimme, »ich nehme an, ein Mann wie Sie gibt nichts auf das Gerede dieser ... dieser Antisemitin!« Ordóñez brachte kein Wort heraus. »Man hat mich verraten, das ist die Wahrheit. Und jetzt versucht man, mich in den Schmutz zu ziehen.« Ordóñez stellte sich lieber nicht vor, was er damit meinte. »Ich bitte Sie nur, mir zuzuhören.«

Ordóñez schüttelte den Kopf, am liebsten hätte er ihm gesagt, dass er nicht mehr wissen wolle, dass es ihm nicht zukomme, mehr zu wissen, dass es jetzt wirklich genug sei. Jeden Moment würde die Polizei an der Tür klingeln, und er war nicht mehr in der Lage, was auch immer zu sagen oder zu verschweigen. Doch allein die Vorstellung, Amália könnte ihn hören und sähe in ihm, mein Gott, ja, einen weiteren möglichen Käufer von Kindern, schnürte ihm die Kehle zu. Und unwillkürlich verglich er Amália mit Sofía: Ein Kind zu kaufen war die einzige wirkliche Versuchung seiner Frau gewesen, und so stark, dass sie ihrem Beichtvater gegenüber zugab, sie sehne sich danach, jemanden zu treffen wie diese Eugénia ... Mit seiner heilen Hand deutete de Maeyer auf Discépolos Jackett, das er aus dem Kleiderschrank genommen und aufs Bett gelegt hatte, und Ordóñez machte sich eilfertig daran, der Anweisung zu folgen.

»Ich bin heute Abend an Bord des Schiffes gewesen, Doktor«, erklärte de Maeyer, womit er mehr andeutete, als er sagte; und als er die verwundete Hand ausstreckte, begriff Ordóñez, was die Bediensteten ihm die ganze Zeit hatten zu verstehen geben wollen: dass die Verbrennung der Beweis war! Mein Gott, sagte sich Ordóñez, war er also der Verantwortliche für das Attentat, der Mann, den die Polizei von ganz Lissabon suchte? »Doch, es stimmt«, betonte de Maeyer und griff damit einen Zweifel auf, den Ordóñez noch nicht einmal Zeit gehabt hatte, für sich zu formulieren, »ich bin auf der Boa Esperança gewesen, um einen Freund zu verabschieden, dessen Identität ich, Sie werden es mir nachsehen, für mich behalte. So ist nun mal das Hafenreglement, die Passagiere der ersten Klasse dürfen noch bis kurz vor dem Auslaufen Besucher an Bord empfangen. Und während ich auf ihn wartete, weil er sich noch in seiner Kabine umziehen wollte, bevor wir in ein gutes Restaurant gingen, sehe ich auf einmal, wie jemand unter das Gepäck einer französischen Familie, die eben an Deck gekommen war, ein Paket schiebt. Und ohne auch nur eine Sekunde zu zögern, nehme ich es, mit dieser Hand hier, und will es über die Reling werfen ... Aber da ist es explodiert und hat das Gepäck der Herrschaften in Brand gesteckt.«

De Maeyer hatte sich inzwischen Discépolos Jackett angezogen und schob nun leicht die Hüften vor, und diese seltsame Bewegung, wie die einer Tänzerin oder einer Prostituierten, die jemandem die Reize ihres Schoßes darbietet, war eine weitere Anweisung; und als wäre er sein Diener, bückte sich

Ordóñez, schnallte ihm den Gürtel auf, kniete sich auf den Dielenboden und machte sich daran, ihm den Hosenschlitz aufzuknöpfen, darum bemüht, ihn nicht zu zwicken, worauf er die Hosenbeine sachte herunter- und dann über die Schuhe streifte, die aufzubinden, auszuziehen und wieder anzuziehen keine Zeit blieb.

»Deshalb bin ich geflüchtet, Dr. Ordóñez, verstehen Sie?«, fuhr de Maeyer fort, während er auf einem Bein balancierte. »Geflüchtet, ja, nur ein oder zwei Minuten, bevor die wachhabenden Matrosen den Rauch bemerkten und die Sirenen losgingen. Ich bin die Gangway hinuntergestolpert und zwischen den Lagerhallen am Kai verschwunden. Mit meiner verbrannten Hand, das wusste ich, hätte ich vor der Zollpolizei niemals meine Unschuld beweisen können, erst recht nicht vor diesen Hornochsen von der PVDE, die uns auf dem Kieker haben, mich und meinen Partner Ricardo de Sanctis, seit dem bedauerlichen Vorfall mit der Operation Willi. Stellen Sie sich vor, gestern noch Bankier und heute Terrorist, für sie wäre es ein Fest gewesen!«

Ordóñez glaubte ihm kein Wort, aber er hatte immer mehr den Eindruck, dass es de Maeyer auch gar nicht darum ging, er sollte sich nur erinnern und später der Polizei gegenüber angeben, dass er ihm sehr wohl geglaubt habe. Und mit einer Beflissenheit, die ihm bei aller Langsamkeit ein wenig Ruhe schenkte, streifte er ihm Discépolos Hose erst über das eine und dann über das andere Bein, zog sie hoch und knöpfte den Schlitz zu, während de Maeyer ihm in einer erneuten Schmerzattacke die Finger seiner heilen Hand in die Schulter krallte.

»Wie hätten sie mir glauben sollen, wo keine anderen Passagiere in der ersten Klasse waren und die Mannschaft wegen der verzögerten Abfahrt draußen beschäftigt war? Und selbst wenn sie mir geglaubt hätten, es wäre nicht zu vermeiden gewesen, dass ganz Portugal uns wieder verdächtigte, mich und meinen Partner Ricardo, dem diese ... diese Schlampe da drüben alles verdankt. Und selbst den Patriarchen von Lissabon hätten sie verdächtigt, mit dem unsere Bank eng verbunden ist. Eine Bank ist auf das Vertrauen der Menschen angewiesen. Wissen Sie, wie viele Familien unser Geschäft ins Brot setzt? Und sie würden uns Nazis schimpfen, Nazis und Mörder!«

Dr. Ordóñez führte nun den Gürtel, den er aus der anderen Hose gezogen hatte, durch die Schlaufen an Discépolos Hose, und de Maeyer hob, auch wenn er kaum das Gleichgewicht halten konnte, mit einer theatralischen Geste die Arme.

Ja, dachte Ordóñez, er erinnerte sich gut an den Lichtkegel einer Taschenlampe, der ihn verraten hatte, als er durch das Dunkel des Hafens flüchtete, während die Sirenen die Gäste der Residenz auf die Balkons riefen; und wie er später aus der Tür eines der Kontrollhäuschen kam, gekleidet, als wollte er ausgehen, das stimmte, und wie er rief: »Die Feuerwehr aus Amadora!«, vielleicht weil er genau wusste, dass das lächerlich war, Amadora lag viel zu weit weg. Amália selbst hatte ihn vom Balkon aus auf de Maeyer hingewiesen, und was sonst, wenn nicht die Nähe des Bankiers, konnte der Grund gewesen sein, weshalb sie sich von da an so besorgt gezeigt hatte?

Zugleich wusste Ordóñez, dass alles, was de Maeyer sagte, gelogen war. Aber das Wichtigste war, dass er zu gegebener Zeit vorbrachte, er hätte jedes Wort des Bankiers geglaubt, schließlich konnte niemand von ihm erwarten, dass er ihn durchschaute.

»Ich habe mich entschlossen, hier hereinzukommen, als ich – hören Sie mir zu, Dr. Ordóñez? –, als ich das rote Auto von dieser ... Amália gesehen habe und sie dann hier oben stehen sah, neben Ihnen auf dem Balkon. Ich kam problemlos an der Portiersloge vorbei, der Pförtner war draußen, abgelenkt von dem Tumult. Aber als ich an den ersten Treppenabsatz kam, waren die Schmerzen schon so groß, dass ich mich erst einmal in die Putzkammer schlich und die Hand in einen Eimer mit kaltem Wasser hielt. Dort blieb ich dann, und von der Kammer aus, versteckt zwischen den Besen, konnte ich sehen, wie Sie alle hinuntergingen, als der Tumult immer größer wurde, weil jetzt die Berittenen eingriffen. Ich beschloss, mir den Schnurrbart abzurasieren, auch wenn es dort kaum Licht gab, mit einer Seife zum Bodenschrubben und einem Taschenmesser, auch wenn ich mein Gesicht in der schwärzlichen Scheibe der Tür kaum sehen konnte, aber mir war klar, dass sie den ganzen Block abgeriegelt hatten. Deshalb habe ich mich auch geschnitten.«

De Maeyer griff nach der Hand von Dr. Ordóñez und führte sie sich an die Lippe wie Jesus die Hand des ungläubigen Thomas. Ordóñez hätte gerne die Kraft gehabt, sie zurückzuziehen, aber er konnte es nicht, und alles schüttelte sich in ihm. »Wenn Sie erlauben«, sagte er schließlich, um ihn daran zu erinnern, dass die Polizei gleich kam und das Wichtigste noch zu tun blieb, nämlich einen von Discépolos Handschuhen über die verbrannte Hand zu streifen, und verstört ließ de Maeyer ihn los.

»Die Schmerzen«, fuhr de Maeyer fort, und allein die Vorstellung, wie der Handschuh sich über seine Wunde schob, schien ihn um den Verstand zu bringen, »die Schmerzen aber waren so groß, dass ich beschloss, heraufzukommen und hier zumindest um eine Art Asyl zu bitten. Doch dann sah ich, dass Sie mit dieser ... Dame ... in einer, nun ja, intimen Situation waren, und da habe ich mich nicht getraut, Sie mit meinem Missgeschick zu behelligen. Ah!« Als Discépolos Handschuh endlich de Maeyers Hand umschloss, bereitete ihm dies solche Qualen, dass er die Zähne zusammenbiss, die Luft anhielt und schließlich einen Fluch ausstieß.

»Ich habe eben mit meinem Partner Ricardo de Sanctis telefoniert«, sagte er nach einer Pause, »er hat versprochen, in einem Haus in Lapa auf mich zu warten, zusammen mit unseren Anwälten. Wenn Sie mir helfen, gehe ich gleich dorthin, und danach gehe ich zum Hauptquartier der PVDE und gebe zu Protokoll, was ich gesehen habe. Dort werde ich mich auch nach dem Schicksal meines Freundes erkundigen, mit dem ich essen gehen wollte, als die Bombe explodierte.« Dr. Ordóñez wusste, dass es diesen Freund nicht gab, aber um sich nichts anmerken zu lassen, bückte er sich nach dem Jackett, das de Maeyer ausgezogen hatte, das mit dem verbrannten Ärmel. »Dann bin ich wenigstens in Sicherheit vor meinen Häschern ... und den Journalisten! Und ich verspreche Ihnen, die argentinische Gesandtschaft wird in den Akten mit keinem Wort erwähnt.«

Dr. Ordóñez hatte sich nun wieder erhoben, das Jackett in der Hand, und de Maeyer, der nach einem Zeichen der Zustimmung in seinen Augen suchte, traf auf eine Miene, mit der er nicht gerechnet hatte, und erschrocken wich er zurück. Er musste verstanden haben, dass Ordóñez, der erst wenige Minuten vorher zu telefonieren versucht hatte, wusste, dass die Leitung tot war; und dass er demnach auch wusste, dass de Maeyers Unterhaltung auf Flämisch nichts weiter gewesen war als ein Bluff, um Amália einzuschüchtern und ihn zu täuschen. Aber, und das hatte Ordóñez sagen wollen, er war bereit, nicht davon zu sprechen, weder jetzt noch überhaupt jemals, wenn de Maeyer aufhörte, von ihm zu verlangen, er möge von etwas Kenntnis erhalten, was seiner Position nicht zukam. Und de Maeyer fügte sich. Und sagte kein Wort mehr.

Etwas im Blick des belgischen Bankiers bat Ordóñez, den Anzug mit dem verbrannten Ärmel verschwinden zu lassen, was dieser, dessen Selbstwertgefühl wieder gewachsen war, auf der Stelle tat. Und beide, der Konsulatssekretär und der Bankier, hörten, wie das Kleidungsstück auf den hinteren Balkon der Wohnung unter ihnen fiel, einer Wohnung, welche die PVDE bereits durchsucht haben musste und in die sie nicht zurückkehren würde, zumindest vorerst nicht.

Während es schon an der Wohnungstür klopfte, wies de Maeyer ihn noch auf die Kommode hin: Dort, neben Tanias geöffneter Hutschachtel, lagen ihr Pass und der Pass von Discépolo. Und bevor de Maeyer ihm irgendetwas erklären konnte, hatte Dr. Ordóñez sie schon mit flinken Fingern in die Taschen des Bankiers gleiten lassen, und er wunderte sich selbst über seine Geschicklichkeit. Aber war es nicht denkbar, dass man die argentinische Gesandtschaft in Lissabon, der es verboten war, jüdischen Flüchtlingen Schutz zu gewähren, eigens eingerichtet hatte, um Leuten wie de Maeyer zu helfen? War dieser Auftrag vielleicht das, was dem Konsul die kaum zu rechtfertigende Bezeichnung »außerordentlich« verschafft hatte?

Als Ordóñez sah, dass Tanias Schachtel immer noch leer war – klar, Dona Natércia hätte kaum die Gelegenheit gehabt, das Schmuckstück zurückzulegen –, kam ihm eine Idee, und zum ersten Mal im Leben hatte er das Gefühl, dass sie genial war. Und während de Maeyer, der seine Komplizenschaft nicht mehr in Betracht zu ziehen schien, vor sich hin grübelte und versuchte, jede Bewegung seiner Hand zu vermeiden; während schon die schweren Schritte der Männer zu hören waren, die in die Wohnung hereinkamen, noch zurückgehalten vom Stimmchen des Visconde de Montemor, der sie bat, diesmal besonderen Anstand zu wahren, da hätte er beinahe laut gelacht.

Denn in diesem Haus hätte nur der Alte den Plan vereiteln

können, den Ordóñez soeben geschmiedet hatte, um die Polizei zu täuschen, ganz Europa und Amerika, ein Trick, um sich selbst aus der Geschichte zu stehlen und weiterhin ein Niemand zu sein.

DRITTES BUCH
KALTE HELLE

Fünfter Akt
Die Übergaben

Was immer ich tue oder nicht,
Haben andere auch getan.
Drum macht es mich müde,
Wenn ich spüre, was ich tue,
Stammt nicht von mir allein.

    Fado *Erschöpfung*

Portugiesischer Fado

Tania fleht. Wer war Oliverio? »*Retten Sie ihn, und ich werde Sie retten.*«

1

»Als wir bei unserem ersten Besuch, 1935, mit meinem eben erworbenen Schmuck nach Estoril ins Hotel zurückkamen«, sagte Tania, während der Beifall verklang, die Musiker schon nach ihren Instrumentenhüllen griffen und die Flüchtlinge, die es zu bereuen schienen, sich dieser unpassenden kleinen Freude hingegeben zu haben, wieder auf die Rückkehr der Abordnung warteten, »sind wir nicht ins Bett gegangen, Discépolo und ich, im Gegenteil. Wir hatten uns angewöhnt, wach zu bleiben, bis es Tag wurde, und da wir ein herrliches Balkonfenster hatten, das auf ein wildes Meer hinausging, setzten wir uns mit einem Glas Champagner in der Hand hin und betrachteten das Schmuckstück, und im Hintergrund tobte der Sturm. ›Das Meer ist immer hypnotisierend‹, sagte Enrique, er wollte den Kauf feiern, von dem ich so lange geträumt hatte, ›aber ab jetzt wird es sein, als würde die Düsternis durch deinen Stein vergehen.‹ Doch der Sturm, Maestro, der ließ nicht nach, der Himmel schien wie zugepflastert, und immer noch quälte mich etwas, genau wie an der Steilküste beim Höllenschlund. Jeder Blitz, der am Horizont herabfuhr, war ein Vorwurf Gottes, und jede Welle, die an die Küste schlug, bestrafte mich für etwas, das ich nicht verstand. Was hatte ich getan? Discépolo spielte seine Rolle gut und fing an zu erzählen, nicht von der Vergangenheit, an die ich immerzu denken musste, sondern von Projekten, von denen er wusste, dass sie nicht zu verwirklichen waren. Würde ich den Schmuck tragen? Wann zum ersten Mal? In Buenos Aires, wenn ich die Gangway hinunterstieg? Bei der Einweihung des Landhauses in La Lucila, in dem Patio im andalusischen Stil, für den wir von Málaga aus alles mit dem Schiff geschickt hatten? Nein, brachte ich nur mühsam heraus, es war keins dieser Schmuckstücke, die eine Dame trägt. Warum dann nicht lieber, wenn ich zum ersten Mal ein neues Lied sang, ein Lied, das ihm, nachdem er jahrelang keins mehr geschrieben hatte, in den Sinn gekommen war und das *Nacht von Lissabon* heißen konnte? In der Villa des Monsieur de Gurfein, sagte er, sei ihm aufgefallen, wie ich beim Anblick des Geschmeides immer wieder verblüfft das Wort *Nacht* sagte, nachdem Gurfein es ausgesprochen hatte, als würde er mich taufen. Und dann fing er an, irgendeine Geschichte zu erfinden über einen Freund, den es nicht gab, und zum ersten Mal unterbrach ich ihn: ›Du denkst jetzt an diesen Mann in Madrid, der sich mit mir in der Garderobe eingeschlossen hat, nicht wahr?‹ Der Mann, Maestro, wegen dem ich wie eine Verrückte aus Spanien hatte fliehen wollen.«

Der Maestro schaute auf den Grund seines schon seit einer Weile leeren Glases und musste an seine eigene Eifersucht denken, dieses Ungeheuer, das bei jeder Abwesenheit von Mr Kendal um ein Vielfaches wuchs. Discépolo tat ihm leid. Doch dann wurde er von einem jungen Franzosen abgelenkt, der sich seinen Seesack über die Schulter geworfen hatte und gehen wollte, während seine portugiesische Freundin ihn am Arm festhielt, und seltsam verwundert blickte der Mann zu Tania: Diese Frau, schien er zu ahnen, vertraute noch darauf, gerettet zu werden, und demnach musste sie etwas wissen, was den anderen verwehrt war.

»Nein, Maestro«, widersprach Tania, »Enrique war nicht mehr eifersüchtig auf meine Bewunderer, er hatte verstanden, dass es zum Geschäft dazugehört, so lästig es war. Ich weiß nicht, ob er mich gedrängt hat, ob es das Meer war oder die *Nacht von Lissabon*, jedenfalls gab ich mir einen Ruck und gestand ihm, dass *dieser Mann* meine große Liebe gewesen war und dass ich seinetwegen aus Europa hatte fliehen müssen; und wenn ich ihm bisher nichts davon erzählt hatte, dann aus Sorge um ihn, denn der Kerl war wirklich gefährlich. ›Gefährlich?‹, murmelte Discépolo, und es sah aus, er würde er gleich durchdrehen. Es hatte ihn getroffen, dass ich ihn offenbar nicht für einen echten Mann hielt, der mich verteidigen konnte. ›Gefährlich, sagst du?‹ Ich schaute ihm nicht in die Augen, und er studierte mein Profil, mein Gesicht, das er so gut kannte, als hätte es sich plötzlich in ein anderes verwandelt, in das übriggebliebene Teil eines Puzzles, das ganz anders war als das, von dem er glaubte, er hätte es zusammengesetzt. ›Wozu hat er dich gezwungen, der Hurensohn?‹, rief er. ›Er hat mir nichts getan, Enrique‹, log ich, ›und ist es nicht egal, ob er mich zu etwas gezwungen hat, wo wir jetzt in Lissabon sind, in Sicherheit vor ihm?‹ ›Aber, aber ... zu *was*?‹, brüllte Enrique, eins mit dem Sturm, und dann lief er um den Sessel herum, in dem ich saß und alles schon verloren sah, um den Couchtisch, auf dem die *Nacht von Lissabon* lag und die schwärzesten Schatten vom Grund unserer selbst heraufzurufen schien.« Aus Tanias Stimme sprach eine solche Bitterkeit, dass der Maestro nicht daran zweifelte, dass es um ihr Leben ging. »Vielleicht, versuchte ich ihm zu erklären, hätte ich ihm von mir etwas offenbart, was er lieber nicht wissen wollte und was er mir nie verzeihen würde. ›Ich selbst‹, sagte ich, ›habe mich nicht getraut, es dir zu gestehen, ich hatte Angst, dass du wie er sagst: *Du bist ein Stück Dreck, Anita, ein Stück Dreck ...*‹ ›Anita?‹, fragte er mich, ›er hat dich *Anita* genannt?‹ Ich weiß nicht, aber ich hatte ihm nie sagen wollen, wie mich der Kerl genannt hat. Für mich war es wie eine dunkle Beschwörung ...«

Erst jetzt schaute Tania auf, sie wollte sich vergewissern, dass der Maestro sie nicht allein bei der Vorstellung, was sie getan haben mochte, verdammte. Doch der hatte sich abgewandt und versuchte eine Angst zu verbergen, die ihm jedes Denken unmöglich machte: Ihm stand das Bild der New Yorker Geliebten von Mr Kendal vor Augen, der Frau, die ihren dreieinhalbjährigen Sohn erschossen und sich dann selbst umgebracht hatte und deren Gesicht er neulich zufällig beim Durchblättern einer alten Ausgabe von *Mademoiselle* entdeckt hatte; das Bild von Mr Kendal, wie er ihm an jenem Abend in der Wohnung gegenüber dem Zoo von der schrecklichen Tat erzählte ... Und dann die alte Frage: War es nur Mitleid, dass der Tod ihn so faszinierte?

»Maestro«, sagte Tania, »es lohnt sich nicht, dass ich Ihnen jetzt zu erzählen versuche, *was* ich getan habe. Ich möchte nur, dass Ihnen eines klar ist: Enrique hat sehr wohl davon gewusst. Es war sogar eins der ersten Dinge, die ich ihm zu verstehen gegeben habe, damals, als wir mit der Komposition von *Secreto* begannen. Nur dass Enrique Angst hatte, in mir den Tod oder die Einsamkeit zu sehen, und also bildete er sich lieber ein, es wäre die Armut gewesen, die Gesellschaft, die mir zugesetzt hätte. Er hat immer gesagt, ich wäre unschuldig. Und nicht dass er jetzt daran zweifelte, verstehen Sie? Es war viel schlimmer! Als er aufhörte, an mich zu glauben, wusste er nicht mehr, was Unschuld war und was Gerechtigkeit ... Und für einen Mann wie ihn, der seine Existenz nur gerechtfertigt sieht, wenn er weiß, dass er Gutes tut, ist das schlimmer als der Tod.«

Ein kleiner Junge kam laut schreiend von der Straße herein, ein Junge, dachte der Maestro, der aus der Vergangenheit kam und genauso gut Discépolo hätte sein können, die Augen weit aufgerissen, verwundert über diese seltsame Nacht, und dann stürzte er über Beine und Gepäck zur Wirtin an der Theke. »Die Boa Esperança!«, verkündete er im Tonfall eines Zeitungsverkäufers, »die Sirene der Boa Esperança!« Die Flüchtlinge wurden unruhig, bitte, mein Herr, fragte die Freundin des jungen Franzosen, was wollte das Schiff sagen? Der Seemann unter den Fadospielern winkte ab, es gebe keinen Grund, sich schon zu freuen, das sei nur ein Signal für ein anderes Schiff, das offenbar anlegte, bestimmt der marokkanische Trawler mit seinen Sardinen. Und um die Flüchtlinge zu beschwichtigen, stellte die Wirtin wieder das Radio an und suchte nach Nachrichten.

»Seit jener Nacht ist unser Leben die Hölle, Maestro«, fuhr Tania fort und versuchte, den Faden einer Geschichte wiederaufzunehmen, der ihr in ihrer Erregung zu entgleiten drohte. »Was sollte Discépolo jetzt die Calle Corrientes vermissen, all die Klugscheißer und Selbstmörder, die ihn immer noch jeden Tag besuchen kamen! Was sollte ich mich nach diesen Windbeuteln aus dem Folies sehnen, die mir höchstens noch die Einrichtung eines Wäschegeschäfts auf der Florida anbieten würden oder eine kleine Garçonnière in Recoleta mit Blick auf den Friedhof, auf dem sie mich nie begraben würden! Was wir nicht ertragen können, ist das Alleinsein nach jedem Fest, und um uns herum die Nacht von Lissabon. *Wer bist du, dass ich nicht entrinne?*, fragt er mich dann, ohne ein Wort. Und ich, ohne ein Wort: *Und das fragst du mich? Du, der du sagtest, du seist mein Autor? Du, den ich zu meinem Meister gemacht habe? Wer bin ich, dass ich dich nicht rette?* Und der Stein ist immer da, von der Farbe all dessen, was wir nicht begreifen können, und Enrique versucht sich ein Melodram auszudenken, bei dem der Stein zur Geltung kommt.«

Tanias Gesicht erstarrte. Jetzt war deutlich die Schiffssirene zu hören, immer wieder, als riefe sie an Bord, und die Flüchtlinge stellten murmelnd Vermutungen an, so dass sie nun lauter sprechen musste.

»Deshalb bin ich auch erst einmal losgezogen und habe wie eine Verrückte nach jemandem gesucht, der mir helfen konnte, uns zu retten. Einer dieser Dummköpfe sagte ihm, er hätte mich im Vorübergehen aus einem Wohnhaus auf der Calle Viamonte kommen sehen, was auch stimmte, aber ich war nur bei einem bekannten Psychiater gewesen, dem Ersten, der mir sagte, wenn Enrique nicht isst, dann weil er sterben will. Ein anderer hatte mich gesehen, und auch das stimmte, wie ich in diesen lausigen Parque Japonés ging, aber in dem Vergnügungspark war ich nur, um Madame Sosostris um Rat zu fragen, die berühmte Hellseherin! ›Schuld daran ist der Stein‹, sagte sie zu mir. ›Du hast dich in ihm erkannt, und du wirst ihm immer ähnlicher. Aber du bist noch nicht würdig, ihn zu hören und zu verstehen.‹ Kurz bevor Alfonsina sich umgebracht hat, die Ärmste, habe ich sie auf der Florida getroffen, ich dachte schon, der Krieg in Spanien hätte uns getrennt, aber nein. ›Wer wie ein Kind ist‹, sagte sie zu mir, schon ganz verbittert wegen ihres Krebses, ›den heilt nichts besser, als wenn er den Tod erschaut.‹ Und als der Produzent von Imperio Argentina uns vor ein paar Monaten vorschlug, nach Madrid zu kommen, um unsere gesammelten Stücke aufzunehmen – für einen Hungerlohn, nebenbei gesagt –, und Enrique zögerte, weil er dachte, Armando und seine Freunde würden ihn dann einen Franquisten schimpfen, da habe ich ihn ermuntert und gebeten, dass wir hinfahren. Nur ahnte ich nicht, welche Katastrophe uns erwartete. ›Dafür hast du mich hergebracht, Spanierin?‹, sagte er zu mir, wenn wieder ein lieber Mensch verschwunden war, nach dem wir nicht fragen konnten, wenn wir an einem Krüppel vorbeikamen oder jemand weinte, für den auch wir keinen Trost hatten. Und ich konnte ihm nur antworten, indem ich abends immer verzweifelter seine Tangos sang. Bis ich vor ein paar Tagen in der Kapelle von Navacerrada, wohin uns die Imperio geführt hatte, damit wir sehen, wie die Roten die Katholiken behandelt hatten, beim abgebrannten Altar stand, über dem man den Pfarrer aufgeknüpft hatte, und mir Discépolo noch einmal angeschaut habe, und meine Gefühle waren so tiefschwarz, dass eigentlich nur blieb, uns Adiós zu sagen. Doch statt eines Abschieds, Maestro, zog Enrique feierlich, als wäre es der Ehering, den er mir nie hat anbieten können, ein Telegramm aus der Tasche, das Telegramm aus Lissabon, in dem Konsul Cantilo uns eine Kabine auf dem Hilfsfrachter anbot, von dem in allen Zeitungen die Rede war. Natürlich wussten wir, dass man uns keine Arbeitserlaubnis geben würde, aber in meinem Kopf hörte ich die Stimme von Madame Sosostris: ›Vielleicht solltest du den Stein an seinen Ort zurückbringen, bis du seiner würdig bist.‹ Und als wir heute Nachmittag nach Lissabon kamen und ich allein in unserem Zimmer war, wissen Sie, was ich da als Erstes gemacht habe? Ich habe die Schachtel, in der ich den Stein bekommen hatte, geöffnet, um mich zu vergewissern, dass er noch da war, aber auch, um nach der Telefonnummer des Monsieur auf dem Schildchen zu sehen. Und während ich ihn fest anschaute, hörte ich auf einmal, wie der Stein, als antwortete er nach all den Jahren, *zu mir sprach*.«

Tania blickte dem Maestro in die Augen, nicht dass er sie für verrückt hielt, und sagte rasch noch einmal, wie ein kleines Mädchen, das am Ende einen Streich gesteht: »Ja, wie der Stein zu mir sprach.« Und dann schaute sie sich verstohlen um, ob auch niemand gehört hatte, was sie da für einen Unsinn erzählte.

»›Du darfst nicht länger Enrique gehören‹, sagte mir die *Nacht von Lissabon*, Maestro«, und als wäre es der Stein selbst, verdüsterte sich ihre Stimme und vereiste und nahm die Farbe der Nacht an. »›Du darfst nicht länger Enrique gehören.‹«

Der Maestro zweifelte nicht, dass so etwas möglich sein konnte, doch für einen Moment fragte er sich, ob sie ihn richtig verstanden hatte, den Stein, von dem niemand so gut wie er wusste, was er bedeutete.

»Danach kam Enrique mit Dr. Ordóñez ins Zimmer, und bevor ich auch nur einen Ton sagen konnte, war er wieder verschwunden, so wie immer, um einen guten Stoff für seine letzte Geschichte zu finden. Anschließend sind wir ins Fadolokal gegangen, nicht einen Moment haben wir allein miteinander sprechen können. Danach ging's gleich zurück in die argentinische Residenz, wo wir auftreten mussten.« Und als lärmte es plötzlich in ihrer Erinnerung, nahm Tania den Kopf zwischen die Hände. »Ja, ich muss aufpassen«, sagte sie. »Auf dieser höllischen Fahrt im Zug von Madrid hatte ich gesagt, es reicht, das stimmt. Ich wusste, dass es in Lissabon Leute mit Geld und Talent gibt, die mir helfen konnten, deshalb wollte ich ja auch ins Gondarém, wo man vielleicht eine Tangosängerin suchte, und schließlich wollte ich selber auch in der argentinischen Residenz auftreten. Aber dann ist die Bombe auf der Boa Esperança explodiert, nur wenige Meter von uns entfernt, ich sang gerade, und als ich später am Fenster stand und Sie vorbeikommen sah, da war mir, als hätte die Nacht Sie mir geschickt wie eine Antwort. Der Einzige, der mir sagen konnte, was der Stein mir angetan hat!«

Der Maestro erinnerte sich, wie er auf der Suche nach Oliverio wie verrückt über die Rua da Pena gelaufen war, und er schämte sich, dass er sich in seiner Verzweiflung derart hatte gehenlassen.

»Nur wegen Ihnen, Maestro«, sagte Tania erregt, »habe ich Discépolo vorgeschlagen, zum Kai hinunterzugehen, dabei war schon zu riechen, dass etwas passieren würde. Als Enrique die Polizisten in Zivil mit ihren Pistolen sah, wollte er gleich zurück. Aber ich bin weitergegangen, durch die Lagerhallen, an den verschlossenen Türen der Büros vorbei, zwischen Sandhaufen und irgendwelchen Schatten, weil ich in der Ferne immer wieder Sie gesehen habe, Maestro, ja, vor den riesigen Buchstaben am schwarzen Rumpf des Schiffes: PORTUGAL.«

Erschrocken bei der Vorstellung, dass sie nun ihr Geheimnis einem Mann anvertraut hatte, verlor Tania die Beherrschung und packte den Maestro am Arm.

»Maestro, ich bitte Sie, helfen Sie mir. Was wollte die *Nacht von Lissabon* mir sagen? Was bedeutet das, nicht länger Enrique zu gehören? Ihn einfach zu verlassen und mich damit abzufinden, dass mein Ende gekommen ist? Hierzubleiben und hier zu leben, wo niemand mich kennt, allein, als hätte ich von nichts gewusst und nie etwas gelernt? Um Enrique würde ich mir keine Sorgen machen. Er kennt das von all den Tangos, er würde es bei allem Schmerz verwinden, das weiß ich. Auch Buenos Aires zu verlassen würde mir nichts ausmachen, dort hält man mich sowieso für die böse Frau des Tangos. Was ich nicht ertragen könnte, wäre der Gedanke, dass ich den Stein, mein Element, in Händen gehalten habe, aber nicht verstanden, was ich tun muss, um seiner würdig zu sein. Außerdem ist Lissabon für mich inspirierend wie sonst nichts. Sie sehen ja selbst. Wenn wir tagsüber, wie Enrique sagt, auf dieselbe Weise schweigen, würden wir nachts, glaube ich, auch genauso singen. Denn wir haben dasselbe Geheimnis.«

Tania übertrieb, sie wusste es. Nein, niemals würde sie wie Amália singen, und betrübt gab sie sich geschlagen.

»Maestro, ich weiß selbst, dass ich ein Wrack bin ... Aber das war ich schon, als ich damals aus Lissabon wegging, und danach wurde ich die Königin des Tangos! Ach, wenn Sie mich wenigstens hören könnten, Maestro, ich habe große Fortschritte gemacht, seit Sie mich das letzte Mal gesehen haben, im Ernst, und was ich als Sängerin verloren habe, habe ich als Interpretin gewonnen. Meinen Sie, ich könnte in dem Lokal hier singen?« Der Maestro schüttelte energisch den Kopf, was sie aus der Fassung brachte, auch wenn er nur darüber nachdachte, was er sagen sollte; doch Tania glaubte in dieser Geste zu erkennen, dass sie mit ihrer Geschichte nicht sein Vertrauen gewonnen hatte. »Vielleicht«, sagte sie, während sie ihr schwarzes Geldtäschchen unter dem Rock hervorholte, »vielleicht könnte ich in ein Geschäft einsteigen. Ich weiß, wie ein Mikrofon funktioniert, und ich weiß, wie ein Nachtclub läuft. Wäre es nicht die beste Art, Lissabon den Schmuck zurückzugeben, wenn ich ihn verkaufte und seinen Wert hier investierte? Ach, Maestro«, flehte Tania, und ihr kamen fast die Tränen. »Selbst meinen Namen wäre ich bereit zu ändern.«

Auf dem Sender, den die Wirtin im Radio gefunden hatte, liefen Nachrichten: Eine russische Gegenoffensive vor Stalingrad stand unmittelbar bevor. Die Leute baten um Ruhe, doch der Maestro wollte nicht länger warten, Tania könnte sonst glauben, er spiele mit ihrer Verzweiflung.

»Ich verstehe Sie sehr gut, meine Liebe«, sagte er, »diese Verzweiflung kenne ich schon mein ganzes Leben.« Und als würde er den Preis für eine Ware bestimmen, fuhr er mit einer etwas aufgesetzten Gleichgültigkeit fort: »Ich habe sogar mein Leben für ein Vorhaben hingegeben, aus dem Sie mir jetzt vielleicht heraushelfen können.«

Tania hätte vor Erleichterung beinahe aufgeschrien, auch wenn es so aussah, als erstickte sie nur wütend ihre Tränen. Doch der Maestro überging es und schlug die Augen nieder, und sein Blick senkte sich wieder auf den Grund seines Glases, als wollte er dort sein eigenes Geheimnis erkennen.

2

»Begonnen hat alles vor etwas mehr als drei Jahren, am Nachmittag des 5. Oktober 1939«, sagte der Maestro, und die Art, wie er sich um Präzision bemühte, war für Tania ein kleiner persönlicher Sieg: so wie drüben im Cabaret, wenn es ihr irgendwann in der Frühe gelang, einen Gast zum allervertraulichsten Geständnis zu bewegen. »Ich war nach Buenos Aires zurückgekommen, um die sieben Kisten der Sammlung mit jesuitischen Kunstwerken zu expedieren, um die mich der Minister António Ferres für den Pavillon der Missionen auf der Ausstellung der portugiesischen Welt gebeten hatte. Außerdem wollte ich über den Verkauf meiner Aktien an der Firma von Max Glücksmann verhandeln, der mehr als sauer auf mich war, weil ich die Nacional Odeón, wie er sagte, mit dem Skandal im Hotel Crillon in Verruf gebracht hätte.«

Der Maestro fixierte Tania, als wollte er sie herausfordern, denn natürlich musste sie wissen, wovon er sprach. Mehr noch, bestimmt hatte sie von Anfang an jenes »schwarze Fest« vor Augen gehabt, die Polizeirazzia, bei der Darío erwischt worden war, den Leidensweg des Maestros, um seinen Sekretär vor dem Gefängnis zu bewahren, den Beginn der »Kampagne zur sittlichen Stärkung«, die bis heute ihre Opfer forderte.

»Da der Richter sich nicht darauf einlassen wollte, dafür zu sorgen, dass man wenigstens meinen Namen aus den Schmähschriften tilgte, die überall verbreitet wurden, hatte mich mein Sekretär Darío um Erlaubnis gebeten, nach Paraguay zu fahren. Zwar gab er vor, er wolle dort einige jüngste Fundstücke zu einem Vorfahren von mir untersuchen, einem Jesuiten und Musiker, aber er hatte Angst, das weiß ich, dass man ihn in Buenos Aires auf der Straße erkannte und mit Steinen bewarf ... In den Jahren in New York war ich gealtert und hatte gut zwanzig Kilo abgenommen, und ohne meinen Schnurrbart, das Monokel und den weiten Umhang brachte mich niemand mit diesem Gesangslehrer in Verbindung, der für sein scharfes Urteil bekannt war, wenn er bei den Wettbewerben der Odeón in der Jury saß. Und für seine heimlichen Schwächen ... Außerdem hatte ein guter Freund, der Maler Miguel Carlos Victorica, mir angeboten, in seinem Atelier im Erdgeschoss eines Mietshauses in La Boca zu wohnen, wo er mir eine klapprige Pritsche zwischen all den Staffeleien und unzähligen Farbtöpfen aufstellte. Aber da ich dort schon am ersten Tag glaubte, den Lärm einer Orgie zu hören, und ich die irre Angst nicht loswurde, ich könnte Mr Kendal begegnen, von dem ich wusste, dass er in Buenos Aires war, nahm ich mir einen großen Hut und eine dunkle Brille und machte es mir zur Angewohnheit, durch dieses einfache Viertel zu streifen, umgeben von Menschen, die ich im Grunde nur aus den Tangos kannte; Leute, meine ich, die für Tangokünstler nur eine Quelle der Inspiration waren, keine Weggefährten. Und jedes Haus und jedes Geschäft, jeder kleine Platz und jedes Schiff kamen mir vor wie die Kulisse für die Flucht eines Königs, von dem sich die ärmsten Untertanen verabschieden kamen, Menschen, auf die er bis zum Tag der Revolution niemals geachtet hatte.« In der Stimme des Maestros lag nun eine so ehrliche Rührung, dass er in Tanias Augen und vor sich selbst zu jemandem wurde, der alle Waffen ablegte und Wahrheit mit Wahrheit vergalt. »Und da sehe ich auf einmal, an besagtem Nachmittag des 5. Oktober, während am Himmel schon ein Sturm heraufzog, ein kleines Mädchen in Uniform auf einem der hohen Bürgersteige stehen, mit denen man die Häuser vor Überschwemmungen schützt, und als sie mich erblickt, kommt sie gleich auf mich zu, hält mir ein Flugblatt hin und fordert mich auf, mit zu einem Nachbarschaftsverein zu kommen, wo auf einer Tafel vor der Tür mit Kreide und in Schönschrift geschrieben stand: *Retten wir die Kinder Spaniens!*

Es war nicht die Versuchung, etwas Gutes zu tun, weshalb ich schließlich eintrat, auch nicht der Regen, der nun schon fiel, sondern ein Paso doble, der aus dem Vorraum erklang und mich an alte Zeiten erinnerte.«

Tania nickte mit einem Lächeln: Auch für sie war der Paso doble eins der größten Vergnügen im Leben.

»Drinnen erkannte ich die Leute sofort, es war ein einfaches Publikum, herausgeputzt und stolz auf ihr Portugiesisches Heim, wie ich es aus meiner Kindheit in Villa Elisa kannte, und zum Rhythmus eines erbärmlich spielenden Damenorchesters klatschten die Leute in die Hände. Jemand sah mir meine Rührung an und überließ mir seinen Stuhl in der letzten Reihe, und ich nahm gleich Platz, auf diese hochmütige Art, mit der begüterte ältere Herrschaften wie ich noch auf die kleinsten Hoffnungen der Armen herabschauen. Und während die Leute dann klatschten und um eine Zugabe baten und schon die Stühle beiseiteschoben, um zu tanzen – die prüden Töchter wollten nicht, sie mussten zurück nach La Plata, und der letzte Zug fuhr bald –, wurde ein Junge, der Klavier spielte, der einzige Mann im Orchester, von einer der Señoritas als ›der kommende große Künstler‹ gepriesen. Ich hatte in Argentinien nichts mehr zu sagen, das können Sie sich denken, aber aus reiner Gewohnheit nahm ich mir den Jungen unter die Lupe. Er versank vor Scham fast im Boden, ein schmächtiges Kerlchen mit indianischen Zügen, aber etwas in seiner Furcht erinnerte mich an das Kind, das ich selbst einmal gewesen war, und es verdross mich so sehr, dass ich aufstand und ging, während der Junge zwei-, dreimal vergeblich versuchte, die ersten Noten von *El Relicario* zu spielen und zu singen, und das so ungeschickt, dass einige der anwesenden Männer sich mir diskret anschlossen und ebenfalls gingen, worauf die Señoritas sich genötigt sahen, mehr schlecht als recht irgendeine kommunistische Hymne zu schmettern. Ich weiß noch, wie weh mir ums Herz wurde, als dem Mädchen am Eingang die Tränen kamen, nachdem sie gesehen hatte, wie ich mehr Geld in die Sammelbüchse steckte, als das ganze Volk im Saal in einem Monat verdienen mochte. Der Regen hatte nachgelassen, aber der Wind blies wie verrückt, und irgendwer sagte, dass man eine Überschwemmung fürchte. Ich wollte meine Sachen in Victoricas Atelier in Sicherheit bringen und sprang von Traufe zu Traufe, als ich unter dem Vordach einer Apotheke plötzlich eine Stimme hörte, die nach mir rief, ›Maestro de Oliveira! Maestro de Oliveira!‹, aber mit zischendem s und betontem v und dunklem e, wie jemand, der Portugiesisch in Portugal gelernt hat. Und als ich mich nach der Stimme umdrehte, stand eine kleine, ängstliche Frau vor mir, die ich nicht im Publikum gesehen hatte, die aber behauptete, mich zu kennen, ihre ganze Familie sei nämlich aus Nazaré, und auch wenn sie nie in Villa Elisa gewohnt und auch nicht in den Gewächshäusern meiner Familie gearbeitet hätte, sei sie oft zu dem Portugiesischen Heim dort gekommen, da sei ich genauso dünn gewesen wie jetzt und hätte auch noch keinen Schnurrbart getragen, deshalb hätte sie mich auch erkannt. ›Nicht wahr, *meu querido*?‹, fragte sie den Jungen, der eben Klavier gespielt und ›gesungen‹ hatte und der nun angelaufen kam, um ihr einen zerzausten Regenschirm zu bringen. ›*Oh mãe*‹, sagte er zu ihr, als wäre es ihm unangenehm, vor mir ihr seltsames Sprachgemisch auszubreiten, und sie blitzte ihn an. Ihr Sohn, fuhr die Frau fort, hätte unter Pseudonym an einem der Wettbewerbe teilgenommen, bei denen die Odeón das ›Lied des Jahres‹ auswählte, mit einem kleinen Walzer, der ›einfach köstlich‹ sei, ›Rosita‹ heiße er, und bei dem Wettbewerb, ›erinnern Sie sich, Maestro?‹, habe ihn Adhelma Falcón gesungen. Zuerst hatte ich ihren Überfall noch ganz ordentlich pariert, aber jetzt konnte ich nicht mehr. Gütiger Himmel, war es möglich, dass die Leute wirklich nicht wussten, wer ich war? Aber natürlich wussten sie es, sagte ich mir, sie wussten es nur zu genau, aber weil sie Kommunisten waren, hatten sie Mitleid mit mir. Genau das brauchte ich jetzt«, sagte der Maestro, als er Tanias ungläubigen Blick sah, »und als sie mich fragte, ›Maestro, Sie geben nicht zufällig Gesangsunterricht?‹, sagte ich nein, ich würde in den nächsten Tagen nach New York zurückkehren, aber wenn sie möchten, würde ich mich geehrt fühlen, sie abends in einem Lokal an der Vuelta de Rocha zum Essen einzuladen. ›Dort gibt es ein Klavier‹, erklärte ich der Frau und bereute es fast schon, ›und Sie, junger Mann, können mir gerne Ihren kleinen Walzer vorsingen.‹ Dem Jungen war es sichtlich unangenehm, und er brachte vor, er müsse seinen Kameradinnen helfen, die Instrumente einzupacken, aber seine Mutter sagte, dafür seien die Kameraden im Publikum da. Danach ging ich allein zurück in Victoricas Atelier und wünschte mir, der Fluss möge, wie alle vorhersagten, ›aus seinem Bett kommen‹, damit ich die Sache elegant abblasen konnte. Mein Gott, sagte ich mir, war es möglich, dass ich schon wieder den Reizen eines Jungen verfiel? Während ich dann in dem Lokal wartete, wo ein peinlicher Junggesellenabschied gefeiert wurde, ging mir plötzlich durch den Kopf, dass sie vielleicht *zu viel* von mir wussten, dass es ein Hinterhalt war, um mich mit einem Minderjährigen zu erwischen und mich zu erpressen, so wie die Brüder eines vierzehnjährigen Mädchens, die Gardel ein Vermögen abgenommen haben, wussten Sie das?«

Tania nickte, ja, seine »ewige Braut!« Aber dann verbiss sie sich jeden Spott.

»Als der Junge schließlich zur Tür hereinkam und ich sah, dass er allein war, sagte ich ihm, ich sei die Rüpeleien dieser Kerle dort leid, wir gingen besser in eine andere, ruhigere Kneipe in der Nähe der Brücke, und dann nahm ich ihn mit auf einen Spaziergang am Ufer des tosenden Riachuelo, in Richtung Avenida Montes de Oca, wo jeden Moment, hoffte ich, die Straßenbahn auftauchte, in die ich ihn setzen konnte, so wäre er bald am Bahnhof Constitución und könnte nach La Plata zurückfahren. Und plötzlich, als wir gerade am Haus von Quinquela Martín vorbeikommen, fängt er an und erzählt mir von Rosita Quiroga – die keine Gelegenheit ausließ, aller Welt zu erklären, dass sie als Kind eine Nachbarin des Malers gewesen war –, und Rosita, sagte er mir, sei seine Lieblingskünstlerin, ihr habe er den Walzer gewidmet, der es bis ins Finale des Wettbewerbs geschafft hatte. ›Dann lass mal hören‹, sagte ich mit einer Geringschätzung, die er wirklich nicht verdient hatte, und nachdem er das Lied vorgestammelt hatte, eine echte Tortur, die ich ihm da zumutete, sagte ich: ›Aha, verständlich, dass wir es nicht ausgezeichnet haben.‹ Wir liefen stumm einen Block weiter, in der Ferne war bereits der Funkenschlag der Straßenbahn zu sehen, und als ich vorgab, ich fühlte mich zu müde, um noch nach einem anderen Restaurant zu suchen, er möge mich entschuldigen, wissen Sie, wie er darauf reagierte? Er fing an zu heulen! Und das mir, wo ich keine Tränen sehen kann … Ich ließ also die Straßenbahn fahren, außerdem war mir, als wären diese Tränen etwas Einzigartiges, ein Phänomen, dem ich mich zuwenden musste: der Beginn, das Werden eines Tangos!, und so etwas hatte ich noch nie verstanden … Als ich ihn fragte, ob es ihm bessergehe, gestand er mir, dass das alles bloß eine verrückte Idee seiner Mutter sei, er würde nie ein Sänger werden, auch kein Musiker, nicht einmal ein Varietékünstler, und da er auch sonst zu nichts nutze sei, wüsste er nicht, wie er auf der Welt überleben soll. ›Nun übertreiben Sie mal nicht, junger Mann‹, sagte ich und wusste nicht, was jetzt dringlicher war, ihm über den Kopf zu streichen oder aufzupassen, dass uns niemand dabei sah. Und ohne weiter zu überlegen, sagte ich ihm, dass ich ohnehin nach La Plata fahren müsste, um ein paar Formalitäten beim Grundbuchamt zu erledigen, es würde mir nichts ausmachen, von dort zum Hafen von Ensenada zu kommen, wo er wohnte, und zu schauen, was ich für ihn tun könnte. Und tatsächlich fing ich an, ihn zu besuchen, ein-, zwei-, dreimal«, sagte der Maestro ruhig, »und ich weiß, es wird Sie verwundern, meine Liebe, aber in meinem ganzen Leben habe ich mich nie, niemals so in Sicherheit gefühlt, so zufrieden wie in diesem kleinen Haus am Fluss. Ich kann es selber noch nicht ganz verstehen ...«

Tania schaute ihn mit einem Argwohn an, dass es fast unverschämt war.

»Das Haus war so bescheiden, dass es schon traurig war. Es waren keine einfältigen Menschen, wie man mir immer gesagt hatte, und man könnte auch nicht sagen, sie seien gutherzig oder hätten Geschmack. Aber das Leben konnte auch so sein, einfach nicht mehr haben wollen, verstehen Sie? Vielleicht war es der Gedanke, dieses Paradies verlieren zu müssen, dem sich der Junge nicht aussetzen wollte; das, was seine Mutter mich verzweifelt bat, einzutauschen gegen die einzige Welt, die für sie beide vergleichbar war: Portugal und die Musik. Und als sein Vater, ein Matrose indianischer Herkunft, der schlau genug war, um zu wissen, wer ich war, aber auch erfahren genug, um mir nicht zu widersprechen, von seiner Fahrt zurückkam, hatte ich bereits beschlossen, den Jungen mitzunehmen und einen alten Traum in die Tat umzusetzen: den Aufbau eines ›Laienklosters für junge Künstler‹.«

Tania, der die blamable Vorstellung des Jungen, wie er *El Relicario* sang, noch durch den Kopf gehen musste, schien es für einen kläglichen Versuch des Maestros zu halten, sich einzureden, eine Niederlage sei eine letzte Chance, und offenbar wollte sie ihn bewegen, endlich Schluss zu machen mit dem Reden um den heißen Brei und seinen Ausflüchten eines allzu schüchternen Bewerbers.

»Und? War der Junge auch so ein . . .?«

Doch der Maestro blickte sie derart heftig an, dass sie rot wurde und verstummte.

»Der Junge hatte eine Disziplin, an der sich all die feinen Jüngelchen, die von den Falangisten träumen, ein Beispiel nehmen sollten!«, antwortete er, als hätte sie fragen wollen, ob er ein Erpresser gewesen sei. »Und damit er nicht das Gefühl hatte, das alles sei ein Geschenk, aber natürlich auch, um jeden Verdacht von ihm und den anderen Mitreisenden fernzuhalten, gab ich ihm, kaum dass wir die argentinische Küste hinter uns gelassen hatten, schon eine erste Stimmübung, die ich von Tito Schipa kannte und die er von nun an jeden Morgen nach dem Frühstück praktizierte. Wenn ich mich über die Unterlagen meiner uruguayischen Geschäfte beugte, vergaß ich ihn und die ganze Situation fast, und für Augenblicke«, gestand der Maestro, »kam es mir immer noch wie eine einzige Verrücktheit vor. Das Schiff machte einen ganzen Tag in Montevideo fest, und ich erinnere mich noch an die verzückten Mienen der Passagiere, die über die Gangway der ersten Klasse heraufkamen und unter dem Quietschen der Kräne und den Abschiedsrufen plötzlich dort oben einen Wettstreit hörten, einen Streit zwischen den sicheren Tönen eines Klaviers und einer unglaublich ungehobelten Stimme. Kein Wunder, wo sie von Hollywood die Welt als großes Musical kennen und die Schiffe als Kulisse . . . An jenem Abend jedenfalls, als die SS Excambion wieder auf den Río de la Plata hinausfuhr, schien der Junge so beschämt über seine falschen Töne, dass ich ihn fragte, ob er nicht sein Zuhause vermisse, seine Mutter, und ob er nicht mit dem nächsten Schiff zurückfahren wolle, von Santos aus, unserem zweiten Zwischenstopp. Er sagte nein, aber ich glaubte herauszuhören, dass er etwas anderes vermisste, und es war die Hoffnung, einmal ein guter Sänger zu werden. ›Mein Lieber‹, sagte ich, als wäre es eins der obersten Gesetze in diesem Kloster, in das er eintreten sollte, ›vielleicht liegt der Schlüssel darin, nicht der Beste sein zu wollen oder der, den das Publikum sich wünscht, sondern ganz einfach der Sänger, der man sein kann.‹ Ich glaube, damit hatte ich ihn nur noch mehr entmutigt. Wir gingen auseinander, ich in meine Kabine und er in den großen Schlafsaal in der dritten Klasse, worauf er bestanden hatte, und bald verkündete das Schiffshorn, dass Uruguay gleich am Horizont verschwinden würde, und ich lief zum Heck, mit einem Stich im Herzen, weil ich das Land hinter mir ließ, das so viele Generationen von Portugiesen bewohnt hatten. Und da hörte ich sie, meine Liebe, hörte ich sie zum ersten Mal: die *Stimme*!«

Tania machte eine freudig überraschte Miene, sie glaubte dem Maestro nicht, das war klar, aber etwas, was der Spiritismus sie anzuerkennen gelehrt hatte, war in der Erzählung des Maestros aufgeschienen, und allein die Möglichkeit, dass es tatsächlich so war, entflammte sie.

»Es war keine besonders gute Stimme, verstehen Sie mich nicht falsch, aber es war eine Stimme, die *Farbe* einer Stimme, meine ich, die ich in unserer Welt zu hören nicht mehr für möglich gehalten hätte. Genau wie das, was Ihr Monsieur de Gurfein Ihnen über den Stein sagte. Nun ja, ich will mir nichts anmaßen, aber es war eine Stimme von der Farbe der Nacht, und nicht nur von der Nacht, die uns fast völlig umgab, es war die Stimme von dem, was erklingt, wenn praktisch kein menschliches Ohr mehr hören kann. Auch ich bin Spiritist gewesen«, sagte der Maestro, um Tania zu überzeugen, auch wenn er spürte, dass sein Gang durch die okkulten Wissenschaften zum dunkelsten Teil seines Lebens gehörte, »und für einen Moment dachte ich, dass es die Stimme einer Seele im Fegefeuer sein musste, denn sie schien weder von einer Frau noch von einem Mann zu stammen, von keinem Kind und keinem Erwachsenen. Als jemand aus einem Bullauge in der zweiten

Klasse herausschaute und ebenfalls zuhörte, begriff ich, dass die Stimme zwei Decks unter mir erklang, an der Reling nach Steuerbord, zum weiten Ozean hinaus, und mit einer bangen Hoffnung stieg ich leise drei Treppenläufe hinunter. Und da sehe ich auf einmal«, sagte der Maestro, als könnte er es immer noch nicht glauben, »dass es der Junge ist, der singt, allein, aber frei in seiner Einsamkeit, wie ein Waisenkind bei der Roten Hilfe. ›Hast du das Schiffshorn gehört?‹, konnte ich nur zu ihm sagen. ›Die Portugiesen sagen, genau hier, wo man auf einmal die Küste nicht mehr sieht und der Himmel die Verlängerung des Meeres zu sein scheint, entspringt der Fado ...‹ Worauf er mir beschämt sagte: ›Wissen Sie, Rosita Quiroga erzählt, dass sie als kleines Mädchen, wenn der Fluss über die Ufer trat, auf denselben Straßen singen gelernt hat, über die wir beide an unserem ersten Abend gegangen sind, in ihrem Boot, während sie die Ware ausrief, die ihr Vater verkaufte, der Lebensmittelhändler war‹, und dann schloss er die Augen und war selbst auf dem Fluss. Ich musste an das Lied vom Fuhrmann denken, Gardels Lieblingslied, in dem ein Gaucho allein das Meer der Pampa durchquert, und so verabschiedeten wir uns. Er konnte sich jetzt ausruhen, aber mir war es nicht mehr möglich. Ich weiß noch, wie ich träumte, ich wäre noch einmal der als Jesuit verkleidete Junge, der in der Aula sang und Eltern, Priester und Klassenkameraden in Erstaunen setzte, aber es war diesmal kein Albtraum, denn ich konnte mich *hören*, und die Stimme, mit der ich sang, war genau die Stimme, die durch die Kehle des Jungen gegangen war. Und es machte mich glücklich, dass ich sie nicht als eigene und nicht als fremde spürte, dass ich wusste, wenn sie mich verließ, würde sie sich selber eine Kehle suchen, von der aus sie mir weiterhin die Nacht zeigte. Ach, was war das jetzt für ein Unterricht bis zum Ende der Reise!«

Die Mimik des Maestros wurde auf einmal sehr lebhaft, auf

eine sehr eigene und sehr bestimmte Weise, genau so, verstand Tania, wie er sich hineingesteigert haben musste bei seiner Arbeit als »Stimmbildner« bei der Nacional Odeón.

»Sein großes Problem war die Atmung: Wer einatmet, eignet sich ein bisschen von der Luft an, die wir alle hätten geatmet haben können, und wer ausatmet, verrät sich. Und wenn er die Luft des Ozeans einsog, die sein Vater ein ganzes Leben lang geatmet hatte, bebte er, als wollte das Meer ihn bestrafen. Sein Ton war, wie gesagt, sehr unsauber, aber nichts, was sich mit Üben nicht hätte meistern lassen. Und wie es mir gefiel, mit ihm zu üben! Ihn dazu zu bringen, dass seine vom Leben in Angst und Beklemmung bedrückte Brust sich unter Klagelauten öffnete wie eine Schmetterlingspuppe, dass sein von der Erbitterung zusammengepresster Unterkiefer sich löste und aus seinem Mund einen Resonanzkörper machte oder dass seine nur von Frauenstimmen inspirierte Tonlage sich weitete und auch den Bass einschloss! Und seine Freude über diese Befreiung war so groß, dass ich ihn nur eine Stelle seines Körpers spüren lassen musste, und sie nahm den Kampf auf und half ihm, den Ton hervorzubringen, den er singen wollte.

Natürlich schien er mir der schönste Junge auf Erden zu sein«, gestand der Maestro, der bis zu dem Moment, als er es in Worte kleidete, tatsächlich geglaubt hatte, dass nichts von ihrer Beziehung in den üblichen Kategorien zu fassen sei, »und wie die Schönheit ihn dann durchfuhr, als er, ganz ohne Angst und glücklich über seine mittlerweile erworbenen stimmlichen Fertigkeiten, vom Dirigenten des kleinen Bordorchesters, Gott segne ihn, aus Anlass der Überquerung des Äquators eingeladen wurde, einen Tango zu singen, und als er, wie um sich zu rächen oder etwas wettzumachen, *El relicario* wählte und sang, als ob nicht nur die Paare um ihn kreisten, sondern die ganze Welt. Wenn Sie so wollen, kann man natürlich sagen«, und es war klar, dass der Maestro es niemals zuvor jemandem gesagt hatte, »dass ich ihn geliebt habe, und ebendeshalb, um für seine Seele zu sorgen, die umso verletzlicher war, als sie sich mir gegeben hatte, achtete ich darauf, dass mir auch nicht der kleinste Fehler unterlief. Selbst Darío, der ganz eifersüchtig war auf diesen Eindringling, den ich offenbar für so viel besser hielt als ihn, selbst er musste sich fügen und in unserer Beziehung außen vor bleiben. Als wir ankamen, nahmen wir wie immer ein Zimmer im Hotel Franconia auf der 43. Straße, während der Junge, ich hatte es ihm erlaubt, in einer bescheidenen Künstlerpension wohnte, die wir von dem vereinbarten ›Gehalt‹ bezahlten, und von seinem Zimmerchen dort kam er nun jeden Morgen zu mir, um Unterricht zu nehmen, aber auch, um für mich die eine oder andere ›kleine Arbeit‹ zu erledigen, womit er wiederum mich bezahlte, worauf er selber Wert legte. Um etwas zu tun, kopierte er zunächst mit seiner fürchterlich verschnörkelten Notenschrift die Partituren, die Darío in Paraguay gefunden hatte, und dabei machte er dann seine große Entdeckung.«

An der Tür lärmte es, Tania streckte den Arm aus und unterbrach ihn: Die Abordnung war in die Cova zurückgekommen, und die alte Holländerin, um die sich gleich ihre Schützlinge scharten, sprach für alle Anwesenden auf Französisch, in einem ernsten Ton, als wollte sie mehr zur Aktion als zur Hoffnung ermuntern und mehr zur Vorsicht als zum Übereifer. Kaum seien sie, berichtete die Frau, zum Sitz der Schifffahrtsgesellschaft gekommen, sei ein Angestellter herausgekommen, der sie fragte, was sie dort herumständen, es sei keine Zeit zu verlieren, sie sollten sich beeilen und ihre Sachen holen, in spätestens einer halben Stunde dürften sie an Bord gehen, auch wenn die Regierung noch nicht die Genehmigung zum Auslaufen gegeben habe. »Die Passagiere der ersten Klasse sind wahrscheinlich schon an Bord«, sagte sie, wobei kaum noch jemand zuhörte, denn völlig aufgelöst sammelten die

Emigranten ihr Gepäck und weckten die Kinder, fanden sich in Grüppchen zusammen und stürmten hinaus, ein merkwürdiger Tumult, ohne jedes Geschrei, während die Wirtin an der Theke stand und lächelte, zufrieden, dass die lästige Strapaze nun überstanden war, und auch Tania wandte sich erleichtert wieder dem Maestro zu, als hätte das Weltgeschehen sie allein gelassen, damit sie das wichtigste aller Schicksale klären konnten.

»Es war nämlich so«, fuhr der Maestro fort, als fast alle draußen waren. »Die Schriftstücke meines bischöflichen Vorfahren, die Darío in einem Archiv des Bistums von Asunción gefunden hatte, stellten sich als ›fromme Lobgesänge‹ heraus, und gezeichnet waren sie, genau wie die einzige erhalten gebliebene, recht simple Partitur, von einem gewissen *Oliverio*. Doch die Lektüre verwirrte uns, denn es lag auf der Hand, dass weder diese Gesänge noch der einzige frühere das Werk eines europäischen, durch die Schule eines Domenico Scarlatti gegangenen Musikers sein konnten. Es war, glaubte der Junge, die Transkription von sieben traditionellen Gesängen der Eingeborenen, oder zumindest von Liedern, die irgendein Indio meinem Vorfahren vorgesungen hatte. Doch da sie in einer so hohen Tonlage geschrieben waren, dass sie von einer Männerstimme nicht zu singen waren, und da die indianischen Frauen zu den Chören der Missionen keinen Zutritt hatten, glaubten wir, dass besagter Oliverio entweder ein Kastrat gewesen war, in diesen Breiten eher unwahrscheinlich, oder aber ein Mann, der es mit einer einheimischen, nicht überlieferten Stimmtechnik geschafft hatte, einen für uns im Westen völlig unvorstellbaren Ton hervorzubringen. Die Stimme!, sagte ich mir, und ich brauchte dem Jungen gar nichts zu erklären, er hatte es ebenfalls erfasst: unbeholfen aufs Papier geworfen, in der Notation der Zeit – aber für uns! Nicht umsonst war der Junge der Sohn eines Indios aus dem Chaco. Aber kann man die Farbe einer Stimme erben wie die Farbe der Haut? War der Junge vielleicht selbst noch einer jener Vorfahren in diesem Bereich der Stimme, die von alleine schwang, ohne zu wissen, warum? Natürlich schlug ich ihm gleich vor, die Melodien auszuprobieren, und er brauchte nur die erste Phrase anzustimmen, die so einfach war und von ihrem Tonsystem her zugleich für unsere Ohren so fremd, und ich spürte – wie übrigens auch Darío, der mich bis dahin für verrückt gehalten hatte, weil ich glaubte, der Junge könne etwas –, ja ich wusste, dass wir einer großen Sache auf der Spur waren. Und so schlug ich ihm vor, dasselbe Pseudonym anzunehmen, das nicht der Name des Jesuiten war, aber sicher auch nicht der Name des Indios, sondern eine schöpferische Verbindung beider. Er war sehr froh darüber: Mehr als ein Jahrhundert nach der Vertreibung der Gesellschaft Jesu und fünfzig Jahre nachdem mein eigener Vater die Nachkommen der Indios im Chaco ausgelöscht hatte, würden wir vor aller Welt die Stimme zum Klingen bringen, die da sagte: *Dies ist uns geschehen!* Der Junge ließ alles stehen und liegen und setzte seine ganze Kraft in die Verwirklichung dieses Traums. Selbst das Geld, das ich ihm gab, schien durch die Sache gerechtfertigt, auch wenn er mir später sagte, für ihn klebe das Blut seiner Ahnen daran. Und Darío, der mich immer schon auf einen gewissen Hang des Jungen zum Parvenü aufmerksam gemacht hatte, was ich natürlich nicht sehen wollte, war ihm schließlich dankbar dafür, mit welchem Stolz er neben uns beiden durch den Central Park oder den Chelsea Park spazierte. Darío machte sich, ich musste ihn gar nicht erst bitten, gleich an ein neues Kapitel meiner Memoiren, und zum ersten Mal erschien ich darin mit menschlichen Zügen. Und da Geld für mich zum Glück keine Rolle spielte, trat ich in Verhandlungen für die Aufnahme der Stücke.«

Sie waren mittlerweile fast allein in der Cova do Galo, nur

noch der französische Matrose und seine portugiesische Freundin waren geblieben und zögerten den Abschied hinaus. »Jetzt aber raus hier, das Schiff ruft an Bord!«, forderte die Wirtin sie von der Theke aus auf, und es klang nicht mehr, als ob sie die Leute nur loswerden wollte, sondern ehrlich verwundert, als passte das alles nicht in ihre Pläne. Das Pärchen ging hinaus und schloss sich den Emigranten an, die von weiter oben kamen und zum Schiff hinunterliefen. Nur die Stimme des Maestros war jetzt in dem leeren Lokal zu hören, wo die beiden Kellner sich ans Aufräumen machten.

»Als ich zum Sitz der Victor kam, bemerkte ich gleich eine merkwürdige Geheimnistuerei. Sie verzeihen mir nicht, dachte ich, dass ich Gardels guten Ruf durch mein ›unmögliches Verhalten‹ beschmutzt hatte. Die Aufnahmestudios, sagten sie, seien für lange Zeit ausgebucht, sie würden mich anrufen. Es schien mir ein bloßer Vorwand zu sein, und als es keinen Sinn mehr hatte, noch länger zu warten, und ich mich sogar schon erbot, für eine Stunde Aufnahme zu einer beliebigen Tageszeit mehr zu bezahlen, als ein Produzent für eine ganze Woche zu zahlen bereit wäre, hatten sie auch noch die Stirn und sagten mir, sie würden mein ›sehr originelles‹ Projekt einem Gremium vorlegen, das seine ›Realisierbarkeit‹ unter einem kommerziellen Label bewerte! Verstehen Sie? Natürlich ahnte ich, was das bedeutete, aber allein der Gedanke an ein Scheitern nahm mir jede Kraft, und die brauchte ich, um den Jungen zu ermutigen. Nun denn«, sagte der Maestro, und ihm kamen fast die Tränen, »schließlich ist es so weit, wir betreten den Probensaal, der Junge an meiner Hand, und als Erstes sehe ich in der Jury diesen Mann, den ich unter allen, die mir Schaden zugefügt haben, mit Recht meinen Henker nennen könnte. Jawohl, meine Liebe. Denn um zu zeigen, wie unparteiisch ihre Entscheidung war, hatte die Victor tatsächlich Mr Kendal zum Vorsitzenden einer wirklich lächerlichen, aus Vertretern der anderen Plattenfirmen zusammengewürfelten Jury ernannt!«

Tania blickte den Maestro mit großen Augen an: Ja, sie musste wissen, wie grausam ein Mr Kendal sein konnte.

»Das Lied, mit dem wir das Eis brechen wollten, war der einfache Lobgesang, den ich selbst als Kind in der Schulaula gesungen hatte, *Jo-je*. Er bot keine großen Schwierigkeiten, aber als ich auf dem Klavier dann d, d spielte, und der Junge hatte noch nicht mal Luft geholt, da hörten alle, wie Mr Kendal, der die Anekdote von meinem einzigen Auftritt natürlich kannte, sich über mich und meine Spinnerei lustig machte, und ach Gott, ich konnte nicht anders, ich ließ die Hand des Jungen los, und es war, als stieße ich ihn ins Leere.«

Dem Maestro ging diese Demütigung noch jetzt so nahe, dass er mit der Faust auf den Tisch schlug, worauf die Wirtin persönlich herbeikam und anfing, die Stühle kopfüber auf die Tische zu stellen, das Zeichen für alle Betrunkenen der Welt: Nicht dass der Kerl ihr jetzt noch alles verdarb.

»Ich weiß nicht, ob der Junge bei seiner Nervosität Mr Kendal gehört hatte, jedenfalls bemerkte er, wie ich mich schämte, und sofort spürte er, dass die Stimme ihn buchstäblich verließ. Ich gab ihm noch einmal den Ton auf dem Klavier, und als er jetzt sang, war es eigentlich nicht schlecht, nun ja, bei zwei kurzen Tönen ist das nicht schwer, aber es hatte nichts von dem, was wir der Welt hatten zeigen wollten, diese *Stimmfarbe*, dieselbe wie die Farbe der Nacht von Lissabon. Nein, was da erklang, war die Beliebigkeit eines jeden Notenblatts. Und als der Junge hörte, wie Mr Kendal, der offenbar ziemlich betrunken war, jetzt ungeniert lachte und wie seine aktuelle Geliebte – die Tochter des Plattenbosses, dem die Olympia gehörte –, auch noch andeutete, ich sei ja verrückt, rannte er aus dem Studio, und ich gleich hinterher. Er war so wütend auf mich, dass ich ihm erlaubte, in seine Pension zurückzugehen, ich musste mir jetzt überlegen, wie ich am besten vorging, um ihn zu ›heilen‹; wie ich es am besten anstellte, dass es ihm nicht so erging wie mir. Und ich brauchte lange, um mich von dem Schlag zu erholen und zu begreifen, was zu tun war. Er hatte nicht verstanden, was bei dem Vorsingen wirklich passiert war, da bin ich sicher, wahrscheinlich glaubte er, sie hätten ihn einfach nur abgelehnt. Und da er sich nicht traute, mit mir darüber zu sprechen, und eine Rückkehr nach Argentinien für ihn nicht in Frage kam, erledigte er zwar noch pünktlich seine Arbeit, entschuldigte sich aber beim Gesang und schützte eine Müdigkeit vor, die ich nicht ignorieren konnte. Ganze Tage verbrachte er ohne ein Wort, über seine Hefte gebeugt und mit einer unerträglichen Traurigkeit. Und auch wenn ich, ohne allzu große Hoffnung, wohl wahr, schon begonnen hatte, mich um die einzig denkbare Lösung zu bemühen, nämlich die Lobgesänge hier in Lissabon aufzunehmen, im Rahmen der Ausstellung, auf der Bischof de Oliveira schon eigens geehrt wurde, war dem Jungen längst so, als wäre sein Körper als Instrument gestorben, und er sehnte sich, das weiß ich, nach diesem kleinen Frieden in seinem Häuschen am Fluss.«

Der Maestro konnte sich nicht mehr beherrschen und weinte, was ihn, auch wenn es merkwürdig aussah, nicht am Weitersprechen hinderte und Tania umso aufmerksamer zuhören ließ. Sie empfand tiefes Mitleid, vielleicht weil sie noch nie einen Mann so hatte weinen sehen, vielleicht weil sie den großen Schmerz so gut verstand, dem sie sich selber würde stellen müssen.

»Wie Sie und Discépolo waren wir an ein Geheimnis gestoßen«, erklärte der Maestro, um zu zeigen, dass er auf das vorhin Gehörte einging, was Tania mit sichtlicher Dankbarkeit aufnahm. »Ich traute mich nicht, ihm zu erzählen, wer Mr Kendal war und warum er, als er ihm so zusetzte, nur mich hatte fertigmachen wollen. Als wir dann an Bord waren, erneut auf der SS Excambion, wollte ich wieder mit dem Unterricht beginnen, aber der Junge dachte sich einen Grund nach dem anderen aus, unsere Begegnungen hinauszuzögern; und als ich irgendwann sah, dass er sich absichtlich in den Luftzug stellte, um wenigstens eine Grippe als Ausrede zu haben, fürchtete ich schon, das Schlimmste seiner selbst hätte ihn endgültig im Griff, dieser Teil von ihm, der ihm genau wie sein Vater sagte, dass ich ihm niemals hätte Hoffnung machen dürfen. Schließlich gab mir Darío, der sich als Einziger die Schallplatte angehört hatte, die uns die Victor mit dem Ablehnungsvermerk schickte, ein Argument an die Hand, dem sich der Junge nicht würde verweigern können: Ich hatte schon zu viel Geld in die ›Auferstehung des Jesuiten‹ investiert, als dass wir uns wegen einer Laune von ihm alles verderben ließen ... Aber es gelang mir nur, ihn ein- oder zweimal zu Stimmübungen zu bewegen, in dem geräumigen, vollkommen leeren Speisesaal, der etwas Unheimliches hatte, als würden nur die Toten uns zuhören, und es war eine wirklich fürchterliche Stimme, die aus seinem verschlossenen Körper drang. Bei der kleinsten Bemerkung von mir fing der Junge an, mir Vorwürfe zu machen, die zu wilden Attacken wurden, umso heftiger, je weniger ich auf seine Anschuldigungen antworten konnte, denn dahinter stand eine Denkweise, die aus einer Welt kam, die älter war als die meine. Und wie behandelte ich überhaupt Darío, sagte er, warum lebte er wie ein Sklave, ohne Lohn und geregelte Arbeitszeiten?«

Tania zuckte zusammen, offenbar hatte sie dergleichen Worte schon oft gehört.

»Als wir dann an Deck standen und Lissabon vor uns sahen, das erträumte Lissabon aus den Erzählungen seiner Mutter, hell erleuchtet in der schwarzen Nacht des Krieges, da war er überwältigt vor Freude. Aber es war eine so schmerzliche Freude, dass ich mich keinen allzu großen Hoffnungen hingab. Und als wir später vom Besuch der Ausstellung der portugiesischen Welt zurückkamen, von dem Pavillon der Missionen, wo das Werk meines Vorfahren gezeigt wurde – neben einem ganzen Negerstamm aus Guinea, nur mit Lendenschurzen, und das mitten im Winter, alles bibberte vor Kälte! –, da sagte er nur: ›Wie kommen Sie bloß darauf?‹ Ja, wie war es mir bloß in den Sinn gekommen, er könnte sich beteiligen an einem ›Kulturprojekt des Faschismus‹, wie er es nannte? Ich habe es nie gelernt, Dinge zu diskutieren, weder solche noch überhaupt, ich kann nur befehlen und gehorchen. Und ich muss Ihnen gestehen«, sagte der Maestro mit einem kläglichen Lächeln, »ich weiß nicht einmal genau, was Faschismus ist. Das Einzige, was ihn beruhigen konnte, war, durch die Stadt zu spazieren, Kneipen zu besuchen wie die hier, Fados zu hören, vor allem, wenn diese wunderbare junge Frau sie sang, Amália heißt sie, kennen Sie sie?«

Tania nickte, sie freute sich, immer mehr von dem zu verstehen, wovon die Rede war, ja, sie hatte sie singen hören, wirklich wunderbar!

»Nun ja, in diesen Momenten, wenn die Musik von Liebe und untergegangenen Reichen erzählte, waren wir noch eins, und wenn sich beim Applaus dann unsere Blicke begegneten, schienen seine Augen dasselbe zu sagen, was auch die Lieder heraufbeschworen. ›Und mein Fado?‹, fragte er mich dann. ›Wozu bin ich auf die Welt gekommen?‹ Darío schickte ich ein ums andere Mal nach Tras-os-Montes, wo er weiteres Material über meine Vorfahren besorgen sollte, und natürlich hielt ich ihn mir so auch vom Leib, und jedes Mal, wenn er zurückkam, schrie er mir aus Angst, ich könnte wieder eine Dummheit begehen, Dinge ins Gesicht, die ich ohnehin ahnte: dass der Junge ebenfalls homosexuell sei, dass die Stimme auf der Schallplatte fürchterlich weibisch klinge, dass der Junge sich nicht traue, sich seiner Veranlagung zu stellen, dass er bloß vor Neid sterbe und uns behandele, als wären wir an allem schuld. Warum hatte ihn das alles nicht schon in New York gestört, sagte Darío, hatte er sich erst jetzt an seinen blöden Kommunismus erinnert?«

Draußen kamen immer mehr Flüchtlinge vorbei, und die Wirtin rannte zur Tür und verriegelte sie vorsorglich. Der Maestro schaute ihr nach und atmete tief durch, und um ihr zu zeigen, dass sie gleich gingen, knöpfte er sich den Mantel zu. Tania sah sich verzweifelt um, nicht dass man ihr diesen letzten Moment raubte, jetzt, gute Güte, wo sie einen Ausweg gefunden zu haben schien.

»Dann kam Pearl Harbour«, fuhr der Maestro fort, »und Portugal war isoliert. Zum ersten Mal in meinem Leben lernte ich kennen, was es heißt, knapp bei Kasse zu sein, es war mir unmöglich, noch irgendein künstlerisches Projekt zu finanzieren oder meinen beiden ›Stipendiaten‹ den Lebensstandard zu bieten, den sie gewohnt waren. Darío folgte dem Beispiel all der Adligen, die ohne einen Heller in Lissabon gestrandet waren, und fügte sich in die Armut, er hätte es ohnehin nicht geschafft, eine andere Arbeit anzunehmen. Der Junge aber kam eines Tages an und teilte mir in dürren Worten mit, er habe ›eine sehr gut bezahlte Arbeit‹ gefunden. Ich konnte ihn nicht hindern, seinen Weg zu gehen, und nachdem der erste Schmerz vorbei war, war ich sogar dem Himmel dankbar, dass er eine Möglichkeit gefunden hatte, unter Menschen zu sein. Nun denn. Vor zwei Monaten, als die Schifffahrtsgesellschaft ankündigte, dass die Boa Esperança nach Kuba auslaufen würde, ging er immerhin auf meinen Vorschlag ein, zumindest Lissabon zu verlassen, wobei er mir deutlich sagte, dass er auf jeden Fall in Havanna bleiben werde, wo sein Arbeitgeber, Mr Copley, Tabakplantagen besitze. Ab und zu kam er noch zu mir ins Majestic, auch wenn ich dann, vor Traurigkeit schon herzkrank, unerträglich eifersüchtig wurde und fürchterliche Streitereien vom Zaun brach. Manchmal bin ich ohne sein Wissen ins Fadolokal oder zur Tabakmanufaktur gegangen, nur um ihn zu sehen, und irgendwann dachte ich, und es tat mir in der Seele weh, dass er nichts von dem war, was ich am Anfang geglaubt hatte, nicht einmal ein Musiker, sondern nur ein armer Junge, und dass ich ihm dennoch mehr gegeben hatte, als er in seinem kleinen Dorf am Fluss auch nur im Traum hätte erreichen können. Eines Tages, dachte ich, würde er mir dafür dankbar sein. Bis vor ein paar Tagen«, und der Maestro konnte in seiner Verzweiflung kaum noch an sich halten, »etwas Schreckliches geschehen sein muss.«

3

»Wir hatten am Nachmittag wieder gestritten. Aber etwas muss ihm danach passiert sein, nach dem Konzert von Tito Schipa, nachdem ich, wo es mir ohnehin nicht gutging und seine Musik mich immer so wehmütig macht, zusammengebrochen bin und man mich mit der Ambulanz ins Krankenhaus gebracht hat. Es muss mit Darío zu tun haben, dafür verwette ich meinen Kopf, denn seither ist er viel zu fröhlich. Vorgestern Abend dann, Darío und ich waren schon beim Kofferpacken, kam der Portier und brachte einen Brief des Jungen, in dem er mir schrieb, er reise nun doch nicht nach Havanna, er folge seinem ›Schicksal‹ und bleibe hier. Hier, ausgerechnet, wo vielleicht morgen schon kein Stein mehr auf dem anderen liegt! Ich bin, so schnell ich konnte, zu dem Nachtlokal gerannt, wo er arbeitet, zum Gondarém«, und Tania machte eine Miene, als wüsste sie Bescheid, vielleicht zu gut Bescheid, »und als ich hinkam und er mich sah, war er so wütend, dass er mir das Schiffsticket ins Gesicht warf, als wäre ich nicht nur für sein Scheitern verantwortlich, sondern für alles Unglück Portugals.«

Die Wirtin kam herbei und wollte sie schon zurechtweisen, doch mit einem geübten Lächeln bat Tania sie, Mitleid mit ihnen zu haben, ein paar Minuten noch, und die Frau wischte nur kurz über den Tisch und ging wieder, vielleicht wegen des Geldscheins, den der Maestro unter sein Glas geschoben hatte.

»Sie sagten, er arbeitet im Gondarém, Maestro? Ein junger Argentinier?« Und ihr Gesicht erhellte sich, als würde sie gleich singen. »Aber den kenne ich doch. Oliverio, das muss Oliverio sein!«

Der Maestro hob den Kopf, jetzt nur keine Hoffnung, die doch nur enttäuscht wurde, und zugleich versuchte er zu erfassen, ob sie ihm vielleicht eine Falle stellte.

»Wir waren kaum im Gondarém«, sagte Tania, »da kam Oliverio zu mir und begrüßte mich. Und als wir dann am Tisch des Sekretärs vom Konsulat saßen, ist er noch einmal gekommen und hat mich um ein Autogramm gebeten!«

Der Maestro wollte etwas sagen, brachte aber nur eine Art Schnauben hervor, vor Freude und zugleich vor Angst, seine Gefühle zu zeigen. Dann hatte der Junge also heute ganz normal seinen Dienst im Gondarém angetreten und war, als die Sache mit dem Schiff passierte, auf der Arbeit gewesen und also in Sicherheit. Und er nannte sich immer noch Oliverio!

»Sie sagen«, fragte Tania verwundert, und dabei schien sie angestrengt nachzudenken, »Sie sagen, dass der Junge singt? Was singt er denn in diesem Gondarém?«

»Na ja, ich weiß nicht«, druckste der Maestro, bedrängt von Tanias effizienter Art nachzufragen.

»Ich habe ihn ansonsten nur hinter der Theke gesehen«, versicherte Tania wie ein Spion, der Bericht erstattet. »Und als wir gingen, hat er dem Mädchen an der Garderobe geholfen, uns die Mäntel zu geben. Er schien sehr besorgt zu sein, das schon, und er hat mich die ganze Zeit angesehen, als wollte er mich um etwas bitten und traute sich nicht. Aber ich war so begeistert von der Idee, in der argentinischen Residenz zu singen, dass ich ihn ganz vergessen habe. Oliverio ist bestimmt noch dort – wo die Nachtlokale hier so sind wie in Argentinien. Um wie viel Uhr schließen sie?«

»Sehen Sie, meine Liebe«, antwortete der Maestro abwiegelnd, der weder die Öffnungszeiten kannte noch Tania jetzt zu einer gemeinsamen Aktion ermuntern wollte, »ich weiß nicht, was ihn so gegen mich aufgebracht hat, ich weiß nicht einmal, wer die ›Leute‹ sind, die er, wie er mir sagte, kennengelernt hat. Ich glaube einfach, er will nicht wieder nach New York, erst recht nicht nach Argentinien, für ihn wäre es eine Niederlage. Sie wissen, wie stolz Künstler sein können.«

Die beiden Kellner kamen mit Wassereimern und Schrubbern, und Tania hüllte sich in ihr schwarzes Tuch, um ihnen zu bedeuten, dass sie gleich gingen.

»Ich erwarte gar nichts mehr von ihm«, sagte der Maestro, »erst recht nicht für mich. Aber ich habe die Pflicht, ihn zu retten. Vielleicht, indem ich ihm zeige, dass Sie ...«, wagte er sich vor, und er wusste genau, dass sie jetzt nicht nein sagen konnte, aber sie sollte die Gelegenheit selbst beim Schopf packen, und Tania wandte den Blick ab, als würde sie in aller Ruhe abwägen. »Oliverio glaubt, dass es auf der Welt niemanden mehr gibt, der in der Lage ist, ihn zu beurteilen, ihn zu verstehen. Ich bin sicher, er glaubt sogar, ich hätte ihn angelogen. Aber jetzt sind Sie da, und Sie sind ihm so ähnlich. Wo Sie *unschuldig* sind ...«

»Ehrlich gesagt, Maestro«, unterbrach Tania ihn, »wäre mir der Junge in Buenos Aires nicht aufgefallen. Mein Interesse war reine Eitelkeit. Als er mich sah, hat er mir gewisse Dinge gesagt, die ... Hat er die eigentlich von Ihnen? Ja, klar!

Es waren dieselben schönen Worte, mit denen Sie mich damals in einer Kolumne in *La Nación* gelobt haben.«

»Hören Sie«, sagte der Maestro nun sehr bestimmt, »gehen Sie zurück ins Gondarém. Und erwähnen Sie bitte mit keinem Wort, dass Sie mit mir gesprochen haben, dass Sie mich in Lissabon gesehen haben, dass Sie von mir wissen. Sagen Sie ihm irgendwas, dass Sie schauen wollten, ob Discépolo da ist. Bringen Sie ihn dazu, Sie um das zu bitten, worum er Sie heute hatte bitten wollen. Ermuntern Sie ihn, zu singen. Sie brauchen nicht zu lügen, wirklich nicht, Sie müssen ihm nicht sagen, dass er gut singt. Aber sagen Sie ihm, dass Sie noch nie eine solche *Stimmfarbe* gehört haben, und so wird es auch sein, da bin ich sicher; und dass es diese Stimme ist, die Discépolo für ein neues Stück braucht: *Die Nacht von Lissabon* ...«

Tania war langsam aufgestanden. Dem Tonfall des Maestros hatte sie entnommen, dass er bereit war, sie mit dem zu bezahlen, was sie sich am meisten wünschte: einem Schicksal, das es ihr erlaubte, nicht länger Enrique zu gehören, so wie der Stein es ihr gesagt hatte. Und auch wenn sie sich noch fragte, worin dieses Schicksal bestehen mochte, hatte sie nun den gleichen entschlossenen Ausdruck, den im Zug von Madrid alle an ihr hatten sehen wollen: den einer Spionin, einer Kämpferin für eine geheime Sache.

»Enrique wartet auf mich, er wird schon verzweifelt sein. Aber worum Sie mich bitten, wird nicht länger als eine Stunde brauchen.«

Der Maestro stand ebenfalls auf, mit steifen Gliedern und trauriger Miene, nahm sie am Ellbogen und führte sie. Als sie an die Tür kamen, gefolgt von dem Geruch des Wassers, das die Kellner ihnen hinterherschütteten, als sollten sie niemals wiederkommen, eilte die Wirtin herbei und nahm die Kette ab, die die beide Türflügel miteinander verband. Auf der Straße waren Lautsprecher zu hören, Anweisungen für die Menschenmenge, die sich wieder um den Hafen versammelt hatte. Und Tania rief, als würde sie sich des ganzen Ausmaßes der Flucht erst jetzt bewusst:

»Mein Gott, und ich noch ohne Pass!« Aber sie meinte nicht, wie gefährlich es war, heute Nacht ohne Papiere auf der Straße zu sein, dieses »noch« schien auf den Beginn ihres Künstlerlebens zurückzuweisen. Plötzlich drehte sie sich nach dem Maestro um, und ihr Blick war nicht von dieser Welt. »Vielleicht ist es ja besser so. Einfach losziehen, ohne Namen. Soll der Krieg mich taufen.«

Der Maestro nahm eine Spitze des Seidentuchs von ihrer Schulter und bedeckte ihr den Kopf. Seine Sorgfalt hatte etwas Väterliches, auch wenn es nur eine Angewohnheit aus dem Theater war, wenn ein Darsteller auf die Bühne trat. Draußen brach schon fast der Tag an, es war kalt.

»Ein Letztes noch«, sagte der Maestro. »Wenn Oliverio aus irgendeinem Grund nicht mit mir an Bord gehen will, schlagen Sie ihm vor, dass er mit Ihnen fährt, auf dem Frachter. Ich bin sicher, dass ich Konsul Cantilo dazu bewegen kann, ihn an Bord zu nehmen. Er hat sich mit einem Freund von uns solidarisch gezeigt, Hans Mandelbaum, der sich jetzt irgendwo in Portugal versteckt, drüben wird er wegen des Kadettenskandals gesucht. In Buenos Aires könnte ich mich dann um Oliverio kümmern und auch Ihnen helfen, meine Liebe, wann immer Sie Hilfe benötigen. Wichtig ist allein«, sagte er zum Abschied, »aus Lissabon herauszukommen.«

»Nein, Maestro«, erwiderte Tania, wie um zu sagen: Ich hätte es sowieso getan, auch umsonst. »Wichtig ist allein, dass ich angekommen bin. Dass ich endlich angekommen bin. Durch Ihren Auftrag werde ich der Nacht von Lissabon würdig sein.«

Gegrüßet seist du, Maria des Fados

Sofía in einem Café am Hafen. Die Verleumdungen Daríos. Ein Abgrund tut sich auf.

I

Sie saß da wie auf dem Bahnhof, wenn die Dampfpfeife schon die Einfahrt des Zuges ankündigt – vorn auf der Stuhlkante, die Hände fest um die zusammengepressten Knie geschlossen, der ganze Körper in labilem Gleichgewicht über den Zehenspitzen –, und wenn sie sich Ordóñez' Baskenmütze und Mantel ausgezogen hatte, dann nur, um wie eine gewöhnliche Ehefrau auszusehen, die auf ihren Mann wartet. Aber Sofía wollte gehen. Vier Uhr morgens, und sie in einem Hafencafé, wo es nicht einmal ein ›Reserviert für Familien‹ gab. Was hielt sie eigentlich hier? Es war der Ekel vor ihrem Bett, diesem Bett, in dem sie, während Lissabon in die Luft flog, vergeblich auf Hilfe gewartet hatte, in dem sie nie wieder zusammen schlafen würden. Sie musste daran denken, dass Darío, dieser Hampelmann, wenn er erst einmal aufhörte mit seinem endlosen Klatsch über »die Gesellschaft« von Buenos Aires und der Kellner ihnen den Milchkaffee und das von Oberst Sijarich empfohlene Puddingtörtchen brachte, sie um etwas bitten würde, das anscheinend nur Sofía ihm geben konnte; und allein die Vorstellung, wie zum ersten Mal in der Geschichte einer aus dem Lager des Maestros sich einer »Oliveira ohne Titel« zu Füßen warf, war so verlockend, dass sie schon die freudige Genugtuung über die Wiedergutmachung verspürte.

Außerdem war, kaum dass Darío auf die Toilette ging, die verrückte Ausländerin, die sie vor dem »Schiff der Waisenkinder« angesprochen hatte, mit ihrem Kind in den Armen ins Café gekommen und hatte ihr noch einmal gesagt – diesmal auf Portugiesisch, vielleicht weil sie dachte, auf Französisch habe Sofía sie nicht verstanden –, dass sie mit ihr sprechen wollte. Sie sprach sehr laut, in einem leiernden Ton, und alle Gäste hatten sich nach ihr umgedreht. Sofía war so beschämt gewesen, dass sie nur so tun konnte, als würde sie bei ihrer erbärmlichen Aussprache auch jetzt kein Wort verstehen. Sie hatte ihr ein Stück Brot gegeben, worauf gleich der Kellner angerauscht kam, »ich habe die Nase voll, dass Sie alle unsere Gäste belästigen«, und sie hinauswarf. Doch die Verrückte blieb vor dem Café stehen, hinter der Scheibe, und fing Sofías Blicke auf, wenn sie nach dem Jaguar des argentinischen Konsulats Ausschau hielt. Und Sofía, die eben noch ohne ein Fünkchen Angst durch die gefährlichsten Viertel Lissabons gezogen war, fühlte sich jetzt nicht einmal in der Lage, einfach hinauszugehen und sie stehenzulassen. Ihren Mann, diesen Dummkopf, vermisste sie auch jetzt kein bisschen, und sie wollte sich gar nicht erst einbilden, sie würde auf ihn warten; sie sah ihn schon vor sich, drüben in der argentinischen Residenz, wie er auf die Fragen eines Kommissars der PVDE mit der Antwort zögerte, immer ungeschickter, je ungeduldiger der Mann wurde, und ihr Gesicht glühte vor Scham. Aber sie wünschte sich irgendein Zeichen des Konsulats, einen Hinweis, dass die Argentinier, auch wenn Lissabon unterging, in Sicherheit waren. Sie spürte, wie sich ihr die Kehle zuschnürte, und aus den Augenwinkeln rannen ein paar ungewöhnliche Tränen. Wie sie es hasste, zu weinen! Zwei kurze Ohrfeigen genügten, die Tränen zu stoppen, denn was sie noch hier hielt, sagte sie sich voller Ungeduld und von Schuldgefühlen gepeinigt, das ging sehr viel tiefer, und sie wollte es endlich verstehen.

Darío hätte ihr bestimmt nicht geglaubt, dass sie sich um Dr. Ordóñez Sorgen machte. Außerdem musste er ihre Traurigkeit gespürt haben, die so viel größer und heftiger war als ihre Wut, er hätte sonst sicher nicht beim Hereinkommen eine solch gezwungen fröhliche Miene aufgesetzt und ihr belangloses Geplauder auf die einzige Geschichte hingelenkt, die sie auf andere Gedanken bringen konnte. »Die verstorbene Doña Ana de Oliveira ...« hatte er gesagt und Sofías Großmutter genannt, wie sie selbst es niemals gewagt hätte: mit jenem kleinen »de«, das der Papst ihnen verboten hatte.

»Jahrelang, wissen Sie?«, sagte Darío nun in ernsterem Ton – jemand war ihm ins Netz gegangen, und er, die hungrige Spinne, lief hin, um sein Gift einzuspritzen –, »jahrelang glaubte Maestro de Oliveira, dass es in der Geschichte Ihrer gemeinsamen Vorfahren kein Geheimnis mehr gebe, das man den Memoiren hinzufügen könnte. Aber dann bin ich vor zwei Jahren selbst nach Asunción gereist, um einige musikalische Werke dieses Bischofs in Empfang zu nehmen, sie waren zufällig in einer Mission der Jesuiten in Paraguay aufgetaucht; und dort, Señora, habe ich von einer Legende gehört, an deren Grundlagen kein Zweifel besteht und die unter anderen Umständen *vielleicht* Doña Ana ermöglicht hätte, den Prozess um die Erbfolge zu gewinnen. Es ist natürlich eine heidnische Legende, aber sie hat eine solche Verbreitung gefunden, dass sich mit ihr die zahllosen Fälle von Wahnsinn erklären lassen.«

Darío machte eine vorsichtig abwartende Pause und verfolgte aufmerksam, wie Sofía den Blick abwandte und ihre Nervenschwäche sich auf ihre nun hin und her schwingenden Knie übertrug: der Beweis, dass das Gift langsam ins Blut drang. Sofía spürte einen geradezu körperlichen Widerwillen gegen Darío, aber er kannte ihre Großmutter und all die anderen. Was hätten sie sich Schöneres wünschen können, Sofía und die drei Generationen lediger Frauen, mit denen sie bis zu ihrer Fahrt nach Lissabon gelebt hatte, als ganz Buenos Aires zu beweisen, dass der General geisteskrank aus der Wildnis zurückgekommen war und dass sie das Recht hatten, ihn zu beerben?

»Kein Wunder, wenn man mit einem solchen Prozess auch den Verstand verliert«, fuhr Darío fort und lächelte über seinen müden Scherz. »Damals, als die Töchter des Generals, die Halbschwestern des Maestros, das Verfahren einleiteten, waren der General de Oliveira und alle seine Kameraden, ob tot oder lebendig, die großen Helden des Feldzugs im Chaco, niemand hätte ihnen ihren Rang streitig gemacht; und ebenso angesehen, wenn nicht noch angesehener, war die Tante Macá, die am Ende eines jeden Jahres der von Freimaurern und Radikalen bedrohten Kirche beeindruckende Spenden zukommen ließ. Doch heute zweifelt niemand mehr daran, dass der General die Ruinen der Mission gefunden hat, rund um einen großen Stein, den ich selbst gesehen habe. Manche Kenner sagen, als die Jesuiten im achtzehnten Jahrhundert gezwungen wurden, Südamerika zu verlassen, hätten die Indios einigen Rebellen geraten, die Mission rings um einen Meteoriten wieder aufzubauen – einen Meteoriten von der Größe eines kleinen Hügels, den die Indios *Jojé* nennen und die Kreolen *Eisen des Chaco* –, nicht nur, weil er sich tief im Busch befindet, im Herzen des Undurchdringlichen, sondern weil er ›das Tor zur Welt der Schatten‹ ist, wo ›die Menschen der Tiefen‹ leben. Der Legende zufolge hätte der General de Oliveira mehr als hundert Jahre später dort die letzten Indios gefunden, die noch Bittgebete sprachen, damit diese Andere Welt der Tiefen sie aufnahm und ihnen Schutz gewährte.«

Sofía schüttelte sich. Ihr Katholizismus missbilligte die primitiven Religionen, sicher, vor allem aber hatten sie etwas Unheimliches. Und Darío lehnte sich zurück, ein wenig zaghaft, aber ohne Scham: Es bereitete ihm ein geradezu sadistisches Vergnügen, Geheimnisse auf diese Weise einzusetzen.

»Und ob Sie es glauben oder nicht, auch die Pioniere haben irgendwann an die aphrodisische Wirkung des Steins geglaubt, eine so starke Kraft, heißt es, wie sie von einer Totenwache und von Friedhöfen ausgeht. Wie auch immer, es ist jedenfalls sehr gut möglich, dass es der Einfluss dieses Steins war, verstärkt noch durch die lange Zeit allein in der Wildnis, der den General veranlasst hat, nach Buenos Aires zurückzukommen und die erstbeste Frau zu heiraten. Die Mutter des Maestros, wie Sie wissen.«

Mein Gott, dachte Sofía und schnappte nach Luft, während die anderen Gäste, verwundert über das Lachen dieses munteren Hampelmanns, sich wieder nach ihnen umdrehten. Mein Gott, kann es sein, dass das gerade mir passiert? Ist das, was ich hier mitmachen muss, mein Anteil an dieser Nacht, mein Stückchen Geschichte? Schwuchtel, hätte sie am liebsten zu ihm gesagt, ohne dass sie genau wusste, wieso ihr ein solches Wort jetzt in den Sinn kam, Schwuchtel! Der Kellner brachte die beiden Tassen Milchkaffee und die Törtchen, die sie bestellt hatten, und ein ungeheures Bedürfnis, sich von Darío zu distanzieren, drängte sie, ihn zu demütigen. Aber sie konnte nicht. Und mit einer fast bösartigen Freude, wenn auch ein wenig leiser, fuhr Darío fort:

»Unlängst habe ich den Juwelier André de Gurfein in seiner Villa in Cascais konsultiert, er ist ein wahrer Kenner, und wie er mir sagte, sind erste kleine Stücke von dem *Eisen des Chaco* bereits Anfang des neunzehnten Jahrhunderts nach Portugal gelangt, wo sie gleich in Mode kamen, denn die einen sagen, er habe die Farbe des letzten Himmels, und andere, die Farbe des Himmels, den der Verborgene gesehen haben muss, bevor er sich im Unbekannten verlor. Und zum Gedenken an die Menschen, die den König mit Fackeln begleiteten, fasst man die Stücke in kostbare Rubine. Wer hätte gedacht, dass die Kinder des Adels von Portugal, ob ehelich oder unehelich, unter dem Einfluss eines argentinischen Steins empfangen wurden...«

Draußen war ein Quietschen zu hören, und alle im Café schauten zur Straße hin. Sofía war dankbar für die kleine Unterbrechung und hätte am liebsten gebetet, nur fragte sie sich, ob sie, nachdem sie eine solche Geschichte gehört hatte, noch würdig wäre, dem Herrgott unter die Augen zu treten. Im selben Moment sah sie, dass es der schwarze Wagen des argentinischen Konsulats war. Doch aus dem offiziellen Wagen stieg, gehüllt in den Qualm des Holzgasgenerators, nur Alberto Marra, der Justiziar des Konsulats, in den Händen große Mappen und mit einer Miene, als hätte man ihn wegen irgendeiner unvorhergesehenen Sache beim Zoll zu nachtschlafender Zeit aus dem Bett gerissen. Kein Dr. Ordóñez, kein Konsul Cantilo, nicht einmal Sijarich: ein deutliches Zeichen, dass die Situation in der Residenz noch ungeklärt war und dass es Schwierigkeiten mit dem Entladen des Getreides gab. Plötzlich schob sich die verrückte Ausländerin mit ihrem Kind wieder in ihr Blickfeld, und Sofía wandte sich ihrem Kaffee zu. Darío sprach weiter, und er schien jetzt selbst ein Komet mit phantastischem Schweif zu sein, der wie verrückt den Sternenraum durchquerte: »Denn was ist die Nacht? Nicht nur das, was um uns ist. Sondern das, was morgen, wenn Licht ist, vom Dunkel umhüllt wird...«

»Ich bitte Sie, Muñoz, wollen ausgerechnet Sie mir jetzt erzählen, wer wir, die de Oliveiras, sind?«, unterbrach ihn Sofía, als klar war, dass Marra nicht ins Café kommen würde; und der Wunsch, das Ende von Daríos Geschichte zu erfahren, wurde so heftig wie ein Ruf des Fleisches. »Kommen Sie zur Sache. Ich habe nicht so viel Zeit.«

Es war ein gewagtes Manöver, aber Darío schien nicht beleidigt zu sein. Er schwieg und trank einen Schluck Milchkaffee aus seiner Schale, die er bisher noch nicht angerührt hatte, und sein Gesichtsausdruck wurde milder. »Gut, ich komme zur Sache«, sagte er und gab damit zu, dass sie ihn verwirrt hatte und dass eine lange Vorrede nichts nutzte, wenn er erzählen wollte, was er »seinen Verrat am Maestro« nannte.

2

»Es war vor zwei, nein, vor drei Tagen«, hob Darío an, »kurz nach Beginn des Konzerts, das der Neue Staat für die ausländischen Gesandtschaften veranstaltete. Der Maestro hatte eine Einladung von Konsul Cantilo, mit ihm in der ersten Reihe zu sitzen, doch nach der schlechten Behandlung, die man uns in unserer Heimat hat angedeihen lassen, ist es für ihn eine Frage der Würde, nie wieder einen Fuß in eine unserer diplomatischen Vertretungen zu setzen, und so hatte er abgelehnt; und auch wenn unsere Situation alles andere als sorgenfrei ist, hatte er eine Unsumme für eine der besten Logen bezahlt, um öffentlich nicht nur die unglaubliche Karriere von Tito Schipa zu feiern, sondern mit ihm auch einen Menschen, in dessen inspirierender Gesellschaft wir eine unvergessliche Woche in den Studios der Odeón verbracht hatten, wo wir ihn bei der Aufnahme einer Reihe von romantischen Liedern beraten durften, die mittlerweile, wie auch die Kritik anerkennt, zum künstlerischen Erbe der Menschheit gehören. Aber hat Dr. Ordóñez«, fragte Darío spitz, »Ihnen denn gar nicht erzählt, was *danach* passiert ist?«

Sofía zuckte zusammen und versuchte, eine vertrauliche Miene aufzusetzen, um ihre Beschämung zu überspielen, schließlich hatte sie selbst sich geweigert, zu der Galavorstellung zu gehen, weil sie Ordóñez eins auswischen wollte. Darío schien sich zu erinnern, dass an jenem Abend im Teatro São Carlos neben Ordóñez ein Platz auffällig frei geblieben war, vielleicht hatte auch der Maestro selbst ihn auf die Abwesenheit seiner Nichte hingewiesen, und zaghaft fuhr er fort:

»Na ja, Sie werden zumindest erfahren haben, was Tito Schipa aus seinem Repertoire für den besonderen Anlass ausgewählt hat. Warum dann die englischen Diplomaten wie immer ...«

Sofía verneinte, das alles stieß sie ab. Bitte, was sollte das!

»Es war die *Winterreise* von Franz Schubert«, sagte Darío begeistert, als rechtfertigte ihre Ignoranz, nun *alles* zu erklären, »und als der große Tenor auf die Bühne trat, bat er, noch bevor er einen einzigen Ton gesungen hatte, um Beifall für den *carissimo* Maestro de Oliveira, denn er wollte allen zeigen, wer hier der wahre Botschafter Argentiniens war, und vor Erregung fing der Maestro an zu weinen, Señora, ein Spektakel, das nur schwer ertragen kann, wer wie Sie oder ich dazu erzogen wurde, die Gefühle im Zaum zu halten und alles Triviale zu verachten. Zu allem Überfluss kam, sicherlich, um damit seine Geringschätzung zum Ausdruck zu bringen, noch während des minutenlangen Beifalls sein Schüler Oliverio in die Loge hereingeplatzt, und getroffen von einer solchen Kaltschnäuzigkeit, wurde der Maestro in seinem Sessel ohnmächtig. Als ich es bemerkte, hatte Tito Schipa schon mit seiner Darbietung begonnen, und er hielt erst inne, als ich in meiner Verzweiflung um Hilfe rief, *au secours!*, *au secours!*, und als dann die Lichter immer wieder an- und ausgingen, schreckte das ganze Theater hoch, denn man fürchtete ein Attentat. Nur die argentinischen Diplomaten in der ersten Reihe lachten über mich, und Oliverio, dieser Angsthase, versteckte sich hinter den Vorhängen. Aber egal, auf meine Rufe kamen vier Platzanweiser und legten den Maestro auf eine Tür, die sie aus den Angeln gehoben hatten, und auf dieser Tragbahre brachten sie ihn, immer noch ohnmächtig, durch die Kulissen und über Treppen und Flure bis zur Ecke der Rua Garrett, wo der Direktor des Theaters persönlich erschien und uns sagte, wir sollten auf den Krankenwagen warten; und wo sich schließlich, auf ausdrückliche Anweisung von Konsul Cantilo, auch die argentinische Gesandtschaft vollzählig einfand, um uns behilflich zu sein, wobei auch immer. Ich werde dem Konsul für seine Hilfe immer dankbar sein, denn ohne ihn, das sage ich ganz ehrlich, weiß ich nicht, was ich bei meiner fürchterlichen Angst vor Krankenhäusern getan hätte. Doch kaum saßen wir, dieser Dummkopf von Oliverio und ich, zusammen mit den beiden Atuchas im Wagen der Gesandtschaft und folgten der Ambulanz zum Krankenhaus, da war uns klar, dass sie und ihre Spießgesellen gleich im Wartezimmer anfangen würden, sich auf Kosten der Krankheit anderer einen Jux zu machen.«

Sofía verstand zwar nicht, welche »Krankheit« er genau meinte, allerdings sehr wohl, dass er nicht nur auf das Herzleiden des Maestros anspielte, es musste mit dem »heidnischen Wahn« zu tun haben, von dem er eben erzählt hatte.

»Ja, Señora, so ist es«, sagte Darío, als läse er ihre Gedanken. »Dem Kroppzeug gefällt es, bei einem Genie die Pustel zu finden! Und während wir auf die Diagnose warteten, die Dr. de Antunes klugerweise hinauszögerte, hörte ich mehrmals, wie einer der beiden Atuchas zum anderen sagte: ›Werden wir seinen Kindern die Nachricht überbringen müssen, *che*?‹ Und das war nun wirklich eine unnötige Grausamkeit, nicht wahr, Señora?«, sagte Darío, wie um Mitleid zu heischen.

»Gleich am Anfang, wir hatten kaum das Wartezimmer betreten, bemerkte ich, wie sie über mein Benehmen tuschelten. Gibt es einen besseren Beweis für die Dekadenz? Gute Manieren mit Manieriertheit zu verwechseln! ›Wollt ihr nicht mit uns kommen, Jungs, und die Lissabonner Nacht kennenlernen?‹, fragte uns hinterfotzig einer der Atuchas, und gleich sprang sein Zwillingsbruder ihm bei: ›Tragt ihr nicht etwas zu viel klassische Musik mit euch herum, *che*? Täte euch nicht ein kleiner Fado gut?‹ Worauf er eine läppische Bewegung machte, die ich nicht verstand, so als würde der Fado getanzt. Blödmann! Im Gegensatz zum Maestro und zu mir war Oliverio noch nie in einem echten Cabaret gewesen und hatte keine Übung darin, mit dem präpotenten Gehabe dieser reichen Jüngelchen umzugehen, und er erstarrte vor Schreck; außerdem wusste er, dass es für mich *die* Gelegenheit war, mich zu rächen. Als dann auch Dr. Marra vorbeikam, fragte er ihn: ›He, Freundchen, gehört der zu dir, dieser famose Musikus?‹ Oliverio wurde rot und entwand sich seiner falschen Umarmung mit einer Lüge: ›Ich bin nur sein Pianist!‹, sagte er, und als er sah, wie ich ihn anschaute, ließ er an seiner Verleugnung des Maestros keinen Zweifel und fügte hinzu: ›Ich habe nur ein bisschen Gesangsunterricht bei ihm genommen, aber ich weiß nicht, ob es mir etwas gebracht hat.‹ Die drei lachten, es war der willkommene Anlass für ihr Spielchen, das sie jetzt in Gang setzten: ›Wie Carlitos Gardel?‹, fragten sie ihn. ›Ich hasse Gardel!‹, versuchte Oliverio, sich zu retten, ›aber den Fado, den mag ich …!‹ Und so fing ich selber an, einen Plan zu schmieden, um mich zu rächen, verstehen Sie? Ich hatte immer das Bild des Maestros vor Augen, wie er dort hinten lag und starb, und alles wegen ihm. Na los, sagte ich mir, das ist die Gelegenheit, schaff ihn dir vom Hals, mach ihn fertig!«

Sofía blickte ihn fassungslos an: Mein Gott, dann war der Mann also tatsächlich gefährlich.

»Der Junge schien noch darauf zu vertrauen, dass ich ihn von dem Gesocks befreite, und mit den Augen bat er mich, wir sollten irgendwas tun, zum Maestro gehen und uns um den Kranken kümmern, aber ich hatte längst beschlossen, ihm seinen Verrat heimzuzahlen, und ich sagte mir, deine Stunde ist gekommen, Oliverio. Und als man uns dann mitteilte, dass der Maestro außer Gefahr war, dass wir in zwei Stunden wiederkommen sollten, wollte ich gerne mit den anderen in der Nähe etwas trinken gehen, und Oliverio konnte es nicht ausschlagen, uns zu begleiten.«

Señora de Ordóñez knüllte eine Serviette und wischte sich über den Mund, der sich vor Ekel kräuselte, einem Ekel, der nicht vom Geschmack des schlechten Kaffees herrührte. Ihr Gefühl sagte ihr, dass sie lieber verschweigen sollte, dass sie vor ein paar Stunden erst einen Oliverio kennengelernt hatte, in einem Nachtlokal!, und dass er sie mit verzweifelten, hilfesuchenden Blicken angeschaut hatte. Plötzlich kam ihr die Freundschaft ihres Mannes mit »Laucha« Anchorena in den Sinn, dem Cousin, der mit ihrer Schwester Angélica verlobt gewesen war, und eingezwängt zwischen jenem blendend hellen Bild und Daríos Augen, die in dem Wunsch glühten, seinen Triumph weiterzuerzählen, suchte Sofía wieder Schutz in dem einzigen weiblichen Blick an diesem Ort: Komm schon, trau dich, verlass ihn, ich helfe dir, sagten ihr die Augen der Verrückten. Doch als sie mit Schrecken daran dachte, auf welche Weise sie sie eben kennengelernt hatte, schaute Sofía wieder zu Darío, und es kam ihr vor, als sähe sie in ihm das verzerrte Abbild ihrer selbst: Schwäche! Die Schwäche verbindet uns! Und sie schüttelte sich.

»Dr. Ordóñez«, fuhr Darío fort, »hatte schließlich die Idee, dass wir alle zusammen ins Gondarém gehen, in diesen teuren, aber übel beleumundeten Schuppen, wo Oliverio arbeitet, seit er den Maestro verlassen hat; er müsse dort, sagte er, noch ein paar Dinge für den Empfang irgendwelcher Künstler regeln, die heute aus Madrid kommen sollten. Und kaum hatte er dem Wirt den vereinbarten Vorschuss gezahlt«, und dabei machte Darío die Geste eines ehrlichen Kaufmanns, »verabschiedete er sich von uns und ließ Oliverio und mich allein zurück mit diesen rücksichtslosen Kerlen, die sich im Krankenhaus zwar, nun ja, vertraulich gegeben hatten – aber wozu sie jetzt wohl in der Lage wären? Oliverio saß da und knirschte mit den Zähnen. Gleich beim ›Begrüßungstrunk‹, einem einfachen Ginjinha, den uns dieser Gauner von Isidro brachte, drehten unsere ›Herren Botschafter‹ auf, ungeduldig wie Männer, die sich fragen, wo denn jetzt die Nutten bleiben. Und als dann das Klavier *Parle-moi d'amour* spielte, die Schmonzette, die Gardel, übrigens auf Anraten des Maestros, in Argentinien gesungen und berühmt gemacht hat, da fingen die Jungs an, herumzuschnüffeln.«

Darío warf Sofía einen komplizenhaften Blick zu, doch die konnte sich nicht vorstellen, was er meinte, und wurde bleich.

»Auf Kosten des argentinischen Konsulats wurde ein Rollwägelchen mit Likören und verschiedenen Sorten Whisky hereingebracht, und mir war klar, dass es ihnen weniger darum ging, einen Schluck zu trinken, als uns betrunken zu machen wie ordinäre Bardamen. Ich selbst nippte nur ein wenig, stellte mich aber betrunken und fing an zu lachen, als hätte ich mich nicht mehr unter Kontrolle. Andere zu beherrschen erregt die Männer, haben Sie mal darauf geachtet? Aber in ihrer Erregung tappen sie umso leichter in die Falle. ›Und du, *che*, warum trinkst du nichts?‹, fragten die Atuchas Oliverio, aber der hockte nur vor seinem roten Gläschen und versuchte, Isidro gegenüber einen anständigen Eindruck zu machen, immerhin war der sein Chef, und tatsächlich schien Isidro misstrauisch zu beäugen, wie der einfachste seiner Angestellten die Aufmerksamkeit all dieser wichtigen Leute auf sich zog. ›Warum sprichst du nicht mit uns? Nur keine Angst, *che* . . .!‹ Dr. Marra, eine echte Witzfigur, machte den Anfang und kam wieder auf das Thema zurück. Einmal, erklärte er, habe er Gardel im Bataclán auf der Corrientes gesehen und mit Verwunderung zur Kenntnis genommen, wie das Idol beim Begrüßen einen Knicks machte, ›genau wie die Revuemädchen‹! Ich spielte das Spiel mit und sagte, ja, Gardel sei so darauf erpicht gewesen, zu lernen, dass er sogar die Mistinguett nachahmte, und Eduardo Bonessi, sein erster Gesangslehrer, hätte einmal zu uns gesagt: ›Wie affektiert er war, Sie *können* es sich nicht vorstellen ... Es hat ewig gedauert, bis er es schaffte, mal einen Stenz zu spielen, eine so tumbe Figur, dass sie noch der kleinste Nebendarsteller in einem Schwank hinbekommt.‹ Dabei wandte Oliverio nicht eine Sekunde den Blick von mir. Was unterstand ich mich! Worauf Marra, dessen verstorbene Ehefrau eine Cousine der drei Casares-Schwestern gewesen war, sagte, er hätte Gardel dann noch einmal auf dem prunkvollen Landsitz von Cochonga Unzué gesehen, wo er für den Prince of Wales sang, der nicht zu einem Staatsbesuch nach Argentinien gekommen sei, sondern um einen großen Bewunderer zu besuchen, einen jungen Mann namens Uriburu ... Aber nun denn«, sagte Darío, der seine ursprüngliche Absicht fast vergessen zu haben schien und sich von seiner Leidenschaft mitreißen ließ, Klatschgeschichten zu erzählen, »wie es aussieht, hat unser Mann vom Gemüsemarkt bei Seiner Hoheit eingeschlagen wie der Blitz, denn der ließ gleich eine Ukulele herbeibringen, um ihn bei dem Foxtrott *Die kleine Japanerin* zu begleiten. Worauf Oberst Sijarich, der die ganze Zeit nur mürrisch dasaß, weil er das Teatro São Carlos hatte verlassen müssen, diesen Auftrieb der Spione!, fragte: ›Und von dem jungen Uriburu hat man nie wieder etwas gehört, ja?‹, vielleicht weil der britische Geheimdienst ihn um Informationen zu seinem Aufenthalt gebeten hatte. ›Wenn er sich in New York versteckt‹, sagte ich, ›wird er sich in Wallis Simpson verwandelt haben. Bei dem Pferdegesicht!‹ Alle johlten und schenkten uns nach, sie dachten schon, ich sei hinüber. Sijarich war es dann, der die entscheidende Frage stellte: ›Das heißt, ihr habt herausfinden können, ob Gardel nun eine Tucke war oder nicht ...‹ Und da machte ich mich bereit für den vernichtenden Schlag.«

Sofía spürte eine tiefe Leere, und in ihrer Verzweiflung schätzte sie die Entfernung ab, die sie von der Toilette trennte, sie sah sich schon über dem stinkenden Loch hängen und sich übergeben. »Bitte, Muñoz, beeilen Sie sich«, sagte sie, und fast freute es sie, dass sie eine Unpässlichkeit endlich einmal nicht würde vorschützen müssen. Doch Darío hörte nichts anderes mehr als seine eigenen Worte.

»Wirklich unglaublich, Señora«, sagte er, »aber da hatte der Maestro mir immer verboten, Oliverio irgendetwas über unsere Freundschaft zu verraten, und ausgerechnet im Gondarém würde er es jetzt erfahren. ›Tatsächlich hatten der Maestro und ich immer den Verdacht gehabt, dass Gardel homosexuell war‹, sagte ich, und der Oberst senkte unbehaglich den Blick: Niemand, auch nicht in einem solchen Lokal, erwartet, dass einer ein solches Thema derart nüchtern anspricht. ›Und ich bin stolz darauf, Ihnen sagen zu können, dass es die ungeheure Fähigkeit des Maestros zum Mitleid war, die ihn dazu brachte, sich bei der Nacional Odeón der Karriere unserer kreolischen Drossel anzunehmen.‹«

Sofía öffnete ihre Handtasche, doch beim Anblick eines Geldscheins, der ausgereicht hätte, ein Abendessen für drei zu bezahlen, hielt sie inne, und sie zog rasch ein parfümiertes Taschentuch hervor und tupfte sich damit über die Oberlippe und die schwitzende Stirn. Helft mir!, betete sie zu den Seelen ihrer Mutter und ihrer Großmutter, aber da sie weiter zugehört hatte, war sie ungehorsam gewesen, und keine der beiden sprang ihr bei.

»Wie Sie wissen, Señora«, fuhr Darío fort, »kann man Maestro de Oliveira eigentlich nicht als Gesangslehrer bezeichnen. Was er am besten kann und was er, seit er das erste Mal vor einem Mikrofon stand, mit großer Leidenschaft in Angriff genommen hat, das ist, Sänger auf die Schallplatte vorzubereiten, sie davon zu überzeugen, dass in diesem kleinen Metallding das Ohr des großen Publikums steckt; aber ein Ohr, das den Sängern nicht mehr auf den Bühnen der großen Theater zuhören möchte, sondern in einer trauteren Atmosphäre, zu Hause oder in einem intimen Moment. Beim Unterricht, erzählte der Maestro, sprachen Gardel und er niemals von etwas anderem als von Musik, und furchtsam, wie wir Männern sind, hütete er sich, ihm Vertrauliches zu erzählen. Doch sehr bald schon, und keine üble Nachrede hielt ihn davon ab, erklärte Gardel bei jeder Gelegenheit öffentlich, der Maestro habe ihm beigebracht, ›das Geheimnis herauszufinden‹, das jeder Stimme innewohnt, und mit ihrem Schweigen zu arbeiten. Tatsächlich kann man auf den Schallplatten, die er ab 1926 aufgenommen hat, sehr gut die Veränderung in seinem Stil bemerken, seine besondere Art, etwas anzudeuten. Zur gleichen Zeit«, sagte Darío, und dabei beugte er sich leicht über den Tisch, worauf Sofía mit einer so ungeschickten Bewegung zurückzuckte, dass sie in ihrer Steifheit jetzt noch unbequemer dasaß, »hatte Gardel im Privatleben, und das sollte auf ausdrückliche Anweisung der Plattenfirma vor der Öffentlichkeit geschützt bleiben, angefangen, sich ihm auf eine, wie soll ich sagen, irgendwie verdächtige Weise zu nähern. Nicht dass er ihn mit Geschenken überhäufte, wie er es gerne mit seinen Freunden tat, aber er gab sich uns gegenüber mit der Unterwürfigkeit eines Musterschülers, die kaum jemand verstand und die uns schon in Schwierigkeiten brachte. Alle möglichen Gerüchte rankten sich um Gardel, den ewigen Junggesellen, und Mr Kendal, der Geschäftsführer der Firma, den der Maestro heimlich liebte und der auch der Grund war, weshalb er damals durch die schlimmste aller Höllen ging, Mr Kendal hatte dem Maestro verboten, mit den unter Vertrag stehenden Musikern irgendwelche engeren Bande zu knüpfen. Zu allem Überfluss fing Gardel an, diesen amerikanischen Eindringling, auch wenn es dafür gute Gründe gab, mit immer deutlicheren Forderungen zu konfrontieren, die gewissermaßen die Zunft betrafen. Wie sollte man Mr Kendal klarmachen, dass nicht Eifersucht dahintersteckte, schon gar nicht der Maestro? Eines Tages zum Beispiel zog er sich einfach vor dem Mikrofon aus, aus Protest, wie er sagte, weil es keine Klimaanlage gab. Bei anderer Gelegenheit, als Mr Kendal ihn von der Aufnahmekabine aus um ›noch einen einzigen Durchgang‹ des Walzers *Herbstrosen* bat, mit dem er aus irgendeinem Grund nicht zufrieden war, änderte Gardel den Text, damit alle Musiker über ihn lachten: *Ach, ich leide so, es tut mir weh im ...*«

Sofía klammerte sich entsetzt an den Rand der Tischplatte und wollte schon aufstehen, doch ein dringendes Bedürfnis hielt sie zurück: zu der Verrückten hinter der Scheibe zu schauen, jemanden zu finden, der bereit war, in ihr weiterhin eine Dame zu sehen. Aber welche Macht besaß Darío nun genau, dass sie ihm trotzdem weiter zuhörte?

»Für mich, *bien entendu*«, fuhr Darío fort, und ganz offensichtlich genoss er seine Freimütigkeit, »waren Gardels Angebereien, die die meisten als die typische Extravaganz eines Stars hinnahmen, lediglich eine Art, seine schreckliche Eifersucht zu zeigen. Und ich riet dem Maestro, mit dem Unterricht Schluss zu machen, sonst würde Gardel mit uns Schluss machen. Doch der Maestro, den sein von Mr Kendal längst betriebener Rauswurf aus der künstlerischen Leitung der Odeón noch an den Rand des Selbstmords treiben sollte, deutete sie anders. ›Carlos‹, sagte er, ›kämpft im Grunde nur mit sich selbst. Und mit diesem Gehabe erreicht er, was mir früher das Geld ermöglicht hat.‹«

Sofía kränkte seine Anspielung auf das Geld des Maestros, das auch ihr Geld gewesen sein musste, und schließlich zog sie den großen Geldschein heraus und gab ihn dem Kellner, der ihn einsteckte und nach hinten verschwand, nachdem er sie gebeten hatte, einen Augenblick zu warten, weil niemand in dieser Nacht so viel Wechselgeld hatte.

»Mona Maris, eine wirklich wunderbare Schauspielerin, die auch ein ›Kind der Liebe‹ war, meinte einmal zu mir: Wieso sollte ein Bankert wie Carlitos sich nicht für jemanden erwärmen, der ihm, wie der Maestro, ein Vater zu sein verspricht, auch wenn der ein Geheimnis ahnt, das kein Vater zulassen würde? Doch für mich war etwas anderes völlig klar, und das mochte der Maestro einfach nicht sehen: Gardel wollte sich ihm *offenbaren*. Ihn verführen, wenn Sie so möchten. Und als er 1932 dann darauf bestand, dass der Maestro ihn bei seinen ersten Filmaufnahmen in Frankreich begleitete, dachte ich, dass Gardel sich ihm in den Studios von Boussy, weitab vom Publikum, von diesen Halbstarken und all den Schnüfflern, endlich erklären würde. Aber nichts dergleichen geschah, denn der Maestro wartete noch darauf, dass Mr Kendal ihm verzieh, und von mir, seinem Sekretär, verlangte er, dass ich den Anstandswauwau spielte. Ein Wutanfall von Imperio Argentina beschleunigte dann unsere Abreise, sie wäre fast geplatzt, die Hexe, als sie sah, wie ich mit einem deutschen Tontechniker schäkerte ... Und auch Gardel musste zugeben, dass ein solcher Skandal seiner Karriere schadete. Ich schlug dem Maestro vor, seine Nähe fortan zu meiden und uns wieder dem Werk des jesuitischen Vorfahren zu widmen. Da gestand er mir, dass er gerade dabei sei, Gardel zu überreden, die Lobgesänge aufzunehmen.« Daríos Gesicht verdüsterte sich, und es lag eine große Bitterkeit darin. »Zwei Monate danach, wieder zurück in Buenos Aires, kam es zu dem Skandal im Hotel Crillon. Wegen mir sah sich der Maestro jetzt in den Schmutz gezogen, und diesmal war es Carlos Gardel, der uns eine Tür aus der Hölle wies, in die sich Argentinien verwandelt hatte, denn er rief uns nach New York, um seine Differenzen mit Terig Tucci aus dem Weg zu räumen, dem Leiter des Orchesters, mit dem er sang und für den er einfach keine Geduld aufbrachte. Als wir an Bord des Schiffes gingen, war uns, als kehrten wir ins Leben zurück, und zugleich spürten wir, dass wir nun in seinen Händen waren.«

Himmel, dachte Sofía, wieso kam der Kellner nicht! Und wenn es stimmte, dass Darío im Gondarém den Leuten von der argentinischen Gesandtschaft diese Geschichte nur mit vorgespielter Leidenschaft erzählt hatte, dann schien er jetzt derart hingerissen, als hätte er all seine Angst und seine Traurigkeit vergessen. Und nachdem er einen Schluck Kaffee getrunken hatte, verlor er sich wieder in seiner Erinnerung an New York.

»Die RCA Victor stellte uns zwei prächtige Suiten im Hotel Franconia zur Verfügung, ziemlich weit von Gardels Hotel entfernt, und für ein paar Tage sahen wir ihn nur in den Studios. Aber wir merkten gleich, dass er eine schlimme Krise durchmachte und dass die Firma umso größere Hoffnungen in den Maestro setzte. Die Differenzen mit Terig Tucci konnten dank unserer Vermittlung bald ausgeräumt werden, aber damit lag auch auf der Hand, dass nicht einmal Gardel selbst klar war, was mit ihm passierte. Wenn er seine schwärzesten Tage hatte und sich betrank, sagte er zu seinen Freunden, mit über vierzig Jahren könne er nicht mehr der Sänger sein, der er einmal war, und nach Argentinien werde er bestimmt nicht zurückkehren, wo man ihn doch nur mit früher vergleichen würde; und immer häufiger verkündete er, wenn sich daran nichts ändere, würde er den Gesang aufgeben und Produzent werden, und dafür brauche er ›jemanden wie den Maestro‹ an seiner Seite. Unter diesem Vorwand begleitete uns Gardel nun nach jeder anstrengenden Aufnahmesitzung bis zum Hotel, mit einer Ergebenheit, die für einen Einzelgänger wie ihn verwunderlich und, muss ich gestehen, auch ein wenig beunruhigend war. Beharrlich wie ein New Yorker Detektive schob er uns fast in den Aufzug des Franconia und zwang uns, ihn in der Suite des Maestros zu empfangen, aus der ich mich, immer der Anstandswauwau, nicht fortbewegen durfte. Ach, was sehnte ich mich nach meiner Freiheit im Village!«, sagte Darío und verdrehte die Augen. »Als suchte Gardel unsere Gesellschaft nur, um mich wie ein Vater daran zu hindern, dass ich mich meinen Vergnügungen hingab! Aber kaum war er zur Tür hinaus, ging ich auf die Jagd. Und jede Nacht, wissen Sie?, kam ich mit einem anderen zurück in mein Zimmer, und damit der Maestro uns nicht störte, knotete ich neben dem Schildchen DO NOT DISTURB mein Halstuch an die Türklinke.«

Endlich kam der Kellner zurück, mit einem so großen Haufen Geld auf dem kleinen Tablett, dass die Scheine, als jemand ins Café trat, durch die Luft flogen, so dass er zwischen Tisch- und Stuhlbeinen herumkriechen musste, um sie aufzusammeln. Als auch Sofía sich nach den Geldscheinen bückte, war ihr, als würden ihre Gedanken und Gefühle plötzlich zerfallen, und als sie wieder hochkam und spürte, dass alles sich drehte, wie inmitten eines fürchterlichen Strudels, war sie kaum noch bei sich. Und trotzdem konnte sie nicht aufhören, dieser Stimme zuzuhören.

»Lange Stunden verbrachten wir zusammen, Gardel und wir beide, aber egal, wovon er sprach, ich hatte immer das Gefühl, dass er am Ende nur seine seltsame Traurigkeit verstehen wollte. Bei einem der ersten Gespräche gestand er uns, und ich sehe ihn noch vor mir, dass die Frau, die die Presse seine ›ewige Braut‹ nannte, nur der sichtbare Kopf einer Familie von Erpressern war. Und tatsächlich erinnerte sich der Maestro, dass es Leute von der Plattenfirma gewesen waren, die diesen Mafiosi immer wieder Geld übergeben hatten. Eines

Abends verabschiedete er sich gleich am Empfang des Hotels von uns und gab vor, er wolle ›noch ein bisschen allein spazieren gehen‹, aber heimlich folgte er uns, und als wir dann in einer Transvestitenbar waren, wo wir öfter hingingen – der Maestro nur, um auf mich aufzupassen –, sahen wir ihn plötzlich, und er grinste wie ein Kind, das beim Versteckspiel gewonnen hat. Nach den unseligen Erfahrungen in Argentinien fand ich das gar nicht witzig, ich stellte mir schon vor, wie die Falle zuschnappte. Doch als wir wieder im Hotel waren, meinte der Maestro, wahrscheinlich wolle Carlos, auch wenn er mit einer solchen Bar angeblich nichts anfangen konnte und sich über all die Schwulchen lustig machte, von uns eine Lebensweise lernen, die er in Spanien nur von ferne erahnt hatte. Aber es stimmte, musste der Maestro zugeben, so einzelgängerisch und verschlossen, wie er war, würde sein Wunsch, uns nachzueifern, am Ende auch hier alle ins Verderben stürzen. Tatsächlich fing Gardel zum Beispiel an, unserem Humor nachzueifern, wenn auch reichlich bemüht. ›Wo ich angezogen aussehe wie Ramón Novarro und nackt wie Mae West!‹, sagte er einmal einem Journalisten, als der in sein Hotelzimmer kam, als er gerade Kniebeugen machte, um abzunehmen. Er selbst hat es uns erzählt, auch wenn ihm, als er dann schwieg, ins Gesicht geschrieben stand, wie fürchterlich peinlich es ihm war, denn dieser feine Witz, den schaffte er einfach nicht. Schuldbewusst meinte der Maestro, in gewisser Weise sei das alles auch die unerwünschte Folge seines Unterrichts, auf keinen Fall wolle er die Karriere Gardels zerstören. Und ich glaube, da haben wir zum ersten Mal daran gedacht, nach Lissabon zu flüchten.«

Der Kellner hatte alle Geldscheine eingesammelt und auf den Tisch gelegt, und Sofía hätte ihn am liebsten gebeten, sie hinauszubegleiten, doch der tiefe Klang eines Schiffshorns lenkte sie ab, und als sie sich zum Fenster umdrehte, sah sie nur die Verrückte hinter der Scheibe, die ihr überschwänglich Zeichen machte, in der Annahme, Sofía würde herauskommen und sich ihr anschließen. Niemand schien zu bemerken, dass sie nicht einmal die Kraft hatte, sich vom Stuhl zu erheben.

»Bis eines Tages, als der Maestro mit einer Grippe im Bett lag und auch ich nicht bei ihm bleiben konnte, weil keine Geringere als Lily Pons, wirklich unglaublich, die große Sopranistin!, ihn in die Met eingeladen hatte, um seine Meinung zu irgendeiner Aufführung zu hören, und ich sollte für ihn dorthin gehen; bis eines Tages also Gardel ins Hotel kommt und mit einer Stimme, als könnte nichts ihn mehr halten, sagt: ›Die ganze Nacht habe ich darüber nachgedacht, was für eine Verschwendung mein Leben gewesen ist. Davon wollte ich sprechen … Das Erstaunlichste aber ist, und ich werde Gott immer dankbar dafür sein‹, hörte ich ihn durch die Wand in der Nachbarsuite sagen, ›dass ein Mann wie Sie, Maestro, einen so weiten Weg zurückgelegt hat, um sich meiner anzunehmen. Ich muss die Wahrheit kennen, Maestro.‹ Und da der Maestro, der schwitzend im Bett lag, nichts sagte, fuhr Gardel fort: ›Wissen Sie, was ich mich frage? Was Sie wohl sagen würden, wenn Sie hörten, was ich singe, wenn ich allein bin.‹ Ich musste zur Met und sie beide allein lassen, und auch wenn ich mich nicht hatte vergewissern können, dass Lily die Blumen mit der handgeschriebenen Entschuldigung des Maestros in Empfang nahm und mich sah, wie ich aufmerksam in der ersten Reihe saß, kehrte ich mit der Ausrede, ich fühlte mich ebenfalls nicht wohl, früher zurück. Ich ahnte, was ich später durch Oliverio kennenlernen sollte und was ich auch jetzt spüre … Was wäre ich ohne meinen Maestro, Señora! Gäbe es für mich noch einen Platz auf der Welt?«

Sein hilfloses Gejammer war, wie schon am Kai, derart fürchterlich, dass Sofía es nicht länger aushielt, und sie unternahm ihren ersten Versuch: Sie stand auf, packte die Stuhllehne und klammerte sich daran fest, und nur so schaffte sie es, stehen zu bleiben.

»Ich kehrte also zurück ins Hotel und schlich mich hinauf, und als ich auf seine Tür zuging, sah ich, dass ein Halstuch an der Klinke hing! Es war das Zeichen, dass der Maestro mit jemandem im Zimmer war, zum ersten Mal, verstehen Sie?, und dass ich nicht hineindurfte. Halb tot vor Angst und vor Eifersucht, hielt ich mein Ohr an die Tür und hörte ganz deutlich Gardels Stimme, wobei er sprach, als müsste er sich fürchterlich anstrengen: ›Ach, Maestro, jetzt wissen Sie es, jetzt gehört mein Geheimnis Ihnen.‹ ›Seien Sie unbesorgt‹, sagte der Maestro zu ihm, ›so wie ich Sie gehört habe, wie eine Zukunft, die gnädiger ist als unsere Zeit, so werden Sie für alle singen können.‹ Doch kurz darauf«, schloss Darío, »ist Gardel in Medellín ums Leben gekommen. Ist das nicht traurig? Und der Maestro hatte schon alle Hoffnung verloren, wieder einen Schüler zu finden. Bis ein gewisser José da Costa kam, dem der Maestro den Namen Oliverio gab.«

3

Mit wild entschlossener Miene, als öffnete sie nach langer Belagerung endlich das Tor der Stadt, schob Señora Ordóñez den Stuhl mit einem so heftigen Ruck beiseite, dass ihr schwindlig wurde. Am liebsten hätte sie sich übergeben, doch ein seltsamer Drang, die Fassung zu bewahren, hinderte sie daran. Etwas war passiert mit den Dingen, sagte sie sich, während sie darauf wartete, dass sie sich nicht länger um sie herumdrehten. Daríos Worte hatten, vielleicht weil das Böse aus ihnen sprach, die Macht gehabt, auseinanderzureißen, was das Wort Gottes zusammengefügt hatte. Zwar schienen die Menschen hier, die sie taumeln sahen – wie der Kellner, der herbeieilte, um ihr in den Mantel ihres Mannes zu helfen –, zu begreifen, wie schlimm das alles für sie war, aber es ließ sie nur noch mehr verzweifeln, denn welche andere, vertrauenswürdige Bande konnte sie in einer solchen Situation der Schwäche knüpfen? Der Kellner blitzte Darío an: Wieso half er ihr nicht? Doch in Gedanken schon beim Ende der Geschichte, dem wichtigsten Teil, wurde ihm nur allmählich bewusst, dass er kein Publikum mehr hatte; und als er schließlich aufstand, machte er ein Gesicht, als ärgerte er sich und schämte sich zugleich. »Um Himmels willen, Señora Sofía, keinesfalls wollte ich Sie beunruhigen! Das habe ich nicht gewollt ...«, und dabei kam er ihr mit seinem geschniegelten Leib, seinem schwülen Parfum und seinem widerlichen, nach feinem Essen und »ominösen Transaktionen« riechenden Atem so nahe, dass sie sich brüsk abwandte.

Auch Oliverio, ließ Darío gleichwohl nicht locker, sei, nachdem er die Geschichte den Leuten von der argentinischen Gesandtschaft erzählt habe, aufgestanden und verwirrt zur Theke gerannt, wo er sich, wenn auch wider Willen, in den Schutz von Isidro flüchtete, diesem Oberhalunken. »Und die Kerle von der Gesandtschaft riefen ihm zu: ›He, nicht abhauen, Oliverio! Er hat dir doch nicht dasselbe aufgetischt, Junge, oder? Komm her, Carlos der Zweite, zier dich nicht so! Na los, sing schon! Das, was ihr singt, wenn ihr allein seid!‹«

»Oh Gott«, stammelte Sofía, warf Darío nur einen kurzen Blick zu und ließ ihn dann durchs Fenster auf die Straße schweifen, zu den begehrlichen Augen der Verrückten, zum Kai und zum Fluss. »Das ist ja widerlich ...«

Und weil sich ihr bei diesen Worten der Magen zusammenkrampfte, kam es ihr vor, als wären es ihre ersten Worte überhaupt gewesen. Während Darío, den allein die Vorstellung kränkte, dass diese dumme Kuh aus der Oberschicht ihm seine letzte Chance zunichtemachte, ihr fast heulend vor Wut zurief:

»Nein, nein, Señora, haben Sie denn gar nichts verstanden? Nichts von dem, was ich gesagt habe, ist wahr! Der Einzige, der hier ein Dreck ist, bin ich, nicht der Maestro, verstehen Sie? Nicht mal dieser Trottel von Oliverio, der danach immerhin so anständig war und nicht wieder zu uns gekommen ist. Ich, ich habe das alles erfunden, verstehen Sie? Nur damit Oliverio denkt, der Maestro hätte ihn angelogen, er hätte ihn nur als Schüler angenommen, damit er eines Tages auch ... Sie wissen schon ... Damit er uns endlich in Ruhe lässt! Aber der Maestro«, sagte er und sackte auf seinen Stuhl, »der Maestro ist ein einzigartiger Mensch, ein Heiliger, ein echter Heiliger! Ihm verdanke ich mein Leben, er hat es nicht verdient, dass man ihm ... Niemals würde er jemanden täuschen, um ihn zu verführen. Aber er würde es fertigbringen und wieder zu Oliverio ins Gondarém gehen, und dann ...«

Schwankend ging Sofía auf die Tür zu, ganz ihrer Schwäche hingegeben, und der Kellner sprang herbei, um einen Sturz zu verhindern. Doch mit einer knappen Handbewegung wies sie ihn zurück, und als sie dann doch etwas brauchte, um sich darauf zu stützen, warf sie das ganze Gewicht ihres Körpers nach vorn, stieß durch die Schwingtür und fand sich in der eisigen Luft eines frühen Morgens am Fluss wieder. Ihr schwindelte immer noch, die Sterne am Himmel schienen aus ihren Bahnen zu stürzen. Doch plötzlich hörte sie wieder die Stimme von Darío, der ihr unter dem Vorwand, die Mütze zu bringen, die sie vergessen hatte, gefolgt war und unter Schluchzern rief:

»Der Maestro ist unschuldig, Señora! Ich möchte Sie nur bitten, dass Sie ihm, nur weil ich ihn verleumdet habe, nicht die Hilfe verweigern, die er jetzt braucht. Nicht dass er jetzt wegen mir noch einmal ...«

Wie schlaftrunken nahm Sofía die Baskenmütze und setzte sie sich gleichgültig auf. Der Kellner kam und zog Darío wieder ins Lokal, und während er die Pendeltür noch aufhielt, schickte er eine Bemerkung hinaus, die übliche Unverschämtheit, nahm Sofía an, mit der er den Streit eines Liebespärchens für beendet erklärte, und wie mechanisch ging sie auf den Fluss zu, hin zu seinem belebenden Duft, besorgt allein darum, der Verrückten aus dem Weg zu gehen, die gleich auf sie zukam und wieder mit ihrer Leier anfing, doch Sofía ging so schnell, dass sie es mit dem Kind im Arm nicht schaffte, ihr zu folgen.

Und Sofía lief, immer schweeren, aber entschlossenen Schrittes, erst über das Katzenkopfpflaster und dann über das unregelmäßige Pflaster der Küstenstraße, immer weiter auf den Fluss zu, die letzte Dunkelheit in dieser Nacht.

In der Ferne war, wie das tiefe Schnauben eines Flusstieres, die Boa Esperança zu hören, die die Passagiere an Bord rief. Sofía hatte das unbestimmte Gefühl, dass sich im Leben ihres Mannes etwas änderte, doch nach dem Gespräch mit Darío wusste sie nicht mehr, an wen sie dachte, wenn sie an Ordóñez dachte, sie kam sich vor wie ein Bombensplitter nach der Explosion, es zog sie immer weiter auf das Dunkel zu, sollten sich doch die Folterknechte um ihren Mann kümmern, nach dem Verhör würden sie ihn besser kennen als sie selbst. Sie sah fast nichts, spürte nichts. Es wunderte sie nur, mit welcher Macht sich trotz all ihrer Schwäche die Erinnerung meldete, Reste einer alten Angewohnheit wie auch ihrer Erziehung, aber es waren Erinnerungen an eine Person, die sie nicht mehr war. Nein, nicht nur wegen Darío hatte sie »das ist ja widerlich« gesagt: Es war die Wirklichkeit der Welt, die sie anekelte. Angst hatte sie keine, sie fürchtete nichts. Vor ihr lag das Jüngste Gericht, und das Urteil stand bereits geschrieben. Jetzt musste sie nur noch den Raum, der sie von der Anklagebank trennte, mit Würde durchschreiten, und nichts mehr würde sie an diesem Ufer halten.

Außerdem kam Lissabon ihr jetzt wie eine fremde Stadt vor, und sie selbst war eine Fremde, mehr noch, eine in die Trostlosigkeit geworfene Neugeborene.

Was immer Darío mit seiner Geschichte bezweckt hatte, er hatte eine Öffnung geschlagen in all die kleinen Räume, in denen sie sich eingekapselt hatte: die argentinische Gesandtschaft, ihre Ehe, das Haus voller Frauen in Buenos Aires.

Und wie zum ersten Mal sah sie die starke Mauer, die die Wassermassen des Tejo zurückhielt, sah ein Stück weiter den vom Zollamt aufgestellten Tisch, den Hilfsfrachter auf dem Fluss und dann das Schiff der Waisenkinder. Doch all das war unendlich weniger wirklich als die Gewissheit, dass um sie herum, wenn sie stehenblieb, nur vollkommene, unerträgliche Einsamkeit war. Als sie den Kai erreichte, bog sie nach rechts ab und ließ die letzten Laternen hinter sich. Sie betrat den Hafenbereich, der nun unbewacht vor ihr lag, ging auf die Nacht zu, mit der einzigen Hoffnung, in der Nacht aufzugehen, von ihr verschlungen zu werden. Das Klingeln einer Glocke war zu hören, dann eine Reihe kräftiger Schritte über dem Gebälk des kleinen Landungsstegs und ein Gemurmel von Stimmen, dazwischen die Anweisungen des Fährmanns, der darauf achtete, dass niemand stürzte.

»Devagar, meu filho! Tenha cuidado, seu senhor...!«

Eine kleine Männerschar zog an Sofía vorbei, Arbeiter aus dem Alentejo, die eben mit der ersten Fähre, die von Almada herüberkommen durfte, angelegt hatten, und einige fragten sie, ob sie sich wohl fühle, ob sie Hilfe benötige. »Nein«, antwortete sie nur, »nein« – warum sagten sie das zu ihr? Sie spürte nicht einmal Dankbarkeit. Dann schob sie sich durch das Drehkreuz der Landungsstelle und griff, ohne hinzusehen, nach der Hand des Fährmanns, den sie mit unverständlichem

Lissabonner Vorstadtakzent verkünden hörte, dass angesichts des Ausnahmezustands im ganzen Land die Regierung die kostenlose Überfahrt gestatte, und als sie mit einem großen Schritt auf die Bordkante trat, wäre sie beinahe gestolpert. Schließlich war sie auf der Fähre, und sosehr das Schwanken ihre Verwirrung und ihre Übelkeit noch verstärkte, schaffte sie es, nach vorne durchzugehen und sich auf den vorderen Sitz fallenzulassen, von wo aus sie die Schiffe betrachten konnte und zwischen ihnen die dunklen Hügel, die noch so wild waren wie an jenem Tag, als Odysseus kam und dem Ort seinen Namen gab, Ulixes, Ulisipo, Lisboa.

Erst jetzt erlaubte sich Sofía, sich wirklich zu erinnern. Diese niederträchtigen Geschichten vom Maestro oder von Gardel kümmerten sie wenig, aber sie wurde das Gefühl nicht los, dass vielleicht keiner, weder der Maestro noch ihre Schwestern oder sie selbst, erwünscht gewesen war, was nicht verwunderlich wäre, denn abgesehen von ihrem Wunsch, schwanger zu werden, hatte sie nie ein Kind gewollt. Ein Bild bestürmte sie: eine Abtreibung, und dann der zerfetzte Fötus. Von klein auf hatte man sie gewarnt vor diesem heimlichen Verbrechen der Ehefrauen, die ohne Kinder lebten, und immer hatte sie die anderen im Verdacht gehabt und schließlich gefürchtet, besonders in den letzten Jahren, dass man sie selber verdächtigte. Daher die Unruhe, wenn die Regel auch nur einen Tag ausblieb, die Zurschaustellung ihrer Gebete, wenn sie Gott anflehte, Ordóñez möge sie schwängern; und als der Fährmann die Fangleine löste und das Boot unter dem Gewicht des Maschinisten, der an seinen Platz ging, zu schaukeln begann, war ihr, als würde das Land sie abtreiben, sie in den Fluss werfen. Vor sich konnte sie schon die Nacht sehen, die ganze Nacht, wie die Vorhölle, in der sie mit den Seelen der ungeborenen Kinder ruhen würde.

Ach, einfach dort bleiben, sagte sie sich und schaute zum

Alentejo, zum Jenseits des Flusses, das noch im Dunkeln lag. Aber wenn man dort nicht leben kann? Nein, kann man nicht ... Was tu ich hier?

Ein Wortwechsel war zu hören, und auch wenn Sofía sich nicht umdrehte, war sie dankbar dafür, denn es riss sie aus ihrem Wahn. Der Fährmann bemühte sich, die Fähre an den Kai zu drücken, während er dem letzten Passagier, der noch angerannt kam, an Bord half, und da Sofía fürchtete, es wäre jemand vom argentinischen Konsulat, hielt sie das Gesicht abgewandt. »Da ist sie, die verrückte Sofía Ordóñez«, stellte sie sich vor, dass jemand sagte, »denkt nur daran, wie sie einen dicken Bauch kriegt.« Und sie spürte nichts als Peinlichkeit und Verachtung, für sich, für ihren Mann.

Als der Motor ansprang und das sanfte Schaukeln der Fähre in ein fürchterliches Vibrieren überging, schoss ihr ein Gedanke durch den Kopf, und ihr stockte das Herz. Ja, ihre lächerliche Wut, die sie aus dem Haus gescheucht hatte, was konnte sie anderes sein als Überdruss an einem falschen Leben? Was, wenn nicht der Wunsch, den Tod zu finden? Und noch eine andere, aberwitzige Vorstellung erschreckte sie. Die Leute, die eben die Fähre bestiegen hatten, waren diese Indios, die letzten Überlebenden, die sich, um sich vor dem Massaker zu retten, dem Stein der Nacht genähert hatten, damit er sie verschluckte, und jetzt saßen sie bei ihr und sangen stumm dasselbe Lied. MIT MIR STIRBT MEIN VOLK AUS. Unter Krämpfen fing Sofía an zu weinen, während das Bootshorn dem ganzen Terreiro heulend seine Abfahrt verkündete, hinüber zum Eingang der anderen Welt.

»Senhora«, rief eine dringliche Stimme hinter ihr. »Madame.«

Am Himmel über meiner Straße

Oliverio und Discépolo kommen mit Flüchtlingen zum Hafen. Finis terrae! Ein Missverständnis.

I

Discépolo war allein auf die Rua da Pena hinausgeschwankt, und Oliverio stand noch im Vorraum des Gondarém, wo er sich vom Wirt durchsuchen ließ, als die Schiffssirene ertönte, die die Passagiere an Bord der Boa Esperança rief. »Begleite ihn, aber komm gleich zurück«, sagte Saldanha zu ihm. »Es hat weitere Anzeigen gegeben«, erklärte er, wahrscheinlich dachte er, Oliverio hätte in seinem »Nachtwächterstübchen« nichts mitbekommen. »Die Polizei kann jeden Moment hier sein, wir müssen uns unbedingt verständigen.« Oliverio ging auf die Straße und fragte sich bange, wen er wohl mit »wir« meinte und was passierte, wenn Isidro sah, dass er sich verspätete, sicher würde er ihm die Schuld an allem in die Schuhe schieben. Nein, er würde nie wieder das Gondarém betreten, selbst wenn Discépolo jetzt Saldanha die Beute überlassen sollte, die er, ohne es zu wissen, bei sich trug. Doch kaum hatte er einen Fuß in die Nacht gesetzt, kaum wehte ihm der Wind den unverwechselbaren Lärm des Hafens entgegen, durchfuhr ihn ein hoffnungsvoller Gedanke. Discépolo war bis zur Mitte der Straße gegangen und stehengeblieben, den Blick zum Himmel erhoben, als würde dort eins von diesen Propagandaflugzeugen seine Botschaft zwischen die letzten Sterne der Nacht schreiben. Oliverio rief nach ihm, Señor!, denn so betrunken

und hilflos, wie er dort stand, konnte jeden Moment einer aus dem Dunkel springen und ihm sein Vermögen aus den Taschen ziehen. Die Tür des Gondarém war noch ein Stück auf, und als Discépolo mit seiner kaputten Stimme ebenfalls rief, schien er nicht Oliverio zu antworten, sondern zu denen zu sprechen, von denen er annehmen musste, dass sie noch im Lokal waren, Tania und Isidro, beide eingeschlossen in dem anderen Kabuff. Aber er sagte nur, mit fast unhörbarer Stimme:
»Sieh mal, Junge, sieh mal...! Gott mischt und gibt neu!«
Oliverio ging zu ihm hin, packte ihn am Arm und wollte ihn fortziehen, aber dann hielt er inne, so zerbrechlich kam ihm sein Körper vor, den nur der Schmerz aufrecht hielt, die schmerzliche Ahnung, dass Tania ihn gerade betrog.
»Gott mischt und gibt neu, Junge, verstehst du?«, sagte er noch einmal und schien erraten zu wollen, ob auch Oliverio ihn betrog. »Und du, kommst du mit?«
Oliverio bemühte sich um ein Lächeln, während er ihn mit aller Vorsicht zu dem Treppengässchen führte, über das er jede Nacht Mr Copley zu seiner Tabakmanufaktur brachte. Es war nicht der direkte Weg zum Hafen, sie würden etwa zehn Minuten länger bis zur argentinischen Residenz brauchen, und es wäre auch nicht verwunderlich, wenn sie unterwegs überfallen würden; aber das Risiko war es wert, so begegnete ihnen wenigstens kein Auto, nicht von der Polizei und auch keines, in dem vielleicht Tania saß, die ihm Discépolo wegschnappte, bevor er seine Zigarren wiederhatte. Discépolo ließ sich verblüfft führen, gewiss überzeugt davon, dass Oliverio heimlich eine Absicht verfolgte, während ihm selbst keine mehr blieb, vielleicht wollte Oliverio ihn sogar verlassen, sobald er ihn vom Gondarém weggeführt hätte, aber was blieb ihm anderes übrig, an wen sonst konnte er sich halten in dieser fremden Nacht?
Sie waren gerade am oberen Ende des Gässchens, als sie

Geräusche wie von einem aufgelösten Trupp hörten und sich umdrehten. Unter dem steinernen Bogen am Beginn der langen Travessa do Poço dos Negros erschien aber kein Haufen Soldaten, sondern eine Schar Kinder mit grotesk lärmenden Schnürstiefeln, mit Mänteln und Mützen und auf dem Rücken Tornister, und hinter ihnen ein Mädchen, das kaum älter und nur wenig größer war und die ganze Zeit auf Französisch zu ihnen sprach, und dabei warf sie so feine Blicke hin und her, dass sie kaum den Kopf zu bewegen brauchte. »Die sind von der Aliyah«, bemerkte Oliverio, und Discépolo, dem beim Anblick des steilen Hangs zu seinen Füßen schon schwindlig geworden war, klammerte sich an ihn. Aber es war nicht notwendig, denn wenn die Kinder sie tagsüber vielleicht im Überschwang eines Ausflugs johlend über den Haufen gerannt hätten, gingen sie jetzt, mit wachen Mienen, als wäre alles nur ein Spiel, geordnet und mit verschlossenen Lippen die Straße weiter.

»Oliverio«, sagte Discépolo ohne jede Anteilnahme, er wollte sich nur der Welt vergewissern, in der er war. »Oliverio ...«

Aber Oliverio sagte kein weiteres Wort, er wollte nur aus dem Blickfeld der Leute im Gondarém verschwinden und irgendwo einen Ort finden, wo er Discépolo alles erklären und ihn um die Zigarren bitten konnte. Ein kleiner Klaps auf die Schulter, und schon hatte er das Vertrauen des Dichters gewonnen, der nun den Abstieg wagte, immer wieder verzögert durch die unterschiedlich breiten, ausgetretenen Treppenstufen und den verblassenden Schein der Laternen, die hier und da unter dichten Bougainvilleen fast verschwanden. Der Weg schien Discépolo umzutreiben, als ginge es um Leben oder Tod, und während sie in das Gassengewirr eindrangen wie in ein dunkles Versteck, verspürte auch Oliverio eine gewisse kindliche Erregung. Es machte ihn stolz, dass er mit Discépolo zusammen war, und wie! Aber mehr noch, dass er sich aus den Krallen von Isidro und Saldanha hatte befreien können.

»O senhores!«, rief eine ausländische Stimme hinter ihnen, und es klang fast erschrocken, als würde lautes Sprechen sie in Gefahr bringen. »Wohin führen die Treppen?«

Oliverio erschrak ebenfalls, und als er sich umdrehte und das Aliyah-Mädchen sah, sagte er mit einer Gewissheit, die ihn selbst verwunderte:

»Zum Hafen, alle Wege führen zum Hafen!«

Sie dankte ihm mit einem Lächeln, das auch eine Bitte war, und während die Kinder wieder mit trappelnden Stiefeln an ihnen vorbeizogen, hielt Oliverio Discépolo am Arm fest, worauf der, als hätte er Mitleid mit sich selbst, murmelte:

»Ich bin sturzbetrunken«, und dann blieb er für einen Augenblick stehen und atmete tief durch, ehe er mühsam herausbrachte: »Ich glaube, ich schaffe es nicht, Junge.«

Ein paar Stufen weiter unten wurden die Escadinhas das Peixeiras auf einmal sehr breit, dort, wo Jahrhunderte zuvor der kleine Fischmarkt gewesen war, den die verwitterten Kacheln an der Seite zeigten, doch jetzt war da nur ein eisernes Geländer, an das sich die kleinsten der Kinder klammerten, so dass es vibrierte und quietschte, und auch Discépolo hielt sich mit seiner freien Hand daran fest, um seine Feigheit zu überwinden. Oliverio überlegte schon, ob er nicht die Gelegenheit nutzen und Discépolo die Zigarren einfach abnehmen sollte. Doch mit dem Wind wehte auf einmal das Lärmen einer anderen Schar Flüchtlinge herüber – Klagen, Fragen und Proteste, Anweisungen und Schreie: War das wirklich der richtige Weg? –, und die Gasse war erfüllt von einer Atmosphäre, als gälte es, eine Heldentat zu vollbringen.

»Der Hafen!«, rief das Mädchen. »Alle Wege führen zum Hafen!«

Und über ihren Köpfen flogen ein, zwei, drei Fensterflügel

auf, vielleicht hatten die Bewohner die Schreie gehört oder irgendetwas im Radio, und sie schauten hinunter zu den Kindern der Aliyah und dann zu dem Betrunkenen, der ihnen folgte und sich auf einen Diener stützte. Und als eine alte Frau eine Fußmatte ausschüttelte, als wollte sie sagen: Die Flüchtlinge kommen mir nicht ins Haus!, hob Oliverio den Kopf, um sie zu beschimpfen, aber es war nicht verletzter Stolz, sondern reine Solidarität.

Die Treppengasse verengte sich wieder und führte wie in einer schmalen Röhre auf die Praçinha dos Sapateiros, so steil und rutschig, dass Discépolo sich kaum weiter hinuntertraute, doch nach ein paar Minuten standen sie vor der Tabakmanufaktur von Mr Copley, die den Platz überragte wie eine kleine Kathedrale. Erschöpft blieb Discépolo stehen und stützte sich auf einen trockenen Trinkbrunnen, und Oliverio schaute zu dem mächtigen Gebäude hinüber, zu dem er jeden Tag kam, und eine Mischung aus Furcht und Wehmut überkam ihn, als erinnerte er sich an seine alte Schule. Die Wohnung des Eigentümers im obersten Stock war erleuchtet – Antónia musste dort sein, das Dienstmädchen, das wie jeden Morgen mit einem Kaffee auf Mr Copley wartete und sich am Herd wärmte –, doch die große Halle, in der Oliverio in den letzten Monaten gelernt hatte, Tabakblätter zu rollen, lag noch im Dunkeln, wahrscheinlich waren die Arbeiterinnen, eingeschüchtert durch die Gerüchte, noch in ihren Häuschen in Benfica oder Buraca und zögerten, in die Altstadt zu kommen. Er selbst würde auch nicht mehr herkommen, bestimmt nicht. Und sollte er sich, sobald er wieder im Besitz seiner Zigarren war, tatsächlich trauen und zur PVDE laufen, um das ganze Gondarém anzuzeigen, musste er sich immer noch vor dem Personal in Sicherheit bringen, damit er nicht mit ihnen ins Gefängnis kam, wenn nicht am Ende gar nur er allein. Vielleicht würde er nach Nazaré gehen, oder nach

Marokko. Gab es nicht auch für ihn einen Platz auf dem Schiff, das der Junge mit dem roten Halstuch nehmen wollte?

An der Ecke war ein Schrei zu hören, und eine lange Reihe von Flüchtlingen zog aufgeregt hinter dem Bogen der Rua dos Negros her. Eine vage Erinnerung, mehr an ein Gefühl als an ein Ereignis, trieb Oliverio die Tränen in die Augen – es war der lange Trauerzug bei der Beerdigung seines Onkels und der anderen erschossenen Anarchisten, den er mit seiner Mutter, aus Angst vor der Polizei, vom Bürgersteig aus hatte vorbeiziehen sehen –, und er fragte sich, ob nicht jetzt der Moment wäre, die Wahrheit zu sagen. Doch jemand zupfte ihn am Ärmel und holte ihn in die Wirklichkeit zurück: Discépolo wollte etwas sagen, brachte aber kein Wort heraus.

2

»Was für eine Nacht, Junge«, sagte Discépolo schließlich, »was für ein Himmel! Und alle senken den Kopf, als hätten sie Angst, nach oben zu fallen. Klammern sich an ihr Bündel oder an die nächste Hand. Denn der Himmel ruft uns.«

Bei seinen kaputten Stimmbändern behalf sich Discépolo mit wild fuchtelnden Gebärden, und sie waren von einer solchen Ausdruckskraft, dass Oliverio schon dachte, die Flüchtlinge, die auf dem Weg zur Boa Esperança nun an ihnen vorbeizogen, müssten sie eigentlich hören.

»Und welche Farbe hat der Himmel, Junge, was meinst du? Schwarz? Ha! Weißt du was?«, sagte er und war so dreist, in Oliverios Jacke zu greifen und nach einem Flachmann zu suchen. »Tania misstraut den Banken mehr als sonst wem, deshalb wollte sie sich vor sieben Jahren hier in Lissabon einen Edelstein kaufen. Aber nicht irgendeinen, verstehst du?« Und als wollte er sie parodieren: »Nein, ihr Element! Ein Juwelier aus Cascais hat ihr einen angeboten, sie nennen ihn die *Nacht von Lissabon*. Er ist nämlich genauso wie der Himmel. Er *scheint* nur schwarz zu sein, aber es ist die Farbe, sagte uns der Juwelier, die Odysseus sah, als er an diesem Ufer an die Grenze seines Abenteuers kam. Es war die Angst vor dem Atlantik, und erst da beschloss er, nach Ithaka zurückzukehren. Tania hat nicht eine Sekunde gezögert und den Stein gekauft. So ist sie, die Frau, dich ich liebe. Manchmal habe ich sie mit meinem Schatten verwechselt. Aber sie ist der Schatten, der einer anderen Nacht entkommen ist, einer Nacht, die mir auf den Fersen ist. Ihr wahrer Körper ist immer woanders. Komm, gehen wir, suchen wir sie.«

Kaum waren sie weitergegangen, hörten sie einen Knall, Vögel flogen von Geländern und Gesimsen auf, Blumentöpfe stürzten herab, und alles drehte sich um und schaute zur Dachgaube einer Pension hinauf. »Mörder Christi!«, rief ein junger Mann in Unterhemd und langen Unterhosen, den sein Liebchen am Arm festhielt, und dann goss er den Inhalt eines Nachtgeschirrs über der Menge aus. Es wurde geschrien, gewarnt, protestiert, aber niemand antwortete dem Mann weiter, vielleicht, um nicht die Polizei zu alarmieren, vielleicht, um ihre Kräfte zu schonen, die sie für die mühsamen Formalitäten am Tisch der Einwanderungsbehörde brauchten. Discépolo machte zwei kleine Schritte, stützte sich auf Oliverios Arm und ging mit solidarischem Schwung weiter.

»Mein Gott, Junge, wie ich mich geirrt habe«, sagte Discépolo. »Die ganze Nacht musste ich bei diesen Leuten an das Publikum im Politeama denken, wenn die großen Opernsänger eine Vorstellung für die armen Teufel der italienischen Kolonie gaben. ›Weißt du, warum sie schweigen?‹, hat mich mein Vater gefragt, und dabei zeigte er auf die Sitzplätze. ›All die Menschen hier, die zu Hause in ihren Mietskasernen den ganzen Tag quatschen und feilschen, sich ins Wort fallen, brüllen und kreischen? Weil sie im Theater auf einmal die Stille des Hafens wiedererkennen, von dem sie gekommen sind, die wichtigste Erfahrung ihres Lebens! Und sie sehen die Bühne, als wäre es das Deck des Schiffes, nach dem sie sich am meisten sehnen, denn es ist von Gott geschickt und fährt zu ihm hin.‹ Daran musste ich denken, Oliverio, den ganzen Tag«, sagte Discépolo noch einmal, und schon kamen sie an die Ecke der Cova do Galo, von wo aus der Hafen zu sehen sein musste, und hörten den Lärm der Lautsprecher, die die Menschen an Bord lotsten. »Und heute, verstehst du?, heute stehen wir alle auf der Bühne. Ich habe sie doch gesehen, wie sie zusammenliefen, genau so, Revuemädchen und Tänzer, Statisten und dressierte Hündchen! Alle waren sie wie die hier, wie wir. Deshalb haben wir eine solche Angst, nicht wahr? Ohne uns gäbe es keine Vorstellung, aber der Erfolg der Vorstellung, o nein, mit dem haben wir nichts zu tun. Dafür sind die Stars zuständig. Und wer ist das schon von uns? Aber mein Gott, ich habe dich ja gar nicht singen lassen. Wer weiß, ob du nicht in dieser Nacht *il divo* bist, und ich habe es nicht einmal gemerkt... Na los, Junge, sing, sing jetzt. Na los, die Leute sterben vor Angst!«

Oliverio spürte denselben Krampf im Magen wie bei seinem Vorsingen in New York, nein, das Risiko würde er nicht noch einmal eingehen. Und plötzlich musste er an seine Mutter denken, die als Kind genau wie die Flüchtlinge hier vor einem Schiff in der Schlange gestanden hatte, und er sagte, nicht mit einer Stimme, die singt, sondern mit der psalmodierenden Stimme eines Gebetes, wie man es in Nazaré zum Meer hinausruft, damit ein Verschwundener lebendig zurückkehrt:

»Drüben in Nazaré, über der Steilwand, die man den Berg nennt, steht eine Kapelle. Die Kapelle ist älter als der Ort, heißt es, sie wurde von einem König errichtet zum Dank für Unsere Liebe Frau, die eines Tages am Rand des Abgrunds erschien und das durchgegangene Pferd seines Bruders anhielt, der eine Gazelle jagte. Die Gazelle stürzte ins Meer, aber das Pferd hielt an, und der Reiter stieg ab. Als er sich niederkniete, fand er ein Loch, das so tief ist, dass man nicht auf den Grund sehen kann, und es heißt, es wäre der Eingang eines Tunnels zur Anderen Welt.«

Discépolo war stehengeblieben und hörte Oliverio erfreut zu, doch auf einmal hatte er selbst eine Erscheinung.

»Heilige Jungfrau«, stieß er hervor.

Erst da blickte Oliverio zum Hafen, und er sah ihn, wie er ihn noch nie gesehen hatte, wie ein Theater, das wunderbarste aller Theater, und mittendrin, noch leer und erleuchtet, die Bühne der Boa Esperança. Nachdem man das Schiff auf weitere Bomben durchsucht hatte, wachte nun ein eindrucksvolles Sicherheitsaufgebot über das erneute Einsteigen der Passagiere. Die üblichen Absperrungen der Polizei, dazu mehrere Trupps der Infanterie und der Kavallerie sowie die unverkennbaren, unruhigen Gruppen der Portugiesischen Jugend und der PVDE, sie alle bildeten eine Art Festungsmauer, durch die niemand hindurchkam, der nicht durchsucht worden war. Vielleicht hatte man deshalb angeordnet, dass diesmal für alle Klassen der Zugang über das Törchen zu erfolgen habe, das man an der Rua Ulisipo im Zaun geöffnet hatte, nicht durch das große Tor an der Ecke der argentinischen Residenz, das weiterhin von einer Reihe Gendarmen mit Schilden abgeriegelt wurde. Doch trotz des ganzen Aufgebots rückten die Emigranten, vorneweg die Kinder von eben, immer weiter vor, als wären sie nicht aufzuhalten, genau wie der Fluss, ja selbst wie der Himmel. Und auch wenn jeder Einzelne von ihnen vor Angst zittern mochte, auch wenn sie noch so wehrlos waren, zeigten sie sich fest entschlossen und unbeeindruckt von jeder Gefahr oder Bedrohung.

»Halleluja, Junge, hast du gesehen?«, sagte Discépolo. »Keine Erinnerung, keine Erzählung! Es ist das, was mein Vater gesehen hat, als er Neapel verließ. Auch Tania hat es gesehen, als die Polizei ihr auf den Fersen war. Genau das, was ihnen beiden den Grund ihrer Augen verdunkelt hat und was ich nie verstanden habe. Hier haben sie über ihr Überleben verhandelt, unter dem Himmel des Unbekannten. Das ist es, was der Tango und der Fado singen. Und hier sind jetzt auch wir.«

Ja, dachte Oliverio, seine Mutter hatte es erlebt und auch sein Großvater. Irgendwo erklang Glockengeläut, und Oliverio stand wie in ihrem Echo gefangen da.

»Na los!«, rief Discépolo.

Und als würde er sich ins Leere stürzen, den Körper vornübergebeugt, ging er gefährlich weit ausschreitend den Hang hinunter auf den Kai zu, und Oliverio fragte sich, ob er, wenn Discépolo jetzt stolperte und hinschlug, es wagen konnte, ihm in die Taschen zu greifen und die Zigarren herauszuholen. Doch Discépolo gelangte, wenn auch erschöpft, unversehrt an den Fuß des Hügels und blieb stehen.

»Ach, Sängerjunge!«, rief er ihm zu, und Oliverio sah, dass Oberst Sijarich, der wachsam bei dem Törchen im Zaun herumstrich, Discépolo erblickt hatte und auf ihn zuging, mit einer besorgten Eile, die die schlimmsten Ahnungen weckte. »Der Vorhang geht auf, und sieh an, wer sitzt im Parkett? Pirandello, Junge. Gott ...!«

3

»Señor Discépolo, Señor Discépolo!«, rief Oberst Sijarich, während er an den stur in ihrer Schlange vor der Boa Esperança stehenden Flüchtlingen vorbeimanövrierte. Und Oliverio ging mit weichen Knien zu Discépolo, denn wenn der Oberst ihn jetzt mitnahm, käme er an die Zigarren nicht mehr heran. Discépolo schaute den Mann nur mit großen Augen an, diese lächerliche Uniform, um diese Uhrzeit, was konnte den Beamten des Konsulats jetzt antreiben, wenn nicht, dass Tania etwas passiert war? Als Sijarich endlich bei den beiden war, war er so aufgeregt, dass er ganz vergaß, sich vorzustellen. Er schaute nur abwechselnd zu Discépolo und zu Oliverio, den er nicht wiederzuerkennen schien, vielleicht waren sie ja auch gar nicht zusammen gekommen, so dass es klüger wäre, sich mit Nachrichten zurückzuhalten. Mit brüchigem Stimmchen sagte Discépolo schließlich:

»Es ist alles in Ordnung, mein Herr. Mit meinem Freund und mir. Worum geht es?«

Sijarich räusperte sich und beklagte, dass die Angehörigen der argentinischen Gesandtschaft alle noch »tief erschüttert« seien. »Die ganze Nacht«, sagte er, »haben sie keinerlei Nachricht von Konsul Cantilo erhalten.« Oliverio verstand, dass er nicht nur aufgehalten worden war, sondern dass man mit einer Entführung rechnete, vielleicht mit seinem Tod. »Stellen Sie sich vor«, sagte Sijarich, »als er am Nachmittag zu uns kam, ist er anschließend *ganz allein* zu einer Versammlung ausländischer Vertreter gegangen, zu seinen Ehren, aber an einem geheimen Ort. Er hatte zugesichert, uns anzurufen, von wo auch immer! Dr. Emilio und Dr. Francisco Atucha, unsere beiden Handelsattachés, dringen auf seine Anwesenheit beim Zoll am Terreiro do Paço. Der Frachter benötigt umgehend eine Genehmigung, dass er gleich wieder auslaufen kann, mit Ihnen an Bord natürlich. Und hier, dort drüben«, sagte er, als er sah, dass weder Oliverio noch Discépolo reagierten, »hat die PVDE noch das Gebäude der argentinischen Residenz umstellt, offenbar wartet man auf *irgendetwas*. Begreifen Sie?« Oliverio und Discépolo standen ungerührt da, nein, sie begriffen nicht. »Dr. Ordóñez«, erklärte Sijarich, »ist noch in der Residenz, und wahrscheinlich macht er sich schon auf eine Durchsuchung und das Verhör gefasst. Noch dazu hat Salazar verkündet, dass, solange die Identität und die Herkunft des Verantwortlichen für das Attentat auf das Schiff nicht feststehen, die Sperren nicht aufgehoben werden.«

Discépolo und Oliverio schauten sich flüchtig an.

»Ich bitte Sie, begreifen Sie doch«, rief der Oberst, und die Miene, mit der er das Unverständnis der beiden quittierte, deutete darauf hin, dass er an sich halten musste, um nicht ein noch viel größeres Geheimnis zu verraten. »Von uns hängt der Frieden Portugals und Argentiniens ab!«

Das also, sagte sich Oliverio, war die Nachricht, die er um jeden Preis mit jemandem teilen wollte. Doch wenn das so war, dachte er erleichtert, wenn das alles war, was ihn drängte, dann würde er sie bald schon in Ruhe lassen und sich erneut dem Schicksal seines Vaterlandes widmen, er selbst konnte sich dann um seine Zigarren kümmern. Discépolo rührte sich nicht und wartete erschöpft ab. Plötzlich schlug sich der Oberst mit der Hand an die Stirn:

»Aber . . . aber natürlich!«, sagte er. »Verzeihen Sie bitte. Sie wissen vermutlich nicht, wo die Señora Tania ist, nicht wahr? Jemand sagte mir, Sie und Ihre Frau seien getrennt worden. Pardon!«

Discépolo hob mühsam die Hände und deutete eine fast clowneske Gebärde an: Es war seine Art, sich der Solidarität seiner Freunde zu versichern, sobald die einmal wieder seinem tragischen Leben auf den Grund geschaut hatten. Doch nach diesem leisen Ringen mit seinem Körper fügte er sich dem Ernst der Lage oder der Erschöpfung, und sein Lächeln zerfiel zu einer verzweifelten Grimasse. Oliverio trat an ihn heran, denn wenn Discépolo jetzt nicht mehr in der Lage war, die Person darzustellen, die er die ganze Nacht gegeben hatte, dann war er wirklich an seine Grenze gelangt.

»Lassen Sie, schon verziehen ...«, sagte Discépolo, »aber reden Sie, sonst breche ich hier noch zusammen.«

»Maestro Eugénio de Oliveira«, begann Sijarich leicht verwirrt, »hat vor zehn Minuten bei der Schifffahrtsgesellschaft angerufen, und die war so freundlich, uns einen Boten zu schicken, um Sie zu beruhigen. Der Maestro«, sagte er und schaute nun zu Oliverio, der sich einer Sache beschuldigt fühlte, mit der er am wenigsten gerechnet hätte, im Fadenkreuz zugleich von Sijarichs Geringschätzung und Discépolos Paranoia, »der Maestro hat versichert, dass Señora Tania wohlauf ist, dass er die Nacht an ihrer Seite verbracht und sie bis zur Tür des Gondarém begleitet hat, wo Ihre Frau Sie, wie er annahm, treffen würde.«

»Scheißdreck«, stieß Discépolo leise hervor, »habe ich es doch geahnt, da waren die beiden Miststücke also!«

»Nein, nein«, flüsterte Oliverio ihm hastig zu, denn Discépolos Schlussfolgerung hieße, dass er wohl nie wieder an seine Zigarren käme. »Wenn die Señora Tania im Gondarém ist, muss sie gekommen sein, als wir schon draußen waren.«

Der Oberst stellte verwundert fest, dass der junge Mann Argentinier war. Ja, der Schüler von Maestro de Oliveira, über den sich die ganze Gesandtschaft neulich lustig gemacht hatte, und jetzt besaß er auch noch die Dreistigkeit, ihm zu widersprechen.

Doch Discépolo konnte sie schon nicht mehr hören. Er schwankte los, räusperte sich, wie um die Tränen zurückzuhalten, und stieß einen fürchterlichen Jammerlaut aus, als wollten seine Stimmbänder zerreißen. Oliverio folgte ihm widerwillig, er fürchtete ihn. Aber wie sollte er ihn allein lassen, wo er noch die Zigarren hatte, sein einziges Werkzeug, um zu überleben? Und konnte er ihm überhaupt begreiflich machen, dass er ihm nichts vorenthalten hatte, dass die beiden, die sich hinter der Wand des Kabuffs vergnügt hatten, nicht Tania und Isidro gewesen waren, sondern Isidro und der Junge mit dem roten Halstuch? Unbeholfen, wenngleich mit schlafwandlerischer Zielstrebigkeit, ging Discépolo auf den Zaun an den Gleisen der Bahnlinie nach Estoril zu.

»Aber Señor Discépolo«, rief Sijarich ihm nach, »ich habe persönlich im Gondarém angerufen und Ihrer Frau ausrichten lassen, dass sie sich keine Umstände machen soll, sie soll gerne noch etwas bleiben, es ist ohnehin unmöglich, zur Residenz durchzukommen.«

Doch Discépolo war weiterhin wie abwesend, ein Schauspieler, der sich im Moment seines Auftritts an die Landschaft erinnert, die Situation, in der er vor dem Publikum erscheinen soll. Er machte ein paar stolpernde Schritte, bis er sich schließlich gegen den Zaun lehnte und daran festhielt und über die Gendarmen und die Leute von der Schifffahrtsgesellschaft hinweg, jenseits der Silhouette eines marokkanischen Schiffes, den nächtlichen Himmel sah, die *Nacht von Lissabon*. Sijarich schaute Oliverio mit einem merkwürdigen Flehen in den Augen an, vielleicht wartete er darauf, dass er ihm erklärte, was er falsch gemacht hatte, und Oliverio sagte sich, dass er *jetzt* handeln musste. Er bedeutete ihm, sie allein zu lassen, und kaum war Sijarich, geradezu erleichtert, seiner Bitte gefolgt, ging er auf Discépolo zu. »Maestro«, flüsterte er, doch das Wort löste sich ihm in der Kehle auf, und es blieb nur ein Schmerz.

Discépolo schien, gebannt von der Farbe des Himmels, die Welt weit hinter sich gelassen zu haben, nur ein paar seltsame, krampfartige Zuckungen seines Rückens verrieten Oliverio, dass er nicht im Stehen schlief und noch lebte.

»Fühlen Sie sich nicht wohl, Maestro?«, fragte er mitfühlend und legte ihm die Hand auf die Schulter.

Darauf drehte Discépolo sich um und schaute ihn wütend an, mit einem Gesicht, aus dem jede Beherrschung gewichen war, einem Gesicht, das die Maske seiner Berühmtheit immer verdeckt hatte und das er vielleicht selber niemals im Spiegel gesehen hatte. Es hatte etwas Animalisches, dachte Oliverio, es war der Hass der an den Abgrund getriebenen Gazelle, die in ihrer Verzweiflung gegen den Jäger anstürmt. Oliverio trat einen Schritt zurück.

»Wer bist du?«, sagte Discépolo und mahlte auf den drei Silben, als würde er sie singen. Oliverio wich weiter zurück, wie ertappt: Es war die Frage, auf die auch er keine Antwort wusste. »Bist du gut? Ja? Sag mir, bist du gut? Ich bin nämlich gut, weißt du? Sogar sehr gut. Alle sagen es, alle wissen es. Alle! Und das ist meine Qual.«

Discépolo trat auf ihn zu, und Oliverio wich wieder zurück, allein der Gedanke entsetzte ihn, nun auch bei diesem Menschen, dem er seine Rettung anvertraut hatte, der Gewalt zu begegnen, die ihn ans Gondarém gefesselt hatte und die er von seinem eigenen Vater kannte.

»Angenommen, ich gehe jetzt hin und bringe sie um«, sagte Discépolo, »dann wird alle Welt sagen: Der Ärmste, ein Hahnrei! Und von ihr wird es heißen: Ein liederliches Flittchen. Immer die Böse und *sempre libera*! Und wenn ich daraus dann vielleicht nicht die Oper mache, die mir vorschwebt, sondern bloß einen x-beliebigen Tango, einen wie so viele, dann bin ich ein Heiliger. Idioten! Die kapieren gar nichts. Die haben sie nie gesehen«, sagte Discépolo, und Oliverio verstand, dass er ihr wieder verziehen hatte und dass die Schmerzen, die er wegen Tania leiden musste, sein meisterliches Geheimnis waren. »Nicht einmal ich selbst habe mich getraut, sie anzusehen, aus Angst, dass sie sich in Luft auflöst. Deshalb ist sie auch nicht hier, verstehst du? Sie ist auf dieser Bühne, die wir Statisten uns nicht im Traum vorstellen können. Und um so weit zu kommen, hat sie mich benutzt. Na und? Wer wollte über sie richten? Und was wissen sie über mich – dass ich nicht entrinnen will? Wer sagt mir, wer ich bin, ich, der liebe Verfluchte, Strafe des Himmels?«

Discépolo erwartete keine Antwort. Erschöpft wandte er sich um und betrachtete den nun erwachenden Himmel, ein Vorhang, der langsam aufging. Und Oliverio spürte, dass die Nacht selbst ihm sein Schicksal weisen würde. Jetzt, dachte er, jetzt werde ich lernen. Erst dann wäre er würdig, ihn um die Zigarren zu bitten.

Endlich weiß ich

Die Welt in Ordóñez' Händen.
»Kein Mann.« Der Sohn.

I

Er stand hinter der Schlafzimmertür und wartete, dass Dona Natércia die Leute hereinließ, die eben geklopft hatten. Noch hegte er die Hoffnung, es wäre Konsul Cantilo, der ihn endlich von seiner Verantwortung befreite. Oder Sofía! Aber es war, und die harte, entschiedene Stimme auf Portugiesisch ließ daran keinen Zweifel, der Anführer des Trupps der PVDE, der sich anschickte, die argentinische Residenz zu durchsuchen. Dr. Ordóñez wandte sich flehend nach de Maeyer um, doch der Bankier, der nun Discépolos Anzug trug, stand nur da und verglich dessen Reisepass mit dem von Tania, immer wieder unterbrochen von einer schmerzlichen Bewegung seiner verbrannten Hand unter dem Handschuh. Als Schritte zu hören waren und de Maeyer aufschaute, schien es ihn zu verwundern, dass Ordóñez nun auf *ihn* angewiesen war. Dona Natércia klopfte an die Tür und drängte: »Herr Doktor, Sie werden verlangt!« De Maeyer ging leise ins Bad und zog an der Kette. »Sofort, Señora«, rief Ordóñez, »einen Augenblick, hier fühlt sich jemand nicht wohl«, und während er sich noch wunderte, dass er zu einer solchen Lüge imstande war, wurde ihm klar, dass er sich mit der Verantwortung für diesen Fluchtplan abfinden musste, denn de Maeyer mochte noch so schlau sein, er würde die Gefahr nicht ermessen können, in die er die Gesandtschaft und Argentinien gebracht hatte. Er schnappte nach Luft und legte die Hand auf die Türklinke, und als er sie drehte und spürte, wie ihr Knirschen die Aufmerksamkeit aller dort draußen erregte, musste er an Tania denken, die Stunden zuvor über dieselbe Schwelle getreten war, und ihm war, als würde er vor ein Publikum treten, ein umso anspruchsvolleres, als es ein ausländisches war. Sofía!, kam es ihm wieder in den Sinn, und er erinnerte sich an ihre Hochzeitsnacht und mit welcher Wut, aber auch großer Selbstbeherrschung sie zum Empfang des Claridge hinuntergelaufen war, um den Raub des Schmucks anzuzeigen, und die Erinnerung gab Ordóñez schließlich den entscheidenden Schwung: Wie Sofía hob er den Kopf und nahm diese soldatische Haltung an, die für sie wie ein Sinnbild ihrer Abstammung war, und trat stramm auf die Bühne. Señor de Maeyer, Soldat im höchsten Rang seines Regiments, folgte ihm hinterher.

In der Diele standen drei Männer in langen Mänteln und mit Revolvern in den herabhängenden Händen. Ein anderer hatte sich neben Amália gestellt, die verschüchtert auf dem Sofa saß. Weitere umringten einen Mann, der kleiner und jünger war, aber offensichtlich der Chef, so scharf, wie er die beiden anschaute, und so schnell, wie er von Ordóñez abließ und sein Misstrauen auf de Maeyer richtete, der, wenn auch von Schmerzen geplagt, grußlos an ihnen vorbeiging, bis er bei Amália stand und einen diskreten, aber drohenden Schatten über sie warf. Dr. Ordóñez gab dem Anführer die Hand und stellte sich vor. Worauf der im Geschäftston verkündete: »Kommissar Antunes, Staatspolizei«, und sogleich fragte: »*Sekretär* des Konsuls, sagten Sie? Sind *Sie* mit dem Ganzen hier betraut?« Dr. Ordóñez richtete sich auf wie Sofía, wenn jemand sie daran erinnerte, dass sie eine Oliveira »ohne Titel« war, und musste zugeben, »leider, ja«, so sei es, die übrigen Angehörigen der Gesandtschaft, zu denen er schon seit Stunden keinen Kontakt mehr habe, seien um diese Zeit am Terreiro do Paço und überwachten das Entladen des Hilfsfrachters, und der Wohltäter ...

»Ich mache Sie darauf aufmerksam«, unterbrach ihn der Kommissar, »dass die Residenz nicht als fremdes Territorium zu betrachten ist. Niemand kann hier Asyl finden.« Worauf er kurz und fest zu de Maeyer hinüberschaute, den er gleich als Mitteleuropäer und wahrscheinlich auch Juden erkannt haben musste; und de Maeyer, der so tat, als würde er die Sprache nicht verstehen, antwortete mit einem beklagenswerten, völlig leeren Blick.

»Asyl?«, fragte Dr. Ordóñez verwundert. Gewährung von Asyl setzte eine diplomatische Entscheidung voraus, die weit über das hinausging, was ihm in seiner Stellung erlaubt war, und wenn er Sijarich richtig im Ohr hatte, gehörte das zu jenen Entscheidungen, die Konsul Cantilo nur nach vorheriger Konsultation mit dem argentinischen Präsidenten treffen konnte. »Alle Ausländer, die heute als Gäste hier waren, sind gegangen, als am Kai die Unruhen ausbrachen, nur die junge Dame dort ist geblieben. In der Wohnung sind nur noch wir, und auch wir müssen seit Stunden gehen. Wie auch das Dienstpersonal.«

Die Nasenflügel spannend, mit der Vorfreude eines Tigers, der in der Ferne die Spur der Beute wittert, befahl der Kommissar, ihm aufzuzählen, wer in der Küche sei.

»Die Frau, die Ihnen die Tür aufgemacht hat, ist die Haushälterin, eine Angestellte des Visconde de Montemor, des Eigentümers und Vermieters der Residenz. Außerdem«, und Ordóñez gab seiner Stimme nun einen konzilianten Ton, »gibt es noch einen Butler namens Macário. Ein weiterer Kellner, ein gewisser Isidro, hat uns den Tag über begleitet und war bei dem Fest anwesend, bis sein Chef ihm auftrug, sich wieder um das Gondarém zu kümmern.«

Ordóñez hatte den Namen des Nachtlokals absichtlich erst am Ende genannt, und wie zu erwarten, verfehlte die Erwähnung ihre Wirkung nicht, denn der Kommissar lächelte genüsslich. Ohne jede Eile nahm er sich die halb gerauchte Zigarette aus dem Mund, legte sie in einen Aschenbecher und schickte mit einem diskreten Wink zwei seiner Männer in die Küche, wo sie sich mit dem Personal einschlossen, während ein anderer das Zimmer von Tania und Discépolo betrat. Dr. Ordóñez zuckte zusammen. Ob Macário im Badezimmer alle Spuren von de Maeyers Sturz entfernt hatte? Doch der Anführer des Trupps verlangte nach seiner Aufmerksamkeit.

»Ausweispapiere, bitte«, sagte er, wandte sich Amália zu und überspielte mit männlicher Höflichkeit seine Mutmaßungen zur auffälligen Anwesenheit der jungen Frau in einer solchen Umgebung. De Maeyer gab weiter vor, nichts zu verstehen, und Amália erhob sich angestrengt und nicht frei von Verachtung, nahm aus der Innentasche ihres Mantels einen Personalausweis und hielt ihn dem Kommissar hin. Es hatte nichts Herausforderndes, sie schien dem Polizisten vielmehr zuzugestehen, dass er nur seine Pflicht tat. Wahrscheinlich, dachte Ordóñez, verfluchte sie jetzt ihren Mäzen, den Herrn Ricardo, und das Gondarém, diese »Lasterhöhle«, die zu meiden ihr Mann ihr so oft geraten hatte, weil es ihrem Ruf schadete. Und als hätte er erst jetzt verstanden, worum es ging, zückte auch de Maeyer seinen Pass.

Eine nicht endende Stille trat ein. Der Kommissar ließ sich Zeit mit der Überprüfung der Angaben, als wäre ihm ein Verdacht gekommen oder als wollte er abschätzen, wie groß wohl die Angst der beiden war, Verdacht zu erregen. Und mit einem Wagemut, den seine Miene als bloße Ungeschicklichkeit erscheinen ließ, flüsterte Ordóñez in diesem andeutenden Ton der Frauen:

»Wir wussten ja nicht, um welche Uhrzeit Sie kommen würden, Herr Kommissar. Señora Discépolo haben wir bei den Unruhen aus den Augen verloren, und Sie werden verstehen, allein und ohne Geld in einer fremden Stadt, in einer solchen Situation ...«

»Amália da Piedade Rebordão Rodrigues, verheiratete Cruz«, unterbrach ihn der Kommissar, und er fühlte sich jetzt nicht nur fehl am Platz, sondern selber verdächtig.

Dr. Ordóñez schwieg. Einer der Helfer des Kommissars fügte Amálias Namen einer langen Liste hinzu, während ein anderer Polizist überprüfte, ob er nicht bereits auf einer vorhandenen stand. Und während in der Küche nun die empörten Stimmen von Macário und Dona Natércia zu hören waren, sagte Dr. Ordóñez so deutlich, wie er konnte:

»Señora Rodrigues ist die ganze Zeit mit uns zusammen gewesen, wir haben die Schallplatten der Señora Discépolo gehört, die in ihrem Land ebenfalls ein großer Star ist.«

Nein, schützen wollte er Amália jetzt nicht, er wollte sich nur mit der Unschuld einer Frau umgeben, die, wie es schien, bereits in Sicherheit war.

Noch mit dem Abgleich von de Maeyers Passdaten beschäftigt, sah der Kommissar kurz und unergründlich zu Ordóñez auf und sagte kein Wort. Aber es war klar, dass er langsam in die Falle ging.

»Aber da ist etwas, das wir zur Anzeige bringen müssen, Herr Kommissar«, sagte Ordóñez mit gesenkter Stimme, und dabei deutete er auf die Küche, wo nun Dona Natércia keifte, die vergeblich darauf pochte, nur eine Angestellte des Visconde zu sein, nicht »dieses Bordells«.

Der Kommissar runzelte die Stirn, über die Ordóñez' Atem kroch wie eine Fliege, und ohne von dem argentinischen Pass aufzusehen, den er nun aufschlug und kaum zu ergründen vermochte, spitzte er die Ohren. Abgesehen von dem unbedeutenden Aussehen des Sekretärs gab ihm nichts die Gewissheit, dass dergleichen offensichtliche Ablenkung nicht von irgendeiner Bedeutung wäre.

»Discépolo, Enrique Santos«, sagte er und reichte den Pass seinem Schreiber, noch ehe der sich für unfähig erklären konnte, einen solch seltsamen Namen zu notieren.

Erst jetzt konnte Dr. Ordóñez einen Blick auf das Foto werfen, das einen sehr viel jüngeren Discépolo zeigte, und er wunderte sich, wie bei so wenig körperlicher Ähnlichkeit dieses alte Bild und dazu die durchaus vielverheißende Pose vor der Kamera den Eindruck erweckten, der Discépolo von früher und der de Maeyer von heute könnten dieselbe Person sein. Amália hatte ihr Gesicht wieder den Fenstern zur Straße zugewandt, wahrscheinlich hatte sie nicht ganz verstanden, was Ordóñez und de Maeyer drüben im Zimmer ausgeheckt hatten, und jetzt dachte sie, der brave Dr. Ordóñez würde nun die Frau anzeigen, die ihr am Kai das Kind hatte geben wollen.

»Von welcher Sache sprechen Sie, Doktor?«, murmelte der Kommissar und schnaufte. Wie Oberst Sijarich schien ihn nichts mehr zu kränken, als wenn die Leute glaubten, ihnen sei »etwas Schlimmes passiert«, und meinten, dass ihre Überstellung von der einfachen Polizei zum Geheimdienst ein Missverständnis sein musste.

»Ein sehr wertvolles Schmuckstück ist aus dem Schlafzimmer verschwunden«, sagte Ordóñez und hielt sich dabei strikt an die Worte, die Sofía dem Portier des Claridge gesagt hatte, während ihr frischgebackener Ehemann im Pyjama zwischen den Säulen im ersten Stock stand und spionierte. »Ein Schmuckstück«, erklärte er, »das der Señora Discépolo gehört. Es befand sich in einer Schachtel, die wir jetzt offen und leer auf der Kommode vorgefunden haben. Deshalb«, gestand Ordóñez, jetzt noch leiser, »sind wir erst so spät herausgekommen.«

Verärgert schaute der Kommissar abwechselnd zu Ordóñez und zu de Maeyer, als wollten sie ihm seinen Posten bei der Geheimpolizei nicht abnehmen und ihn mit gewöhnlichen Delikten ablenken. Andererseits, schien er zu überlegen, konnte ein Schmuckstück, wenn es tatsächlich so wertvoll war, zu einem diplomatischen Konflikt führen. Und da de Maeyer ihn weiterhin mit einer Miene ansah, aus der das Unverständnis aller Ausländer sprach, fragte der Kommissar ihn in einem fürchterlichen Spanisch, das er bei wer weiß welchen Gelegenheiten im Rahmen seiner polizeilichen Tätigkeit gelernt haben mochte, bei Durchsuchungen an der Grenze, bei Folterungen von spanischen Republikanern, die sich in Lissabon versteckten:

»Und wie ist der Name Ihrer Frau, Don Enrique?«

De Maeyer schaute ungerührt zu Ordóñez: eine Aufforderung, ihm die Frage, die für ein argentinisches Ohr tatsächlich kaum zu verstehen war, zu »übersetzen«. Und irritiert von der Gewandtheit des Bankiers, der heute Nacht vielleicht schon tausendmal gelogen hatte, übersetzte Ordóñez mehr schlecht als recht den Inhalt der Frage.

»Ana Luciano Divis«, sagte Señor de Maeyer, der nicht umsonst Tanias Pass sorgfältig studiert hatte, »Tania ist ihr Künstlername...«

Und als machte er sich Ordóñez' Bestrebung zu eigen, die Sorge um die Abwesenheit Tanias auf die Abwesenheit des Schmucks zu lenken, überreichte er selbst dem Kommissar ihren Pass. »Spanierin?«, rief der sogleich, schließlich konnte ein gestohlenes Schmuckstück, das einer Spanierin gehörte, das diplomatische Problem noch verschärfen.

»Ja. Nur dass sie nicht meine Ehefrau ist, Señor«, sagte de Maeyer, in einem Spanisch, das für einen Portugiesen nicht von Ordóñez' argentinischem Akzent zu unterscheiden war.

Und diese intime Enthüllung, wie sie nur ein Passdokument

an den Tag bringen konnte, nämlich dass Tania und Discépolo gar nicht verheiratet waren, schien den Kommissar – anders als Ordóñez, den dies allerdings überraschte – von seiner Unschuld zu überzeugen. Nur ein Kompagnon oder ein Geliebter, der sich keine Hoffnung machen durfte, einmal das Vermögen der Geliebten zu erben, konnte in einer solchen Situation derart gefasst bleiben.

»Schon gut, schon gut, das geht mich nichts an, Señor *Discípolo*!«, bemerkte der Kommissar, und es war dieser gelangweilte Verdruss, mit dem er auf einem früheren Posten vermutlich Autoren oder Impresarios des Revuetheaters behandelt hatte, die das ständige Misstrauen der Zensur leid waren. »Sie können sich zurückziehen, wenn Sie möchten«, sagte er und warf ihnen einen abschätzigen Blick zu, worauf er allen ihre Dokumente zurückgab und dabei wie zum Abschied die Hacken zusammenschlug. Und nur weil jede Eile verdächtig war, blieben die drei noch einen Moment an Ort und Stelle. »Und Sie, Lagartinho«, sagte der Kommissar, »bringen die beiden Bediensteten in die Rua Cardoso. Sehen Sie zu, dass sich die Ermittlungen so lange hinziehen, bis das andere geklärt ist.« Und während Amália schon zur Garderobe strebte und de Maeyer zur Tür, erlaubte sich Ordóñez, ihn zu drängen: »Bitte, vergessen Sie nicht, dass die Discépolos morgen abreisen, ich meine, heute noch, in Kürze.« Worauf der Kommissar sich korrigierte: »Nein, sagen Sie nichts von dem, was der Herr vorhin angezeigt hat, ich werde selber anrufen. Es reicht, wenn Sie sagen, dass die beiden Angestellten im Gondarém arbeiten. Auf dieses Bordell mit seinen Juden und Ganoven haben wir schon länger ein Auge geworfen.«

Und wie um seine ganze Wut über die Nacht herauszulassen, stürzte der Kommissar zum Fenster und riss es sperrangelweit auf.

»Und wo zum Teufel ist dann …«, rief er und schaute zum

Eingang des Hafens, wo das Schiffshorn, das eben ertönte, die Flüchtlinge an Bord rief, und dann zu den Dächern der Lagerhäuser und schließlich zur Boa Esperança in ihrer alten Pracht.
»Wo zum Teufel ...!«

So wie der Mann dastand, dachte Dr. Ordóñez, wie er sich mit seiner Niederlage nicht abfinden konnte und es nicht schaffte, sich zu beruhigen, hatte es etwas geradezu Sinnbildliches, als träfen sich in ihm die Verblüffung Salazars, der, im Unklaren über die Herkunft des Terroristen, nicht wusste, wem er den Krieg erklären sollte, und das Staunen der Flüchtlinge, der Fadosänger, der Gespenster. Ein Zupfen am Ärmel riss Dr. Ordóñez wieder ins Geschehen zurück, und auch er ging in die Diele, wo Amália auf ihn wartete, mit einer Wut, wie sie sie vielleicht noch nie gezeigt hatte, auch wenn sie so klug war, zu schweigen. In der Küche nahm Macário mit erregter Stimme die Nachricht von seiner Verhaftung entgegen, deren Gründe ihm bestimmt nicht so viel ausmachten wie die Gewissheit, dass man sie mitnahm, um sie besser verhören zu können; und dass, was immer sie sagten, um sich die Ereignisse der Nacht vom Leib zu halten, den Folterern nur neue Beweise an die Hand gab. An der Tür der Nachbarwohnung wartete der Visconde, unendlich müde, aber tadellos gekleidet, mit seinem schon fast schlafenden Urenkel auf die Ankunft der Verwandten, die ihn angerufen und ihr Kommen avisiert hatten, um sie auf dem Landgut der Familie in Setúbal in Sicherheit zu bringen. Etwas in dem alten Mann war gebrochen, denn alles Hochtrabende und Anmaßende eines Propheten war vom ihm abgefallen: Vielleicht hatte die Zeit seine Vorhersagen widerlegt; oder die letzte Nacht von Lissabon war für alle, auch für ihn, nun vorbei. Der Polizist, der auf sie aufgepasst hatte und nun davon überzeugt war, dass der Attentäter ohnehin über alle Berge war, untersuchte lediglich noch ein paar merkwürdige Spuren, die Dom Hilário in der Putzkammer auf dem Treppenabsatz gefunden hatte und die auf eine Flucht deuteten – ein grauer Hut, ein leicht blutverschmiertes Messer –, ohne dass ihm in den Sinn gekommen wäre, dass ihr Besitzer gerade an ihm vorbeikam. Unter den grimmigen Blicken der Polizisten, die auf allen Treppenabsätzen Wache standen, brachten Ordóñez und Amália de Maeyer so unauffällig wie möglich über die knarrenden Stufen hinunter, ihn stützend, ohne ein Wort, und dabei wurde sich Ordóñez nicht nur des ganzen Ausmaßes der Gefahr bewusst, aus der sie entkommen waren, er erfasste nun auch die unglaublichen Konsequenzen dessen, was sie getan hatten.

Und mit dem Segen des Hausmeisters, der viel zu müde war, um noch etwas zu verstehen, und einem Schauder, in dem die Angst und der Stolz sich mischten, traten die drei unter den offenen Himmel des Hafens von Lissabon.

2

»Dr. Ordóñez, Dr. Ordóñez! Hier bin ich, hier!«, rief Oberst Sijarich von der fernen Ecke der Rua Ulisipo herüber, und Ordóñez lief, Amália und de Maeyer im Schlepp, gleich los, auf die Gendarmen zu, die immer noch eine Kette bildeten, hinter der nun, von der Sirene der Boa Esperança herbeigerufen, die Passagiere zusammenströmten.

Kaum draußen und endlich in Freiheit, spürte er eine Angst, die er sich bisher kaum eingestanden hatte und die immer größer wurde und sich verzweigte, die ihm den Verstand raubte und ihn antrieb, schneller zu laufen. Ach, dieses Arschloch von der PVDE! Wozu wäre der Kommissar wohl imstande, wenn er, etwa durch die Aussagen der Bediensteten oder einen anderen Umstand, dahinterkam, dass Ordóñez und de Maeyer ihn getäuscht hatten, und ihre Festnahme befahl? Jenseits der

Absperrung schauten sich die Flüchtlinge und die aus ihren Häusern vertriebenen Bewohner beunruhigt an, und Dr. Ordóñez, der es nicht gewohnt war, im Mittelpunkt der Aufmerksamkeit zu stehen, sah sich nach Amália und dem belgischen Bankier um. Sie folgten ihm, so gut sie konnten, vorsichtigen Schrittes, ihre Blicke abgewandt, und während Ordóñez tatsächlich wie ein Flüchtender aussehen musste, schienen sie zwei Filmschauspieler zu sein, die es leid waren, so lange vor der Kamera zu stehen.

»Señora Rodrigues«, fragte Ordóñez, »sind Sie wohlauf?« Doch Amália hob nur kurz den Kopf, weder zustimmend noch verneinend, sie konnte an nichts anderes denken als an das, was geschehen war, konnte es nur immer wieder Revue passieren lassen und angewidert sein.

»Señor de Maeyer«, fragte Ordóñez weiter, »gehen Sie wieder zum Schiff, oder . . . ?«

Doch auch der belgische Bankier antwortete nicht. An Amálias Arm geklammert, als wäre sie zugleich seine Beute und sein unentbehrlicher Stock, schaute er zu Boden, und auf dem Boden schien er Ordóñez zu sehen. Himmel, natürlich, sagte der sich erschrocken, wie lange musste er noch so tun, als wäre er mit Discépolo zusammen?

»Ist der Schuldige gefasst?«, hörte Ordóñez nun die Rufe von Flüchtlingen, Anwohnern, Journalisten, die auf die Absperrung zutraten und ihre Köpfe über die absurden Kappen der Gendarmen reckten. Doch Dr. Ordóñez reichte nur dem für das Passieren Verantwortlichen seinen Diplomatenausweis und traute sich nicht, den Mund aufzumachen. Er war sich sicher, dass er im Grunde eine sehr viel wichtigere Antwort hatte, nur verstand er sie selber nicht und hätte sie also auch nicht aussprechen können. Der Polizist winkte ihn durch, doch Ordóñez trat erst durch die Absperrung, als Amália und de Maeyer ihm vorausgegangen waren, er fürchtete sich vor dem Gefühl, plötzlich frei zu sein. Ordóñez' Schweigen bestätigte den Leuten, dass sie von ihm nichts zu erwarten hatten, und niemanden schien dieser offenbar kranke Mann zu kümmern, so wenig wie die junge Frau, die ihn untergehakt nun die Rua Ulisipo hinaufführte.

»Die Situation ist fürchterlich, katastrophal!«, rief Oberst Sijarich wild gestikulierend, als hätte er vergessen, dass Ordóñez Spanisch sprach, und noch nie war dem Sekretär die Dummheit und Nutzlosigkeit des Militärattachés so bewusst gewesen.

Eine einzige Frage von dem alten Knochen, jetzt in diesem Moment, und Ordóñez hätte ihm vielleicht sein Herz ausgeschüttet und gesagt, was er zu sagen wusste, und beide hätten sie ergänzt, was der andere nicht verstand. Aber nein, Sijarich war unfähig, auch nur in Betracht zu ziehen, dass so ein dusseliger Vierteladvokat wie er, den die PVDE für unschuldig befunden hatte, ihm in dieser Nacht etwas Wichtiges sagen könnte. Doch als Dr. Ordóñez in der Ferne den echten Discépolo entdeckte, der vor der Absperrung stand und nach Sijarich Ausschau hielt, erschöpft vor Müdigkeit und Trunkenheit, beschloss er, mit fester Stimme zu antworten: »Entschuldigen Sie, Herr Oberst, aber es ist meine Pflicht, die Señorita Amália nach Hause zu begleiten. Sie können sich nicht vorstellen, was wir in der Residenz haben mitmachen müssen!«

Doch Sijarich, der unter gewöhnlichen Umständen über dergleichen Andeutungen, er könne den Lauf der Ereignisse nicht erfassen, beleidigt gewesen wäre, schaffte es immer noch nicht, sich mit anderem zu beschäftigen als mit seiner eigenen Verwirrung.

»Das Attentat, verstehen Sie?«, sagte Sijarich, der glaubte, Ordóñez seinerseits sei nicht in der Lage, ihm zuzuhören. »Das Attentat hatte nicht zum Ziel, das Schiff zu beschädigen oder die Rettung der Exilanten zu verhindern. Das Ziel war, Portugals Neutralität zu brechen. Und die von Argentinien!«

Dr. Ordóñez war so verwundert, wie Sijarich es sicher erwartet hatte. Aber er wollte nicht, dass man ihm den wahren Sinn seiner Tat erklärte, zumindest noch nicht. Wer einen so niederen Posten innehatte, hatte die ganze Wahrheit nicht verdient. Und zugleich kam es ihm vor, als hätte seine Tat ihn von der argentinischen Gesandtschaft abgetrennt, und entweder er war jetzt auch zu einem Heimatlosen geworden oder aber zu einem Einwohner dieses unvorstellbaren Schattenlandes, in das nur Amália und de Maeyer ihn würden führen können, und jetzt waren die beiden vielleicht schon auf und davon.

»Um ehrlich zu sein, Doktor«, fuhr Sijarich in wirrem Geständniston fort, »wir sind in großen Schwierigkeiten. Unerwarteten Schwierigkeiten, Schwierigkeiten auf höchster Ebene, beim Zoll! Stellen Sie sich vor, man hat ernsthafte Zweifel an den Absichten von Konsul Cantilo. Und aus *irgendeinem* Grund kommt er einfach nicht.«

»Hier, nehmen Sie«, unterbrach ihn Dr. Ordóñez, der keine einzige weitere Andeutung mehr ertrug, und hielt ihm Discépolos Pass hin, den er, sagte er, mitgenommen habe, »weil die Angestellten des Gondarém, ich erkläre es Ihnen später, sich als Diebe herausgestellt haben, und da wollte ich ihn in Sicherheit bringen.«

Erst der Anblick des Landeswappens und der großen Lettern ARGENTINISCHE REPUBLIK, in Gold aufgeprägt, bewirkten das Wunder, dass Sijarich sich fasste und schwieg; und als darunter Tanias Pass mit dem sehr viel besorgniserregenderen Aufdruck SPANIEN zum Vorschein kam, erkannte Ordóñez, dass der Oberst von einem erlösenden Gefühl ergriffen wurde, dem Gefühl, nun einen konkreten Auftrag zu haben, den es zu erfüllen galt, statt hier wie gelähmt dem Ende der Geschichte entgegenzusehen.

»Darf ich darauf zählen, dass uns der Wagen der Botschaft zur Verfügung steht?«, fragte Ordóñez, der die Gelegenheit witterte. »Señora Rodrigues hat es gewiss nicht verdient, dass wir sie alleine nach Hause gehen lassen, mitten durch diesen ...«

Und als Sijarich, wie vorherzusehen, über das Ansinnen, ihm wegen einer Fadosängerin den einzigen Wagen abspenstig zu machen, derart empört war, dass er es rundheraus ablehnte und vorbrachte, falls der Konsul in den nächsten zehn Minuten nicht auftauche, fahre er selber los und mache sich auf die Suche, fühlte Ordóñez sich befugt, Amália und de Maeyer hinterherzulaufen, die er zum Glück schon bald an der Ecke der Cova do Galo erblickte, wo sie sich mit leiser Wut all das zu sagen schienen, was sie sich in Ordóñez' Anwesenheit nicht hatten sagen können.

Ordóñez war erleichtert, als er sie sah, aber es war ein seltsames, im Grunde lächerliches Gefühl, die Erleichterung des Gefangenen, der draußen die Mitglieder seiner Bande wiedertrifft und nun weiß, dass er im Gefängnis seine wahre Familie gefunden hat. Aber warum machten sie sich nicht davon? Hatten sie sich so Wichtiges zu sagen? Vielleicht sprachen sie aber auch nur von der Verrückten am Kai, mit der Amália ihn, wie de Maeyer sagte, »in Verbindung bringen und beschmutzen wollte«, und er fürchtete, die Rolle des Tölpels zu übernehmen, wenn er sie genau in dem Augenblick unterbrach, wo sie der Sache auf den Grund kamen. Aber kaum war er bei ihnen, verstand er, dass die beiden nur auf ihn gewartet hatten, denn sogleich verstummten sie und gingen weiter die Rua Ulisipo hinauf in Richtung Lapa, wobei sie ihm bedeuteten, ihnen zu folgen. Aber wozu? Wollten sie herausfinden, inwieweit Ordóñez in der Lage war, sein Wissen für sich zu behalten? Unfähig, seine Mutmaßungen weiterzuverfolgen, schloss Ordóñez sich ihnen an: Letzten Endes ging es auf dem Weg auch nach Estrela, nach Hause.

»Halt, Dr. Ordóñez, warten Sie!«, rief hinter ihm Oberst Sijarich, als wäre ihm etwas siedend heiß eingefallen. »Señora Sofía ist hier gewesen, Ihre Frau, sie hat verzweifelt nach Ihnen gesucht«, rief er, und im selben Moment löste sich die Kette der Gendarmen, worauf ein Beifallssturm unter den Anwohnern losbrach, die endlich in ihre Häuser gegenüber dem Hafen zurückkehren konnten. »Die Ärmste ist jetzt sicher noch am Terreiro do Paço, zusammen mit den anderen aus der Gesandtschaft, und denkt vielleicht, dass Sie dort hinkommen. Aber gehen Sie getrost nach Hause, ich kümmere mich darum, dass man sie benachrichtigt und dass sie sich mit Ihnen in Estrela wiedertrifft. Sie hat eine Nachricht für Sie. Und Sie haben wirklich ein wenig Ruhe verdient...«

Dr. Ordóñez pflichtete ihm mit einer ungeduldigen Handbewegung bei – jaja, diese »Nachrichten«, mit denen Sofía die ganze Welt in Atem hielt, was hatte er sie satt! – und lief rasch weiter, und seine Unruhe wurde umso größer, je menschenleerer und friedlicher sich ihnen die Straße nun darbot, kein Flüchtling weit und breit, kein einziger Arbeiter, dank der Absperrungen, die bestimmt noch an zig weiteren Gassen und Straßen fremden Personen den Zugang zum Hafen verwehrten. Mein Gott, fragte er sich, in welche Wüste führst du mich...? Vier oder fünf Gassen hatten sie schon passiert, Ordóñez immer hinter Amália und de Maeyer, und er sah nun alles wie ein Reisender in einem fremden Land. Die Ungewissheit bedrückte ihn, und er versuchte, sich an die einzige Pflicht zu klammern, die ihm noch blieb: nach Hause zu kommen und Sofía einen Bericht zu geben. Aber kaum versuchte er, sich das Geschehene noch einmal zu vergegenwärtigen, war er davon überzeugt, dass es nichts zu erklären gab.

Alles deutete darauf hin, dass die PVDE sie auch weiterhin für unverdächtig hielt, mehr noch, dass es, was sie getan hatten, nie gegeben hatte. Und Macário und Dona Natércia würden sich bestimmt hüten, diesen Rüpeln von der PVDE gegenüber irgendwen zu verdächtigen, schon aus Angst, sich damit weiteren Fragen und Verhören auszusetzen. Zugleich wusste er, dass er, allein weil er jetzt wie ein Hündchen mit eingekniffenem Schwanz hinter Amália und de Maeyer herlief, etwas verbrochen hatte, für das er eigentlich eine Strafe verdient hätte. Und er hatte sogar Verständnis, wenn Amália und de Maeyer ihn vergaßen und ihm nicht einmal dankbar waren. Doch eine plötzliche Unruhe trieb ihn voran.

»Señor de Maeyer …«, rief er und stockte: Ob de Maeyer immer noch wollte, dass er ihn Discépolo nannte? »Wohnen Sie hier in der Nähe …?«

Schweigen. De Maeyer schien nur auf Amália zu achten, die ihren Blick stur geradeaus richtete. Allein das unschuldige Lärmen der Vögel war zu hören.

»Señora Amália?«, rief Ordóñez jetzt, im Vertrauen darauf, dass eine Frau, auch wenn man sie beschmutzt hat, am Ende doch von ihrem Ross herabsteigt – denn was war sie in der Nacht von Lissabon ohne die Begleitung eines Mannes, eines Mannes zumal, dem sie vielleicht sogar Sympathie entgegengebracht hatte? »Möchten Sie, dass ich Sie nach Hause begleite? Ich meine, nicht dass Señor de Maeyer sich genötigt sieht, in seinem Zustand …«

Aber nein, sie war immer noch wütend, sagte sich Dr. Ordóñez, so entschlossen, wie sie davonstöckelte, ohne etwas darauf zu geben, dass der geschundene de Maeyer kaum Schritt halten konnte. Herrgott noch eins, wollte er schon sagen, haben wir Sie denn nicht gerettet, Señora? So viel hatten sie erlebt in der Nacht, und wie es aussah, hatte nichts sie so gepackt wie die Erinnerung an diese Verrückte, die ihr ihren

Sohn angeboten hatte und deren Augen sie vielleicht jetzt noch verfolgten, diese Frau, die anzuzeigen, wohl wahr, weder Ordóñez noch de Maeyer auch nur für eine Sekunde in Betracht gezogen hatten.

Als die schlichte Rua Ulisipo dann in die breitere, herrschaftliche Rua Buenos Aires überging und sanft nach Estrela abbog, links und rechts vorbei an prachtvollen, von Windhunden bewachten Häusern mit dicken Mauern und Überdachungen, palmenbestandenen Innengärten und einem Murmeln verborgener Brunnen, die Ordóñez allmählich wiedererkannte wie in einem Traum, forderte nun auch de Maeyer unter heftigem Schnaufen Amália auf, bitte langsamer zu gehen, sie waren doch bald da, und an der nächsten Ecke erhörte sie ihn schließlich und blieb stehen. Es war völlig klar, sagte sich Dr. Ordóñez, dass sie *jetzt* klären mussten, was es zwischen ihnen zu klären gab, und bei dem Gedanken daran, welche Nähe er zwischen ihnen gespürt hatte, zog er sich diskret an eine Stelle zurück, wo er nichts Kompromittierendes hören konnte. Auch Amália schnaufte nun vor Erschöpfung und schüttelte de Maeyers Hand ab. Und während sie sich ein wenig ihr Haar zurechtzupfte und dann die Ärmel ihres Mantels, den sie in der Mitte auf- und wieder zuknöpfte, blickte de Maeyer sich, als beschämte es ihn, dass er Amália nicht im Griff hatte, hilfesuchend nach Ordóñez um.

»Als ich Amálias Wagen vor der argentinischen Residenz sah, Doktor, sagte ich mir, Gott sei Dank, dort kann ich hinaufgehen, und man wird mir meine Wunde verbinden!« Dr. Ordóñez war irritiert, dass de Maeyer jetzt sprach, als hätte er sich, während er ihn im Schlafzimmer ankleidete, nicht längst erklärt, und dass er sich so plump widersprach; doch dann begriff er, dass er *ihretwegen* seine Geschichte änderte. »Ich konnte ja nicht ahnen, dass es in einem so luxuriösen Haus, immerhin der Residenz einer Gesandtschaft mit einem

Wohltäter an der Spitze, weder Verbandszeug noch eine Hausapotheke gab. Ich habe im Bad danach gesucht, oben in den Wandschränken, die fast bis an die Decke reichen, und dabei bin ich gestürzt. Nie hätte ich für möglich gehalten, dass ich erst hierherkommen muss, zum Kurienhaus, damit man mir Erste Hilfe leistet!«

Wie vom Donner gerührt stand Ordóñez da, drehte sich um und sah auf der Straßenseite gegenüber ein großes Portal, das von einem Wächter langsam geöffnet wurde, um de Maeyer hereinzulassen. Und verwirrt sah Ordóñez das Bild Unserer Lieben Frau von Fátima über jenem Teich voller winziger Lotusblumen, an dem der Patriarch am Abend zuvor, nach dem Ehrenbankett, Sofía beiseitegenommen hatte, um ihr ein kleines Medaillon zu schenken und ihr zu wünschen, der Herrgott möge sie mit einem Kind segnen. Ordóñez schaute wieder zu de Maeyer und spürte, dass er ihm mit den Augen sehr viel mehr sagte, als er je gedacht hätte. Mein Gott, wer war hier Täter und wer Opfer? Denn de Maeyer machte ihm einen Vorwurf, wohl wahr, aber zugleich sprach aus dem Vorwurf auch eine Komplizenschaft, als wollte er anerkennen, dass Ordóñez nun zu jenem unvorstellbaren Kreis gehörte, der sich im Innern des Kurienhauses bewegte. Binnen Sekunden verwandelte sich all seine Angst in eine verrückte Freude, eine unerträgliche Hoffnung, und er trat einen Schritt vor und sagte: »Amália, bitte ...«, ohne dass er selber wusste, worum er bat. Amália antwortete nicht, aber etwas ließ sie zögern, etwas Beunruhigendes, begriff Ordóñez, als würde jemand aus dem Gebäude auf sie zielen.

Tatsächlich kam nun der Wächter mit gezückter Pistole über die Straße und machte eine ungeduldige, verwunderte Handbewegung, als könnte er nicht verstehen, warum sie nicht endlich eintraten. Doch unbeirrt setzte de Maeyer seine Rede fort und deutete dabei auf ein Fenster ganz oben.

»Wer weiß, ob dort drinnen«, rief er, und seine Stimme klang nun so kindlich, dass es unheimlich war, »nicht der Patriarch von Lissabon ist, er kennt sich aus mit Erster Hilfe. Nein, er hilft jetzt sicher denen, die in Lissabon die größte Not leiden.«

Allein die Erwähnung des Patriarchen sollte einschüchtern, zumindest fühlte Ordóñez sich so. Amália aber war empört über diesen billigen Vorwand, sie zu verlassen, denn sie drehte ihm den Rücken zu und ging stolz weiter über die Rua Buenos Aires. De Maeyer machte ein paar Schritte auf das Kurienhaus zu, und als er taumelte und beinahe schon hinfiel, packte ihn der bewaffnete Wächter und stützte ihn. Dr. Ordóñez wäre nie auf den Gedanken gekommen, dass man ihn selbst in das Haus einladen könnte, doch jetzt wurde ihm klar, dass dort der Plan geschmiedet worden war, den er ausgeführt hatte. Und de Maeyer spielte nun seine Macht aus. Noch wie gelähmt, flehte Ordóñez, Amália möge mit ihrem irrsinnigen Stolz jetzt festen Schrittes weitergehen, denn um hier wegzukommen, blieb als einzige Ausrede, sie zu begleiten, er konnte ja versprechen, später zurückzukehren und de Maeyer zu helfen. Und tatsächlich, als er wieder zu ihr hinschaute, war sie erst kurz vor der nächsten Straßenecke. Doch in dem Moment rief de Maeyer ihr wie ein heiseres Huhn hinterher:

»Amália, wollen Sie denn heute Nacht wirklich nicht hereinkommen?«

Im obersten Stock des Gebäudes flog ein Fenster auf – jemand hatte die Flügel mit einer solchen Ungeduld aufgestoßen, dass es wie eine Warnung war –, und vor Schreck traute Ordóñez sich nicht, hinaufzuschauen. Dann war ein Klicken in der Stille des frühen Morgens zu hören, das unverwechselbare Geräusch eines Gewehrs, das geladen wird. Oder ob man von dem Fenster aus jetzt auf Amália zielte? Es konnte ohne Risiko geschossen werden, denn er, Ordóñez, der selber schuldig geworden war, würde niemanden anzeigen. Ihm wurde übel. Er wusste, dass er es nicht verwinden würde, zugesehen zu haben, wie jemand umgebracht wurde ...

»Wirklich nicht, Amália?«, rief de Maeyer noch einmal, in einem so weibischen Ton, dass der Wächter lachen musste, worauf er Ordóñez einen ungeniert kumpelhaften Blick zuwarf. »*Heute Nacht* wirklich nicht? Auch wenn Ihr Mann Sie nicht in die Wohnung lässt?«

Erst jetzt blieb Amália stehen, drehte sich um und schleuderte ihm ihre ganze Verachtung entgegen:

»Ach, lassen Sie mich doch in Ruhe ...!«

Bevor Ordóñez auch nur reagieren konnte, hatte de Maeyer ihm, als wäre er sich seiner Lächerlichkeit bewusst und wollte sie rechtfertigen, kurz zugezwinkert, hatte mit den Schultern gezuckt und war durch das Portal getreten, hin zu diesem Orden, in dem er nicht mehr allein sein würde und der nur ihn, Ordóñez, ausschloss. Zum ersten Mal in seinem Leben spürte er, dass die Rückkehr nach Hause, zu seiner Frau, für ihn lebensnotwendig war, ein Urbedürfnis; und da es bis zu seinem Haus noch weit war, war Amália für ihn das Vertrauteste, an das er sich halten konnte. Doch Amália schaute ihn nicht einmal an, sie schien so schnell wie möglich an der nächsten Ecke abbiegen zu wollen, um die ganze verderbte Welt der Männer, die sich allein fühlen, hinter sich zu lassen. Oben im Gebäude war jetzt ein Befehl zu hören, ja, der Befehl, das Feuer zu eröffnen, und da Amália schon zu weit entfernt war, fürchtete Ordóñez, er wäre das Ziel, und rannte los. Doch niemand schoss, sie wollten nur einschüchtern. Aber wie sollte er jetzt Amálias Vertrauen zurückgewinnen? Als sie gerade in die Rua das Naus einbog, über die sie, das wusste er sofort, wieder zum Fluss hinuntergehen würde, zum Schiff der Waisenkinder, rief er:

»Amália ...«, in einem so vertraulichen Ton, dass jede Dame

indigniert sein musste, aber auch so kläglich, dass nur ein Schuft nicht darauf geantwortet hätte.

Amália blieb stehen, und während sie sich noch die Tränen abwischte, schaute sie sich langsam nach ihm um. Und auch wenn er sich schon hundertmal vorgenommen hatte, sie zu fragen: Möchten Sie, dass ich Sie begleite?, spürte er das Beben, das plötzlich aus den Tiefen der Erde aufstieg, und ohne dass er wusste, warum, fragte er sie:

»Wer bin ich?«

Und als zerschnitte sie ein letztes Band, antwortete sie:

»Kein Mann.« Und Dr. Ordóñez sah sie für immer verschwinden, den Hügel hinunter, wie die Nacht von Lissabon.

3

Lange Zeit konnte Dr. Ordóñez sich nicht rühren, als hätte die Macht dieser zwei Wörter ihn versteinert. Jahr um Jahr würde die Erinnerung an Amálias Verdikt ihn noch quälen, würde ihn wütend machen, mit Schande erfüllen; doch für den Moment, während er spürte, wie sich die Welt von ihm löste, konnte Ordóñez nur an die Wahrheit denken, die ihre Antwort ins hellste Licht gezerrt hatte: Durchschaue mich, oder ich verschlinge dich.

Noch weigerte sich die Nacht von Lissabon, zu gehen, sie richtete sich ein in dieser Dämmerung, wie sie dem Regen vorausgeht. Doch das Licht hatte in seinem Gedächtnis ein anderes entfacht, ein Leuchtfeuer, das den Unterschlupf anzeigt, zu dem man hinrennt, bevor der Sturm losbricht. Das Krachen eines Fensters war zu hören, das nicht aufgehen wollte, und als Ordóñez sich erschrocken umdrehte und zu dem Kurienhaus blickte, sah er, wie jemand sich mit dem Oberkörper hinauslehnte, sicher versuchte er, die Fadosängerin noch zu erspähen, die ihnen doch tatsächlich entwischt war. Und ein kindliches Schamgefühl, dass man ihn selbst bei etwas ertappen könnte, setzte ihn erneut in Bewegung, und ihm war, als wäre er in jener anderen Nacht, die so fern war und doch so ähnlich; einer kühlen, angenehmen Nacht wie heute, in Buenos Aires, fast fünfzehn Jahre her. Und wie heute war es auch damals ein Abend mit vielen Musikern und feinen Leuten und Halunken gewesen, unter denen er sich wie ein Fremder gefühlt hatte, und er hatte Champagner getrunken und war durchdrungen gewesen von einem wirren, fast zwanghaften Begehren; und als es schon bald Tag wurde und die Orchester auf der Corrientes keine Tangos mehr spielten und nur noch irgendein Pianist die Stille mit klebrigen Melodien versüßte, um letzten Eroberungen zum Abschluss zu verhelfen, hatten sie beide, er und Laucha, sich nahe dem Künstlereingang des Folies postiert, um diskret Madame Mexican zu folgen, die diesmal wirklich alleine herauskam, viel kleiner, als sie auf der Bühne den Anschein erweckte, aber genauso *chic*, mit einem beigen Mantel bis zu den Knöcheln, einer Kappe mit Federn und ein paar Füchschen um den Hals – Laucha selbst hatte sie ihr geschenkt –, so dass ihr Gesicht kaum zu erkennen war. Müde, aber entschlossenen Schrittes war sie in Richtung Calle Libertad gegangen, und Javier Ordóñez, der Student, der auch zwei Jahre, nachdem er aus La Plata gekommen war, noch nicht die Angst vor der Nacht in Buenos Aires verloren hatte und dem nichts so wichtig schien, wie das Verlöbnis mit einer Oliveira aufrechtzuerhalten, war zusammengezuckt bei dem Gedanken, nun die Plaza Lavalle zu überqueren, weil man nie wusste, um wie viel Uhr die verrückten Weiber aus Sofías Verwandtschaft loszogen, um die Visionen ihrer schlaflosen Stunden dem berühmten Pater Peterson zu beichten, Pfarrer in der Kirche El Salvador. Aber hätte er sich weigern sollen? Es war das erste Mal, dass dieser Junge aus feinem Hause, ledig und seit kurzem mit einer von Sofías Schwestern verlobt, wirklich auf ihn zu achten schien und, was noch wichtiger war, ihn für voll nahm, und außerdem hatte er eben für ihn, Javier Ordóñez, mehr ausgegeben, als seine Mutter ihm für den ganzen Monat gab. Natürlich stimmte es, dass Laucha noch andere Gründe hatte, »ein bisschen eigennützig, *che*, brauchst dich also nicht bei mir zu bedanken«, denn mit seinen achtundzwanzig Jahren war Javier Ordóñez einer der wenigen Männer, die in jenem Riesenbordell namens Río de la Plata noch jungfräulich waren, und wenn sie jetzt, wie Laucha befürchtete, das Pech hatten und dabei erwischt wurden, wie sie ein »Revuemäuschen« verfolgten, würde er einfach sagen: »Das machen wir für unser Landei hier, Ordóñez, sein Junggesellenabschied!«, und es bliebe bei einem dieser Dummejungenstreiche, nichts würde aus der verschworenen Gemeinschaft der jungen Männer aus gutem Hause herausdringen.

Als er nun, so viele Jahre später, durch den anbrechenden Morgen von Lissabon ging und den Palácio de São Bento erblickte, wo man gerade wahrscheinlich, und zwar *seinetwegen*, wer weiß welche gewichtigen Entscheidungen traf, konnte Ordóñez noch die Wärme dieses behüteten Jüngelchens spüren, der ihn am Arm führte und ihm ins Ohr flüsterte, welche Liebeskünste man, da sei er sicher, bei Madame Mexican erwarten dürfe. Und während er an der Treppe der Basílica da Estrela vorbeiging, war ihm, als ginge er an den erhabenen Säulen des Justizpalastes von Buenos Aires entlang, als könnte er, wenn er sich anstrengte, in der Ferne die entschlossen dahinstöckelnde Gestalt sehen, die sich noch nicht Tania nannte. In der schlafenden Stadt war noch das leiseste Murmeln deutlich zu hören gewesen, vielleicht hatte Madame Mexican deshalb in Windeseile die Calle Talcahuano überquert und sich diskret in den Schutz des Nachtwächters begeben, und Laucha sagte ihm, sie sollten sich hinter dem großen Ombu verstecken, dessen Stamm in Pisse ersoff. Dieser Polyp da hinten, bedeutete er ihm, sollte sie für zwei feine Pinkel halten, die genug vom Cabaret hatten, nicht für zwei Verfolger, worauf Laucha und Ordóñez durch das Geäst der untersten Zweige Madame Mexican im Blick behielten und sahen, wie sie an der Tür des Hotels Biarritz klopfte und, sich schüttelnd vor Kälte, Müdigkeit und Ungeduld, immer wieder hinter sich schaute. Der Portier war an die Tür gekommen und hatte ihr geöffnet, und nichts an seiner verschlafenen Miene verriet, dass er mit Laucha im Bunde war. Doch fünf Minuten später standen sie ebenfalls vor der Glastür des Hotels, und derselbe Portier kam, nun hellwach, um ihnen zu öffnen, und gab ihnen wortlos einen Schlüssel mit der Nummer 319. Sie nahmen die Treppe, damit das Rumpeln des Aufzugs sie nicht verriet, und Laucha konnte kaum an sich halten: »Mir kommt's, Bruder, mir kommt's, verstehst du?«, und ein verstörender Geruch von Alkohol und Geilheit wehte ihm ins Gesicht; und als sie unter dem Lämpchen am zweiten Treppenabsatz standen, hielt Laucha ihn an, schob die Hüften vor und zeigte ihm stolz die mächtige Beule zwischen seinen Beinen. Der junge Javier war weitergegangen und hatte versucht, seine eigene Erektion zu verbergen, doch schon beim nächsten Lämpchen quittierte Laucha sie mit heller Begeisterung. »Mensch, Kerl, am Ende stichst du mich noch aus«, sagte er in einem Lachanfall, der beinahe alles zunichtemachte. Darum hatte Javier ihn auch gefragt, ob es nicht besser wäre, wenn er irgendwo dort zurückbliebe, »ohne sie zu stören«, worauf Laucha fast losgeprustet hätte, und dann packte er ihn bei den Schultern, schob ihn die Treppe hinauf und offenbarte ihm den Rest seines Plans: Das Zimmer, um das er am Nachmittag den Portier gebeten hatte und für das er den dreifachen Preis bezahlt hatte, lag direkt neben dem von Madame Mexican, es gehörte zu einer riesigen Suite, die seit langem zimmerweise vermietet wurde. »Versehentlich« – ein Versehen, das Tausende von Pesos gekostet hatte – war Laucha auch in den Besitz des Schlüssels der Zwischentür gekommen, durch die er zu ihr gehen würde, sobald sie schlief, und wenn er dann mit der Spanierin in »Vorverhandlungen« trat, konnte Ordóñez sich aufs Ohr hauen oder, wenn er mochte, zuhören, wie sie miteinander rangen und schließlich fickten, oder ihn verteidigen, wenn sie zu ihrer Pistole griff, die hatte sie nämlich bestimmt in diesem verflixten schwarzen Täschchen dabei, das sie, schon gemerkt?, nicht mal zum Spaß aus der Hand ließ. »Du brauchst dir keine Sorgen zu machen, mein Lieber!«, sagte er. »Wenn das Aas mir dumm kommt, wenn sie verrücktspielt, Meister, glaub mir, das Personal des Biarritz würde niemals die Polizei rufen.« Und selbst wenn, deutete er an, dann wäre das kein Problem: »An der Rezeption bist du registriert, Javier Ordóñez, wohnhaft in La Plata, Student, ledig ... Ein einfacher Vergleich deines blütenweißen Vorstrafenregisters mit dem ellenlangen von Madame Mexican, und im Handumdrehen hast du deine Freiheit wieder. Und danach: Was wir haben, haben wir! Außerdem«, fuhr er fort, »sehnt sie sich nach mir, schließlich bin ich ein Anchorena!« Ordóñez hatte keine Kraft, sich zu widersetzen, weder gegen den skandalösen Vertrauensbruch, seinen Namen anzugeben, noch gegen die Angst, in den Polizeiakten zu landen, noch gegen den erstickenden Wunsch, zuzusehen, wie dieser stramme Bursche »die Sängerin flachlegt«.

Nicht dass er dabei sein wollte, wenn er sie bumste, nein, aber durchs Schlüsselloch spähen: welch uralter Wunsch! Und sein Schweigen klang in Lauchas Ohren wie Zustimmung. Doch zwei Dinge hatten ihre Pläne durchkreuzt. Die dritte Etage lag fast ganz im Dunkeln, und da es schon bald Tag wurde, gingen die Lichter im Flur nicht mehr an, so dass Anchorena und Ordóñez dastanden und nicht wussten, in welche Richtung sie gehen sollten. Woher sollten sie auch wissen, wo das Zimmer 319 lag? Schließlich kam ihnen eine Frau im Negligé entgegen, ohne sie zu bemerken, und sie schlüpften durch die erste Tür, die nicht abgeschlossen war, außerdem hing an der Türklinke des Nachbarzimmers ein Schildchen, das sich noch bewegte und demnach vor kurzem erst hingehängt worden war, es musste also das Zimmer von Madame Mexican sein, die wünschte, am Morgen nicht gestört zu werden. Zum anderen hörten sie, kaum dass sie die Tür hinter sich schlossen und während Laucha noch nach dem Lichtschalter suchte, aus dem Nachbarzimmer die eindeutigen Geräusche eines Paars, das wie wild bumste, ohne alle Hemmungen und mit einem Geschrei, das Ordóñez zutiefst verstörte. Nur zwei schmale Lichtstreifen fielen durch die Schlitze eines angelehnten Oberlichts herein, und in einem von ihnen sah Ordóñez, wie Laucha sich erregte, ein Spektakel, in dem er eine der zusätzlichen Gaben erkannte, mit denen Gott die Anchorenas beschenkte, und ohne jedes Bedauern, auch ohne die Nachttischlampe anzuknipsen, hörte er zu. Laucha hatte hastig den Hosenschlitz aufgeknöpft und sein riesiges Ding herausgeholt, dessen Geruch Ordóñez nun in der Dunkelheit in die Nase stieg: Es war der erste fremde steife Schwanz, den er in seinem Leben sah. »Hol raus, Junge, hol ihn raus!«, rief Laucha ihm leise zu, und dann kam er zu ihm und packte ihn an der Schulter, und seine Hand zitterte so sehr, dass Ordóñez in seiner Verwirrung begriff, dass Laucha versuchte, seinen Orgasmus hinauszuzögern, ein Zeichen der Höflichkeit gewissermaßen, wie man es unter Männern nicht missachten konnte; und voller Ungeduld suchte er mit seinem Mund nach Ordóñez' Ohr, quälte ihn mit seinem angehaltenen Atem und fing an, leise und dreist die unsichtbaren Heldentaten des Liebespärchens zu kommentieren. »Hörst du?«, sagte er, als benötigten die spitzen Schreie der Frau eine Erklärung, um ihn zu erregen. »Hörst du?« Nur um sich die Schande zu ersparen, nicht als richtiger Mann dazustehen, wühlte Ordóñez seinen Schwanz aus dem Dickicht seiner Flanellunterhose, und er hatte ihn, wie achtlos, nur ein wenig gestreichelt, als Anchorena auf einmal todernst wurde und verstummte, als fiele er gleich in Ohnmacht, so dass der unerfahrene Javier Ordóñez schon fürchtete, er hätte die schlimmste Dummheit seines Lebens begangen. Doch was dann geschah, bewies ihm das Gegenteil: Anchorena tastete mit seiner freien Hand nach Ordóñez' Pimmel, und als er ihn hatte, kniete er sich hin, nahm ihn in den Mund und fing an, ihn mit einer solchen Hingabe zu lutschen, das Ordóñez nicht in der Lage war, sich auch nur einen Zentimeter zu bewegen, er konnte sich nur krümmen, ohne zu verstehen, ohne verstehen zu wollen, ohne zu denken. Es war das Geheimnis der Welt, das aus der Leistenbeuge in ihm aufstieg und nebenan die Liebenden zum Schreien brachte, war das zufriedene Schnauben dieses idealen Freundes. Bis plötzlich Madame Mexican im Zimmer stand – sie war die Frau im Negligé gewesen, der sie auf dem Flur begegnet waren und die jetzt von der Toilette zurückkam –, und noch ehe sie Licht gemacht hatte, hatte sie sie bemerkt und war aufgebracht zur Treppe gelaufen, mit schrillen Schreien, denn es mussten Diebe sein, und sie hatte ihren Schmuck in der Handtasche gelassen und vertraute nicht darauf, dass der Portier ihr zu Hilfe kam, sie wollte, dass der Polyp sie hörte und herbeieilte! Und so kam es: Noch ehe jemand aus dem Biarritz entkommen konnte, war schon ein Einsatzwagen vorgefahren, Laucha und er hatten es gerade noch geschafft, in das richtige Zimmer 319 zu schlüpfen, das Zimmer neben dem Liebespärchen, aber auf der anderen Seite. Madame Mexican hatte nichts Fehlendes entdecken können, aber da man im zuständigen Revier das Treiben im Biarritz schon länger im Auge hatte, waren alle – auch ein älterer Herr namens Leloir, und der war es gewesen, der nebenan, im Zimmer 318, mit der Puppa gevögelt hatte, der Sekretärin von Madame Mexican – schließlich für einen halben Tag verhaftet worden. Madame Mexicans Verachtung war so groß gewesen, dass sie ihnen nicht einmal ins Gesicht sehen wollte, doch Anchorena verschwendete ohnehin keinen Gedanken mehr an sie, Ordóñez schon gar nicht. Nie wieder im Leben würden sie ihr begegnen! Und auch ihr Alibi war letztlich die reine Wahrheit: Sie hatten sich im Zimmer geirrt, hatten, so sind die jungen Männer nun mal, zugehört, wie nebenan ein Paar von der Leidenschaft überwältigt wurde, und »wer in diesem Land, Herrschaften, würde einen Anchorena als Wichser verurteilen!«, hatte selbst der Kommissar gesagt. Das Einzige, worum es den beiden ging, war, sich so schnell wie möglich zu verabschieden. Und auch wenn diese Erfahrung bei ihnen gewiss unterschiedliche Spuren hinterließ, war Laucha, nachdem er Sofías Schwester sitzengelassen hatte, nie wieder zu Ordóñez gekommen, was der auch nicht bedauerte. Und auch jetzt, im Morgengrauen von Lissabon, war die Erleichterung, endlich vor der Tür seines Zuhauses zu stehen, so groß, dass es ihm die Hoffnung zurückgab, so gering sie auch sein mochte, einmal zu verstehen, was er heute getan hatte.

Aber was war er nun?, fragte er sich und bekam vor Müdigkeit und vor Nervosität kaum die Tür aufgedrückt, was war er? Und während er den schweren Schlüsselbund, mit dem er auch das Konsulat und die argentinische Residenz aufschloss, wieder in die Tasche steckte, sagte sich Ordóñez noch einmal, dass ihm seit damals nichts derart Eindringliches passiert war, nichts außer dem, was heute Nacht geschehen war und für das es, wenn er sich den voraussehbaren Fragenkatalog seiner Frau vorstellte, nur jene schreckliche Antwort gab: *Kein Mann* ... War es so? Und würde Sofía es ihm an der Nasenspitze ansehen – erst seine beschämenden Versuche, de Maeyer nach dessen verdächtigem Auftauchen zu ignorieren, dann seine wortlose Bereitschaft, ihm zur Flucht zu verhelfen? Völlig entkräftet nahm Ordóñez die unendlichen Stufen in Angriff, und es wunderte ihn, dass die Treppe nicht erfüllt war vom Duft nach geröstetem Brot und aufgekochter Milch und dass Aninhas nicht herbeigelaufen kam, um ihn zu begrüßen und ihm aus dem Mantel zu helfen. Stufe für Stufe hob er schwer seine Beine und hoffte, dass Sofía wenigstens das Licht anmachte und ihm von oben herab die Leviten las, weil er sie alleingelassen hatte wegen dieser zehntklassigen Galgenvögel und dieses Mädchens vom Hafen! Er konnte sich schon ihre Überraschung vorstellen, wenn ihr langsam dämmerte, dass da noch etwas Schlimmeres passiert war, etwas, was ihr die Freiheit gab, mit ihm zu brechen, so wie der Ehefrau in *Secreto*. Aber nein, nicht einmal das Wandlicht im Flur leuchtete auf, und weder aus dem Wohnzimmer noch aus irgendeinem anderen Zimmer drang das kleinste Licht oder Geräusch.

»Liebste ...«, flüsterte er, erstickt von seinem Schnaufen.

Selbst das Feuer im Ofen, bei dem sie sich nach dem Abendessen immer zusammensetzten – er, um im Radio einen ausländischen Sender zu finden, und sie, um *ausschließlich* für den Frieden der Gerechten zu beten –, selbst das Feuer war von der Asche erstickt, die ganze Nacht hatte es niemand geschürt. Und erst jetzt erinnerte sich Ordóñez daran, was Oberst Sijarich ihm zugerufen hatte.

Aber natürlich, sagte er sich, Sofía hatte ihn die ganze Nacht in Lissabon gesucht, während er sich seiner Frau endlich einmal überlegen gefühlt und dann die schlimmste Rolle gespielt hatte, die man sich vorstellen konnte – *kein Mann*! Wahrscheinlich lief Sofía immer noch irgendwo herum und konnte es nicht fassen, dass er auch zu dem vereinbarten Treffen beim Zoll am Terreiro do Paço nicht gekommen war. Ordóñez wusste, dass Sofía sich weniger Sorgen um ihn machte als um ihre Ehe, die einzige Institution, in der sie sich aufgehoben fühlte, wo schon die Welt ihrer eigenen Familie zusammengebrochen war, aber es berührte ihn nicht. Am liebsten hätte er sich ins Bett fallen lassen, doch bei dem Gedanken, dass jetzt die ganze Gesandtschaft noch in der Nacht unterwegs war, schämte er sich, und er ging weiter durchs Esszimmer. Plötzlich hörte er ein seltsames Geräusch, und rasch knipste er das nächstbeste Licht an, die Stehlampe neben dem Kleiderständer, an dem jemand – Aninhas, wer sonst! – eine schmutzige, abgegriffene kleine Decke hatte hängen lassen.

Ein Kind, sagte er sich ungläubig, es schien das Weinen eines Kindes zu sein, das in seinen Träumen brabbelte und die Kraft zum Aufwachen nicht fand. Oder ein Igel, dachte er, auch wenn er sich nicht erinnerte, jemals einen gesehen zu haben, ihm fiel nur die Verrückte ein, von der Amália erzählt hatte, und warum sollte es nicht so klingen, wenn ein Igel auswürgte. Aber ein Kind? So lange schon hatte Sofía vergeblich von einem Kind geträumt, so lange schon an jedem neunundzwanzigsten Tag geglaubt, sie sehe es kommen, dass Ordóñez sich ermahnte und an Aninhas' Katzenspleen dachte, wahrscheinlich hatte das Dienstmädchen die ungewohnte Abwesenheit der Herrschaften ausgenutzt und eins der Miezekätzchen hereingelassen, und jetzt musste das arme Ding irgendwo dort sein.

Um das Kätzchen nicht zu verängstigen – nicht dass es beim Entwischen Lampen und Vasen und sonstigen Klimbim umwarf –, schlich Ordóñez auf Zehenspitzen zum ehelichen Schlafzimmer. Doch was er dort sah, noch ehe er Licht gemacht hatte, jagte ihm einen solchen Schrecken ein, dass er aufschrie: Mitten im dunklen Zimmer, auf einer Ecke des Bettes, saß Sofía, hellwach, und starrte ihn an. In ihrem angespannten Gesicht ahnte er das Schwindelgefühl dessen, der weiß, dass er bald töten wird.

Ein aberwitziger Gedanke schoss ihm durch den Kopf: Im Zimmer war noch jemand, und dieser Jemand würde ihn jetzt umbringen – Sofías Rache, im Bunde womöglich mit dem Patriarchen, der sie von dem Gebäude, in das de Maeyer hineingegangen war, angerufen und ihr alles erzählt hatte. Mit stockendem Atem knipste Ordóñez den Kronleuchter über dem Bett an, und während sie beide noch blinzelten und versuchten, ihre Augen an den grellen Schein zu gewöhnen, wussten sie, dass sie nicht mehr dieselben waren, als kämen sie beide aus unvorstellbarer Ferne. Aber da war noch etwas, und das wog unendlich schwerer: Die Personen, in die sie sich verwandelt hatten, würden sich nichts zu sagen haben.

Die seltsamen Wimmerlaute, die, wie er nun bemerkte, aus dem Zimmer nebenan kamen, wurden lauter, aber es war keine Katze, nein, es war ein Mensch, der kaum des Sprechens mächtig war, ein Taubstummer, dachte er absurderweise, oder eine geknebelte Frau. Aninhas? Sofía schaute Ordóñez an, und in dem Glanz ihrer Augen lag Entsetzen, aber auch ein Flehen. Ringsumher standen Koffer, wie er erst jetzt sah, und die Gewissheit, dass er sie in dem Moment überrascht hatte, als sie ihn verlassen wollte, weil sie es leid war, immer wieder zu hoffen und enttäuscht zu werden, diese Gewissheit schmerzte ihn wie eine gerechte Strafe. Er machte einen Schritt auf sie zu, und jetzt wimmerte auch sie. Ordóñez verstand, dass hier etwas völlig Neues geschah, denn noch nie hatte sie ein solches Gefühl der Wehrlosigkeit gezeigt. »Liebste«, wollte er schon sagen, um sie zu beruhigen, »heute habe ich dem Personal endlich einmal gezeigt, was eine Harke ist!« Doch dann besann er sich:

»Und Aninhas?«

»Ich habe sie fortgeschickt«, sagte Sofía mit einer kaum wiederzuerkennenden Stimme; derselbe Ton, dachte Ordóñez, in dem de Maeyer sich heute ihm gegenüber gerechtfertigt hatte. »Ich habe sie von dem kleinen Telegrafenamt am Terreiro do Paço aus angerufen und ihr gesagt, dass Lissabon bald bombardiert wird. Sie soll rasch in ihr Dorf fahren und dort auf uns warten. Es heißt Urioz, das Dorf, in Tras-os-Montes, dort wartet sie jetzt auf uns.«

So wie Sofía dasaß und schluchzte, schien sie nur auf Ordóñez' Zustimmung zu diesem törichten Plan zu warten. Wirklich verrückt, dachte Ordóñez, vielleicht würde Lissabon ja tatsächlich bombardiert. Aber es gab noch einen anderen Grund, und allein die Möglichkeit rührte ihn fast zu Tränen. Wollte sie ihn jetzt vor der PVDE verstecken, ihm die öffentliche Demütigung ersparen? Oder hatte sie ein einziges Mal denselben Wunsch verspürt wie er, nämlich die Gesandtschaft um einen »wohlverdienten Urlaub« zu bitten, zumal unter dem Vorwand, sie wäre, ja, diesmal wirklich schwanger?

»Wir brauchen Urlaub, Javier«, sagte Sofía, er hatte also recht gehabt; und zum ersten Mal seit Jahren hatte sie ihn beim Namen genannt. »Ich muss mich ausruhen.«

Doch bei diesen letzten Worten verlor er alles Vertrauen wieder, denn Ruhe war für seine Frau immer der erste Schritt zur Sünde gewesen. So dass er, wurde ihm klar, erst herausfinden musste, welchen Zusammenhang es zwischen dem Wimmern nebenan und der Besorgnis in ihren Augen gab, und langsam, ganz langsam ging er auf das andere Zimmer zu.

»Javier!«, rief Sofía und versuchte ihn aufzuhalten, aber er wusste, dass sie ihm nicht die Wahrheit sagen würde, und ging weiter.

»Javier!«, rief sie noch einmal. »Da ist eine Frau im Bad!«

Dr. Ordóñez drehte sich verblüfft zum Bad um. Wer sollte schon dort drinnen sein, sicher glaubte sie, ihm auf diese Weise etwas andeuten zu können, aber er würde es sowieso nicht verstehen.

»Und jetzt ist sie gegangen«, sagte Sofía und lachte, mit einer dummen Fröhlichkeit, die sie selbst erschreckte. »Oder ist längst fort. Fort von hier. Und von Lissabon. Auf der Boa Esperança.«

Dr. Ordóñez glaubte nun zu verstehen und machte im Nebenzimmer Licht. Auf dem Bett lag ein Kind, ein kleiner Junge, die Augen weit offen und leer, fröstelnd und dabei schluchzend. So wie sich seine Hände immer wieder öffneten und schlossen, dachte Ordóñez, dass es sich nach der stinkenden kleinen Decke sehnte, die er am Kleiderständer hatte hängen sehen. Ordóñez beschloss, dem Kind in die Augen zu schauen, sich zwischen sie und das Dunkel der Zimmerdecke zu stellen, doch seine Unruhe war so groß wie Sofías Verrücktheit, wie ihre Entscheidung, um jeden Preis endlich ein Kind zu bekommen.

»Javier«, sagte Sofía, die hereingekommen war und über seine Schulter auf den Jungen schaute.

Doch Ordóñez hörte sie nicht mehr, er wusste, dass diese »Frau« im Dunkel der Nacht mit Sofía den Pakt geschlossen hatte, dem Amália sich verweigert hatte und der sie noch quälte. Er wusste, dass sie nach Urioz ziehen mussten, selbst wenn das Geld nicht reichte, nur um dem Argwohn der Nachbarn zu entgehen. Sie würden leben, so gut es ging. Irgendwann würden sie das Kind im Konsulat als ihr eigenes eintragen lassen, das wäre einfach. Wer würde schon nach dem Alter fragen, wenn es sein Kind war?

»Es wird ganz einfach sein, wirst schon sehen«, sagte Sofía, und dieses Wort, »einfach«, berührte Ordóñez mit einer ungeheuren Zärtlichkeit: Der heimatlose Junge dort, der namenlose Junge, er *ähnelte ihm*, als wären sie aus demselben noch unbekannten, unbenannten Stoff. Und wer wollte sagen, ob der gut oder böse war? Niemand war geeigneter als Ordóñez, dem Kind einen Namen zu geben und so schließlich auch seinen eigenen zu finden. Er streckte zitternd die Hand aus, aber kaum hatte er den Jungen berührt, fing der fürchterlich an zu weinen: Du bist ein Erwachsener, schien er zu sagen, du bist ein Erwachsener, das ist der Unterschied.

»Wie ein kleiner Fadosänger«, sagte Sofía. »Bevor du kamst, hat er geschrien, du kannst es dir nicht vorstellen! Wie dieses Mädchen, wie hieß sie noch gleich ... Amelia? Amália?«

Dass sie den Fado erwähnte, war für Ordóñez das deutlichste Zeichen, dass sie auf ihn zuging, aber er musste auch an die Drohung der Verrückten denken: »Er wird nach Ihnen suchen, Amália, und wenn Sie ihn hören, werden Sie sich erkennen...«

Wer war der Junge?, fragte er sich. Was war mit ihm geschehen? Er war ein Kind der Nacht von Lissabon, und er würde es niemals erfahren.

»Ja, wie ein Fadosänger«, antwortete Ordóñez, und er sagte es mit einer Stimme, die Sofía nicht wiedererkannte; doch sie war so erleichtert, dass ihr die Tränen kamen. »Nur soll er es besser nicht erfahren, Sofía. Wir werden nie wieder in ein Fadolokal gehen.«

Zerbrochener Spiegel

Der Konsul allein und im Dunkeln. »Können Sie sich das vorstellen, Dr. Cantilo?« Portugiesischer Fado.

I

Mit einem mulmigen Gefühl war er ins dunkle Konsulat getreten, sicher lauerte dort jemand auf ihn, und Ricardo hatte ihn nur allein gelassen hatte, damit man ihn umbrachte. Er lehnte sich mit dem Rücken an die Tür und wartete auf den Überfall, und als er sich überzeugt hatte, dass niemand da war, tastete er nach der Registratur, auf die, wie er sich zu erinnern glaubte, Señorita Pagano ihre Taschenlampe gelegt hatte, damit sie sie zur Hand hatte, wenn Verdunklung war. Dann tastete er sich weiter zu einem Sessel und ließ sich fallen wie ein Angeschossener, und die ganze Erschöpfung kam über ihn.

Mein Gott, wer war dieser Mensch, der sich Ricardo nannte und erst einen Geistlichen und dann einen Bankier und später einen Philanthropen gespielt hatte, um dann zu seinem Peiniger zu werden, ohne dass er selbst aufgehört hatte, ihn für seinen Sohn zu halten? Wie hatte Ricardo ihn derart täuschen können, dass er ihm am Ende gestand, was er niemals hätte gestehen dürfen? Kein Zweifel, der Mann glaubte, eine Mission zu erfüllen, und am Höllenschlund hatte sie eine Wendung genommen, nicht wegen seines Geständnisses, sondern aus einem anderen Grund, aber welchem? In seinem Kopf schlugen die Vermutungen Purzelbaum, und er spürte die Dunkelheit wie ein Wasser, auf dem plötzlich alle Szenen dieser

Nacht trieben wie die Überreste nicht nur eines einzigen Schiffbruchs, und über ihm ein Himmel, der ihn aufmerksam zu betrachten schien, als wäre er das erste Wort einer Erzählung, die er selbst nicht weiterzulesen vermochte.

Ein Schrillen riss ihn aus seinen Gedanken, es war das Telefon. Er hatte geschlafen – wie lange, Scheiße, wie lange? Er fuhr mit den Händen durchs Dunkel, bis er das Kabel gefunden hatte, zog daran und unterbrach die Leitung, und dann saß er da und verfluchte seine Dummheit. Wer konnte ihn um die Uhrzeit schon anrufen? Und als wollte er sich aus der Strömung reißen, die ihn forttrug, erhob er sich mit einem Ruck.

Er war nur einer unter den vielen, die in dieser endlosen Nacht auf den Beinen waren, aber ein anderer als der, der er vorher gewesen war; und auch wenn er jetzt, um sich zu beruhigen, die Taschenlampe anknipste, stellte er in ihrem schwachen Schein nur fest, dass ihm die Welt ringsum fremd geworden war. Merkwürdig, mit welcher Leichtigkeit er seine nutzlose Funktion erfüllt hatte. Und wie schwer es jetzt war, den Schlüsselbund zu finden, den richtigen Schlüssel zu wählen und ihn in das Schloss des Karteischranks zu stecken und ihn aufzuziehen; im Schein der Lampe zu wühlen und nach irgendeinem leeren Formular zu suchen, in das er die Daten von de Maeyer eintragen konnte, unter einem Haufen von Papieren, von denen er gar nicht wusste, dass es sie gab: Rechnungen, Gehaltsbescheinigungen, aber auch Dutzende von bereits ausgefüllten Formularen, die Sijarich aus irgendeinem Grund vor dem Papierkorb bewahrt hatte. *Argentinisches Konsulat in Lissabon* stand auf dem Stempel links oben in der Ecke, *Visumsgesuch für Reisepass*. Und darunter das Datum: 8. Juni 1941. *Name und Nachname*: Lily Wainberg. *Ge-*

burtsort und Geburtsdatum: Saloniki, 5. Juni 1902. *Staatsangehörigkeit:* Deutsch. *Staatsangehörigkeit erworben durch:* Heirat. *Familienstand:* verheiratet. *Passnummer:* 549. *Bemerkungen:* Trägt Kennzeichen »J«. *Anlass der Reise:* Auswanderung in die Argentinische Republik. Und mit winziger Schrift hatte Sijarich angemerkt: KP? Der Konsul erinnerte sich an den großen Raum in der Getreideexportfirma Intercontinental, den langen Tisch mit all den illegalen Flüchtlingen, denen Esteban bei ihren ersten Arbeiten half. *Name und Nachname:* Roman Dubosc. *Geburtsort und Geburtsdatum:* Paris, 5. Oktober 1935. *Staatsangehörigkeit:* Französisch. *Passnummer:* 1256. *Bemerkungen:* Trägt Kennzeichen »J«. *Anlass der Reise:* Auswanderung in die Argentinische Republik, Familie Freidemberg. Aber welchen Grund konnte Sijarich gehabt haben, einen siebenjährigen Jungen in Lissabon zu lassen? Auf die Rückseite hatte er gekritzelt: Vater Arier. Und dann das Formular von Mizrahis Tochter, die er am Bahnhof von Cascais gesehen hatte, die Arme, in deren Fröhlichkeit sich ein dunkler Verdacht geschlichen hatte, aber jetzt gab es kein Kennzeichen, das Formular war nur dort, damit es nicht hieß, man hätte sich nicht nach Kräften um den König des Erdöls gekümmert.

Als er schließlich ein altes, unbeschriebenes Formular fand, schloss er leise die Schublade, legte das Blatt und den Pass, den Ricardo ihm gegeben hatte, auf Ordóñez' Schreibtisch, und ihm blieb nichts anderes übrig, als sich die Taschenlampe in die Hose zu stecken und eine kleine Leselampe anzuknipsen, und mit bebendem Herzen, nicht dass ihn jemand durch die Fensterläden sah und auf ihn zielte, versuchte er, sich das Gesicht des Unbekannten vorzustellen, das er gleich sehen würde und das er dann auch auf dem Foto sah, überrascht von der hervorragenden Studioqualität. Doch dann erstarrte er, denn darunter stand nicht Oswald de Maeyer, geboren in Brüssel,

Belgien, sondern Fernando Pinto Araújo, geboren in Évora, 26 Jahre alt. Hatte man ihm einen falschen Pass untergeschoben? Oder war er gerade dabei, einem anderen an Bord zu verhelfen, einem jungen Mann, der tatsächlich Fernando hieß?

In den Räumlichkeiten gegenüber waren Stimmen zu hören, es waren die Angestellten des Konsulats von Chile, die mit schuldbewusstem Gehorsam einem Mann antworteten, der sie donnernd zur argentinischen Gesandtschaft befragte, und auch wenn er sich noch so lächerlich vorkam, löschte der Konsul das Licht und beschloss, so zu tun, als wäre er eingenickt; dann kroch er wieder auf den Sessel, wo er sich eine Ausrede überlegen wollte. Die Chilenen sagten immer wieder, nein, sie wüssten von nichts, »sehen Sie denn nicht, dass alles dunkel ist?« Wenn es jemand von der PVDE war, würde er sich verärgert und zugleich unbesorgt geben, er hätte sich nur ein wenig ausgeruht, er warte auf den Fahrer, der ihn, wenn es so weit war, abholen und zum Kai bringen sollte. Plötzlich drehte sich ein Schlüssel in der Tür, und der Konsul knipste die Taschenlampe an und richtete sie auf die erschrockene Fratze von Oberst Sijarich. »Ich bin's, Oberst«, sagte der Konsul nur, und nie war ihm ein Satz derart absurd vorgekommen, denn nicht einmal er selbst wusste noch, wer er war.

»Dem Himmel sei Dank, Dr. Cantilo«, schnaufte Sijarich, und als ihm bewusst wurde, dass die Nennung seines Namens sie in Gefahr bringen konnte, schloss er die Tür rasch ab, und der Konsul verstand, dass es Sijarich gewesen war, der vorhin angerufen hatte. Der Konsul erhob sich und machte die Tischlampe wieder an. »Eben haben sie sich im Konsulat von Kuba ausgetobt«, sagte der Oberst weiter, und der Konsul, der an die Bemerkungen auf der Rückseite der Karteikarten der Flüchtlinge denken musste, empfand nur tiefe Verachtung für ihn. »Sie haben die Unterlagen von allen beschlagnahmt, die heute auf der Boa Esperança ausreisen sollten!«

Konsul Cantilo ahnte, wie sehr den Oberst aufbrachte, was er und die anderen aus der Gesandtschaft seinetwegen in der Nacht hatten durchmachen müssen, und jetzt hatte Sijarich sich dazu durchgerungen, ihm keine Vorwürfe zu machen, aber er würde es ihm heimzahlen, auf seine Weise, so wie immer: indem er ihm Angst machte. Doch der Konsul sagte kein Wort, und gefolgt von Sijarichs Blick, aus dem weniger die Verwunderung sprach als das Interesse an technischer Überwachung dessen, was er tat, stöpselte der Konsul wortlos das Telefonkabel wieder ein, um dem Oberst zu verstehen zu geben, dass er störte; er musste sich jetzt, in Gedanken und ganz konkret, auf den Akt der Spende vorbereiten.

2

»Wie es aussieht, denkt kein Mensch mehr an die Getreidespende, Dr. Cantilo«, sagte Sijarich und setzte sich auf den Hocker, auf dem jeden Morgen die Bewerber um die argentinische Gastfreundschaft Platz nahmen, und so wie er dasaß, dachte der Konsul, hatte er etwas von einem Richter. Und als hätte er sich eine Taktik überlegt, um sich ihm zu entziehen – so dumm wäre er nicht, den Oberst jetzt hinauszuwerfen, nachdem er die Formulare auf dem Tisch hatte liegen sehen –, beschloss der Konsul, ihm zu erzählen, was ihn beschäftigte, ohne allzu sehr in die Details zu gehen, und ging zum Tresor, dessen Zahlenkombination nur er kannte, in der Hoffnung, dass der Oberst wenigstens den Blick abwandte. Doch der war in Gedanken nur bei dem, was er ihm zu sagen hatte.

»Im Radio hieß es gestern noch, man werde Schritt für Schritt über die Spende und den Wohltäter berichten, und jetzt ist von nichts anderem mehr die Rede als von der Bombe auf der Boa Esperança, können Sie sich das vorstellen? Das ist Zensur! Wo Sie zu diesem Zeitpunkt die wichtigste Person hier sind. Sie werden nicht glauben, wie viele Gerüchte ich heute Nacht gehört habe«, fuhr der Oberst fort, während der Konsul den Stempel aus dem Tresor nahm, wieder zum Schreibtisch ging und ihn neben das unausgefüllte Formular legte. »Salazar hat nicht viel erklärt, aber keiner zweifelt daran, was bei dem famosen Treffen beschlossen wurde. Dass England ihn am Ende überzeugt hat.«

Der Konsul ließ sich nicht anmerken, wie sehr es ihn erleichterte, dass Portugal sich den Achsenmächten offenbar nicht gebeugt hatte; aber allein die Vorstellung, der Oberst könnte nur um seine eigene Sichrheit besorgt sein, widerte ihn an, denn natürlich war Sijarich der Einzige in der Gesandtschaft gewesen, der das kostenlose Konto bei der Bank De Sanctis & De Maeyer angenommen hatte, und sicher hatte er den Deutschen Informationen gegeben, Angaben, wie er selbst sie eben gesehen hatte, und jetzt wollte er ihn auch noch um seinen Schutz bitten. Der Konsul nahm eine kleine Unterlage vom Schrank und legte Stempel, Karteikarten und Dokumente darauf, wie um ihm zu bedeuten, dass er sich jetzt rasch in sein Büro zurückziehen müsse.

»Es heißt, Salazar sei, so wie Sie, zu einer geheimen Versammlung gerufen worden, und zwar von einem Vertreter Hitlers. Kein Diplomat, aber jemand, der gewissermaßen in geheimer Mission unterwegs ist, ein Spion, der Salazars Version der Unterredung von ihm selbst hören und ihm vielleicht ein ›Gegenangebot‹ machen wollte; damit Salazar sich nicht an das hält, was er Mr Hudson versprochen hat, und neutral bleibt oder am Ende gar doch die Achsenmächten unterstützt. Aber Salazar, heißt es, hat die Versammlung verschoben, als ihm durch einen anonymen Hinweis klar wurde, dass der Ort nicht sicher war. Können Sie sich das vorstellen?« Und da der

Konsul es sich anscheinend gar nicht erst »vorstellen« und erst recht keine wie auch immer geartete Beziehung zwischen dergleichen Vermutungen und ihm selbst hergestellt wissen wollte, wurde der Oberst deutlicher: »Salazar sollte dort entführt werden, ganz bestimmt, so wie der Herzog von Windsor bei der Operation Willi.«

Der Konsul, der wieder zum Tresor gegangen war, um ihn abzuschließen, begriff jetzt, dass Sijarich mehr über ihn wusste, als er zuzugeben bereit war. Auch, dass der Konsul entschlossen war, zu verschweigen, dass bei dem Treffen in der Villa in Cascais – zu dem Sijarich ihn klugerweise nicht befragte – Ricardo gesagt hatte, Salazar persönlich werde kommen. Aber wie sollte er vor sich selber so tun, als gehörte Ricardo nicht einer Organisation an, bei diesem ganzen Aufgebot, das er, was für ein Dummkopf, für ein wunderbar effektives Hauspersonal gehalten hatte? Und vor allem, wie sollte er nicht daran denken, dass Ricardo in der Lage war, jemanden umzubringen oder seinen Mördern auszuliefern?

»Warum nicht?«, ereiferte sich der Oberst. »Man darf den Mut des portugiesischen Adels nicht unterschätzen. Auch hier werden private Geschäfte mit den Nazis gemacht. Können Sie sich das vorstellen? Apolitisch wie sonst wer, interessiert an Neutralität! War es nicht genau dort, in der exklusiven Gegend von Cascais, wo man die Operation Willi durchgeführt hat?«

Der Konsul wusste kaum, was er antworten sollte. Jedes Wort erforderte ein Abwägen und lenkte ihn von seiner fixen Idee ab: sich zu erinnern, was er in der Nacht erlebt hatte. Und um nicht hilflos dazustehen, machte sich der Konsul daran, die Papiere und sonstigen Dinge auf den Schreibtischen aufzuräumen, wobei er erklärend murmelte, alles müsse an seinem Platz sein, falls jetzt die PVDE komme und er sie empfangen müsse. Und plötzlich war ihm, als fürchtete Sijarich die

PVDE gar nicht, als wüsste er, dass sie nicht kommen würde, als hätte die PVDE ihn beauftragt, ihm zu sagen, was er ihm jetzt sagte. Der Konsul legte sich schon die Worte zurecht, mit denen er Sijarich anweisen wollte, schon vorauszugehen und Tania und Discépolo in der argentinischen Residenz zu suchen, er müsse noch »den Vorgang hier erledigen«, allein in seinem Büro, als Sijarich seine Gedanken unterbrach:

»Deshalb habe ich mir solche Sorgen um Sie gemacht, Doktor, verstehen Sie? Solche Sorgen! Auch wenn ich niemandem etwas gesagt habe, auch wenn es so aussah, als wäre ich nur mit anderen Problemen beschäftigt. Verstehen Sie? Wer konnte uns versichern, dass man nicht auch Sie als Geisel genommen hatte?«

Eine Ahnung durchfuhr den Konsul: »Als Geisel?«, echote er und lachte theatralisch. Hatte Ricardo ihn mit seinem Verhalten nicht tatsächlich die ganze Nacht entführt? Und diese Killertypen, ja, natürlich, sie waren, während der Konsul wie ein Idiot über sein Leben sprach und auf Ricardo vertraute wie auf einen Sohn, nur die Entführerbande gewesen, mit Ricardo als ihrem Anführer, den sie über alles, was in Lissabon passierte, auf dem Laufenden hielten. O ja, der Moment, als Ricardo plötzlich wie ausgewechselt war! Bestimmt hatten sie ihm gerade etwas mitgeteilt.

»Ich bitte Sie, Herr Oberst, reden Sie keinen Unsinn«, sagte der Konsul. »Wen könnte man mit meinem Tod schon erpressen.« Doch Sijarich brauchte gar nichts mehr zu sagen, denn auch wenn der Konsul sich für einen unbedeutenden Menschen hielt, hatte der Oberst alle davon überzeugt, dass er es *nicht* war. Deshalb also war Ricardo die ganze Nacht so stolz gewesen, er wusste das Leben des Wohltäters in seinen Händen, des berühmten Diplomaten, auf den die ganze Welt schaute! Und das, ohne auch nur eine Waffe zu benutzen. »Und wozu?«

Sijarich schwieg, während in schwindelerregendem Tempo weitere Schlussfolgerungen auf den Konsul einstürmten.

»Hat Señorita Pagano Ihnen denn nichts davon gesagt?«, fuhr der Oberst schließlich fort. »Die ganze Nacht hat immer wieder ein Mann mit deutschem Akzent angerufen und sie gefragt: ›Wissen Sie auch genau, dass der Wohltäter in Sicherheit ist?‹ Bis wir die Telefonistin irgendwann gebeten haben, ihr keine Anrufe mehr durchstellen, es sei denn, der Anrufer nennt seinen Namen. Und auch bei Ihnen zu Hause, Doktor«, fügte der Oberst hinzu, und als der Konsul sich die Zerstörungen vorstellte, von denen Ricardo erzählt hatte, war ihm, als führe ihm der Blitz ins Herz, »hat das Fräulein Marcenda...«

»Wie bitte?«, rief der Konsul, »Marcenda? Marcenda ist zu Hause?« Und der Oberst bedeutete ihm verlegen, ja, so sei es, wieso frage er. Auch bei ihr hatte man angerufen, und der Konsul ließ sich in den Sessel fallen. Natürlich durfte er Sijarich jetzt nicht zeigen, dass jemand ihn hatte täuschen können, aber er war so zerknirscht und beschämt, dass er wie gelähmt war. Konnte es sein, dass man ihn derart dreist belogen hatte?

Der Oberst erlaubte sich nun eine Geste des Mitgefühls, stand auf und nahm ihn am Arm.

»Doktor«, sagte er mit ernster Stimme, drohend und zugleich väterlich, und der Konsul riss sich verärgert los.

»Was ... Was tun Sie da«, stammelte er und strich sich die Ärmel glatt. »Lassen Sie sich eins gesagt sein: Mir ist es egal, was Sie sich alles einbilden!«, worauf der Oberst, der sich in seinem Stolz getroffen fühlte – man zweifelte an seinem Verstand –, wieder zu seinem Hocker ging und betont ruhig fortfuhr:

»Sehen Sie, Dr. Cantilo, als am Kai die Unruhen ausbrachen, war meine größte Sorge, Sie ausfindig zu machen, den Ort zu erfahren, wo das Geheimtreffen mit dem Patriarchen statt-

fand.« Es war offensichtlich, dass er ernsthaft um ihn besorgt gewesen war, auch wenn sein ewiges Interesse an politischen Machenschaften noch durchschien. »Im Kurienhaus wollte man mir natürlich nichts Näheres sagen. Dann habe ich unseren Botschafter angerufen, in seinem Hotel in Estoril, und seine Frau, die so verzweifelt war wie ich, sagte mir, er sei nicht da, er sei unterwegs, um Sie zu suchen, und sosehr sie ihn gebeten habe, zu bleiben, habe er ihr auch nicht verraten wollen, wohin es danach gehen sollte.« Der Konsul starrte ins Nichts, er wollte sich nichts anmerken lassen. »Sie können sich meine Besorgnis vorstellen, als der Botschafter dann auf einmal am Hafen von Alcântara auftauchte, zutiefst beunruhigt, weil Sie nicht zum geplanten Treffen gekommen sind!«
Der Konsul deutete ein spöttisches Lächeln an, dieser unsägliche Botschafter, woher wollte er wissen, dass er nicht gekommen war, wenn er sich nicht an die Anweisungen des Patriarchen gehalten hatte und, statt am Bahnhof von Cascais auf ihn zu warten, nach Lissabon gefahren war. Doch dann ahnte er etwas Schreckliches: Konnte es nicht sein, dass auch er von einem jungen Mann wie Ricardo abgefangen wurde, der ihm sagte, der Konsul käme später? Und welche Beweise hatte er überhaupt, dass Ricardo de Sanctis ihn zu dem Treffen mit dem Patriarchen geführt hatte? Welche Beweise, dass Ricardo den Patriarchen kannte? Es hätte genauso gut ein Haufen Schauspieler sein können, die alle ihre Rolle spielten. Außer dem Herrn Eliade. Aber war es wirklich Eliade gewesen? Und die Villa, wer konnte ihm sagen, dass Ricardo de Sanctis tatsächlich über sie verfügte? Hatte man sie nicht vorher an den Herzog von Windsor vermietet und dann an diesen Gurfein, der ein Visum beantragt hatte und am Ende nach Kolumbien ausgereist war? Mein Gott, wer war wer in dieser Geschichte?

»Ich weiß genau, was meine Rolle in dieser Geschichte ist, Dr. Cantilo«, fiel Sijarich in seine Gedanken ein, und es klang beeindruckend aufrichtig, denn er sprach von diplomatischen Kompetenzen und politischen Verantwortlichkeiten, die dem Konsul ein Buch mit sieben Siegeln waren und die er ebendrum missachtet hatte, und weil er sie missachtet hatte, war er in den ganzen Schlamassel geraten und man hatte ihn aus den Augen verloren. »Ich möchte mich wirklich nicht in Ihre Entscheidung einmischen, ich könnte es auch nicht. Und ich sage Ihnen ganz offen, dass ich nicht an Ihnen und Ihren guten Absichten zweifle; aber glauben Sie mir, nichts scheint mir vertrackter zu sein als gute Absichten! Deshalb habe ich mich vorgestern Abend, als ich Sie so begeistert zusammen mit dem Patriarchen sah, auch gefragt, ob Sie überhaupt wissen, welche Gerüchte über ihn im Umlauf sind, über ihn und seine Verbindung mit ...«

Mit Ricardo de Sanctis?, hätte der Konsul beinahe gefragt, und er warf Sijarich einen so verzweifelten Blick zu, dass der sich das Ende seines Satzes verbiss.

»Es heißt, der Patriarch steht an der Spitze einer männlichen Elite, Doktor«, sagte der Oberst nun freiheraus, und der Konsul errötete und gab vor, nicht zu verstehen, was er meinte. »Ich fürchtete, sie hätten mit Ihnen etwas vor. Dass einer von diesen ... diesen ...«

»Schon gut, Oberst, erwarten Sie mich am Kai«, sagte der Konsul nur knapp und wollte sich schon aus dem Sessel erheben, aber er sackte wieder zurück, denn als ihm bewusst wurde, dass er diesen Fado zitiert hatte, *Erwarte mich am Kai*, ging ihm plötzlich auf, wer der Mann mit dem deutschen Akzent gewesen war, der am Telefon nach ihm gefragt hatte, ohne seinen Namen zu nennen: der Herr von der Jüdischen Suppenküche, an den er seine letzte Hoffnung knüpfte! »Ich verstehe nicht, warum das, was Sie mir erzählen, meine Spende beeinflussen sollte. Ich habe nie erwartet, dass man mir dafür dankbar ist. Ich werde zuerst Señor Discépolo und seine Frau an Bord bringen, und dann treffe ich mich mit Ihnen. Und danach, wenn alles erledigt ist, besprechen wir die Konsulatsangelegenheiten.«

Doch der Oberst schien von dem Willen beseelt, ihm, wo er schon hergekommen war, auch *alles* zu sagen, und er streckte ihm die Hand hin, um ihm aufzuhelfen.

»Es waren die Nazis, die auf dem Schiff die Bombe gelegt haben, daran zweifelt niemand. Bestimmt wollten sie verhindern, dass die Boa Esperança ausläuft, und so auch andere Schiffe und Flüchtlinge abschrecken. Aber es müssen portugiesische Nazis gewesen sein, darauf kommt es an. Können Sie sich das vorstellen? Nur so lässt sich erklären, dass der Attentäter der Polizei in die Hände gefallen ist und trotzdem, trotz seiner Verletzung, entkommen konnte. Ich glaube, nur jemand aus dieser Elite des Patriarchen hat die Bombe in der ersten Klasse legen können. Womit ich nicht sagen will, dass er auf die Unterstützung Salazars zählte, aber nur ein Angehöriger der *Elite* kann Salazar davon überzeugt haben, dass es besser wäre, ihn freizulassen und das Attentat für immer zu vergessen. Mittlerweile würde sich auch niemand mehr wundern, wenn sich herausstellte, dass Salazar eng mit den Nazis verbunden ist. Aber können Sie sich vorstellen, Salazar würde sagen, der Patriarch von Lissabon, sein großer Freund, sei ein . . . ?«

Der Konsul schaute ihn an wie ein in die Enge getriebenes Tier, das verzweifelt zum Angriff übergeht, doch etwas in Sijarichs Gesichtsausdruck sagte ihm, dass er sein Geheimnis kannte. Nicht nur, dass er wusste, was er an Ricardos Seite heute Nacht erlebt hatte, nein, er wusste *alles* über das frühere Leben des Konsuls, wusste von der Sache mit dem Kadettenskandal, wusste von seiner wahnsinnigen Mutter und seinem toten Vater, selbst von Esteban. Und er kannte den Grund für seine Reise nach Buenos Aires und sein Motiv für die Spende, ein unendlich komplexeres Motiv als der Wunsch, Gutes zu tun. Und wenn ihm das alles bekannt war, wieso sollte es dann nicht auch die PVDE wissen?

»Ich habe noch etwas gehört«, sagte der Oberst, und der Konsul glaubte zu verstehen, *von der* PVDE *weiß ich*: »Die Leute von der Ermittlung haben bei einem Verhör herausgefunden, dass *noch heute Nacht* eine geheime Fracht nach Lissabon gebracht werden soll, aber der Verhörte ist ihnen ›unter der Folter abhanden gekommen‹. Es war der junge Mandelbaum, Dr. Cantilo«, und dem Konsul entfuhr ein Schrei, »der junge Mann, dem Sie vor zwei Monaten die Einreise nach Lissabon ermöglicht haben.« Der Konsul sackte zusammen: Mein Gott, wie konnte Sijarich an den Namen erinnern! »Wissen Sie etwas von ihm?«

Der Konsul schüttelte den Kopf

»Ja, ich glaube, er war es, den sie gefoltert haben«, sagte Sijarich. »Können Sie sich das vorstellen? Er wird der PVDE gesagt haben, dass mit dem Hilfsfrachter nicht nur Weizen kommt. Und deshalb ist die Weizenlieferung jetzt wichtiger denn je! Und wer weiß, vielleicht ist diese ›geheime Beiladung‹ ja das, was der englische Botschafter Salazar angekündigt hat und was ihn schließlich überzeugt hat. Genauso gut kann es natürlich sein, dass nichts an der Sache dran ist, Doktor, man erfindet alles Mögliche, wenn sie einem mit dem glühenden Eisen kommen ...«

»Hören Sie auf, Oberst, Ich bitte Sie ...«, murmelte der Konsul, es verletzte ihn zutiefst, dass selbst Señor Mandelbaum ihn für etwas anderes hatte benutzen wollen, selbst Esteban. »Sie haben recht, ganz bestimmt. Aber nehmen Sie zur Kenntnis, dass ich nicht weghören kann. Man muss nicht immer alles wissen, zum Teufel ...!«

Worauf der Oberst, als wäre seine Mission damit beendet,

sagte, der Fahrer der Gesandtschaft stehe ihm nun zur Verfügung, er selbst habe sich bereits ein Taxi besorgt, mit dem er Tania und Discépolo in der argentinischen Residenz abholen würde. Und nachdem er, ohne ein Wort oder einen Blick zurück, den Schlüssel von der Tür genommen hatte, überließ er den Konsul wieder sich selbst.

3

Getrieben allein von dem Gedanken, sich an einer konkreten Aufgabe festzuhalten, um nicht in den Strudel seiner Phantasien zu stürzen, machte sich der Konsul an die Arbeit, heilfroh über den Pass, den einzigen Beweis, dass er mit Ricardo zusammen gewesen war, dass er nicht unter Wahnvorstellungen litt. Und als er ihn auf der ersten Seite aufschlug, sagte der Gesichtsausdruck dieses jungen Mannes ihm etwas Neues. Ja, Sijarich hatte recht gehabt: Höchstwahrscheinlich erlaubte er jetzt einem Nazi, zu entkommen, jemandem, der unzählige Menschen in Gefahr gebracht hatte. Aber er musste es tun, denn wenn er sich weigerte ... Er durfte nicht ein einziges weiteres Menschenleben aufs Spiel setzen!

Er nahm den Stempel, stellte das Datum zurück, drückte ihn auf das Stempelkissen und danach sorgfältig auf das Formular und in den Pass. *Argentinisches Konsulat in Portugal*, las er, während er die noch frische Tinte trockenblies. 13. Nov. 1942. *Name und Nachname*, und aus dem Pass schrieb er ab: Fernando Pinto Araújo. *Geburtsort und Geburtsdatum*: Évora, 8. August 1916. Er schaffte es sogar, Ordóñez' Schrift nachzuahmen, die so akkurat war, dass sie nichts Persönliches mehr hatte. Doch durch die Ritzen seiner Gedanken drang der Schmerz einer Leere in ihn, und ihm wurde schwindlig wie am Höllenschlund.

Zugleich sah er alles ganz klar: Der echte Mandelbaum, Inhaber der Intercontinental und Liebhaber von Esteban, musste den Schachzug schon lange geplant haben, sogar schon, bevor Dr. Cantilo sich bei der Intercontinental als neuer »Außerordentlicher Konsul in Lissabon« vorstellte und Esteban ihm vorwarf, auch er würde nichts für die Juden tun. *Staatsangehörigkeit*, und der Konsul schrieb: Portugiesisch. *Staatsangehörigkeit erworben durch*: Geburt. *Familienstand*: verheiratet. *Passnummer*: 13.965. *Bemerkungen*: keine. *Anlass der Reise*: Besuch von Familienangehörigen in der Argentinischen Republik. Und dabei stellte er sich vor, wie Mandelbaum nach dem Kadettenskandal und vielleicht auch dem Selbstmord von Esteban diesen verfolgten Jungen zu sich rief und ihn davon überzeugte, dass ihm keine andere Wahl blieb, als entweder in Buenos Aires zu sterben, zum demütigenden Wohlgefallen der Öffentlichkeit, oder aber, vielleicht, in Lissabon, nachdem er anderen armen Teufeln geholfen hatte. Und natürlich musste die PVDE nur feststellen, dass er denselben Nachnamen trug wie der Geschäftsführer der Exportfirma, die den Weizen des Wohltäters verschiffte, um ihn fortan zu beobachten und je nachdem festzunehmen.

Der Konsul stand auf, und plötzlich überkam ihn eine schreckliche Gewissheit: Der junge Mandelbaum war es gewesen, der Ricardo vom Konsul und von seinem Leben erzählt hatte. Nicht die PVDE, nein, sondern er selbst ... Er sah Ricardo vor sich, wie er sich dem falschen Mandelbaum in den Straßen von Lissabon näherte und ihn verführte, wie er sich seine Schwäche zunutze machte. Und genauso sah er vor sich, wie Ricardo alles dem Patriarchen erzählte, all das, von dem er glaubte, er würde es ihm offenbaren; und wie er ihm half, einen teuflischen Plan zu schmieden. Denn ein Vierzigjähriger, der sich schuldig fühlt, den Sohn nicht anerkannt zu haben, der sich umgebracht hat, wie sollte er nicht auf die Bitten eines Jungen eingehen, der ihm ähnelt und der ihm, so weibisch und verrückt er sich auch geben mag, die Liebe eines Sohnes entgegenbringt? Und nachdem der falsche Mandelbaum ihm alles erzählt hatte, hatte der Patriarch ihn schnappen lassen, auf dass man mit einem glühenden Eisen aus ihm herausholte, was die Liebe allein nicht vermochte; auf dass sein Schützling wieder frei war auch von dieser nun störenden Liebe. Und lachten sie jetzt nicht über ihn, Ricardo und der Patriarch, und befahlen, bevor es zu spät war, die Jüdische Suppenküche aufzulösen?

Himmel, sagte er sich, was Ricardo am Höllenschlund so verändert hatte, war die Nachricht gewesen, dass de Maeyer nicht tot war. Dass er in Sicherheit war, und der Konsul sollte ihm dazu dienen, ihn aus Portugal herauszubringen. »O nein, es reicht«, sagte der Konsul jetzt laut, schwang sich auf und steckte das Formular in den Karteikasten, den Stempel in den Tresor und den Pass in die Tasche. Dann ging er entschlossen zur Tür und öffnete sie, ohne noch irgendwelche Rücksicht zu nehmen. Es war der Hass, der ihn antrieb, ja, der reine Hass, denn Mut hatte er keinen. Aber konnte er nicht, wenn alles vorbei war, oder sogar während es noch geschah ... konnte er nicht den Patriarchen anzeigen? Nur, welche Beweise hatte er?

Auf dem Treppenabsatz standen noch die Chilenen, ernst dreinblickende Bürokraten, mit denen er einen förmlichen Gruß wechselte, und dann machte er sich wieder an seine Mission, die ihm zugleich gering schien und so notwendig wie nie. Vielleicht war es noch zu früh, aber beim Zoll oder selbst beim Chauffeur im Auto wäre er sicherer als hier. Ja, ganz bestimmt, sagte er sich, als er die ersten Stufen hinuntertaumelte und die Chilenen ihm erschrocken anboten, ihn zu begleiten, was er jedoch ablehnte. Wenn ihm jetzt nur niemand in einer dunklen Ecke des Treppenhauses auflauerte. War der Gedanke so abwegig, dass man jemanden geschickt hatte, ihm den Pass abzunehmen, ihn umzubringen, ihn einfach dort liegenzulassen?

Ja, das war er. Denn es war die Stille, die auf ihn lauerte, und nicht die Stille eines Menschen, sondern eine ursprüngliche Stille, als hätte noch nichts eine Stimme, nichts einen Namen. Eine Stille, die er wiedererkannte: Es war dieselbe, die er gehört hatte, als er die Spende plante. Die Stille der Toten. Und sie wartete auf sein Geheimnis. Dann würde sie zu ihm und der ganzen Welt sprechen, endlich sprechen. Und was sie sagte, war unvorhersehbar.

Sechster Akt
Die Abschiede

Inmitten des hellen Glanzes
Dieses bitteren Tages
War die Stadt so groß, so groß,
Dass niemand mich erkannte!

In allen meinen Sinnen
War eine Ahnung von Gott.

Fado *Kalte Helle*

Gondarém

»Adiós Tania, adiós Maestro.« Isidros Belagerung.
»Geben Sie mir die Nacht.«

I

Als Tania aus der Cova do Galo trat, hatte sie überraschend nach der Hand des Maestros gegriffen, der hinter ihr herkam und sich ihr halbherzig anschloss, als wollte er nicht auf etwas bestehen, was sie womöglich in Gefahr brachte. Der plötzliche Hautkontakt war ihm unangenehm, und er fand es fast anstößig, als er begriff, dass Tania sich benahm, wie sie es an der Seite ihres Mannes tun würde, in diesem Alltag eines Künstlerpaars, der über eine Leidenschaft und selbst eine Trennung hinweg Bestand hat. Die Flüchtlinge waren fast alle schon zum Hafen hinuntergegangen, und nur das Echo der Lautsprecher und die Schreie von Offizieren, Polizisten und Seeleuten, die die Menge erneut an Bord dirigierten, drangen vom Ufer herauf. Während Tania sich routiniert ihr Tuch um den Hals schlang, schaute sie, wie gebannt von dem menschenleeren Viertel, nicht ein einziges Mal in Richtung des Schiffes und fragte irgendwann nur, durch welchen der »Durchgänge« man von der Rua das Janelas zum Gondarém gelange. Worauf der Maestro auf eine Treppengasse deutete, die sich ein Stück weiter hinaufzuwinden begann, zwischen zwei Mauern und unter der grünen Wolke eines großen Strauchs. »Ich trage die Nacht mit mir, Maestro«, sagte Tania, in einem Tonfall, als würde sie vor dem Bühnenauftritt ein Gebet sprechen, und er verstand, dass sie damit nicht nur meinte, was sie erlebt und sich erzählt hatten, sondern jene andere lange Nacht, die für sie und Discépolo nach dem Kauf des Schmucks an der Steilküste von Cascais begonnen hatte. Vielleicht war der Moment gekommen, sich von ihr zu verabschieden, dachte der Maestro, als er sie so ruhig und entschlossen sah; außerdem waren sie bald an der Tabakmanufaktur, und er fürchtete, Oliverio könnte sie von seinem Arbeitsplatz aus zusammen sehen.

»Ich könnte Oliverio sagen, dass Enrique nach Lissabon gekommen ist, weil er ein Melodram schreiben will, das hier spielt«, fuhr Tania fort, »und dass Amália, die junge Sängerin aus dem Gondarém, mir empfohlen hat, zu ihm zu kommen. Und dass Enrique jemanden für die Rolle eines argentinischen Auswanderers braucht, die nur er spielen kann.«

Der Maestro nickte bewegt, sie hatte alles so gut verstanden, dass sie keinen Rat mehr benötigte. Gerne hätte er jetzt ein paar aufmunternde Worte gesprochen, aber es war klar, sie mussten sich verabschieden.

»Es heißt, Enrique ist großzügig«, sagte Tania, blieb stehen und wickelte sich das schwarze Tuch um den Kopf. »Aber was ich ihm verdanke, ist allein meine Freiheit, und die ist das Letzte, was er mir zugestehen wollte. Das war es, was der Stein mir sagen wollte, nicht wahr, Maestro? Und deshalb haben Sie mich gesucht.«

Der Maestro gab sich einen Ruck, nahm ihre beiden Händen und sagte:

»Gardel hat mir etwas Ähnliches gesagt, es war das einzige Mal, dass wir wirklich alleine waren.« Tania hörte ihm zu, als wäre es ein Geständnis, das er ihr zu Ehren machte. »Ein unehelicher Sohn muss immer nur geben, um sich das Fleckchen Welt zu erwerben, das einem ehelichen Sohn allein durch die Geburt zukommt. Wahre Großzügigkeit aber ist es, einen Teil dieses geerbten Fleckchens zu geben, auch wenn wir noch nicht genau wissen, wer einmal darauf wohnen wird. Diesen Winkel Ihrer Seele und Ihres Körpers, sagte mir Gardel, haben nur Sie mir gegeben, und Sie haben nichts dafür verlangt.«

»Und jetzt vertrauen Sie auf mich, jetzt haben Sie ein solches Fleckchen auch mir gegeben, nicht wahr?«, sagte Tania und sah ihn durchdringend an. »Jetzt haben Sie mir dieses Fleckchen vermacht, auf dem Gardel lebte, damit ich lebe. Und Sie vertrauen auf mich, auch wenn Sie mich allein lassen. Sie brauchen mich nicht zu begleiten, sich auch nicht zu verabschieden. So wie Sie mir vertrauen, vertraue ich auf die Nacht.«

Noch bevor der Maestro etwas sagen konnte, hatte Tania ihm schon den Rücken zugekehrt und war über den schmalen Bürgersteig weitergegangen, und er blickte ihr nach, bis sie an die Treppengasse kam und hinaufstieg, als wäre sie eine Büßerin. »Du bist unschuldig, Spanierin«, erinnerte sich der Maestro, und wohl wahr, mehr denn je schien Tania nun ihr Element zu zelebrieren. Kaum war Tania unter der Bougainvillea verschwunden, drehte sich der Maestro um und schaute zum Hafen, und er verspürte einen Stich, nicht nur, weil er Oliverios Schicksal jetzt in die Hände anderer legte, sondern weil ihm bewusst wurde, dass er Tania vielleicht für immer verlor. Im selben Moment hörte er, wie zwei kleine Fenster klappernd aufschlugen, aus denen zwei Frauen herausschauten, und sie schienen sich zu sagen, dass dort die Herrin der Nacht ging, um sie Gott zurückzugeben oder mitzunehmen auf die andere Seite der Welt.

Und wie in einem plötzlichen Rausch der Hoffnung lief der Maestro hinunter zu seinem Schiff, zum Ort des Wiedersehens. Hinter ihm, im Gondarém, sagte er sich, ging nun ein Vorhang auf.

Als Isidro vom Dunkel des Vorraums aus sah, wie Tania wachsam und erhobenen Hauptes in den Windungen der Rua da Pena nach dem Eingang des Gondarém suchte, kehrte er, erregt vom Beginn des Abenteuers, auf das er die ganze Nacht gewartet hatte, hinter die Theke zurück. *(Er hatte sie gleich erkannt, nicht nur wegen ihres prachtvollen Schultertuchs, unter dem sie sich zu verbergen schien. Tania erinnerte ihn an den kleinen Jungen, der er selbst gewesen war, damals, in jener Nacht in seinem Dorf an der Grenze zu Galicien, als er ohne Erlaubnis des Zuhälters in einem Schmugglerboot den Fluss überquerte und an die Tür von Dr. Estrada klopfte, der ihm sein Kärtchen zwischen den Gürtel und die Unterhose gesteckt hatte, als er den Herrschaften einen Anis brachte, während sie darauf warteten, dass ihr Lieblingsmädchen frei wurde. Und wenn er daran dachte, dass er damals elf Jahre alt gewesen war, wie alt war sie wohl jetzt? Siebenundvierzig? Fünfzig?)* Das Ambiente im Lokal war ideal. Schon vor einer Weile hatte Saldanha die meisten Lichter im Gastraum löschen lassen, die Stühle standen kopfüber auf den Tischen, und nur noch ein paar wenige Gäste waren geblieben: auf dem Sofa an der Seite Dr. de Telles', der keine geschwollenen Reden mehr hielt und nur noch ein weiteres Gläschen trinken wollte, um nicht mit der Nutte Teresa ins Bett zu gehen, sowie Teresa selbst, die sich damit abfand, statt der Bezahlung für einen gescheiterten Beischlaf die Provision für die konsumierten Getränke zu nehmen, Geld, das Isidro für sie in einer Mazawattee-Dose aufbewahrte; dann Mr Copley, dessen Kopf über der Stuhllehne hing, als hätte er sich das Genick gebrochen, und so betrunken, dass ihn Oliverios Verspätung nicht bekümmerte; und schließlich, aufrecht auf dem Hocker vor dem geschlossenen Klavier, ebenfalls todmüde, aber auf irgendetwas noch hoffend, der Junge mit dem roten Halstuch, dessen Geruch Isidro in die Nase gestiegen war wie der eines munteren Tieres, so dass er zwischen den Beinen jetzt eine pochende Wut verspürte, die er, das schwor er sich, an dieser alten Sängerin auslassen würde.

Isidro überprüfte noch einmal sein Aussehen in dem angelaufenen Spiegel im Wandregal. Zwischen den Flaschenhälsen hindurch lächelte er, befeuchtete einen Finger mit Spucke, zog sich die zerzausten Augenbrauen nach, wischte sich eine Schweißperle aus der Furche seiner Hasenscharte und stützte sich schließlich breitschultrig auf die Theke. In einem der Kabuffs quietschte es: Saldanha hatte sich mit seinem ganzen Gewicht auf die Pritsche geworfen, niedergezwungen von der Müdigkeit und überzeugt von dem, was Isidro ihm gesagt hatte, dass nämlich nichts zu tun blieb, solange die Angestellten nicht alle zurück waren, falls nicht vorher die Polizei hereinplatzte. Aber als ob jetzt noch die Polizei kommt, sagte er sich und lächelte, als wüssten sie nicht zur Genüge, besser als Saldanha, was heute Nacht passiert ist, dank mir! Und auch wenn Tania längst hätte da sein müssen, genoss er das Warten. Er sah sie vor sich, wie sie vor der unscheinbaren Tür unter der erloschenen Reklame zögerte, und er malte sich aus, wie sie mit gespielter Besorgnis hereinkam und nach Discépolo fragte *(wie auch er in jener Nacht das Dienstmädchen nach Dr. Estrada gefragt hatte, und sie hatte erst eingewilligt, ihren Herrn zu wecken, als Isidro auf seine Leistengegend zeigte, mit einer Dreistigkeit, die nur der Schmerz und die Angst entschuldigten)*. So viele Ehefrauen hatten diese lächerliche Heldenmaske aufgesetzt, als würden sie ihr Leben aufs Spiel setzen, nur um einen Mann vor dem Alkohol oder »einer Dummheit« zu bewahren. Und wie sie dann flatterten, die Damen, wenn sie sahen, wie weit zu gehen Isidro sich traute! Ein ganzes Handbuch hätte er schreiben können mit Tricks, die Ehefrauen herumzukriegen, einen für jedes Land und jeden Stand. Und wie sie sich dann bestürzt des exotischen Reizes bewusst wurden, wenn sie seine Narbenlippe küssten, dieses Wundmal der Schönheit. *Beijo partido* hatte Dona Teresa Nieto für ihn gesungen, *Gespaltener Kuss*, den großen Erfolg ihres abendlichen Radioprogramms, und so, heimlich und vor ganz Lissabon, hatte sie ihm ihre Leidenschaft gestanden, *die Leidenschaft, die mich quält.*

Ganz langsam ging schließlich die gepolsterte Tür des Gastraums auf, und Tania trat, hoch auf ihren Stöckeln und geschützt unter ihrem Tuch, über die Schwelle und blieb stehen. Während sich ihre Augen noch an das schmierige Dämmerlicht gewöhnten, warf sie einen ruhigen, abschätzigen Blick durch den Raum. Isidro rührte sich nicht, er lutschte nur an seiner Zigarre und sah, wie sie vorgab, sich erst orientieren zu müssen, aber wahrscheinlich wollte sie bloß ihre Unruhe überspielen, und ihm wurde klar, dass sie zum ersten Mal allein ein solches Nachtlokal betrat, mehr noch, dass sie es nie zuvor gewagt hatte, diesen Säufer, dessen ständige Eifersucht wohl die eigene Impotenz verbergen sollte, gegen einen echten Kerl zu tauschen. Dann entdeckte Tania das Lämpchen zwischen den Fotos und trat auf die Theke zu. *(Ach, die professionelle Haltung von Dr. Estrada an jenem Abend, der gleich eine besorgte Miene aufsetzte, als er aus dem Schlafzimmer trat und sich noch in den Morgenmantel wickelte, und wie er ihn, nachdem er seiner Frau gesagt hatte, sie solle sich wieder ins Bett legen, in die Praxis hereinbat und ihn siezte: »Wo tut es Ihnen weh, mein Herr?« Und als wüsste er das spanische Wort nicht, das diese Stelle in der Leistengegend bezeichnet, ließ er die Hose herunter.)* Jemand hatte Isidro gesagt, in Argentinien nenne man Tania »die Schauspielerin des Tangos«, und tatsächlich ging sie, als liefe sie über eine Bühne, vor sich die Zuschauer im Dunkel des Parketts, von denen sie glaubte, sie überzeuge sie vom besorgten Ernst einer verheirateten Frau. Aber nicht ihn, von wegen! Denn, sagte sich

Isidro, und er musste schmunzeln, konnte das gespielt gewesen sein, diese Koketterie auf dem Bahnsteig, die Unruhe, mit der sie ihn nach einem Fadolokal gefragt hatte, und wie ihr die Röte ins Gesicht gestiegen war, als Discépolo im Salon schon mit dem Auftritt begann und er ihr die Schleife ihres roten Kleids zuband und sie nichts dagegen zu haben schien, dass er ihr über das schlaffe Fleisch ihres Rückens strich? Nein, hatte Tante Amanda zu ihm gesagt, die Wirtin des Bordells, die Röte der Scham ist das Einzige, was man nicht vortäuschen kann.

2

»Boa noite«, sagte Tania, als sie zur Theke kam und sich mit einer Hand auf dem Edelstahl abstützte, während sie mit der anderen ein Täschchen aus schwarzem Bernstein umklammert hielt, ohne ihm ins Gesicht zu schauen; und als sie das Tuch vom Kopf gleiten ließ, fragte sich Isidro, ob es nicht die Nacht gewesen war, die sie so verwandelt hatte. Das Make-up war unversehrt, doch ihr Gesicht schien eingefallen und in ihrer Entschlossenheit zugleich geschliffen. Sie schaut mich nicht an, sagte sich Isidro, denn mit mir zu kokettieren, als ihr Mann und dieser Trottel von Ordóñez in der Nähe waren, das war das eine; hier aber, wo niemand ihr zur Seite springen würde, das war etwas anderes.

»Guten Abend, gnädige Frau«, antwortete Isidro und versuchte, so akzentfrei wie möglich Spanisch zu sprechen. »Wir haben noch auf, weil wir auf Sie gewartet haben.«

Tania tat, als wäre sie nicht gemeint. Nur ein promptes Lächeln bewies, dass sie ihn gehört hatte. Es schien sie nicht zu interessieren, wo er Spanisch gelernt hatte, und sie fragte auch nicht nach Discépolo, und da sich ihre Augen nun an das Schummerlicht gewöhnt hatten, schaute sie erneut in den Gastraum und hielt bei jedem der Gesichter inne. Als sie sich schon wieder ihm zuwenden wollte, legte sich Isidro einen seiner unfehlbaren Blicke zurecht, doch etwas neben der Theke erregte Tanias Aufmerksamkeit: Es war ihr eigenes Bild, das Oliverio statt des Fotos von Gardel dort aufgehängt hatte, inmitten all der anderen von früheren Besuchern: Josephine Baker, Jean Gabin, Prinz Umberto von Italien. Tania nahm die Postkarte und lächelte, ein liebevolles Lächeln, als sähe sie darin die Botschaft eines verschwundenen Verwandten und wüsste nun, nach Monaten der Angst, dass er lebt und wohlauf ist und sie immer noch liebt. Und als Isidro den feuchten Tränenglanz in ihren grünen Augen sah, fragte er sich, ob Tania nicht vielleicht betrunken war und, genau wie Discépolo, die Mattigkeit in ihrem Stolz nur zu überspielen versuchte.

»Da sehen Sie, wie ich Sie vermisst habe«, sagte Isidro, er wettete, dass Tania nicht mehr wusste, wer die Postkarte in den alten Rahmen gesteckt hatte. Doch da sie weiterhin so merkwürdig abwesend war, wagte er sich weiter vor und rief es ihr in Erinnerung: »Seit Sie mich um die Adresse des Lokals hier gebeten haben, im Schlafzimmer der argentinischen Residenz, als...«

»Ist der junge Mann noch hier, Oliverio?«, unterbrach ihn Tania, und nichts deutete darauf hin, dass ihr von dieser Bitte noch etwas in Erinnerung geblieben war, und ihre Stimme war nun so kräftig und entschlossen, dass Isidro einen Rückzieher machte. »Es war eine Überraschung, ihn hier zu treffen«, fuhr Tania fort. »Und dass er mich um ein Autogramm gebeten hat. Und da Oliverio mir sagte, dass er singt, wollte ich gerne mit ihm sprechen.«

Isidro konnte sich ein Lächeln nicht verkneifen: Was war sie doch naiv! So zu tun, als würde sie auf diesen Einfaltspinsel stehen, der noch dazu so hässlich war, unfähig, in der Welt der Nacht zu überleben!

»Einen Rum, meine Liebe?«, fragte Isidro, geradezu übertrieben vertraulich, wie um ihr zu bestätigen, dass Oliverio bald zurückkäme. »Wollen Sie sich nicht an einen Tisch setzen und warten? Ich bringe Ihnen ein Glas.«

Isidro griff unter den Tresen und nahm die Flasche kubanischen Rums hervor, die Mr Copley Saldanha geschenkt hatte, »nur für besondere Gäste«, und von dem er bereits zu Ehren von Discépolo ein Glas verplempert hatte, und allein das Schaukeln der Flüssigkeit schien Tanias Bewegungen in Gang zu setzen, die folgsam zum nächsten Tisch ging und einen Stuhl wählte, von wo sie die Tür im Blick behalten und weiterhin vorgeben konnte, sie würde auf Oliverio warten. Als Isidro ein kleines Glas aus dem Regal nahm und hinter dem Tresen hervorkam, fragte sie, nun mit routiniert fröhlicher Stimme:

»Stimmt es, dass Oliverio singt wie die Götter? Amália hat es mir gesagt.«

»Oliverio ist gegangen«, sagte Isidro, und um sich zu vergewissern, dass sie tatsächlich nicht auf der Suche nach ihrem Mann war, erwähnte er Discépolo mit keinem Wort, und sie fragte auch nicht nach ihm. »Aber er muss bald wiederkommen, um Mr Copley zu seiner Tabakmanufaktur zu bringen. Sie können auf ihn warten, ich sage ihm Bescheid. Er geht hier erst, wenn ich es entscheide.«

»Ja, ich *will* auch auf ihn warten«, antwortete Tania, und es klang so forsch, dass Isidro in Erregung geriet, denn mit ihrer kleinen Gereiztheit hatte sie sich verraten: So sprach eine Dame nicht! Und mit einem Blick auf die Rumflasche, die er nun einschenkte, teilte sie ihm lapidar mit: »Bei dem Alarm musste ich auf die Straße und habe kein Geld dabei.«

»Ach Gott, gnädige Frau!« Isidro lachte. »Das argentinische

Konsulat ist seit Jahren ein guter Kunde des Lokals. Und außerdem ... Wenn Sie es für sich behalten ...«

Plötzlich schwang die gepolsterte Tür auf, und Tania schaute so fiebrig hin, dass Isidro glaubte, sie erwarte vielleicht doch Discépolo. Aber nein, es war Darío, der Sekretär von Maestro de Oliveira, auch er kaum wiederzuerkennen nach dem Wirrwarr dieser höllischen Nacht, und als er versuchte, nach dem Jungen mit dem roten Halstuch zu rufen, schaffte er es nur, ein Gekrächze hervorzustoßen wie ein gerupftes Huhn. Doch der Junge, der auf ihn gewartet hatte, war auf einmal putzmunter und machte sich mit einem Lächeln auf zu seiner letzten Arbeit, bevor er an Bord des marokkanischen Trawlers ging, und als er an Isidro vorbeikam, zwinkerte er ihm zu: Es war nicht die beste Idee gewesen, sich zurückzuhalten, aber so schaffte es jeder von ihnen, sich diese letzte Nacht in Lissabon bezahlen zu lassen. Isidro ging nicht auf ihn ein, er fürchtete, ein Zwinkern seinerseits könnte seinem Plan schaden, doch Tania hatte nichts gesehen, sie nutzte die kleine Unterbrechung nur, um das Gläschen Rum hinunterzustürzen, und sprach gleich weiter:

»Und der Pianist ist auch nicht mehr da? Wird hier denn nicht gesungen? Er war gut, der Pianist, wir könnten ihn jetzt brauchen, um ...«

»Ich bitte Sie, meine Liebe, wissen Sie, wie spät es ist?«, sagte Isidro, allmählich ging sie wirklich zu weit.

Tania wurde rot, sie musste wissen, wie unwahrscheinlich es war, Stunden nach Schließung des Lokals noch jemanden vom Personal anzutreffen, und dann ihre Taktlosigkeit, ihm die ganze Zeit von einem anderen Mann zu erzählen. *(Warum erinnerte sie ihn so sehr an seine Mutter, wie sie vorgab, sie kenne den Jungen nicht, der in seinem Schmetterlingshemdchen auf der anderen Seite des Flusses Kunden für das Bordell aufriss?)* Oder war es in Wahrheit bloß eine Ausrede, die sie sich für ihren Mann zurechtgelegt hatte? Hierherzukommen, um nach einem Sänger zu suchen, allein, um fünf Uhr morgens? Und plötzlich fiel ihm eine weitere Möglichkeit ein.

»Aber wenn Sie selber singen möchte«, sagte Isidro, und dabei dachte er an Teresa Nieto, die nur im Gesang ihrem Begehren Ausdruck verleihen konnte, »dann wird es mir ein Vergnügen sein, Ihnen zuzuhören. Eine Sopranistin aus Madrid, die 1938 vor den Roten fliehen musste«, und nun beugte er sich zu Tania und flüsterte ihr ins Ohr, »hat mich einmal gebeten, ihr alles beizubringen, was ich kann ... Seither liebe ich die Zarzuela ...«

Tania schob ungerührt ihr leeres Glas zu ihm hin, damit er es wieder vollschenkte, und Isidro beeilte sich, ihren Wunsch zu erfüllen, ja, bald wäre sie reif.

»Zarzuela?« Sie musste lachen. »Nein, Operetten sind etwas für meine Schwester. Ich bin, zumindest bis heute, wer weiß, nur eine *tanguista*, wie ihr es nennt ...«

»Aber die gnädige Frau ist doch Spanierin, oder?«, sagte Isidro, während er das Glas bis zum Rand einschenkte. »Sie sind ganz und gar nicht wie die Argentinier.«

»Ich bin in Valencia geboren«, sagte Tania mit einem herablassenden Unterton, denn aus Isidros vermeintlichem Lob glaubte sie einen Vorwurf herauszuhören, den man ihr schon tausendmal gemacht hatte. »Aber ich weiß nicht mehr, woher ich komme. So wenig wie Discépolo. Das Melodram jedenfalls, an dem er schreibt und für das er Oliverio engagieren will, das wird in Lissabon spielen.«

»Na ja, ich weiß es auch nicht mehr«, erwiderte Isidro, und als er sah, dass sie es nicht als zu vertraulich nahm, setzte er sich an ihren Tisch. »Spanier, Portugiese, heimatlos. Ich kann praktisch sein, was Sie möchten ...!« Tania lächelte, es war ein plumper, aber galanter Scherz. »Mein Vater war auch Spanier, wissen Sie? Bei der Guardia civil, in Galicien, auf einem Posten an der portugiesischen Grenze. Der Posten lag genau gegenüber dem Bordell von Gondarém, am anderen Ufer des Minho. Und eines Tages sah er, wie aus dem Bordell meine Mutter mit einem Korb voller Bettlaken und Handtücher kam, eine Wäscherin, halb so alt wie er. Sie ging zum Fluss hinunter und wusch dort die Wäsche, ohne ihn zu bemerken, vor seinen Augen. Er war arm, mein Vater, unehelich geboren, und so sagte er sich, dass dieses Mädchen die einzige Frau war, um deren Hand er anhalten konnte. Am nächsten Tag setzte er über den Fluss und machte ihr einen Heiratsantrag, sie sagte ja, und er nahm sie mit nach Spanien. Am Anfang muss er sich gefühlt haben wie Jesus nach der Errettung der Maria Magdalena, denn sie war die Schwester der Bordellwirtin, meiner Tante Amanda. Aber kaum war mein Vater dahintergekommen, dass sie keine Jungfrau mehr war, wurde er fürchterlich eifersüchtig auf sie und auf alle, bei denen sie in Portugal gearbeitet hatte, und den ganzen Tag spähte er von seinem Posten in Spanien aus mit dem Fernglas nach ihnen.«

Tania schien nicht zuzuhören, abgelenkt von einem erneuten Radau draußen vor der Tür – eine Frau rief nach einem »Senhor Miguel« –, doch Isidro schob seinen Stuhl ungeniert näher an Tania heran.

»Als er nach meiner Geburt sah, dass ich, sein Sohn, eine Lippenspalte hatte«, und jetzt nahm er ihre Kinnspitze und zwang sie, ihn anzuschauen, »da wollte dieses Arschloch, erzählte man mir später, mich in den Fluss werfen. Einer der Männer, für die meine Mutter gearbeitet hatte, hatte nämlich ebenfalls so einen kleinen Geburtsfehler.«

Die gepolsterte Tür war wieder aufgegangen, und Tania wandte sich beschämt ab, was Isidro freute, denn mit ihrer Reaktion verriet sie, dass sie nicht unempfänglich war. Die Frau, die hereinkam, war eine der Arbeiterinnen aus der Tabakmanufaktur, mit ihrer typischen tabakbraunen Schürze, und sie fragte aufgeregt nach Mr Michael Copley und beruhigte sich erst, als sie ihn hinten schlafend fand.

»So kam es, dass ich auf der portugiesischen Seite des Flusses aufgewachsen bin.« Und damit Tania ihn wieder anschaute, nahm er ihre Hand. »Wie es heißt, hat meine Mutter dem Zuhälter Geld dafür gezahlt, dass meine Tante, die Gute, mich in einer kleinen Dachwohnung verstecken konnte. Aber weil es einträglicher für sie war, hat meine Tante mir dann selber all das beigebracht hat, was ich heute kann...«

»Und Oliverio?«, fragte Mr Copley, den die Arbeiterin und Teresa gepackt hatten und zur Tür schleiften, und Teresa sagte: »Wer weiß, der Ärmste!« Tania erschrak und wollte die beiden schon ansprechen, doch dann fürchtete sie, wenn sie sie bemerkten, würden die Dinge nicht mehr so laufen, wie sie es wünschte. Also wandte sie sich wieder Isidro zu, und wie ein Echo auf seine letzten Worte stammelte sie:

»Was... was haben Sie denn alles gelernt, Isidro...?«

»Stellen Sie sich vor, gnädige Frau«, schwang er sich nun auf, im Glauben, sie sei ihm endgültig in die Falle gegangen, und dabei massierte er ihr sanft die Handfläche, um ihr den letzten Rest ihrer Unruhe und Scham zu nehmen, »die Mädchen haben mich gehätschelt, ich war ihr ganzer Augenstern. Und glauben Sie mir, ich weiß, was die verheirateten Frauen lieben, und das schafft fast kein Mann! Sie haben mir erzählt, wie ich es anstellen musste, um die Herrschaften des Ortes kirre zu machen. Ein Blick von mir«, sagte er, und dabei schaute er fest auf Tanias Mund und nahm ihr Kinn zart zwischen die Finger, doch sie wandte sich mit einem Ruck ab, »und alle Männer schlugen die Augen nieder. Aber jetzt kamen viele nicht wegen der Mädchen her, sondern um mir Geschenke zu bringen. Und nicht nur, damit ich den Mund hielt, verstehen Sie?« Tania schaute ihn verwirrt an. »Wären Sie dazu in der

Lage?« Tania verstand nicht, was er meinte, aber unwillkürlich drückte sie ihr Täschchen an die Brust. »Natürlich habe ich ihnen keine Gelegenheit gegeben, außer einmal einem Arzt, einem Spanier, aber nur, weil ich ihn konsultieren wollte. *(Aber um Himmels willen, mein Junge, sagte Dr. Estrada, wer hat Ihnen denn gesagt, dass eine Hasenscharte erblich ist? Vielleicht ist es eine Laune der Natur, so wie Ihnen jetzt danach zumute ist, zu mir zu kommen ...)* Bis eines Tages die Sopranistin, von der ich eben sprach, in meinem Dorf übernachtete und mich einlud, ein Wochenende mit ihr in Lissabon zu verbringen. Und nach einer Vorstellung von ihr im Teatro São Carlos habe ich dann hier den Herrn Saldanha kennengelernt, und als er sah, was ich Vielversprechendes zu bieten hatte, hat er das Lokal Gondarém genannt, damit es mir zur Heimat wurde. Und ich habe ihn nicht enttäuscht, oder? Als ich kam, konnte ich nur zwei Sprachen, und jetzt habe ich hier noch fünf dazugelernt«, und dabei strich er mit dem Schnurrbart über ihr Ohr. »Niemand weiß besser als ich, was jemand braucht, der geflüchtet ist. Aber das Wichtigste ist, was ich zu erzählen weiß, gnädige Frau. Und niemand, auch das will ich Ihnen sagen, weiß ein Geheimnis so gut zu hüten wie ich ...«

»Gondarém, Gondarém«, sagte Tania, als drängen Isidros Worte nur mit Verzögerung an ihr Ohr, »ich war einmal dort, als ich aus Spanien geflohen bin«, und diesmal war es Tanias Hand, die sich an seinen Unterarm klammerte: Eine unglaubliche Möglichkeit hatte sich ihr eröffnet und schien sie zu erleuchten. »In welchem Jahr bist du geboren?«

Isidro lächelte nun freiheraus. Jetzt würde Tania ihm genau wie Dr. Estrada *(Aber um Himmels willen, mein lieber Isidro, wie unangenehm es Ihnen sein muss, dass ein Mann Sie abtastet, der Ihr Vater sein könnte!)* gleich sagen, dass sie seine Mutter hätte sein können, dass sie, wie so viele andere Flüchtlinge, Gondarém unendlich dankbar war. Aber das stimmte nicht: Er wusste, dass es damals in diesem Ort nichts gegeben hatte, wo sie hätte auftreten können, außer dem Bordell natürlich, den schäbigen Brettern im Bordell seiner Tante.

Draußen war Mr Copleys Stimme zu hören, der lallend darauf bestand, Oliverio nicht allein dort drinnen zurückzulassen.

»Ob Oliverio sich vielleicht verspätet, weil ihm etwas passiert ist?«, fragte Tania. Und Isidro konnte nicht mehr an sich halten.

3

»Aber gnädige Frau!«, rief er, allein der Gedanke, Oliverio könnte ihm entwischt sein, machte ihn wütend. Aber er war bereit, das Spiel bis zum Ende mitzuspielen; und wenn er es schaffte, dass sie nicht mehr mit dieser Ausrede kam, sie würde nach Oliverio suchen, gab sie sich ihm vielleicht doch noch hin. Nach einer Schrecksekunde schien auch Tania anzuerkennen, dass Isidro derjenige war, mit dem sie ihr Schicksal ausmachen musste.

»Das ist eine Lüge, was Amália Ihnen von Oliverio erzählt hat«, fuhr Isidro fort, und Tania errötete, er hatte sie ertappt. »Keiner hat ihn im Gondarém je singen hören. Bestimmt hat er wieder das Märchen aufgetischt, er hätte in New York beim Lehrer von Carlos Gardel Gesang studiert und weiß der Himmel was noch. Mir hat er dasselbe erzählt, als ich ihn eines Tages am Hafen traf, wo er wie eine Ratte herumschlich und mir sagte, er warte darauf, dass vielleicht zufällig das Schiff seines Vaters komme und ihn nach Argentinien mitnehme, um ihn aus den Händen irgendwelcher Sklaventreiber zu befreien.«

Tania war sichtlich bestürzt: Oliverio und Isidro hatten sich auf der Straße kennengelernt, am Hafen!

»Ich schwöre Ihnen, es fehlte nicht viel, und ich hätte ihn hergebracht, den ›internationalen Sänger‹, zu dieser nächtlichen Stunde, wo alle Welt weiß, dass das Gondarém zu etwas *anderem* wird.« Tania schlug die Augen nieder, es musste sie kränken, dass »alle Welt« sie selbst nicht einschloss, eine Frau, die derlei Orte aufzusuchen nur wagen konnte, solange sie nicht wusste, was für ein Hundeleben man dort führte. »Ein Schnitzelbrötchen und ein Milchkaffee, das hat genügt. Oliverio hatte sich nämlich geschworen, sich nicht länger zu erniedrigen und keinen einzigen Centavo mehr von seinem Maestro anzunehmen. Aber da er auch für sonst nichts taugte … Genauso leicht war es, ihn zu einem der Kabuffs zu führen. Es war Hochsommer, und ich war mir noch nicht ganz sicher …« Isidro lachte. »Ich habe mir das Hemd ausgezogen, und er hat zu Boden geschaut, er schämte sich seiner Hässlichkeit! Unter Schluchzern versuchte er mir zu sagen, dass dieser Maestro de Oliveira nicht nur ein Tyrann war, sondern fürchterlich mittelmäßig, nur dass er es sich selbst nicht eingestand. So sind die Reichen, immer fühlen sie sich auserwählt, arme Menschen zu vernichten oder zu retten, bloß in Frieden lassen sie einen nie. Und weil der Maestro nicht zugeben wollte, dass er in ihn verliebt war, und irgendeine Erklärung brauchte, habe er, sagte Oliverio, sich irgendein Stück ausgedacht, das der Junge auf der Ausstellung singen sollte. Ich bitte Sie, was hätte Oliverio dort schon singen können? Allenfalls ein Lied wie diese Indios, und die sind am Ende an der Grippe gestorben …«

Isidro lachte, als amüsierte ihn sein kleiner Witz. Tania schaute nicht zu ihm hin, folgte aber aufmerksam seinen Worten.

»Aber ich schlafe nicht umsonst mit hässlichen Menschen!«,

rief Isidro. »Ich zeigte mich gerührt von seiner Geschichte und bot ihm an, ihn dem Wirt des Gondarém zu empfehlen, für die Stelle, die ich ohnehin abgeben sollte. Und so kam es, dass er hier zu arbeiten anfing. Noch am selben Morgen habe ich ihm den *Preis* genannt.«

Für Tania war es wie ein Donnerschlag: Endlich hatte er sie überrascht. Jedenfalls war klar, dass sie mit jemandem wie Oliverio nichts mehr zu tun haben wollte. Und da er nun auf sicherem Boden stand, nahm Isidro seine Verführung wieder auf.

»Nur eins noch will ich Ihnen sagen, damit Sie sehen, was für eine Sorte diese Schwuchtel ist. Im Gondarém gibt es zwei Kassen, eine für die Tische und eine andere für die Leute, die früher oder später am Tresen landen, außerdem für das Trinkgeld, das manche Gäste geben, und das ist, glauben Sie mir, oft sehr viel mehr, als was ein ganzes Abendessen kostet. Júlia hat einmal einen Ring bekommen, und Amália ein rotes Auto!«

Tania schaute ihn ungläubig an, und Isidro malte sich genüsslich aus, welche läppischen Sachen Discépolo ihr in ihrer Verlobungszeit geschenkt haben mochte, irgendeinen Tango vielleicht, mit einer Widmung als Botschaft, *Gespaltener Kuss* oder so.

»Da an der Theke keine Kassenzettel ausgegeben werden, bleibt Saldanha beim Zusammenzählen der Tageseinnahmen nichts anderes übrig, als auf die Ehrlichkeit seiner Angestellten zu vertrauen.«

Tania verzog das Gesicht und stand auf, ihr schwarzes Bernsteintäschchen vor der Brust fest umklammernd, als steckte ihre ganze Ehrbarkeit darin. »Gondarém, Gondarém«, murmelte sie, doch Isidro war nicht mehr bereit, sich ablenken zu lassen.

»Am Ende seiner ersten Schicht erklärte ich dem Dummkopf, dass er einen Prozentsatz von der Gesamtsumme abzweigen müsse, und an jedem weiteren Abend genauso, sonst würde ich auffliegen, weil ich es selbst immer so gemacht hätte, und auch Júlia, die während der anderen Schicht kassierte. Oliverio machte sich vor Angst fast in die Hose. Aber wenn er sich weigerte, würde ich ihn umbringen, und wenn man ihn erwischte, wäre das Gefängnis noch das Geringste. Schließlich ging er darauf ein, ich hatte ihm nämlich gesagt, ich hätte selber nur gestohlen, um meine Familie in Gondarém zu unterstützen, und ihn hätte ich ausgewählt, weil ich mir immer einen Kommunisten wie ihn gewünscht hätte, der mich beschützt. Er konnte mich doch jetzt nicht enttäuschen!«

Tania schien völlig verwirrt und ging langsam weiter. Du wirst mir schon zuhören, dumme Kuh, dachte Isidro, er wusste kaum noch, wo ihm der Kopf stand, und aus Angst, sie würde das Lokal verlassen, nahm er die Rumflasche, als wollte er sie ins Regal zurückbringen, und stellte sich zwischen sie und die Tür.

»Ja, gnädige Frau. Oliverio glaubt immer noch, wenn er nicht jeden Tag dreißig Prozent abzweigt, würden wir alle festgenommen, auch wenn wir nur einen anderen Dieb bestehlen: den Wirt Saldanha! Und, finden Sie das widerlich? Ich auch. Aber glauben Sie nicht, er teilt die Beute unter den Armen auf, von wegen. Er hat garantiert alles für sich behalten, so feige, wie er ist. Außerdem, seit mich jemand wegen Diebstahls angezeigt hat, durchsucht uns der Wirt, bevor wir gehen. Bis heute dachte ich, er müsste die Beute irgendwo hier haben, deshalb haben wir eben das Lokal auf den Kopf gestellt, während er in Begleitung eines ... eines Gastes, dem es nicht gutging, in einem der Kabuffs war. Gefunden haben wir nichts, aber egal, das ist jedenfalls der Grund, weshalb er mich hasst, verstehen Sie? Weil ich ihm deutlich gemacht habe, dass er wie alle ist, weniger als alle, ein Homo!«

Tania blickte ihn mit einer Geringschätzung an, dass es ihr

weh tun musste. Für eine Sekunde war Isidro versucht, ihr zu beschreiben, zu welchen Vergnügungen Oliverio sich noch erniedrigt hatte, nur um ihren Ekel weiter zu provozieren, aber dann begriff er, dass es wirkungsvoller wäre, den eingeschlagenen Weg weiterzugehen.

»Der Witz an der Sache«, sagte er und hielt ihr seinen vernarbten Mund ans Ohr, worauf sie sich abwandte, aber diesmal war es die Verlockung, die sie quälte, »der Witz ist, dass alles von Anfang geschwindelt war. Sie glauben mir nicht, meine Liebe? Oliverio ist selber schuld mit seiner Dummheit und seiner Feigheit. Ich habe nie etwas gestohlen! Die Frau, die mich vor ein paar Monaten angezeigt hat, wollte nur ihren Schmuck wiederhaben, den ich von ihr verlangt hatte, als Bezahlung für die Dienste, um die sie mich selbst gebeten hatte. Aber die Polizei hat keine Beweise finden können, und da wurde auch ihrem Mann klar, dass sie log, und wie es scheint, hat er sie ordentlich verdroschen. Immerhin sind der Kommissar und ich seither gute Freunde ...«

Tania schaute ihn auf einmal mit einer seltsamen Entschlossenheit an. Zu wissen, dass er ein Spitzel der Polizei war, musste für sie, vermutete Isidro, ein weiterer guter Grund sein, nicht auf ihn einzugehen. Und mit einem Hass, der schon etwas Lüsternes hatte, fuhr er fort:

»Wenn ich so zurückblicke, all die Jahre hier, wissen Sie, gnädige Frau, wer die größten Maulhelden sind? Die Adligen, die Polizisten? Nein, die Roten. Und die größten Angsthasen? Auch die Roten! Oliverio hat solche Angst, dass er glaubt, alles auf der Welt hätte mit seinem Verbrechen zu tun. Er verdächtigt Saldanha, Júlia umgebracht zu haben, weil er wusste, dass sie Geld unterschlug. Wo alle Welt weiß, dass Júlia einen Geliebten hatte, einen Boxer, der fürchterlich eifersüchtig auf mich war und der uns jetzt die Schuld in die Schuhe schiebt. Er hat sich aus dem Staub gemacht, bevor die Leute ...«

»Gondarém, Gondarém!«, sagte Tania nun wieder, als wäre es die überraschende Schlussfolgerung aus Isidros Erzählung. »Der erste Ort, wo wir aufgetreten sind, nachdem wir Spanien verlassen hatten. Und dort, es war 1912...«

Mein Gott, wovon redete sie? Woher wusste sie, wann er geboren war? Was war sie überhaupt für eine Frau, dass sie so lange vor dem Bürgerkrieg aus Spanien geflohen war? Wie auch immer, es war Zeit, Tania daran zu erinnern, wozu sie hier war.

»Jetzt verstehe ich«, kam ihm Tania zuvor, sachlich, aber interessiert. »Genau das hat Maestro de Oliveira nicht begreifen können. Dass Oliverio ein Sklave ist. Deshalb hat der Junge auch die Passage auf der Boa Esperança ausgeschlagen. Er hat diesen Stolz, den man nur mit zwanzig hat. Und den Stolz eines Künstlers.«

Isidro wich zurück. Himmel, konnte es sein, dass auch sie eine Schülerin von Maestro de Oliveira war? Und war deshalb gekränkt? Und glaubte, nur weil er ab und zu mit einem jungen Burschen bumste, wär auch er ein Homo?

»Sie sind ein Lump«, schien Tania ihn zu korrigieren, nicht um ihn zu beleidigen, sondern als wollte sie lediglich den korrekten Begriff in einen Vertrag einsetzen. »Sie wissen, es ist vielleicht das letzte Schiff, das Lissabon verlässt, und wenn Oliverio hierbleibt, erwartet ihn dasselbe Schicksal wie... wie...«

»Wie meins?« Isidro war aufgebracht. Und dabei hatte er selbst ihr noch Argumente an die Hand gegeben, dieser Schlampe, damit sie sich überlegen fühlte und glaubte, er wäre etwas Geringeres als Oliverio. Um zu verhindern, dass sie ihm jetzt weglief, nahm er ihre Hand, und damit sie nicht weiter grübelte, führte er sie an seine Lippen. Sie ließ ihn gewähren, und erst nach ein paar Sekunden schaute sie ihn verblüfft an.

»Nein«, sagte Tania, »ein Schicksal wie das meine. Wenn

Oliverio in Lissabon bleibt, erwartet ihn ein Leben, wie auch ich es gekannt habe. Auch ich war eine Sklavin seit jenem Abend in Gondarém ...« Und während Isidro sie langsam zu den Kabuffs zog, flüsterte sie: »Lassen Sie ihn gehen. Jetzt gleich.«

»Unmöglich, meine Liebe«, antwortete Isidro lächelnd, und Tania zuckte nicht zurück, als sie sah, dass sie in den Flur mit den Türen einbogen: Echte Geschäfte werden immer im Hinterzimmer gemacht. »Sie wissen, dass Künstler Verräter sind, erst recht gescheiterte, erst recht *putos*, wie ihr die Homosexuellen in Argentinien nennt. Oliverio würde überall die wildesten Dinge über mich erzählen, schließlich bin ich sein Chef, diese Stelle hat Saldanha nämlich für mich vorgesehen. Außerdem ist es nur zu seinem Besten. Nirgendwo lernt ein armer Teufel wie er die Gesetze des Lebens besser als in einem Bordell.«

»Lassen Sie ihn gehen«, sagte Tania noch einmal, als sie an die Tür des Kabuffs kamen. »Ich weiß jetzt, was der Preis ist. Und ich kann ihn bezahlen.«

Isidro antwortete nichts. Und in schönster Eintracht, wie bei einem koketten Tanz, traten sie über die Schwelle. Auch das war eine Antwort.

»Wir sprechen noch davon ...«, sagte er und löschte das Licht. »Und ein Drama ist es auch nicht. Sie werden schon sehen, wie man hier das Leben vergessen kann.«

Aber wenn sie glaubte, Oliverios Freiheit koste nur ein Schäferstündchen mit ihm, da hatte sie sich getäuscht!

»Machen Sie das Licht an«, rief Tania, noch ehe er seine Arme um sie legen konnte, und es war, als wollte sie sich aus der Umarmung der ganzen Nacht befreien. »Ich will Ihnen etwas zeigen ...«

Nutzlos sind die Wörter

*Oliverio kommt an seine Beute. »Welch tiefe
Enttäuschung.« Lauf, Junge!*

I

In dem Schlafzimmer der argentinischen Residenz, das man
für eine Nacht Tania und ihrem Mann überlassen hatte, stand
Oliverio unterdessen vor der Kommode und zog hastig die Copley-Havannas aus den Taschen von Discépolos Mantel. Er
hatte Discépolo in den leeren Salon gebracht, zusammen mit
dem Gepäck, das zu schließen er ihm geholfen hatte, und Discépolo hatte sich auf einen der Koffer gesetzt, um auf den Wagen der Gesandtschaft zu warten, der sie bald abholen und
zum Schiff bringen sollte, stumm und wie gebannt durchs
offene Fenster schauend, als wäre der Himmel vor ihm, der
hell und heller wurde, die weiße Leinwand, die noch zum Publikum spricht, wenn der Film schon zu Ende ist: Tania hatte
ihn verlassen, aber er schaffte es nicht, den wahren Sinn der
Geschichte zu erfassen. Als die Zigarren alle auf der Kommode lagen, krempelte Oliverio die Ärmel hoch und versuchte, sich auf das Verfahren zu konzentrieren, das er in der
Tabakmanufaktur gelernt hatte, nur umgekehrt; und so viel
Sorgfalt er darauf verwandt hatte, sie auf der Personaltoilette
des Gondarém zu rollen, so bewusst war ihm nun, dass es alles
andere als einfach sein würde. Tatsächlich rutschte ihm die
erste Havanna aus den nervösen Händen und riss ein ganzes
Dutzend weiterer mit, die unters Bett kullerten, und er verlor

kostbare Zeit, sie aufzusammeln und wieder auf die Kommode zu legen und sich erneut auf die Arbeit zu konzentrieren. Von draußen, vom Hafen her, wo fast alle schon an Bord des Schiffes waren, erschollen Rufe von Flüchtlingen, die sich gegenseitig Anweisungen gaben, auf der Gangway, auf den Decks, und das Gefühl, der Einzige zu sein, der noch nicht in Sicherheit war, brachte ihn schier um den Verstand. Er entfernte die knisternde Hülle aus Wachspapier, riss die Banderole mit dem Copley-Siegel ab, und kaum hatte er die ersten Tabakblätter abgelöst, erfüllte ihn dieser Wohlgeruch, der ihm in den letzten Monaten allmorgendlich in die Nase gestiegen war, mit einer Sehnsucht nach dem einzigen Ort in Lissabon, wo man ihn wirklich geschätzt hatte. Was machten jetzt wohl Tónia, Lúzia, Hélia, all die jungen Frauen in der Manufaktur, die nie recht verstanden hatten, weshalb er dort arbeitete? Bestimmt saßen sie um den Tisch versammelt, an dem er vormittags, nachdem er Mr Copley in seine Wohnung gebracht hatte, wo der seinen Rausch ausschlief, die Kunst des Zigarrenrollens gelernt hatte, und besprachen von dem ganzen Durcheinander der Nacht nur das, was sie selbst berührt hatte; und dann verstummten sie und hörten die Fadosendung und stritten nach jedem Lied darüber, ob Berta Cardoso besser war als Hermínia Silva oder diese neue junge Sängerin, Amália, die sie für ein Bauernmädchen hielten, und vielleicht bedauerten sie ja, dass der kleine Argentinier nicht da war, um zu schlichten, wenn es allzu leidenschaftlich wurde; nur um ihn bald schon zu vergessen, denn letzten Endes war er der Sohn eines Matrosen, und die vergaß man lieber, rieten die Fados. Aus dem dunklen Innern der aufgebrochenen Havanna schaute auf einmal der nur leicht zerknitterte Rand von fünf zusammengerollten Geldscheinen hervor, und dann erinnerte ihn der gestrenge Blick auf dem Abbild einer portugiesischen Persönlichkeit wieder daran, welches Verbrechen er begangen hatte, in welcher Gefahr er schwebte und dass ihm nur wenig Zeit blieb. Und dabei war es nur die erste von dreißig Zigarren!

Durch die angelehnte Wohnungstür drangen Stimmen, die von Stockwerk zu Stockwerk flogen, es waren die erleichterten Bewohner des Palácio de Montemor: Die politische Lage hatte sich beruhigt, im Radio hatte man, wie es schien, Salazars Kommuniqué erneut verschoben, aber zumindest waren sie in dieser Nacht mit dem Schrecken davongekommen und hatten einen letzten Morgen der Neutralität gewonnen. Und er immer noch auf heißen Kohlen. Als er eine zweite Rolle Geldscheine glattstrich und sie auf die anderen legte und sah, dass sie sich knisternd wellten wie ein Insekt, knurrte ihm vor Hunger der Magen, aber es war ein Hunger nicht nur nach Brot. Weshalb nur hatte er keinen einzigen Centavo davon ausgegeben! Wie die Scheine so im Bündel dalagen, waren sie von einer unglaublichen Schönheit. Und während er die Zigarren weiter entrollte und die Scheine übereinanderstapelte, sagte er sich immer wieder, immer erregter: Wieso habe ich das nur getan? Und in seinem Kopf erklang Daríos Stimme: »Oliverio ein Sänger?« Der Haufen Geldscheine, der wie lebendig vor ihm lag, war sein wahres Kunststück, und besser als er selbst »sang« es dieses geheimnisvolle Wesen, das er war. »Bist du gut?«, hatte Discépolo ihn vorhin gefragt. Nein, er war nicht gut, aber das hieß nur, dass er fliehen musste.

Als zehn Minuten später die dreißigtausend Escudos unter der schweren Talkumdose von Tania lagen, sammelte Oliverio die Tabakreste in die hohle Hand, um sie im Bad aus dem Fenster zu werfen, und auch wenn er immer geglaubt hatte, er würde Geld verachten, fühlte er sich nun so mächtig und so schuldig, dass er kurz vor dem Spiegel über dem Waschbecken stehenblieb; und tatsächlich sah er nun einen ganz anderen als den, den er zu Beginn der Nacht im Spiegel des Flaschenregals erblickt hatte, und er wollte nur noch weg. Was hatte er sich nicht alles vorgestellt: Das Geld in der Jüdischen Suppenküche an die Leute verteilen, es Júlias Familie schenken, die nach ihrem schrecklichen Tod nun auf der Straße stand. Und diese andere verrückte Idee, zur PVDE zu gehen und seine Beute dort abzugeben. Was hätte er erreicht? Natürlich konnte er es darauf ankommen lassen und hoffen, dass der Wohltäter bald in die Residenz kam und sich für ihn verwandte oder ihm Asyl anbot. Aber sollte er diesen Arschlöchern von der Gesandtschaft, nachdem sie neulich Daríos Spiel mitgespielt und ihn derart gedemütigt hatten, jetzt das Vergnügen gönnen, dass er sich vor ihnen in den Staub warf? Oder nach Argentinien zurückkehren, als Gescheiterter, fast als Krimineller, und seinen Eltern damit recht geben? Oliverio nahm die Talkumdose von dem Geld, legte die Scheine ordentlich zusammen, teilte sie in zwei Bündel und steckte sie sich in die Jackentaschen. Selbst Maestro de Oliveira hätte ihm nicht so viel zahlen können. Und wenn er jetzt doch an Bord der Boa Esperança ging und in Kuba das Schiff verließ? Wie gerne hätte er dem Maestro und Darío unter die Nase gerieben, dass auch er es zu Reichtum bringen konnte! Aber er durfte keine Zeit verlieren mit einem solchen Unsinn, er musste fliehen, fliehen, aber wohin? Plötzlich hörte er eine Klingel, unten beim Hausmeister, und für eine Sekunde blitzte – es waren Stöckelschuhe, die die Treppe heraufkamen – ein unerwartetes Bild in seiner Erinnerung auf.

2

Es war seine Mutter, die kam, um ihn zu retten. Nein, natürlich nicht, aber woher dann diese alte Angst, die ihm die Kehle und den Magenmund zuschnürte und ihn lähmte, die Ohren weit aufgesperrt? *(Sein Vater hatte ihm befohlen, mit ihm im Elternschlafzimmer zu bleiben, wo er im Halbdunkel darauf wartete, dass seine Mutter endlich die Treppe des kleinen Hauses heraufkam, um über sie herzufallen, sobald sie eintrat.)* Oliverio spürte, wie ihm fast die Tränen kamen, denn so wie die Absätze langsam, Stufe für Stufe, aufs Holz schlugen, stand ihm in allen Einzelheiten der müde Körper einer Frau vor Augen, vom Schmerz gebeugt, die Hand so weit wie möglich vorgestreckt, um sich ans Geländer zu klammern und aufzurichten, bis sie ihrem Henker ausgeliefert war. *(»Geh weg, Mami, geh weg«, hatte er gerufen, und sein Vater flüsterte ihm nur grimmig zu: »Halt den Mund, Schwuchtel.«)* Um die Bilder aus der Vergangenheit anzuhalten, warf Oliverio einen Blick durch die Tür in den Salon und sah, dass Discépolo aus seinen Gedanken aufgewacht war, die Arme hingen herab, der große Kopf saß wie auf einem Stativ, und er lauschte: Was er für das Ende des Films gehalten hatte, war nur ein kurzes Zwischenspiel gewesen, erst jetzt begann das Ende.

»Guten Morgen, gnädige Frau«, waren die Stimmen des Visconde und seines schwachsinnigen Urenkels zu hören, sich überlagernd in einer Mischung aus Angst und flehentlicher Bitte, denn die Verwandten, die ihnen am Abend versprochen hatten, sie abzuholen, waren immer noch nicht da.

Die Erinnerung hatte Oliverio so verstört, dass er das Licht im Zimmer löschte und wartete. Discépolo schien nicht zu wissen, dass er noch da war. Schließlich zeichnete sich in der geöffneten Wohnungstür, gegen das Licht der Psyche-Lampe, die seltsame Silhouette von Tania ab. *(Geh weg, geh weg, hat-*

te der Junge immer wieder gerufen, und ebendeshalb hatte die Mutter beschlossen hereinzukommen.) Ihr glitzerndes schwarzes Täschchen gegen die Brust gedrückt, ging Tania einen Schritt weiter, und im fahlen Licht, das durch die Fensterläden hereinsickerte, ließ sie ihren Blick über den leeren Garderobenständer streichen, den Tisch, auf dem noch die festliche Tischdecke lag, und erst als sie vor dem offenen Fenster die reglose Gestalt von Discépolo entdeckte, stieß sie einen kleinen Schrei aus, eilte hinein und knipste die Leselampe neben dem Sessel an. Oliverio war überrascht, wie ähnlich sie seiner Mutter sah. Discépolo rührte sich nicht.

»Enrique, bitte«, sagte Tania, und für Oliverio klang dieser Name, bei dem niemand Discépolo nannte, wie eine Sirene, die ihn drängte, den Ort zu verlassen, bevor alles in die Luft flog. *(Dann trat plötzlich sein Vater aus dem Schatten: »Woher zum Teufel kommst du, du Nutte!«)* Discépolo schaute nicht zu ihr hin.

»Gehst du ...?«, fragte Tania.

»*Wir* gehen«, korrigierte Discépolo sie mit gebrochener Stimme. »Gleich kommt man uns abholen.«

Tania senkte wie beschämt den Kopf. Aber, fragte sich Oliverio, wollte sie denn nicht zurück nach Argentinien?

»Die Lage ist ernst«, sagte er, und es klang, als wollte er den staatsmännischen Ton von Oberst Sijarich anschlagen. »Portugal ist in den Krieg eingetreten. Alle warten schon auf den Fliegeralarm. Der Hilfsfrachter ankert flussaufwärts, und mit etwas Glück wird er das letzte Schiff sein, das von Lissabon ablegt. Man wird uns kaum an Bord lassen, wenn nicht der Konsul dabei ist. Aber der Konsul kommt einfach nicht ...«

Tania enthielt sich jedes Kommentars, sie nahm nur ihr Tuch ab, wie um guten Willen zu zeigen und dass ihr an äußerster Offenheit gelegen war. Ihr Schweigen schien Discépolo unangenehm zu sein, und er suchte nach dem Glas, das

Oliverio ihm gebracht hatte, bevor er ins Schlafzimmer gegangen war, doch als er sah, dass es leer war, nahm er wieder die Stativpose von vorhin ein, das Glas wie einen großen Stein in der Hand. Der Himmel von Lissabon, eingerahmt vom Fenster, schien ihm das Einzige zu sein, was zu betrachten sich lohnte. Tania schaute nur auf seinen Rücken und versuchte, in diesem Körper, den sie so gut kannte wie niemand, zu *lesen*, eine Erklärung zu lesen für das Geheimnis, das sie beide zusammen auch jetzt noch waren.

»Hast du denn etwas gegessen?«, fragte Tania, und Discépolo zuckte matt mit den Schultern.

Warum fragte sie so einen Unsinn, dachte Oliverio.

»Möchtest du, dass ich dir einen Tee mache?«, schob sie rasch nach und trat nun an ihn heran. Oliverio verkroch sich in seiner Haut. (*»Was heißt hier Mitleid, du Nutte!«, hatte sein Vater gesagt, während er vor den entsetzten Augen des Jungen mit einer Hand den Sessel hochhob. »Was machst du da, bist du des Teufels!«, beschwor sie ihn, und schließlich stellte sein Vater den Sessel wieder ab und wunderte sich selbst, als ihm einfiel, dass er einen Sohn hatte, der auch dort war, wunderte sich, was der Hass mit ihm machte.*)

»Enrique, Schatz«, sagte Tania, und in ihrer Stimme schwang nun ein plötzliches Mitgefühl. Doch Discépolo antwortete nicht, er schien ihre Unruhe zu genießen. »Enrique, ich spreche mit dir«, versuchte Tania es noch einmal, ganz sanft. Doch Discépolo ließ nur ein leises Brummen hören, und dann schaute er sie an, von unten nach oben, ganz langsam, abschätzig, wie ein Mädchenhändler bei einer Versteigerung der Zwi Migdal: zuerst auf die dreckverschmierten Abendschuhe, dann auf den besudelte Saum des Kleides, dann auf die Hüften und die Brüste, die ihn erschreckten, als wollten sie ihn beleidigen, und schließlich schaute er ihr in die Augen, in denen er die Leere des Himmels der Nacht über Lissabon erkannte.

»Die Nacht von Lissabon«, sagte Discépolo in forderndem Ton zu ihr, als ob etwas ihn erstickte, und dabei sollte diese Nacht doch seine Waffe sein. Und erst als Tania sich an den Hals griff, wurde Oliverio klar, dass er den Schmuck meinte, den der Juwelier aus Cascais für sie ausgesucht hatte.

»Dr. Ordóñez vom argentinischen Konsulat«, sagte Discépolo weiter, »hat die Bediensteten wegen Diebstahls angezeigt.« Tania riss die Augen auf, und Discépolo war jetzt so wütend, dass er gar nicht mehr das Gesprächsthema wechseln und ihr etwas vormachen konnte. »Hast du ihn?« Und da sie kein Wort herausbrachte, fragte er noch einmal: »Ob du den Schmuck mitgenommen hast, meine ich?«

»Ja«, sagte sie, wie für einen Moment zerstreut, und als sie weitersprach, hörte sie sich an, als würde sie ein zu Unrecht angegriffenes Kind verteidigen, »ich habe ihn die ganze Zeit bei mir gehabt, bis zum Schluss, hier in meinem Geldtäschchen. So wie immer! Aber ich habe ihn jemandem gegeben, Enrique ... Er ist mir nicht gestohlen worden. Ich habe ihn *gegeben* ...«

Discépolo sammelte all seinen Ärger, hob das Glas und schmetterte es auf den Boden.

»Ich habe ihn *gegeben*«, wiederholte Tania, als müsste sie sich selbst noch davon überzeugen. »Eben erst ...«

»Scheiße!« war alles, was Discépolo sagen konnte, und es war klar, dass er sich nur über sich selber ärgerte, über seine Unfähigkeit, zu reagieren.

»Obwohl, nein«, gestand Tania, »eigentlich habe ich ihn nicht *gegeben*«, und sichtlich bemüht, das richtige Wort zu finden, um sich ihm ebenbürtig zu zeigen, nahm sie den Kopf in die Hände. »Ich habe mit ihm *bezahlt* ...«

»Du hast Isidro bezahlt?«, rief Discépolo, und seine ganze Wut brach nun aus ihm heraus, so dass Oliverio einen Schritt zurücktrat, nicht dass man am Ende noch ihn beschuldigte.

»Diesen Hurensohn, der dir auf dem Bahnhof schöne Augen gemacht und sich mit dir auf dem Zimmer eingeschlossen hat und zu dem du dann ins Gondarém gegangen bist!«, schleuderte er ihr entgegen. »Den hast du bezahlt. Sprich!«

Als hätte er sich übergeben, war Discépolo nun ganz ruhig und schnaufte. Er schien am Ende.

»Ja, den«, sagte Tania, ohne jeden Anflug von Schuld oder Pampigkeit. »Woher wusstest du das?«

Doch Discépolo war nicht mehr zu erreichen, war fern in seinen Gedanken, und wie sollte man ihn da herausholen? Ach, ich bin müde, Enrique, schien Tania zu sagen, als ihr das leere Täschchen aus den Händen glitt und zu Boden fiel und ein paar Jettperlen absprangen, erspar es mir bitte, dir jetzt alles zu erklären.

»Es ist nicht, was du denkst, Enrique«, sagte sie, und in ihrer erschöpften Stimme blitzte, vielleicht ohne dass sie es wollte, ein letztes Fünkchen Wut auf. »Auch nicht, was alle deine Freunde von dir denken würden. Rutsch mal ein Stück, bitte . . .«, und sie deutete auf den Koffer.

Discépolo bewegte sich nicht einen Zentimeter.

»Nein, Spanierin, nein«, sagte er schließlich, nachdem er noch einmal tief durchgeatmet hatte. »Wozu Erklärungen. Keine Geschichte reicht aus. Du wusstest es schon immer, ich habe es heute verstanden. Du bist der Stein gewesen, den ich der Nacht abgekauft habe, das Juwel, für das ich als Dichter mit jedem einzelnen meiner Lieder bezahlt habe. Und jetzt weiß ich auch nicht, was mir das Recht gibt und die Würde, dich zu behalten.« Discépolo schien plötzlich Schwung zu holen, und während er den Arm hob, um ihr Platz zu machen, versetzte er ihr den entscheidenden Stoß. »Auch ich habe heute Nacht etwas *gegeben*: dich! Ich habe dich der Nacht zurückgegeben. Und von jetzt an gehört diese Nacht, die Nacht in mir, nur mir allein.«

Ganz vorsichtig, als stiege sie in ein Rettungsboot, setzte Tania sich auf die Ecke des Koffers und versank in ihrer eigenen Traurigkeit.

Alles war an ein Ende gekommen, wohl wahr, und Oliverio kehrte in eine Wirklichkeit zurück, in der nur er noch nicht gerettet war; und er befühlte die beiden dicken Geldbündel in seinen Taschen und setzte sich die Mütze auf und wollte schon in den Salon stürmen, um sie um Hilfe zu bitten. Doch bei ihrem Anblick hielt er inne, denn es war klar, dass da etwas Neues im Werden begriffen war.

Sie waren dieselben wie immer. Aber so wie sie dort beieinander saßen, im Licht des Fensters zur Straße und unendlich müde vom Trubel der Nacht, hatten sie etwas von vorzeiten. Sie waren nicht länger zwei berühmte Künstler, die irgendwann zu mythischen Gestalten geworden waren, sie stellten vielmehr eine dieser starren Szenen dar, wie man sie auf Wappenbildern findet und die für die Eigenschaften einer ganzen Familie stehen: Sie waren zwei Figuren, die in dieselbe verschlossene Dunkelheit schauten, und ihr Schweigen war umso hörbarer, als es sich von dem Lärm der Vögel auf den Simsen und in den Bäumen abhob, dem Heulen des Windes in den Schornsteinen und Blitzableitern und Ladekränen der Boa Esperança, den Stimmen der Arbeiter, die vom Hafen herüberdrangen, und zugleich schien etwas kurz davor, das Bild zu sprengen.

Bis Tania schließlich, als beide schon den Vorhang des Himmels zu berühren schienen, den Kopf hob, kurz zu Discépolo blickte, sich leicht über die Knie beugte und anfing zu schaukeln, als wollte sie sich in den Schlaf wiegen. Doch dann bäumte sie sich auf und stieß einen Klagelaut aus, den sie sogleich unterdrückte, nur um einem anderen Platz zu machen, der sich sogleich in Tränen auflöste, einem Weinen, als hätte sie es nie gelernt, und Oliverio blieb nun erst recht auf der Schwelle stehen, alles andere wäre herzlos gewesen.

Nicht einmal seine Mutter hatte so geweint. Nein, keine Geschichte reichte aus, dachte Oliverio, aber ein solcher Schmerz, hatte er nicht wenigstens eine Spur Mitleid verdient?

»Wenn ich daran denke, wie lange man davor fliehen kann«, hörte er Discépolo sagen, wie die Moral von der Geschichte, er wusste keinen anderen Trost. »Und wozu? Als hätten wir uns finden können! Jeder steckt in seiner eigenen Geschichte.«

»In der Umarmung findet man sich, Enrique«, sagte Tania, und es war ihr nun egal, ob er verstand oder nicht. »Aber in Umarmungen haben wir uns auch verloren...«

An der Haustür unten läutete es Sturm, und Oliverio zog sich ins Schlafzimmer zurück. Er fürchtete, es wäre Dr. Cantilo oder gar Isidro. Doch so wie Dom Hilário über den Tagespförtner schimpfte, der ihn immer noch nicht abgelöst hatte, waren es nur die Verwandten des Visconde de Montemor, der nun seinerseits die Stimme durchs Treppenhaus erschallen ließ, damit das Echo seiner erneuten apokalyptischen Philippika den nötigen Nachdruck verlieh.

Jetzt, sagte sich Oliverio, war der Moment gekommen. Und leise, als schliefe er noch und würde nichtsahnend aufwachen, setzte er sich aufs Bett und stand mit einem Ruck auf, so dass das Quietschen der Sprungfedern und dann seine Schritte auf dem Weg zum Bad im Salon zu hören waren. Doch ein fürchterliches Heulen auf der Treppe lenkte alle Aufmerksamkeit ab.

»Ach Lissabon, Lissabon«, sagte Discépolo voller Mitleid mit Benito, den man nun aus dem Haus zerrte, aus dieser Atmosphäre von alter Sklavenhalterei und Dekadenz, die letztlich der Stoff sein musste, aus dem sein Wahn war.

»Was ist mit Lissabon, Enrique?«, fragte Tania fast vorwurfsvoll, verwundert über die plötzlichen Geräusche einer weiteren Person und dass Discépolo kein Wort darüber verlor.

»Weißt du noch, an dem Abend, als wir von dem Juwelier

kamen, wie wir genau so dasaßen und aufs Meer schauten, auf den Sturm, und wie du mir dann im Morgengrauen erzählt hast...?«

»... von diesem Mann, ja«, nahm Tania den Satz auf, und ihre Stimme klang besorgt, vielleicht war die Person, die sie im Schlafzimmer hörte, ja eine andere Frau, eine Frau, die schöner war und besser sang als sie. Amália? »Von diesem gefährlichen Mann, der in Madrid am Ende der Vorstellung in meine Garderobe kam und das Licht löschte und mich Anita nannte...«

»Bitte«, unterbrach sie Discépolo, er konnte sich vor Ungeduld kaum beherrschen. »Du brauchst es mir nicht noch einmal zu erzählen. Weißt du was? Seither treibt mich der Wunsch um, eine Geschichte zu erfinden, die dich dazu bringt, deine Schlechtigkeit zu verstehen, damit du ein besserer Mensch wirst. Mir war nicht bewusst, dass der eine immer des anderen Nacht ist. Verstehst du mich? Ich dich auch nicht. Du bist mein Kreuz, und ich bin das deine. Gerechtigkeit gibt es nicht, der eine hat im anderen den Himmel und die Hölle. Nur manchmal hat man die Wahl.«

»So ist es«, sagte Tania, und Oliverio hörte, wie sie aufstand und aufs Schlafzimmer zuging. »Bleib hier«, rief Discépolo, der hören wollte, was sie sagte. Tania blieb stehen, sie hatte verstanden: »Für einen Moment habe ich in dieser Nacht auch gedacht, dass es für mich noch ein anderes Schicksal gibt. Aber man wechselt nicht zweimal den Namen. Wir müssen nicht weiter zusammen komponieren, auftreten, singen, du und ich. Aber ich kann bei dir sein. Auch wenn ich dir nicht gehöre, kann ich bei dir sein. Es wird schon jemand kommen, der in unserem Licht die Nacht sieht und in unseren Liedern, was wir nicht gesagt haben. Dieses Kind werde ich empfangen, wenigstens das. Versuchen wir, uns der Nacht ganz hinzugeben, denn sie ist unser Element.« Und nachdem sie sich wieder zu ihm gesetzt hatte, als wollte sie ihn bitten, ihr zu sagen, dass er sie nicht gegen eine andere Frau getauscht hatte, die Frau drüben im Zimmer, sagte sie: »Ich bin sicher, es wird ein gutes Geschäft sein.«

3

Plötzlich erschollen aus den Hafengebäuden und von den Kais, von den Decks, aus den Schlafsälen und den Laderäumen der Boa Esperança, anschwellend wie eine Springflut, wirre Schreie herüber, Applaus und Hochrufe, überall schlugen die Fenster auf, und über allem krachten die Lautsprecher mit einer Ankündigung, die von einem erneutem Beifallsturm unterbrochen wurde: Das Radio hatte endlich die »nach reiflicher Überlegung getroffene Entscheidung« Salazars bekanntgegeben, und auch wenn nicht herauszuhören war, ob Portugal nun in den Krieg eingetreten war oder nicht, würden zumindest die für heute geplanten Schiffe, so viel schien klar zu sein, auslaufen können. Oliverio war wie benebelt, noch immer hatte er nichts unternommen, um sich in Sicherheit zu bringen, und das Einzige, woran er denken konnte, war Maestro de Oliveira, wie er jetzt wohl auf der Boa Esperança in seinem Kummer versank und beklagte, dass er in Europa den Menschen zurückzuließ, der ihm am meisten bedeutete.

»Und du, was hast du gemacht, Enrique?«, hörte er Tania fragen, die in ihrer Besorgnis auch das Freudengeschrei draußen nicht abzulenken schien, sicher fragte sie nach der Frau, die ihm die Kraft gegeben hatte, sich zu trennen. »Warst du allein hier?«

»Nein«, sagte er, ihn ärgerte ihre Neugier, sie hinderte ihn daran, die Nacht seinerseits für beendet zu erklären, und wie zur Strafe warf er ihr an den Kopf: »Ich war im Gondarém! Auch in einem der Kabuffs...«

»Wie bitte?« Tania schien so überrascht, dass sie weder gekränkt sein noch sich wehren konnte. »Warst du eben, nach mir, nachdem die Polizei...?«

Oliverio, der gerade schon hinausgehen wollte, zuckte zusammen und hätte beinahe geschrien. Die PVDE war also doch im Gondarém gewesen! Wie lange würde sie brauchen, bis sie hier war, nachdem Isidro ihn angezeigt hatte?

»Die Polizei?«, fragte Discépolo verwundert. »Nein, Isidro hat mich lange vorher aufgesammelt, ich hatte dich gerade aus den Augen verloren, unten am Kai. Er hat mich ins Gondarém mitgenommen, und dort war ich bis vor etwa einer Stunde, bis mich ein junger Mann hergebracht hat, er ist drüben im Schlafzimmer. Ach ja, du hast ihn heute kennengelernt, Oliverio heißt er.«

»Oliverio?«, sagte Tania. »Also doch, nach all dem Warten...«

Discépolo begann nun wieder, eine seiner Reden zu schwingen, vielleicht die Geschichte von dem Melodram und wie Oliverio ihm als die ideale Besetzung für eine der Hauptrollen vorgekommen war, und Tania hob ihrerseits an, ihm zu erzählen, dass die Polizei den Jungen wegen Diebstahls suchte und dass er vorsichtig sein müsse, wenn er ihn in die Residenz hereingelassen habe. In seiner Verzweiflung trat Oliverio zur Wohnungstür hinaus, und als er auf dem Absatz niemanden sah, schaute er durchs Treppenauge hinunter, und da unten nur der Hausmeister zu hören war, sprang er so schnell und so leise wie möglich über die Stufen. Und während er links und rechts der Hüften die prallen Taschen voller Geld hielt wie zwei steife Flügel, dachte er daran, wie er es vor den Leuten verbergen sollte, dass er sich so leidenschaftlich daran klammerte, wie er seine Schuldgefühle verbergen sollte, dass er Isidro geliebt hatte, jawohl, und es war eine noch schmerzhaftere Liebe gewesen als die Liebe von Tania und Discépolo, als die Liebe im Fado. Mein Gott, hilf mir, sagte er sich, auch wenn er niemals betete und auch nicht glaubte, denn ihn erschreckte das feindliche Licht des Tages, das umso heller wurde, je näher er der Tür im Erdgeschoss kam, der vorgelegten schweren Kette und der Stimme von Dom Hilário, der wütend ins Telefon schrie und zum hundertsten Mal verlangte, endlich abgelöst zu werden von »diesem Unverantwortlichen, der genau weiß, dass ich das Haus sonst nicht verlassen kann«.

So dass Oliverio, als er sich an der Pförtnerloge meldete, ein solch schuldbewusstes und panisches Gesicht machte, dass Dom Hilário glauben musste, er sei der Attentäter, den die Polizei suchte. Doch der Alte schien nicht die Absicht zu haben, sich weitere Probleme aufzuhalsen, und während er noch grummelnd den ersten seiner Vorfahren verwünschte, der in die Dienste des Hauses Montemor getreten war, nahm er die Kette ab und ließ ihn hinaus. Schwankend und mit pochendem Herzen stand Oliverio auf der Schwelle, schaute nach rechts und nach links, gerade noch rechtzeitig, um den Polizeiwagen zu sehen, der langsam aus der Rua Ulisipo einbog, und noch ehe er die Folgen bedenken konnte, war er bereits über die Straße gesprungen und hatte sich durchs Drehkreuz am Bahnübergang geschwungen.

Er überquerte gerade die Gleise, als oben in der Residenz das Telefon klingelte und Tanias grelle Stimme ertönte, die versuchte, sich verständlich zu machen, offenbar war die Leitung gestört. Oliverio war es nicht möglich, dem Gesprächsfaden zu folgen, allerdings verstand er, dass sie mit Oberst Sijarich sprach und dass der sie vom Amt am Terreiro do Paço aus anrief. Der erste Morgenzug aus Cascais kam in der Ferne schon pfeifend heran, und als er vorbeidonnerte, war das Ende des Gesprächs abgeschnitten. Doch da der Zug ihn in dem Moment auch vor den Polizisten verbarg, die vor dem Palácio de Montemor angehalten hatten, nutzte Oliverio die Gelegenheit und schlüpfte in den Hafen, und dabei war ihm ganz seltsam zumute, als wären Tania und Discépolo, die er nie wiedersehen würde, seine Eltern.

Dem Matrosen, der das große Tor bewachte, zeigte er mit einer solchen Selbstverständlichkeit seinen Ausweis, dass der ihn gleich durch das Türchen ließ und ihm den Weg zur Passkontrolle wies. Jetzt konnte ihn von der Straße aus niemand mehr sehen. Aber die ganze Zeit musste er daran denken, wie die Polizei nun zur argentinischen Residenz hinaufging und nach ihm fragte. Doch die Gasse, über die er ging, war so menschenleer, dass es ihm wieder die Begeisterung zurückgab, die er empfunden hatte, als er die Zigarren auseinanderrollte. Sorgen machen musste er sich nur, wie er vor den Beamten, die sich dort hinten lauthals stritten, rechtfertigen sollte, dass er so viel Geld bei sich trug, und dann auch noch ohne Gepäck. Jedenfalls musste alles so schnell gehen, dass er an Bord war, wenn die Polizei kam.

Immer wieder kam ihm der Maestro in den Sinn. Er würde zu ihm gehen, jetzt gleich, auch wenn es das Letzte war, was er in diesen Tagen gewollt hatte, aber jetzt war es anders, er brauchte Hilfe. »Es ist Ihre Pflicht, mir zu helfen«, würde er ihm sagen, nur mit seiner Hilfe könnte er an Bord bleiben. Und wäre es schlimm, wenn er Forderungen stellte, erpresste, log, wo er bereits gelogen hatte, ihn ausgenutzt, erpresst? »Ihretwegen habe ich ein Verbrechen begangen, und jetzt ist mir die Polizei dieser Faschisten auf den Fersen. Schauen Sie mich an: Ich bin die Blume, die in Ihrem Garten gewachsen ist, im Garten des Bischofs de Oliveira! Das haben Sie gemacht aus Ihrem Wilden.«

»Passagier?«, fragte ein junger Matrose, der ihm entgegentrat.

»Passagier«, sagte Oliverio atemlos.

»Verteidigen Sie mich«, würde er zum Maestro sagen, »denn noch bin ich der, den meine Mutter in Ihre Hände gegeben hat, Sie mieses Stück Dreck!« Und egal, was in seinem Pass stand, noch hatte er ein Anrecht auf den Namen Oliverio.

Der Junge mit dem grünen Hemd

Oliverio an Bord. »Adiós!« Ein Engel.

1

In dem kleinen Raum für die Passkontrolle ging alles erstaunlich reibungslos, anscheinend lag keinerlei Hinweis der PVDE zu einem Jungen seines Aussehens vor, oder die Beamten wunderten sich einfach nicht über einen wie ihn, der mutig wirken wollte, auch wenn er die Mütze in den Händen knautschte, schließlich war es drunter und drüber gegangen mit den Gerüchten und Nachrichten über das wahre Ausmaß der Gefahr für Portugal, und immer noch tummelten sich Passagiere an den Kais, wo der Streit in der Luft lag. Außerdem klingelte es ständig, es war die Telefonistin, und sosehr sie sich bemühte, schaffte sie es nicht, sie mit dem Palácio de São Bento zu verbinden. »Was ist los mit der dummen Kuh? Oder hat man auch das Fernsprechamt angegriffen?« Ein dicker Mann, offenbar der Chef, hatte den eher ungewöhnlichen portugiesischen Pass von Oliverio schon gestempelt und abgezeichnet, als ein Mulatte, den der merkwürdige Geburtsort neugierig gemacht hatte – Ensenada, Provinz Buenos Aires, Argentinien? – ihn über seinen Kneifer hinweg anschaute und fragte, ob er etwas von dem Treffen wisse, das gerade zwischen Ministerpräsident Salazar und Staatspräsident Carmona stattfinde. Oliverio, der nur an die beiden Geldbündel in seinen Taschen dachte und sich noch eine Erklärung zurechtlegte, falls man ihn abtastete, stammelte eine Entschuldigung, und da seine Unbedarftheit auf ebenjene respektvolle Unkenntnis der Politik deutete, die der Neue Staat von seinen portugiesischen Bürgern erwartete, nickte der Mann nur und händigte ihm seinen Pass aus. »Ihr Gepäck ist schon an Bord?«, fragte hinter ihm ein Matrose, der auf ein Zeichen des Mulatten gekommen war, um ihn nach draußen zu begleiten. Oliverio sagte ja, in der Annahme, es sei eine obligatorische Frage und eine Durchsuchung damit entbehrlich. Doch er hatte sich getäuscht. Denn als er auf den Kai hinaustrat, sah er, auch wenn der Wind ihm diesen betörenden Duft des Flusses und der Kindheit in die Nase wehte, mit Erschrecken zwei Tische, einer vor jeder Gangway und umgeben von Matrosen und Offizieren, die erregt mit den letzten Passagieren diskutierten. »Monsieur, es ist *absolut* notwendig, dass ich selbst überprüfen, welches meiner Gepäckstücke beschädigt wurden«, rief Philippe de Rosenberg, ein Kunsthändler, den Oliverio vor wenigen Tagen hatte ins Gondarém kommen sehen, in Begleitung des Maestros und eines spanischen Sammlers namens Cossío. Als der Offizier, der mit dem Herrn sprach und vor Ungeduld schon platzte, Oliverio in seinem abgetragenen Anzug kommen sah, hielt er ihn für einen letzten Passagier der dritten Klasse, der sich verlaufen hatte, und bedeutete seinem Schreiber mit einer Handbewegung, ihn hinüberzuschicken. Rosenberg, der seine drei kleinen Kinder an sich drückte, hörte nicht auf zu reden: »Ich verstehe vollkommen, wie dringlich es ist, jetzt an Bord zu gehen, in der dritten Klasse oder wo auch immer, meine Familie und ich akzeptieren die neue Unterbringung selbstverständlich, aber wir wollen noch einmal in die alte Kabine zurück und unsere Sachen sehen. Jemand muss doch die Verantwortung übernehmen!«

Der Schreiber lauschte noch der Diskussion und schien aufzumerken, als Oliverio sagte, er habe das Schiffsticket bei den Unruhen verloren. Doch als er den Namen in der Passagierliste suchte und ihn mit einem Kreuz markiert fand, zog er unter der Liste das »verlorene« Ticket hervor, dasselbe, das Oliverio gestern dem Maestro ins Gesicht geworfen hatte, man erwartete ihn also, vielleicht war Darío heruntergekommen, um ihnen mitzuteilen, dass einer ihrer Assistenten noch fehlte. Wieder überfiel ihn die Angst, und er wollte schon kehrtmachen, doch auf ein Zeichen des Schreibers kam ein Offizier federnden Schrittes die Gangway heruntergeeilt, und der Junge war so überrascht, dass er ihm nur stumm das Ticket hinhielt. »Noch einer?«, murmelte der Matrose, als er die Kabinennummer las, mit einem spöttischen Unterton, und Oliverio wusste nun, dass etwas Seltsames geschah.

»Ist der Maestro denn wohlauf?«, fragte er, während er hinaufstieg und versuchte, nicht aufs Wasser zu schauen, das dort unten, beiderseits der Halteseile, hin und her schwappte, und ihn überkam ein doppeltes Schwindelgefühl, es war die Höhe, aber auch die Erinnerung. (»*Mach dir nicht in die Hose, du Schwuchtel*«, sagte sein Vater zu ihm, »*die Füße fest auf die Latten, die Augen immer auf die Füße*«, *es war eine Übung aus dem ungeschriebenen Handbuch der Seefahrt, jenem ihm unerreichbaren Buch, mit dem man lernte, ein Mann zu werden.*)

Der Matrose schwieg auf eine rätselhafte Weise, als brächte ihn jede unvorhergesehene Höflichkeit in Bedrängnis. Mein Gott, dachte Oliverio, und wenn ihn dort oben jetzt die Männer der PVDE erwarteten? Ein Schauder lief ihm über den Rücken, wo ihm ohnehin schon schwindlig war, aber er wollte wenigstens eine der Jackentaschen umklammern, nicht dass sein Geld ins Wasser fiel, doch dann stolperte er – ein »Oh!« erscholl aus der Reihe der Passagiere, die an der anderen Gangway warteten –, so dass der Matrose sich genötigt sah, ihm den Arm hinzuhalten, worauf er ihn mit einem verärgerten

Ruck an Bord zog. Kaum war Oliverio an Deck, spürte er diese wunderbare Leichtigkeit des ganzen Schiffes, wie es verlässlich auf dem großen Wasser lag, und er war aufgewühlt wie ein Schiffbrüchiger, der das Floß erreicht hat. Doch als er hörte, wie der Offizier ihm befahl: »Folgen Sie mir«, fühlte Oliverio sich auf eine fremde Insel verbannt, rings umgeben von einem Fluss, den er nicht überwinden konnte. »Hier lang, kommen Sie schon«, sagte der Offizier verärgert, wandte ihm den Rücken zu und marschierte nach achtern, und Oliverio folgte ihm, bedrückt von der Eleganz all des Messings und des edlen Holzes, der Sonnendächer und Liegestühle und dem Geruch der Putzmittel. Dann blieb er kurz stehen und gab vor, einen letzten sehnsuchtsvollen Blick auf Lissabon zu werfen, und erst da traute er sich, nachzusehen, ob jemand ihm folgte. Aber nein, niemand war auf der Hafenstraße, und als sein Blick zur argentinischen Residenz schweifte, fiel ihm eine Lösung ein. Könnte er nicht, wenn man ihn befragte, einfach sagen, das Geld in seinen Taschen sei ein Geschenk von Discépolo? Wer wollte bestreiten, dass der mit Tania längst an Bord des Frachters war? Doch durch eins der Balkonfenster der Residenz sah er nun die Silhouette von Discépolo, der neben einer verstörten Tania in den Koffern wühlte, und unten auf der Straße die Umrisse zweier Gendarmen. Vorsichtig wandte er sich ab, bestimmt suchten sie nach ihm, und er ließ seinen Blick erst über die Kontrollhäuschen wandern und dann über die Gangway für die dritte Klasse, wo eine Familie protestierte, dass man ihnen noch immer keinen Platz auf dem Schiff zugeteilt hatte. Als sie schließlich über die hohe Schwelle einer Tür traten, drehte der Matrose sich um, gab ihm einen Schlüsselbund und wies auf einen Gang, an dem vier Kabinen lagen. Vom Fluss blies der Wind herein, doch schon der brenzlige Geruch deutete darauf hin, dass diese Kabinen das Ziel des Anschlags gewesen waren.

Zögernd nahm Oliverio die Schlüssel entgegen, er fürchtete, er wäre in eine Falle gegangen. Aus der einzigen Kabine, die zum Fluss hin lag, drangen aufgeregte Stimmen, die irgendetwas untersuchten. Es war die Kabine von Monsieur Rosenberg, begriff Oliverio, und er gab sich einen Ruck und legte dem Matrosen die Hand auf die Brust, damit der ihm half, hier wegzukommen: »Ob Sie mir vielleicht sagen könnten, wo ich Maestro de Oliveira finde? Ich habe etwas für ihn.«

Mit einem Schulterzucken deutete der Matrose auf das Ende des Gangs, wo in all seiner weiten Pracht der Fluss zu sehen war: Wenn er zum Maestro wolle, müsse er an der Tür der Kabine vorbei, wo die Polizisten seien, und dann über eine Außentreppe nach oben.

»Suite Nummer eins, auf dem Upperdeck«, sagte er, »aber ich glaube nicht, dass der Herr in der Lage ist, Sie zu empfangen... Wie dem auch sei, heute haben wir alle eine kleine Abwechslung verdient, nicht wahr? Guten Tag«, und mit einem plötzlich breiten Lächeln ging er wieder auf seinen Posten an der Gangway. Bestürmt von tausend Vermutungen, schlüpfte Oliverio in seine Kabine.

Es war niemand in dem dunklen Raum, nur das Licht eines schmächtigen Halbmonds fiel durch die angelehnte Klappe des Bullauges. Hinter der Wand waren die Stimmen der Gendarmen zu hören, und Oliverio sagte sich, dass er, bevor sie herüberkamen, um auch seine Kabine zu untersuchen, so schnell wie möglich verschwinden sollte. Und als er das Bullauge ganz aufgemacht hatte und im Wandschrank Daríos Handkoffer entdeckte, unverkennbar mit all den Aufklebern großer Hotels in New York, Biarritz, Paris, sprang er auf den Gang, als flüchtete er vor einem Tier. Polizisten waren keine zu sehen, denn Rosenberg, der es schließlich geschafft hatte, in die Kabine zu kommen, zog mit seinem Protest alle Aufmerksamkeit auf sich: »Der Stich von Goya, den ich extra in meinem Stock versteckt hatte, völlig ruiniert, sehen Sie selbst!« Und Oliverio ging rasch auf die Außentür zu, die der Matrose ihm gezeigt hatte, trat, ohne weitere Zeugen als die drei kleinen Kinder des Kunsthändlers, an Deck und stieg gleich die erste Wendeltreppe hinauf, gepeitscht vom Wind des Flusses, der seine Jackenschöße auffliegen ließ, bis er vor einer Kammer voller Schrubber und Seifenstücke und noch offener Kanister mit Desinfektionsmitteln stand. »No passengers! No passengers here!«, brüllte ihn ein kapverdischer Schiffsjunge an, so dass Oliverio eilig wieder die Stufen hinuntersprang, immer in der Angst, die Schreie würden die kleinen Rosenbergs ermutigen, ihn zu verraten, und dann weiter in Richtung Vorschiff, wo er eine andere Treppe hinaufstieg, die nun allerdings zum Oberdeck führte. Der Matrose, der ihn an Bord gebracht hatte, führte dort gerade ein älteres Paar hinauf, mit dem er Italienisch sprach, bis die Frau sich erschöpft auf ein Rettungsboot stützte und ihm erklärte, sie kämen aus Paris und ursprünglich aus Österreich, auch wenn sie Arditti hießen. Oliverio lehnte sich an die Reling steuerbord und schaute sich um, ob es keine Zeugen gab, und als er hörte, wie sich hinter den Ardittis die Tür schloss und der Matrose wieder die Treppe auf der Seite zum Kai hinunterging, stieg er selber hinauf. Kaum hatte er das Oberdeck erreicht, sah er schon die polierte Holztür mit der Nummer 1, die im wogenden Widerschein des Wassers glänzte, und nur ein paar Meter weiter eine Art Dachterrasse: einen Balkon über dem Wasser, wo die feinere Gesellschaft während der Überfahrt hinaustreten konnte, um die Sternbilder und das Meer zu betrachten, als gehörte das alles ihnen. Plötzlich merkte er, wie ein Schatten sich regte, als würde dort jemand Wache stehen, und aus Angst wollte er schon an die Tür des Maestros klopfen. Kein Geräusch, keine Stimme drang durch die vier Bullaugen, und Oliverio erinnerte sich an den Code, der Darío erlaubte, beim Maestro einzutreten – eine punktierte Viertelnote und eine Vierteltriole –, doch dann zuckte er zurück: An der Türklinke hing ein rotes Tuch, er erkannte es sofort. Das also war der Grund gewesen, weshalb ihn die Leute von der Reederei und die Mannschaft von Anfang an so süffisant behandelt hatten, sie alle wussten, dass Darío die letzten Minuten nutzte, um in der Suite Nummer 1 mit einem anderen Mann zu verkehren! Was zugleich hieß, begriff Oliverio, dass der Maestro irgendwo hier draußen sein musste. Es war die Gelegenheit, allein mit ihm zu sprechen.

Die Hände fest um die Jackentaschen geklammert, ging er auf die Terrasse zu. Doch der Einzige, der dort an der Reling lehnte und zusah, wie die Polizisten, die es leid waren, auf die Verwünschungen von Monsieur de Rosenberg zu antworten, von Bord gingen, war Darío. Oliverio fuhr der Schreck in die Glieder, und als Darío sich nonchalant umdrehte, wollte er schon kehrtmachen. Doch ohne Zweifel hatte Darío mit jemand anderem gerechnet, denn beim Anblick von Oliverio machte er zuerst eine ungläubige und dann eine entrüstete Miene. Um keine Aufmerksamkeit zu erregen, wandte er ihm wieder den Rücken zu, und Oliverio spielte das alte Spiel mit, vor anderen so zu tun, als gäbe es nichts zwischen ihnen, und stützte sich ebenfalls auf die Reling, ein paar Meter von ihm entfernt, den Blick stur auf den Fluss gerichtet. Und so bereiteten sich die beiden Kabinenkameraden, jeder für sich, auf ihr letztes, entscheidendes Duell vor.

2

»Kein Chef mehr, was?«, sagte Darío, und Oliverio glaubte, etwas Ungeheuerliches zu verstehen: Der Maestro war tot, und während sein Leichnam in ein Lissabonner Leichenschauhaus gebracht wurde, war Darío, der wegen der überstürzten Abreise nicht zur Beerdigung hatte bleiben können, an Deck gekommen, um zu trauern; und der Junge mit dem roten Halstuch ruhte sich noch eine Weile in der Suite aus, bevor er an Bord des marokkanischen Trawlers ging. Als er ihn eben hatte kommen hören, musste Darío gedacht haben, es sei dieser Junge, den er nur aufgenommen hatte, um sich nicht so allein zu fühlen. Obwohl, nein, das konnte nicht sein, dachte Oliverio und versuchte, sich zu beruhigen. Wahrscheinlich wollte der Maestro nur wissen, ob der Junge mit dem roten Halstuch ein guter Ersatz für ihn war, und jetzt besprach er mit ihm in leiser Vertrautheit die Bedingungen für sein Bleiben. Aber ich habe es mir selber eingebrockt, sagte er sich, und dieses Gefühl der Schuld, das Darío bei seiner Schweigsamkeit bemerkt haben musste, ließ alle Hoffnungen mit einem Schlag zerplatzen.

»Machen Sie sich um mich keine Sorgen, Darío«, log Oliverio, »ich will gar nicht bleiben. Ich wollte nur mit dem Maestro noch einmal sprechen, weil ich es ungerecht fand, dass ...«

»Mit dem Maestro?«, unterbrach ihn Darío und ließ ein operettenhaftes Lachen erschallen. »Wer sagt denn, dass der Maestro dein Chef ist? Ich spreche von Isidro, diesem Halunken. Und weißt du was? Kapitän Machado hatte bis eben auf der Brücke das Radio an«, und Darío schien es zu genießen, ihm schlechte Nachrichten zu überbringen: »Wie es aussieht, hat dein famoser Chef das Chaos der Nacht ausgenutzt, um einer alten Freundin von uns ein Schmuckstück zu stehlen, einer Freundin, von der wir gar nicht wussten, dass sie als Gast des Konsulats in Lissabon ist. Jemand von der argentinischen Gesandtschaft hat es der Polizei gemeldet, da konnte die PVDE nicht wegschauen, Informant hin oder her ...«

Oliverio konnte es nicht fassen: War das jetzt eine Anspielung?

»Im Gondarém haben sie gleich den Schmuck bei Isidro gefunden, er hatte ihn in der Tasche, der Trottel, hat sich wohl für unberührbar gehalten. Anscheinend wollte er gerade abhauen. Tja, und dabei haben sie ihn erschossen ...« Oliverio wich zurück und atmete heftig auf. »Deshalb bist du also noch mal zum Maestro gekommen, nicht wahr? Und willst ihn wieder ausnutzen!«

Nein, nein, sagte sich Oliverio, wie benommen vor Freude. Wenn es stimmte, was Darío erzählte, wäre er aus dem Schneider. Aber was war mit diesem Satz, den Tania gesagt hatte? Wieso hatte die PVDE dann auf ihn gewartet? Und als wollte er es überprüfen, schaute er zur argentinischen Residenz, wo alles verschlossen und dunkel war, bestimmt hatte der Wagen, der vorhin dort gehalten hatte, dem Künstlerpaar den Schmuck zurückgebracht und die beiden zum Terreiro do Paço gefahren.

»Bitte, Darío«, sagte Oliverio in aller Ruhe, was ihm nicht schwerfiel, denn wenn Isidro keine Zeit mehr gehabt hatte, ihn anzuzeigen, gehörte das Geld in seinen Taschen nun endgültig ihm. »Ich wollte mich nur von ihm verabschieden, aber da ein rotes Tuch an der Türklinke hängt ...«

Darío verstand das Zeichen und seufzte erleichtert: Nein, Oliverio hatte sich tatsächlich noch nicht mit dem Maestro getroffen, er hatte es nicht geschafft, ihn ein weiteres Mal zu beherrschen. Ihm blieb also noch Zeit, es zu verhindern.

»Sagen Sie ihm«, fuhr Oliverio zögernd fort, »dass ich ihm nur sagen wollte, dass ich seiner nicht würdig bin ... Und Ihrer auch nicht ...«

Doch Darío ging nicht auf ihn ein, er war nicht bereit, ihm

zu dienen, auch nicht als Vermittler, wahrscheinlich glaubte er ihm kein Wort.

»Und weil Portugal vielleicht in den Krieg eintritt und ich dann vielleicht keine Briefe mehr nach Argentinien schicken kann... Der Maestro schätzt doch meine Mutter so sehr, vielleicht kann er ihr von irgendwo schreiben, dass ich...«

Darío winkte ungeduldig ab, so ein Unsinn. Auch er hatte eine Mutter in Montevideo, außerdem vier Schwestern, aber er hatte sich immer gerühmt, ihnen seit Jahren kein einziges Mal geschrieben zu haben. Für ihn war es nur möglich, mit dem Maestro zusammen zu sein, wenn er ihn zu seiner neuen, seiner einzigen Familie machte, und diese Harmonie hatte er, Oliverio, zerstört. Ach, wie viele Gründe Darío haben musste, ihn zu hassen!

»Er war wirklich ein Schwein, Isidro Lopes«, sagte Oliverio, doch Darío schnalzte nur mit der Zunge und wandte den Blick ab, damit er schwieg. »Mich hat er auch zuerst erobert, und dann hat er mich nur noch erpresst.«

Beide quittierten diese halbe Wahrheit mit Schweigen: Entweder hatte Darío ihn nicht verstanden, oder er hatte ihn allzu gut verstanden, denn dergleichen Verhalten gehörte zu den wenigen Dingen auf der Welt, die er gut kannte. Ebendrum würde er auch nicht glauben, dass Oliverio nur Opfer war.

»Er hat mich erpresst«, sagte Oliverio so aufrichtig wie möglich, denn natürlich hatte Darío allen Grund, ihm zu misstrauen. »Und das ist der wahre Grund, warum ich nicht zum Maestro und zu Ihnen zurückkonnte. Ich wollte Sie nicht in die Sache hineinziehen...«

»Es reicht«, sagte Darío.

»Voilà l'Amérique!«, rief auf dem Deck unter der kleinen Terrasse einer der Offiziere: Eine Barkasse zog gerade einen der typischen Schleppkähne der ANCRA ins Hafenbecken, überquellend von Säcken mit der Aufschrift ARGENTINISCHER

WEIZEN. Am Terreiro do Paço hatte man begonnen, die Islas Orcadas auszuladen und die umstrittene Spende an Land zu bringen, doch aus den Bullaugen der Schlafsäle schaute kein einziges Gesicht, nur eine unergründliche Stille drang heraus.

»Auch wenn das nicht reicht, um mich von meiner Schuld zu befreien...«, stammelte Oliverio. »Aber heute, Darío, und ich schwöre Ihnen, ich wusste nicht, was werden würde, heute habe ich es geschafft, zu entkommen. Und ich glaube, heute fängt ein neues Leben an...«

»Ja, so etwas sagte mir der Maestro«, knurrte Darío.

Der Maestro?, wunderte sich Oliverio. Was wusste der Maestro davon, was er am Ende der Nacht beschlossen hatte? So gut kannte er ihn?

»Er sagte mir, Madame Mexican, die Freundin von uns, der Isidro den Schmuck gestohlen hat, hätte es auf seinen Rat hin übernommen, dich zur Rückkehr nach Buenos Aires zu bewegen, sie wollte dich einladen, in Discépolos Truppe mitzumachen.« Oliverio stand mit offenem Mund da und sagte kein Wort, und Darío fuhr fort: »Sie war die ganze Nacht mit dem Maestro in einer Kneipe, irgendwo nicht weit von hier.«

Madame Mexican?, fragte Oliverio sich verwirrt, doch dann erinnerte er sich an den Moment, als Discépolo den Namen erwähnt hatte. Tania! Tatsächlich, ja, sie hatte gesagt, dass sie im Gondarém auf ihn gewartet hätten, nur meinte sie damit nicht die Polizei, sie selbst hatte auf ihn gewartet! War es also seine, Oliverios Freiheit gewesen, die Tania von Isidro erkauft hatte?

»Ich will Sie nicht weiter belästigen, Darío«, sagte Oliverio. »Aber darf ich Sie, bevor ich gehe, noch etwas fragen? Nur eines noch.«

Darío erhob sich, wie auf der Hut: Wenn er ihm nur ein einziges weiteres Geheimnis entlocken wollte, um sie wieder zu beherrschen, sollte es ihm nicht gelingen.

»Stimmt es, Darío, was Sie neulich gesagt haben?« Darío machte eine so abweisende Miene, dass Oliverio beschämt den Kopf senkte. »Ich meine ... ich meine das, was Sie ...«

»Komm schon, ich weiß, worauf du hinauswillst«, unterbrach ihn Darío. »Du weißt genau, dass ich es bereue. Dass ich mich deshalb jetzt zurückhalte, denn sonst ... Und genauso weißt du, dass ich alles getan habe, damit du den Maestro nicht länger um den Verstand bringst. Ich wäre in der Lage gewesen, alles zu tun und noch Schlimmeres, aus purer Verzweiflung, jede Verrücktheit!«

Oliverio wartete ab und sagte kein Wort.

»Aber wenn du es unbedingt wissen willst, bitte, Hauptsache, du gehst. Es stimmt nicht, dass du damals bei der RCA Victor durchgefallen bist, weil du ein schlechter Sänger gewesen wärst. Für mich hast du noch nie gut gesungen, und an dem Tag warst du besonders schlecht. Aber der Jury war das egal, sie haben überhaupt nicht zugehört. Das alles war eine Rache von Mr Kendal, diesem anderen Arschloch, ein Scheusal, er war bei der Nacional Odeón unser Boss gewesen, als die nordamerikanische Muttergesellschaft glaubte, dazwischenfunken zu müssen, lange vor deiner Zeit, und er war der Mensch, den der Maestro geliebt hat wie sonst keinen auf der Welt.« Darío schwieg, als wollte er nicht wieder in seine alte Geschwätzigkeit verfallen. »Der Kerl kannte keine Grenzen. Wie ich selbst, oder? Wirst schon sehen. Immerhin konnte ich den Maestro einmal davor bewahren, sich wegen ihm umzubringen, lange bevor du kamst! Ich habe ihn vor seiner Erinnerung geschützt, und deshalb habe ich dich akzeptiert, auch wenn mir bald klar war, wer du warst. Er hat dir nie etwas davon erzählt, der Maestro, stimmt's?«

»Nein, persönliche Dinge hat mir der Maestro nie erzählt«,

sagte Oliverio, auch wenn er selbst nicht wusste, warum. Er erinnerte sich nur, wie dieser Mann, als er bei der Victor vorsang, das weibische Benehmen des Maestros nachgeäfft hatte.

»Und wenn du wissen willst, ob der Maestro dich für talentiert gehalten hat«, fuhr Darío fort, »dann kann ich dir nur sagen, dass er in dir etwas sah, was er in mir nie gesehen hatte und was vielleicht keiner hat. Und dass es nichts damit zu tun hat, dass er dich liebt. Aber was soll das groß bedeuten! Du wirst gemerkt haben, wozu die Liebe uns anstiftet, zu welchen Schäbigkeiten. Und deshalb ist es das Beste, wenn du jetzt gehst. Ohne dich von ihm zu verabschieden.«

Oliverio spürte seinen Stolz wieder wachsen: Dann konnte er also doch ein Sänger werden! Seine Mutter, der Maestro, sie konnten sich nicht geirrt haben, und Darío verstand ihn sowieso nicht oder leugnete es aus Neid. Und mit dem Vermögen, das in seinen Taschen steckte, was konnte er damit nicht alles erreichen! Noch dazu, wo Tania und Discépolo bereit waren, ihn aufzunehmen ...

»Darío, sagen Sie das bitte nicht ...«

»Ich flehe dich an!«, rief Darío. »Du Glücklicher, du hast die *Stimme*, und jetzt erlöse uns davon, dich zu lieben, uns, die wir sie verloren haben. Wenn er dich jetzt sähe, würde er dich bitten, zu bleiben, und du würdest ihn nicht mehr ertragen, wie auch ich ihn nicht mehr ertragen kann, jede Sekunde wäre für ihn wie eine neue Demütigung, für ihn und auch für mich. Aber ich kann es dir auch deutlicher sagen. Vor ein paar Stunden«, sagte Darío, und seine Augen wurden nun feucht, »dachte ich, mit dem Maestro ginge es zu Ende, und da habe ich jemanden gebeten, mich zu begleiten, aber er hat meine Bitte ausgeschlagen. Da ist mir auf einmal bewusst geworden, dass ich, wenn er stirbt, nicht nur allein auf der Welt bin, sondern mehr als das: als wäre ich nie geboren. Weißt du, was das heißt?«

Oliverio konnte weder zustimmen noch verneinen. Obwohl, natürlich wusste er es, wo er es jetzt selber spürte. Wo er es nie wieder spüren wollte!

»Ich bin zum Hafen gerannt und habe zum Himmel gefleht, dass ich ihn wenigstens beerdigen darf, ich weiß nicht, ich wollte nur sein Grab sehen, wollte ihn beweinen, es wäre eine Möglichkeit für mich gewesen, geboren zu werden. Aber weißt du was? Schließlich habe ich ihn getroffen, putzmunter, er wartete darauf, dass Madame Mexican dich findet, und er schien so überrascht über meine Sorge, dass ich verstand: Nicht ein einziges Mal in dieser Nacht, verstehst du?, nicht eine einzige Sekunde hatte er an mich gedacht. Und zum ersten Mal hasste ich ihn wirklich. Ich fragte ihn gar nicht, wie es ihm gehe, sondern blaffte nur: ›Sagen Sie mir die Wahrheit, Maestro: Warum haben Sie mich mitgenommen?‹ Er schien eingeschnappt zu sein, als wäre es unangebracht gewesen, nach etwas anderem zu fragen als nach dir. ›Damals in Montevideo‹, sagte ich zu ihm, ›als ich im Foyer des Hotels Hermitage auf Sie wartete, hat meine Mutter einen Laufburschen zu Ihnen geschickt und Ihnen Geld angeboten, damit Sie mich mitnehmen, oder? Und seither hat sie Ihnen weiter Geld gezahlt, ja? Dabei brauchen Sie das Geld gar nicht. Aber für meine Mutter war es wichtig, nur so konnte sie sich von ihrer Schuld reinwaschen. Sie haben die Zahlungen angenommen, um sie zu beruhigen, um meiner Mutter das Gefühl zu geben, dass ich nicht wieder ihr Leben ruiniere; und um selber zu spüren, dass Sie etwas für mich tun, denn niemand würde Ihnen so wie ich als Sklave zu Diensten sein.‹ Worauf der Maestro sagte, ja, er glaube sich zu erinnern, noch immer zahle Madame de Álzaga Geld an seine Verwalter, aber er habe es vergessen, ehrlich. Verstehst du jetzt, warum es für mich keinen anderen Weg gibt?«

Ein fernes Schiffshorn ertönte, und sie schauten flussaufwärts: Es war der argentinische Hilfsfrachter. Ob er jetzt losfuhr? Oliverio dachte an Tania, an die *Nacht von Lissabon*, und er begriff, dass sie so gut wie Darío wusste, was Knechtschaft war. Doch Darío sprach weiter.

»Mir ist klar geworden, dass auch ich ihn nicht mehr liebe. Dass ich vielleicht nie jemanden geliebt habe. Der geliebte Mensch ist auch nur eins der vielen Dinge in der weiten Welt, auf die wir verzichten können, ohne zugrunde zu gehen. Die Knechtschaft aber ist der Daseinsgrund unserer Seele, verstehst du? Ich brauche einen Herrn, und er braucht einen Sklaven. Wir haben beschlossen, zwischen Havanna und New York von Bord zu gehen, in einer Stadt, wo wir dich nie wiedersehen werden, auch sonst keinen, der dir ähnelt. Wir alle müssen die Gewissheit haben, nicht denselben Fehler noch einmal zu begehen.« Und weil Oliverio immer noch dastand und sich weigerte zu gehen, versetzte Darío ihm nun diesen Stich: »Aber glaub nicht, dass der Maestro noch der ist, den du gekannt hast. Er hat jemanden aufgenommen, den ich ihm gebracht habe, ein wahrer Engel. Wie es aussieht, ist er noch mit ihm dort drinnen«, und dabei deutete er auf die Suite, die Tür, die Klinke. »Er wird dich nicht ersetzen, niemand kann deinen Platz in der Seele des Maestros einnehmen. Aber er wird ihn auf andere Gedanken bringen, bis du weit weg bist; mit etwas, was du ihm nie gegeben hast, du schlaues Kerlchen...«

Oliverio blickte wütend auf. Der Junge mit dem roten Halstuch ein Engel? Und doch war er unfähig, ein Wort herauszubringen.

»Wenn wir auslaufen, wird er bestimmt ein paar Tage weinen. Aber an diesem unbekannten Ort werden wir in Ruhe leben. Mit Gottes Hilfe werden wir endlich keine Träume mehr haben, und ich werde an seiner Seite sein, wenn er friedlich stirbt. Mit dem, was er mir hinterlässt, kann ich unter

Leuten leben, die mich bestimmt wie alle anderen hassen ... Aber niemand wird vermuten, dass ein Tod auf meinen Schultern lastet.«

Oliverio war sich sicher, dass er den Satz nicht nur dahingesagt hatte. Wegen eines Verbrechens, das schlimmer war, als an einer Orgie im Hotel Crillon teilzunehmen, hatte der Maestro ihn in sein privates Gefängnis gesteckt und damit vor einem anderen bewahrt.

»Keine Sorge, Darío«, sagte Oliverio, während er sich schon die Stufen hinunterrutschen ließ. »Wir werden uns nicht wiedersehen ...«

Wenn Darío noch etwas sagte, hörte Oliverio es nicht, abgelenkt vom Tuten der Schlepper, die fünfhundert Meter hinter der Boa Esperança den marokkanische Trawler zogen. Und wie ein Schlafwandler, benommen von allem, woran er sich nun allmählich erinnerte, ging er durch die Aufbauten der ersten Klasse, und ihm war, als wäre er ein anderer, nicht mehr José da Costa, nicht mehr Oliverio, vielleicht aber wieder im Besitz der Stimme, die noch niemand gehört hatte.

3

Zehn Minuten später streifte Oliverio immer noch über Decks und durch menschenleere Gänge, frei von Angst, denn der Maestro oder Darío würden sich kaum über die Grenzen ihrer Klasse hinauswagen. Ach, die Schönheit der Taue, der Rettungsringe, der Trittstufen mit den Stahlbolzen, diese epische Zartheit in den Details der Seefahrt! Und in allen Dingen die Erinnerung an seinen Vater, das Erkennen, wie seine Welt war, während Oliverio an Land blieb. »Nein«, hatte der Offizier auf seine Frage gesagt und dabei eine so strenge Miene gemacht, als spräche er zu einem Untergebenen, doch dann konnte er der Versuchung nicht widerstehen und klagte ihm sein Leid: Bis zur Abfahrt werde es noch dauern, nur im Hafen gehe es jetzt wieder voran, die Anweisung zum Auslaufen komme jedenfalls »von oben«, aber erst, wenn die portugiesische Marine festgestellt habe, dass keine Torpedoboote mehr vor der Mündung des Tejo kreuzten. »Kein Schiff darf Lissabon verlassen?«, hatte Oliverio mit einer leisen Hoffnung gefragt. »Auch nicht der marokkanische Trawler mit seinen Schleppern? Und der Hilfsfrachter?« »Kein einziges«, sagte der Offizier bestimmt, doch Oliverio freute sich über diese Gnadenfrist, und als er sich an die Reling lehnte, um noch einmal über die Hügel zu schauen, und daran dachte, wie traurig er hier gewesen war, spürte er plötzlich eine große Freude. Woher kam diese Kraft? Nur von dem Geld, der simplen Tatsache, Geld zu haben, mit dem er sich davonmachen konnte, sobald ihm etwas missfiel? Dass die Discépolos, wenn er sich entschloss, zu ihnen an den Terreiro do Paço zu gehen, ihm eine Rolle in einem Stück geben würden? Oder von der Möglichkeit, in Lissabon bleiben zu können? Vom Gott des *fado menor*, der in seiner Seele nistete und sich zeigen würde, selbst wenn er einen Tango sang? Ja, dachte er, ohne genau zu wissen, was er da dachte. Wieder suchte die Stimme nach ihm.

Als er schließlich auf die Gangway trat, sah er einen jungen Mann, den er nicht gleich wiedererkannte, vielleicht weil er ihn nie bei Tageslicht gesehen hatte und weil der Junge den Jackenkragen bis übers Kinn hochgeschlagen und sich die Mütze über die Ohren gezogen hatte, als wollte er sich zugleich vor dem eisigen Wind und den neugierigen Blicken schützen. Doch kaum war er am Kai und drehte nach links, in Richtung auf den Ausgang beim Zoll zu, wo schon ein paar Beamte zusammenliefen, um ihn festzuhalten; kaum zeigte er sein Gesicht, um sich zu erkennen zu geben und jeden Verdacht, er sei ein weiterer Terrorist, zu zerstreuen, da sah Oliverio das leuchtende Rot des Halstuchs über seinem grünen Hemd, und ihm war, als hätte er nur auf ihn gewartet. Und mit einer Erregung, wie er sie sich nur einmal im Leben erlaubt hatte – damals, als er mit Isidro allein in dem Kabuff war –, begriff er, dass er nur an seiner Seite den wahren Höhepunkt seines Abenteuers erleben würde, und er wollte schon nach ihm rufen. Aber er kannte seinen Namen nicht, und so eilte er die Gangway hinunter, ohne dass ihm der Schwindel etwas ausmachte, und weiter über den Kai, ohne dass ihm auch die unverschämten Blicke etwas ausmachten, mit denen man ihn durchließ, als er sagte, er müsse ihm nach, weil der Maestro vergessen habe, ihn zu bezahlen, oder das »was weiß ich«, womit sie ihm auf seine Bitte hin die Richtung zu dem marokkanischen Trawler zeigten, aber nicht, auf welchen Hafenwegen er zu den Buden für die Einschiffung gelangte.

Der Engel, erinnerte sich Oliverio an Daríos Worte. Und tatsächlich passte es zu einem Engel, einfach so aus der Welt zu verschwinden, ihn anzutreiben, durch die Hafenanlagen zu laufen wie durch ein gesegnetes Land, ohne Furcht vor dem Tod. Der Engel, sagte er sich immer wieder wie einen dieser fürchterlichen Ohrwürmer, und je länger es dauerte, umso klarer spürte er, dass dieses Wort ihn auf die Begegnung vorbereitete. Der Engel, und er lief jetzt an Schuppen und Kohlebergen vorbei, an Loren und Kontrollhäuschen, Hallen und Kisten, die größer waren als sein Zimmer in der Pension, Haufen von Sand und Steinen und Schrott, an Gleisen, über die schweigsame Arbeiter gingen, die ihm kaum einen Blick schenkten und durch unerforschliche Türen verschwanden, während aus der Gegenrichtung nach und nach die Straßenhändler kamen, die man nach langem Warten hereingelassen hatte. Eine alte, schwarz gekleidete Frau kam mit einem Korb, abgedeckt von fettigem Zeitungspapier; Mädchen, wohl ihre Töchter und Enkelinnen, die mit Mühe eine Holzplatte, ein paar

Böcke und ein Kohlenbecken trugen, und dahinter ein junger Mann mit einem Korb voller Zutaten für die Fleischbrötchen; schließlich ein alter Mann, der seine Nutzlosigkeit wettzumachen suchte, indem er wie von alters her die Ware ausrief, ein Fadosänger vom Land ...

»Haben Sie nicht einen Jungen mit Baskenmütze gesehen, mit grünem Hemd und rotem Halstuch?«, fragte Oliverio keuchend eins der Mädchen, das ihn unter einer großen runden Schüssel voller Gebäck misstrauisch ansah. Er erwartete nicht, dass sie ihm antwortete, sie anzusprechen war für ihn nur eine Möglichkeit, sich von Amália zu verabschieden, die hier vor wenigen Jahren noch ihre Orangen ausgerufen hatte, doch sie sagte ja, er sei eben vorbeigekommen und in eine der Seitengassen eingebogen. In ihrem schrägen Blick lag etwas Komplizenhaftes, und Oliverio wandte sich ab und betrat den Bereich, der so etwas wie eine alte, baufällige Siedlung war, in der das Leben aber noch seinen Gang ging.

Baracken waren es, angefressen vom Salz und vom Wind und von den Seevögeln, die meisten noch menschenleer, aber von Wächtern geschützt, und Oliverio musste sich zwingen, so ungezwungen wie möglich zu erscheinen. Gemächlicheren Schrittes zog er durch Gassen, an denen sich die Büros aneinanderreihten, und eine ganze Weile schlenderte er umher und spähte durch die Fenster nach dem Schreibtisch, an dem der Engel sich vielleicht um seine Ausreise nach Marokko bemühte, wandte den Blick ab, wenn eine Putzfrau ihn beäugte oder eine Prostituierte ihn unverwandt ansah. Bis plötzlich, wie angefacht vom Schrei einer auffliegenden Möwe, erneut diese Freude in ihm aufstieg, die er eben auf dem Schiff empfunden hatte. Und da er den Namen des Engels nicht kannte, sang er:

»Jo jé«, so wie die Indios gesungen hatten, um ihren Gott zu loben, so wie der Maestro ihn zu singen geheißen hatte, aber besser, so gut wie noch nie. »Jo jé«, als bäte er die Nacht, sich aufzutun, mit einer Anspannung, als wartete sein Körper seit Jahrhunderten auf dieses eine Mal. »Jo jé«, und als er das Echo hörte, erkannte er die Stimme, mein Gott, es war die Stimme, die zu ihm zurückkehrte. Wer bist du?, sagten die Töne, und er war kaum überrascht, dass es der Engel war, der hinter ihm seinen Namen nannte:

»Oliverio«, und sein Blick hatte nun die unauslöschliche Farbe der Nacht von Lissabon, die Farbe, die man, wenn man sie fest anschaut, aus dem Blick verliert. »Oliverio.«

Natürlich war es nur der Junge mit dem roten Halstuch, der ungeschliffenste und unwissendste, den er je kennengelernt hatte, der vielleicht nicht einmal wusste, welche Macht er besaß und dass Oliverio nach ihm suchte. Obwohl, nein, vielleicht wusste er es – was hätte er sonst hier verloren haben können, derart ruhig auf einer der riesigen Trommeln für Ankertaue sitzend, mit einem solchen Lächeln? Noch außer Atem vom Laufen und vom Singen und überwältigt von seiner Schönheit, trat er mit gesenktem Blick zu ihm hin und bat um etwas Unmögliches: Lieber Gott des *fado menor*, sagte er, mach ihn mir zu einem Bruder, und als er so nah war, dass er den Alkohol roch, den Schweiß, den Samen und selbst das Parfum des Maestros, *Fleurs du Mal*, da sagte er:

»Ich bringe dir das Geld, damit du nach Marokko fahren kannst«, und plötzlich musste er an Tania denken: So hatte auch sie sich gegeben, damit er frei war.

»Du, ist nicht nötig«, sagte der Junge, packte ihn an der Schulter und zog ihn zu sich hin: »Ich habe schon alles geregelt«, und dabei rieb er sanft sein Knie an Oliverios Bein, und Oliverio schaute sich um und rang darum, sich nicht auf ihn fallen zu lassen wie nach einem erschöpfenden Tag aufs Bett. »Ich habe meine Passage schon bezahlt. Und jetzt warte ich auf mein Schiff. Und du? Kommst du mit?«

Die Einladung bedeutete mehr, als Oliverio erwartet hatte. Und wie um ihm zu sagen, dass es auf eine andere Seite der Welt ging, vergewisserte sich der Engel, dass niemand sie hörte, und zog ihn noch näher heran.

»Kojen gibt es genug«, sagte er. »Der Kalif steht auf Portugiesen.«

Oliverio hätte ihm am liebsten geantwortet, dass er Argentinier sei, und er musste lachen. Machte das einen Unterschied? »Der Kalif fischt nicht nur Sardinen«, erklärte der Junge, und tatsächlich erschien Oliverio ein solches Schicksal sehr viel verlockender als diese verrückte Idee, mit Discépolo und Tania auf dem Frachter zu fahren, ganz davon abgesehen, dass die Geschichte, die Discépolo sich vielleicht ausgedacht hatte, nur auf der Bühne geschehen würde, nicht in der Welt. Und Oliverio spürte, dass er die ganze Welt noch vor sich hatte.

»Komm«, sagte der Junge mit dem roten Halstuch und nahm ihn bei der Hand. »*Vení*, so sagt ihr doch in Argentinien, oder?« Und es war, als hätte er gesagt: Ich habe den Maestro erkannt. Ich werde dich wahrhaft erschaffen. »*Vení.*«

FINALE
DIE ENTHÜLLUNG

Wer kann mich noch retten
Vor dem, was ich in mir trage,
Rief ich und wollte nur sterben,
Doch weiß ich, sie wird auf mich warten,
Zu Füßen der Brücke am Ende.

Fado *Angst*

Schiffbruch

Der Konsul vor dem Ziel. Der Wohltäter.
Die Menschen aus den Tiefen.

I

Konsul Cantilo verließ sein Büro so spät, dass der Fahrer der Gesandtschaft, der an der Motorhaube des Jaguars lehnte und wartete, schon nervös wurde, als er sah, wie die Wagen der anderen Botschaften losfuhren und ihn allein zurückließen, nur konnte er sich nicht entschließen, hinaufzugehen und nachzusehen, ob etwas passiert war. Denn die kleinste Ablenkung, würde er dem Konsul später sagen, hätte genügt, und irgendwer hätte den Passierschein von der Windschutzscheibe entwendet oder die Reifen zerstochen oder, schlimmer noch, eine Bombe unter die Motorhaube gelegt, genau wie bei einem der Wagen des Kardinals, den man in die Luft gejagt hatte, wusste er überhaupt davon? Und während der Konsul mit seiner Mappe, in der lediglich der falsche Pass von de Maeyer steckte, auf den Rücksitz schlüpfte, hörten sie, wie oben wieder das Telefon klingelte, zum x-ten Mal schon, seit der Konsul es wieder angeschlossen hatte: ein weiterer anonymer Anruf, vermutete er, wieder eine Drohung, aber vielleicht waren es auch die Atuchas oder Sijarich, die am Terreiro do Paço nach ihm verlangten, denn für die Formalitäten der Schenkung gab es eine Frist, und womöglich hatte Salazar schon die Geduld verloren und angeordnet, den Namen des wahren Empfängers endlich zu enthüllen, andernfalls würde die Fracht beschlagnahmt. Er machte einen so erschöpften Eindruck, dass der Pförtner des Gebäudes schon aus seinem Souterrain herauskam und ihm Hilfe anbot, doch der Konsul ließ sich nur schwer in den Fond fallen. »Fahren Sie. So schnell Sie können«, sagte er dem Mann aus Córdoba, die Stimme geschüttelt und zerrissen vom Ruckeln des Wagens, als der Holzgasgenerator ansprang, und dann versuchte er, sich jeden einzelnen der Schritte zu vergegenwärtigen, die Sijarich ihm akribisch vorgezeichnet hatte. Doch er musste immerzu an die fürchterliche Stille des Lissabonner Morgens dort draußen denken.

Mein Gott, sagte er sich, denn nach seinem Gespräch mit Ricardo fühlte er sich der Kirche zwar ferner denn je, aber er fand kein besseres Wort, um sich an diese Leere ringsum zu wenden – was bedeutete die Stille? Der Jaguar brauste nun über die Avenida da Liberdade, die so verwaist vor ihnen lag wie noch an keinem Morgen, scheuchte Taubenschwärme auf und wirbelte Abfälle und Laub in die Luft. Warum machte ihn die Stille so einsam wie noch nie, wo er doch einen Fahrer und mit ihm zugleich einen Leibwächter hatte und am Hafen die versammelte Gesandtschaft auf ihn wartete, wo ganz Europa auf ihn schaute? War es die Stille, die Estebans Stimme nicht mehr durchdrang, um ihn zu führen, zu warnen oder zu beschimpfen, als hieße, endlich von ihm zu sprechen, ihn für immer zu verlieren, so dass er nun zu etwas geworden war, wofür es kein Wort gab, ein verwaister Vater? Oder war es die Stille des falschen Mandelbaum, der seinetwegen unter der Folter gestorben war? Nein, da war noch etwas anderes, sagte sich der Konsul, als wäre er bereits außerhalb dieser Welt, in einer Welt, in der die Worte nicht zählten.

Am Café Nicola wurden schon die Tische auf den Bürgersteig gestellt, an der Ecke schürte eine alte Frau ihren kleinen Kastanienofen, und vom Bairro Alto kam die erste Elektrische herunter wie auf den Postkarten. Wo bist du, wo?, flehte der

Konsul, während der Wagen die Spur auf die Rua do Ouro nahm und an Flüchtlingen vorbeifuhr, die auf den Schwellen der Türen schliefen und hochschreckten. Wo bist du, wo?, immer wieder, je näher sie dem Ziel kamen, und der Konsul rief jetzt nicht mehr den toten Esteban an, sondern das, was ihn allein durch seine Existenz mit der Welt verbunden hatte und was nicht verschwunden war, es hatte sich nur irgendwo versteckt, und wenn er weiterleben wollte, musste er es finden.

Schließlich kamen sie an die Praça do Comércio, und ein Schwall von Licht verschluckte den Wagen, der Fahrer schrie auf und bremste. Gleißend lag die Sonne auf dem Fluss, der so weit und gewaltig war wie nie, als wüsste er, dass er die Seele der erwünschten Dinge war. Doch sowie der Konsul sich die Hand über die Augen hielt, sah er, dass alle Zugänge zum Terreiro do Paço versperrt waren, Gendarmen standen auf dem Platz und dirigierten eine unruhige Menge von Händlern und Beamten, Arbeitern und Schaulustigen.

Ein Soldat kam um den Wagen herum und rief ihnen etwas zu, woraufhin der Fahrer, ungehalten über den angolanischen Akzent des Mulatten, den er kaum verstand, auf den Passierschein deutete, schließlich hatte die PVDE selbst ihn an die Windschutzscheibe geklemmt; und als der Soldat noch zögerte, warf der Chauffeur sich in die Brust und verkündete, er komme mit dem »außerordentlichen Konsul Argentiniens in Lissabon, mein Herr«, dem die ganze Aktion hier gelte. »Was zum Teufel ist da los?«, rief ein Offizier und kam mit gezückter Waffe herbeigelaufen. Der Konsul schob den Vordersitz vor, und noch bevor der Fahrer selbst ausstieg, flüsterte er ihm zu: »Gehen Sie und warten Sie am Zoll auf mich«, woraufhin er sich, eine Hand um die Mappe geklammert, die andere ans Dach, aus dem Wagen wand und auf der Straße stand. »Aber das ist ja der Wohltäter!«, rief der Offizier und blitzte den Farbigen an. Dann steckte er seine Waffe wieder ein und zeigte auf den Platz, als wollte er ihn dem Konsul zu Füßen legen.

Dem Konsul wurde angst und bange, er fühlte sich wie auf dem Präsentierteller. Zugleich begriff er, dass sein Gesicht zwar noch dasselbe war, aber er selbst war es nicht mehr, sein Gesicht war wie eine Maske, die gleich fiel. Und er wollte sich nur noch verstecken.

»Hauptmann Ramos, zu Befehl«, rief der Offizier, »dort entlang, bitte«, und er deutete auf einen Korridor, den quer über den Platz zwei Reihen Polizisten bildeten und durch den er nun auch den Mulatten schickte, damit er am Terreiro do Paço die Ankunft des Wohltäters meldete. Doch der Konsul tat, als hätte er ihn nicht gehört, er wollte lieber durch die Arkaden gehen, im Schutz der Rundbögen und der alle paar Meter aufgestapelten Sandsäcke. Wo bist du, wo, sagte er sich immer wieder, als würde er beten. Es war eine trübe Stille zwischen den alten Häusern, überall flatterten Vögel, sie mussten vor Hunger verrückt sein, nachdem sie gesehen hatten, wie all die Weizenkörner entladen wurden, aber der Konsul achtete nur auf die Menschen, die in Grüppchen beieinanderstanden, alte Leute und Soldaten, Beamte und Arbeiter, die diskutierten und Wetten abschlossen, nein, der Wohltäter würde bestimmt nicht mehr kommen, und gute Gründe gab es allemal, wer nun ein Anrecht auf die herrenlose Fracht hatte.

Auf einmal hörte er Motorenlärm und kreischende Bremsen, und als er sich umdrehte, erkannte er das Gefolge des Patriarchen. Ach, dieser erbärmliche, niederträchtige Mensch, der da tatsächlich im Chormantel ausstieg, um wie angekündigt den Weizen zu segnen! Aber warum kam er noch später als er selbst? Nur wegen des Bombenattentats auf einen seiner Wagen, oder weil jemand ihn informiert hatte, dass der Konsul gerade eintraf? Vor lauter Angst, Hauptmann Ramos könnte dem Patriarchen gesagt haben, welchen Weg er genommen hatte, so dass Ricardo ihn nun abfangen konnte, beschloss er, eine Seitenstraße zu nehmen, auch wenn er von weitem schon vor der alten Kirche eine Menschenmenge sah. Verzeih mir, verzeih, dachte er, und zugleich hörte er schon die Litanei einer Totenwache, die aus der Kirche drang, verzeih mir, verzeih, denn allein bei der Vorstellung, wie der Patriarch dem Gerede seines treuen Dieners lauschte und der ihm das in der Höhle anvertraute Geheimnis erzählte, war er zutiefst beschämt, verzeih mir, verzeih, und als er am Vorhof der Kirche vorbeikam und am Eingang eine geschnitzte Christusfigur liegen sah, menschengroß, mit blutenden Wunden an der Brust und an den Händen, ein leidender Christus, wie er noch keinen je gesehen hatte, da musste er wieder an Estebans Tod denken und dass er die Umstände seines Todes wohl nie erfahren würde. Wie absurd das hier alles war, verglichen mit seinem Selbstmord! Doch hinter der Figur sah er auf einmal einen alten Mann, der zu ihm hinstarrte: Er hatte den Wohltäter erkannt, aber nicht nur das, er erkannte ihn auch unter seiner Maske. Mein Gott, genau das brauchte er jetzt.

Der Konsul blieb nicht stehen, schaute aber immer weiter zu ihm hinüber. Ja, in der Stille sprach der Alte zu ihm.

Wer mochte das sein?, fragte sich der Konsul. Warum kam er nicht auf ihn zu und sprach ihn an? Aber natürlich, sagte er sich, als sein Blick auf die Hände des alten Mannes fiel und er das Gesicht von Amália Rodrigues auf den Noten des Fados *Erwarte mich am Kai* entdeckte, das ist der Herr Carmona von der Jüdischen Suppenküche! Er hatte die Botschaft der Partitur verstanden, die der Konsul gestern unter seiner Tür durchgeschoben hatte, und jetzt war er gekommen, ihn am Kai zu erwarten. Vielleicht hatte er nicht glauben können, dass er der Empfänger der Spende war, und deshalb heute im Konsulat angerufen, ohne seinen Namen zu nennen. Und dann hatte er sich hier versteckt, um keinen Verdacht zu erregen, und sich gefragt, warum der Wohltäter nicht kam, womöglich hatte er es ja doch nicht richtig verstanden. Dem Konsul war bewusst, dass sie sich in Gefahr brachten, wenn sie einander so anschauten, und er nickte nur kurz, zum Zeichen der Zustimmung, und stolperte weiter, bis ein anderer Mann, der aus der Gegenrichtung auf ihn zukam, ihn derart eindringlich ansah, dass auch das eine Botschaft war; und auch wenn der Konsul sich sagte, dass er seine Würde nur bewahrte, wenn er jetzt nicht floh, sondern stur weiterging, wollte ihm der Gedanke nicht aus dem Kopf, dass sein Nicken den Alten verurteilt hatte.

Doch als er nur noch drei Schritte von dem entgegenkommenden Mann entfernt war, brummte der: »Ich bin der Fahrer, der sie gestern Abend von Cascais hergebracht hat, Señor Eduardo. Hier ist, was der Señor Ricardo Ihnen versprochen hat«, und der Konsul nahm beklommen ein Köfferchen entgegen, das ihn nicht nur wegen seines Gewichts verwunderte, sondern weil es ringsum verplombt war, mit Siegel und Siegellack, so dass es als Diplomatengepäck durchgehen konnte: der Beweis, auf welche Mafia er sich eingelassen hatte, wer sonst war zu einer derart perfekten Fälschung in der Lage! Mein Gott, welch ungeheures Vermögen Ricardo darin de Maeyer schickte. Wer käme da nicht auf den Gedanken, dass Blut an dem Geld klebte? Aber er war an sein Ziel gelangt, zur ersehnten Bühne für die Enthüllung, und er blieb stehen und konnte nicht mehr denken.

2

Denn vorn am Fluss, wo die Fähren und Barkassen anlegten, hinter den dürren Bäumen, den trockenen Wasserspeiern und den steinernen Bänken, auf denen Dutzende von Arbeitern der ANCRA saßen und auf den vom argentinischen Konsulat versprochenen Lohn warteten, sah er nicht die Anlegestelle, sondern eine Mauer von gestapelten Säcken, genau wie jene, die einige der Arkadenbögen verschlossen. Aber es waren die Säcke mit dem argentinischen Weizen, die man seit Stunden ausgeladen hatte, Säcke über Säcke, für die der Platz am Kai nicht ausreichte und die jetzt von der Armee bewacht wurden, Stapel von Säcken, die vor dem hungernden Europa vom Überfluss Argentiniens kündeten. Der dunkelhäutige Soldat deutete aufgeregt in seine Richtung, und nach und nach drehten sich alle zu ihm um. »Der Wohltäter«, raunte es, »o grande Benfeitor!« Doch unter seiner entschlossenen Maske sah Konsul Cantilo in den Säcken nur das Erbe seiner Mutter, ein Erbe, das eigentlich Esteban zugestanden hätte. Wie sollte er sich nicht als Dieb vorkommen, nicht das Gefühl haben, dass alle sich irrten und dass dieses Wort, Wohltäter, ihm nicht gebührte? Und entsetzt entdeckte er ebenjenen roten Wagen, der ihn in der Nacht vom Höllenschlund zurück in die Stadt gebracht hatte.

Im selben Moment erkannte er neben dem Wagen Maestro de Oliveira, den Einzigen, der Estebans Drama vielleicht hätte verstehen können, und er war so ergriffen, dass er erneut von seinem Plan abwich und auf ihn zuging. Alle mochten es für eine schöne Geste halten, dass der Wohltäter dem Maestro für seine Anwesenheit dankte, für seinen Mut, den Akt der Schenkung öffentlich zu unterstützen, und als der Maestro den Konsul auf sich zukommen sah, schien sein Gesicht zu leuchten. Doch kaum hatte der Konsul zu ihm gesagt: »Ich wollte mich nur erkundigen, ob es Ihnen wieder gutgeht, Maestro«, womit er auf seinen Zusammenbruch im Teatro São Carlos anspielte, reagierte der wie pikiert und wandte sich einer jungen Frau zu, die auf dem Rücksitz saß, die Beine aus dem Wagen gestreckt und eine Gitarre in der Hand. »Warten Sie bitte auf mich«, sagte der Maestro, »ich würde Sie so gerne hören, nur eine Minute.« Aber das ist ja Amália Rodrigues, sagte sich der Konsul verblüfft, die Sängerin, die er eben noch auf dem Umschlag der Partitur gesehen hatte und von der Ricardo gestern Abend gesprochen hatte! Und war dieser Wagen jetzt der, den Ricardo de Sanctis ihr geschenkt hatte, dasselbe Modell wie sein eigener, um sie vor aller Welt zu beschämen?

»Oh, mir geht es gut, danke, sehr gut«, sagte der Maestro. »Wenn ich an mein Leben denke, nur allzu gut, nicht wahr?«, spöttelte er. »Ich wollte mich bloß von jemandem verabschieden, der auf dem argentinischen Frachter fährt«, und der Konsul fragte sich erschrocken, ob Amália und der Maestro vielleicht auf de Maeyer warteten und ob de Maeyer nur deshalb nicht kam, weil man ihn umgebracht hatte. »Hat Ihnen Discépolos Frau denn nichts davon gesagt?« Und als der Maestro mit einem kleinen Wink, wie um niemanden zu verraten, auf ein Café ein Stück weiter deutete, das so klein war, dass die wenigen Tische alle auf dem Bürgersteig standen, neben der Casa dos Bicos, erblickte der Konsul an einem der Tische diesen widerlichen argentinischen Botschafter in Spanien, der zu ihm herüberfuchtelte, und neben ihm, guter Gott, auch Discépolo und seine Frau, vor Müdigkeit zusammengesunken und sehnsüchtig darauf wartend, dass sie endlich losfahren konnten.

»Ach, ich habe die Señora Tania ja noch gar nicht gesehen, Maestro«, erklärte der Konsul, während er schon losging, »ich will sie nur eben begrüßen ...«

Und während er durch die Grüppchen der Arbeiter zog, die noch immer auf ihren Lohn warteten, war niemand mehr da, der sich darüber hätte wundern können, dass er wie eine Billardkugel von hier nach da sprang. Er war noch lange nicht bei ihnen, als auf ein diskretes Zeichen des Botschafters Tania und Discépolo aufstanden, noch ohne zu ihm hinzuschauen. Gleich darauf erschien Sijarich, genauso niedergeschlagen, aber dafür in Galauniform, ein lächerlicher Anblick. »Endlich, Konsul Cantilo, wirklich unglaublich!«, verkündete der, reichte ihm die Pässe von Tania und Discépolo und erklärte, er gehe jetzt zum Zoll, wo die Atuchas es geschafft hätten, »die Formalitäten des Empfangs« um eine Stunde aufzuschieben, sie seien schon auf dem Weg, um die Leute zu bezahlen. »Aber nur eine Stunde, keine Minute länger, ja? Ich erwarte Sie dort.« Der Konsul antwortete ihm, ja, sicher, keine Sorge, und ging weiter, denn etwas sehr viel Wichtigeres kam ihm in den Sinn, als er Discépolo und Tania auf sich zukommen sah.

Ja, natürlich, die beiden hatten Maryvonne gekannt, vielleicht sogar Palomó! Ob er sie danach fragen konnte, wenn sie allein miteinander sprachen? Vielleicht könnte er ihnen ja auch erzählen, dass die ganze Aktion eine Idee von ihm war. Ohne Zweifel würde die kleine Hommage so noch bedeutender. Doch als sie auf dem Platz zusammentrafen, nahm ihn der Botschafter gleich beiseite und forderte ihn auf, sie jetzt zur Anlegestelle bringen, und indem er ihn fest am Arm packte, sagte er vorwurfsvoll: »Wenn Sie wüssten, was die beiden Ärmsten mitgemacht haben! Kein Geringerer als der Chef der PVDE hat sie von der Residenz hergebracht, nachdem er der Dame ein überaus wertvolles Schmuckstück wiederbeschafft hat, sie trägt es in dieser Schachtel, die sie an ihrem Handgelenk befestigt hat. Allem Anschein nach hatte der Oberkellner des Fadolokals, wo Sie gestern waren, es gestohlen. Was für eine Idee, sie ausgerechnet dorthin zu führen!« Wie abwesend gestand der Konsul seine Schuld ein, doch so wie die beiden jetzt hinter ihm hergingen, dachte er nur, dass Tania mit ihm vielleicht über das sprechen wollte, was den Maestro so bedrückte, und als er sich umwandte, sah er auf einmal de Maeyer, ja, es war das Gesicht, das er so aufmerksam studiert hatte, um ihn wiederzuerkennen, von der Niederlage ausgezehrt, ohne Gepäck. Und nicht weil er plötzlich wahnsinnig geworden wäre, erinnerte auch er ihn an Esteban, es war jene Mischung aus Hass und flehentlicher Bitte, als wollte er ihm sagen, ja, es gibt dich! »Monsieur«, sprach der Konsul ihn an und gab vor, die misstrauische Miene des Botschafters nicht zu bemerken, und als de Maeyer auf sie zutrat, stützte der Konsul sich forsch auf seinen Arm, ließ ihn jedoch gleich wieder los, als der andere einen Schrei ausstieß wie ein ersticktes Pfeifen. Guter Gott, natürlich, mit dieser Hand musste er die Bombe gelegt haben, und von dieser Hand konnte er heute sterben!

»Es lebe Argentinien!« »Es lebe die Neutralität!« »Es lebe der große Wohltäter!«, riefen die Händler, und selbst die Männer der ANCRA, die sich zunehmend sorgten, man könnte ihnen wegen politischer Differenzen den Lohn vorenthalten, stimmten in den Beifall ein, als sie den Konsul erblickten, wie er um diese Art Unterstand aus Weizensäcken herumkam, der seine ganze Geschichte war. Doch kaum traten sie in einen verschlossenen Vorraum, wo die Einwanderungsbehörde eigens einen Tisch aufgestellt hatte, umgab sie plötzlich eine unheimliche Stille. Es war die Stille der mürrischen Beamten, die wegen der idiotischen Laune eines »Wohltäters« außerhalb ihrer Büros arbeiten mussten, war die Stille, die stets das Auslaufen der Schiffe begleitet; aber es war auch die Stille, die nur er hörte, dort, wo das Land endete und das Meer begann. De Maeyer war anzusehen, dass er vor Unruhe bebte, und auch die Discépolos konnten es kaum abwarten. Doch da die Beamten offenbar der Ansicht waren, dass nichts, was Lissabon verließ, so wichtig war wie das, was sie zu kontrollieren hatten, wenn der Konsul von dem Frachter zurückkehrte, stempelten sie fast unbesehen die drei Pässe, die er aus der Mappe genommen und auf den Tisch gelegt hatte, und sie sagten auch kein Wort, als er sich zur Seite schlich, um ihre Aufmerksamkeit von de Maeyer abzulenken, den sie für einen gewissen Pinto halten mussten.

Einer der Beamten gab ein Signal, worauf draußen, mit einem Lärm, dass der ganze Schuppen wackelte, der Motor eines Bootes ansprang. Und während Tania sich vom Botschafter verabschiedete, trat der Konsul hinaus, gefolgt von de Maeyer, und betrachtete das Fleckchen Himmel zwischen dem Dach des Schuppens und dem Sonnendach der kleinen Barkasse, mit der man die Leute zu den Schiffen draußen brachte und die gerade von ein paar Männern am Kai festgemacht wurde; und damit de Maeyer nicht seine verletzte Hand den Fährleuten reichen musste, bat der Konsul sie, ihm selber hinüberzuhelfen, ohne seine Mappe und das Köfferchen aus der Hand zu geben. Zwei Männer packten ihn und hoben ihn hinüber, und als er auf der Barkasse war, hörte er, wie de Maeyer ungeschickt hinterhersprang, auf die Planken stürzte und sich fast den Knöchel verstauchte. Aber es war nichts Schlimmes, er kam allein wieder auf die Beine und folgte dem Konsul. Der Fluss war aufgewühlt, das Boot vibrierte wie ein Schüttelsieb, und gemeinsam gingen der Konsul und de Maeyer zur vorderen der beiden Sitzbänke. Mit Erleichterung hörten sie, wie Tania und Discépolo unter gegenseitigem Gestichel ebenfalls einstiegen und sich hinter sie setzten. »Los geht's!«, rief der Mann, der am Kai zurückblieb, und stieß sie auf den Fluss hinaus, worauf zwei Motorboote der Regierung ebenfalls losfuhren, um sie zu eskortieren.

Als sie dann auf dem Wasser dahinglitten und das Land von der Stille geschluckt wurde, blinzelte der Konsul, als könnte er nicht glauben, dass dies der Anfang von einem Ende war, das er so lange vor sich gesehen hatte; und dass ganz Lissabon ihn nun davonfahren sah, auf dass er zurückkehrte und sein Geheimnis enthüllte. Wo bist du, wo?, dachte er, aber niemand erhörte seinen Hilferuf. Und auch de Maeyer schaute, gebeugt unter einer unsichtbaren Last, traurig auf den Fluss: auf die kleinen Kähne der ANCRA, die die Getreidesäcke ausgeladen hatten, die Schlepper, die sich schon bereitmachten, den Frachter am Nachmittag zurück aufs Meer zu bringen, auch auf jene alte Fregatte, welche die Zeitungen das »Schiff der Waisenkinder« nannten und die man, wenn alles vorbei war, ans Ufer zurückbringen würde. Aber nein, de Maeyer sah sie nicht, er dachte nur an das Lissabon, das sie nun hinter sich ließen, oder an jemanden, den er in der Stadt zurückließ – Ricardo, meine Güte, ob er immer noch an ihm hing? –, in der Angst, sich umzudrehen und zur Salzsäule zu erstarren, ohne daran zu denken oder auch nur zu wissen, dass der Konsul etwas für ihn dabeihatte, das ihm seine Zukunft erleichtern konnte. Oder wusste er es doch? Damit niemand sonst davon erfuhr, zog der Konsul einen Notizblock aus der Jackentasche und schrieb, mit einer Miene, als konsultierte er Sijarichs Ablaufplan: *Vom Patriarchen. Für Sie*, riss das Blatt heraus, legte es zwischen den Passagierschein für den Frachter und den Pass und reichte die Papiere de Maeyer, der überrascht die Notiz las und ihn scharf ansah. Kein Wunder, sicher glaubte er, der Konsul stecke unter einer Decke mit dem Menschen, der ihn aus Lissabon hinausgeworfen hatte, und jetzt schickte der ihm diese milde Gabe, ein Almosen, für das er ihm die Verbannung verzeihen sollte.

Aber hieß das, fragte sich der Konsul, dass er die Geschichte von Esteban gar nicht kannte? Nein, Ricardo hatte weder die Zeit noch die Gelegenheit gehabt, sie ihm zu erzählen. Oder er kannte sie doch, und deshalb verachtete er ihn. Aber wie auch immer, als der Konsul sich umdrehte, um Tania und Discépolo ihre Pässe zurückzugeben, nahm de Maeyer das Köfferchen, das zwischen ihnen auf der Bank stand, und ließ es diskret unter seinem Sitz verschwinden; und dann schaute er erneut ins Nichts, und der Konsul sah, wie er tatsächlich weinte. Ja, de Maeyer musste ihn verachten, und wahrscheinlich hatte er recht, denn er rettete ihn, das stimmte, und vielleicht gab er sogar ein paar Waisenkindern für ein paar Tage zu essen – aber was gab er ihm von der Wahrheit, der schrecklichen Wahrheit? Mein Gott, dachte der Konsul, wenn ihm das Schicksal zugedacht war, ein Geheimnis zu hüten, dann war sein einziger Trost die Hoffnung gewesen, es wenigstens zu vererben und nicht mit ihm vor Traurigkeit zu sterben. Wo bist du, wo?, fragte er sich, und ein immer tieferes Schweigen antwortete.

Das Stottern des ausgehenden Motors riss ihn schlagartig aus seinen Gedanken, und während alle aufblickten, erschrocken über die plötzliche Stille, in die sich argentinische Stimmen mischten – Tania bat Discépolo, jetzt aufzupassen und sich zu konzentrieren, und die Stauer versuchten, die Holzleiter vom Frachter herunterzulassen und an der Reling zu befestigen –; während sich alle schon bereitmachten für die schwierige Aufgabe, an Bord zu klettern, versuchte der Konsul, sich die von Sijarich in dem Notizblock festgehaltenen Schritte noch einmal zu vergegenwärtigen. Sobald er oben wäre, sagte er sich, würde er um die Bescheinigung bitten, dass er die ganze Fracht von Mandelbaums Firma gekauft hatte, um die Genehmigung der argentinischen Regierung und die Bestätigung durch den britischen Botschafter, dass die Spende nicht gegen das Wirtschaftsembargo verstieß. Und um als gutes Beispiel voranzugehen, gab der Konsul sich unerschütterlich, ließ den verängstigten de Maeyer hinter sich und war der Erste, der hinaufstieg und von einem Kapitän namens Lenzi, die Hand an der Mütze, begrüßt wurde, während die Matrosen schon Tania hochleben ließen, die Königin des Radios, und dann Discépolo, den Dichter und Philosophen, der einem alten Seemann buchstäblich in die Arme sank, worauf man ihn in seine Kabine brachte.

Gleich musste de Maeyer an Deck erscheinen, doch noch ehe der Konsul ihn dem Kapitän vorstellen konnte, wurde er von einem weiteren Beifall abgelenkt, der vom Kai herüberscholl, und überrascht stellte er fest, dass es nichts mit ihnen zu tun hatte, denn soeben hatte das Schiff der Waisenkinder angelegt, und auf dem Kai umringten die Geistlichen wie ein Schwarm Raben den Patriarchen, der gekommen sein musste, ihn zu empfangen. Aber auch mit dem Patriarchen schienen die Hochrufe nichts zu tun zu haben, und erst als es plötzlich still wurde und ein fernes Zupfen von Gitarrensaiten zu hören war und dann eine Frauenstimme, die sich in einen Fado stürzte, wurde dem Konsul klar, dass es Amália war, die da sang, und ihre Stimme war der Beginn der Enthüllung – denn als er sich umdrehte und wieder den Formalitäten widmen wollte, sah er, dass der Kapitän ihm nicht nur die benötigten Papiere hinhielt, sondern auch ein Köfferchen, das identisch war mit dem, das de Maeyer jetzt sicher schon in seine Kabine brachte, verplombt auf genau dieselbe Weise, wie er es vorhin an dem anderen Koffer gesehen hatte, nur dass man ihm diesen aus Buenos Aires schickte.

Mein Gott, was sollte das, wo nichts davon in Sijarichs Plan stand und keiner damit rechnete? Das war es also, sagte sich der Konsul, das war es!

»Öffnen Sie ihn erst, wenn Sie wieder an Land sind«, flüsterte der Kapitän vielsagend, doch der Konsul kannte nur einen Gedanken, dass nämlich Lenzi im Auftrag der Firma von Mandelbaum und Esteban fuhr. Es war eine Botschaft!

Unten auf dem Fluss knatterte der Motor wieder los und brachte die letzten Klänge von Amálias Fado zum Verstummen, und auch wenn ein kurzer Abschiedsgruß der Form Genüge getan hätte, sagte der Konsul zum Kapitän: »Vielen Dank! Das ist eine Botschaft, wissen Sie?«, und fast erschrocken über dergleichen Vertraulichkeit, antwortete der Kapitän, nein, das wisse er nicht. Ein Geschenk meines Sohnes, der sich umgebracht hat, hätte der Konsul ihm am liebsten erklärt, vielleicht alles, wovon ich nichts weiß, und das in einem einzigen Koffer. Und wild entschlossen klammerte er sich an dieses neue Köfferchen und verabschiedete sich von der Mannschaft, »danke, Jungs, vielen Dank«, und als er die Leiter hinunterkletterte, war ihm, als hätte ihm der Wind die Maske vom Gesicht geblasen, denn nicht einmal der Mann am Steuer erkannte ihn wieder.

3

Hier bist du, hier, sagte sich der Konsul, das Köfferchen fest im Arm, während der Fährmann ihn vorsichtig über das Boot führte, das zwischen den Kielspuren der diesmal vorausfahrenden Begleitboote heftig zu schwanken begann, und nachdem er ihn wieder auf der vorderen Bank abgesetzt hatte, ging er zum Steuer, um so rasch wie möglich an Land zu kommen, wo seine Frau und seine Kinder bestimmt standen und ihn im Auge behielten, es war der gefährlichste Moment, wer spürte das nicht, denn wenn ihn jetzt jemand angriff, konnte die Spende noch verhindert werden. Du wirst sprechen, das wirst du, sagte sich der Konsul immer wieder, und dass Mandelbaum oder sein Patenonkel ihm niemals auf diesem Wege eine persönliche Nachricht geschickt hätten, ganz bestimmt nicht. Es musste das heimliche Geschenk sein, das die Leidgeprüften von Buenos Aires den Leidenden von Lissabon schickten, das Geschenk, das die portugiesische Regierung und den englischen Botschafter wie auch Hitler so beunruhigte, das Geschenk, für das der falsche Mandelbaum sein Leben gegeben hatte. Und der Konsul, den sein Vater gezwungen hatte, ein Geheimnis zu bewahren, war von seinem Sohn auserwählt worden, das Geheimnis preiszugeben! Du wirst sprechen, das wirst du, dachte er, und hob stolz sein Gesicht, das keine Maske mehr war, du wirst ihnen sagen, welches Geheimnis die Dinge verbindet, die diese absurde Nacht auseinandergerissen hat. Und dann spürte er an seinen Waden den anderen Koffer, den de Maeyer nicht mit an Bord des Frachters genommen hatte, aber nicht dass er ihn einfach vergessen hätte, oh nein, er hatte ihn verschmäht! Doch die Würde, die der junge Mann damit zeigte, war ihm wie eine Fahne, mit der er an Land gehen konnte, und auch wenn er sich endlich befreit fühlte von der Geschichte dieser Nacht, so wie auch de Maeyer auf dem Frachter endlich frei war, war es ihm eine unglaubliche Freude, zu wissen, dass er der Komplize eines Opfers des Patriarchen war, dass er den Koffer unter den Schößen seines weiten Mantels verbergen und die Millionen darin vielleicht sogar der Spende an die Jüdische Suppenküche hinzufügen konnte. Warum nicht? Wer wollte es ihm verwehren?

Jawohl, schaut her, schaut mich an, dachte der Konsul, er, der sich immer hatte verstecken wollen, und es tat gut, dieses stolze Gefühl, das er für einen heimlichen Sohn niemals gespürt hatte und das seinen Körper nun aufrichtete, schaut her, und ihr werdet verstehen! Er blickte sich noch einmal zu dem Frachter um, wo die Matrosen und der Kapitän ihn wie verwundert davonfahren sahen, und selbst Tania ging, um ihn nicht aus dem Blick zu verlieren, mit ihrer Hutschachtel zum Vorschiff, und dann schaute er zum Kai, wo der Maestro und Amália neben dem roten Wagen standen und ebenfalls aufmerksam herüberschauten, als würde er, der Konsul, nun singen, als sähen sie mit ihm all die kleinen Dinge kommen, die für ihn immer wie Geschwister gewesen waren, weil sie auf keiner Liste standen, den Schaum der Kielspur, die Vögel, die Futter witterten, und dann die Waisenkinder, die unzähligen Waisenkinder auf der großen Fregatte, an der das Boot nun vorbeifuhr, und die, kaum dass sie wieder Beifall hörten, an Deck kamen und zu ihm hinschauten, als unterschieden sie nicht zwischen ihm und dem Fado, den Amália für sie gesungen hatte, als wollten sie bei seinem Anblick selber singen. Ja, bitte, singt, was man euch jetzt sagt! Und es war, als ob dieser seltsam zärtliche Wunsch ihn antrieb, sich stolz an den Pfosten des Sonnendachs zu klammern, der sich plötzlich neigte, bis er das Wasser berührte; auch wenn der Beifall plötzlich verstummte und die Hunderte von Kindern anfingen zu schreien, als fänden sie schließlich alle ihren Fado.

»Und welches Gesicht, Monsignore, werde ich morgen im Paradies haben?«, hatte der Konsul den Patriarchen vorgestern Abend nach dem Essen gefragt, denn ihn trieb die große Sorge um, Esteban könnte ihn im Paradies nicht erkennen. »Das Gesicht des Kindes, das ich gewesen bin, oder das des alten Mannes, der ich heute bin, alt geworden in zwei Monaten des Kummers? Denn wenn dem so ist, wird mich einer, der mich in der Lebensmitte gekannt hat, nicht wiedererkennen.« »Im Himmel«, hatte der Patriarch ihm geantwortet, »werden wir das Gesicht haben, das wir an dem Tag zeigen, an dem wir uns geben. Sie werden dieses Gesicht haben, mein lieber Wohltäter. Und mit dem Gesicht von heute, das weiß ich, werde ich Sie morgen im Paradies erkennen.« Morgen war heute.

»Aber Esteban!«, rief der Konsul, als die Barkasse sich nach einem erneuten Stoß wieder aufrichtete und er ins Wasser fiel und sein eigenes Gesicht gespiegelt sah, und dann hörte er die Sirene des Frachters, Mann über Bord!, und er drehte sich um und sah de Maeyer und seine entsetzte Miene – ja, natürlich, erst jetzt wurde ihm alles klar, er war es, der mit dem Koffer hatte in die Luft fliegen sollen, aber er hatte ihn unter der Bank stehenlassen! –, und neben ihm sah er Tania, wie sie ihre Hutschachtel über dem Fluss öffnete und das

Schmuckstück hineinwarf, das man ihr heute gestohlen hatte und das nun, während der Konsul zu sinken begann, ebenfalls in der Ferne versank und das Wasser, das sein Blut rötete, schwarz zu färben schien. Und der Konsul ging unter, aber er spürte keine Angst, nur einen seltsamen Frieden und eine große Neugier. Denn am Ende der Welt, begriff er, gab es keinen Ausgang nach vorne zu, sondern nach unten, auf die Rückseite des Tages, und was war diese Dunkelheit, wenn nicht der Himmel der Nacht über Lissabon, der Himmel, den er während seines Geständnisses am Höllenschlund so lange betrachtet hatte und der sich nun ausdehnte und ihm die wunderbarsten Formen enthüllte, der ihm alle Angst nahm und ihn mit einer unendlichen Neugier beschenkte? Und selbst der Schmerz, als ihm das Wasser in die Lunge drang, schien nur eine vorübergehende Unannehmlichkeit zu sein, der Preis, der für einen solch herrlichen Anblick zu zahlen war. Aber was war es, der Bug eines gekenterten Schiffes? Oder eine Galeere, die auf ihn zukam, um ihn aufzunehmen, mit Ruderern, die zum Schlag seines sterbenden, in den Schläfen pochenden Herzens *jo jé* sangen, ein fremdes, eigentümlich vertrautes Lied?

Doch dann spürte er, wie zwei Schwimmer ihn am Hals packten und über Wasser zogen und sein Gesicht erneut ins helle Licht stieß und er zu einem anderen Boot geschleppt wurde, aber wozu?, fragte er sich, wozu? (*»Weil es eine Taufe ist«, sagte seine Mutter, die drei Jahre gebraucht hatte, ihn der Christenheit zu übergeben, »nur deine Taufe«, hatte der Pfarrer gesagt, bevor er ihn in den Fluss tauchte, »und wenn du wieder auftauchst, wird der Herr deinen Namen sagen, mit dem er dich in den Himmel ruft.«*) Und dieser Himmel des Tages, der ihn jetzt unter all den Überresten seiner Geschichte anschaute – das Köfferchen, das ihm der Kapitän gegeben hatte, sein Diplomatenstatus, der ihm nicht mehr helfen würde, den jüdischen Kindern zu essen zu geben –, dieser Himmel würde wie im Traum die ganze Geschichte lesen und ihm endlich einen Namen geben. Wer bin ich?, fragte der Konsul, und er schaute in den Himmel, der nun tatsächlich zu sprechen begann, denn sein ganzer Körper, den man aus dem Fluss gezogen hatte, war die Botschaft: Wer bin ich? Aber er starb, und sein Körper und seine Geschichte sanken langsam in eine andere Welt hinein, eine Welt, wohin die Toten ziehen, wenn sie wissen, dass sie die Buchstaben eines Wortes sind, das nur im Reich der Lebenden zu hören ist. Eine Welt, wo keine Ewigkeit ist, nur immer Zukunft. Und kein Geheimnis mehr.

Iowa, November 2003
La Plata, November 2008

Logbuch

*Es ist nicht gut, dass die Toten
sich um die Lebenden kümmern.*

Fado *Neun Nächte*

Auch wenn der vorliegende Roman auf wahren Begebenheiten beruht und viele Personen tatsächlich gelebt haben, ist die Geschichte doch reine Fiktion, besser gesagt: der Versuch, sich vorzustellen, was in einer Situation, von der nur wenig überliefert ist, geschehen sein konnte. Wie damals üblich, zumal unter Musikern, erzählen die Personen ihre Geschichten nach Art der Lieder, wie sie in der ersten Hälfte des zwanzigsten Jahrhunderts geschrieben wurden, wie man sie sang und hörte. Den Regeln des Melodrams folgend, erscheint die Historie nicht zwangsläufig gefälscht, denn einer Wahrheit bleibt sie immer treu; gleichwohl steht sie im Dienste einer Imagination, die nicht die der Historiker ist, und unterwirft sich erzählerischen Konventionen, welche die Ereignisse so darzustellen vermögen, dass sie fast nicht wiederzuerkennen sind. Dies ist das gute Recht des Romans, und jede Ähnlichkeit mit der Wirklichkeit darf als zufällig betrachtet werden.

Lissabon und Buenos Aires, die beiden Städte, in denen die Geschichten spielen, sind weniger die Städte in der Wirklichkeit als jene, wie man sie aus den Fados und den Tangos kennt und wie sie letztlich von ihnen erfunden wurden. Der politische Handlungsfaden des Romans wie auch die Hauptpersonen – Konsul Cantilo und die übrigen Angehörigen der argentinischen Gesandtschaft in Lissabon, »Ricardo«, der Patriarch und andere – sind ebenfalls frei erfunden und stehen für die realen Fragmente im Tableau jenes kritischen November 1942. Gleichwohl will ich nicht verschweigen, dass ich einigen Büchern sehr viel verdanke. *Argentina en la tormenta del mundo* (»Argentinien im Sturm der Welt«) von Tulio Halperín Donghi ist, was die argentinische Thematik betrifft, ohne Zweifel das wichtigste. Und besonders hilfreich waren mir *O paraíso triste* (»Das traurige Paradies«) von Maria João Martins und die im Lissabonner Círculo de Leitores erschienenen Bände *Portugal Século XX* (»Portugal im 20. Jahrhundert«). Über den sogenannten Kadettenskandal, eine politische Affäre ohnegleichen, berichtet Juan José Sebreli in seinem Buch *Escritos sobre escritos, ciudades bajo ciudades* (»Texte über Texten, Städte unter Städten«).

Für die Figuren von Tania, Discépolo und Amália habe ich mich in erster Linie an das Bild gehalten, das sie selbst von sich gezeichnet haben – mit den Korrekturen ihrer Biographen, versteht sich –, außerdem an das Bild, das man im Volk von ihnen bewahrt, mündliche Erzählungen, die man insofern als Mythen bezeichnen kann, als niemand an ihnen zweifelt und sie jedes Geheimnis zu erklären vermögen. Hier sind vor allem zu nennen: die Autobiographie *Discépolo y yo* (»Discépolo und ich«), die Tania Jorge Miguel Couselo diktiert hat; die hervorragende Biographie *Discépolo* von Sergio Pujol und *Fratelanza: Enrique Santos Discépolo, el reverso de una biografía* (»Brüder: Enrique Santos Discépolo, die andere Seite eines Lebens«), eine Geschichte auch der Familie Discépolo von Norberto Galasso und Jorge Dimov. Ebenso die Autobiographie *Amália*, welche die große portugiesische Sängerin 1986 Victor Pavão dos Santos erzählt hat. Die kurze Beschreibung von Carlos Gardel stützt sich auf zahllose Zeugnisse und Biographien; hervorheben möchte ich an dieser Stelle den erwähnten Text von Sebreli sowie weitere von Blas Matamoro und Horacio Salas.

Entstanden in einer Zeit des Glücks und überarbeitet in einer äußerst düsteren, die der Roman selbst schon erahnen ließ, hätte dieser nicht geschrieben werden können ohne die Hilfe von Diego Manso, Luisa Valenzuela, Daniel Gigena, Marcela Solá und Dr. Pedro Caro. Doch abgesehen von den besonderen Umständen bedarf jedes größere Romanvorhaben einer ganz direkten, nicht nachlassenden Unterstützung, wie sie in unseren Breiten fast undenkbar ist. Dafür danke ich meiner Schwester Maria do Rosario Pedreira, der Gulbenkian-Stiftung Lissabon, dem International Writing Program der Universität von Iowa und wie stets Willie Schavelzon in Barcelona. Ángeles Arregui Sierra und Patricia Somoza waren mir eine unschätzbare Hilfe beim Korrektorat.

Die Einführungsrede zum Tango *Secreto* bedient sich eines Textes von Discépolo selbst, den er für die Radioserie *Historia de mis Canciones* (»Geschichte meiner Lieder«) schrieb und die Tanias Gesang einleiteten, herausgegeben ebenfalls von Norberto Galasso. Die meisten Kapiteltitel sind Fados aus dem Repertoire von Amália Rodrigues. Die den einzelnen »Akten« vorangestellten Fados sind: *Gondarém* von Pedro Homem de Mello und Alain Oulman; *Raízes* von Henrique Lourenço und Sidónio Muralha; *Cansaço* von Joaquim Campos und Luís de Macedo; *Fria claridade* von Pedro Homem de Mello; *Medo* von Reinaldo Faria und Alain Oulman sowie *Nove noites* von Bernardo Carvalho.